Fantasy

Herausgegeben von Friedel Wahren

Von **Gordon R. Dickson** erschienen in der Reihe
HEYNE SCIENCE FICTION & FANTASY:

Nichts für Menschen · 0603656
Der ferne Ruf · 0603662
Uralt, mein Feind · 0603682
Sturm der Zeit · 0603871
Wolf und Eisen · 0605662

DRACHENRITTER-ZYKLUS:

1. Die Nacht der Drachen · 0603769; auch: 0605902
2. Der Drachenritter · 0605903
3. Der Drache an der Grenze · 0605904
4. Der Drache im Krieg · 0605905
5. Der Drache, der Graf und der Troll · 0605906 (in Vorb.)
6. Der Drache und der Dschinn · 0605907 (in Vorb.)

GORDON R. DICKSON

DER DRACHE IM KRIEG

Vierter Roman
des Drachenritter-Zyklus

Deutsche Erstausgabe

WILHELM HEYNE VERLAG
MÜNCHEN

HEYNE SCIENCE FICTION & FANTASY
Band 06/5905

Titel der Originalausgabe
THE DRAGON AT WAR
Übersetzung aus dem Amerikanischen von
Michaela Link
Das Umschlagbild malte Ralph Voltz

Umwelthinweis:
Dieses Buch wurde auf
chlor- und säurefreiem Papier gedruckt.

Redaktion: Ralf Oliver Dürr

Erstausgabe 1992 by The Berkley Publishing Group,
New York (›An Ace Book‹)

Printed in Germany 1997
Umschlaggestaltung: Atelier Ingrid Schütz, München
Technische Betreuung: M. Spinola
Satz: Schaber Datentechnik, Wels
Druck und Bindung: Elsnerdruck, Berlin

ISBN 3-453-13345-5

Kay McCauley, die mich erträgt,
zum Dank für die vielen Jahre der Hilfe
und Freundschaft

1

Der kupferne Teekessel rutschte mit der ihm von Magie vorgegebenen Höchstgeschwindigkeit über den Waldweg. Seine Unterseite war von dem Weg über Gras und bloße Erde bereits blank poliert. Der Besitzer des Kessels, ein Magier der Kategorie Eins Plus mit Namen Carolinus, hatte diesem vor vielen Jahren befohlen, immer zu drei Vierteln mit beinahe siedendem Wasser für frischen Tee gefüllt zu sein. Trotz seiner besonderen Mission war der Kessel auch jetzt getreulich zu drei Vierteln mit beinahe siedendem Wasser gefüllt. ›*Beinahe siedend*‹ hieß bei Carolinus, daß die Temperatur des Kesselwassers direkt unterhalb des Siedepunktes zu liegen hatte.

Nun also setzte der Kessel rutschend und beinahe siedend seinen Weg fort. Wenn er über den holprigen Grund hüpfte, spritzte gelegentlich Wasser gegen die glühenden Seitenwände und bahnte sich in Form von Dampf durch die Kesseltülle den Weg ins Freie.

Das geschah mit einem scharfen, kurzen Pfiff. Der Kessel konnte nicht umhin zu pfeifen, so wenig er umhinkonnte, die Wassertemperatur dicht unter dem Siedepunkt zu halten oder zu Carolinus' Rettung zu eilen – was er im übrigen genau jetzt tat. Er war nur ein Kessel. Aber wenn die Gegenstände aus Carolinus' Steinhäuschen, wie manch einer argwöhnte, über eigene Persönlichkeiten verfügten, so war dieser Kessel mit ganzem Herzen bei seiner gegenwärtigen Aufgabe.

Und so rutschte er durch den Wald – mit der höchsten Geschwindigkeit, mit der Carolinus ihn ausgestattet hatte – und verlieh seinen Gefühlen gelegentlich mit einem scharfen Pfiff Ausdruck; und die Geschöpfe des Waldes, die ihn vorbeirutschen sahen, verhielten sich entsprechend.

Ein Bär, der auf allen vieren stand und fraß, richtete sich plötzlich mit einem überraschten »*Wuff!*« auf, als der Kessel vorbeikam. Aragh, der englische Wolf, der nichts fürchtete, aber im Angesicht unbekannter Dinge über die Besonnenheit eines gewöhnlichen Wolfs verfügte, brachte sich mit einem jähen Sprung hinter einen Baum in Deckung. Dann ließ er den Kessel vorbei, um die Geschehnisse aus sicherer Entfernung zu beobachten. Ein Stück weiter auf dem Weg lag blinzelnd ein Wildschwein, das gewohnheitsmäßig auf alles losstürmte, was ihm vor die Augen kam. Als der Kessel auftauchte, machte das Tier sich zum Angriff bereit – und besann sich dann eines Besseren, ausnahmsweise.

Der Keiler wich einen Schritt zurück, gab den Weg frei und ließ den kleinen Kessel ziehen.

So hastete er also weiter. Hirsche flohen vor ihm; kleine Nagetiere hechteten bei seinem Anblick in ihre Höhlen. Kurz gesagt, er verbreitete Bestürzung, wo er auch vorüberkam. Aber dies war nur der Anfang, das Vorspiel dessen, was geschah, als er endlich durch die Bäume brach und das gerodete Gelände um die Burg de Bois de Malencontri erreichte, die Burg jenes berühmten (und derzeit abwesenden) Drachenritters Baron Sir James Eckert de Bois de Malencontri et Riveroak.

Der Kessel rutschte über die gerodete Fläche, bezwang die Brücke über dem Graben und schoß durch die großen, offenen Tore der Burgmauer. Dort tat ein Wachposten Dienst. Aber er sah den Kessel erst, als dieser über die Baumstämme klapperte, aus denen die Brücke bestand. Und als er ihn sah, hätte er fast seinen Speer fallen gelassen. Er hatte Order, niemals und aus keinem Grund seinen Posten zu verlassen – wie das bei den Wachen an den Vordertoren von Burgen im vierzehnten Jahrhundert immer der Fall war. Aber bei diesem außergewöhnlichen Ereignis klammerte er sich verzweifelt an seinem Speer fest und rannte mit

Höchstgeschwindigkeit dem Kessel voraus in den Burghof, wo er mit Höchstlautstärke zu brüllen begann.

»Verrückt geworden! Ich hab's ja schon lange kommen sehen!« murmelte der Burgschmied. Er blickte kurz auf in der offenen Hütte über seiner Schmiede im Hof, die mit Bedacht fern von allem erbaut worden war, was sie hätte in Brand stecken können. Als der Kessel vorbeikam, hatte der Schmied bereits wieder den Blick gesenkt, und die scharfen Pfiffe, die er hörte, tat er als ein bloßes Ohrenklingeln ab.

In der Zwischenzeit hatte der immer noch schreiende Wachposten durch das offene Tor der Burg den Palas erreicht.

»Ein Hexenkessel! Ein Hexenkessel! Zu Hilfe!« Seine Stimme hallte von den Mauern des Palas wider und schallte durch die Burg, so daß nun andere Diener herbeigelaufen kamen. »Er verfolgt mich! Zu Hilfe! Zu Hilfe!«

Seine Stimme drang sogar bis in die Küche der Burg, wo Lady Angela de Bois de Malencontri et Riveroak der Köchin (wie schon mehrere hundert Male zuvor) erklärte, daß sie sich nach einem Gang zum Abort die Hände waschen müsse, bevor sie das Fleisch aufschnitt.

Lady Angela bot in ihrem blausilbernen Gewand einen liebreizenden Anblick, aber dieser Umstand interessierte in diesem Augenblick weder sie noch die Köchin. Mit resigniertem Zorn – resigniert deshalb, weil es für sie als Burgherrin in der Burg immer etwas zu geben schien, worüber sie zornig sein konnte – raffte Lady Angela ihre Röcke und wandte sich in die Richtung, aus der die Schreie kamen.

Als sie in den Palas kam, stellte sie fest, daß die Bewaffneten sich im Verein mit anderen Dienern allesamt gegen die Wände drückten; währenddessen war es dem kleinen Kessel irgendwie gelungen, die hohe Tafel zu erklimmen, sich mitten darauf niederzulassen und in ein stetiges Pfeifen zu verfallen, als sei es Zeit für eine Tasse Tee – nicht nur für Carolinus, sondern für alle, die gerade in der Nähe waren.

»Mylady! Mylady!« plärrte der Torwächter, als sie an der Stelle vorbeikam, wo er sich etwa anderthalb Meter über dem Erdboden an eine der Säulen der Halle klammerte. »Es ist ein Hexenkessel! Vorsicht! Ihr dürft ihm nicht zu nahe kommen! Es ist ein Hexenkessel ...«

»Papperlapapp!« sagte Lady Angela, die aus einer alternativen Welt des zwanzigsten Jahrhunderts kam, deren Menschen nicht mehr an Hexenkessel glaubten.

Entschlossenen Schritts trat sie an den Wachposten vorbei zur hohen Tafel.

2

Der Drachenritter selbst war derweil keine anderthalb Meilen von diesem Schauplatz entfernt. Es handelte sich hierbei um den guten Ritter Sir James Eckert, seines Zeichens Baron und im Namen des Königs Lord der Hohen sowie Niederen Gerichtsbarkeit für die Ländereien von Bois de Malencontri et Riveroak – auch wenn nur er selbst und seine Lady Angela wußten, wo dieses Riveroak lag.

Tatsächlich war Riveroak der Name der kleinen Stadt mit dem College des zwanzigsten Jahrhunderts, zu dessen Lehrkörper sie beide gehört hatten. Das war allerdings, bevor sie Dimensionen entfernt hier in einer Alternativwelt des *vierzehnten* Jahrhunderts gelandet waren, einer Welt mit Drachen, Ogern, Sandmerkern und dergleichen interessanten Charakteren mehr.

Für alle anderen hier war Riveroak ein unbekannter Ort; wahrscheinlich weit, weit fort jenseits der Westsee.

Doch zurück zu Sir James, der sein Lehen direkt vom König erhalten und überdies die Neigung hatte, die

Ausübung jedweder Gerichtsbarkeit, sei sie nun Hoch oder Nieder, bei den Menschen auf seinen Ländereien nach Möglichkeit aus dem Wege zu gehen. Gegenwärtig war er jedenfalls damit beschäftigt, Blumen zu pflücken.

Er befand sich auf dem Rückweg von einem überlangen Aufenthalt hoch oben im Norden an der Grenze zwischen England und Schottland. Er hatte zum Blumenpflücken haltgemacht, weil er hoffte, daß ein seiner Gattin überreichtes Sträußchen einen Teil ihres verständlichen Ärgers über sein gewissermaßen überfälliges Erscheinen dämpfen mochte.

Auf diese Blumen aufmerksam gemacht hatte ihn sein Nachbar und engster Freund, der ebenso gute Ritter Sir Brian Neville-Smythe. Sir Brian war unglücklicherweise nur ein Junggesellenritter mit einer Burgruine, die er nur mit äußerster Mühe bewohnbar halten konnte. Aber sein Name galt etwas im Lande, und das nicht nur als ›Gefährte des Drachenritters‹, sondern auch als Meister der Lanze bei den vielen Turnieren, die seinerzeit in englischen Landen abgehalten wurden.

Sir Brian wiederum war in diesem Augenblick voll des Glücks gut vier Meilen entfernt auf dem Weg zu seiner Angebeteten, der schönen Lady Geronde Isabel de Chaney, der gegenwärtigen Herrin von Burg de Chaney. Ihr Vater, der Lord selbiger Burg, weilte schon seit einigen Jahren im Heiligen Land auf Kreuzzug.

Lady Geronde Isabel und Sir Brian konnten nicht heiraten, bevor ihr Vater zurückkehrte und seine Zustimmung gab. Aber sie konnten gewiß zusammenkommen – und taten dies auch bei jeder Gelegenheit. Sir Brian war ebenso wie Dafydd ap Hywel, der meisterhafte Bogenschütze und ein weiterer enger Freund und Gefährte, mit Sir James oben an der schottischen Grenze gewesen. Die drei hatten die Burg von Sir Giles de Mer besucht, einem vierten treuen Gefährten und guten Ritter. Genau wie James kehrte auch Dafydd erst jetzt zu seinem Heim zurück, das einen Halbtagesritt entfernt lag. In seinem Schlepptau hatte er die Schar der Gesetzlosen seines Schwiegervaters Giles o'the Wold.

Da Sir Brian das ganze umliegende Land wie seine Westentasche kannte, Sir James aber nur ein Zugezogener und noch keine drei Jahre ortsansässig war, hatte Sir Brian ihm zeigen müssen, wo man von Jims Burg aus die nächsten Sommerblumen finden konnte.

Sir Brians Kenntnisse hatten sich als exzellent erwiesen. An dem feuchten Ufer des sumpfgesäumten Sees fanden sich tatsächlich blühende Pflanzen im Überfluß; die Blumen hatten freistehende Blütenblätter von orangegelber Farbe.

Es waren zwar nicht gerade die Rosen, die James – oder Jim, wie er sich selbst in Gedanken immer noch nannte – vage im Sinn gehabt hatte. Aber es waren unleugbar Blumen; und ein großer Strauß davon konnte Angies Unmut über seine verspätete Heimkunft gewiß nicht verschlimmern.

Er hatte schon einen halben Armvoll langer Zweige mit Blüten daran gesammelt – denn die Blumen wuchsen an einem Busch –, als ihn ein blubberndes Geräusch vom See her in seinem Tun innehalten ließ. Er wandte den Blick von den Blumen ab und erstarrte.

Das Wasser des Tümpels lag nicht länger glatt und unberührt vor ihm. Es wölbte sich empor und bildete große Wasserblasen, die schließlich platzten und etwas Rundes durchbrechen ließen. Die runde Form wuchs und wuchs und wuchs …

Jim sah mit offenem Mund zu; es schien, als wolle das runde Etwas überhaupt nicht mehr aufhören zu wachsen. Schließlich war es so weit aufgetaucht, daß seine Größe – sicherlich zehn Fuß im Durchmesser – erkennbar wurde sowie seine überaus starke Ähnlichkeit mit einem riesigen runden Schädel, an dem kurzes, nasses, blondes Haar klebte.

Es tauchte immer weiter auf, schob sich höher und höher aus dem Wasser heraus, bis es eine riesige Stirn enthüllte, ein Paar recht unschuldig dreinblickender, blauer Augen unter dichten, blonden Augenbrauen, eine massige Nase und einen noch massigeren Mund mit dazugehörigem Kiefer – ein Gesicht, das man, selbst wenn es das Gesicht eines gewöhnlichen Mannes gewesen wäre, wohl als grobknochig bezeichnet hätte. Aber was da auftauchte, war vielmehr das Gesicht eines unglaublichen Riesen. Wenn der Kopf irgendwelche Rückschlüsse zuließ, mußte die dazugehörige Person es auf eine Größe von annähernd hundert Fuß bringen; und aufgrund seiner Bekanntschaft mit anderen kleinen Seen wie diesem hätte Jim vermutet, daß das Wasser nirgendwo tiefer war als acht Fuß.

Jim hatte jedoch keine Zeit, länger darüber nachzudenken, denn just in diesem Augenblick begann der Kopf – das Kinn gerade eben über dem Wasser – sich auf ihn zuzubewegen. Der muskulöse Hals, dessen Proportionen durchaus im Einklang mit denen des Kopfes standen, schob eine beträchtliche Welle vor sich her. Das Wasser schwappte über die Ufer des Sees und durchnäßte Jim bis zu den Knien. In der Zwischenzeit hatte sich der zu dem Gesicht gehörige Körper weiter und weiter aus dem Wasser geschoben und enthüllte einen Riesen, der zwar nicht ganz so groß, aber noch bemerkenswerter war, als Jim ihn sich vorgestellt hatte.

Dieses turmhohe Ungeheuer trat nun an Land und blickte tropfnaß auf Jim hinab. Jims Schätzung war tatsächlich falsch gewesen. Die Größe dieses Fremden lag eher bei dreißig Fuß.

Riesig, wie er war, schien er doch in jeder anderen Hinsicht vollkommen menschlich zu sein. Er trug etwas wie ein riesiges, graues Fell über einer Schulter, das ihm bis zu den Knien herunterfiel und ihn einhüllte wie Tarzan in den alten Kinofilmen. Oder, schoß es Jim ein wenig hektisch durch den Kopf, so wie mit

Fellen bekleidete Höhlenbewohner für gewöhnlich abgebildet wurden.

Aber zwischen dem da und einem Höhlenbewohner gab es zwei Unterschiede. Nein, drei. Der erste war seine gewaltige Größe. Der zweite, daß er offenkundig an Land genauso zu Hause war, wie er es vermutlich unter Wasser gewesen war, daß er also sowohl Luft als auch Wasser atmen konnte. Aber der dritte Unterschied war der erstaunlichste von allen. Der Mann oder die Kreatur – oder was immer er auch war – lief nach unten hin spitz zu.

Kurz gesagt, unterhalb seines gewaltigen Kopfes hatte er nach Riesenstandard eher schmale Schultern und eine Brust, die im Verhältnis zu den Schultern nur geringfügig kleiner war. Aber von dort aus lief er nach unten hin spitz zu, bis hin zu den Füßen, die nicht mehr als viermal so groß wie diejenigen Jims sein mochten.

Dasselbe ließ sich von seinen Händen nicht behaupten, die nicht nur groß genug schienen, um als Baggerschaufeln durchzugehen, sondern sogar den Eindruck erweckten, als könne er damit leicht jeden Bagger selbst hochheben.

»Wartet!« donnerte der Riese. Oder zumindest war es das, was Jim zu hören glaubte.

»Ich soll warten?« wiederholte Jim, dem der Schreck noch in den Gliedern steckte. »Worauf …?«

Dann dämmerte ihm aus seinen früheren Jahren im zwanzigsten Jahrhundert eine Erkenntnis. Damals war er Lehrassistent der englischen Fakultät von Riveroak gewesen, und das, was er gerade gehört hatte, war nicht das Wort *›wartet‹*. Man hatte ihn auf altenglisch angeredet; und was er wirklich gehört hatte, war *›Hwaet!‹*

Zu dieser Erkenntnis war sein aufgewühlter Verstand nur deshalb fähig, weil dasselbe Wort zufällig das erste in dem altenglischen Gedicht *Beowulf* war, einem Gedicht, das etwa vierzehnhundert Jahre vor Jims eigener Zeit in seiner eigenen Welt geschrieben worden war.

Er versuchte sich daran zu erinnern, was ›*Hwaet!*‹ bedeutete – offensichtlich handelte es sich hier um eine Form des Grußes oder einen Ausruf, um Aufmerksamkeit zu erregen. Aber im Augenblick war er zu erschrocken, um die Reste des Altenglischen, das er früher einmal mühsam erlernt hatte, an die Oberfläche seines Bewußtseins zu befördern. Es war ein Schock, hier in dieser Welt, wo bis zu diesem Zeitpunkt jedes menschliche Wesen und all jene Tiere (einschließlich der Drachen), die ebenfalls unerklärlicherweise redeten, dieselbe Sprache sprachen, so angesprochen zu werden.

»Es ... es tut mir leid«, stammelte er, »aber ich spreche kein ...«

Der Riese fiel ihm ins Wort und bediente sich zu diesem Zweck derselben Sprache wie alle anderen auch.

»Natürlich!« dröhnte er. »Sind jetzt zweitausend Jahre her, wenn mein Gedächtnis mich nicht im Stich läßt – oder waren es drei? Na, jedenfalls ist viel Zeit vergangen, seit ich das letzte Mal hier war. Kein Wunder, daß die Leute jetzt anders reden. Nein, es ist schon gut, kleiner Mann, ich kann auch so reden wie Ihr kleinen Leute. Einfach *so!*«

Er schnippte mit Daumen und Mittelfinger seiner rechten Hand, und es klang, als ginge eine Kanone los.

Jim schüttelte sich das Klingeln aus den Ohren und platzte mit dem ersten Gedanken heraus, der in seinen immer noch verblüfften Kopf herumspukte. Er blickte von dem umgekehrt pyramidenförmigen Riesen zum See hinüber, der ihm nun tatsächlich vergleichsweise klein erschien.

»Aber ...«, begann er. »Wo kommt Ihr her? Wie seid Ihr hierher ...«

»Habe mich verirrt!« fiel ihm der Riese abermals

dröhnend ins Wort. »Viele Jahrhunderte sind ins Land gegangen, seit ich letztmals meine Reise hienieden antrat. Habe zwischen den unterirdischen Wassern dieses Eilands meinen Weg verloren.«

Jims einziger Gedanke war der, daß der andere sich nun langsam noch mehr wie *Beowulf* anhörte – aber wie ein übersetzter *Beowulf,* dem eine Prise altertümlicher Seemannssprache beigemischt war.

Jetzt, da sie sich auf ein Dutzend Fuß gegenüberstanden, mußte Jim den Hals recken, um zu dem Gesicht des Riesen aufblicken zu können, und sah selbst dann nur einen Teil davon. Deshalb trat er ungefähr zwölf Schritt zurück.

»Fürchtet Euch nicht!« dröhnte der Riese. »Wisset, daß ich Rrrnlf bin, ein Seeteufel. Nennt mich ›Ranulf‹, wie Ihr kleinen Leute das bei meinem letzten Besuch hier auch getan habt. Bei allen Sirenen! Genau wie damals will ich Euch und Euresgleichen nicht übel. Es ist ein anderer, den zu finden ich trachte. Bei welchem Namen nennt Ihr Euch, mein Junge?«

»Ich … ähm …« Jim, der sich um Haaresbreite als ›Jim Eckert‹ vorgestellt hätte, faßte sich gerade noch rechtzeitig. »Ich bin Sir James Eckert, Baron von Malencontri …«

»Seltsame Namen habt Ihr kleinen Leute!« polterte der Riese. »Na egal. In welcher Richtung liegt das Meer?«

Jim zeigte nach Westen.

»Ah«, sagte der Seeteufel zufrieden, »dann habe ich meinen Weg also endlich wiedergefunden.« Seine Redeweise wurde mit jedem Satz alltäglicher. »Von hier aus kann ich mich unterhalb des Bodens bewegen, ohne mich wieder zu verirren. Aber warum habt Ihr dieses Zeug da im Arm – was es auch sein mag?«

»Blumen für meine Frau«, erklärte Jim ihm.

»Sie ißt Blumen?« dröhnte Rrrnlf mit verblüfftem Blick.

»Neiiin …«, sagte Jim, der nicht recht wußte, wie er sein Tun erläutern sollte. »Sie hat sie einfach gerne irgendwo stehen – um sie anzusehen, versteht Ihr.«

»Warum kommt sie dann nicht selbst her, um sie sich anzusehen?« wollte Rrrnlf wissen.

Langsam war Jim von all diesen Fragen ein wenig verstimmt. Was, in drei Teufels Namen, gingen Angie und die Blumen dieses menschenförmige Ungetüm eigentlich an? Auf der anderen Seite hatte es natürlich keinen Sinn, jemanden von seiner Größe wütend zu machen.

»Weil sie sie gern ständig in ihrer Nähe hat!« sagte er.

Im selben Augenblick explodierte in seinem Kopf eine Idee wie eine Feuerwerksrakete am 4. Juli. Er hatte die – zugegebenermaßen eingeschränkte – magische Fähigkeit, die ihm durch seinen Eintritt in diese Feudalwelt zuteil geworden war, vollkommen vergessen. Wenn er schon über magische Kräfte verfügte, warum sollte er sie dann nicht benutzen, um eine Kleinigkeit wie diese Situation meistern zu können?

Schnell schrieb er sich einen Zauber auf die Innenseite seiner Stirn.

GIB MIR UND MEINEN
KLEIDERN → SEETEUFELGRÖSSE

Augenblicklich befanden sich seine Augen auf derselben Höhe wie die des Riesen. Wie gewöhnlich hatte sich die Verwandlung für ihn unmerklich vollzogen; aber er war nun selbst etwa dreißig Fuß groß und stand, wie es schien, nur ein paar Fuß vor Rrrnlf.

Von gleicher Höhe aus erschien der Seeteufel als ein blonder Bursche von angenehmem, aber immer noch grobknochigem Gesicht. Das einzig Ungewöhnliche an ihm war – neben seiner Gestalt – das intensive, tiefe Blau seiner Augen. Es waren Augen, die Jim unweigerlich an Meereswasser der tiefsten Tiefen erinnerte, die er je betrachtet hatte, Meereswasser, auf dem das Sonnenlicht funkelte.

Überraschenderweise schien Rrrnlf Jims plötzliches Wachstum nicht im mindesten zu erschrecken.

»Ah. Ein kleiner Magier!« sagte er.

Seine Stimme dröhnte noch immer. Aber jetzt hatte sie nichts mehr von dem Donner an sich, als Jim dem Seeteufel in seiner normalen Größe zugehört hatte.

»Das trifft sich gut, Magier!« sagte Rrrnlf. »Fürchtet Euch nicht. Ich kenne Magie und jene, die sie wirken.«

Er strahlte Jim an.

»... Welch großes Glück, Euch zu treffen!« Jubel klang aus seiner Stimme. »Ein Magier ist genau das, was ich jetzt brauche. Ich bin nämlich zufällig auf der Suche nach einem gemeinen Räuber, dem ich die Gliedmaßen aus dem Leib reißen werde, wenn ich ihn finde; dann kann er sich, Wurm, der er ist, im Seeschlamm wälzen! Wenn Ihr wohl Eure Magie anwenden und mir sagen würdet, wo ich ihn finden kann?«

»Ich fürchte«, sagte Jim, »daß es mit meiner Magie noch nicht so weit her ist. Ich fange gerade erst als Magier an. Aber es tut mir leid zu hören, daß man Euch beraubt hat ...«

»... überaus gemein und hinterhältig beraubt!« platzte es aus Rrrnlf heraus, der plötzlich sehr gefährlich aussah. »Man hat mir meine Dame genommen!«

»Eure Dame?« fragte Jim. Er versuchte, sich ein weibliches Gegenstück zu Rrrnlf vorzustellen, aber sein Verstand tat da nicht mit. »Ihr meint – Eure Frau?«

»Frau? Niemals!« dröhnte Rrrnlf. »Wozu braucht ein Seeteufel eine Frau? Es war eine Dame, die ich von einem gesunkenen Schiff genommen hatte – vom Bug eines gesunkenen Schiffs; und es war das Abbild meiner eigenen verlorenen Liebe. Eine überaus schöne Dame mit goldenem Haar und einem Dreizack in einer ihrer kleinen Hände. Sie war an einem Schiff befestigt, das einige Zeit zuvor gesunken war. Ich brach sie los und brachte sie in Sicherheit. Während der letzten fünfzehnhundert Jahre habe ich sie vergoldet und mit Edelsteinen geschmückt, aber jetzt wurde sie gestohlen – und ich weiß, von wem. Es war eine der Seeschlangen! Jawohl, eine von Grund auf böse Seeschlange, die sie mir neidete; die Seeschlange hat sie mir gestohlen, als ich nicht da war, um sie nun in ihrem eigenen Hort zu haben!«

In Jims Kopf drehte sich alles. Der Versuch, sich einen weiblichen Seeteufel vorzustellen, war schon schlimm genug gewesen. Bei weitem schlimmer war es, all die Neuigkeiten zu verdauen, die Rrrnlf ihm mit seinen letzten Worten an den Kopf geworfen hatte. Er wußte von der Existenz von Seeschlangen. Der Großonkel des Drachens, in dessen Körper er sich bei seiner Landung in dieser Welt wiedergefunden hatte, hatte ihm von einem Drachenahnen erzählt, der einmal im Zweikampf eine Seeschlange erschlagen hatte.

Er versuchte sich auf den Namen sowohl des Ahnen wie auch der Seeschlange zu besinnen. Der Name der Seeschlange war ihm jedoch entfallen – vielleicht hatte man ihm auch gar keinen Namen genannt –, aber der Name des Drachenahnen war Gleingul gewesen. Seinem Drachengroßonkel zufolge war das, was Gleingul mit seinem Sieg über die Seeschlange geleistet hatte, vergleichbar mit der Bezwingung des echten Drachen durch den echten heiligen Georg.

Nur warum Gleingul und die Schlange gekämpft hatten, das hatte ihm nie jemand erklärt. Aber wenn Seeschlangen etwas Ähnliches waren wie Unterwasserdrachen, und zwar insofern, als sie sich der Ansammlung von Gold- und Juwelenhorten widmeten, dann ergaben Rrrnlfs Worte durchaus einen Sinn.

»Ich verstehe«, sagte er nach einem Augenblick, »aber ich fürchte, ich kann Euch nicht helfen. Ich habe hier in der Gegend keine Seeschlangen gesehen …«

»Ihr habt mir schon geholfen, als Ihr mir sagtet, in

welcher Richtung das Meer liegt!« unterbrach ihn Rrrnlf. »Ich werde mich jetzt wieder meiner Suche zuwenden; und – fürchtet Euch nicht –, ich werde sie finden. Granfer sagte, daß die Seeschlangen aus irgendeinem Grund alle diese Insel ansteuerten. Die Schlange, hinter der ich her bin, könnte nach einem unterirdischen Versteck auf dieser Insel gesucht haben, obwohl ihnen Süßwasser nicht genehm ist und sie es um jeden Preis zu meiden trachten. Wir Seeteufel scheren uns nicht darum, ob Wasser salzig ist oder süß – oder ob wir an der Luft sind, wie ich es jetzt bin. Nun denn, gehabt Euch wohl. Ich stehe in Eurer Schuld, kleiner Magier. Ruft mich, wann immer Ihr mich braucht.«

Mit diesen Worten drehte er sich um, trat wieder in den See und begab sich zu dessen Mitte. Schritt für Schritt versank er im immer tieferen Wasser. Plötzlich fiel Jim etwas ein.

»Aber wie soll ich Euch finden?« rief er hinter Rrrnlf her.

Der Seeteufel sah noch einmal kurz über die Schulter um.

»Ruft mich vom Meeresufer aus!« dröhnte er zurück. »Das solltet sogar Ihr kleinen Leute wissen. Schickt Eure Botschaft mit der Brandung. Ich werde sie hören!«

»Aber ... was ist, wenn Ihr Euch gerade auf der anderen Seite der Welt befindet?« rief Jim. Das Leben in dieser Gesellschaft des vierzehnten Jahrhunderts hatte ihn gelehrt, jede Gelegenheit einer Freundschaft beim Schopf zu ergreifen. Er hatte keine Ahnung, in welcher Weise Rrrnlf ihm jemals von Nutzen sein konnte; aber es würde nicht schaden, wenn er in der Lage war, ihn zu rufen. Aber der andere war bereits untergetaucht.

»Wo auch immer im Ozeanmeer ich mich befinde, Eure Worte werden mich erreichen!« sagte Rrrnlf, der plötzlich noch einmal aufgetaucht war. »Das Meer ist voll von Stimmen, und sie verstummen nie. Wenn Ihr mich ruft, werde ich Euch hören, ganz gleich, wo ich bin. Gehabt Euch wohl!«

Dann verschwand er abermals unter der Wasseroberfläche.

Jim starrte den See an, bis das aufgewühlte Wasser sich schließlich geglättet hatte und mit keinem Plätschern mehr verriet, daß ihm jemals ein Riese entstiegen war. Nachdenklich verwandelte er sich wieder zu seiner ursprünglichen Größe zurück und machte sich daran, einen ganzen Armvoll Blütenzweige zu sammeln. Dann bestieg er sein Streitroß Gorp, das ganz in der Nähe gestanden und behaglich etwas von dem weichen, süßen Gras am Seeufer geknabbert hatte, und ritt heim zu seiner Burg.

Er brauchte nur kurze Zeit, um sie zu erreichen. Als er über die – zu Verteidigungszwecken – freigehaltene Fläche zwischen der Burg und den sie umgebenden Wäldern ritt, runzelte er die Stirn. Die Burg hatte etwas merkwürdig Verlassenes, das ihn beunruhigte. Er ließ Gorp in einen schnellen Trab verfallen und ritt wenige Augenblicke später mit vernehmlichem Klappern über die Baumstämme der Zugbrücke in den Burghof hinein.

Der Burghof war augenscheinlich leer. Sein ursprüngliches Gefühl der Beklommenheit wurde zu einer ausgewachsenen bösen Vorahnung. Hastig stieg er von Gorps Rücken und lief auf die Vordertür des Burggebäudes zu. Eine Sekunde später hatte er große Mühe, auf den Beinen zu bleiben, weil ihm jemand wie beim Football die Knie umklammerte. Er blickte hinab und sah das gequälte Gesicht des Burgschmieds, der die Knie seines Herrn in dem machtvollen Griff seiner ärmellosen, brandnarbenübersäten Arme umfaßt hielt.

»Mylord!« rief der Schmied, dem endlich bewußt geworden war, was da vor sich ging, da er den Wachposten gesehen hatte, der auf die Burg zugerannt war und etwas von einem Hexenkessel geschrien hatte.

»Geht nicht hinein! Ein Hexenkessel hält die Burg in seinem Bann! Wir alle sind verloren, wenn auch Ihr in diesen Bann geschlagen werdet! Haltet Euch hier draußen in Sicherheit und schlagt dieses böse Ding mit Eurer Magie. Ansonsten sind wir in alle Ewigkeit verdammt!«

»Sei nicht so einfä …«, begann Jim; dann fiel ihm gerade noch rechtzeitig ein, daß das Wort ›einfältig‹ im Mittelalter eine andere Bedeutung hatte. Er kam zu der Erkenntnis, daß der beste Ausweg aus dieser Situation die direkte oder mittelalterliche Methode war.

»Laß mich los, du Hund!« fuhr er nach bester Baronssitte auf. »Glaubst du, ich fürchte den Bann irgendeines Zauberdings?«

»Das … t-tut Ihr nicht?« stammelte der Schmied.

»Absolut nicht!« sagte Jim. »Also bleib, wo du bist, und überlaß die Sache mir.«

Die Arme des Schmieds lösten sich von seinen Knien, und sein Gesichtsausdruck spiegelte, als Jim davonstolzierte, Hoffnung statt Furcht wider.

Ungefähr auf halbem Wege zum Tor des Palas begannen jedoch die ersten leisen Zweifel an Jim zu nagen. Dies war eine Welt, in der man nichts als selbstverständlich nehmen durfte, und Magie war ein ganz wesentlicher Bestandteil dieser Welt. Vielleicht gab es tatsächlich so etwas wie Hexenkessel? Vielleicht konnten sie die Menschen tatsächlich mit einem Bann belegen …?

Er fegte den Gedanken beiseite. Es erzürnte ihn, daß ihm dieser Gedanke überhaupt gekommen war. Immerhin, so rief er sich ins Gedächtnis, war er ein Magier, wenn auch nur einer der dritten Kategorie.

Er schritt tapfer aus, trat durch die Tür in den Palas und setzte seinen Weg zur hohen Tafel am anderen Ende der Halle fort.

An den Wänden drängten sich die Diener der Burg. Sie alle bewahrten ein tödliches Schweigen und preßten sich, so gut es irgend ging, an die Mauern. Auf der hohen Tafel stand tatsächlich ein Kessel, aus dem Dampf aufzusteigen schien. Außerdem – obwohl Jim es kaum glauben konnte – sang der Kessel unter Ausnutzung dieses Dampfes mit einer heiseren, zarten Stimme, die nichtsdestoweniger eine Melodie klar und deutlich durch die Halle trug.

Reglos und den rechten Zeigefinger ganz untypisch in den Mund gesteckt, stand seine Gemahlin, Lady Angela, vor dem Tisch und blickte auf den Kessel hinab.

Und genauso wie jene, die sich überall um sie herum an die Wände preßten, stand sie stumm und reglos da.

3

Jim stürmte im Laufschritt auf die hohe Tafel zu. Niemand schien bisher von seiner Gegenwart Notiz zu nehmen, aber nun hatte er das Gefühl, als ruhten alle Blicke auf ihm. Außerdem hatte er den Kessel ohnehin fast erreicht.

Lady Angela drehte sich beim Klang seiner eiligen Schritte um. Sie nahm die Fingerspitze aus dem Mund und starrte ihn an, als sei er ein Geist. Mit einem letzten Satz erreichte er die hohe Tafel und schlang beide Arme um seine Gemahlin.

»Angie!« rief er.

Einen Augenblick lang tat sie gar nichts; dann schlang sie ihrerseits die Arme um ihn und küßte ihn wild.

»Jim!« sagte sie. »O Jim!«

Ein paar Sekunden lang hingen sie aneinander; dann spürte Jim, wie sie ihn, obwohl ihre Hände noch immer auf seiner Brust lagen, von sich schob. Ein düsteres Stirnrunzeln machte sich über ihren Augen breit.

»Und wo, bitte schön, bist du die ganze Zeit gewesen …?« begann sie.

Hastig schob er ihr die Blumen, die er die ganze Zeit über unbewußt in der linken Hand gehalten hatte, in den Arm.

»Für dich!« sagte er.

»Jim, ich interessiere mich nicht …« Sie brach abermals ab und blickte auf die Blumen hinab. Einen Augenblick später sog sie lange und tief den Duft der feinen Blüten ein. »O Jim …« Als sie diesmal abbrach, hatte ihre Stimme einen vollkommen anderen Klang. Sie senkte den Kopf, schnupperte noch einmal ausgiebig an den Blumen, legte ihm dann abermals die Arme um den Hals und zog ihn fest an sich.

»Du Biest!« flüsterte sie ihm ins Ohr; dann küßte sie ihn noch einmal, wütend und zärtlich zugleich. Dann ließen sie einander los und traten jeder einen Schritt zurück.

»Aber mit dir ist alles in Ordnung?« fragte Jim. »Du hattest den Finger im Mund …«

»Oh, ich habe mich an diesem Kessel verbrannt«, sagte Angie ärgerlich. »Ich konnte nicht glauben, daß er kochte, obwohl er kein Feuer unter sich hatte, also habe ich ihn angefaßt. Blöd von mir! Aber Jim – wie kommt es, daß du zufällig gerade in diesem Augenblick aufgetaucht bist? Hast du Magie benutzt oder so etwas?«

»Nicht, um in genau diesem Augenblick hierherzukommen«, sagte Jim. »Warum ist es so wichtig, daß ich gerade jetzt hergekommen bin?«

»Weil der Kessel auch gerade erst hier angekommen ist und mit dir reden will!«

»Der Kessel?« Jim starrte erst sie an, dann den Kessel, der auf dem Tisch stand und vor sich hindampfte und sang. »Ein Kessel will mit mir reden?«

»Ja! Hörst du es nicht?« fragte Angie. »Hör zu!«

Jim hörte zu.

Der Kessel sang immer noch mit seiner heiseren, zarten Stimme vor sich hin; und jetzt, da Jim ihm so nahe war, verstand er auch den Text seines Liedchens. Es war ein kurzer Refrain, der jedoch ständig wiederholt wurde.

»Dies ist ein Fall von großer Not.
Ich hab vom Meister das Gebot:
Bringe mir Jim Eckert her!
Es dränget sehr, es dränget sehr!
Bringe mir Jim Eckert her!«

Jim blinzelte, und der Kessel kehrte zur ersten Zeile zurück, um den Fünfzeiler noch einmal von vorne anzustimmen. Jim hörte sich das Ganze noch einmal bis zur Hälfte an, bevor er seine Benommenheit abschütteln konnte.

»Ich bin hier!« sagte er zu dem Kessel. »Ich bin es, Jim Eckert. Ich bin hier. Was willst du mir sagen?«

Augenblicklich stimmte der Kessel ein anderes Lied an.

Er sang:

»Carolinus braucht Euch, Jim!
Schnell nur, schnell, errettet ihn!
Krank ist er, duldet Höllenpein,
von Schwestern, die ihn heilen fein!

Zwei ›weise Frauen‹ von Hill Farm,
stark nicht an Geistes, nur an Muskeln Kraft
mit ihrer Heilkunst Gaben haben sie es bald geschafft!
Eilt euch, sonst ist der Meister hingerafft.

Rettet Carolinus!
Rettet Carolinus!
Rettet Carolinus!
Rettet Caro …«

»Schon gut! Schon gut, ich hab's ja verstanden!« brauste Jim auf. Es schien, als sei der Kessel drauf und dran, bis in alle Ewigkeit weiter *»Rettet Carolinus!«* zu singen.

Der Kessel schwieg. Nachdem Jim ihn unterbrochen hatte, entrang sich seiner Tülle noch ein kleines weißes Dampfwölkchen – aber der Kessel gab nicht das leiseste Geräusch mehr von sich. Seine Kupferwandung schien Jim entschuldigend, aber auch in stummem Tadel anzublinken. Unerklärlicherweise hatte Jim ein schlechtes Gewissen, daß er ihn so angefahren hatte.

»Tut mir leid«, sagte er ohne nachzudenken.

»Du Spinner!« Angie nahm ihn noch einmal und sehr liebevoll in den Arm. »Es ist doch nur ein Kessel. Er versteht keine Entschuldigung.«

»Da hast du wohl recht.« Jim hatte ein unangenehm kaltes Gefühl in der Magengrube. »Aber Carolinus ist offensichtlich krank und wird von diesen Leuten, die ihn wieder auf die Beine bringen wollen, falsch behandelt – etwas, das ich mir in diesem Hier und Jetzt nur allzu gut vorstellen kann. Ich muß sofort zu ihm.«

»Wir werden beide sofort zu ihm gehen!« sagte Angie. »Und hat der Kessel nicht irgend etwas darüber gesungen, daß diese Frauen stark an Muskelkraft seien? Ich glaube, wir nehmen besser einen Bewaffneten mit. Theoluf!«

Jims Schildknappe löste sich von der Mauer und trat vor.

»Jawohl, Mylady? Mylord?« fragte er. Er war für einen Schildknappen eine höchst ungewöhnliche Erscheinung. Bis er in seinen neuen Rang erhoben worden war, hatte er als einer von Jims Bewaffneten Dienst getan. Der Plattenpanzer, der seinen Oberkörper bedeckte, sein dunkles Gesicht mit der großen Narbe und der langsam ergrauende Haarschopf ließen ihn bei weitem älter wirken als die gut dreißig Jahre, die er tatsächlich zählte.

»Wählt acht von Euren Bewaffneten aus und begleitet uns«, befahl Angie. »Ferner wünsche ich, daß Ihr Euch um die Pferde und alle anderen Reisevorkehrungen kümmert. Wir brechen unverzüglich auf.«

Sie blickte an ihm vorbei.

»Solange!« rief sie.

Die Burgköchin, eine hochgewachsene Frau, die weit über die Vierzig war und ungefähr fünfzig Pfund Übergewicht hatte – obwohl eine Menge davon aussah, als könnten es Muskeln sein –, löste sich ebenfalls von der Wand. Sie war vielleicht ein bißchen stämmig für einen Knicks, vollführte aber eine Art Drehung der Hüfte, die zumindest an einen Knicks erinnerte.

»Jawohl, Mylady?«

»Sorg dafür, daß die Marschverpflegung für die Männer und auch für Sir James und mich hergerichtet wird«, sagte Angie. »In meiner Abwesenheit bist du für die Hausdiener verantwortlich. Yves? Yves Mortain! Oh, da seid Ihr ja. Als Erster Bewaffneter habt Ihr während unserer Abwesenheit das Kommando über die Burg. Habt ihr beide verstanden?«

»Jawohl, Mylady«, sagte Yves. Dann wandte er sich Seite an Seite mit Solange zum Gehen. Trotz ihres Namens kam sie nicht aus Frankreich, sondern, um genau zu sein, von der Insel Guernsey.

»Einen Augenblick!« fuhr Angie auf. »Wer auf der Burg könnte etwas über diese beiden Schwestern wissen, die von – na, wie war es noch – Hill Farm kommen?«

»Margot weiß vielleicht etwas«, sagte Solange, die sich noch einmal umgedreht hatte. »Sie kommt aus der Gegend, Mylady.«

»Margot!« rief Angie. Aber es schien, als sei Margot nicht in der Halle. »Solange, laß sie sofort holen und zu uns bringen!«

»Wird gleich erledigt, Mylady«, sagte Solange.

Wenige Sekunden, nachdem Solange sich wieder in ihre Küche im Erdgeschoß des Bergfrieds begeben hatte, fand Margot sich auch schon in der Halle ein. Anscheinend hatte sie, als der Kessel hereingekommen war, gerade in der Küche zu tun gehabt und war dem Geschehen in der Halle klugerweise ferngeblieben.

»Jawohl, Mylady«, sagte sie knicksend. Sie war ebenfalls groß, aber schmal gebaut, mit einem breiten Mund und ergrauendem, blondem Haar.

»Was weißt du über zwei Schwestern, die von einem Ort namens Hill Farm stammen und als Heilerinnen auftreten, um kranken Leuten zu helfen – zweifellos gegen ein Entgelt?«

»Oh, das müssen wohl Elly und Eldra sein, Mylady«, antwortete Margot. »Sie sind die beiden einzigen Kinder des alten Tom Eldred, der früher der größte und stärkste Mann in der Gegend war. Sowohl Elly als auch Eldra sind ihm nachgeschlagen – ich meine, sie sahen so aus wie er, Mylady. Deshalb wollte kein Mann sie haben, aus Angst, seine Frau könne dann ihn schlagen statt umgekehrt. Der junge Tom Davely hat sogar sein Zuhause verlassen, als Eldred ihm sagte, er würde Elly zur Frau nehmen, ob es ihm nun gefiel oder nicht …«

»Vielen Dank, Margot«, sagte Angie entschieden, denn Margot war in einen vertraulichen Plauderton verfallen, der eine komplette Beschreibung ihrer Nachbarschaft anzudrohen schien. »Wir wissen jetzt alles, was wir wissen wollten. Du kannst an deine Arbeit zurückkehren.«

Dann wandte sie sich an Jim.

»Ich muß noch einige andere Vorkehrungen treffen, damit hier nicht alles drunter und drüber geht, während ich fort bin«, sagte sie zu Jim. »Und du läßt dir besser ein frisches Pferd geben. Selbst wenn du ihn nicht scharf geritten hast, hat Gorp dich wahrscheinlich schon seit Tagen auf dem Rücken.«

»Du hast recht«, sagte Jim. »Ich werde mich sofort darum kümmern.«

Er und Angie machten sich in entgegengesetzten Richtungen auf den Weg. Jim mußte wieder zurück durch den Palas, aus dem die Dienstboten sich nun hastig zurückzogen – nach der vernünftigen Devise, daß die Gefahr, eine Arbeit zugewiesen zu bekommen, immer am geringsten war, wenn die Herrschaft einen erst gar nicht zu Gesicht bekam.

In weniger als einer halben Stunde war die Expedition zur Rettung von Carolinus im Sattel und auf dem Weg. Jim und Angie ritten an der Spitze, gefolgt von Theoluf und acht seiner besten Bewaffneten. Den Kessel, der ein wenig verloren wirkte, hatten sie zurückgelassen, so daß er nun ein einsamer Gast in der Großen Halle war. Für gewöhnlich liefen ständig irgendwelche Diener durch den Saal; aber das Gefühl, daß der Kessel vielleicht doch über irgendwelche Hexerei gebieten konnte, genügte, um sie auf Distanz zu halten.

Jim und Angie waren eifrig damit beschäftigt, einander auf den neuesten Stand zu bringen. Angies Beitrag bestand darin, ihren Gemahl über die Ereignisse auf der Burg ins Bild zu setzen. Aber sie hörte auch genau zu, als er ihr erst von dem Seeteufel erzählte und dann von seinen früheren Abenteuern oben an der schottischen Grenze. Bei diesen Abenteuern ging es unter anderem um die Hohlmenschen (eine Art Geister) und die Grenzländer – jene Ritter und anderen einflußreichen Persönlichkeiten aus Northumbria, die in der Nähe der schottischen Grenze lebten – und, nicht zu vergessen, die Kleinen Leute.

Fasziniert lauschte sie Jims Erzählungen, daß die Kleinen Leute eine Vorliebe für Dafydd gefaßt hatten und ihn zu ihrem Führer machen wollten. Schließlich hätte Jim ihr um ein Haar erzählt, worüber zu schweigen er Dafydd hoch und heilig versprochen hatte – daß nämlich die Bogenschützen von einem uralten Königshaus abstammten, an das nur noch die Kleinen Leute eine Erinnerung bewahrt hatten.

»Ich würde dir ja die ganze Geschichte erzählen, aber ich hab's Dafydd versprochen«, sagte Jim schließlich.

»Schon in Ordnung«, sagte Angie. »Ich weiß, daß es Dinge gibt, die du mir nicht erzählen kannst. Solange es nichts mit deiner eigenen Gesundheit und Sicherheit zu tun hat, mache ich mir keine Sorgen deswegen. Meinst du, die Kleinen Leute könnten die Überreste der Pikten sein, die dort lebten, als die Römer den Wall bauten?«

»Keine Ahnung. Wir könnten Dafydd fragen; aber ich habe versprochen, seine Verbindung zu ihnen zu vergessen – also würde ich ihn nicht gern danach fragen.«

Er nahm ihre Hand und drückte sie. Sie sahen einander in die Augen.

»Du bist wunderbar, weißt du das?« sagte Jim.

»Natürlich weiß ich das«, antwortete Angie leichthin. Sie drückte Jims Hand noch einmal ganz besonders fest und ließ sie dann los. Anschließend ritten sie wieder in höchst schicklicher Manier nebeneinander her.

Das Klingelnde Wasser, Carolinus' Wohnsitz, war nicht weit von ihrer Burg entfernt, und sie kamen dort an, noch bevor ihnen der Gesprächsstoff ausging. Zumindest der Teich, der Rasen und die Bäume waren unverändert.

Das Haus war immer von einem auf friedliche Weise leeren, offenen, von hohen Ulmen umringten kreisförmigen Rasen umgeben gewesen. Das Gras stand wie immer dicht und üppig und ohne jede Beimischung von Unkraut; wie ein Teppich umgab es den Teich und das kleine, spitzgieblige Haus, von dem Jim aus Erfahrung wußte, daß es nur zwei Räume hatte – einen oben und einen unten.

Die Vordertür erreichte man über einen Kiesweg, der stets auf magische Weise ordentlich geharkt war, und eine einzige Stufe. Neben dem Pfad lag der kleine runde Teich mit seinem wunderschön blauen Wasser. Haargenau in der Mitte des Gewässers schoß ein Wasserstrahl ungefähr anderthalb Meter hoch in die Luft, bevor er zu Tröpfchen zerbarst und mit einem klingelnden Geräusch in den Teich zurückfiel. Dieses Klingeln hatte große Ähnlichkeit mit dem Geläut eines fernöstlichen Glockenspiels im Wind. Und genau diesem Umstand verdankte der Ort seinen Namen: Das Klingelnde Wasser.

Jims Meinung nach war dies immer ein sehr schöner Platz gewesen. Aber jetzt war es kein schöner Platz mehr.

Der Grund dafür waren die ungefähr dreißig oder vierzig Leute, die nun rings um die Hütte herum ihr Lager aufgeschlagen hatten. Ihre zerlumpten Unterkünfte – die Bezeichnung ›Zelt‹ wäre in diesem Fall reine Schmeichelei gewesen – waren über den ganzen üppigen, grünen Rasen verteilt. Überall lag Unrat herum; und die Leute selbst – überwiegend Männer, aber auch ein paar Frauen und Kinder – waren noch dreckiger und zerlumpter, als es das niedere Volk im vierzehnten Jahrhundert gewöhnlich war.

Es war unverkennbar, was hier vorging. Eine der umherziehenden Banden von Vagabunden und Strolchen, die nirgendwo seßhaft waren, hatte sich in Carolinus' Hain niedergelassen. Diese Leute arbeiteten, wenn ihnen nichts anderes übrig blieb, stahlen ansonsten und schuldeten keinem Herrn oder Meister Gehorsam.

Genauso klar war der Grund ihrer Anwesenheit. Sie warteten wie Geier in der Nähe eines Kadavers und hofften, daß Carolinus nicht überlebte und sie in seinem Haus und auf seinem Grund vielleicht Dinge von Wert finden würden. Im Augenblick beobachteten sie einfach, wie das Ganze sich weiterentwickelte.

Angie, das sah Jim sofort, erkannte sie genauso schnell als das, was sie waren, wie er selbst es getan hatte – und er war sicher, daß die Bewaffneten hinter ihm die Sache noch viel schneller durchschaut hatten. Er hörte das leichte Rattern und Klirren von Metall auf Metall, als seine acht Bewaffneten und Theoluf sich versicherten, daß sie ihre Waffen greifbar hatten.

Ohne sich weiter um seine Männer zu scheren, ritt Jim mitten durch das Gesindel und zwang die Menge, sich vor ihm zu zerstreuen und zu teilen, bis er den Kiesweg erreichte. Dort saß er ab und Angie mit ihm. Inmitten des verdrossenen Gemurrs der Leute ließ sich eine Stimme vernehmen, die den anderen erklärte, hier handle es sich um den Drachen, der ein Ritter sei.

»Nein, Angie!« sagte er eindringlich und mit einer Stimme, die sie gerade noch hören konnte, die aber nicht laut genug war, um sie bis zu den Umstehenden zu tragen. »Bleib im Sattel. Das ist sicherer. Ich gehe allein hinein.«

»Das tust du ganz bestimmt nicht!« sagte Angie. »Ich möchte mir diese sogenannten Heilerinnen aus der Nähe ansehen!«

Sie war bereits vom Pferd gestiegen und den Schotterweg hinaufgegangen, bevor Jim etwas anderes tun konnte, als hinter ihr her zu eilen. Sie erreichten die Tür, und Jim riß sie auf, ohne anzuklopfen.

Eine Woge übelriechender Luft schlug ihnen entgegen, und einen Augenblick lang narrte die Finsternis im Haus ihre Augen, die an das Sonnenlicht gewöhnt waren. Dann sahen sie, daß Carolinus auf seinem Bett lag, dessen Kopfseite an die gegenüberliegende Wand des Raums im Erdgeschoß geschoben worden war. Eine Frau stand mit verschränkten Armen vor ihm, während die zweite auf der anderen Seite des Raumes stand, und beide Frauen sahen Jim und Angie mit erschrockenen Gesichtern an.

Margots Beschreibung hatte nicht übertrieben. Diese beiden ›weisen Frauen‹ überragten Jim um acht oder zehn Zentimeter; und wahrscheinlich war jede von ihnen ungefähr fünfzig Pfund schwerer als er. Sie waren genauso breitschultrig wie groß, und die verschränkten Arme der Frau an Carolinus' Bett zeigten Muskeln wie die Arme von Jims Schmied. Es war diese Frau, die sich als erste wieder gefaßt hatte.

»Wer seid Ihr?« brauste sie in einem tiefen Bariton auf. »Das ist das Haus eines Kranken. Hinaus mit Euch! Hinaus!«

Mit diesen Worten befreite sie einen ihrer Arme, um sie mit einer Geste zu vertreiben, als verscheuche sie Fliegen.

Jim spürte eine Bewegung hinter sich; einen Augenblick später stand Theoluf neben ihm und Angie. Der Schildknappe war für den Augenblick wieder in das Verhalten des Ersten Bewaffneten verfallen, der er einst gewesen war; und sowohl sein Gesicht als auch sein ganzes Gehabe war den beiden Frauen gegenüber alles andere als freundlich.

»Schweigt still!« knurrte er. »Und erweist dem Baron und der Lady von Malencontri geziemenden Respekt.« Er legte eine Hand auf den Griff seines Schwertes und machte einen Schritt nach vorn. »Habt ihr beide mich nicht gehört? Ich erwarte einen höflichen Gruß von euch zu hören!«

»Elly!« rief die Frau auf der anderen Seite des Raumes, während sie sich hastig Richtung Wand zurückzog. »Das ist der Herr Drache und seine Dame!«

»Drachenritter hin oder her«, sagte Elly ungerührt. Sie stand immer noch mit verschränkten Armen vorm Bett. »Das hier gehört nicht mehr zu ihren Ländereien; das hier ist Land, das nur dem Magier gehört, zu dessen Pflege wir hier sind. Hier geben wir die Befehle. Hinaus mit Euch beiden! Hinaus! Hinaus!«

Theolufs Schwert fuhr schnarrend aus seiner Scheide.

»Wie lauten Eure Anweisungen, Mylord?« erkundigte er sich. Seine Augen glitzerten. »Soll ich die Jungs reinrufen, damit sie sich die zwei da holen und aufknüpfen?«

»Sie aufknüpfen?« rief Angie mit ihrer durchdringenden Stimme. »Nein! Sie müssen Hexen sein. Verbrennt sie! Nehmt sie mit raus und verbrennt sie – alle beide!«

Diejenige, die an der Wand stand und offensichtlich die Schwester namens Eldra war, stieß einen schrillen Schrei aus und preßte sich noch fester an die Wand. Selbst die am Bett stehende Elly schien nun doch ein wenig erschüttert zu sein. Jim starrte Angie an. Diesen Tonfall hatte er noch nie von Angie gehört, und er hätte auch nie gedacht, daß sie jemals zu solchen Äußerungen fähig sein würde. War das seine sanfte Angie, die davon sprach, Menschen bei lebendigem Leibe zu verbrennen? Dann wurde ihm klar, daß Angie die Drohung keineswegs ernst meinte. Sie versuchte lediglich, die Gelassenheit von Elly, der entschlosseneren Schwester, zu erschüttern.

Elly jedoch blieb wacker neben dem Bett stehen, auch wenn man trotz des spärlichen Lichts, das durch die wenigen schmalen Fenster fiel, sehen konnte, daß sie blaß geworden war.

»Vom Verbrennen reden ist eine Sache. Es zu tun eine andere«, sagte sie beherzt. »Zufällig haben wir ein paar Freunde draußen, die da auch ein Wörtchen mitzureden hätten, wenn eure Bewaffneten versuchen sollten, uns etwas anzutun, Mylord ...«

»Bitte um Entschuldigung, Mylord, Mylady«, unterbrach eine neue Stimme das Gespräch, und ein kleiner Mann in den zerlumpten Fetzen eines braunen Gewandes, das er sich mit einem dreifach verknoteten Seil um die Taille gegürtet hatte, trat in Erscheinung. Seine Gewandung war die eines Franziskanermönchs, und er trat aus der Dunkelheit unter der Treppe, die zum oberen Stockwerk des Hauses führte. Sein Haar war schwarz, schmutzig und zottig, die Mitte seines Kopfes kahlrasiert. »Wahrhaftig, Ihr Herrschaften, die guten Frauen hier tun nur ihr Möglichstes für den armen Magier, der unter einer bösen Krankheit leidet.«

Dann trat er vor, um sich vor Jim und Angie aufzubauen. Theoluf und sein entblößtes Schwert ignorierte er dabei vollkommen.

»Ich bin Bruder Morel«, sagte er, »der Hirte der kleinen Herde, die ihr draußen seht.«

Er bekreuzigte sich.

»... die unter Gottes Schutz steht, ebenso wie der Magier und diese beiden guten Frauen und ihr noblen Leute selbst.« Er bekreuzigte sich abermals. *»Dominus vobiscum.«*

Trotz Jims allgemeinem Mangel an Frömmigkeit hatte er nicht einen Gutteil seiner akademischen Zeit darauf verwandt, mittelalterliches Kirchenlatein zu lernen, um nun das gottesfürchtige *»Der Herr sei mit euch«* nicht verstehen und darauf antworten zu können.

»Et cum spiritu tuo«, sagte er.

Er war sich der Tatsache bewußt, daß der Mönch diese lateinische Phrase hauptsächlich benutzt hatte, um seine Glaubwürdigkeit zu beweisen. Aber nun begann der kleine Mann mit der Tonsur abermals zu sprechen, diesmal an Angie gewandt.

»Mylady«, sagte er tadelnd, »Ihr könnt nicht im Ernst gesprochen haben, als Ihr sagtet, Ihr wolltet diese beiden guten Frauen verbrennen lassen. Ich kann Euch im Namen des Herrn sagen, daß die beiden keine Hexen sind, sondern weise Frauen, die den Kranken und Notleidenden zu Hilfe eilen. Nur ihren Bemühungen ist es zu verdanken, daß der Magier überhaupt noch am Leben ist.«

»Ach, tatsächlich?« fragte Jim. Er trat vor und stieß Elly beiseite. Trotz ihrer kühnen Worte wich sie ohne Protest zurück. Jim legte eine Hand auf Carolinus' Stirn. Sie war nicht heiß, sondern kalt und feucht. Aber der alte Mann schien bewußtlos zu sein. Da plötzlich hoben sich die runzligen Augenlider kurz, und ein paar gewisperte Worte kamen über Carolinus' Lippen.

»Holt mich hier raus ...«

»Keine Sorge, Carolinus«, antwortete Jim. »Genau das werden wir jetzt tun. Auf Burg Malencontri wird es

Euch gleich viel besser gehen. Was haben sie mit Euch gemacht?«

»Alles ...«, wisperte Carolinus, dann verließ ihn offensichtlich die Kraft. Seine Augen schlossen sich.

»Wahrhaftig! Das ist eine bösartige Lüge!« brach es aus Elly heraus. »Delirium, sage ich, eine Folge seiner Krankheit! Wir haben ihm nichts als gesunde Abführmittel und Heiltränke gegeben, und zur Ader gelassen haben wir ihn überhaupt nur zwei Mal.«

»Das genügt, um ihn zu töten!« fauchte Angie.

Sie war Jim gefolgt und stand nun an seiner Seite. Dann beugte sie den Kopf.

»Theoluf, laßt ein paar von Euren Männern eine Bahre anfertigen. Sie sollen sich kräftige Stöcke beschaffen, dann können wir die Decken benutzen, um Carolinus zu tragen.«

»Sehr wohl, Mylady.« Theoluf schob sein Schwert in die Scheide, drehte sich auf dem Absatz um und trat durch das helle, sonnenbeleuchtete Rechteck der Tür. Sie konnten hören, wie er den anderen Bewaffneten Befehle erteilte.

»Das wird sein Tod sein!« rief Elly. »Ihn aus unserer Obhut zu nehmen, wo wir es die ganze Zeit über kaum geschafft haben, ihn am Leben zu erhalten. Er wird nicht einmal den Ritt zu Eurer Burg überstehen!«

»Oh, ich glaube doch«, schleuderte Angie der walkürenhaften Frau mit wildem Blick entgegen. Auch sie hatte Carolinus' Stirn gefühlt. »Er mag am Anfang noch gar nicht so krank gewesen sein. Aber Ihr habt ihn mit all diesem verrotteten Zeug, das Ihr ihm gegeben habt, beinahe umgebracht!«

»Er gehört uns!« erwiderte Elly grimmig. »Ihr mögt ja eine Lady sein, aber dies ist, wie ich sage, nicht Euer Territorium! Der letzte vernünftige Wunsch des Magiers besagte, daß er bei uns bleiben wollte. Und wir werden ihn um jeden Preis behalten!«

»So ist es«, fügte Bruder Morel glattzüngig hinzu,

»und nicht nur diese beiden guten Frauen hier, sondern meine ganze Herde wäre traurig, wenn Ihr versuchen solltet, den Magier von hier fortzuschaffen, damit er auf dem Weg zu Eurer Burg stirbt. In Gottes Namen, wir würden gegen einen jeden derartigen Versuch Widerstand leisten!«

»Mylord!« erklang Theolufs Stimme vom Eingang her. »Könntet Ihr für einen Augenblick zu mir herauskommen?«

»Ich bin gleich da!« rief Jim. Dann sah er erst die beiden Frauen an und schließlich den Mönch. »Wenn sich herausstellt, daß in meiner Abwesenheit entweder meiner Gemahlin oder Carolinus irgend etwas angetan wurde, wird keiner von euch den nächsten Sonnenaufgang erleben!«

Zu seiner Überraschung stellte er fest, daß er jedes Wort ernst meinte.

Er trat an die Tür. Direkt vor dem Trittstein draußen stand Theoluf und hinter ihm mit griffbereiten Waffen die acht Bewaffneten, die sie mitgebracht hatten. Sie sorgten geschickt dafür, daß die schmuddelige Menschenmenge, die sich um sie herum scharte, nicht auf Hörweite an sie herankam. Theoluf flüsterte Jim etwas ins Ohr.

»Diese Grabenratten«, murmelte Theoluf, »die es eindeutig auf die Besitztümer des Magiers abgesehen haben, warten nur darauf, zugreifen zu können. Alles, was es hier zu stehlen gibt, wird im Augenblick wahrscheinlich von Magie beschirmt; aber die Magie erlischt, wenn der Magier stirbt. Diese Vagabunden sind eindeutig fest entschlossen, uns davon abzuhalten, ihn von hier wegzubringen und ihm das Leben zu retten. Ich wünschte, wir hätten noch ein Dutzend Männer mehr mitgebracht! Die haben mit Sicherheit alle irgendwo lange Messer in ihren Kleidern versteckt und, wenn ich mich nicht irre, auch ein paar Schwerter.«

Jim ließ den Blick über die mittlerweile finster dreinblickende Gruppe gleiten, die allesamt mit bunten, schmutzigen Lumpen aus Leinen und anderem Tuch bekleidet waren. Nach königlichem Erlaß stand die Todesstrafe auf den Besitz eines Schwertes; es sei denn, man war von hohem Rang oder hatte von jemandem, der selbst einen hohen Rang bekleidet, die Erlaubnis zum Tragen eines Schwertes erhalten. Aber diese Leute mußten jeden Augenblick damit rechnen, daß ihr Leben aus einem halben Dutzend anderer Gründe verwirkt war. Ja, man würde gewiß Schwerter bei ihnen finden. Offensichtlich betrug ihre Zahl auch eher vierzig als dreißig. Er, Theoluf und die Bewaffneten würden es mit einer Überzahl von vier gegen einen zu tun haben; und wenn auch die Männer, mit denen sie es aufnehmen mußten, keine ausgebildeten Soldaten waren, würden sie doch sicher über einige Erfahrung im Umgang mit Waffen verfügen. Es sah nicht gut aus.

Aber das hatte nicht das geringste zu bedeuten, wurde Jim plötzlich klar. Sie lebten jetzt im vierzehnten Jahrhundert, und er war ein Baron und Ritter. Schon der bloße Gedanke, einem solchen Pöbel zu weichen, würde ihn in den Augen seiner Nachbarn einschließlich seiner besten Freunde für alle Zeit in Schande stürzen. Vor allem Sir Brian Neville-Smythe würde die Schmach als sein bester Freund persönlich nehmen. Brian selbst hätte keinen Augenblick gezögert, sich ganz allein auf eine Armee zu stürzen. Bisweilen schien es Jim sogar, daß Brian eine solche Gelegenheit wahrscheinlich genossen hätte.

Also lautete die Frage nicht, ob sie angreifen und versuchen sollten, Carolinus aus seinem Haus zu tragen – die Frage lautete lediglich, wann und wie.

Einen Augenblick lang ging es Jim durch den Sinn, daß er seine eigene Magie benutzen konnte, um die Anzahl seiner Männer anschwellen zu lassen oder sie auf ein Vielfaches ihrer eigentlichen Körpergröße wachsen zu lassen, um den Pöbel einzuschüchtern.

Traurigerweise mußte er jedoch damit rechnen, daß ihm etwas Derartiges nicht gelingen würde. Wenn Bruder Morel nämlich wirklich ein Mitglied irgendeines Mönchsordens war, so geringfügig dieser auch sein mochte, würde zwar bereits existierende Magie nicht ausgelöscht werden, aber andererseits konnte auch keine neue Magie gewirkt werden – vor allem dann nicht, wenn Morel ein Gebet gegen ihre Verwendung gesprochen hatte.

Und genau das mußte er bereits getan haben, begriff Jim plötzlich. Ansonsten hätte Carolinus seine eigene Magie benutzt, um sich im Handumdrehen vor dem Zugriff dieser Heilerinnen zu befreien und sich in Jims Burg zu versetzen – wo man sich natürlich, wie er sehr wohl wußte, gut um ihn kümmern würde, selbst wenn Angie allein war und Jim andernorts weilte.

Außerdem bestand kein Zweifel daran, daß es eine Verbindung zwischen den beiden Heilerinnen und den Vagabunden draußen gab. Was Carolinus' Krankheit auch ausgelöst haben mußte, es hatte sich gewiß um etwas Merkwürdiges gehandelt. Denn Carolinus wurde niemals krank; obwohl er Jim mehr als einmal darauf hingewiesen hatte, daß Magie zwar Wunden zu heilen, aber keine Krankheiten zu kurieren vermochte.

Daher mußte es sich um etwas an und für sich Ungefährliches gehandelt haben, das aber den beiden Frauen zum Vorwand gedient hatte, bei ihm einzuziehen. Dann mußten die Leute draußen davon erfahren haben und ebenfalls herbeigeeilt sein; denn Elly und Eldra mußten gewußt haben, daß ihre Behandlungsmethoden Carolinus' Zustand nur verschlechtern konnten.

Sie wußten, daß er ein alter Mann war und gebrechlich; daher würde sein Körper nicht allzuviel Schädliches aushalten, ohne endgültig seinen Dienst aufzugeben. Es war nur gut, daß Jim, Angie und die Bewaffneten ihn rechtzeitig erreicht hatten. Genaugenommen war es eine gute Sache, daß der Kessel rechtzeitig die

Nachricht gebracht hatte. Morel konnte den Kessel nicht aufhalten, da seine Gebete nur *neue* Magie zu blockieren vermochten.

Aber jede Form von Magie, mit der Jim es versuchte, würde gewiß blockiert werden. Daher schied die Verwendung von Magie aus. Das bedeutete, daß sie sich schlicht und ergreifend mit dem, was sie hatten, ihren Weg freikämpfen mußten. Dies zu tun und gleichzeitig Carolinus fortzutragen, würde gewiß keine einfache Aufgabe werden; jene draußen lauerten mit Sicherheit auf eine Gelegenheit, ihn in der Hitze des Gefechts zu töten.

Aber je länger er darüber nachdachte, um so vernünftiger erschien es ihm, erst festzustellen, ob seine Magie tatsächlich nicht funktionierte, bevor er sich diesbezüglich geschlagen gab. Er winkte Angie und Theoluf zu sich heran und bedachte Bruder Morel, der unaufgefordert ebenfalls näher trat, mit einem finsteren Stirnrunzeln. Das Stirnrunzeln hielt Morel auf.

Als Theoluf und Angie dicht neben ihm standen, informierte Jim sie im Flüsterton über sein Vorhaben.

»Tretet zurück und macht mir Platz«, sagte er. »Ich werde versuchen, mich in Drachengestalt zu verwandeln.«

Die beiden nickten und traten beiseite. Morel spähte durch die Haustür und wäre ihnen entgegengekommen, aber Theoluf streckte eine Hand aus und stieß den kleineren Mann ohne eine Spur von Sanftheit zurück. Jim schrieb den gewohnten Zauber an seine Stirn.

ICH DRACHENGESTALT,
KLEIDER SOLLEN UNVERSEHRT
VERSCHWINDEN → SOFORT!

Er stand, wo er war. Nichts geschah. Er blieb Jim Eckert; nichts an ihm hatte Ähnlichkeit mit einem Drachen.

Nun, das wäre also geklärt. Er sah Angie und Theoluf an, die seinen Blick erwartungsvoll erwiderten.

»Ich erkläre es euch später«, sagte er laut und ganz offen.

Sie konnten sich also ihren Weg ins Freie nicht per Magie verschaffen; aber sie konnten sich auch kaum auf einen Kampf vier gegen einen einlassen und gleichzeitig Carolinus in einer Sänfte aus dem Haus tragen.

Damit blieben ihnen nur noch Schwerter oder Mutterwitz, um das Problem zu lösen. Was würde ein guter Ritter des vierzehnten Jahrhunderts, wie Sir Brian einer war, in einer solchen Klemme tun?

4

NATÜRLICH!

Die Eingebung traf Jim wie ein Blitz aus heiterem Himmel. Genau das würde Brian tun! Er würde eine Geisel nehmen!

Es war zweifelhaft, ob eine der beiden Heilerinnen sich als besonders wertvolle Geisel erweisen würde. Auf der anderen Seite war da immer noch Bruder Morel.

Jim zog Angie zu sich und flüsterte ihr – zu leise, als daß irgend jemand sonst im Raum ihn hätte hören können – etwas ins Ohr.

»Hast du dafür gesorgt, daß uns jemand nachkommt, wenn wir nicht sofort zurückkehren?« fragte er.

Sie schüttelte den Kopf und flüsterte ihm ihrerseits etwas ins Ohr.

»Nein«, sagte sie. »Morgen früh wird Yves Mortain uns gewiß jemanden nachschicken – eine beträchtliche Streitmacht, nehme ich an, wenn wir bis dahin nicht zurück sind. Aber der Gedanke, die Nacht hier zu verbringen, gefällt mir nicht, vor allem nicht im Hinblick auf Carolinus' Zustand. Ich glaube, wir sollten ihn so schnell wie nur möglich in die Burg schaffen. Ihn warm einpacken, zusehen, daß wir etwas Eßbares in ihn hineinbekommen und ihn medizinisch versorgen.«

Jim nickte, und Angie kehrte wieder zu Carolinus zurück. Theoluf blickte, das nackte Schwert in der Hand, Elly finster an, nur für den Fall, daß sie oder ihre Schwester auf den Gedanken kommen könnten, sich einzumischen.

Jim überlegte.

Er konnte die Bewaffneten von draußen nach drinnen holen und dann einfach die Tür schließen und verriegeln. Der Wachzauber, den Carolinus nicht nur um dieses Haus, sondern um die ganze Lichtung gelegt hatte, waren bessere Verteidigungsmaßnahmen, als die bestbewehrte Burg hätte aufbieten können. Der Pöbel da draußen würden sich nicht einfach mit Gewalt ihren Weg hinein erzwingen können, auch wenn die Mauern aussahen, als würden sie dem ersten Faustschlag zum Opfer fallen. Die Unterkunft eines Magiers gab nicht so einfach nach.

Aber da war diese andere Sache – Angies Gefühl, daß sie Carolinus so schnell wie möglich fortschaffen sollten. Jim neigte dazu, ihr beizupflichten. So wie der alte Magier aussah, schien er dem Tode nahe zu sein. Er war bereits so bleich wie eine Leiche, wie er da in seinem ungesäuberten, gräulichen Gewand auf dem Bett lag.

Aber würde Morel als Geisel ausreichen, um ungeschoren aus dem Haus zu kommen? Zweifellos hegten die Vagabunden draußen für Morel persönlich keine große Zuneigung – nicht mehr jedenfalls, als sie füreinander hatten. Die Art Leute, aus denen diese Banden sich zusammensetzten, hatten Gefühle wie Freundschaft oder Liebe schon lange hinter sich gelassen. Sie würden vielleicht nicht den Wunsch verspüren, den Mönch um seinetwillen zu schützen; aber er war ihnen zweifellos von großem Nutzen.

Seine Anwesenheit verschaffte ihnen nicht nur den Mantel eines Hauchs von Respektierlichkeit, sondern wahrscheinlich war er auch der Klügste von ihnen und konnte durchaus ihr Anführer sein.

In diesem Moment wurde die Tür geöffnet, und einer der Bewaffneten von draußen blickte hinein.

»Die Bahre wäre dann soweit, Mylord«, sagte er. »Sollen wir sie hineinbringen?«

»Einen Augenblick noch«, sagte Jim. Der Kopf verschwand, und die Tür wurde wieder geschlossen. Jim wandte sich an Bruder Morel. »Wir werden Carolinus in Bälde hier hinaustragen. Also, wenn irgendeiner von denen da draußen uns Schwierigkeiten macht, werden wir euch die Kehle durchschneiden. Wir werden euch nämlich als Geisel mitnehmen.«

»Das könnt ihr nicht!« Morel richtete sich zu seiner vollen Größe auf, die sich etwa auf einen Meter zweiundsechzig belaufen mußte. »Ich bin ein Geistlicher der niederen Weihen und stehe unter dem Schutz der Kirche. Wer mir Schaden zufügt, gefährdet seine unsterbliche Seele.«

Daran hatte Jim gar nicht gedacht. Er war sich nicht sicher, ob nicht eine schwere Strafe darauf stand, jemandem Schaden zuzufügen, der die niederen Weihen empfangen hatte, was auf Morel zweifellos zutraf. Dennoch … er war drauf und dran gewesen, Theoluf den Befehl zu geben, dem Priester sein Poignard an die Kehle zu halten.

Als er nun jedoch einen kurzen Blick auf seinen Schildknappen warf, stellte er fest, daß Theoluf unübersehbar bleich geworden war. Morels Behauptung war offenkundig nicht mehr als genau das, bekräftigt nur von dem zerlumpten Gewand, das er trug. Aber Theoluf war genauso offenkundig nicht bereit, das, womit der Mönch drohte, zu riskieren; und das bedeutete, daß auch kein anderer der Bewaffneten freiwillig Hand an den Mönch legen würde.

Das würde Jim schon selbst tun müssen.

Er machte sich bereit, auch diese Last zu schultern, und drehte sich mit dem bösartigsten Grinsen, das er zuwege bringen konnte, zu dem Mönch um.

»Ich schere mich nicht um solche Drohungen!« sagte er und beugte sich zu dem kleineren Mann hinunter. »Ich werde derjenige sein, der Euch, wenn nötig, die Kehle durchschneidet! Seid versichert, daß ich nicht davor zurückschrecken werde!«

Nun war es an Morel, jegliche Farbe zu verlieren. Jim konnte ihn beinahe denken hören, daß der Drachenritter möglicherweise schon vor langer Zeit seine unsterbliche Seele an Satan verkauft haben mochte.

Um seinen Worten Nachdruck zu verleihen, zog Jim seinen Dolch, streckte die Hand nach Morels Nacken aus und packte mit festem Griff das strähnige, fettige Haar unterhalb der Tonsur. Dann riß er den Mann herum, so daß er mit dem Rücken zu ihm stand. Einen Augenblick später lag die scharfe Kante seiner nackten Klinge an der Kehle des Mönchs.

»*Jetzt!*« sagte Jim.

Aber an dieser Stelle tat sich eine neue Quelle des Widerstands auf.

»Ihr werdet keinen kranken Mann aus unserer Obhut entfernen!« rief Elly.

Jim drehte sich zu ihr um und sah, daß sie aus irgendwelchen Tiefen ihrer Kleider ein Messer von nicht unbeträchtlicher Größe zutage gefördert hatte, das sie nun ihrerseits Carolinus an die Kehle hielt.

»Lieber würde ich ihn tot sehen als in den Händen jener, die ihn nicht kurieren können!« fuhr Elly fort.

Die Sache drohte sich zu einem Patt zu entwickeln. Aber noch einmal wurde Jim zum Nutznießer einer jähen Eingebung.

»Ihr glaubt, Ihr könnt ihn kurieren?« fragte Jim mit wilder Heftigkeit. »Wißt Ihr denn nicht, daß Ihr selbst in diesem Augenblick am Rande des Todes steht? Einfach dadurch, daß Ihr ihm so nahe seid? Wie wenig Ihr doch begreift, welch furchtbarer Krankheit Ihr Euch ausgesetzt habt!«

Er brauchte nur einmal kurz an dem Haar des Mönchs zu zerren, da marschierte dieser auch schon gehorsam vor ihm her zu Carolinus' Bett. »Seht ihn Euch an, Bruder!« sagte Jim. »Ihr versteht doch Latein! Was Ihr da vor Euch seht, ist ein Mann im letzten Stadium von *phytophthora infestans!* Ihr wißt natürlich, was das bedeutet?«

»Ähm ... j-ja. Ja natürlich«, sagte Morel, dessen Zähne plötzlich vor Furcht klapperten. »Warum habe ich das nicht selbst gesehen? Die Heilerinnen sind todgeweiht!«

Eldra, die vor dem Fenster stand, stieß einen schrillen Schrei aus. Ellys Gesicht wurde unter dem Ansturm jäher Furcht mit einem Mal sehr häßlich; aber sie stand immer noch grimmig, das Messer in der Hand und mit verschränkten Armen da.

»Ihr seid ein Magier, kein Mann der Heilkunst ...«, sagte sie anklagend zu Jim. Aber ihre Stimme hatte plötzlich einen unsicheren Klang.

»Ich bin sehr wohl ein Mann der Heilkunst!« fauchte Jim zurück. »Ihr wißt, was diese lateinischen Worte bedeuten, Bruder. Ist es nicht die tödlichste Krankheit auf dem Antlitz der Erde – schlimmer als Aussatz?«

»Ja-ja-ja ...«, stammelte Morel, dessen Knie nachzugeben drohten und der versuchte, vor dem Bett zurückzuweichen, aber seine Bemühungen wurden dadurch zunichte gemacht, daß Jim unmittelbar hinter ihm stand.

Jim wandte sich an Elly und Eldra.

»Ihr habt den Bruder gehört«, sagte er. »Laßt mich Euch erzählen, was als nächstes mit Carolinus geschehen wird; und Euch auch – falls Ihr Euch bei ihm angesteckt habt. An seinem ganzen Körper werden häßliche schwarze Fransen wie Haare aus der Haut wachsen.

Wenn Ihr die seht, wißt Ihr, daß Ihr bereits anfangt, innerlich zu verfaulen.«

Eldra kreischte abermals. Ellys Messer war verschwunden.

»Sir – Mylord, verehrter Magier ...«, stammelte Eldra. »Wenn wir uns angesteckt haben, können wir dann in Eure Burg kommen? Werdet Ihr uns helfen?«

»Ich werde darüber nachdenken«, sagte Jim schroff. »So. Ich werde den Bruder vorsichtshalber hier bei mir behalten, aber ihr beide geht jetzt nach draußen und erzählt diesen Leuten, womit sie es zu tun haben – was ihnen zustoßen kann, wenn sie einem von uns zu nahe kommen.«

»Mylord ...«, sagte Elly mit brechender Stimme. »Ich kann diese lateinischen Worte nicht aussprechen. Würdet Ihr mir sie noch einmal sagen?«

Jim sprach ihr die einzelnen Silben der Worte noch einmal langsam vor.

»Fü-to-fto-ra in-fes-tans.«

Ellys Augen leuchteten auf. Jim war zufrieden. Das mittelalterliche Gedächtnis, das aufgrund der allgemeinen Unfähigkeit zu schreiben sich bei all diesen Leuten wie Klebstoff an alles Gehörte heftete, hatte wieder einmal seinen Zweck erfüllt. Draußen würde Elly wie ein Papagei die Laute, die sie eben gehört hatte, wiedergeben, ob sie sie nun verstand oder nicht. Sie ging zur Tür; ihre Schwester war ihr bereits vorausgegangen.

»Mylord«, sagte Theoluf mit bebender Stimme. »Ich bin jetzt Euer Schildknappe; und ich folge Euch bis in den Tod. Aber die anderen Männer sind vielleicht genausowenig bereit wie der Abschaum da draußen, dem Magier in die Nähe zu kommen, wenn er eine so furchtbare Krankheit hat. Und wir drei allein werden ihn auf seiner Bahre nicht tragen können.«

Daran hatte Jim gar nicht gedacht. Einen Augenblick lang stand er unentschlossen am Bett des Kranken. Er stürzte immer noch den puddingbeinigen Mönch – als sich eine neuerliche Eingebung seiner bemächtigte. Mit einer knappen Kopfbewegung rief er Angie zu sich; dann hielt er den Mönch mit der einen Hand um Armeslänge von sich und drehte seine Gemahlin mit der anderen zur Seite, so daß er ihr ungehört etwas ins Ohr flüstern konnte.

»Kartoffelfäule!« hauchte er.

»Was?« sagte Angie mit lauter, erschrockener Stimme. »Kar ...«

»Pst«, flüsterte Jim. »Vorsichtig, du darfst es nicht laut aussprechen – auch wenn das diesen Leuten hier wahrscheinlich nichts sagt. Ich habe versucht, mich auf irgendeine gräßliche Krankheit zu besinnen, deren lateinischer Name dem Mönch wahrscheinlich nichts sagen würde, den er aber selbstredend akzeptieren mußte. Das einzige, was mir einfiel, war der lateinische Name für die Krankheit, die die Kartoffeln in Irland während der Kartoffelpest dort befallen hat. Weißt du noch? In den Jahren 1846 und 1847 wurden Irlands Kartoffeln von dieser Krankheit zerstört – man nennt sie auch die ›Spätfäule‹. Man nimmt an, daß eine Million Menschen damals verhungert sind.«

»Oh«, sagte Angie. »Ja. Natürlich.«

»Gut. Jetzt geh zu Theoluf und flüstere ihm ins Ohr, daß das Ganze eine List ist; daß ich lediglich eine Krankheit für ein Gemüse benutze, das die Menschen hier noch nicht kennen. Dann geht ihr beide nach draußen und flüstert es jedem der Bewaffneten ins Ohr – jedem einzeln. Theoluf würden die Männer vielleicht nicht glauben. Aber ihrer Lady Angela de Malencontri et Riveroak müssen sie glauben. Diese Bande da draußen wird einfach denken, ihr gebt den Männern besondere Anweisungen, von denen sie nichts wissen sollen. Kannst du das machen?«

»Aber gewiß!« sagte Angie – und einen Augenblick später war sie durch die Tür verschwunden.

Es dauerte fast zehn Minuten, bevor sie zurückkehrte, aber diesmal brachte sie vier der Bewaffneten mit. Die Männer trugen eine Bahre, die sie aus zwei Pfählen gemacht hatten. Wahrscheinlich hatten sie sie den Leuten draußen gestohlen, da das Holz trocken und verwittert war. Das Ganze war mit mehreren Lagen Tuch bespannt.

»So«, sagte Jim zu den Bewaffneten mit der Bahre, »wir wollen Carolinus möglichst sanft auf dieses Ding heben. An jedem Ende der Bahre muß ein Mann stehen. Theoluf, du und die anderen, ihr nehmt das Bettlaken an den vier Ecken und hebt es dann mitsamt Carolinus und allem anderen auf die Bahre.«

Unter der Aufsicht von Jim und Angie taten die Männer wie geheißen. Carolinus stöhnte während der Prozedur einmal leise auf, ließ ansonsten aber nicht erkennen, daß er seine Umgebung wahrnahm. Er schien immer noch entweder bewußtlos oder bestenfalls halb bewußtlos zu sein.

Dann traten sie alle hinaus; Jim hielt Morel nach wie vor seinen Dolch an die Kehle. Er zog die Tür von Carolinus' Hütte hinter sich zu und wußte, daß sie sich magisch von selbst verschließen würde. Die anderen vier Bewaffneten saßen bereits im Sattel, und diejenigen, die Carolinus tragen sollten, waren bereit, die Griffe der Bahre zu umfassen.

Die Vagabunden draußen hatten sich vom Eingang zurückgezogen und gaben eine Art Weg in den Wald frei, aber sie hatten sich nicht soweit zurückgezogen, wie Jim es sich erhofft hatte, und ebensowenig war der Weg, den sie freigaben, besonders breit und offen. Sie hatten lediglich jene Unterkünfte, die ihnen direkt im Weg gestanden hätten, entfernt – die Unterkünfte, die Jim und seine Männer auf dem Weg zu Carolinus' Hütte vorhin mit ihren Pferden mehr oder weniger niedergetrampelt hatten.

Es bereitete Jim ein wenig Unbehagen, selbst derart provisorische Bleiben einfach niederzureißen; aber er wußte sehr wohl, daß dies die Art war, wie Männer von Rang, Männer wie er also, im vierzehnten Jahrhundert die Dinge angingen. Nicht nur seine Bewaffneten, sondern auch die Vagabunden selbst hätten ihm jedes andere Verhalten als Schwäche ausgelegt.

Die kleine Truppe formierte sich, und Carolinus fand sich von zusätzlichen Bewaffneten umringt. Auf diese Weise war ein doppelter Ring bewaffneter Männer zwischen ihm und den Vagabunden – eingerechnet jene, die die Bahre trugen. Jeder dieser Träger hatte das Ende seines jeweiligen Holzpfahls bereits an dem Hinterzwiesel seines mittelalterlichen Sattels befestigt. Angie und Jim saßen auf, wobei letzterer Morel rittlings vor sich im Sattel sitzen hatte.

»Also gut«, sagte Jim. »Jetzt reitet in ruhigem Schritt los, damit Carolinus so wenig wie möglich durchgerüttelt wird. Angie, du reitest neben ihm, damit du ihn im Auge behalten kannst...«

Das war natürlich ein Trick von Jim. Aber er wollte, daß Angie genauso wie Carolinus von bewaffneten Männern umringt wurde. Angie tat wie geheißen, und Jim reihte sich am Ende der Prozession ein. Morel saß immer noch rittlings auf den Schultern von Jims Pferd, und Jims Dolch kitzelte nach wie vor seine Kehle. Theoluf ritt an der Spitze. Sie bewegten sich langsam durch die Menschenmenge.

Zuerst ließ man sie schweigend vorüberreiten; aber dann lief ein Murmeln durch die Reihen der Vagabunden, das schnell lauter wurde. Plötzlich erklang hinter Jim ein Zornesschrei; als er über die Schulter zurückblickte, sah er, daß einer von ihnen vergeblich versuchte, die Tür zu Carolinus' Hütte zu öffnen. Natürlich hielt Carolinus' Schutzzauber allem und jedem stand, und dazu gehörte auch ein Rammbock. Jim lächelte innerlich und konzentrierte sich dann wieder auf den Weg durch die Menschenmenge.

Den Vagabunden widerstrebte es nun zutiefst, Carolinus oder gar Bruder Morel ziehen zu lassen. Sie kamen immer näher und drohten den Weg zum Wald zu versperren. Hier und da blinkten Messer zwischen ihnen auf, und Jim sah, wie erst einer, dann mehrere Männer Schwerter zutage förderten. Die ganze Bande bewegte sich stetig und gleichmäßig auf den kleinen, berittenen Troß zu.

»Ihr habt kein Recht, ihn mitzunehmen!« gellte plötzlich Ellys Stimme hinter ihnen auf. »Ihr führt ihn in seinen sicheren Tod – und wir könnten ihn retten. Nur wir!«

Jim wurde ein wenig flau. Offenkundig verlor die Furcht, die er mit der Erwähnung des lateinischen Namens der Kartoffelfäule zu wecken versucht hatte, nach und nach ihren Schrecken. Er blickte nach vorn und sah, daß ihnen der Weg durch die Menschenmenge plötzlich versperrt war, und die Vagabunden rückten von beiden Seiten näher. Die Stimmen um ihn herum schwollen an, bis sie sich in der Mitte einer lärmenden Gruppe befanden und in jeder einzelnen Hand Stahl aufblitzte.

»Vorwärts!« befahl Jim grimmig.

Theoluf, der an der Spitze seiner Mannen ritt, wiederholte den Befehl, und die Bewaffneten zückten ebenfalls ihre Schwerter.

Die Menge kam näher. Sie waren gezwungen anzuhalten. Theoluf drehte sich fragend zu Jim um.

»Macht euch, wenn nötig, euren Weg mit dem Schwert frei!« schrie Jim.

Aber bevor sie sich rühren konnten, erklang etwas, das jeden auf der Lichtung wie angewurzelt erstarren ließ.

Es waren die silbrigen Töne einer Trompete. Nicht der lediglich heisere Klang eines Kuhhorns, sondern der reine Ton des seltenen Musikinstruments, das aus Metall gefertigt war und nur von königlichen Herolden und wichtigen Beamten des Königs benutzt wurde.

Die Trompete ertönte vom Waldrand aus, ein wenig rechts von der Stelle, auf die Jim und seine kleine Schar zusteuerten. Als er genauer hinschaute, erkannte Jim drei zu Pferde sitzende Gestalten. Der Reiter auf der rechten Seite, der kleinste der drei, trug einen Stab mit einem gegabelten Wimpel daran und nahm gerade unter dem hochgeklappten Visier eine Bronzetrompete von den Lippen. Der Mann war nach Manier des vierzehnten Jahrhunderts in voller Rüstung, die aus einer Verbindung von Ketten- und Plattenpanzer bestand.

Der linke der drei Reiter war nicht übermäßig groß, aber recht breit und trug dieselbe Art von Rüstung und ebenfalls einen gegabelten Wimpel. Zwischen diesen beiden sah man eine hochgewachsene Gestalt mit geschlossenem Visier, die einen vollen Plattenpanzer trug – etwas, das man wahrlich selten zu sehen bekam. Jim beobachtete, wie die Gestalt in der Mitte ihr Visier hob; und eine Stimme, die Jim sehr vertraut war, dröhnte zu ihnen herüber.

»Im Namen des Königs!«

5

DIE OFFEN GESCHWENKTEN Schwerter und Messer der Vagabunden waren wie der Blitz verschwunden. Jim ließ Bruder Morel frei, der vom Pferd sprang und zu den Vagabunden an der Tür der Hütte rannte. Nachdem der Mönch fort war, zügelte Jim sein Pferd und ritt auf die drei berittenen Gestalten zu; der Rest seiner kleinen Schar folgte ihm.

Die Vagabunden stolperten in jähem Schweigen zur Seite. Selbst Elly war verstummt.

Als Jim näher kam, erkannte er die kleinere, breitere Gestalt – und gerade in diesem Augenblick hob der Mann das Visier seines Helms und enthüllte den üppigen gelockten, blonden Schnurrbart und die prachtvolle Nase Sir Giles de Mers.

Es war derselbe Sir Giles, mit dem zusammen Jim, Sir Brian und Dafydd ap Hywel, der walisische Bogenschütze, die vergangenen vier Wochen auf der Burg de Mer oben an der schottischen Grenze zugebracht hatten. Jim blickte mit einigem Erstaunen in das lächelnde Gesicht Sir Giles'. Der kleine Ritter mußte Jim, Brian und Dafydd während ihres ganzen langen Heimwegs unmittelbar auf den Fersen gewesen sein, wenn er jetzt hier war. Aber wie war er dann zu seinen beiden Gefährten gekommen?

Die gepanzerte Gestalt mit der Trompete war eindeutig ein Knappe. Die hochgewachsene Gestalt in dem Plattenpanzer hatte Jim bereits identifiziert. Dieser Mann hatte eindeutig das Kommando – nicht nur über seine zwei Gefährten, sondern über jegliche militärische Streitmacht, die im Wald unsichtbar versteckt war.

Die Gegenwart einer solchen militärischen Streitmacht ließ sich nur vermuten. Aber die tatsächliche Gewißheit, daß es eine solche Streitmacht gab, hatte zusätzlich zu dem Trompetenstoß und der Erwähnung des Königs genügt, um die Haltung der Vagabunden von einer Sekunde auf die andere zu verändern. Nach guter normannischer Sitte hätten sie alle an den nächsten Bäumen aufgeknüpft werden können, nur so aus Prinzip; und das wußten die Leute auch.

Jim ritt auf den Mann in der Mitte zu und brachte sein Pferd zum Stehen.

»Welch glückliches Wiedersehen, Sir John!« sagte er. »Ich würde mich immer freuen, Giles wiederzusehen, aber Euer Erscheinen macht mir das Wiedersehen doppelt teuer. Darf ich davon ausgehen, daß Ihr uns nach Malencontri begleiten werdet, um Euch an den ärmlichen Unterhaltungen, die meine Burg zu bieten hat, zu erfreuen?«

»Genau dorthin wollte ich, Sir James«, antwortete Sir

John Chandos. Trotz seiner Berühmtheit hatte der Mann, der da vor Jim auf einem großen und machtvollen Streitroß saß, alle Angebote eines höheren Rangs abgelehnt und war statt dessen ein großer Bannerherr geblieben, genau wie Brian und Giles. Aber die hageren, regelmäßigen Gesichtszüge kündeten von einer Macht und Befehlsgewalt, die keiner Titel und Wappen bedurfte.

Lächelnd blickte er nun zu Angie hinüber.

»Darf ich davon ausgehen, daß dies Eure Lady Angela ist, Eure schöne Gemahlin?« fragte er. »Man hat bei Hofe nicht nur von Euch, sondern auch von ihr gesprochen.«

Jim sah Angie an und konnte beinahe schwören, daß sich eine Sekunde lang eine zarte Spur von Röte über ihr Gesicht gelegt hatte.

»Ich kann nur hoffen, daß man stets Gutes von mir spricht, Sir John«, murmelte sie.

»Aber gewiß doch!« antwortete der Ritter. Dann wandte er sich wieder an Jim und fuhr mit gesenkter Stimme fort: »Diese Schurken hinter Euch wissen es nicht, aber wir sind nur zu dritt. Vielleicht sollten wir uns so schnell wie möglich von hier entfernen.«

»Ganz meine Meinung, Sir John!« sagte Jim inbrünstig. »Wollt Ihr uns die Ehre erweisen, unseren Troß anzuführen?«

»Sagen wir, wir reiten gemeinsam; und mit Eurer Erlaubnis, Sir James, würde Lady Angela sich vielleicht bereit finden, mich zu begleiten«, erwiderte Sir John, der sein Pferd langsam wendete und neben das von Angie brachte. »Wollt Ihr mir dann die Höflichkeit erweisen, Sir Giles, mir mit Sir James zu folgen?«

»Aber gern!« sagte Giles. »Ich freue mich von Herzen, Euch wiederzusehen, James!«

»Ganz meinerseits«, antwortete Jim.

Giles und Jim wendeten ihre Pferde und ritten auf den Wald zu. Chandos' Knappe folgte Seite an Seite mit Theoluf den beiden Rittern, die berittenen Bewaffneten im Schlepptau. Gemeinsam stießen sie dann wieder auf den Weg, der von Burg Malencontri zum Klingelnden Wasser führte. Als sie den Schatten der Bäume erreichten, schoben die Bewaffneten ihre Schwerter wieder in die Scheide. Einen Augenblick später hatte der Wald sie verschluckt.

»Wie kommt es, daß Ihr genau in dem Moment aufgetaucht seid, da wir Euch brauchten?« fragte Jim Sir Giles.

»Die Antwort könnte einfacher kaum sein, James«, erwiderte Giles. »Als Sir John und ich die Grenzen Eurer Ländereien erreichten, fanden wir einen Landmann, von dem wir erfuhren, daß Ihr gerade zu diesem Ort namens Klingelndes Wasser aufgebrochen wart. Er hat uns den Weg hierher beschrieben; aber wahrlich, das wäre kaum notwendig gewesen. Es war nur eine kurze Entfernung und ein gerader Weg.«

»Ich hatte nicht erwartet, Euch so bald wiederzusehen, Giles«, sagte Jim.

»Es sind traurige Dinge im Gang, James«, entgegnete Sir John, drehte dabei aber nicht einmal den Kopf um. Offensichtlich hatte er, ohne dabei das Gespräch mit Angie zu unterbrechen, genau zugehört. »Aber laßt uns nicht darüber reden, bevor wir sicher in Eurer Burg angelangt sind und uns ungestört unterhalten können.«

Jetzt wandte er den Kopf doch um und sah Giles an, der direkt hinter ihm ritt.

»Giles«, sagte der ältere Ritter, »ich wünschte, Ihr würdet auch nicht zu Sir James davon sprechen; nicht, bis wir uns in unserem Gespräch sicher wähnen können.«

»Aber gewiß, wenn dies Euer Wille ist, Sir John«, sagte Giles.

Dann wandte er sich mit fröhlichem Gesicht an Jim.

»Ich wette, so bald habt Ihr mich nicht wiederzusehen erwartet!« sagte er zu Jim. »Ich hatte mit Brian vereinbart, zu den Weihnachtstagen herzukommen, aber nicht vorher. Werdet Ihr nicht ebenfalls bei der Weihnachtsfeier des Grafen zugegen sein, James?«

»Kommt darauf an«, antwortete Jim.

Um der Wahrheit die Ehre zu geben, war er diesen Weihnachtsfestlichkeiten, die Brian und Giles offensichtlich so sehr liebten, so weit wie möglich aus dem Wege gegangen. Diese Feste bestanden aus kindischen Spielen, gefährlichen Wettkämpfen und gehörigen Bemühungen, anderer Männer Ehefrauen zu sich ins Bett zu locken. Obendrein waren noch gewaltige Mengen Fleisch und alkoholischer Getränke zu vertilgen. Nichts von alledem erschien Jim besonders reizvoll.

Auf der anderen Seite war es eine gesellschaftliche Verpflichtung, daß er und Angie sich gelegentlich zeigten. Jim versuchte immer noch, sich auf eine gute Entschuldigung zu besinnen, die es ihm ermöglichen würde, den Feiern auch in diesem Jahr aus dem Wege zu gehen.

So sehr war er mit diesem Gedanken beschäftigt, daß er nur mit halbem Ohr dem Gespräch zuhörte, das unmittelbar vor ihm geführt wurde. Dort widmete Sir John nach bester höfischer Manier seine ungeteilte Aufmerksamkeit dem Versuch, Angie zu schmeicheln und sie – kurz gesagt – höflich und allmählich zu verführen. Angie schien dem Flirt recht gut zu widerstehen; aber Jim stellte fest, daß seine Bewunderung für den anderen Ritter nun von einem gewissen Widerwillen getrübt wurde, diesen seiner Frau direkt vor seiner Nase solcherart Avancen machen zu sehen. Dennoch war dies hier ein üblicher und gesellschaftlich anerkannter Vorgang.

Und er konnte nichts dagegen tun. Außerdem bestand keine unmittelbare Gefahr, solange sie alle im Sattel saßen und zur Burg zurückritten. Er hoffte indes, daß Sir John Edelmann genug war, um das Spiel nur als Spiel zu betreiben und nicht bis zu seinem endgültigen Abschluß zu bringen. Sein Gefühl sagte ihm, daß Sir John tatsächlich ein Mann dieses Schlages war. Aber er konnte sich nicht sicher sein; und sein Instinkt vermochte nicht, seine Besorgnis gänzlich zu zerstreuen.

In der Zwischenzeit plapperte Giles weiter fröhlich auf ihn ein.

»... Was fehlt dem Magier Eurer Meinung nach?« fragte Giles gerade. »Obwohl ich die Ehre hatte, ihn in Frankreich und oben auf Eurer Burg kurz kennenzulernen, würde es mich gleichwohl traurig stimmen, wenn er an etwas Ernstem litte – oder gar sein Leben in Gefahr wäre.«

»Ich glaube, er hat nur zu viele Heiltränke bekommen, das ist alles«, sagte Jim ein wenig barscher als beabsichtigt, denn seine Aufmerksamkeit galt immer noch Angie und Sir John. Nun aber versuchte er mit Macht, sich wieder auf Giles zu konzentrieren und seiner Stimme einen freundlicheren Klang zu geben. »In seinem Haus waren zwei Frauen, die sich ›Heilerinnen‹ nennen«, fuhr er fort. »Wahrscheinlich betreiben sie für gewöhnlich Geburtshilfe und versorgen die Kranken in ihrer Nachbarschaft. Ich glaube nicht, daß sie wirklich mit diesem Gesindel, das Ihr dort draußen gesehen habt, unter einer Decke steckten. Sie haben lediglich eine Medizin nach der anderen in Carolinus hineingekippt, weil das eben ihre Art ist. Aber die Folge dieser Art von Behandlung hätte in seinem Fall nur der Tod sein können – er ist schließlich ein alter Mann –, und das mußten sie wissen. Mit seinem Tod wäre der Schutzzauber, der sein Haus und alles in der Umgebung des Klingelnden Wassers umgibt, erloschen; und die Heilerinnen haben sich ebenso wie die Vagabunden auf die Beute gefreut, die sie in seinem kleinen Haus zu finden erwarteten.«

»Was für eine Beute?« erkundigte sich Giles.

»Ich weiß nicht«, sagte Jim. »Wahrscheinlich gibt es

da einige wirklich wertvolle Dinge – Juwelen und dergleichen –, möglicherweise sogar etwas Geld. Wirklich kostbar wären Carolinus' Gerätschaften gewesen, seine Hellseherkugel und andere Dinge, die man an jüngere Magier hätte verkaufen können. Alles in allem hätten sie wahrscheinlich genug in dem Haus gefunden, um sich für ihre Mühen zu belohnen. Aber wenn wir Carolinus unbeschadet zur Burg bringen können, wenn wir ihn aufwärmen, es ihm behaglich machen und ihn mit nahrhaften Speisen, wie er sie braucht, versorgen, wird er die Sache möglicherweise überstehen.«

»Also, das ist mir eine gute Nachricht!« rief Giles. »Ich sagte vorhin, daß ich ihn erst in Frankreich kennengelernt hätte; aber wie der Rest der Welt habe ich von ihm gehört. Er gilt als einer der ganz großen Magier, nicht nur unserer Zeit, sondern aller Zeit.«

»Das glaube ich gern«, sagte Jim ernsthaft. »Jetzt, da ich ihn näher kennengelernt habe.«

Sie ritten Schritt, um Carolinus in seiner von Pferden getragenen Bahre so wenig wie möglich durchzuschaukeln. Aber trotz ihres gemächlichen Tempos waren sie in kürzester Zeit wieder auf Burg Malencontri. Im Burghof, wo sie ihre Pferde zügelten, drängte sich ihr langgestreckter Zug schließlich eng zusammen, und die Stallburschen kamen herbeigelaufen.

»Wenn Ihr so freundlich sein würdet, Sir James«, sagte Chandos, als sie alle aus den Sätteln stiegen, »könntet Ihr dann nach dem guten Sir Brian Neville-Smythe schicken, dem Bogenschützen und dem Wolf, die letztes Jahr mit Euch in Frankreich waren? Ich möchte, daß sie sich auch zu uns gesellen.«

»Theoluf!« Jim sah seinen Knappen an. »Bitte, schickt augenblicklich zur Burg de Chaney – oder wohin auch immer – und laßt Sir Brian wissen, daß der überaus ehrenwerte Ritter Sir John Chandos hier bei uns zu Gast ist und ihn zu sprechen wünscht.«

»Sehr wohl, Mylord«, antwortete Theoluf und

wandte sich an einen der Bewaffneten, die ihnen Geleit gegeben hatten. Einen Augenblick später hörte man, wie er ihm den Weg beschrieb.

»... und schickt eine Brieftaube zu Dafydd. Den möchte Sir John ebenfalls sprechen. Außerdem möchte ich, daß Ihr die Leute, die hier nichts zu suchen haben, aus dem Burghof bringt!« fügte Jim hinzu. »Nächstens werden wir die ganze Burg hier unten haben.«

Und tatsächlich war dies eine sehr ernstzunehmende Gefahr. Die Leute aus der Burg, zumindest all jene, die sich auf irgendeine Ausrede besinnen konnten, um ihre Arbeit im Stich zu lassen und herauszukommen, gafften Sir John Chandos mit offenen Mündern an. Sie erkannten ihn natürlich nicht – er lebte in einer anderen Welt als der ihren –, aber sie waren fasziniert von seinem Plattenpanzer, von dem sie alle gehört hatten, den aber natürlich niemand ihres Ranges je gesehen hatte. Plattenpanzer waren in diesem Zeitalter den Königen, dem Hochadel und anderen gleichermaßen wohlhabenden wie vornehmen Persönlichkeiten vorbehalten – eben etwas, das man wahrlich selten zu Gesicht bekam.

Der Burgschmied fühlte sich von dem faszinierend geformten, stabilen Metall derart angezogen, daß er fast mitten zwischen ihnen stand. Jim funkelte ihn wütend an, und der Mann zog sich mit einem gemurmelten »Verzeihung, Mylord« zurück. Aber er ging auch nicht wieder in seine Schmiede, wo einer der Pflüger ungeduldig auf den Hufbeschlag seines Pferdes wartete.

»Was den Wolf betrifft, Sir John«, sagte Jim, der sich nun wieder dem älteren Ritter zugewandt hatte, »werde ich tun, was in meiner Macht steht, aber er kann überall sein; und es läßt sich unmöglich sagen, ob er überhaupt kommen würde, ganz gleich, ob man ihn darum bittet oder nicht. Er ist ein sehr unabhängiges Geschöpf.«

»Das habe ich gehört.« Sir John lächelte. »Es ist eine

Eigenart von Wölfen, erzählt man mir. Trotzdem, würdet Ihr bitte tun, was in Euren Kräften steht? In der Zwischenzeit wüßte ich gern, ob Ihr und Sir Giles mich an einen ungestörten Ort begleiten würdet. Ich möchte die Angelegenheit besprechen, die zu diesem Besuch geführt hat. Ich werde jetzt nur ein oder zwei Worte dazu sagen, bis Sir Brian und hoffentlich auch der Wolf ankommen. Dann wird Sir Giles Euch alles weitere erklären, während Lady Angela vielleicht …«

Er wandte sich zur Seite und begegnete Angies Blick.

»… während Lady Angela so freundlich wäre, mir Eure Burg zu zeigen.« Er schenkte ihr ein gewinnendes Lächeln. »Wir Soldatenhauptmänner interessieren uns immer für Festungen.«

»Ich fürchte, die Burgführung wird eine Weile warten müssen, Sir John«, sagte Angie spröde. »Ich – und ich glaube, Sir James sollte mich dazu begleiten – muß mich zuerst um Carolinus kümmern. Wir müssen dafür sorgen, daß er in einem sauberen Zimmer ordentlich zu Bett gebracht wird und daß man ihm Leute zur Seite stellt, die für ihn Sorge tragen werden. Danach können wir uns vielleicht gemeinsam die Burg ansehen.«

»Wie könnte ich Einwände gegen solche Pflichterfüllung erheben?« sagte Sir John. »Ich bin überstimmt. Und ich muß zugeben, daß mir der Ernst des Zustands, in dem der Magier sich befindet, gänzlich entfallen war. Wahrhaftig, Carolinus muß zuerst versorgt werden, und das mit aller notwendigen Fürsorge. Meine Angelegenheit kann warten.«

»Vielen Dank, Sir John«, sagte Jim. »Dann werde ich Angie also begleiten. Sobald Carolinus versorgt ist, werde ich mich zu Euch gesellen.«

Mittlerweile hatte Theoluf es geschafft, die meisten Müßiggänger aus dem Burghof zu verscheuchen, und nur jene, die eine zumindest einleuchtende Ausrede für ihren Aufenthalt dort vorweisen konnten, waren übriggeblieben. Jim und Angie führten die Prozession durch die Vordertür in den Palas. Sie begaben sich zum hinteren Ende der Halle, wo auf einem niedrigen Podium die hohe Tafel quer vor der niederen Tafel stand, die sich durch die ganze Länge des Raumes erstreckte.

Zu Jims Überraschung fand er die hohe Tafel nicht leer vor, obwohl er von niemandem in der Burg wußte, der so hohen Ranges war, daß er dort in seiner und Angies Abwesenheit hätte Platz nehmen dürfen. Aber als sie näher kamen, erkannte er die stämmige, in einer Halbrüstung steckende Gestalt eines Mannes, der mit einem – zweifellos mit Wein gefüllten – Krug und einem Becher an der hohen Tafel saß.

Als Jim sich mit dem Rest der Gesellschaft der Tafel näherte, sprang der Mann auf die Füße.

»Zwei Kühe! Zwei schöne junge Milchkühe!« rief der Mann. Es war, wie Jim mittlerweile bemerkt hatte, Sir Hubert Whitby, ein weiterer seiner Nachbarn. Als Whitby mit seinem Gebrüll fertig war, hatte sich Jim ihm soweit genähert, daß jener mit normaler Stimme hätte weitersprechen können, was der Ritter jedoch nicht tat. Sir Hubert ließ sich niemals eine Gelegenheit zu brüllen entgehen. Es war schlicht und einfach eine Angewohnheit von ihm.

Mit beinahe der äußersten Lautstärke, deren er fähig war, fuhr er fort.

»Das waren Eure Drachen!« donnerte er. »Nichts übrig geblieben als Hörner und ein paar Knochen, nicht mal die Felle, dafür aber jede Menge aufgewühlter, blutiger Dreck. Es waren Eure Drachen, auf mein Wort! Ihr müßt dafür sorgen, daß sie damit aufhören – und Ihr müßt mich für diese beiden Kühe entschädigen!«

»Es sind nicht meine Drachen«, sagte Jim in dem vernünftigsten Tonfall, dessen er fähig war. Er wußte aus Erfahrung, daß nichts Sir Huberts Lautstärke so wirksam drosseln konnte wie eine sanfte Gegenrede. Der andere Mann war nicht der größte Ritter in der Gegend, und obwohl Jim die Stufe zur hohen Tafel noch nicht genommen hatte, war er kaum kleiner als sein Nachbar. »Außerdem ist nicht ein einziger unter ihnen, der irgend etwas tun würde, was ich ihnen befehle«, fuhr Jim fort. »Sie sind genauso unabhängig wie wir Menschen. Was bringt Euch auf den Gedanken …«

Er wollte gerade fortfahren und fragen, warum Sir Hubert glaubte, daß er, Jim, irgendwelche Verantwortung trüge, selbst wenn die Drachen sich tatsächlich besagten Vergehens schuldig gemacht hätten, als er etwas wie einen schwachen Atemzug von Carolinus in der Bahre hörte. Als er zu ihm hinüberblickte, sah er, daß der alte Mann die Augen geöffnet hatte.

Sobald Jims Augen auf ihm ruhten, drehte Carolinus den Kopf leicht von links nach rechts und wieder zurück. Es war ein unleugbares Kopfschütteln.

»Na schön«, sagte Jim in seinem versöhnlichsten Tonfall, »ich werde sehen, was sich machen läßt. In der Zwischenzeit möchte ich Euch unseren ehrenwerten Gästen vorstellen.«

Er drehte sich zu der plattenpanzerbewehrten Gestalt hinter sich um.

»Sir John«, sagte er zu besagter Gestalt, »dies ist der gute Ritter Sir Hubert Whitby, ein Nachbar von mir.« Dann wandte er sich wieder an Sir Hubert. »Sir Hubert, darf ich Euch den überaus noblen und berühmten Sir John Chandos vorstellen, der zu einem kurzen Besuch hier auf Malencontri weilt.«

Sir Huberts Unterkiefer klappte nach unten. Er hatte dicke rötliche Wangen, grauweiße Augenbrauen, die sehr buschig waren, und noch ein paar mehr weiße Haare, die ihm aus der Nase sprossen. Überdies zeigte sein Gesicht Bartstoppeln, die mindestens einen Tag alt waren. Das Haar auf seinem Kopf bedeckte den ganzen Schädel, war aber ebenfalls mehr weiß als grau. Alles in allem hätte er wohl einen guten Nikolaus abgegeben, wenn er freundlich dreingeschaut hätte statt zornig, wie es die meiste Zeit bei ihm der Fall war – denn seine Lieblingsbeschäftigung bestand darin, etwas zu finden, worüber er sich erzürnen könnte, jemanden in die Enge zu treiben und in lautes Gebrüll auszubrechen.

»Sir – Sir John?« stammelte er nun. »Sir John Chandos? Ich – ähm – verzeiht mir, Sir, wenn ich ein wenig verärgert gewirkt haben sollte ...«

Seine Lautstärke hatte sich verringert – nicht gerade auf ein gurrendes Niveau, aber immerhin so weit, wie das einer Stimme möglich war, die nicht die leiseste Übung in affektierter Höflichkeit hatte.

»Vielleicht könnten wir uns weiter unterhalten ...«, fuhr er fort. Er sah Jim an. Aber Jim hatte bereits genug Whitby für einen Tag genossen. Der Teufel sollte ihn holen, wenn er Sir Hubert mit der Dinnereinladung beglückte, auf die der andere so offensichtlich aus war.

»Wenn Ihr uns nun entschuldigen würdet, Hubert«, sagte er, »wir müssen uns jetzt um Carolinus kümmern. Danach haben Sir John, Sir Giles und ich uns zu einem privaten Plauderstündchen verabredet – nur wir drei. Ich werde mich, was Eure Kühe betrifft, in einigen Tagen bei Euch melden.«

»Aber – aber ...«, stammelte Sir Hubert. Er konnte in Anwesenheit von Sir John Chandos kaum einen Wutausbruch wegen Jims mangelnder nachbarschaftlicher Gastfreundschaft vom Stapel lassen. Außerdem hatten Jim, Angie und die Männer, die die Bahre trugen, sich bereits zum Eingang des Turms auf den Weg gemacht, in dem Carolinus untergebracht werden sollte.

Als der kleine Trupp, der Carolinus trug, die anderen hinter sich ließ, kamen sie am Ende der hohen Tafel vorbei, und Jim streckte die Hand aus, um den Kessel an sich zu nehmen. Er war sorgsam darauf bedacht, ihn an seinem hölzernen Griff zu packen, weil der Rest des Kessels so heiß war wie nur je, damit das Wasser darin unmittelbar unter dem Siedepunkt blieb.

»Was hast du denn mit dem vor?« fragte Angie, als sie vom Palas in den Anrichteraum traten, wo man die Speiseschüsseln aus der Küche hinbrachte, um sie dann zur geziemenden Zeit aufzutragen. Noch bevor Jim antworten konnte, stieg Angie die Stufen der Wendeltreppe hinauf, die zu den oberen Stockwerken mit den privaten Zimmern führte.

Jim war nach Aufsässigkeit zumute.

»Ich denke einfach, daß der Kessel im selben Zimmer mit Carolinus glücklicher sein wird, das ist alles«, sagte er und blickte stur geradeaus auf die Treppe, die sie erklommen.

»Ach, um Himmels willen!« rief Angie. »Du behandelst dieses Ding, als wäre es lebendig. Du kannst doch nicht ernsthaft glauben, daß ein Kessel Gefühle hat, selbst wenn es sich um einen Zauberkessel handelt!«

»Nun, genau das glaube ich«, sagte Jim, der immer noch stur geradeaus blickte. »Ich kann dir nicht erklären, warum – vielleicht liegt es daran, daß ich selbst mit Magie zu tun habe –, aber ich habe einfach das Gefühl, daß er sich im selben Zimmer mit Carolinus wohler fühlen wird. Dort kann er sich bereithalten, wie er das immer getan hat, für den Fall, daß sein Herr und Meister nach kochendem Wasser für eine Tasse Tee verlangen sollte.«

Angie seufzte und sagte nichts mehr.

Endlich legten sie Carolinus sanft auf das Bett in dem einen kleinen Raum, der auf Angies Beharren hin immer für einen zufälligen spätnächtlichen Reisenden saubergehalten wurde. Sobald der alte Magier auf dem Bett lag, streifte Angie ihm ungerührt sein Nachtgewand ab, und sie sahen, daß er an mehreren Stellen böse durchgelegen war. Angesichts der Fürsorge, der er sich noch vor kurzem erfreut hatte, erschien ihnen dieser Umstand nicht weiter überraschend.

»May Heather«, sagte Angie entschieden – sie hatten auf dem Weg durch die Anrichtestube das jüngste Mitglied des Küchenpersonals aufgelesen, damit sie einen Boten hatten, der nun die notwendigen Aufträge erledigen konnte –, »hol mir Margot, Edwina und Mary her. Sag ihnen, sie sollen ein paar Tücher auskochen, die wir als Verbandszeug benutzen können, und bring mir frisches Schweineschmalz, das noch nicht angerührt worden ist. Außerdem brauche ich ein paar saubere Kücheneimer mit kochend heißem Wasser, das ihr ja allezeit bereithalten sollt, wie ich euch gesagt habe. Wenn keins da ist, werde ich irgend jemandem das Fell über die Ohren ziehen!«

Schließlich wandte sie sich an die Bewaffneten.

»Einer von euch bleibt hier«, befahl sie. »Die anderen können verschwinden.«

Sie gingen.

Angie sah Jim an.

»Du kannst auch verschwinden, Jim. Geh wieder runter zu deinen Gästen. Und noch eins, bitte – sei höflich, aber halte sie von diesem Zimmer fern. Carolinus braucht vor allen Dingen Ruhe. Ich habe hier oben viel zu tun, und du kannst mir nicht helfen. Carolinus muß gewaschen werden, und ich muß auch diese durchgelegenen Stellen versorgen. So, und jetzt raus mit euch allen!«

Und sie gingen – auch Jim.

Als er nun ganz allein die Treppe wieder hinunterging, geriet er doch ein wenig ins Grübeln, was seine Gefühle für den Kessel betraf. Vielleicht hatte Angie recht, und seine Rücksichtnahme war einfach töricht gewesen. Auf der anderen Seite war an seinen achtlos dahingesagten Worten möglicherweise doch etwas dran – daß er nämlich durch seine unmittelbare Verstrickung in die Magie ein anderes Verhältnis zu Zauberdingen bekommen hatte. Sobald es Carolinus wieder gut genug ging, würde er den alten Zauberer fragen.

An die Möglichkeit, daß Carolinus für solche Fragen

nie mehr zur Verfügung stehen könnte, dachte Jim nicht gern. Sie machte ihn schaudern. Das Leben hier in dieser anderen, magischen Welt wäre unvorstellbar ohne Carolinus, so schroff und reizbar der alte Magier auch war.

Jim verbannte diese Möglichkeit aus seinen Gedanken und stellte fest, daß er sich bereits mit einer ganz anderen Frage beschäftigte. Es mußte Carolinus vor einigen Minuten, als sie unten im Palas gewesen waren, große Anstrengung gekostet haben, die Augen zu öffnen und Jim, wenn auch nur mit einer kaum wahrnehmbaren Geste, zu bedeuten, daß er sich nicht mit Sir Hubert in ein Gespräch über dessen Kühe und die Drachen einlassen solle.

Warum Carolinus dies nicht wünschte, war wieder eine andere Frage. Etwas Ernstes war da im Gange. Carolinus sah, hörte und wußte so manches über das, was in der Welt vor sich ging; auch wenn er anscheinend so gut wie nie sein Steinhäuschen verließ. Wenn Carolinus sich Sorgen machte, hatte Jim höchstwahrscheinlich guten Grund, sich ebenfalls Sorgen zu machen.

Das Schaudern, das sich bei seiner strikten Zurückweisung des Gedankens, Carolinus würde sich vielleicht nicht mehr erholen, verflüchtigt hatte, kehrte zurück und blieb ihm erhalten, bis er zu der hohen Tafel im Palas kam, wo er sowohl Giles als auch Sir John Chandos mit Bechern und Weinkrügen vorfand. Sie saßen dicht nebeneinander, Chandos am Kopfende der Tafel und Sir Giles daneben, dem anderen halb zugewandt.

»Ha, Sir James«, sagte Chandos, der seine Unterredung mit Giles abbrach, als Jim sich neben sie setzte. »Es ist gut, daß wir Euch so schnell zurückbekommen. Ich hatte schon befürchtet, unser Freund, der Magier, würde Euch vielleicht für einige Zeit in Anspruch nehmen. Vielleicht könnten wir jetzt einen Ort finden, an dem wir Angelegenheiten von großer Wichtigkeit besprechen können.«

»Wie ungestört wollt Ihr es denn haben, Sir John?« fragte Jim und ging in Gedanken alle möglichen Orte in der Burg durch. Gebäude wie das seine waren im vierzehnten Jahrhundert nicht übermäßig gut ausgestattet mit Räumen, die sich für private Unterredungen eigneten; es sei denn, man verfügte über einen Raum eigens zu diesem Zwecke.

Die Diener waren daran gewöhnt, ohne Vorwarnung in jedes Zimmer einzutreten außer in Jims und Angies Schlafzimmer, und kaum eine Tür hatte einen Riegel. Die wenigen Privaträume, die es gab, wurden entweder benutzt oder waren von oben bis unten schmutzig und bis zur Decke mit allem möglichen vollgestopft, angefangen mit Waffen bis hin zu alten Möbelstücken. Einer dieser Räume würde sich bereits auf Angies Anordnung hin im Prozeß der Ausmistung, Reinigung und Möblierung befinden, um Sir John und Giles als Schlafzimmer zu dienen.

Also gab es nur einen Ort, der sich für Sir Johns Zwecke eignete, dachte Jim mit einem unhörbaren Seufzen – jetzt, da Carolinus im Gästezimmer untergebracht war.

»Da wäre die Kemenate«, fuhr er fort. »Das Zimmer, das Lady Angela und ich bewohnen. Wie wär's damit?«

6

»IHR MÜSST MIR VERGEBEN«, sagte Sir John Chandos einige Minuten später, »daß ich solcherart unangekündigt zu Euch komme und die Benutzung Eures persönlichen Gemachs von Euch erbitte. Aber dafür gibt es Gründe.«

»Keine Ursache«, sagte Jim. »Alles, was mein ist, will ich Euch gern überlassen.«

Das war die Wahrheit. Er hielt sehr viel von Chandos. Trotzdem blieb das leise Gefühl zurück, daß dieser

Raum entweiht wurde, als er nun mit Sir John und Giles in der Kemenate saß. Dies war immer Jims und Angies Refugium gewesen – bis auf gelegentliche Störungen durch die Diener, die hier saubermachten oder ihnen hin und wieder etwas zu essen brachten.

Einzig und allein diesem Zimmer hatten sie einen Hauch der Behaglichkeiten des zwanzigsten Jahrhunderts verleihen können. Die Sessel, auf denen er und Sir John saßen, hatten nicht nur Rücken- und Armlehnen, sondern waren auch in einer recht ordentlichen Anlehnung an die Möbel kommender Zeitalter ausgepolstert; und der Hocker, auf dem Sir Giles saß, mochte zwar wie jeder andere Hocker aussehen, den man in einer mittelalterlichen Burg finden konnte, verfügte aber ebenfalls über eine gepolsterte Sitzfläche und eine Rückenlehne.

Es war kein großer Raum, aber er hatte bisher ausschließlich Angie und ihm gehört; ein Ort, an dem sie in gewisser Weise dieser Parallelwelt des vierzehnten Jahrhunderts entfliehen konnten, einer Welt, die – so sehr sie diese mochten und wie entschlossen sie auch an dem Gedanken festhielten, den Rest ihres Lebens dort zu verbringen – doch nicht das war, worin sie aufgewachsen waren und was sie für selbstverständlich zu nehmen gelernt hatten. Solange dieser Raum nur ihm und Angie gehört hatte, war er ein privater Ort gewesen. Jetzt war er das nicht mehr.

»... aber ich muß Euch erklären«, fuhr Sir John, der keine Ahnung von Jims Gefühlen hatte, fort, »daß ich Euch im Hinblick auf das, was ich zu sagen habe, um äußerste Verschwiegenheit bitten muß.«

Sir Giles konnte diese Bitte kaum wiederholen, wie er es einem Mann von geringerem Ansehen gegenüber wohl getan hätte, aber Jim sah, daß sein Freund – unsichtbar für den älteren Ritter – so heftig nickte, daß die Enden seines schweren, aber seidenweichen Schnurrbarts zitterten.

»Ich muß jedoch sagen«, fuhr Sir John mit einem Lächeln fort, »daß Ihr die Schwierigkeiten dieses Königreichs auf Euch zieht wie ein Turm die Blitze, Sir James. Mehr will ich zu diesem Thema nicht bemerken. Statt dessen möchte ich jetzt auf unsere gegenwärtigen Schwierigkeiten eingehen.«

»Ganz, wie Ihr wünscht, Sir John«, sagte Jim.

»Vielen Dank, Mylord«, sagte Chandos. »Nun, als erstes habe ich auf Wegen, von denen ich Euch keine Kenntnis geben kann, von Eurem Besuch bei Sir Giles oben an der schottischen Grenze erfahren. Nun begrüße ich es natürlich, daß Ihr und Sir Giles zusammenkommt; aber wichtiger als dies war mir die Tatsache, daß Ihr persönlich an der schottischen Grenze gewesen seid. Es schien mir unvermeidlich, daß ihr dort in die Frage einer möglichen schottischen Invasion Englands hineingezogen werden mußtet, einer Invasion, die mit einer von Frankreich aus geführten Eroberung zusammenfallen sollte. Und das erwies sich als die Wahrheit, wie ich sehr kurz nach Eurem Aufbruch bei meiner Ankunft auf der Burg de Mer herausfand.«

Jim nickte.

»Ich habe Sir Giles die Angelegenheit erklärt«, fuhr Sir John fort, »und Sir Giles ist unverzüglich mit mir zusammen aufgebrochen. Wir hatten gehofft, Euch unterwegs einzuholen. Aber da wir keine Kenntnis der genauen Route hatten, über die Ihr nach Hause zurückkehren wolltet, sind wir ein wenig vom Wege abgekommen. Daher habe ich Euch erst in dem Augenblick eingeholt, in dem Ihr mich beim Haus des Magiers saht.«

»Und wie froh ich war, Euch zu sehen, Sir John«, bemerkte Jim.

»Vielen Dank, Mylord«, sagte Sir John, »aber unsere Hilfe war eine List – und eine armselige obendrein. Aber wie dem auch sei. Die Umstände haben sie erforderlich gemacht, und sie zeigte ihre Wirkung, indem sie es uns allen ermöglichte, mühelos fortzukommen und nun hier zusammenzusein.«

»Aber warum mußtet Ihr mich auf diese Weise suchen?« wollte Jim wissen. »Ich könnte mir denken, daß Ihr von London aus nach mir hättet schicken können, vom Palas des Königs aus ...«

Sir John hob abschätzig die Hand.

»Es ist unmöglich, bei Hofe zu reden, ohne fürchten zu müssen, belauscht zu werden. Was das betrifft«, erklärte er, »wäre es uns unmöglich, irgendwo in London miteinander zu reden oder an irgendeinem anderen Ort, an dem ich gut bekannt bin. Überall bestünde die Gefahr, daß andere unsere Gespräche mit anhören.«

Jim nickte. Dies war nur allzu verständlich. Auch seine Burg verfügte über keinen Ort, an dem man eines Geheimnisses sicher sein konnte – bis auf die wenigen Ausnahmen wie diese Kemenate und ihre übrigen Privatgemächer.

»Auf Burg de Mer oder hier bei Euch auf Malencontri«, fuhr Chandos fort, »kann ich sicherer sein, daß unsere Worte niemandem zugetragen werden, der uns schaden könnte. Selbst wenn sie nur als müßiger, unschuldiger Klatsch durch einen Diener weitergegeben würden. Zunächst einmal muß ich Euch für Eure gute Arbeit bei der Vernichtung der Hohlmenschen loben und natürlich auch für die Vereitelung der schottischen Invasion. Nach allem, was ich höre, hat die schottische Krone für den Augenblick diese Idee vollkommen fallenlassen.«

»Das freut mich«, murmelte Jim.

»Mich auch«, sagte Sir John. »Aber wenn das auch ein großer Erfolg ist, sind damit nicht sämtliche Probleme gelöst, die sich uns stellen. König Jean war trotz alledem immer noch entschlossen, eine Armee über den Ärmelkanal zu schicken; ein Unterfangen, wie es sich nicht mehr ereignet hat, seit König William die Sachsen, die damals dieses Land in Besitz hatten, überfallen und besiegt hat. Es stimmt mich traurig, Euch sagen zu müssen, daß Seine Allerchristlichste Majestät immer noch an dieser Absicht festhält.«

»Ihr glaubt, eine französische Invasion sei nach wie vor eine ernsthafte Gefahr?« fragte Jim, der an die vergeblichen Versuche in der jüngeren Geschichte dachte, über den Ärmelkanal England zu erobern.

»Die Gefahr ist gegeben«, sagte Sir John, »sobald er eine Armee auf die Beine stellen kann. Nun gut, der Ärmelkanal ist nicht allzu leicht zu überqueren, schon gar nicht mit Booten voller Kampftruppen und Pferden und anderer Kriegsausrüstung. Aber es geht die Kunde, daß ihm möglicherweise Beistand von einer Seite zuteil wird, von der wir keine Kenntnis haben.«

»Beistand zuteil wird?« wiederholte Jim. Giles machte ein ernstes Gesicht.

»Ja«, sagte Chandos. »Wer ihm diesen Beistand gewähren könnte, stürzt uns in Rätsel. Die Niederlande würden ihm niemals freiwillig helfen; dasselbe gilt für Schweden und Norwegen. Nein, unsere Informationen lassen auf etwas anderes schließen. Etwas, das eine Invasion möglicherweise beinahe sicher macht.«

»Wie verläßlich sind all diese Nachrichten?« wollte Jim wissen.

Sir John sah ihn mit grimmiger Miene an.

»Im gegenwärtigen Augenblick«, sagte er, »werden an den Küsten der Normandie und der Bretagne Boote gebaut und Männer gemustert, besonders in Brest und Calais. All das darf man als Vorbereitungen für eine Invasion werten.«

»Ihr meint«, fragte Jim ein wenig ungläubig, »daß er nach wie vor an seiner Idee festhält, die Invasion ganz alleine durchzuführen? Ganz gleich, wie viele Männer er auf die Beine bringt, er wird ganz England gegen sich haben!«

»Ganz England?« Sir John lächelte ein wenig traurig.

»Nun gut, jeder Engländer wird kämpfen, vom König angefangen bis hin zum niedersten Diener, sobald die französischen Invasoren auf unser Land vordringen. Wenn man ihn in seinem Haus angreift, wird er kämpfen. Und unsere Edelleute und alle, die für den Krieg ausgebildet sind, werden sich frohen Sinns zu den Fahnen melden. Mit ihnen wird es der französische König Jean seiner eigenen Einschätzung nach überwiegend zu tun bekommen ...«

»Diese Männer haben ihn schon früher geschlagen ...«, sagte Jim. »Bei Crecy und Portier.«

»Gewiß«, sagte Chandos, »und wenn der König zu den Fahnen ruft, bringt er die Männer sehr schnell zusammen – Männer aller Ränge und Waffengattungen. Aber das Gesetz verpflichtet sie nur für vierzig Tage. Danach steht es ihnen frei, nach Hause zurückzukehren. Und so ist die Lage der Dinge – diese Invasion droht, aber niemand weiß, wann sie kommen wird. Wenn ein englisches Heer zusammengerufen und in Alarmbereitschaft gehalten wird, muß es während der Wartezeit verpflegt und versorgt werden. Das wird große Unkosten über uns bringen. Außerdem weiß niemand, an welchem Tag es soweit sein könnte, nicht einmal König Jean selbst, denn auch er muß auf günstige Winde warten. Versteht Ihr das Problem?«

»Ich denke schon«, sagte Jim nachdenklich, aber auch ein wenig zweifelnd.

»Es besteht die große Gefahr, daß ein Heer zusammengerufen wird, das dann jedoch vierzig Tage vergeblich auf eine Invasion wartet und schließlich den Heimweg antritt – und welche Macht sollte die Soldaten aufhalten, wenn sie das tun? Welche Einwendungen könnten sie umstimmen, wenn nicht die Bezahlung der zusätzlichen Tage?«

»Gewiß«, sagte Giles, als Chandos innehielt. »Die Männer werden das Nahen des Sommers sehen, sie werden das Nahen der Erntezeit sehen; und sie werden

den Ruf ihrer Felder hören und die Verpflichtungen ihren Familien gegenüber spüren.«

»Ja«, sagte Chandos. »Aber bei König Jeans Soldaten liegen die Dinge anders.«

»Anders?« wiederholte Jim. »Wie das?«

»Weil die königliche Börse Englands im Augenblick nicht übermäßig schwer wiegt. In der Tat ist sie häufiger leer als wohlgefüllt, und unser König und sein Hof leben von Versprechungen statt von barer Münze«, sagte Chandos, »während König Jean auf der anderen Seite eine tiefe Tasche hat. Frankreich handelt mit Ost und Süd, und der Krone fließen die Steuern reichlich zu.«

»Das stimmt«, warf Giles ein. »… ehm, bitte um Vergebung, Sir John.«

»Aber nicht doch«, erwiderte Chandos. »Es ist mein Wunsch, daß Ihr beide in dieser Angelegenheit offen sprecht. Aber um fortzufahren – hinzu kommt, daß viele französische Edelleute Willens sind, für ein Abenteuer wie diese Invasion große Summen Geldes bereitzustellen. Und wisset, daß sie das Geld nicht aus Liebe zu ihrem König selbst geben. Sie geben es für das Abenteuer und für die Länder, die sie in England vielleicht erringen. Ihr kennt unsere Ritter. In Frankreich sind sie genauso!«

»Und ob ich unsere Ritter kenne«, sagte Jim. Und tatsächlich kannte er sie, nachdem er nun drei Jahre Seite an Seite mit ihnen lebte. Der Adel lebte, um zu kämpfen. Das war eine der Unzulänglichkeiten während der langen Winter. Essen und Trinken konnte man nur bis zu einer gewissen Grenze, dasselbe galt für das Liebesleben. Daher sehnte sich die Kriegerklasse danach, zu tun, was man sie seit ihrer Kindheit zu tun gelehrt hatte, nämlich mit ihren Feinden die Klingen zu kreuzen.

»Daher«, sagte Chandos, »ist es vonnöten, daß ich sobald wie möglich erfahre, worin diese unbekannte

Hilfe besteht, in deren Erwartung König Jean so zuversichtlich und verschwenderisch weiter für seine Invasion rüstet. Ich habe mit Euch, Sir James, und Sir Giles schon früher zu tun gehabt, als es um die Rettung unseres königlichen Prinzen aus französischer Gefangenschaft ging. Seither habe ich Euch, wenn das überhaupt möglich ist, noch mehr schätzen gelernt. Mein Wunsch ist es daher, daß Ihr beide heimlich und unter falschen Namen nach Frankreich geht, und das so schnell wie möglich. Ich möchte, daß Ihr für mich herausfindet, was sich hinter dieser anderen Macht verbirgt.«

Es herrschte Schweigen in der Kemenate. Angie, überlegte Jim sarkastisch, würde begeistert von dem Gedanken sein, daß er so bald schon wieder aufbrach.

»Nun, Sir John« sagte er, »ich muß erst mit meiner Gemahlin sprechen. Wenn Ihr und Sir Giles so freundlich sein wolltet, Euch in den Palas zu begeben und ein paar Becher Wein zu trinken, während ich mich um andere Verpflichtungen kümmere? Dann können wir uns zum Abendmahl alle wieder versammeln.«

»Natürlich. Zu Euren Diensten, Mylord«, sagte Chandos glatt. Dann erhob er sich.

Sie hatten alle, sobald sie in die Kemenate gekommen waren, ihre Rüstungen und Waffen abgelegt, und Chandos Sachen lagen in einem unordentlichen Haufen in einer Ecke. Wie die meisten Ritter seiner Zeit ließ er Dinge, die er ablegte, einfach fallen, zuversichtlich, daß früher oder später ein Diener daherkommen würde, der sie dahin brachte, wo er sie als nächstes benötigen würde – in diesem Fall also in das Zimmer, das man für ihn und Giles bereitmachen würde.

»Ich verstehe sehr wohl, Sir James, daß dies keine Angelegenheit ist, bei der Ihr mir unverzüglich Antwort geben könnt«, sagte er. »Wollt Ihr Euch dann zu mir gesellen, Sir Giles?«

»Mit Vergnügen, Sir John«, antwortete Giles.

Zu dritt verließen sie schließlich die Kemenate. Jim

ging mit den beiden anderen zu der hohen Tafel im Palas. Dort verließ er sie, um Anweisung zu geben, daß man Sir Johns und Sir Giles' Rüstung auf deren Zimmer bringen möge, sobald dies bereit war.

Dann machte Jim sich daran, sich um seine eigenen Angelegenheiten zu kümmern.

Draußen herrschte bereits Zwielicht. Im Wald würde es dunkel sein und noch dunkler werden. Unterwegs stieß er auf einen seiner Bewaffneten.

»Amyth«, sagte er zu ihm, »holt zwei Fackeln von gebundenen Zweigen und bringt sie her. Ich werde Euch am Burgtor erwarten.«

»Sehr wohl, Mylord«, antwortete Amyth. Er war ein kampferprobter Mann von Anfang Dreißig mit einem fahlen Gesicht und glattem schwarzen Haar.

Er machte sich im Laufschritt auf den Weg und holte Jim am Burgtor ein. Er trug nicht nur die Fackeln bei sich, sondern war bewaffnet und trug seinen Eisenhelm.

Gemeinsam strebten sie über die freie Fläche um die Burg herum dem Wald entgegen; Jim ging voran. Die rötliche Sonne war schon fast hinter den Baumgipfeln verschwunden. Während sie dem Wald näher kamen, schien sie in diesen zu versinken, und die oberen Zweige dieser Bäume schienen sich in ihrer ganzen Schwärze zu erheben, um den letzten Rest Tageslicht zu verschlingen.

Als Jim, ein Bündel Zweige an seinem Gürtel befestigt, das andere in der Hand, Amyth neben sich betrachtete, bemerkte er, daß das Gesicht des Mannes noch bleicher war als gewöhnlich. Vor langer, langer Zeit einmal hätte dieser Umstand Jim in Erstaunen versetzt. Heute tat er das nicht mehr. Für diese Menschen war die Dunkelheit voller Gefahren, angefangen von wilden Tieren bis hin zu unbekannten und furchtbaren Gefahren.

Man mußte immer mit gefährlichen Tieren rechnen,

über die man im Dunkeln stolpern konnte – einen Bären vielleicht oder ein Wildschwein. Aber die wirkliche Furcht galt ungezählten übernatürlichen Wesen jeglicher Art, Nachttrollen, Geistern, Ungeheuern unbekannter Art und Zahl, die dem abendlichen Wanderer auflauerten.

Allein hätte es Amyth zutiefst widerstrebt, sich in den abendlichen Wald zu wagen, selbst mit einer Fackel. Aber zusammen mit seinem Herrn, einem Magier, war die Furcht des Mannes zerstreut – beinahe.

Man konnte nie wissen, was in der Dunkelheit lauerte.

Unter den Bäumen hatte sich schon fast die Nacht breit gemacht. Sie blieben stehen, und Amyth setzte mit einem Quentchen Zunder, einem Zündstein und Stahl die erste seiner Fackeln in Brand. Als sie weitergingen, hielt er sie hoch über seinen Kopf, und augenblicklich machte ihr Licht die Dunkelheit um sie herum noch dunkler, so daß sie in einer Kugel flackernden, gelben Leuchtens zu gehen schienen, während rings um sie herum unerwartet Baumstämme, Felsen und Büsche aus der Dunkelheit auftauchten und zurückblieben.

Es war, das mußte Jim zugeben, in der Tat unheimlich – selbst für ihn. Immerhin wußte er ja, daß es zumindest auf dieser alternativen Erde tatsächlich noch andere Wesen als Tiere gab, denen sie begegnen konnten. Es handelte sich hierbei nicht strenggenommen um übernatürliche Wesen. Sie gehörten zu der Gruppe von Geschöpfen, die Carolinus als ›Elementarwesen‹ bezeichnete.

Aber die meisten waren nicht besonders gefährlich für einen bewaffneten Mann wie den an seiner Seite, der die Fackel hoch über seinen Kopf hielt und sich bei jedem Schritt furchtsam umsah. Viele diese Wesen, wie zum Beispiel die Dryaden, verhielten sich Menschen gegenüber sogar freundlich oder waren zumindest harmlos. Es gab natürlich Nachttrolle, und ein großer, ausgewachsener Nachttroll konnte vielleicht eine Bedrohung darstellen, da diese Spezies es mühelos auf das Gewicht eines erwachsenen Mannes brachte und mit gefährlichen Zehen und Nägeln versehen war. Aber das war auch schon alles.

Die Elementarwesen waren irgendwo zwischen Menschen und den natürlichen Mächten dieser Welt anzusiedeln. Menschen, wie der Bewaffnete neben ihm, schrieben ihnen Magie zu. Aber sie verfügten in Wirklichkeit jeder nur über etwas, das man als eine einzelne, übernatürliche Fähigkeit bezeichnen konnte, etwas, das sie beherrschten wie ein Hund das Wedeln seines Schwanzes – aber das war auch schon das Äußerste ihrer Fähigkeiten.

In der Tat waren die Elementarwesen, wie Carolinus ihm erklärt hatte, außerstande, echte Magie zu wirken. Das konnten nur normale lebende Geschöpfe; und unter den normalen lebenden Geschöpfen waren die einzigen, die die Fähigkeit und den Wissensdrang dazu besaßen, die Menschen – und, wie Jim sich hatte sagen lassen, was dies betraf, auch nur sehr wenige unter den Menschen. Die meisten Menschen aus dieser Welt hielten es eher wie Aragh, der Wolf, der keinen Sinn in der Fähigkeit sah, Magie zu wirken, und am liebsten überhaupt nichts damit zu tun hatte.

Der einzige Unterschied war der, daß Aragh sich nicht vor der Dunkelheit fürchtete, während der Bewaffnete in Jims Begleitung genau das tat.

All diese Überlegungen hatten Jims Aufmerksamkeit auf die Tatsache gelenkt, daß ein leiser Wind durch den Wald wehte. Dieser Wind mußte ihnen auch auf der gerodeten Fläche zwischen der Burg und den ersten Bäumen begegnet sein, aber bisher hatte Jim ihm nicht die leiseste Aufmerksamkeit geschenkt.

Jetzt war er sich des Luftzugs zwischen den Baumstämmen bewußt, bezeugt durch das leise Stöhnen, das sich ihm von mehreren Seiten gleichzeitig zu nähern schien. Es war nur ein Wind, und Jim war – sagte er sich – nicht im mindesten abergläubisch; wenn auch die Situation zu der Art zählte, die man nicht gerade als angenehm bezeichnen würde.

Dennoch, sie hatten ihr Ziel beinahe erreicht. Es lag keine fünf Minuten zu Fuß vom Waldrand entfernt; und noch während Jim dies dachte, hatten sie es auch schon erreicht.

Es war der Stamm einer jungen Ulme, der gut einen Meter oberhalb des Erdbodens abgebrochen war. Ein Riß lief von oben nach unten durch den Stumpf. Jim und Amyth blieben vor dem Baumstumpf stehen, und Jim griff in eine der Innentaschen seines Wamses. Es war eine der Innentaschen, die Angie dort eingenäht hatte, und wenn sie auch gänzlich gegen die Mode des Mittelalters verstieß, so verschaffte sie ihm den Vorteil, etwas unauffällig bei sich zu tragen. Diese Welt befand sich noch in dem Stadium, in dem die meisten Gegenstände in Säcken oder Beuteln getragen wurden, die man für gewöhnlich an Gürtel- oder Schulterriemen befestigte.

Aus der Tasche nahm er ein Stück rotgefärbten Stoffes in der Größe eines Taschentuches. Diesen band er um den oberen Teil des Ulmenstumpfes und klemmte einen Teil des Stoffes fest in den Spalt, so daß der Wind das Tuch nicht einfach wegwehen konnte.

»So«, sagte er zu dem Bewaffneten, »jetzt treten wir ein paar Schritte zurück. Ich werde ein wenig Magie wirken ...«

Ein Blick auf den Mann zeigte ihm, in welch tiefe Furcht sein Bewaffneter plötzlich verfallen war. Es war schon schlimm genug, nachts in diesen Wald zu gehen. Aber in unmittelbarer Nähe zu sein, wenn Magie ausgeübt wurde, selbst wenn es sein eigener Herr war, der sie wirkte, das überstieg beinahe den Mut des Bewaffneten.

»Entzündet die andere Fackel«, sagte Jim mitleidig, »und laßt mir die Fackel da, die Ihr bei Euch tragt. Dann könnt Ihr Euch zurückziehen.«

»Vielen Dank, Mylord«, sagte Amyth erleichtert.

Die Zähne des Mannes hatten buchstäblich zu klappern begonnen. Er entzündete die zweite Fackel und machte sich davon. Jim sah zu seiner Belustigung, daß er sich so weit wie möglich entfernte, ohne sich zwischen den Bäumen zu verlieren; gute dreißig Meter mochten es sein. Jim konnte noch das Licht der Fackel, aber sonst nichts mehr von dem Mann sehen. Jim wandte sich wieder dem Baumstumpf zu.

Mit der ersten Fackel, die größtenteils niedergebrannt war, trat Jim ungefähr vier Schritte von dem Baumstumpf zurück. Obwohl die Revisionsabteilung ihm den Rang dritter Klasse zugestanden hatte – Carolinus hatte sie nur durch die pure Drohung, sein eigenes Konto aufzulösen, so hoch hinaufgehandelt –, wußte Jim, wie wenig er im Grunde von wirklicher Magie verstand. Aber er lernte hinzu.

Während des vergangenen Winters hatte er sich ein wenig weiter in das Studium der Magie vertiefen können und war erstaunt gewesen festzustellen, wieviel es da zu lernen gab. Es ließ sich mit Mathematik vergleichen, dachte er jetzt. Je weiter man sich von der Arithmetik zur Algebra hinaufarbeitete und schließlich der höheren Mathematik näherte, um so komplizierter wurde die Lösung für ein Problem. Im Falle der Magie bedeutete das, daß man mehr als die einzeiligen Befehle benutzen mußte, deren er sich die meiste Zeit bedient hatte – und sich wahrscheinlich wenn möglich auch in Zukunft bedienen würde.

Glücklicherweise hatte er beim Aufbau eines Befehls ein gewisses Maß an Freiheit. Das einzige, was hier vonnöten war, war die Anwendung eines gewissen Schutzzaubers. Er würde den Baumstumpf umrunden, um einen Zauber darum zu legen. Auf diese Weise würde nur Aragh der Wolf – für den die Nachricht bestimmt war –, er selbst oder Angie in dessen Nähe kommen können.

Was Jim brauchte, war im Grunde dieselbe Art von Zauber, mit der Carolinus sein Haus vor den Vagabunden geschützt hatte. Er dachte einen Augenblick lang nach und schrieb einen entsprechenden Befehl auf die Innenseite seiner Stirn.

Dann begann er, im Kreis um den Baumstumpf zu schreiten.

In dem Augenblick, in dem er den Kreis vollendete, kam es jedoch zu einer Störung – aber es war bereits zu spät, um ihn von der Vollendung seines Zaubers abzuhalten.

Es war ein Schrei, der hinter ihm erscholl.

Jim fuhr herum und hielt seine Fackel hoch, konnte aber in deren Licht nichts erkennen. Während er den Bewaffneten leise dafür verfluchte, daß er zu guter Letzt doch noch seinen Nachtängsten nachgegeben hatte, ging Jim auf die Stelle zu, wo Amyth' Fackel immer noch brannte.

Seltsam niedrig schien diese Fackel gehalten zu werden. Als er näher kam, sah er, was es damit auf sich hatte. Die Fackel lag auf dem Boden und brannte nur noch auf ihrer Oberseite. Amyth' blankes Schwert lag daneben. Aber von Amyth selbst fehlte jede Spur.

7

»ACH, ÜBRIGENS«, sagte Jim zu Yves Mortain, seinem Ersten Bewaffneten, als er auf die Burg zurückkehrte, »ich habe Amyth mit einer Sonderbotschaft losgeschickt. Er wird einige Wochen fort sein. Behaltet die Angelegenheit, so weit es geht, für Euch, ja?«

»Jawohl, Mylord«, erwiderte Yves.

Die Antwort des narbengesichtigen Mannes erfolgte gehorsam und ohne ein Zögern, aber er sah Jim durchdringend an; dieser hatte das starke Gefühl, daß Yves gleichermaßen verwirrt wie neugierig war. Ein Hauch von Ärger regte sich in Jim. Wenn irgendein anderer mittelalterlicher Edelmann seinem Ersten Bewaffneten etwas gesagt hätte, hätte besagter Bewaffneter es einfach hingenommen. Yves Reaktion war wieder einmal ein Beweis dafür, daß Jim in seinen Bemühungen, sich wie ein wahrer Ritter und Baron zu benehmen, immer wieder kleine Fehler machte.

Er vergaß immer wieder, daß sie sich nicht im zwanzigsten Jahrhundert befanden, und behandelte seine Untergebenen, als gäbe es keinen Unterschied zwischen ihnen. Viele seines Gefolges hatten es sich infolgedessen angewöhnt, sich auf sehr unmittelalterliche Art und Weise zu benehmen, als wären sie in einer Position, seine Anweisungen hinterfragen zu dürfen. Nun, sagte er sich, daß er Yves gerade erzählt hatte, war das, was er ihm erzählt hatte – und Yves konnte daraus machen, was er wollte.

Jim marschierte davon.

Dennoch, dachte er, war es eine gute Sache, daß er Amyth' Schwert in die Kemenate geschmuggelt hatte, bevor einer der anderen Bewaffneten es sah und wiedererkannte. Im Augenblick weigerte er sich einfach, darüber nachzudenken, was Amyth weggeschleppt haben konnte. Nichts Harmloses jedenfalls.

An dieser Stelle seiner Überlegungen erreichte er die Anrichtestube, sein nächstes Ziel; dort herrschte eine stämmige und einigermaßen strenge Frau in den Vierzigern namens Gwynneth Plyseth, die bei seinem Eintreten einen Knicks machte.

»Gwynneth«, sagte er, »ich werde mich an der hohen Tafel Sir Giles und unserem anderen Gast, Sir John, zugesellen. Sobald Lady Angela zu uns stoßen kann, laßt das Essen auftragen. Bitte seid so gut, gebt in der

Küche Bescheid und richtet auch Lady Angela aus, daß wir auf sie warten.«

»Sehr wohl, Mylord«, sagte Gwynneth und knickste abermals.

Jim verließ die Anrichtestube und kehrte in den Palas und zur hohen Tafel zurück.

»Ach, übrigens«, sagte er zu Sir John, als er sich niedersetzte, »ich hatte noch keine Zeit, mit meiner Frau zu sprechen. Wenn es Euch nichts ausmacht, diese Reise nach Frankreich für den Augenblick unerwähnt zu lassen ...«

Sir John lächelte.

»Nicht das geringste, Sir James«, sagte er. »Diese Dinge brauchen Zeit, wie ich aus Erfahrung mit meiner Gemahlin weiß. Ich bin nicht in Eile. Ich würde mit Freuden ein oder zwei Tage bei Euch bleiben und in Eurer kurzweiligen Gesellschaft und die von Sir Giles verbringen – ganz zu schweigen natürlich von der Gesellschaft von Lady Angela selbst.«

»Ehm, ja«, sagte Jim. Sir Johns Aufmerksamkeiten Angie gegenüber beunruhigten ihn immer noch ein wenig, und er war sich nicht übermäßig sicher, daß der Ritter nicht weitergehende Vertraulichkeiten im Sinn hatte, als sie Jim lieb waren.

»Trinkt ein wenig Wein, James«, sagte Giles und schob Jim einen Becher hin, den er gerade aus seinem Krug gefüllt hatte.

»Ach, übrigens«, sagte Jim – später an diesem Abend, einige Zeit, nachdem er und Angie zu Bett gegangen und sie beide entspannt und glücklich waren –, »Sir John möchte, daß Giles und ich schnell mal nach Frankreich rüberfahren; wir sollen feststellen, welche Vorbereitungen der französische König für seine Invasion trifft, die er offensichtlich ins Auge gefaßt hat.«

Jim spürte, wie Angie sich neben ihm unter den Decken versteifte.

»Nach Frankreich?« wiederholte Angie langsam und mit eisigem Tonfall. »Wann?«

»Na ja«, sagte Jim so leichthin, wie ihm das möglich war, »er sprach davon, daß wir uns ziemlich rasch auf den Weg machen sollten – es ist nur eine kurze Reise, du verstehst schon ...«

Er brach ab, denn Angie hatte sich im Bett aufrecht hingesetzt und dabei sich und Jim die Decken weggezogen. Eine Sekunde später begann sie mit beiden Fäusten auf ihn einzudreschen.

»Autsch!« rief Jim und hielt ihre Arme fest, um sie von einer Fortsetzung ihres Tuns abzuhalten. »Seit wir hier leben, hast du mehr Muskeln entwickelt, als dir selbst bewußt ist.«

»Ich wünschte, ich hätte doppelt so viele!« schrie Angie wütend. »Du wirst nicht gehen!«

»Aber nur eine kurze Reise ...«, begann Jim.

»Nein! Nicht mal für einen Tag! Nicht für eine Stunde! Nicht für eine einzige Minute! Du wirst die Burg nicht verlassen! Nein! Nein! NEIN! ENDE!« rief sie wütend. *»Neinneinnein!«*

»Aber laß dir doch erklären«, flehte Jim sie an und hielt dabei immer noch ihre Handgelenke fest. »Es besteht die Gefahr einer Invasion. Sie könnte auch uns betreffen, direkt hier auf Malencontri. Französische Soldaten könnten auf unser Land kommen und unsere Burg angreifen ...«

»Das ist mir egal! Das ist mir egal!« rief Angie. »Du bist gerade erst von einer Reise zurückgekehrt! Und wer mußte mit allem fertig werden, während du fort warst? Ich! Ich mußte Lord und Lady gleichzeitig sein! Ich mußte mich um all die Dinge kümmern, denen du freien Lauf gelassen hattest, und ihnen Einhalt gebieten. Ich mußte anordnen, daß einer der Bewaffneten ausgepeitscht wurde. Du hättest das nicht getan. Du hast es nicht getan, als du es hättest tun sollen. Yves Mortain ist zu mir gekommen und hat mir erklärt, daß es geschehen müsse. Also mußte ich es tun. Weil du nicht hier warst, um es zu tun. Aber das ist nicht meine Aufgabe. Es ist deine – als Herr dieser Baronie. Was, wenn jemand hätte gehängt werden müssen? Was glaubst du, wie ich mich dabei gefühlt hätte, wo das doch eigentlich deine Aufgabe ist?«

»Was hatte der Bewaffnete getan?« wollte Jim wissen.

»Ich erinnere mich nicht mehr. Welchen Unterschied macht das auch schon?« fragte Angie zurück. »Der Punkt ist, daß du nicht hier warst, und hier, das ist das vierzehnte Jahrhundert. Ich mußte ganz allein mit allem auf der Burg und den Ländereien fertig werden. Ich mußte die Streitigkeiten zwischen den Dienern schlichten. Ich mußte über Leibeigene und Freie herrschen. Ich mußte sie alle zur Arbeit antreiben, während sie die Zügel am liebsten schleifen lassen wollten. Ich mußte alles machen, meinen Job *und* deinen! Während du weg warst und zweifellos jede Menge Spaß hattest und nicht mal einen einzigen Gedanken an deine Burg oder deine Frau verschwendet hast! Wir hatten kaum Gelegenheit, einander guten Tag zu sagen, bis auf ein paar Monate nach Weihnachten! Und die liegen nun schon wieder Monate zurück. Warum kannst du nicht dableiben und dich um deine Pflichten kümmern? Und vielleicht zur Abwechslung einmal um mich. Ich brauche ab und zu auch mal jemanden, der sich ein wenig um mich kümmert – falls dir dieser Gedanke je gekommen sein sollte! Aber du verschwindest irgendwohin, wo es alle möglichen anderen Frauen gibt. Wahrscheinlich denkst du nicht mal an mich!«

»Doch, das tue ich wohl!« rief Jim erzürnt. »Ich denke an dich – nachts, morgens, tagsüber, zu allen möglichen Zeiten! Ich denke ganz schön oft an dich. Ich bin nur oft nicht in der Lage, mit dir Verbindung aufzunehmen und es dir zu sagen. Ich habe dir aber durch Carolinus eine Nachricht schicken lassen, daß sich meine Rückkehr verzögern würde.«

Angies Arme, die er immer noch umklammert hielt, entspannten sich ein wenig – aber nur ein wenig.

»Das hast du getan?« fragte sie. »Carolinus ist aber nicht mit irgendeiner Nachricht zu mir gekommen.«

»Vielleicht war er da schon krank«, sagte Jim. »Ach, übrigens, ich habe gar nichts von Carolinus gehört, seit ich dich mit ihm allein gelassen habe, nachdem wir ihn auf die Burg geschafft hatten. Wie geht es ihm denn so?«

Aber seine Bemühung, das Thema zu wechseln, war ein trauriger Fehlschlag. Angie hatte ihre Handgelenke losgerissen, sich wieder niedergelegt und sich auf die andere Seite gerollt. Sie wandte ihm den Rücken zu. Sie antwortete nicht; und Jim wußte, daß es keinen Sinn haben würde, seine Frage zu wiederholen – oder, was das betraf, irgendwelche anderen Fragen zu stellen. Die große Mauer des Schweigens war hochgezogen worden, und bis zu einem noch unbestimmten, zukünftigen Zeitpunkt – hoffentlich nicht später als irgendwann morgen – würde Angie nicht mit ihm reden.

Jim seufzte. Langsam erwachte ein leiser Groll in ihm. Gewiß, Angie hatte nicht unrecht. Sie hatte tatsächlich eine doppelte Last tragen müssen, die ganze Zeit, während er fort gewesen war, jedesmal, wenn er fort gewesen war. Im Idealfall hätte er wirklich zwölf Monate im Jahr auf der Burg sein sollen. Aber so funktionierte diese Feudalwelt nun einmal nicht, schon gar nicht für Ritter wie ihn, die auf die eine oder andere Weise zusätzliche Bedeutung erlangt hatten. Chandos war, wie Jim wußte, immer unterwegs, so wie jetzt. Stets hatte er irgendwelche Angelegenheiten für die Krone zu erledigen.

Je mehr er darüber nachdachte, um so heftiger wurde sein Groll. Nach einer Weile stand er auf, zog sich an und ging nach unten. Wie er vermutet hatte, saßen Sir Giles und Sir John noch immer am Tisch und redeten und tranken. Jim hatte sie früh verlassen und ins Feld geführt, daß er seine Frau lange nicht gesehen habe; und nach einigen Witzeleien, die nicht viel zotiger waren als das, was seine männlichen Freunde im zwanzigsten Jahrhundert vom Stapel gelassen hätten, hatten sie einander gute Nacht gewünscht und ihn ziehen lassen.

Als er nun zurückkehrte, waren sie vernünftig genug, ihn nicht zu befragen. Giles schob ihm abermals einen vollen Becher Wein hin; Jim nahm einen tiefen Zug daraus.

Er trank auch weiterhin in tiefen Zügen. Um genau zu sein, er betrank sich. Später erinnerte er sich vage, daß ihn ein paar keuchende Diener die Treppe hinaufgeschleppt hatten, ohne daß er sich die geringsten Sorgen gemacht hätte, einer von ihnen könne vielleicht ausrutschen und sie alle drei die geländerlose Wendeltreppe des runden Turms hinunterreißen – mehrere Stockwerke tief in ihren sicheren Tod.

Sie brachten ihn sogar bis in die Kemenate, entkleideten ihn, legten ihn ins Bett, deckten ihn zu. Während all dieser Zeit lag Angie, wo sie war, auf der anderen Seite des Bettes und in tiefstem Schweigen, als befände sich in einem Umkreis von vierzig Meilen niemand – und schon gar nicht Jim.

Es war das letzte, woran er sich erinnerte. Er erwachte mit rasenden Kopfschmerzen, einem Hauch Übelkeit in der Magengrube und dem Gefühl, Licht zu sehen, das durch die schmalen Fenster fiel. Dies wertete er als Hinweis darauf, daß es viel später am Tag war als gewöhnlich, wenn er aufstand. Sowohl er als auch Angie hatten sich die mittelalterliche Gewohnheit zu eigen gemacht, mit der Sonne aufzustehen, wenn nicht schon vor ihr. Sein Mund war trocken, er hatte furchtbaren Durst – und dann bemerkte er, daß das Bett neben ihm leer war. Natürlich. Angie war bereits vor einigen Stunden aufgestanden, hatte sich angekleidet und das Zimmer verlassen.

Der Durst war überwältigend. Jim mühte sich auf die Beine und stolperte in seiner Sehnsucht nach etwas Wasser zu dem Tisch mit den Trinkkrügen. Erst in der letzten Sekunde fiel ihm wieder ein, daß ihm übel wurde, wenn er von dem Wasser trank. Also wandte er zunächst einmal bedächtig den Kopf von dem Geruch und dem Anblick des Weinkruges ab, der dort stand, und machte den Krug mit dem Dünnbier ausfindig, von dem er sich alsbald einen Becher einschenkte.

Es schmeckte scheußlich, aber es war flüssig. Einen Augenblick lang war er sich nicht sicher, ob er bei sich behalten konnte, was er soeben geschluckt hatte. Dann stellte sich heraus, daß es ihm durchaus möglich war, und er trank noch etwas mehr. Ganz allmählich und sehr durstig arbeitete er sich den Krug hinunter, bis er ihn fast geleert hatte.

Dann ließ er sich auf einen Stuhl am Tisch fallen, in Händen noch einen Becher mit dem letzten Rest Dünnbier, und versuchte, seine Gedanken zu ordnen. Die Frankreichreise war angesichts Angies kategorischer Ablehnung ein Ding der Unmöglichkeit.

Auf der anderen Seite war der König sein unmittelbarer Lehnsherr. Es würde ihn nicht im mindesten überraschen, wenn Sir John ein mit dem königlichen Siegel versehenes Pergament bei sich trüge, das ihn ebenso wie Giles Sir Johns Befehlen unterstellte. Er konnte sogar getrost davon ausgehen, daß es sich so verhielt. Sir John würde es wahrscheinlich vorziehen, ihm nicht *zu befehlen,* nach Frankreich zu gehen, sofern er das vermeiden konnte. Wem ein solches Unterfangen befohlen wurde, der gab dabei oft nicht sein Bestes. Sir John würde zuerst versuchen, Jims freiwillige Zustimmung zu bekommen. Offenkundig hatte Giles ihm bereits seine Zustimmung gegeben.

Jim hatte das Gefühl, zwischen zwei Stühlen zu sitzen. Beides war gleich zwingend: Angies Weigerung, ihn ziehen zu lassen, und Sir Johns verborgene, aber zweifellos gegenwärtige Autorität, die ihn zu der Reise veranlassen konnte, ob es ihm nun gefiel oder nicht. Die schlechteste aller Lösungen wäre es, wenn er sich den Befehl zu der Reise geben ließ, obwohl Angie immer noch auf ihrem Widerstand beharrte.

Möglich, daß sie nachgab, wenn sie erst einsah, daß er keine Wahl hatte. Aber so, wie er Angie kannte, wollte er sich darauf nicht verlassen. Außerdem würde er in Frankreich nicht die richtige Handlungsfreiheit haben, wenn er auf Befehl, aber gegen Angies Wunsch dort war. Aber wenn er aus eigenem Antrieb ging, konnte er wirklich tun, was Sir John von ihm erwartete, konnte tun, was er in wie auch immer gearteten Umständen für angebracht hielt.

Er trank den Rest Dünnbier aus. Er hatte immer noch Durst. Aber unten warteten Pflichten auf ihn, denen er schon vor einigen Stunden hätte nachkommen sollen. Er zog sich an und ging hinunter.

Der Palas war wie erwartet leer. Nach dem Licht zu urteilen, das durch die Fensterschlitze fiel, mußte es mindestens neun Uhr sein.

Da der Gedanke an ein Frühstück keinen besonderen Reiz für ihn hatte, verzichtete er darauf, sich allein an die hohe Tafel zu setzen und einen Diener herbeizurufen; er ging einfach durch die Halle und wollte gerade durch die Tür treten, als ihm der Schmied den Weg versperrte.

»Mylord – bitte, Mylord …« Der Schmied zupfte an einer Stirnlocke, dem spärlichen Überrest seines braungrauen Haares, und versuchte sich an einer Verbeugung.

Jim blieb stehen. Plötzlich waren ihm sein schmerzender Kopf und das flaue Gefühl im Magen nur allzu bewußt. Aber – *noblesse oblige.* Adel verpflichtet, oder, mit anderen Worten, sorge wenn möglich immer für ein gutes Verhältnis mit der Dienerschaft.

»Ja?« fragte er.

»Mylord, wenn Ihr so gütig sein wollt ...« Der Schmied bedachte ihn mit einem einschmeichelnden, zahnlückigen Grinsen. »Mir ist der Gedanke gekommen, daß ich mich möglicherweise ein klein wenig nützlich machen könnte, wenn ich mir die Rüstung des hochwohlgeborenen Sir John ansehe und alle kleinen Schäden behebe, die diese gelitten haben könnte. Ich wollte nicht selber fragen ...«

Die Worte verloren sich, so daß Jim sich ihre unausgesprochene Fortsetzung allein ausdenken mußte.

»Ich werde es ihm gegenüber erwähnen«, sagte Jim knapp und schob sich an dem Mann vorbei. Einen Augenblick später stand er im Freien, und das Sonnenlicht stach ihm wie Schwertklingen in die Augen.

Er blinzelte und verharrte einige Sekunden lang, damit seine Augen sich an die Helligkeit gewöhnen konnten. Als er sich dann auf dem Burghof umsah, erblickte er sowohl Sir John als auch Sir Giles, die eines der Pferde begutachteten, die man für sie aus den Ställen geholt hatte. Es war Jims eigener Hengst, Gorp, der einem echten Streitroß oder einem Schlachtpferd näherkam als irgend etwas anderes in seinem Stall.

Neben den beiden Rittern stand ein Küchendiener, der geduldig einen Krug in Händen hielt, in dem sich zweifellos Wein befand, da beide Ritter mit Bechern ausgerüstet waren. Ein paar andere Becher baumelten vom Gürtel des Dieners herab.

Jim ging auf die drei Männer und das Pferd zu, und sein Kopf pochte jedesmal, wenn er einen Fuß auf die betonharte, festgestampfte Erde im Burghof setzte.

»Ah, Sir James«, sagte Sir John, als er näher kam, und beide Ritter wandten sich zu ihm um. »Ein Stallbursche hat gerade dieses prachtvolle Tier aus Eurem

Besitz herumgeführt, und wir haben ihn angehalten, um es uns einmal anzusehen.«

Jetzt, da Sir John es sagte, erblickte Jim auch einen winzigen Stallburschen, der hinter den beiden Rittern und Gorp mehr oder weniger versteckt gewesen war und das Ende des Halfters um Gorps Hals festhielt.

»Das sehe ich«, sagte Jim, als er neben ihnen stehengeblieben war.

Selbst durch den Nebel seines Katers war er sich aufs schärfste der Tatsache bewußt, daß zwei Ritter vom Format Sir Johns und Sir Giles' sehr wohl wußten, daß Gorp kein ›prachtvolles Tier‹ war. Aber im Augenblick konnte er seinen schmerzenden Kopf keine befriedigendere Antwort auf Sir Johns Bemerkung abringen.

»Wo hast du bloß deine Gedanken, Mann!« sagte Sir John und wandte sich dem Diener mit dem Krug zu. »Einfach wie ein Holzklotz dazustehen, ohne deinem Herren einen Becher anzubieten?«

Der Diener setzte sich hastig in Bewegung, riß einen der leeren Becher von seinem Gürtel, füllte ihn und hielt ihn Jim hin. »Tut mir sehr leid, Mylord.«

Jim war zu langsam, um ihn aufzuhalten. Schweigend nahm er den randvollen Becher Wein entgegen, dessen bloßer Anblick und Geruch ihm den Magen umzudrehen drohten – als ihm auffiel, daß die beiden anderen Ritter ihn scharf beobachteten.

So benebelt er auch war, wurde ihm plötzlich klar, daß dies wieder so ein kleiner Test war, dem einen die Angehörigen des Standes, in dem er gelandet war, nur allzugern unterzogen.

Sie wußten, in welchem Zustand er am Vorabend zu Bett gegangen war. Sie mußten eine sehr gute Vorstellung davon haben, wie er sich im Augenblick fühlte, und vor allem, wie er sich bei dem Gedanken an einen weiteren Becher Wein fühlte. Ihre Neugier hatte nichts Unfreundliches, war aber Teil des allgemeinen Kodex, zu dem auch die Turniere und die anderen rauhen

Sportarten der Epoche zählten – eine Art allgemeiner Prüfung, die ständig im Gange und in der ein jeder sowohl Prüfer als auch Prüfling war. Es war, als wolle jeder sichergehen können, daß die Standesgenossen in seiner Umgebung immer noch über die ganze Kraft verfügten, die man ihnen ursprünglich zugeschrieben hatte. Was auch geschah, er würde diesen Becher Wein trinken müssen.

Er könnte mogeln, indem er den Wein entfernte, während er so tat, als würde er schlucken; aber irgendwie schämte er sich dessen.

Er wagte es nicht, die Augen zu schließen. Er setzte den Becher an die Lippen und begann einfach zu schlucken. Einen Augenblick lang zauderte sein Magen am Rand einer Revolte, aber wieder schien ihn wie zuvor bei dem Dünnbier die Tatsache zu retten, daß er Flüssigkeit in seinen ausgetrockneten Körper goß. Er leerte den Becher bis auf den letzten Schluck und gab ihn dem Küchendiener zurück, der ihn prompt wieder bis an den Rand auffüllte und ihm zurückreichte.

Diesmal hatte Jim das Gefühl, den Test hinreichend bestanden zu haben. Er nahm ein oder zwei Schluck von dem zweiten Becher, die herunterzubekommen ihm nun gar nicht mehr schwerfiel, und zwang sich, Giles und Sir John anzulächeln – die zurücklächelten.

»Also dieses Tier hier«, sagte Sir John und drehte sich wieder zu Gorp um. »Ist es ausgebildet?«

Jim verspürte einen starken Anflug von Verlegenheit. Gorp war ungefähr so unausgebildet wie nur je ein Pferd sein konnte, das in eine Schlacht geführt wurde. Aber Jims Verstand schien durch den schnellen Genuß des knappen Liters Wein zusätzlich zu dem Dünnbier, das so gut wie gar keinen Alkohol enthielt, unerwartet geschärft worden zu sein.

Er trat ein halbes Dutzend Schritte zurück und wandte sich an den Stallburschen, der Gorps Halfter hielt.

»Womar!« sagte er zu dem Mann. »Laß ihn los.«

Der Stallbursche ließ das Halfterseil fallen und Jim pfiff.

Gorp sah sich mit gelinder Überraschung um. Er entdeckte Jim, drehte sich gemächlich um und kam angetrabt, um den Kopf zu senken und an Jims Brust nach der Belohnung zu schnuppern, mit der sein Gehorsam für gewöhnlich belohnt wurde. In diesem Moment hatte Jim jedoch nichts für ihn. Zucker war unbekannt, daher fiel der Zuckerwürfel flach, mit dem er ein Pferd im zwanzigsten Jahrhundert belohnt hätte. Die Frühlingsmöhren waren noch nicht gewachsen und die vom letzten Jahr lange verzehrt, und mit dem Hafer vom letzten Jahr sah es nicht besser aus.

Jim streichelte und hätschelte das Pferd ein wenig, sprach auf es ein und versuchte, den Mangel eines Geschenks wiedergutzumachen. Dann trat er zurück und gab ihm einen anderen Befehl.

»Hoch, Gorp!« rief er. »Hoch, Junge!«

Gorp machte sein einziges anderes Kunststück – das darin bestand, sich auf die Hinterbeine aufzubäumen und mit den Vorderhufen gefährlich nah vor seinem Gesicht in der Luft herumzufuchteln. Es war eine falsche, aber gute Imitation eines Schlachtrosses, das gemeinsam mit seinem Reiter kämpfte. Dann ließ das Pferd sich wieder auf alle viere herunter.

»So. Sehr brav, Gorp. Braves Pferd«, sagte Jim.

Nach ein paar weiteren Streicheleinheiten nahm er das Halfter und führte sein Pferd zu Womar zurück.

»Wahrhaftig ...«, setzte Sir John lobend an, als das Heulen eines Wolfes aus nicht allzu weiter Ferne plötzlich die klare Morgenluft zerriß. Sir John brach in seiner Rede ab, Gorp ruckte so heftig an seinem Zügel, daß er Womar beinahe aus der Hand geglitten wäre, und Womar selbst erbleichte.

»Das zweite Mal heute morgen, Mylord«, murmelte er Jim mit zitternden Gliedern zu. »Böse Sache, einen

Wolf bei hellem Tageslicht derart heulen zu hören. Die Nacht ist die richtige Zeit für Wolfsgeheul. Da stehen böse Dinge bevor!«

Jim spürte plötzlich, daß die Blicke sowohl Sir Johns als auch Sir Giles' leuchtend und wissend auf ihm ruhten.

»Ich würde mir deswegen keine Sorgen machen, Womar«, sagte Jim so gelassen, wie er es vermochte. »Ich glaube, ich kenne diesen Wolf, und weiß, warum er heult. Wenn du für diese beiden edlen Herren zwei Pferde satteln würdest und eins für mich – aber nicht unseren guten Gorp hier ...«

»Gorp?« wiederholte Sir John mit dem ersten Hauch von Überraschung, den Jim jemals in der Stimme dieses weltgewandten und kenntnisreichen Ritters gehört hatte.

»... ähm, ja«, erwiderte Jim, »das ist der Name des Pferdes, müßt Ihr wissen. Hm, eile dich, Womar, und sattele diese Pferde, wie ich es dir aufgetragen habe.«

Womar verschwand mit ungewöhnlicher Geschwindigkeit und zog einen Gorp hinter sich her, der nur allzu glücklich zu sein schien, in die Behaglichkeit des Stalls zurücktraben zu dürfen.

Eine Viertelstunde später ritten sie durch den Wald zu der kleinen Lichtung mit dem markierten Baumstumpf. Das rote Tuch hing immer noch mit einem Zipfel in dem Spalt des geborstenen Holzes. Jim stieg aus dem Sattel. Sir John und Giles taten es ihm nach, wobei sich auf Sir Giles' aristokratischen Zügen ein verwirrter Ausdruck zeigte.

»Warum sind wir hier, Sir James?« fragte Sir John. »Es scheint kein Wolf in der Nähe zu sein.«

»O doch, o doch«, sagte eine rauhe Stimme unmittelbar hinter ihnen. »Dreht Euch um, und Ihr werdet mich sehen.«

Sie drehten sich um. Aragh stand nicht mehr als ein Dutzend Schritte von ihnen entfernt da und sah sie an.

Er war ein dunkelhaariger Wolf und fast so groß wie ein kleines Pony. Alles in allem bot er einen ziemlich beeindruckenden Anblick, wenn man ihn aus solcher Nähe sah, nachdem er völlig lautlos und ohne jede Vorwarnung scheinbar aus dem Nichts aufgetaucht war.

»Wo …«, begann Sir John und brach gleich wieder ab – offensichtlich war ihm bewußt geworden, daß er seine Überraschung verraten hatte. Jim verspürte einen Anflug von schlechtem Gewissen. Da er Araghs Vorliebe kannte, andere zu sehen, bevor sie ihn sahen, war er absichtlich mit dem Wind geritten, um Aragh reichlich Zeit zu geben, in ihrem Rücken in Erscheinung zu treten.

»Aragh«, sagte Jim, »Sir Giles kennt Ihr ja bereits. Dieser andere Edelmann ist Sir John Chandos.«

»Ist er das?« fragte Aragh. »Und was geht mich das an?«

8

»Herr Wolf«, sagte Sir John glatt, nachdem er sich wieder gefaßt und zu seiner gewohnten weltgewandten Redeweise zurückgefunden hatte, »Ihr seid mir natürlich noch nie begegnet. Aber ich war es, der Sir Giles und Sir James im vergangenen Jahr gebeten hat, nach Frankreich zu ziehen, um unseren Kronprinzen zu retten – zu diesem noblen Unterfangen, dem Ihr Euch angeschlossen und in dem Ihr eine so ehrenwerte Rolle gespielt habt.«

»Behaltet Eure nutzlosen Worte für Euch, Herr Ritter«, knurrte Aragh. »Ich habe noch nie in meinem Leben etwas Ehrenwertes getan und werde es auch niemals tun. Wenn ich etwas tue, dann nur aus zwei Gründen. Entweder es ist notwendig, daß es getan wird, oder ich möchte, daß es getan wird. Alles andere ist Unfug.«

»Dürfte ich Euch dann fragen, Herr Wolf«, fuhr Sir

John fort, »was Euch veranlaßt hatte, Euch mit Sir James und Sir Giles nach Frankreich zu begeben?«

»Ich wollte es!« Bei dem letzten Wort ließ Aragh seine Kiefer zuschnappen.

»Dann darf ich vielleicht fragen«, fuhr Sir John fort, »ob es möglich wäre, daß Ihr diesen beiden edlen Herren bei einer weiteren Reise in eben dieses Land abermals beistehen wollt ...«

»Nein.« Araghs Unterbrechung war beinahe ein Reflex.

»Ich verstehe«, sagte Sir John unbekümmert. »Aber wenn Ihr Euch ein paar Dinge anhören wollt, die ich Euch zu erzählen habe, wäre es möglich, daß Ihr dann Eure Meinung ändert?«

»Ich bezweifle es«, sagte Aragh.

»Ihr müßt nämlich wissen«, erklärte Sir John so freundlich wie nur möglich, »daß der König von Frankreich sich mit der Absicht trägt, in England einzufallen. Aus irgendeinem Grund scheint er sich seines Vorhabens, eine Armee über den Ärmelkanal an unsere Küsten zu bringen, sehr sicher zu sein. Wenn solch eine Armee landete, würde sie natürlich bis hierher kommen und alles auf ihrem Wege verwüsten. Einschließlich, wenn man so darüber nachdenkt, Eures Territoriums hier. Wo liegen noch dessen Grenzen?«

»Dieser Wald und der nächste im Osten und der dahinter«, antwortete Aragh, »und nach Westen bis zu den Sümpfen und der Meeresküste. Sogar bis hin zum Verhaßten Turm, von dem Ihr gewiß gehört habt, und hinunter bis ans Wasser daneben und dahinter. Was dort ist, ist immer noch dort. Bisher hat es mich nicht herausgefordert, und ich habe es nicht herausgefordert. Nun gut, die Sandmerker beherrschen dieses Territorium, aber wenn ich komme, gehen sie mir aus dem Weg. Es gehört mir.«

»Aber Ihr könntet es doch für eine kurze Zeit sich selber überlassen«, sagte Sir John.

»Könnte ich. Will ich aber nicht«, erwiderte Aragh. »All dies gehört mir, weil niemand es mir wegnehmen kann. Im Osten, im Norden und sogar im Süden gibt es andere meiner Rasse, die beobachten und warten. Mit der Zeit werde ich alt und steif und langsamer werden, als ich es jetzt bin. Dann wird die Zeit kommen, da sie einer nach dem anderen mich herausfordern werden. Am Ende wird einer mich töten, und dieses Land wird ihm gehören. Das ist der Lauf der Dinge. Aber wenn ich das Land jetzt verlasse, würde ich bei meiner Rückkehr vielleicht einen anderen hier vorfinden – einen einzelnen oder sogar ein ganzes Rudel. Das würde mir Schwierigkeiten bereiten; und ich sehe keinen Grund, warum ich für Euch, Herr Ritter, Schwierigkeiten auf mich nehmen sollte.«

»Aber wie steht es mit der französischen Armee?« fragte Sir John. »Ihr mögt zwar bereit sein, Euch allen Herausforderern zu stellen, aber Euch muß doch klar sein, daß Ihr es nicht mit einer ganzen Armee aufnehmen könnt. Die Franzosen werden Euch abschlachten.«

Aragh öffnete die Kiefer zu einem für ihn so typischen lautlosen Lachen. Als er damit fertig war, ließ er die Kiefer abermals zuschnappen.

»Die müssen mich erst einmal finden, Herr Ritter«, sagte er. »Und ganz im Vertrauen – tausend von Eurer Art könnten diese Wälder durchkämmen und würden mich niemals finden. Mehr als ein paar Tausend würden scheitern. Ich bin ein Wolf, Herr Ritter; und Wölfe sind nicht leicht zu finden, wenn sie nicht gefunden werden wollen. Das würde mich jedoch nicht davon abhalten, sie zu finden, einen nach dem anderen, und die, die ich gefunden hätte, würden tot zurückbleiben. Ich bin kein Wildschwein und kein Bär, den man treiben, stellen und erlegen kann.«

»Ah«, sagte Sir John, immer noch mit demselben, ruhig einnehmenden Tonfall, »Sir Giles und Sir James werden Eure Hilfe – all das, was allein Ihr tun könnt und niemand sonst – gewiß schmerzlich vermissen. Ich bin mir sicher, daß wir alle traurig sein werden, daß Ihr sie nicht begleitet.«

»Ob traurig oder glücklich, was für eine Rolle spielt das für mich?« fauchte Aragh. »Ich bin keiner von Euren zahmen Kötern, die winseln und Euch die Hand lecken, weil Ihr unglücklich seid.«

Dann wandte er sich an Jim.

»Habt Ihr mich deswegen gerufen?« fragte er Jim. »Falls ja, hättet Ihr es wahrlich besser wissen müssen.«

»Es war nicht der einzige Grund«, sagte Jim. »Ich wollte Euch auch erzählen, daß Carolinus jetzt in meiner Burg in Sicherheit ist und daß wir hoffen, ihn in Kürze wieder auf die Beine zu bringen.«

»Das ist bemerkenswert«, sagte Aragh, »wenn auch nicht besonders wichtig. Alle Kreaturen sterben. Aber ich will einräumen, daß ich den Magier mag, wie wir alle, die wir auf vier Beinen gehen, es tun. Ich wünsche ihm alles Gute; und besser als bei Euch und Angela könnte er es nicht haben.«

»Vielen Dank«, sagte Jim, den diese Feststellung mehr rührte, als er es seiner Stimme anmerken ließ. Aragh fand Gefühle bei anderen genauso verächtlich wie bei sich selbst.

»Dann laßt Euer Tuch, wo es ist, in dem Baumstumpf«, sagte Aragh. »Ich werde es im Auge behalten und zu keiner Zeit weit entfernt sein. Wenn ich sehe, daß es fort ist, werde ich wissen, daß der Magier wieder gesund ist. Wenn Ihr mich um seinetwillen braucht, faltet es zusammen und steckt beide Enden des Tuchs in den Spalt.«

»Das werde ich tun«, versprach Jim.

»Dann gehabt Euch wohl«, sagte Aragh und ging.

»Bemerkenswert«, sagte Sir John und starrte den leeren Platz an, wo Aragh, wie es schien, noch vor einer Sekunde gestanden hatte. »Es sieht fast so aus, als könne der Wolf wie ein Magier verschwinden.«

»Das ist eine Angewohnheit von ihm«, gab Jim zu. »Ich glaube, alle Wölfe können das.«

Sir John seufzte.

»Nun, meine Herren«, sagte er, »es sieht so aus, als könnten wir genausogut zur Burg zurückkehren.«

Er warf einen Blick auf Jim.

»... oder wird der Wolf zurückkommen?«

»Nein. Nicht ohne einen triftigen Grund«, sagte Jim.

Sie saßen wieder auf und ritten mit ernsten Mienen zur Burg zurück. Im Burghof waren sie jedoch kaum aus dem Sattel gestiegen, als auch schon ein Diener auf Jim zueilte.

»Mylord! Mylord!« rief er. »Mylady Angela läßt Euch bitten, mit größter Eile in das Zimmer des Magiers Carolinus zu kommen!«

»Geh du voran!« wies Jim den Mann an. »Ich komme sofort nach.«

»Sollen wir Euch begleiten, James?« fragte Giles.

Jim schüttelte den Kopf.

»Ich glaube nicht«, sagte er hastig. »Wenn meine Gemahlin außer mir noch jemanden zu sehen wünschte, hätte sie nach ihm schicken lassen. Würde es Euch etwas ausmachen, mich an der hohen Tafel im Palas zu erwarten? Falls ich mich verspäten sollte, werde ich jemanden zu Euch schicken und es Euch wissen lassen.«

Die beiden Ritter nickten. Jim drehte sich um und machte sich, so schnell sein Rang es zuließ, auf den Weg zum Palas. Als Herr der Burg durfte man ihn nicht wie einen gewöhnlichen Diener rennen sehen – zumindest nicht ohne einen besseren Grund, als er jetzt hatte. Erst als er die Turmtreppe hochstieg – und niemand es sehen konnte –, gestattete er sich, seine Schritte zu beschleunigen. Vor seinem geistigen Auge sah er Carolinus, dessen Zustand sich plötzlich böse verschlimmert hatte. Wenn dem so war, hoffte er bei Gott, daß er rechtzeitig da war, um zu tun, was in seinen Kräften stand.

Aber als er mit wackligen Beinen und atemlos nach den vielen Stufen der langen, steinernen Wendeltreppe durch Carolinus' Tür stürzte, sah er, daß es sich keineswegs um einen Notfall handelte.

Um genau zu sein, traf so ziemlich das Gegenteil zu. Angie saß mit verschränkten Armen auf einem Stuhl ein kleines Stück vom Bett entfernt. Es waren keine Diener im Zimmer. Ein weiterer leerer Stuhl stand dicht neben dem Bett. Im Bett selbst saß aufgestützt auf Kissen Carolinus, der aus einer Tasse mit Untertasse Tee trank. Beide Utensilien waren aus feinem Porzellan, und Jim war sich absolut sicher, daß es für gewöhnlich im England des vierzehnten Jahrhunderts nicht zu finden war, und dies galt sowohl für die Vergangenheit seiner eigenen alten Welt als auch für die Gegenwart dieser hier. Offensichtlich ging es Carolinus nicht nur besser, er war auch wieder imstande, sich seiner magischen Kräfte zu bedienen.

Er hatte sich sogar so weit wieder erholt, daß sein borstiger Schnurrbart sich wie gewohnt aufgestellt hatte und sein Gesicht den üblichen gereizten Ausdruck trug.

»Ah, da seid Ihr ja endlich«, sagte er zu Jim. »Höchste Zeit! Setzt Euch da hin, neben das Bett.«

Jim zog sich den leeren Stuhl heran.

»Es ist wunderbar, erleben zu dürfen, daß Ihr wieder so gut ausseht, Carolinus«, sagte Jim. »Ich könnte beinahe glauben, daß Ihr mir nicht die ganze Wahrheit gesagt habt, als Ihr mir erzählt habt, daß Magie zwar bei Wunden, aber nicht bei Krankheiten eingesetzt werden könne.«

»Nun, diese elenden, durchgelegenen Stellen an meinem Körper waren Wunden, oder etwa nicht?« fuhr Carolinus auf. »Und was die Krankheit betrifft, die hatte ich wahrscheinlich schon vor einer Woche überstanden, aber ich hatte ja keine Gelegenheit, das herauszufinden, so wie diese beiden Weiber mich mit

Brechmitteln und Abführmitteln und allem möglichen anderen Zeugs vollgestopft haben.«

»Nun denn«, sagte Jim. »Ich habe darauf gewartet, daß sich Euer Zustand soweit wieder bessert, daß ich mit Euch über etwas sehr Merkwürdiges reden kann, das mir widerfahren ist, kurz bevor ich hierher zurückgekehrt bin …«

»Das ist nicht wichtig!« fiel ihm Carolinus ins Wort. Er hatte wieder ganz zu seinem alten, herrischen Selbst zurückgefunden. Aber etwas – irgend etwas *fehlte* an ihm, ohne daß Jim so recht zu sagen vermochte, was das sein sollte. »Es gibt bedeutendere Dinge, über die ich mit Euch zu reden habe. Hört Ihr mir zu?«

Jim warf einen hoffnungsvollen Blick auf Angie; aber sie sah ihn von ihrem Stuhl aus nur eisig und mit verschränkten Armen an. Offensichtlich hatte sie die Gefühle, die er am Vorabend in ihr entfesselt hatte, noch nicht überwunden. Jim richtete seine Aufmerksamkeit wieder auf Carolinus.

»Ich höre«, sagte er.

»Sehr gut.« Carolinus nahm einen Schluck Tee. Er warf dem Kessel einen finsteren Blick zu.

»Nicht heiß genug!« tadelte er.

Der Kessel stieß einen kurzen, entschuldigenden Pfiff aus.

»Diesmal will ich das noch durchgehen lassen«, sagte Carolinus. »Ich habe ihn selbst aufgewärmt und dafür gesorgt, daß er Milch und Zucker im richtigen Verhältnis enthält. Aber achte bitte in Zukunft auf die Temperatur. Nun, Jim …«

Jim schenkte dem älteren Magier seine ungeteilte Aufmerksamkeit.

»Ich fürchte, ich mußte Euch in die Irre führen«, sagte er. »Aber zu der Zeit, da ich zum ersten Mal von dieser Sache zu Euch sprach, hattet Ihr noch nicht wirklich mit Magie zu tun – ich muß sagen, selbst heute habt Ihr kaum mehr damit zu tun, aber Ihr müßt trotzdem lernen, Euch ihrer zu bedienen. Ich habe Euch gesagt, es gäbe keine Hexenmeister, sondern nur Magier, die auf Abwege geraten wären. Ihr habt seither einen derartigen Fall kennengelernt; ich spreche von dem französischen Magier Malvinne. Und Ihr erinnert Euch ja, was für ein Ende es mit diesem Magier der Klasse eins genommen hat.«

Jim erinnerte sich. Ihn schauderte. Er erinnerte sich an einen erschlafften Malvinne, der wie eine Stoffpuppe an einem Faden zu den großen Schattengestalten des Königs und der Königin des Todes hinaufgezogen wurde.

»Jetzt habe ich keine Wahl mehr«, fuhr Carolinus fort. »Ihr müßt ins Bild gesetzt werden. Jim, es *gibt* Hexenmeister.«

»Ach?« meinte Jim.

»Ach?« schnaubte Carolinus. »Ist das alles, was Ihr dazu zu sagen habt? Ich enthülle Euch ein Geheimnis, das die Welt erschüttert, und alles, was Ihr dazu sagt, ist – ›ach‹!«

»Ich bin – ich bin sprachlos«, sagte Jim.

»Nun, das ist gut«, fuhr Carolinus fort. »Wie dem auch sei, es gibt also Hexer. In gewisser Hinsicht scheinen sie wie Magier zu sein. Aber sie sind keine. Sie haben keine Revisionsabteilung, die ihre Unterlagen in Ordnung hält, sie sind strikt auf sich gestellt, und sie beginnen ihre Laufbahn, indem sie sich als Gegenleistung für das Erlernen der Magie an die Dunklen Mächte verkaufen. Und sie lernen tatsächlich eine Art von Magie; aber das ist nicht die Art, die Ihr kennt und die ich kenne. Es ist eine Magie, die nur zu bösen Zwecken benutzt werden kann.«

Jim spürte, wie ihm ein Schauder den Rücken hinunterlief. Zum ersten Mal dämmerten ihm die möglichen Konsequenzen dessen, was Carolinus ihm da erzählte. Fest stand, daß Carolinus diese Hexenmeister nicht einfach leichthin abtat. Und wenn Carolinus sie nicht leichthin abtat – was mußten sie dann für jemanden wie ihn bedeuten, einen Magier, der lediglich der Klasse drei zuzuordnen war? Dies also war der eigentliche Grund, warum Carolinus ihn in die Sache einweihte.

»Die Art von Magie, die diese Zauberer lernen, wird Gegenmagie genannt«, setzte Carolinus seine Erklärungen fort. »Um sie von der Magie zu unterscheiden, die wir benutzen, Ihr und ich. Unsere Magie ist geschaffen und bestimmt, nur für gute Zwecke eingesetzt zu werden. Man kann sie nicht zum Bösen benutzen oder um Gewinne zu machen, jedenfalls nicht persönliche Gewinne – Euch ist doch bewußt, daß es Euch nicht gestattet ist, Eure magischen Dienste zu verkaufen, bevor Ihr nicht mindestens einen der Ränge der ersten Klasse bekleidet?«

»Nein«, antwortete Jim, »das habt Ihr mir bisher nie gesagt.«

»Merkwürdig«, erwiderte Carolinus stirnrunzelnd. »Ich hatte ganz stark den Eindruck, Euch darauf hingewiesen zu haben. Aber egal, jetzt wißt Ihr ja Bescheid. Offiziell geltet Ihr, bis Ihr einen der Ränge der ersten Klasse bekleidet, als Lehrling. Aber nun zurück zu unserem eigentlichen Thema. Ein erfahrener Magier, der mindestens einen Rang der ersten Klasse bekleidet, kann ein Honorar für seine Zauberdienste in Anspruch nehmen, um sich ein Dach über dem Kopf zu verschaffen und Essen auf seinen Tisch zu bekommen und dergleichen, aber alles darüber hinaus wird, wie in Malvinnes Fall, für sehr fraglich gehalten.«

Jim wurde nun selbst einiges fraglich. Bei seiner ersten Begegnung mit Carolinus hatte er sich im Körper eines Drachen befunden. Und sein Drachengroßonkel Smrgol mußte Carolinus damals von fünfzehn Pfund Gold auf vier Pfund Gold, ein Pfund Silber und einen großen fehlerhaften Smaragd herunterhandeln – und das Ganze lediglich für ein paar Informationen.

»Was macht Ihr denn mit dem Gold und den Juwelen, die Ihr als Honorar erhaltet?« fragte Jim mit jäher Neugier; denn Carolinus lebte in seinem kleinen Steinhaus sehr einfach und hatte augenscheinlich keine großen Unkosten.

»Das geht Euch nichts an!« fuhr Carolinus auf. »Es gibt noch vieles, was Ihr von der Magie nicht wißt. Wenn Ihr einen Rang erster Klasse bekleidet, kommt zu mir, dann reden wir noch einmal darüber.«

»Hm, na gut«, sagte Jim.

»Also, wo war ich? Ach ja – Hexenmeister«, fuhr Carolinus fort. »Wie ich bereits bemerkte, gibt es Hexer. Als der König von Frankreich Malvinne als seinen persönlichen königlichen Magier und Minister verlor, suchte er dringend nach Ersatz. Was er fand, war aber keineswegs ein Magier, sondern ein Hexenmeister namens Ecotti. Der war nur allzu glücklich, an den französischen Königshof gehen und da weitermachen zu können, wo Malvinne aufgehört hatte, denn in seinem Heimatland Italien war er zutiefst verhaßt und gefürchtet. Aber seine Magie ist natürlich ausschließlich dunkle Magie. Niederträchtige Magie. Er hat sich dem Plan des Königs, England zu überfallen, nur allzu gern angeschlossen …«

»Ach, Ihr wißt davon?« fragte Jim.

»Natürlich!« entgegnete Carolinus. »Ich wünschte, Ihr würdet mich nicht dauernd unterbrechen. Die Sache ist die: Ecotti begriff, was König Jean von Frankreich nicht begriffen hatte, daß nämlich jede Invasion Englands mich auf seiten der Verteidigung finden würde. Und es gibt, wie Ihr wißt, außer mir nur noch zwei meines Ranges auf der Welt. Ecotti allein könnte sich niemals der Hoffnung hingeben, es mit mir aufzunehmen.«

Carolinus runzelte düster die Stirn.

»Also«, sagte er, »hatte noch ein anderer die Hände im Spiel bei dem, was mir zugestoßen ist – und an dieser Stelle kommt Ihr ins Spiel, Jim.«

9

»Wie meint Ihr das?« wollte Jim wissen.

Carolinus ignorierte die Frage.

»Wer es auch ist, er ist gerissen, daran kann kein Zweifel bestehen«, sagte er grimmig. »Mich anzugreifen! Nicht mit Mitteln der Gegenmagie, außer vielleicht in geringstem Maße. Und zwar, um das Wasser in dem Kessel, den Ihr hier vor mir seht, mit Erregern einer unangenehmen, aber auf keinen Fall gefährlichen Krankheit zu verseuchen.«

Der Kessel stieß einen unglücklichen kleinen Pfiff aus.

»Ich mache dir keine Vorwürfe!« fuhr Carolinus ihn an. »Du bist nur ein unbeseelter Gegenstand, obwohl du das von Zeit zu Zeit zu vergessen scheinst. Du hattest keine Möglichkeit, dich zu verteidigen oder auch nur zu bemerken, was man mit dir machte.«

Er räusperte sich und fuhr an Jim gewandt fort.

»Nun denn. Wie Ihr wißt, hat man mich angesteckt; und in der Zwischenzeit wurde über absolut unmagische Wege die Kunde von meiner Krankheit verbreitet. Irgend jemand hat ausdrücklich diese Bande von Vagabunden benachrichtigt, die Ihr vor meinem Haus gesehen habt, und auch diese beiden weiblichen Folterknechte, die Ihr ebenfalls kennengelernt habt. Das Ergebnis kennt Ihr. Diese Frauen hatten es schon fast geschafft, mich bis zu einem Punkt zu erschöpfen, an dem ein Individuum von meinen reiferen Jahren nicht überleben konnte. Wenn das Erfolg gehabt hätte, wäre ich tot gewesen. Das wäre ein schöner Schlamassel für Euch alle gewesen, und für England obendrein.«

Er funkelte Jim an, als sei das alles dessen Schuld.

»Glücklicherweise habe ich Unrat gewittert«, sagte er. »Ich habe Nachforschungen angestellt und Spuren von Magie in meinem Kessel gefunden. Davon ausgehend und mit Methoden, von denen Ihr noch einige

Zeit nichts erfahren werdet, konnte ich den Kessel nicht nur reinigen, sondern die Magie zurückverfolgen und feststellen, daß das Böse am Werk war.«

Er hielt inne, um einen Schluck Tee zu trinken.

»Es war nicht einfach«, fuhr er fort. »Ihr werdet noch selbst herausfinden, daß man für die Gedankengänge, die für großangelegte Magie notwendig sind – unserer Art von Magie –, ein gewisses Maß an Kraft braucht; und meine Kraft war gerade zu diesem Zeitpunkt beinahe gänzlich erschöpft. Ich hatte kaum noch genug übrig, um die Magie aus dem Kessel zu entfernen und ihn zu Euch zu schicken. Ich konnte ja nicht ahnen, daß Ihr auf Eurem Weg trödeln würdet, um Blumen zu pflücken; auf diese Weise kam der Kessel auf Eure Burg und fand Euch nicht vor. Da er ja lediglich ein von Magie berührter, unbeseelter Gegenstand ist, wie ich ihm ständig ins Gedächtnis rufe ...«

Er bedachte den Kessel mit einem ernsten Blick. Dieser quittierte die Feststellung diesmal mit Schweigen.

»... konnte er also nichts anderes tun, als auf der Burg zu warten, bis Ihr kamt, und Euch dann meine Nachricht zu übermitteln. Glücklicherweise seid Ihr, nachdem Ihr Euren Spaziergang endlich beendet hattet, tatsächlich gekommen und habt mich geholt.«

»Natürlich!« sagten Jim und Angie wie aus einem Mund.

»Es war ein Sonderfall, das versteht Ihr gewiß«, sagte Carolinus schroff. »Für gewöhnlich brauche ich kaum die Hilfe von Euresgleichen. Ich mag Euch recht gern, das stimmt; aber das heißt nicht, daß ich die Augen vor der Tatsache verschließe, daß hier Zwerge einem Riesen geholfen haben.«

»Apropos«, sagte Jim, der die Gelegenheit beim Schopf packte. »Genau darüber wollte ich mit Euch sprechen. Als ich für Angie ein paar Blumen pflückte, ist mir etwas sehr Seltsames widerfahren ...«

»Wenn Ihr nichts dagegen habt«, fuhr Carolinus ihn

an, »bleiben wir bitte beim Thema. Der Punkt ist, daß ich sterben sollte, damit die französische Invasion bei ihrem Zug durch England nicht auf starken magischen Widerstand trifft. Glaubt mir, diesmal wäre die Invasion gelungen – sogar ohne die Hilfe der Schotten, die König Jean übrigens zu unterwerfen plant, sobald er England erobert hat.«

»Ah!« sagte Jim.

»›Ah‹ zu plärren ist nicht nötig«, gab Carolinus zurück. »Das kann sich schließlich jedes Kind denken. Aber zurück zu wichtigeren Dingen. Der Punkt ist, ich habe überlebt. Aber ich bin nach wie vor behindert.«

Er sah Jim zornig an.

»Die Schwierigkeit besteht darin«, sagte er, »daß echte Magie – die Magie, die wir benutzen – per definitionem nicht strafend ist. Ich kann sie benutzen, um zu verteidigen, so wie ich daheim Haus und Grund mit Schutzzaubern belegt habe; aber ich kann sie nicht zum Angreifen benutzen, ohne einen sehr klaren und offensichtlichen Grund zu haben – wie zum Beispiel den, daß ich, wenn ich jetzt nicht selbst angreife, unausweichlich meinerseits angegriffen würde.«

»Das verstehe ich nicht«, sagte Jim.

»Aber ich«, meldete sich Angie hinter ihm zu Wort. »Er meint er kann diesen – wen auch immer – nicht angreifen, ohne einen klaren Beweis dafür zu haben, daß ›wer auch immer‹ ihn angreifen wird. Aber Carolinus ...«

Sie sah den Magier direkt an.

»... wer auch immer es war, hat doch versucht, Euch zu töten!« fuhr sie fort. »Auch wenn er dafür einen Umweg gewählt hat. Genügt das nicht, um zu rechtfertigen, daß Ihr Euch irgendwie zur Wehr setzt?«

»Nicht, wenn ich überlebt habe, was ja der Fall ist«, sagte Carolinus. »Es sei denn, es läge ein Beweis dafür vor, daß man es wieder versuchen wird.«

»Nun, wenn die Franzosen in England einfallen,

würdet Ihr dann nicht höchstwahrscheinlich getötet werden?« fragte Angie.

»Ja – und nein«, erwiderte Carolinus. »Sie würden, ganz gleich, wie groß ihre Armee wäre, magische Hilfe benötigen, um hinter meiner magischen Verteidigung an mich heranzukommen. Ihr beide und die anderen Adeligen hier in der Nähe würdet nicht so viel Glück haben.«

»Nun denn«, sagte Jim, »was läßt sich da tun?«

»Ich sage Euch, was sich tun läßt!« versetzte Carolinus. »Ich muß herausfinden, wer die wirkliche Macht hinter Ecotti ist. Wer die Verschwörungen gegen mich anzettelt. Gegenmagie allein würde schon genügen, um meinen Kessel zu verseuchen, aber nicht ohne ein wenig echte Magie, um mich davon abzuhalten, es sofort zu bemerken – sonst ließe sich das nicht bewerkstelligen, ohne daß ich die Verschwörung sogleich aufdecken würde. Das läßt darauf schließen, daß ein echter Magier am Werk gewesen ist und Ecotti geholfen hat. Aber die Revisionsabteilung versichert mir, daß niemand etwas damit zu tun hatte.«

»Ich verstehe«, sagte Jim.

»Das will ich auch hoffen, und zwar um Euretwillen«, sagte Carolinus. »Denn wer auch immer hinter dieser Sache steckt, treibt auch die Invasion voran. Das alles geht natürlich weit über Euer magisches Niveau hinaus, Jim; aber ich bin fest davon überzeugt, daß hinter dem Ganzen im Verborgenen ein genialer Kopf steckt. Auf sich gestellt ist Ecotti ein Nichts. Er muß einen oder mehrere Verbündete gefunden haben, die die Invasion erst ermöglichen. Eine Überquerung des Kanals ist schon bei bestem Wetter ein großes Risiko. Es besteht immer die Gefahr, daß man Dutzende von Schiffen mit Soldaten verliert und daß noch mehr vom Kurs abgetrieben werden. Dann erfolgt die Landung unweigerlich verstreut und ohne ausreichende Verbindung zwischen den Truppenteilen. Eine Invasion Englands ist ein Unternehmen, das sehr viele Menschen sowohl in der Vergangenheit als auch in der Zukunft abgeschreckt hat beziehungsweise abschrecken wird.«

Er sah Jim düster an.

»Ihr habt Kenntnis von Versuchen, die man nach unserer Zeit unternommen hat, in der Welt, aus der Ihr kommt.«

»Das stimmt«, sagte Jim. »Die Deutschen hatten im Zweiten Weltkrieg eine Invasion über den Kanal geplant. Es ist aber nie dazu gekommen.«

»Und König Jean wäre nicht so zuversichtlich, wenn er keine Hilfe hätte. Und diese notwendige Hilfe kann nur vom Meer selbst kommen«, sagte Carolinus. »Ich habe herausgefunden, daß König Jean über Ecotti eine unheilige Allianz mit dem Stamm der Seeschlangen eingegangen ist, die alle Meere bevölkern. Und unter den Schlangen hat sich eine zum Anführer aufgeschwungen, die die übrigen zu gemeinsamem Handeln bringen kann. Normalerweise wollen sie, sobald sie ausgewachsen sind, nicht mehr viel miteinander zu tun haben. Wißt Ihr irgend etwas über Seeschlangen, Jim?«

»Nur eins«, meinte Jim nachdenklich, »daß der Drache Smrgol mich kurz vor unserem Kampf am Verhaßten Turm daran erinnert hat, daß ein Vorfahr von Gorbash einer Seeschlange im Zweikampf gegenübergetreten sei und gesiegt habe. Es ist offensichtlich selten, daß einem Drachen so etwas gelingt.«

Carolinus schnaubte.

»Und ob!« rief Carolinus. »Als Drache bist du groß, Jim. Aber eine gewöhnliche Seeschlange ist gleich zwei Mal so schwer und mindestens doppelt so lang. Sie ist einfach viel größer und stärker als du. Die Seeschlangen haben es immer für selbstverständlich genommen, daß ein Drache es mit keiner von ihnen aufnehmen konnte. Im übrigen erinnere ich mich sehr gut an den Kampf, von dem Ihr da sprecht. Dieses Ereignis nagt seither an sämtlichen Seeschlangen. Möglicherweise ist das der Grund, warum sie sich so schnell bereit gefunden haben, die Invasion zu unterstützen. Das Land interessiert sie nicht, aber die Drachen auf dem Land sehr wohl. Sie wollen Rache – ganz zu schweigen von der Tatsache, daß jede Seeschlange, genau wie jeder Drache, einen Hort hat. Die Gelegenheit, Drachenhorte zu plündern, erscheint ihnen höchst verlockend. Zu diesem Zweck werden sie versuchen, jeden einzelnen Drachen in England zu töten.«

Er leerte seine Tasse und warf einen wütenden Seitenblick auf den Kessel.

»Nachfüllen!« befahl er knapp.

Der Kessel schwebte durch die Luft auf ihn zu und schenkte etwas in seine Tasse ein, das Wasser zu sein schien, aber dunkle Teefarbe annahm, sobald es in dem Porzellangefäß ankam. Carolinus bedachte nun die Tasse selbst mit einem zornigen Blick.

»Milch und Zucker«, befahl er.

Die Flüssigkeit wurde sofort milchig. Er nippte daran. »Diesmal stimmt die Temperatur«, bemerkte er.

»Ecotti«, murmelte Jim stirnrunzelnd. »Das ist ein ungewöhnlicher Name.«

»Keineswegs!« brummte Carolinus. »Es ist ein gewöhnlicher Name in den italienischen Bergen, aus denen er kommt. Die Leute dort haben eine Art Dünkel entwickelt, weil sie im Laufe der Jahrhunderte so viele Hexenmeister und Hexen hervorgebracht haben. Für jemanden wie mich ist Ecotti kein ernstzunehmender Gegner, wie ich schon sagte; aber als Hexenmeister ist er fähig, sehr fähig. Ich würde ihn der allerersten Klasse von Hexern zurechnen – weit über Eurem Niveau, Jim. Behaltet das im Gedächtnis. Und behaltet auch im Gedächtnis, daß, soweit es die Seeschlangen betrifft, diese Invasion bereits im Gange ist. Wahrscheinlich befinden sich schon jetzt einige von ihnen in England.«

»England!« sagte Jim und zuckte zusammen. »Natürlich! Das würde erklären, was dem armen Amyth zugestoßen ist. Und Huberts Kühen! Das heißt, die Schlangen sind nicht nur vor der englischen Küste, sondern schon viel näher.«

»Amyth? Hubert? Was ist mit Amyth und Hubert?« erkundigte Angie sich scharf.

»Es könnte durchaus möglich sein, daß eine Seeschlange Huberts Kühe gefressen und sich Amyth geholt hat«, sagte Jim. »Ich nehme an, sie hat ihn so, wie er war, in einem Stück heruntergeschluckt. Das ist noch etwas, das ich gerne mit Euch besprechen würde, Carolinus ...«

»Ihr sagt, eine Seeschlange hätte Amyth geholt!« fiel ihm Carolinus ins Wort. »Hier?«

»Ich glaube schon. Aber hört mich erst einmal an«, sagte Jim. »Ich habe ihn meine Fackeln tragen lassen, gestern nacht, als ich das Tuch für Aragh aufgehängt habe. Es war ziemlich dunkel, daher konnten wir außerhalb des Fackelscheins nichts sehen. Aber er hatte Angst, einer magischen Handlung zu nahe zu kommen – und ich habe einen Schutzzauber um den Pfosten und das Tuch gelegt, damit kein anderes Tier und keine andere Person das Tuch herunternehmen konnte. Nur Angie, ich oder Aragh. Nun, wie dem auch sei, Amyth ist ein Stück zurückgegangen. Ich hatte ihm den Rücken zugewendet. Ich hörte ihn schreien ...«

Bei der Erinnerung an diesen Vorfall brach er plötzlich ab.

»Als ich später nachsah«, sagte er, »konnte ich nur noch sein Schwert finden. Sonst nichts. Ich habe das Schwert versteckt.«

»Jim!« rief Angie. »Oh, der arme Amyth.«

»Er war nicht unbedingt ein netter Mensch, weißt du«, sagte Jim zu ihr. »Das sind die wenigsten unserer Bewaffneten.«

»Das ist mir egal«, sagte Angie. »Es ist schrecklich, wenn jemand einfach so verschlungen wird!«

»In der Tat, was Ihr da getan habt, war sehr töricht, Jim«, sagte Carolinus. »Einfach loszulaufen und gewissermaßen in das Maul einer Seeschlange zu schauen. Was, wenn sie immer noch da ist?«

»Wie konnte es töricht von mir sein, wo ich doch gar nicht wußte, daß Seeschlangen in der Gegend waren?« gab Jim mit einigem Nachdruck zurück. »Soweit ich zu diesem Zeitpunkt wußte, waren die größten Geschöpfe hier in der Nähe die Drachen. Ich kann mir nicht vorstellen, daß ein Drache Amyth geholt haben soll. Zum einen kann ein Drache keinen ausgewachsenen Mann oder eine ausgewachsene Frau einfach verschlucken und davonfliegen. Er könnte einen Erwachsenen nicht einmal mit sich in die Höhe nehmen. Außerdem fliegen Drachen nicht gerne bei Nacht. Ich bin meines Wissens da die einzige Ausnahme. Ich wußte es nicht – und genau danach wollte ich Euch schon die ganze Zeit fragen! Es geht nämlich auch um diesen Riesen ...«

»Wollt Ihr endlich aufhören, mir mit Eurem Riesen in den Ohren zu liegen!« brauste Carolinus auf. »Wir haben hier über ernstere Dinge zu reden.«

»ICH HÖRE NICHT AUF!« brüllte Jim plötzlich.

Carolinus war, wie er mit Freuden bemerkte, erschrocken. Und Angie auch. Jim hatte Carolinus noch nie zuvor angeschrien. Um genau zu sein, schrie er überhaupt nur selten jemanden an. Er nutzte die Gunst der Stunde und sprach weiter.

»Dieser Riese«, sagte er mit fester Stimme, »bezeichnete sich als Seeteufel; und nach allem, was Ihr mir von den Seeschlangen erzählt habt, Carolinus, könnte er durchaus eine Rolle in dieser Angelegenheit spielen. Aber Ihr habt mich ja nicht zu Wort kommen lassen. Nun, wie dem auch sei. Der Seeteufel kam jedenfalls aus einem Teich in der Nähe der Stelle, an der ich Blumen gepflückt habe. Er war mindestens doppelt so groß wie ein Drache – vielleicht sogar dreimal so groß. Und sein Körper hatte die Form eines Keils, mit der

Spitze nach unten. Er hatte einen gewaltig großen Kopf, gigantische Schultern, lief nach unten hin irgendwie spitz zu und endete in einem paar Füße, die – hm, vielleicht drei oder vier Mal so groß waren wie meine.«

»Ein Seeteufel. Hmm«, sagte Carolinus, der plötzlich nachdenklich geworden war. »Hat er gesagt, wie er heißt?«

»Rrrnlf«, sagte Jim, der versuchte, den ersten Buchstaben dieses Namens zu rollen. Der Erfolg war eher bescheiden. Er versuchte es noch einmal, diesmal mit nach Schottenart an den Gaumen gelegter Zunge, und brachte schließlich etwas hervor, das dem Laut, den er von dem Seeteufel gehört hatte, um eine Spur näher kam. »Er schien übrigens gar kein schlechter Kerl zu sein. Er wollte lediglich wissen, in welcher Richtung das Meer liegt, und ich habe es ihm erklärt. Er verfolgte jemanden, der ihm eine Dame oder so etwas gestohlen hatte, sagte er. Ich war mir nicht ganz sicher, wovon er redete.«

»Ich auch nicht«, erwiderte Carolinus milde. »Die Seeteufel sind natürlich Elementarwesen. Die wichtigsten Geschöpfe im Ozean und die intelligentesten – mit einer Ausnahme. Ihr sagtet, er sei Euch als ein keineswegs unfreundliches Individuum erschienen?«

»Das stimmt«, bekräftigte Jim. »Im Gegenteil, er kam mir sogar sehr freundlich vor. Er hat mir erklärt, daß er in meiner Schuld stehe, weil ich ihm den Weg zum Meer gewiesen habe. Und er sagte, daß er nun seinen Weg durch sämtliche unterirdischen Gewässer dieser Insel finden würde. Er sagte, ich könne ihn rufen, wann immer ich seiner bedürfe. Ich wußte gar nicht, daß die unterirdischen Gewässer zusammenhängen.«

»Das tun sie auch nicht – jedenfalls nicht die Grundwasser«, entgegnete Carolinus. »Aber die Seeteufel können mit ihren übernatürlichen Fähigkeiten als Elementarwesen direkt und ohne die geringste Mühe durch Erde wie durch Wasser gehen. Er wird wohl von den tief unten gelegenen Wasserschichten geredet haben, die Tausende und Abertausende von Fuß unterhalb der Erde zwischen Gesteinsschichten liegen.«

Jim und Angie starrten ihn beide mit offenem Mund an. Carolinus fuhr fort, als könne er an dieser Fähigkeit nichts Erstaunliches finden.

»Ja«, sagte er, »sie haben sich sogar eine Art unterirdischen, wassergefüllten Tunnel zwischen dem Mittelmeer und dem Roten Meer geschaffen, der als Abkürzung zum Indischen Ozean dient. Ich frage mich, von welcher Dame er gesprochen haben mag, und wer wohl den Mut hatte, sie ihm zu stehlen? Selbst eine Seeschlange würde vor einem Seeteufel zurückschrekken. Einer der großen Wale würde, was das Gewicht betrifft, einen Seeteufel natürlich um ein Vielfaches übertreffen; aber Wale sind niemals auf Streit aus. Ich habe vielmehr den Eindruck, daß sie und die Seeteufel sehr gut miteinander auskommen – und das gilt sogar für die Killerwale und die Seeteufel. Natürlich ist ein Seeteufel selbst für einen Killerwal ein zu großer Brocken. Selbst ein männlicher Killerwal ist nur ungefähr dreißig Fuß lang; und selbst wenn er ein Fleischfresser ist, gibt es immer noch jede Menge Delphine und Seelöwen und dergleichen, die die Killer sich ohne große Mühe zu Gemüte führen können.«

Mit einem Mal schien er zu dem gegenwärtigen Problem zurückzukehren.

»Es fasziniert mich jedoch«, sagte er, während er Tasse und Untertasse beiseiteschob und diese in der leeren Luft neben ihm schweben blieben, »daß er gerade jetzt hier war. Ich frage mich, ob es einen Zusammenhang zwischen ihm und den Seeschlangen gibt, die dem König von Frankreich helfen. Aber der Punkt ist, daß für die Seeteufel nichts dabei herausspringen kann. Im Gegensatz zu den Seeschlangen können sie sich fern des Wassers aufhalten, so lange sie wollen; aber im Grunde haben sie nichts gegen Drachen – oder Menschen.«

Plötzlich hielt er inne.

»Aber – zurück zu meinem ursprünglichen Thema«, sagte er. »Der geniale Kopf hinter diesem Ecotti muß unbedingt gefunden werden, und ich bin dazu nicht in der Lage. Also liegt es bei Euch, Jim – mit diesem zukunftgeschulten Kopf auf Euren Schultern –, aufzuspüren, um wen es sich handelt!«

10

»NEIN!« BRÜLLTE ANGIE.

Es ist für Frauen nicht einfach zu brüllen. Ihre Stimmen zu erheben, ja; aber zu brüllen – nein. Es ist im wesentlichen eine Frage der fehlenden Tiefe ihrer Stimmlagen. Jim hatte nur wenige Minuten zuvor selbst gebrüllt – einigermaßen zu seiner eigenen Überraschung –, aber andererseits war er auch ein ziemlich passabler Bariton. Angies Stimme war nicht mal ein Alt. Nichtsdestoweniger gab es bei den beiden Zuhörern in dem kleinen Raum keinerlei Zweifel. Angie hatte gebrüllt.

Jim zuckte zusammen und drehte sich zu seiner Frau um. Aber statt daß die Dolche in ihrem Blick sich auf ihn richteten, konzentrierten sie sich, wie er zu seiner tiefen Erleichterung feststellte, nun allesamt auf Carolinus. Er schaute Carolinus an und stellte fest, daß der alte Magier ebenfalls erschrocken wirkte. Ob er auch zusammengezuckt war oder nicht, ließ sich jetzt nicht mehr sagen. Jim hatte im entscheidenden Augenblick in die andere Richtung geschaut.

»Wie bitte?« fragte Carolinus mit einigermaßen verblüfftem Tonfall.

»Ich sage, daß er nicht losziehen und herausfinden wird, wer derjenige ist, von dem Ihr redet!« sagte Angie. Sie brüllte zwar nicht mehr, war aber eindeutig wütend. »Immer muß Jim alles machen! Jim! Laufen wir Gefahr, daß die Schotten in England einfallen? Soll Jim doch losziehen und die Sache in Ordnung bringen!«

»Ich habe ihn nicht …«, begann Carolinus.

»Nun, irgendwie hattet Ihr Eure Hand im Spiel. Dessen bin ich mir sicher!« fauchte Angie. »Ist der Kronprinz von England verschwunden? Schickt Jim! Schickt Jim und seine Freunde nach Frankreich, um den Prinzen zu befreien! Hat mich der Verhaßte Turm geraubt unter Einsatz der Dunklen Mächte, die für jeden eine Bedrohung darstellen? Soll Jim sich doch Gefährten suchen und gegen ihn kämpfen und die Sache bereinigen!«

»Aber«, wandte Carolinus ein, der einen Teil seiner Selbstbeherrschung wiedergefunden hatte, »ich habe doch gerade eben erst erklärt, warum ich selbst nicht dazu in der Lage bin. Und es kommen nur ich oder Jim in Frage.«

»Es ist mir egal …«, begann Angie, aber diesmal fiel Carolinus ihr ins Wort.

»Wäre es euch lieber, marodierende französische Soldaten würden Euch diese Burg vor der Nase abbrennen?« fragte Carolinus. »Und alle Männer darin niedermetzeln und die Frauen auf unaussprechliche Art und Weise töten?«

Einen Augenblick lang herrschte Stille. Jim warf abermals einen verstohlenen Blick auf seine Frau. Man hatte sie gebremst; aber das Feuer war noch nicht erloschen. Sie hatten beide lange genug im vierzehnten Jahrhundert gelebt, um zu wissen, was Carolinus mit der unaussprechlichen Art meinte, auf die Frauen getötet wurden – und, bis zu einem gewissen Maß, auch Männer. Pfählung war nur ein Beispiel.

Sie schaute kurz Jim an, aber Jim war plötzlich froh zu sehen, daß aller Zorn aus ihrem Blick verschwunden war. Die große Mauer des Schweigens war offensichtlich eingestürzt; und sie standen wieder auf derselben Seite.

»Es muß irgendeine Lösung geben, die Jims Beteiligung unnötig macht«, sagte Angie nach einem langen Augenblick des Schweigens. »Ihr seid derjenige, der über die ganze Magie, über das ganze Wissen gebietet. Ihr seid in dieser Welt aufgewachsen. Ihr lebt seit ich weiß nicht wie vielen Jahren hier. Ihr solltet derjenige sein, der die Antworten weiß.«

All diese Worte waren an Carolinus gerichtet. Das Gefühl, daß dem alten Mann irgend etwas fehle, das Jim vor einigen Minuten überkommen hatte, kehrte jetzt verstärkt zurück. Carolinus schüttelte langsam den Kopf – aber in diesem Augenblick hatte Jim selbst eine Erleuchtung.

»Da fällt mir ein, Carolinus«, sagte er, »ich könnte im Augenblick sowieso nichts für Euch tun. Sir John Chandos ist hier zusammen mit Sir Giles. Die beiden waren übrigens – obwohl Ihr Euch wahrscheinlich nicht mehr daran erinnert – diejenigen, die uns geholfen haben, diesen Vagabunden zu entkommen. Chandos möchte, daß Giles und ich für ihn nach Frankreich gehen und herausfinden, warum der König von Frankreich so sicher ist, erfolgreich eine Invasion durchführen zu können. Augenscheinlich beschäftigt er sich genau in diesem Augenblick damit, Schiffe zu bauen und Männer zusammenzutrommeln, als wäre es eine abgemachte Sache – obwohl doch jeder weiß, daß eine Kanalüberquerung nicht gerade das Einfachste auf der Welt ist.«

»Das alles weiß ich«, sagte Carolinus, dessen Stimme plötzlich so milde klang, daß Jim auf der Stelle wachsam wurde. »Es ist ein Teil derselben Sache.«

»Ich verstehe nicht«, sagte Jim.

»Ich auch nicht«, meldete Angie sich zu Wort.

»Es ist ganz einfach«, sagte Carolinus. »Sir John hat es auf die gleiche Information abgesehen wie ich. Aber er zielt auf den Kasten. Ich will den Schlüssel zu diesem Kasten. Ihr müßt zuerst nach dem Schlüssel suchen, Jim. Ich wiederhole es noch einmal, ich kann es nicht tun. Ich bin älter geworden. Meine verringerte Kraft und viele andere Dinge halten mich davon ab, zu tun, was Ihr vermögt. Ihr kommt nicht nur von einem anderen Ort und aus einer anderen Zeit, Ihr befindet Euch auch immer noch – wie ich bereits vorhin festgestellt habe – im Rang eines Lehrlings. Euch kann man es nachsehen, wenn Ihr gewisse Dinge tut. Mir nicht. Und genau diese Dinge werdet Ihr vielleicht tun müssen.«

»Ich verstehe immer noch nicht«, sagte Jim. »Was soll ich denn nun tun?«

»Ich möchte herausfinden, wer die Verbindung zwischen Ecotti und den Seeschlangen hergestellt hat und wer sie dazu gebracht hat, sich mit einer Invasion einverstanden zu erklären. Ecotti allein hätte das niemals geschafft. Wahrhaftig, drei von diesen Ungeheuern könnten eins von König Jeans Schiffen aus jeder schwierigen Lage befreien; und in den Ozeanen gibt es mehr Seeschlangen als Drachen auf der Welt.«

»Wie sollen denn all diese Seeschlangen hierherkommen?« wollte Angie wissen.

»Seeschlangen kommen aus der See«, blaffte Carolinus sie an. Offensichtlich hatte er sich inzwischen vollends von ihrem Gebrüll erholt.

Jim sah Angie an. Angie erwiderte seinen Blick wortlos.

»Na schön«, sagte Jim, »wie soll ich es denn anstellen, diesen wen-auch-immer zu finden?«

»Ihr geht auf den Grund des Meeres«, sagte Carolinus.

Angie und Jim starrten ihn an.

»Auf den Grund des Meeres?« echote Angie.

»Ich fürchte ja«, sagte Carolinus. »Es gibt nur ein Individuum, auf das alle Geschöpfe des Meeres – einschließlich der Schlangen – immer gehört haben, wenn ihr Gehorsam auch nie von Dauer war; und das ist der älteste aller Kraken – Ihr würdet ihn einen Octopus nennen. Der älteste und größte im Ozean. Ich habe keine Ahnung, welchen Namen er ursprünglich trug, aber Euer Freund, der Seeteufel, und die Seeschlangen nennen ihn Granfer.«

»Granfer ...«, sagte Jim nachdenklich. Bei dem Namen klingelte es bei ihm. Hatte Rrrnlf nicht etwas von einem Granfer gesagt?

»Ihr werdet ihn auf dem Grund des Meeres finden; ein gutes Stück von der Küste weg, aber in nicht allzu tiefem Wasser, da er jetzt so groß ist, daß er pausenlos fressen muß, um sich am Leben zu erhalten. Auch wenn er mit zehn Fangarmen, von denen einige zwei- oder dreihundert Fuß lang sind, alles zu packen bekommt, was sich auch nur im entferntesten in seine Nähe wagt. Dazu gehören einige Geschöpfe von beträchtlicher Größe – zum Beispiel diese Killerwale, die ich vorhin erwähnt habe. Einer von denen würde für Granfer nicht mehr als eine anständige Mahlzeit abgeben.«

Mit nachdenklicher Miene hielt Carolinus für einen Augenblick inne.

»Um genau zu sein«, fuhr er fort, »wäre nicht mal einer der größten Wale so groß, daß Granfer ihn nicht packen könnte. Aber ich glaube, sein Speiseplan enthält überwiegend Unmengen Fisch, wie zum Beispiel zweihundert Pfund schwere Thunfische und dergleichen, bis hin zu kleineren Fischen. Ihr, Jim, gäbet für Granfer nur eine Art winzigen Bissen ab.«

»Er wird nicht gehen«, sagte Angie hastig.

»Er *wird!*« zischte Carolinus. »Er ist ein Magier; und nicht einmal Granfer wäre dumm genug, sich an einem von uns zu vergreifen. Außerdem wird Granfer ihn und seine Fragen eher interessant als appetitanregend finden. Oh, er wird ein bißchen schwatzen. Das tun alle älteren Geschöpfe ... bis auf mich, natürlich ...«

Er wurde unterbrochen. Geräusche drangen durch

die unverglasten Schießscharten seines Krankenzimmers – das natürlich von seiner luftigen Höhe aus einen guten Blick auf den Burghof bot. Diese Geräusche waren die Rufe und Schreie von Männern und das Hämmern von Metall auf Metall – Geräusche, die Jim schon früher gehört hatte, wenn ungezählte Schwerter auf andere Schwerter, Schilde und Panzer eindroschen.

Jim lief zur Tür.

»Warte!« rief Angie.

»Kümmert Euch nicht um das Spektakel da draußen«, sagte Carolinus hastig. »Ihr sagtet, Sir John sei hier. Ich werde mit ihm reden. Helft mir sofort hinunter zur hohen Tafel.«

»Seid nicht so unvernünftig!« wies ihn Angie, die sich wieder zu ihm umgedreht hatte, zurecht. »Ihr seid nicht in der Verfassung, irgendwo hinzugehen.«

»Ach, nein?« sagte Carolinus und verschwand. Und sein Bett mit ihm.

Jim und Angie sahen einander abermals nur an und liefen hinaus in den Flur und die Treppe hinunter, durch den Palas an einer leeren hohen Tafel vorbei, neben der, mit verärgertem Gesicht, Carolinus in seinem Bett saß, und an ihm vorüber hinaus in den Burghof.

Vor ihnen wimmelte es von Männern im Nahkampf. Chandos war einer von ihnen, und Sir Giles ebenfalls. Aber sie sahen auch Sir Brian Neville-Smythe, Jims engsten Freund und Gefährten, den Chandos ebenfalls hatte sprechen wollen.

Sir Brian und Giles schienen zusammen mit Jims Bewaffneten das Burgtor zu attackieren. Sie versuchten, die Verteidigung von Sir John und einigen anderen Bewaffneten, die sich tapfer zur Wehr setzten, zu durchbrechen.

Ein Stück weiter entfernt standen im sicheren Abstand einige andere Bewaffnete und eine ganze Anzahl von Dienern, die das Spektakel beobachteten. Unter ihnen befand sich auch, mindestens um einen Kopf größer als alle anderen, Dafydd ap Hywel, der vierte von Jims menschlichen Gefährten, die mit beim Verhaßten Turm gewesen waren und ihn auch auf der Expedition nach Frankreich zur Rettung des englischen Kronprinzen begleitet hatten. Er mußte, überlegte Jim, wie der Teufel geritten sein, um so schnell vom Lager der Geächteten hierhergekommen zu sein. Für gewöhnlich brauchte man für diese Strecke fast einen ganzen Tag.

Dafydd stand ein gutes Stück abseits und lehnte sich lässig auf den Schaft seines Bogens. Sein unter breiten, mächtigen Schultern trügerisch schlank wirkender Körper verriet fast so etwas wie Trägheit, die so gar nicht zu dem aufmerksamen Ausdruck seines ebenmäßigen Gesichtes passen wollte, mit dem er die Kämpfenden genau beobachtete. Er machte jedoch nicht die geringsten Anstalten, sich auf die eine oder andere Seite des Kampfgetümmels zu schlagen; im Gegensatz zu Brian und Giles, die – so undenkbar das auch schien – offensichtlich fest entschlossen waren, sich mit Gewalt einen Weg in die Burg zu bahnen.

Aber mittlerweile hatten die Zuschauer Jim und Angie bemerkt. Ein vielfaches »Mylord!« und »Mylady!« wurde laut, und die Diener lösten sich beinahe so geschickt in Luft auf, wie Aragh es vermochte.

Die Stimmen drangen auch zu den Kämpfenden durch, und langsam verebbte das Kampfgetümmel. Allenthalben wandten sich die Gesichter dem Fallgitter am Burgtor zu.

Als die Streithähne Angie und Jim erkannten, blickten sie beschämt drein. Weder Giles noch Brian vermochten Jim in die Augen zu sehen, und sogar auf Sir Johns immer noch attraktivem Gesicht erschien ein einigermaßen betroffener Ausdruck. Jims Blick wurde noch düsterer, als er an ihnen vorbeischaute und mehrere seiner Bewaffneten sah, die entweder bewußtlos oder tot am Boden lagen.

Er trat hinaus in den Burghof und wurde mit jeder Sekunde wütender.

»Was geht hier …«

Weiter kam er nicht. John Chandos hatte sein Visier hochgeschoben und lächelte ihn an.

»Meine aufrichtigste Entschuldigung, Sir James!« erscholl Chandos' Stimme. »Wenn hier von Schuld zu sprechen ist, so liegt sie gewiß bei mir. Es war mein – in einem Augenblick der Gedankenlosigkeit geäußerter – Vorschlag, als ich unseren Sir Brian hier wiedersah, den ich aus so vielen Turnieren kenne und von dem ich eine so hohe Meinung habe. Es war lediglich ein kleines Spiel; eine kleine Übung, in der ich und jene von Euren Bewaffneten, die ebenfalls an einem kleinen Spiel interessiert waren, mit stumpfen Waffen Euer Burgtor halten wollten, während Sir Giles und Sir Brian mit einer gleichen Anzahl anderer Kämpfer versuchen sollten, unsere Verteidigung zu durchbrechen.«

»Ich verstehe«, sagte Jim grimmig.

»Jawohl«, fuhr Chandos fort. »Wenn einer der Angreifer den ersten Balken des Gitters berührt hätte, hätte deren Gruppe gewonnen. Aber ich habe den Eindruck, daß wir uns irgendwie Eure Mißbilligung zugezogen haben; und ich möchte Euch mit allem Nachdruck um Vergebung bitten, und auch Eure Lady, die ich da drüben am Eingang des Palas sehe. Vielleicht war es töricht von uns, innerhalb der Burg solchen Lärm zu schlagen. Aber wie ich schon sagte, die Schuld müßt Ihr in jedem Falle und ausschließlich bei mir suchen …«

Er brach ab, weil Carolinus, der immer noch von Kissen gestützt in seinem Bett saß, hinter Jim im Burghof erschienen war.

Als Jim zu ihm herumfuhr, bluffte Carolinus den älteren Ritter an.

»Nun?« sagte er. »Ich warte. John Chandos, auf ein Wort mit Euch!«

11

Jim wandte den Blick von dem Magier ab und sah zu den reglosen Gestalten seiner Bewaffneten hinüber, die auf dem festgetretenen Boden des Burghofs lagen. Schließlich wandte er sich wieder an Carolinus.

»Die Verwundeten brauchen Hilfe«, sagte er.

»Ach, das«, sagte Carolinus. »Ein paar eingeschlagene Köpfe!«

Er machte eine abschätzige Handbewegung.

Die Leiber auf dem Schlachtfeld regten sich, hoben die Köpfe, setzten sich auf, sahen sich um – und hievten sich langsam auf die Beine.

»Wir haben stumpfe Waffen benutzt, James«, sagte Brian. »Ihr habt doch nicht geglaubt, wir hätten jemanden verletzen wollen?«

Jim bedachte ihn mit einem grimmigen Blick, und plötzlich verpuffte sein Zorn wie Luft, die einem geöffneten Ballon entwich. So waren die Leute hier eben. Kämpfen bedeutete Spaß für sie, und Spaß bedeutete Kämpfen. Man konnte sie genausowenig verändern, wie man den Lauf der Erde in ihrer Bahn um die Sonne hätte ändern können. Man mußte sich einfach damit abfinden.

»Glücklicherweise also keine Toten«, bemerkte Carolinus hinter ihm in munterem Tonfall. »Mit Toten kann ich nichts anfangen. Kommt! Zur hohen Tafel!«

Jim sah ihn verdrossen an.

»Meint Ihr nicht«, fragte er, »daß Ihr, wenn Ihr schon so herumhüpft und Euer Bett gleich mit Euch nehmt, Euch auch vernünftig anziehen könntet?«

Carolinus blickte überrascht an dem Nachtgewand hinab, auf dem er bestanden hatte. Es war im vierzehnten Jahrhundert keineswegs Sitte, im Bett Nachtgewänder zu tragen. Die meisten Leute schliefen nackt – oder in den Kleidern, die sie tagsüber trugen. Aber Carolinus nicht. Er trug zudem eine Nachtmütze.

»Da habt Ihr ganz recht, mein Junge«, sagte er und war schon wieder mitsamt Bett und allem drum und dran verschwunden.

Die Zuschauer hatten sich mittlerweile zerstreut, und selbst jene, die an dem Kampf teilgenommen hatten, stahlen sich aus Jims Gesichtskreis.

»Ihr könnt alle gehen«, wies Jim sie über die Köpfe der Ritter hinweg an. »Und nächstes Mal laßt ihr euch ohne meine Erlaubnis auf nichts Derartiges ein.«

Es erklang ein allgemeines »Jawohl, Mylord!«, und die Bewaffneten machten sich wie schuldbewußte Schulkinder davon. Jim drehte sich um und ging den anderen Männern voraus zurück in die Halle. Als sie an der hohen Tafel Platz nahmen, war Carolinus bereits dort. Er saß in einem seiner gewohnten tiefroten Gewänder auf einer Bank. Sein Bett war nirgends zu sehen.

Jim wußte nicht, ob es Zufall war oder Absicht des Magiers – jedenfalls hatte er, als er sich setzte, Carolinus neben sich, und Sir John saß am anderen Ende der Tafel. Carolinus gegenüber saß Sir Giles, ihm selbst gegenüber Sir Brian. Ein kleines Stück von Sir Brian entfernt hatte Dafydd ap Hywel auf derselben Bank Platz genommen.

Inzwischen bedauerte Jim bereits ein wenig seine Reaktion auf das Kampfspiel. Er war ein großzügig veranlagter Mensch und verlor nur selten die Fassung – eigentlich nie, ohne es bald danach zu bedauern –, auch wenn er immer noch fand, daß er im Recht gewesen war. Sir Brian lächelte ihn nun hoffnungsvoll an, und Jim erwiderte sein Lächeln so munter er konnte.

»Ihr habt Euch gut gehalten da draußen, Brian«, sagte er. »Und Dafydd – wie schön, Euch beide wiederzusehen, auch wenn wir uns erst gestern Lebewohl gesagt haben!«

Er streckte quer über den Tisch beide Hände aus. Brian umfaßte mit starkem Griff die eine und Dafydd die andere – wenn auch nur kurz.

»Und ob Sir Brian sich gut gehalten hat!« rief Sir John. »Ich schwöre bei Gott, daß ich der einzige war, der noch zwischen ihm und dem Tor stand; und ich hege kaum Zweifel, daß er mich hätte überwältigen und das Gitter zumindest für einen Augenblick mit dem Fuß hätte berühren können.«

Jim zuckte innerlich ein wenig zusammen. Die Anrufung Gottes machte Sir Johns Worte zu einer beinahe gesetzlichen Feststellung. Die meisten Anrufungen nannten nur die Namen von Heiligen oder Märtyrern. Chandos stand in dem Ruf, einer der besten Kämpfer im Königreich zu sein. Wenn Brian dem älteren Ritter gegenüber nicht nur die Stellung hatte halten, sondern ihn möglicherweise sogar hatte bezwingen können, erkannte Chandos Jims Freund ebenfalls als einen ersten Krieger des Königreichs an. Nun war es auch um den letzten Rest von Jims Verärgerung geschehen.

»Bei ...« Er konnte sich gerade noch rechtzeitig fangen. Um ein Haar hätte er ebenfalls ›bei Gott‹ gesagt, aber ihm war klar, daß das für diese Männer eine andere Bedeutung hatte als für ihn. »... beim ... äh ... Curriculum! Brian, ich bin überwältigt, das zu hören!«

Brians Gesicht zeigte plötzlich einen bescheidenen und flehentlichen Ausdruck.

»Ich bitte Euch, James«, sagte er. »Ihr dürft nicht allzu ernst nehmen, was Sir John da sagt. Er mußte mit einem Fuß auf der Schwelle des Tors bleiben, und da dies nicht seine Schildseite sein konnte, weil er mir sonst einzig mit dem Schwert gegenübergestanden hätte, mußte er schräg zu mir stehen. Das bedeutete, daß er um seinen eigenen Schild herumgreifen mußte, um mit mir die Klingen zu kreuzen; und das war ein beträchtlicher Nachteil für ihn ...«

»Genug, genug!« unterbrach ihn Chandos mit einem Lachen. »Am Ende würdet Ihr noch beweisen, daß Ihr verloren habt statt beinahe zu gewinnen, Sir Brian. Ich meinte ernst, was ich gesagt habe!«

Er füllte sich einen Becher aus dem Weinkrug, der bereits auf dem Tisch stand.

»Aber kommen wir zum Geschäft, edle Herren, wo wir schon einmal alle zusammen sind«, sagte er. Dann blickte er den Tisch hinunter. »Magier …«

»Wurde aber auch wirklich Zeit!« unterbrach Carolinus ihn haarig. Er hatte seinen Blick direkt auf Chandos geheftet. »Hinter dieser Situation steckt mehr, als Euch bekannt ist, John.«

»Ach, übrigens«, warf Jim hastig ein, »Sir John, darf ich Euch mit Carolinus bekannt machen, einem der drei größten Magier der Welt.«

»Vielen Dank, Sir James«, antwortete Chandos, ohne jedoch den Blick von Carolinus abzuwenden, »aber ich kenne den Magier gut. Warum sagt Ihr das, Carolinus?«

»Könnt Ihr Euch denn eine Situation vorstellen, von der Ihr *mehr* wißt als ich?« gab Carolinus unumwunden zurück.

Es entstand eine kurze Pause. Chandos schüttelte langsam den Kopf.

»Ihr macht Euch Sorgen um eine französische Invasion«, fuhr Carolinus fort. »Ihr solltet wissen, daß die Franzosen ohne Verbündete nicht zu fürchten sind. Aber diesmal haben sie Verbündete – die keine Menschen sind. Es sind Seeschlangen aus den Meerestiefen. Geschöpfe, zweimal so groß wie jeder Drache, und es gibt viele von ihnen. Wichtiger noch, sie können König Jeans Armee eine sichere Überquerung des Kanals gewährleisten.«

Sir John sah ihn lange an.

»Nein«, entgegnete er schließlich langsam, »wie Ihr schon sagt, ich kann mir keine Situation vorstellen, von der Ihr nicht mehr wüßtet als ich, Magier«, sagte er, »und das habt Ihr soeben bewiesen. Aber was sollte diesen Schlangen daran liegen, König Jean zu helfen oder diese unsere schöne Insel zu verwüsten?«

»Die Schlangen geben keinen Silberling auf uns oder unsere Insel«, kam Carolinus' gereizte Antwort. »Aber sie wollen jeden einzelnen Drachen auf der Insel vernichten und die Drachenhorte plündern. Das ist eine lange Geschichte – zu lang, um sie bei dieser Gelegenheit zu erzählen –, aber es juckt die Seeschlangen schon lange in den Krallen, etwas gegen die englischen Drachen zu unternehmen. Diese beiden Geschlechter sind sich von Natur aus feind. Sie begegnen einander natürlich kaum jemand, da die einen ausschließlich an Land leben und sich nur selten in die Nähe des Meeres begeben, während die anderen das Meer bewohnen und nur selten an Land gehen. Dennoch rivalisieren sie um Gold und Juwelen, und jedes Geschlecht haßt das andere.«

»Ich verstehe ...«, begann Chandos, brach dann aber abrupt ab. »Ähm, guten Morgen, Mylady. Es ist immer eine Ehre und ein großes Vergnügen, Euch zu sehen; aber wir haben hier einen Kriegsrat und ...«

»... und Frauen sind nicht zugelassen?« antwortete Angie spitz. Unterdessen nahm sie am Ende der Bank neben Jim Platz. »Oh, ich verstehe vollkommen, Sir John. Darüber hinaus habe ich einen Entschluß getroffen. Zuerst war ich entschlossen, bei dieser Expedition, die Ihr alle plant, mit von der Partie zu sein, aber dann wurde mir klar, daß wir hier auf Malencontri ein Zuhause haben. Und wenn Jim fort ist, muß jemand hierbleiben, um alles zusammenzuhalten. Wieder einmal werde wohl ich diejenige sein, die diese Aufgabe übernimmt. Es gefällt mir nicht. Ich sage Euch klar und deutlich, daß es mir nicht gefällt. Aber ich werde es akzeptieren. Das heißt aber nicht, daß ich nicht alles darüber wissen möchte, was es zu wissen gibt. Daher betrachtet mich einfach als Mitglied Eures Rates, meine Herren.«

Jim sah sie dankbar an. Der Blick, mit dem Angie ihn ihrerseits bedachte, war eine Sekunde lang noch finster, hellte sich dann aber auf. Jim hielt an seinem Lächeln fest, bis Chandos Worte seine Aufmerksamkeit wieder auf ihn lenkten.

»Wie Ihr wünscht, Mylady!« sagte Chandos. Dann wandte er sich wieder an Carolinus. »Nun, wie ich schon sagte, Magier, ich begreife jetzt, warum die Seeschlangen den Kampf mit unseren Drachen suchen. Aber warum sollten sie sich dazu mit König Jean verbünden? Man muß zuerst den Grund für dieses Verhalten herausfinden ...«

»Genau«, unterbrach ihn Carolinus, »und deshalb ...«

»... Grund herausfinden«, fiel Chandos ihm seinerseits entschlossen ins Wort, »und zwar schnellstmöglich. Zu diesem Zweck müssen diese Herren hier nach Frankreich gehen, dorthin, wo der Feldzug vorbereitet wird. Denn wir haben erfahren, daß König Jean selbst dort sein wird, zusammen mit seinem Hof.«

»John«, sagte Carolinus, »Ihr seid ein Narr!«

Sir John galt als der erste Höfling Europas. Seine Weltgewandtheit, seine Kühnheit, seine Höflichkeit anderen Lords und jedem gegenüber, der seinen Respekt verdiente, das alles war geradezu sprichwörtlich. Aber er war trotzdem ein Ritter, und er reagierte, wie jeder Ritter auf Carolinus Worte reagiert hätte.

»*Sir!*« rief Chandos, und der Ton, in dem das Wort gesprochen wurde, paßte zu dem zornigen Blick aus seinen wütenden grauen Augen.

»Ihr müßt mir zuhören, John«, setzte Carolinus seine Rede ungerührt fort. »Die Wahrheit ist, daß die Antwort keineswegs am Hof des französischen Königs zu finden ist, sondern anderswo. Ihr wißt, daß er diesen Italiener Ecotti zu seinem ersten Minister gemacht hat?«

»O ja«, antwortete Chandos. Er hatte zwar sein Gesicht wieder unter Kontrolle, aber in seiner Stimme schwang immer noch zornige Schärfe. »Ja, dieser italienische, ähm, Magier. Natürlich weiß ich, von wem Ihr sprecht!«

»Ein Hexenmeister, John, ein Hexenmeister!« versetzte Carolinus. »Eine seltene Brut, aber eine verabscheuenswerte. Diese Leute sind keine Magier, sondern Männer oder Frauen, die sich den Dunklen Mächten verkauft haben, um Schwarze Magie zu erlernen. Eine Magie, die gefährlich ist – aber begrenzt. Ecotti allein kann die Seeschlangen nicht veranlaßt haben, König Jean zu unterstützen, nicht einmal, wenn er sie zu ihrem eigenen Vorteil mit der Möglichkeit geködert hätte, an sämtliche Drachen Englands heranzukommen.«

»Wenn nicht Ecotti«, sagte Chandos – er hatte nun sowohl Stimme als auch Gesicht vollkommen wieder unter Kontrolle, und es war, als hätte es diesen kurzen, gefährlichen Zornesausbruch nie gegeben –, »wer dann?«

»Die kurze Antwort auf diese Frage«, entgegnete Carolinus, »ist die, daß ich es noch nicht weiß. Aber was wir als erstes klären sollten, ist, wie viele von diesen Herren hier bereit sind, die Aufgabe zu übernehmen, genau das herauszufinden. James ist natürlich nicht nur dazu verpflichtet, sondern unentbehrlich.«

James spürte, wie der kleine Funke des Zorns in ihm plötzlich hell aufloderte. Carolinus nahm ihn ganz selbstverständlich in Anspruch. Dann erinnerte er sich an seine Drachenverbindungen, die ihm in dieser Angelegenheit kaum eine Wahl ließen. Der Funke verblaßte und erstarb.

»... auch Giles hat sich, so höre ich, bereits einverstanden erklärt«, fuhr Carolinus fort.

»Aber gewiß doch«, rief Sir Giles, der mit einem Anflug von Erregung die rechte Spitze seines gewaltigen blonden Schnurrbarts zwirbelte.

Carolinus' Blick richtete sich auf Brian.

»Und Ihr, Sir Brian?«

»Ich werde an Jims Seite stehen, wie immer«, entgegnete Brian schlicht.

Carolinus ließ seinen Blick weiter tafelabwärts wandern.

»Dafydd?«

»Ah, hm, es gäbe nichts, was ich mir mehr wünschte, als an diesem kleinen Abenteuer teilzunehmen«, antwortete Dafydd mit seiner leisen Stimme. »Aber meine Frau trägt ein zweites Kind unter dem Herzen. Sie hat, müßt Ihr wissen, kein Hehl daraus gemacht, wo meine Grenzen liegen, und sie mir vor meinem Aufbruch mitgeteilt. *›Nach Malencontri kannst du gehen‹*, sagte sie, *›aber keinen Schritt weiter. Und kehre binnen zwei Tagen zurück.‹*«

Dafydd seufzte ein wenig.

»Daher sieht es so aus, als müßte ich daheim bleiben. Vielleicht« – seine Miene hellte sich auf – »ist es so am besten. Ich habe das Gefühl, daß ich zum nächsten Weihnachtsfest ein kleines Mädchen bekommen werde, zusätzlich zu dem Jungen, den meine Gemahlin bereits geboren hat – ein munterer kleiner Bursche ist das. Um die Wahrheit zu sagen, meine Herren, so gern ich Euch auch begleiten würde, es bedürfte schon eines tapfereren Mannes, als ich einer bin, in dieser Sache gegen den Willen meiner Frau zu handeln.«

»Drei!« sagte Carolinus. »Ohne Dafydd und natürlich Aragh. Das müßten mehr als genug sein …«

»Und ich würde sie ebenfalls begleiten!« meldete Angie sich ungestüm zu Wort. »Wenn es nur irgend jemanden gäbe, dem ich die Burg anvertrauen könnte.«

Sie bedachte Carolinus mit einem ärgerlichen Blick.

»Euer Plan ist also, diese Herren hier in die Tiefe des Meeres zu schicken?« erkundigte sich Chandos. »Dürfte ich fragen, wo und warum? Und wonach sie suchen sollen?«

»Ja«, entgegnete Carolinus. »Sie sollen einen Kraken namens Granfer finden, das älteste lebende Geschöpf in allen Meeren; und sie sollen feststellen, ob er ihnen irgendwelche Hinweise auf den Urheber des Ganzen geben kann.«

»Einen was?« fragte Chandos.

»Einen Kraken«, sagte Carolinus. »Ihr wißt doch, was ein Krake ist?«

»Ja – ja, ich habe von Kraken gehört«, sagte Sir John. »Aber warum sollte dieser Krake ihnen etwas Wesentliches mitzuteilen haben?«

»Er hat. Nehmt mein Wort darauf.«

»Ich nehme Euer Wort wahrhaftig auf vieles, Magier«, versetzte Chandos. »Aber ich kann die Angelegenheit des Königs und die Hoffnung auf das Überleben unseres englischen Volkes kaum auf eine solche Kleinigkeit bauen wie das Vertrauen eines Mannes wie mir auf einen Mann wie Euch. Sir James und seine Freunde müssen nach Frankreich. Wenn nötig habe ich die Vollmacht des Königs, es ihnen zu befehlen.«

»Ach ja?« sagte Carolinus.

Mehr sagte er nicht. Chandos starrte ihn einen Augenblick lang an, bevor ihm klar wurde, daß plötzlich nur noch er selbst, Carolinus, Dafydd und Angie am Tisch saßen. Jim, Brian und Giles waren verschwunden.

»Schickt sie nach Frankreich, John. Unbedingt«, sagte Carolinus eisig. »In der Angelegenheit des Königs und mit den Vollmachten des Königs. Aber zuerst werdet Ihr sie einmal finden müssen, und sie haben sich auf mein Geheiß bereits auf den Weg zum Meer gemacht.«

12

»Wo sind wir?« fragte Giles.

Er, Jim und Brian standen an einer kleinen Bucht am Meeresufer. Hinter ihnen ragten etwa dreißig Fuß hohe Klippen auf, die von einem Rand dunkler Erde und rauhen Grases gekrönt wurden und den steinigen Strand auf einer Länge von vielleicht dreihundert Schritten im Halbkreis umschlossen.

Die mächtigen, eisigen Wogen des Atlantiks mit ihren Kämmen von weißer Gischt droschen auf die Steine des Ufers ein. Eine Welle jagte die andere – Jim konnte sich nicht mehr daran erinnern, wem das Zitat zuzuschreiben war, aber wahrscheinlich den Wikingern – ›wie wilde weiße Pferde‹.

»Ungefähr fünf Meilen nördlich des Verhaßten Turms, würde ich schätzen«, antwortete Brian. »James, um etwas zu unternehmen, sind wir verdammt knapp ausgerüstet. Ich habe mein Schwert bei mir, aber davon abgesehen bin ich ein nackter Mann. Ich brauche meine Rüstung und ein Pferd. Außerdem wäre es wahrscheinlich klug, sich ein paar Vorräte zu beschaffen.«

Das stimmte vollkommen. Jim selbst war sich dieses Aspekts ihrer Lage, in die Carolinus sie so plötzlich hineinversetzt hatte, durchaus bewußt. Nun, es war Carolinus selbst, der sie an die Tatsache erinnert hatte, das auch Jim ein Magier war.

»Ihr habt ganz recht, Brian. Irgendeinen besonderen Wunsch, Giles?« fragte Jim an Giles gewandt. »Ich meine zusätzlich zu dem, was Brian bereits erwähnt hat?«

»Lediglich ein Pferd, Waffen und Sattelzeug«, antwortete Giles und meinte damit die Deckenrolle mit persönlichem Eigentum, welche die meisten ohne Diener fahrenden Ritter für den Notfall hinter sich auf dem Sattel trugen.

»Oh, ich werde auch mein Sattelzeug brauchen, James«, warf Brian ein.

»Ich bin in einer Stunde mit allem, was wir brauchen, zurück«, sagte Jim.

Was ihn betraf, so hatte er weitergehende Wünsche als die beiden anderen Männer. Das, was er brauchte, mußte er sich persönlich holen. Er konzentrierte sich und schrieb auf die Innenseite seiner Stirn:

BRING MICH ZU ANGIE → JETZT

Wieder einmal spürte er die seltsame Empfindung des Schöpferischen, des Schaffens, von der Carolinus behauptete, es sei die magische Form des kreativen Prozesses, die sich aber doch von jedem Gefühl der Kreativität unterschied, das Jim früher kennengelernt hatte. Plötzlich fand er sich direkt hinter Angie wieder, die gerade vom Flur aus ihre Kemenate betrat.

»Angie …«, begann er.

Angie kreischte leise auf, zuckte zusammen und fuhr zu ihm herum. Als sie ihn sah, wich sie mehrere Schritte vor ihm zurück, bevor sie sich wieder gefangen hatte. Aber trotzdem starrte sie ihn an, als sei er ein Geist.

»Angie, es ist schon gut. Ich bin's bloß«, sagte Jim und folgte ihr in die Kemenate. »Ich mußte Magie benutzen, um zu dir zurückzukehren. Ich konnte doch nicht ohne ein Wort des Abschieds gehen. Es ist schon gut – ich bin es – nein, ich aus Fleisch und Blut.«

Um es zu beweisen, legte er die Arme um sie.

Bei seiner ersten Berührung war sie noch ganz steif, dann aber schmolz sie in seinen Armen dahin.

»O Jim!« murmelte sie nach einer Sekunde und brach unerwartet in Tränen aus.

»Ich wollte wenigstens Gelegenheit haben, Lebewohl zu sagen«, meinte Jim.

»O ja!« schluchzte Angie an seiner Brust. »Zusätzlich zu allem anderen wäre das wirklich zu grausam gewesen! Ich hasse sie alle! Chandos und Carolinus und einfach alle!«

»Aber du wirst ihnen doch verzeihen, oder – jedenfalls Carolinus?« fragte Jim.

Angie trat einen Schritt zurück und wischte sich bedächtig die Augenwinkel ab.

»Ich denke schon«, erwiderte sie mit zitternder Stimme. »Jedenfalls Carolinus – irgendwann. Aber es war einfach zu grausam! Und ich habe dich in den letzten Tagen einfach schrecklich behandelt. Ich behandle dich immer schrecklich!«

»Nein, tust du nicht«, beschwichtigte Jim sie, »nur ...«

Er brach ab, weil er spürte, daß er nur einen Schritt von einem verbalen Sumpf entfernt war.

»Nur meistens, nehme ich an«, bemerkte Angie mit unheilverkündender Miene.

»Nein ... nein!« widersprach Jim hastig. »Ich wollte nur sagen ... ah ... ach, denk einfach nicht mehr daran.«

»Dann macht es dir also nichts aus, wenn ich wütend auf dich bin?« fragte Angie.

»Hm, natürlich tut es das ...«, begann Jim, als Angie sich plötzlich wieder in seine Arme warf.

»Ach, was tue ich bloß?« sagte sie. »Kümmere dich nicht um mich – ich meine, um das, was ich sage!«

Sie hob den Kopf und küßte Jim fest und lange auf die Lippen.

Er erwiderte ihren Kuß.

Erst eine ganze Weile später kamen sie endlich dazu, über die Dinge zu sprechen, die Jim mitnehmen mußte, wenn er zu Brian und Giles zurückkehrte.

»Ihre Pferde werden sie nicht brauchen«, sagte Jim. »Pferde nutzen unter Wasser nichts.«

»Wie willst du jemals gefahrlos unter Wasser kommen?« fragte Angie.

»Es muß natürlich mit Hilfe von Magie geschehen«, erklärte ihr Jim. »Du weißt, wie ausdauernd ich den ganzen Winter über geübt habe. Carolinus hatte ganz recht, vor allem, was seinen Rat betraf, mich selbst zu unterweisen. Ich habe dir doch erzählt, daß ich bei ihm eine verkleinerte Kopie der *Enzyklopädie Nekromantik* schlucken mußte, nicht wahr?«

»Ja, das hast du mir erzählt«, erwiderte Angie schaudernd. »Wie groß, sagtest du noch, war das Ding, bevor du es schlucken mußtest?«

»Ich hatte keine Zeit, es auszumessen«, versetzte Jim, »aber es war das größte und schwerste Buch, das ich je gesehen habe.«

Angie schauderte abermals.

»Aber er hat es fast auf Pillengröße verkleinert«, fuhr Jim fort. »Ich war überrascht, wie leicht es sich schlucken ließ. Na jedenfalls, mit diesem Ding in mir und all der Übung, die ich nun habe, kriege ich die Sache mit der Magie langsam besser in den Griff. Zunächst einmal war das, was ich gerade benutzt habe, eine Art Kindergartenmagie. Jetzt werde ich einfachere Zauberformeln zusammensetzen. Eine davon wird mir eine Möglichkeit verschaffen, die Reise zu unternehmen. Ich werde uns alle in eine Luftblase einschließen, in der die Luft ständig erneuert wird. Ich habe das schon mal gemacht.«

»Ach ja?« Angie setzte sich plötzlich im Bett auf und sah ihn mit schmalen Augen an. »Wann? Wo?«

Jim gewärtigte einen weiteren Sumpf vor sich. *Wann* – es war in Frankreich gewesen, als er sich im Bann einer besonders schönen Wasserfee befunden hatte. Er hatte die Magie benutzt, um ihr zu entfliehen.

»Ach, nur ein See, den ich durchqueren mußte, indem ich über seinen Boden ging und auf der anderen Seite wieder am Ufer ging«, sagte er achtlos. »Außerdem werde ich, wenn ich mich diesmal verspäten sollte, gewiß eine Möglichkeit finden, dir eine Nachricht zu schicken.«

»Gut!« sagte Angie. Sie sprang vom Bett. »Also, was mußt du Giles und Brian alles mitbringen? Ich helfe dir, die Sachen zusammenzusuchen.«

Etwa zwei Stunden später tauchte Jim wieder auf dem Kiesufer des Strandes auf und führte ein einziges Pferd mit ihrer gesamten persönlichen Habe hinter sich her, mit Rüstungen, Waffen und Essen für Brian, Giles und sich selbst. Trotzdem machten seine beiden Gefährten lange Gesichter, als sie ihm entgegenkamen und sahen, was das Pferd trug.

»Wo ist meine Lanze? Wo ist Blanchard, mein

Pferd?« wollte Brian wissen, als er bei Jim angekommen war.

»Und meine Lanze, und mein Pferd?« fragte Giles hinter ihm. »Ganz zu schweigen von Eurem eigenen, James?«

»Da, wo wir jetzt hingehen, werdet Ihr kein Pferd brauchen«, sagte Jim. »Vergeßt nicht, ein Pferd kann nicht unter Wasser reiten. Und selbst wenn es das könnte, wäre es im Wasser nicht schnell genug, um euren Lanzen eine sinnvolle Verwendung zu verschaffen. Also sparen wir uns nur unnötige Mühe, indem wir sie zurücklassen.«

»Wird nicht dasselbe sein«, brummte Brian. Nichtsdestoweniger sah er sich an, was das Pferd auf seinem Rücken trug. Er nahm die einzelnen Teile seiner Rüstung ab und traf Vorbereitungen, sie anzulegen.

Jim selbst schob die Notwendigkeit, Rüstung und Waffen anzulegen, noch hinaus. Statt dessen ging er auf dem Strand auf und ab und überlegte sich, welche Magie vonnöten war, um sie sicher an ihren Bestimmungsort zu bringen.

Dieses Unterfangen machte nicht nur eine, sondern eine ganze Anzahl von Zauberformeln notwendig. Und obwohl das Ergebnis seiner Überlegungen alles Notwendige abzudecken schien, hatte Jim doch das sichere Gefühl, daß etwas fehle. Er kehrte zu den anderen zurück und begann Rüstung und Waffen anzulegen.

»Warum habt Ihr so lange gewartet, James?« fragte Brian neugierig. »Ihr hattet anscheinend irgend etwas im Sinn, als Ihr da hinten auf und ab gelaufen seid.«

»Ich habe ein magisches Problem gelöst«, sagte Jim.

Die Antwort stellte Brian völlig zufrieden, genau wie Jim es erwartet hatte. Es hätte ohnehin nichts genutzt, ihnen zu erzählen, was er sich zurechtgelegt hatte, da keiner der beiden viel davon begriffen hätte.

Jim ließ sich nun von den beiden anderen Rittern in

Rüstung und Waffen helfen, so wie diese einander geholfen hatten. Es wäre so gut wie unmöglich gewesen, irgendeine Rüstung des 14. Jahrhunderts ganz allein anzulegen und dafür zu sorgen, daß sie fest zugebunden, verhakt und auf alle möglichen anderen Arten befestigt war.

Diese ganze Mühe mit der Rüstung war, wie Jim wußte, höchstwahrscheinlich überflüssig. Aber davon würden sich die beiden anderen nie und nimmer überzeugen lassen. Sie gingen einem unbekannten Abenteuer entgegen, und der Gedanke, etwas Derartiges ohne Rüstung und Waffen zu tun, wäre den beiden Rittern völlig undenkbar gewesen.

Nun gab es nur noch eins zu tun, nämlich das Packpferd auf magischem Wege in den Stall von Burg Malencontri zurückzuschicken.

Er tat es.

»So«, sagte Jim, »ich werde nun den Führer rufen, der uns zu unserem Bestimmungsort bringt.«

»Vergebt mir meine Frage, Mylord«, sagte Brian. Die Tatsache, daß er die formelle Anrede benutzte, verlieh seiner Frage zusätzliche Bedeutung. »Aber wo genau liegt eigentlich dieser Bestimmungsort?«

»Ich habe keine Ahnung«, antwortete Jim wahrheitsgemäß, »aber unser Führer wird es wissen. Er kennt diesen Kraken; und er wird uns zu ihm bringen. Und nun muß ich ihn nur noch rufen. Sein Name ist Rrrnlf.«

Wieder einmal versuchte er, daß erste R zu rollen und hatte immerhin so viel Erfolg, daß Giles ihn mit einer Mischung aus Verwirrung und Anerkennung ansah.

»Rrrnlf«, sagte Giles, der das viel besser machte. Giles' northumbrische Wurzeln, dachte Jim.

»Genau«, sagte er.

Er wandte sich von den beiden Rittern ab und schritt dorthin, wo die Wellen ganz in ihrer Nähe ans Ufer klatschten. Einen Augenblick lang stand er da, hielt

Ausschau und bemerkte, daß die Wellen unterschiedlich weit den Strand hinaufkamen. Er mußte sogar einige Fuß zurücktreten, als eine der Wellen fast seine Füße und Waden umspült hätte. Wieder einmal dachte er darüber nach, ob es tatsächlich der Wahrheit entsprach, daß die neunte Welle immer am weitesten landeinwärts vordrang. Das hatte er mal irgendwo gelesen. In irgendeiner Geschichte von Rudyard Kipling vermutlich.

Nachdem er sich ein Stück zurückgezogen hatte, legte er seine mit Panzerhandschuhen bewehrten Hände trichterförmig vor den Mund und schrie so laut er konnte.

»Rrrnlf!«

Er wiederholte den Ruf ein halbes Dutzend Mal, aber nur die Wellen, die an den Strand schlugen, antworteten. Das überraschte ihn keineswegs. Rrrnlf konnte überall sein, und seine Vorstellungen von Zeit konnte Jim nicht einmal erahnen.

Jim kehrte zu Giles und Brian zurück.

»So«, sagte er. »Ich habe unseren Führer gerufen. Man nennt ihn übrigens Seeteufel. Aber ich habe keine Ahnung, ob er fünfzehn Minuten oder fünfzehn Tage brauchen wird, um hierherzukommen. Also müssen wir uns einfach in Geduld fassen. Wenn es sich herausstellt, daß es Tage dauert, werden wir hier ein Lager aufschlagen.«

Die beiden anderen nickten. Es war ihnen nichts Neues, tagelang oder länger im Freien zu leben. Das gehörte zu jeder normalen Reise.

»Inzwischen«, fuhr Jim fort, »Befasse ich mich mit der Magie, die es uns ermöglichen wird, gefahrlos mit unserem Führer zum Meeresgrund abzusteigen und diesen Kraken aufzusuchen. Wenn Ihr nichts dagegen habt, werde ich mich ein Stück entfernen.«

»Tut das, James, tut das«, sagte Brian beinahe überstürzt. Giles neben ihm nickte heftig. Beide Männer hatten einen gesunden Respekt vor der Magie und hielten es für geraten, sich in höflicher Entfernung zu halten, wenn ein Magier am Werk war.

Jim ging ungefähr fünfzig Meter weit den Strand hinunter, obwohl das strenggenommen gar nicht notwendig gewesen wäre. Erst dann begann er, die verschiedenen magischen Befehle zu formulieren, die später zusammengefügt werden mußten, um das Vehikel zu schaffen, mit dem sie gefahrlos ihre Reise unter Wasser antreten würden.

Natürlich war Giles, in dessen Adern Silkie-Blut floß und der sich in einen Seehund verwandeln konnte, in der Lage, in beträchtliche Tiefen tauchen. Aber Jim vermutete, daß Granfer weit tiefer hauste, als eine Robbe nur mit der Luft in ihren Lungen tauchen konnte.

Jim grübelte. Dann fiel ihm plötzlich die letzte Zeile der Beschwörungsformeln ein, die er sich bei seinem Auf und Ab am Strand zurechtgelegt hatte.

MACHE TRANSPARENTE LUFTBLASE
MIT ALLEN NOTWENDIGEN
ANNEHMLICHKEITEN UND EINEM
DURCHMESSER
VON ZWÖLF FUSS → JETZT

Augenblicklich nahm vor ihm etwas beinahe Unsichtbares Gestalt an. Es war tatsächlich eine Luftblase, denn sie schimmerte im Licht. Jim konnte ihre Form kaum erkennen, da der dahinterliegende Strand durch die Luftblase hindurch verzerrt erschien. Aber sie sah aus wie ein sehr zufriedenstellendes Unterwassergefährt.

Er fuhr mit den anderen Beschwörungen fort, um sicherzustellen, daß die Luft in der Blase immer frisch sein und sie jeder Tiefe und jedem Wasserdruck standhalten würde, auf den sie möglicherweise trafen. Noch bevor er fertig war, zerstörte ein jähes Brüllen von See her seine Konzentration und ließ ihn in die entsprechende Richtung blicken.

»Heil!«

Und tatsächlich, jetzt, da er genauer hinsah, erhob sich der vertraute Kopf Rrrnlfs nur etwa fünfzig Fuß vom Ufer entfernt über die Wellen. Vor Jims Augen watete der Seeteufel auf ihn zu und schien im Näherkommen immer größer zu werden.

»Schlammiger Boden hier, aber schöne Schrägneigung«, donnerte er. »Ich spüre nicht gern Schlamm unter meinen Füßen!«

Noch während er diesen Satz beendete, durchmaß er die Brandung und kam ans Ufer, wo er ungefähr ein Dutzend Fuß vor Jim stehenblieb.

»Wie kann ich Euch helfen, kleiner Magier?« Seine tiefe Stimme hallte über Jims Kopf hinweg.

Aber Jim war fasziniert in die Betrachtung der merkwürdigen Halbstiefel versunken, die mit Riemen um die massigen Waden des Seeteufels befestigt waren.

»Aber Eure Füße sind ja überhaupt nicht schlammig!« sagte er.

»Oh, ich habe gut Obacht gegeben, über den Schlamm zu gehen, nicht mitten hindurch«, entgegnete Rrrnlf. »Das mache ich immer so. Ich kann Schlamm einfach nicht leiden. Nein, nein, ich kann ihn nicht leiden. Und Schlick auch nicht.«

»Aber …« Jim sah die turmhohe, dreißig Fuß messende Gestalt an, die den Strandkies unter ihren Füßen mit einem für einen Körper von solcher Größe normalem Gewicht herunterdrückte. »Wie ist es Euch denn gelungen, *über* den Schlamm zu laufen? Ich meine, ohne ihn zu berühren?«

»Da ist kein Trick dabei, Kleiner«, donnerte Rrrnlf. »Ich habe einfach leicht gedacht. Denkt leicht, dann braucht Ihr den Boden nicht zu berühren, der unter Euren Füßen liegt. Einfach eine Frage des Denkens.«

»Ah, ich verstehe«, sagte Jim. Der Trick mußte ein

Teil der Fähigkeiten der Seeteufel als Elementarwesen sein. Jetzt, da er darüber nachdachte, war dieser Trick sicher nicht nur für Schlamm sehr praktisch, sondern auch, wenn man über Korallen oder scharfkantige Steine lief, die einem schnell Stiefel, Schuhe oder Füße in Fetzen schneiden konnten.

Plötzlich fielen ihm Brian und Giles wieder ein. Wenn etwas von Rrrnlfs Größe auf der Bildfläche erschien, hatte er eine gewisse Neigung, kleinere Wesen zu vergessen. Jim beeilte sich, sein Versäumnis wiedergutzumachen.

»Wenn Ihr Euch umdrehen wollt«, sagte er zu dem Seeteufel, »möchte ich Euch mit Sir Brian Neville-Smythe von Burg Smythe bekannt machen und mit Sir Giles de Mer aus Northumberland. Zwei ehrenwerte Herren und Gefährten von mir, die mich begleiten werden.«

Rrrnlf drehte sich um, blickte auf die beiden Männer hinab und donnerte freundlich.

»Sehr nett, euch kleine Ritter kennenzulernen«, sagte er. »Welcher von Euch ist Brian und welcher Giles?«

»Ich bin Sir Brian!« sagte Brian mit einer gewissen Schärfe in der Stimme. Rrrnlfs Größe hatte ihn offensichtlich nicht eingeschüchtert. »Und ich bin Sir Giles«, sagte Giles. Er schien ebenfalls fast bereit zu sein, den Seeteufel zum Zweikampf herauszufordern. Aber Rrrnlf hatte es nicht böse gemeint, und die beiden waren zumindest so höflich, ihm zu antworten.

»Nun, nun, nun, nun«, sagte Rrrnlf und drehte sich wieder zu Jim um. »Also, was wollt Ihr von mir, kleiner Magier?«

»Ich möchte, daß Ihr uns alle drei zu Granfer bringt. Wir müssen mit ihm reden«, sagte Jim. »Könnt Ihr ihn finden?«

»Ich weiß natürlich, wo alles und jedes in sämtlichen Ozeanen zu finden ist«, erwiderte Rrrnlf. »Was für ein Seeteufel wäre ich wohl, wenn ich das nicht wüßte? Wollen wir gleich aufbrechen?«

»Zuerst muß ich noch einiges erledigen«, sagte Jim. Er hatte nicht erwartet, daß der Seeteufel auch nur annähernd so schnell sein würde; und die Magie für das Vehikel, das er für Giles, Brian und sich selbst gebaut hatte, war noch unvollständig.

»Ah, ich sehe, Ihr arbeitet an Eurer Zwergenmagie«, meinte Rrrnlf. »Nur zu, nur zu. Laßt Euch Zeit. Ich habe alle Zeit der Welt. Jahrhunderte. Jahrtausende, wenn nötig.«

»So lange wird es wohl nicht dauern«, sagte Jim ein wenig schroff. Er wußte, daß Rrrnlf es nur gut meinte, aber der Seeteufel schien die fatale Neigung zu haben, anderen zu nahe zu treten. Er stellte fest, daß er sich ein klein wenig so fühlte, wie Giles und Brian sich nach Rrrnfls herablassender Begrüßung gefühlt haben mußten.

13

SIE SANKEN SCHNELL und in flachem Winkel in eine durchscheinend blaue Dunkelheit – oder war es eine durchscheinend blaue Helligkeit? Sie waren jetzt sehr weit unterhalb der Oberfläche des Ozeans, und das Licht war schwächer und schwächer geworden, bis es schließlich diesem seltsamen bläulichen Leuchten Platz gemacht hatte, das sehr düster war, gleichzeitig aber ihre Umgebung bemerkenswert gut zu beleuchten schien.

Sie bewegten sich mit einer nach Jims Einschätzung atemberaubenden Geschwindigkeit. Er konnte das Tempo und ihre jeweilige Tiefe nur nach den Gefühlen in seinem Magen schätzen – wie in einem Aufzug, der rapide abwärts fuhr. Sie bewegten sich mit solcher Geschwindigkeit, um mit Rrrnlf an ihrer Seite mithalten zu können.

Wie der Seeteufel es fertigbrachte, derart schnell voranzukommen, war Jim ein Rätsel, denn er machte keine sichtbaren Schwimmbewegungen, ja, er schien seinen Körper überhaupt nicht zu bewegen. Vielmehr hatte man den Eindruck, daß er gewissermaßen durchs Wasser schwebte – nur daß Jim aus irgendeinem Grunde sicher war, daß sie sich mit dem Tempo eines Düsenflugzeugs seiner ursprünglichen Welt bewegten.

Es schien unmöglich, daß Rrrnlf vorankam, ohne sich zu bewegen. Und es war gleichfalls unmöglich, daß ihre Luftblase mit solcher Geschwindigkeit durch ein so dichtes Medium wie Wasser glitt, ohne daß das Wasser die Festigkeit von Beton annahm. Es sei denn, die Antwort auf all diese Fragen lag in einer von Jims magischen Beschwörungen. Er hatte bei der Schaffung der Luftblase vorsichtshalber dafür gesorgt, daß sie unzerstörbar war und jedem Druck standhielt.

Aber es war eine unheimliche und auch unbehagliche Situation. Jim saß auf einem Hocker auf dem flachen Boden, den er zusammen mit den Hockern in der Blase geschaffen hatte. Rrrnlf befand sich nun unmittelbar außerhalb der Blase zu seiner Rechten; und Giles und Brian saßen ihm gegenüber ebenfalls auf Hockern.

Die beiden Ritter blickten genauso unbehaglich drein, wie Jim sich fühlte. Ihre gegenwärtige Lage war unleugbar unnatürlich und erschreckend.

Jim zwang sich, seine eigenen Gefühle unter Kontrolle zu halten. Um jeden Preis, dachte er, mußte er die beiden anderen davor bewahren, die Beherrschung zu verlieren. Auch wenn beide Männer normalerweise nichts fürchteten, war dies doch genau die Art unbegreiflicher Magie, die selbst ihren Mut überfordern konnte.

Also setzte Jim um ihretwillen ein Grinsen auf.

»Nun denn«, sagte er zu ihnen, »wir sind unterwegs!«

Keiner der beiden anderen antwortete. Es lag auf der Hand, daß sie unterwegs waren. Jim versuchte es noch einmal.

»Merkwürdig, nicht wahr?« sagte er. Er grinste unablässig und entschlossen weiter.

»Aber wir haben schließlich schon viele merkwürdige Abenteuer bestanden, nicht wahr? Erinnert ihr euch noch, wie Malvinnes Magie uns derart in die Irre führte, daß wir bei unserem Fluchtversuch aus Malvinnes Burg mitten in das Königreich des Todes platzten?«

»Ich erinnere mich«, sagte Brian. »Aber damals hatte uns die Magie nur auf den Weg dorthin gebracht. Jetzt sitzen wir mitten drin, und sie ist unentwegt tätig. Dieses Licht ist gottlos.«

»Also, wenn Ihr mich fragt, ich halte es für vollkommen natürlich. Ich weiß sogar, daß es natürlich ist«, sagte Jim nach kurzem Nachdenken. »Ich erinnere mich, daß ich mal von einem Mann gelesen habe, der in einem Eisenball in die tiefsten Tiefen des Ozeans hinuntergetaucht ist. Und er hatte ein Fenster in dem Eisenball. Als er wirklich sehr, sehr weit unten war, hat er dasselbe blaue Licht gesehen wie wir jetzt. Es ist also gar nicht gottlos. Es ist eben so, wie es im Ozean eben ist.«

»Ich will Euch nicht widersprechen, James«, meldete Giles sich zu Wort, »aber ich muß doch zugeben, daß ich einen gewaltigen Drang verspüre, mich in meine Meeresgestalt als Robbe zu verwandeln und auszubrechen, um an die Oberfläche zu tauchen. Was sonst auch alles wahr sein mag, es ist nicht ungefährlich, sich in solcher Tiefe aufzuhalten.«

»Nun, genau dort müssen wir nach dem Kraken suchen«, antwortete Jim.

»In seichterem Wasser«, donnerte eine tiefe Baßstimme von draußen. Rrrnlf hatte die Angewohnheit, sich jederzeit, wenn ihm danach zumute war, in ihr Gespräch einzumischen. Und da seine Stimme sowohl an Lautstärke als auch an Tiefe die ihren mühelos übertönte, hatten sie keine Möglichkeit, ihn daran zu hindern. »Warum nennt ihr Granfer – wie war das noch gleich – einen Kraken, kleiner Magier?«

»Das ist der Name, mit dem die Menschen an Land Wesen wie Granfer bezeichnen«, erklärte ihm Jim.

Rrrnlf konnte von draußen offenbar mühelos zu ihnen in der Blase sprechen, und er schien gleichermaßen gut zu hören, was sie drinnen sagten. Daher brauchte Jim nicht einmal die Stimme zu erheben – obwohl das Dröhnen von draußen ihn in Versuchung führte, seinerseits ebenfalls zu brüllen. Aber er sagte sich, daß er mit einem solchen Verhalten dem Seeteufel einen Vorteil geben würde, und Rrrnlf hatte schon genug Vorteile.

»Wo ist Granfer eigentlich?« fragte Jim. »Kommen wir bald in seine Nähe?«

»Ist nicht mehr allzu weit«, sagte Rrrnlf. »Er befindet sich auf einer der flachen Sandbänke, die er so mag, weil es dort Kabeljauschwärme gibt. Er mag Kabeljau nämlich sehr gern, unser Granfer.«

Der Winkel ihrer Fahrt wurde plötzlich deutlich steiler, und sie stiegen in die Höhe. Gleichzeitig verminderte sich ihr Tempo und sie konnten erstmals wieder die Fische und die anderen Meeresgeschöpfe erkennen, an denen sie vorbeikamen. Aber selbst bei ihrer verbliebenen Geschwindigkeit tauchten diese Meerestiere nur für Sekundenbruchteile vor ihnen auf, so daß die Bilder etwas unheimlich Kaleidoskophaftes hatten.

Die Aufwärtsbewegung und das Abbremsen hielten an.

»Nähern wir uns jetzt der Sandbank, auf der Granfer weilt?« fragte Jim, der wieder einmal durch die Wand der Blase mit Rrrnlf sprach.

»So ist es«, donnerte Rrrnlf, ohne ihn anzusehen. »Es ist eine Sandbank nahe der großen Landmasse weit westlich von Eurer kleinen Insel. Sie wird von allen möglichen Fischen in großer Zahl besucht.«

Jims Neugier war geweckt. Eine ›große Landmasse weit westlich von eurer kleinen Insel‹ klang sehr stark nach Nordamerika. Er fragte sich, ob der Ort, dem sie sich mit so unglaublicher Geschwindigkeit näherten, vielleicht die Sandbänke vor Neufundland sein mochten. Es war zumindest denkbar. Er wußte von keinen anderen Sandbänken mitten im Atlantik, deren Fischbestände einen vergleichbaren Ruf hatten.

Wenn das stimmte, waren sie nicht nur so schnell wie ein Verkehrsflugzeug gereist, sondern eher mit Überschallgeschwindigkeit, was ihr schnelles Fortkommen nur um so erstaunlicher machte.

Das unheimliche, durchscheinend blaue Leuchten hatten sie hinter sich gelassen. Das Licht im Wasser außerhalb der Blase wurde eindeutig heller, und zumindest Giles machte wieder ein fröhlicheres Gesicht.

Sie schienen fast genauso schnell langsamer zu werden, wie sie zuvor Geschwindigkeit aufgenommen hatten. Jim konnte die Verlangsamung spüren, obwohl er sich der gewaltigen Beschleunigung zuvor nicht bewußt gewesen war. Aber sie mußten auf ungeheuerliche Weise beschleunigt haben, um den Ozean in einem solchen Tempo zu durchqueren – wenn sie das denn tatsächlich getan hatten.

Die Bahn ihrer Blase flachte nun ab in Gewässern, in denen es gewiß nicht an Fischen bis hin zu beträchtlicher Größe mangelte – an Tieren von vier- oder fünfhundert Pfund und sogar noch mehr, obwohl Jim nicht genug über Fische wußte, um die, an denen sie vorbeikamen, zweifelsfrei bestimmen zu können.

Als er nun durch den unteren Teil der Blase in die Tiefe schaute, durchfuhr ihn ein kurzer Schwindel. Jim sah den Meeresboden, dem sie sich entgegenzusenken schienen, auch wenn die Bewegung der Blase noch immer schräg nach oben zu verlaufen schien. Offensichtlich wurde das Meer an dieser Stelle schneller seichter, als sie emporstiegen.

Es war keine besonders anziehende unterseeische Landschaft, die sie durchmaßen. Nirgends sah man einen Hinweis auf die pflanzenartigen Seegeschöpfe, die tropischere Meere bevölkerten. Die scharf in die Höhe ragenden Hänge unter ihnen waren bis auf einen großen Felsbrocken hier und da vollkommen kahl. Manchmal wurde nackter Fels sichtbar, aber für gewöhnlich hatte die Oberfläche dieselbe weiche, dunkle, unveränderliche Beschaffenheit von Schlamm oder Schlick.

Sie wurden nun stetig langsamer und bewegten sich schließlich mit einem Tempo, das es den Fischen manchmal ermöglichte, sie zu überholen; und Giles blickte nun eindeutig fröhlich drein.

»James!« rief er. »Jetzt sind wir nicht mehr als sechshundert Fuß unterhalb der Oberfläche. Von hier aus könnte ich leicht nach oben schwimmen.«

»Gut, das zu wissen, Giles«, antwortete Jim. »Hoffen wir, daß Ihr es nicht beweisen müßt.«

Plötzlich dröhnte lautes Gelächter durch die Wand der Blase. Sie hatten Rrrnlf erheitert.

»Wollt Ihr damit sagen, Ihr hättet nicht gewußt, wie tief unten wir bis jetzt waren?« fragte er. »Kleiner Magier, da hätte ich Euch aber mehr zugetraut!«

»Zufälligerweise«, entgegnete Jim eisig, »hatte ich keine Gelegenheit, es herauszufinden. Gleichwohl vermag ich, vieles zu tun. Nichts für ungut; aber es könnte nicht schaden, wenn Ihr Euch bisweilen daran erinnern würdet!«

Rrrnlf wurde augenblicklich wieder nüchtern.

»Nun, nun«, sagte er, »kein Seeteufel zweifelt an den mächtigen Kräften, über die die kleinen Magier gelegentlich verfügen. Es kam mir einen Augenblick lang einfach komisch vor.«

»Schon gut«, sagte Jim.

Er ließ seine Worte so versöhnlich klingen, wie es ihm nur möglich war. Er hatte nämlich Pläne für die Zukunft, die Rrrnlf möglicherweise einschlossen. Nichts auf der Welt lag ihm ferner, als sich den Seeteufel zum Feind zu machen. »Außerdem benutzen wir diese Kräfte, um anderen zu helfen. Unseren Freunden gegenüber sind wir immer hilfsbereit.«

»Das stimmt«, donnerte Rrrnlf nachdenklich. »Ich weiß eine Reihe von Gelegenheiten im Lauf des letzten Jahrtausends, bei denen Magier wie Ihr einem von uns geholfen haben. Ich bin tatsächlich Euer Freund, kleiner Magier, was man daran sieht, daß ich Euch hierhergebracht habe. Ihr könnt auf mich zählen.«

»Vielen Dank, Rrrnlf«, sagte Jim. »Das tue ich.«

Plötzlich befanden sie sich mitten in einem Fischschwarm, dessen einzelne Tiere von einem halben Fuß bis zu mehreren Fuß lang waren.

Jim dachte, es wären vielleicht Kabeljau, war sich aber nicht ganz sicher. Er hatte immer gedacht, Kabeljau hielten sich in der Nähe des Meeresbodens auf.

Als sie aus dem Schwarm herauskamen, wurde offenbar, daß ihre Vorwärtsbewegung aufgehört hatte und sie der Schlickebene unter ihnen entgegensanken. Jim kniff die Augen zusammen, um sehen zu können, was sich unter der Blase befand, konnte es aber nicht genau ausmachen. Eine Sekunde lang war er ratlos, dann schrieb er eine schnelle Beschwörung an seine Stirn:

GIB MIR SICHT WIE DEN → FISCHEN

Augenblicklich sah er durch den Boden der Blase, daß sie sich einem Gebilde näherten, das aussah wie ein halber Hektar voller riesiger, umgestürzter Felsbrokken, die allesamt von Schlick bedeckt waren. Es schien keinen ersichtlichen Grund zu geben, hier hinunterzugehen. Andererseits konnte er, während sie näher kamen, eine Gestalt ausmachen, in der er schließlich einen großen Tintenfisch erkannte. Es war ein sehr großer Tintenfisch, und er hatte die Spitzen seiner zehn Fangarme in den Schlick zwischen die Felsen gegraben.

Als sie näher kamen, schien der Tintenfisch an Größe zuzunehmen, bis Jim klar wurde, *wie* gewaltig er in Wirklichkeit war. Seine längsten Fangarme mußten annähernd zwei- oder dreihundert Fuß lang sein, und sein Körper hatte die Größe eines U-Bootes aus Jims Welt.

»Ist das Granfer?« fragte Jim Rrrnlf – und hatte alle Mühe, ein Beben der Ehrfurcht aus seiner Stimme fernzuhalten.

»Das ist der alte Knabe«, antwortete Rrrnlf. »Sitzt da wie gewöhnlich und wartet darauf, daß seine Mahlzeit angeschwommen kommt. Oh, er kann sich durchaus bewegen, wenn er das wünscht. Ihr wäret überrascht, wie er sich bewegen kann. Aber nach ein paar hundert oder tausend Jahren scheint er sich zu denken: ›Wozu die Mühe?‹«

Plötzlich – sie schienen sich immer noch in sicherer Entfernung von Granfer zu befinden – tauchte wie aus dem Nichts ein gewaltiger Fangarm auf und schlang sich um die Blase.

Die drei in der Blase vernahmen ein quietschendes Geräusch, als die gewaltigen Saugnäpfe zufaßten und der Fangarm sich anspannte, um die Blase zu zerquetschen oder zu zerbrechen. Aber da Jim sie dahingehend verzaubert hatte, hielt sie nun auch diesem Druck stand. Einen Augenblick später glitt der Fangarm von der Blase, fiel hinunter und verschwand scheinbar irgendwo zwischen den Felsen und dem Schlick.

»Ihr habt also einen Magier bei Euch, Rrrnlf«, sagte eine klare, überraschend helle Stimme unter ihnen.

Rrrnlf verfiel abermals in ein gewaltiges, brüllendes Gelächter.

»Also, wie habt Ihr das erraten, Granfer?« donnerte er.

»Mach dich nicht über ein zerbrechliches, altes Geschöpf wie mich lustig«, quiekte die Stimme. »Ich muß fressen, um am Leben zu bleiben, das weißt du.«

Sie waren weiterhin in stetigem Tempo dem gewaltigen Tintenfischkörper entgegengesunken. Als sie ganz nah dran waren, starrte Jim den Kraken mit offenem Mund an; denn die Spitzen zweier Tentakel hielten etwas genau vor das eine gewaltige Auge, das Jim sehen konnte.

Was immer sie auch hielten, es war dunkel und klein. Es dauerte einen Moment, bis Jim klar wurde, daß es nur scheinbar klein war. Und zwar deshalb, weil sich der Gegenstand in unmittelbarer Nähe von Granfers gewaltigem Körper befand. Es war ein aufgeschlagenes Buch. Neben dem Rest dieses riesigen Geschöpfes wirkte es wie eine Postkarte. Es war zweifelsfrei und unwiderlegbar.

Granfer las.

14

Während Jim versuchte, die mutmaßliche Größe des Buches zu schätzen – das nun, da er Granfers tatsächliche Proportionen erkannt hatte, wirklich sehr groß sein mußte –, verschwand es.

Jim blinzelte. Er hatte nicht einmal die Andeutung eines sich bewegenden Fangarmes gesehen, mit der das Buch außer Sichtweite gebracht worden war. Beinahe bezweifelte er, überhaupt ein Buch gesehen zu haben. Aber seine Erinnerung an den Anblick des Buches war scharf und deutlich. Ihm fiel nur eine Lösung für das Problem ein. Granfer mußte das Buch, während er, Jim, kurz geblinzelt hatte, hastig unter seinem gigantischen Körper versteckt haben.

Aber was, fragte er sich, konnte dieses Meeresgeschöpf mit einem so ungeheuer dicken und schweren Buch anfangen, das offensichtlich menschlichen Ursprungs war? Es konnte nur von einem gesunkenen Schiff stammen …

Einige Bücher des Mittelalters, die handgeschrieben

und von Hand gebunden waren, hatten diese Größe, obwohl zur damaligen Zeit Bücher jeglicher Größe sehr rar waren. Die Mühsal, die es bedeutete, eines mit der Hand zu schreiben, war einfach unvorstellbar.

Sie sanken weiter, bis sie direkt über dem riesigen Auge Granfers schwebten. Es sah größer aus, als Jim das bei einem Auge jemals für möglich gehalten hätte. Es hätte gut und gerne einen kleinen Swimmingpool abgegeben, dachte er. Wie betrachtete dieses Auge sie jetzt? fragte Jim sich. Böse oder einfach hungrig?

Ihre Blase machte auf Jims stimmlosen magischen Befehl hin unmittelbar über dem Auge halt, nachdem er Rrrnlf hatte stehenbleiben sehen.

»Ihr solltet nicht versuchen, den kleinen Magier und seine Freunde zu fressen«, donnerte Rrrnlf Granfer an.

»Da könntet Ihr recht haben. Man möge mir verzeihen«, sagte die schrille Stimme Granfers.

Jim konnte nicht recht entscheiden, von wo Granfers Rede kam. Wahrscheinlich von irgendwo her, wo man es nicht sehen konnte, da unten, wo die Tentakel aus dem Körper kamen und wo der Mund sein mußte.

»Ich habe nur immer solchen Hunger. Es war reine Gewohnheit.«

Und genau in diesem Augenblick zog Granfer etwas zu sich hin, daß wie ein Rochen von ungefähr einem Dutzend Fuß Durchmesser aussah, obwohl sich nur schwer sagen ließ, worum es sich tatsächlich handelte, da es von dem Fangarm, der es festhielt, zusammengepreßt wurde. Das Tier verschwand unter dem Turm von Granfers Körper, wo Jim den Mund des Kopffüßlers vermutete.

Fangen und schlucken waren eins und wurden beinahe gedankenlos ausgeführt. Jim schrieb hastig einen neuen magischen Befehl auf die Innenseite seiner Stirn, daß Granfer das Gefühl haben solle, ihm würde schon bei dem Gedanken, Menschen zu fressen, furchtbar übel. Wenn Granfer etwas von der Größe eines Killerwals verschlingen konnte, wie Carolinus ihm erzählt hatte, konnte er wahrscheinlich mit kaum größerer Anstrengung ihre gesamte Blase verschlucken.

»Ja wirklich«, fuhr Granfer fort, »es ist eine große Überraschung für mich, lebendige Landbewohner zu treffen, außer an der Oberfläche des Meeres. Und dorthin begebe ich mich nur selten. Ich nehme an, Ihr seid gekommen, weil Ihr mich in irgendeiner Sache sprechen wollt, kleiner Magier?«

Jim war drauf und dran gewesen, Granfer darauf hinzuweisen, daß er auf den Titel Magier keinen wirklichen Anspruch hatte. Aber bei näherem Nachdenken konnte es wohl nicht schaden, wenn Granfer ihm soviel magische Kraft zuschrieb wie nur möglich.

»Oh, ich bin hauptsächlich aus schlichter Neugier gekommen«, sagte er. »Ich habe gehört, daß Ihr das älteste und weiseste Geschöpf in allen Meeren wäret. Mit jemandem wie Euch wollte ich gern einmal reden.«

»Ah, hm, nun ja«, sagte Granfer, während er geistesabwesend einen Fisch zu sich heranzog und verschluckte, der aussah, als wöge er ungefähr zweihundert Pfund und beinahe die Form eines Basketballs hatte. »Das kommt von allein, wenn man so viele Erinnerungen hat, versteht Ihr, und sich so vieler Dinge entsinnt. Aber woran könnte ich mich erinnern, das für Euch von Bedeutung wäre, kleiner Magier?«

»Nun«, sagte Jim. Er hatte beabsichtigt, sich ganz allmählich vorzutasten, aber es war doch ein wenig schwierig, einige hundert Meter unterhalb der Meeresoberfläche und von Angesicht zu Angesicht mit dem größten Tintenfisch, den die Welt vermutlich je gesehen hatte, ungezwungen Konversation zu treiben. Er und Granfer hatten so wenig gemeinsam für eine schlichte Plauderei. »Der Zufall will, daß wir auf der Insel, auf der ich und diese beiden Gefährten von mir leben, Spuren von Seeschlangen entdeckt haben.«

»Einer dieser beiden Gefährten ist ein Silkie, nicht wahr?« fragte Granfer.

»Jawohl, das bin ich!« versetzte Giles streitlustig. Er schämte sich seines Silkie-Blutes nicht. Er lief nur nicht herum und posaunte die Tatsache aus, daß er es in seinen Adern hatte.

»Dachte ich mir doch. Ja, das habe ich mir gedacht«, sagte Granfer, während er sich den nächsten großen Fisch heranzog und verschlang. Um an die Fische heranzukommen, streckte er die Fangarme so weit aus, daß Jim ihnen nicht einmal mit der Rundumsicht, über die er nun verfügte, folgen konnte.

»Ich kenne die Zeichen des Blutes. Ja, ich würde sie bei jedem Landbewohner erkennen.«

»Ich sprach von Seeschlangen«, bemerkte Jim.

»Ach ja, Schlangen«, sagte Granfer. »Eine von denen kommt öfter auf ein Schwätzchen bei mir vorbei. Hat wegen ihrer Größe nicht soviel Angst vor mir. Und um die Wahrheit zu sagen, ich glaube sowieso nicht, daß mir eine Schlange schmecken würde. Da ist mir Kabeljau doch tausendmal lieber. Geht nichts über einen Kabeljau. Köstlich!«

»Also«, sagte Jim, »vielleicht wißt Ihr, warum wir auf unserer Insel plötzlich diese Geschöpfe zu sehen bekommen.«

»Er redet von dieser merkwürdig geformten, ziemlich großen Insel«, warf Rrrnlf an den Kopffüßler gewandt ein. »Vor der Küste der großen Landmasse, die sich ewig und ewig hinzieht – oder jedenfalls fast.«

»Ja, ja. Ich hatte mir schon gedacht, daß das die Insel ist, von der der kleine Magier sprach«, erwiderte Granfer. Er seufzte. Es war ein seltsames, ächzendes Geräusch, das Jim für einen Augenblick in Erstaunen versetzte, bevor er es erkannte. »Ziemliche Einzelgänger, die Schlangen. Fast genau solche Einzelgänger wie die Seeteufel – was, Rrrnlf?«

»Viel schlimmer als wir. Wenn sie sich versammeln,

verstößt das gegen die Natur, oder es muß einen sehr guten Grund dafür geben.«

»Welcher Grund ist es denn diesmal?« fragte Jim Granfer ohne jede Umschweife.

»Oh, einfach ein Grund, habe ich mir sagen lassen«, erwiderte Granfer. »Meine Güte! Ich habe versucht, sie zu beruhigen, müßt Ihr wissen. Aber es hat nichts genutzt. Erst neulich hat es ein Drache aus demselben Land, aus dem ihr kommt, kleiner Magier – ein Drache namens Gleingul – geschafft, ganz allein eine Schlange zu töten. Das war auf irgendwelchen Sandbänken, an einem Ort, den man Grauer Sand nennt.«

»Das war vor ungefähr einem Jahrhundert, Granfer«, warf Rrrnfl ein.

»Hm? So lange? Na jedenfalls, das hat ihnen ziemlich zugesetzt. Er erschwerte den Umgang mit den Schlangen – und ich sage ihnen das immer wieder, wenn ich mit ihnen rede –, daß sie sich die Dinge zu sehr zu Herzen nehmen. Aber nein, sie sind fest entschlossen, die Drachen von diesem Eiland wegzuputzen. Natürlich haben sie dabei auch die Drachenhorte im Sinn …«

»Merkwürdig«, brummte Rrrnlf, »daß sowohl Drachen als auch Schlangen solche Horte haben.«

»… na jedenfalls«, fuhr Granfer fort, »diesmal gibt es nichts, was die Schlangen aufhalten könnte. Also werden sie ausnahmsweise mal alle an einem Strang ziehen. Übrigens hilft ihnen dabei irgendein Landbewohner, wie Ihr es seid, kleiner Magier; nur daß er auf diesem großen Stück Land lebt, von dem Rrrnlf gerade sprach. Das, das sich ewig und ewig hinzieht.«

»Ich glaube, ich weiß, wer das ist«, sagte Jim.

»Zufälligerweise hält er sich in der Nähe der Westküste auf, nicht weit von eurer Insel entfernt«, fuhr Granfer fort, »und er und einige seiner Leute wollen Eure Insel für sich. Soweit ich gehört habe, ist es dieser Landbewohner, der die Sache mit den Seeschlangen vereinbart hat. Sie sollen Eure Insel zur selben Zeit angreifen wie seine Freunde – er und seine Freunde, um Eure Freunde niederzuschlagen, und die Schlangen, um die Drachen niederzuschlagen.«

»Verstehe«, sagte Jim. Granfer war ein geschickter Lügner. Carolinus hatte gesagt, Ecotti könne nicht der Kopf sein, der hinter alledem stecke. »Das wirft eine ganze Reihe von Fragen auf.«

»Vielleicht kann ich eine davon beantworten, ohne daß Ihr sie stellen müßt«, sagte Granfer. »Der Landbewohner ist ebenfalls ein Magier.«

»Ich weiß, wen Ihr meint«, erwiderte Jim scharf. »Aber er ist kein Magier. Er ist ein Hexenmeister. Das ist ein Unterschied.«

»Ein Unterschied, ja?« wiederholte Granfer. »Nun, heutzutage kommt es selten vor, daß ich etwas hinzulerne; aber jetzt habe ich etwas gelernt. Ich wußte nicht, daß es verschiedene Arten von Magiern gibt.«

»Gibt es auch nicht«, sagte Jim. »Es gibt Magier und Hexenmeister.«

»Und doch verfügen beide über Magie; zumindest dachte ich das«, meinte Granfer. »Worin besteht der Unterschied?«

»Ich fürchte, da bedürfte es eines Magiers mit umfangreicherem Wissen, als ich es habe, um das zu erklären«, sagte Jim. »Aber ich weiß, von wem Ihr sprecht. Sein Name ist Ecotti.«

»Ah«, sagte Granfer mit einem neuerlichen Seufzen. »Wie Ihr Magier mich doch erstaunt. Kleiner Magier, Eure Fähigkeit, die Hand auszustrecken und aus dem Nichts einen Namen aufzugreifen und dann noch recht zu haben – das ist schon bemerkenswert.«

»Also zur nächsten Frage«, sagte Jim. »Wie nimmt Ecotti Verbindung mit den Seeschlangen auf?«

»Wisset«, sagte Granfer, »daß ich ihnen sehr davon abgeraten habe. Ich sagte, es würde nicht klappen. Ihr werdet auf einen anderen Magier stoßen, sagte ich. Auf der Insel muß es zumindest noch einen anderen Magier geben. Und was wird dann aus euch? Aber wollte er auf mich hören? Nein.«

»Wen meint Ihr mit ›er‹?« wollte Jim wissen.

»Ah, hm«, sagte Granfer, »ich weiß nicht, ob es ihm recht wäre, wenn ich Euch sage, wer er ist. Was würde Euch das auch nutzen?«

»Wenn ich wüßte, wer er ist, könnte Rrrnlf mir wahrscheinlich helfen, ihn zu finden ...«

»Ich kann alles und jeden in den Weltmeeren finden«, schaltete Rrrnlf sich grimmig ein. »Und mit etwas Zeit auch an jedem Ort an Land. Nichts kann einen Seeteufel aufhalten.«

»Würdet Ihr das tun, Rrrnlf?« fragte Granfer in einem Tonfall, in dem so viel Sehnsucht mitschwang, wie es einem Geschöpf von mehreren Tonnen Gewicht überhaupt zuzutrauen war.

»Ich bin dem Magier verpflichtet. Außerdem ist er vielleicht in der Lage, mir dabei zu helfen, meine gestohlene Dame wiederzufinden. Ich weiß, es war eine Schlange. Und wer es auch war, ich werde ihn finden. Und wenn ich ihn finde ...!«

»Zweifellos werdet Ihr ihn finden, Junge«, beschwichtigte Granfer den Seeteufel. »Ich zweifle nicht im mindesten daran ...«

»Einen Augenblick mal, Granfer«, meldete Jim sich zu Wort. »Ihr habt mir noch immer nicht gesagt, wie Ecotti mit den Seeschlangen Verbindung aufnimmt und wie es zu der Übereinkunft gekommen ist, daß sie den französischen Streitkräften helfen wollen. Ich spreche von den Leuten auf der größeren Landmasse, von denen Ihr vorhin geredet habt, die England angreifen wollen, unsere Insel.«

»Oje, oje, oje«, sagte Granfer. »So viele Fragen. Ich habe im Laufe der Jahrhunderte so viele beantwortet, daß es mir schwerfällt, mich daran zu erinnern, an welchem Ort ich bin. Manchmal denke ich ...«

Wieder einmal hatten Granfers Fangarme sich blitzartig bewegt. Diesmal kamen sie ineinander verwoben wie ein Netz aus dem Nichts – und das Netz fing die Blase ein, drückte sie hinunter und schob sie unter Granfers Leib. Die Dunkelheit des Schlicks schloß sich so vollkommen um Jim und die anderen, daß sie sich plötzlich in tintenschwarzer Finsternis wiederfanden.

»Ich werde eine Weile über diese Frage nachdenken.«

Granfers Stimme sickerte zu ihnen hinunter, gedämpft durch den Schlick über ihnen und seine Körpermasse. Jim befahl der Blase, sich zu bewegen. Sie rührte sich ein wenig, aber zwischen dem Schlick und Granfers Gewicht, das sie unten hielt, schien sie hilflos gefangen zu sein.

Was natürlich vollkommen falsch war, schließlich sollte sie jeglichen auf sie ausgeübten Druck ignorieren; und dennoch hielten der Druck von Granfers zugegebenermaßen gewaltigem Körper und der Schlick sie fest.

Jim war betroffen. Granfer war kein Elementarwesen und verfügte daher nicht über die angeborenen übermenschlichen Fähigkeiten wie die, die es dem Seeteufel ermöglicht hatten, sich mit ungeheurer Geschwindigkeit im Wasser zu bewegen.

Und er konnte natürlich auch nicht über Kräfte gebieten, wie sie der Zauberer Ecotti von den Dunklen Mächten erlangt hatte, es sei denn – und das war zu weit hergeholt, um es wirklich in Erwägung zu ziehen – es sei denn, Granfer hatte sich seinerseits an die Dunklen Mächte verkauft.

Es war undenkbar. Denn obgleich man von vielen Menschen wußte, die das getan hatten, hatte Jims Wissen nach noch nie ein Tier etwas Derartiges getan. Bis auf den Drachen Bryagh, der Angie zum Verhaßten Turm entführt hatte. Aber außer ihm hatte sich noch nie ein Tier den Dunklen Mächten angedient, und der große Tintenfisch über ihnen *war* nun einmal ein Tier. Aber wie auch immer, sie saßen fest. Durch den Schlick konnten sie die Stimmen Granfers und Rrrnlfs nicht so recht verstehen. Möglich, daß die beiden einander gratulierten, die drei Gefährten festgesetzt zu haben; möglich auch, daß sie miteinander stritten, weil Rrrnlf Jim und die anderen in der festen Überzeugung hergebracht hatte, daß ihnen nichts geschehen würde.

Aber wie auch immer, die Blase rührte sich nicht von der Stelle. Nun, dachte Jim, immer schön eins nach dem anderen.

»Licht!« sagte er und schrieb auf die Innenseite seiner Stirn eine kurze Beschwörung, mit deren Hilfe die Blase erleuchtet werden sollte.

Plötzlich war überall um sie herum Licht. Aber es war ein sehr rücksichtsvolles Licht, denn es begann ganz klein und wurde dann heller, damit ihre Augen sich langsam daran gewöhnen konnten. Jims erste Tat bestand darin, einen Blick auf Brian und Giles zu werfen, um festzustellen, wie die beiden die Sache aufnahmen.

Zu seiner Erleichterung sahen sie wirklich gut aus, erregt und beinahe eifrig. Es war verwirrend, wenn man bedachte, wie niedergeschlagen und ängstlich sie gewirkt hatten, während die Blase durch die Zone blauen Leuchtens gezogen war.

Plötzlich verstand Jim. Während ihrer Fahrt hierher hatten die beiden Ritter nichts, aber auch gar nichts tun können. Schlimmer noch, sie hatten keine Ahnung, wie lange diese Situation andauern würde. All ihre Fähigkeiten und Kenntnisse waren nutzlos.

Hier dagegen geschah wenigstens etwas, auch wenn ihre Fähigkeiten nach wie vor – zumindest für den Augenblick – nutzlos schienen. Die Tatsache, daß Granfer beschlossen hatte, sie festzusetzen, und dies auch getan hatte, war durch und durch verständlich. Die Hoffnung, irgend etwas daran zu ändern, konnte vergebens sein – oder auch nicht. Aber zumindest hatten sie jetzt die Aussicht auf einen Heldentod, ein Umstand, der für sie etwas durchaus Beruhigendes hatte.

»Aus irgendeinem Grund«, erklärte Jim ihnen, »kann ich hier meine Magie anscheinend nicht auf direktem Wege benutzen. Aber es besteht kein Grund, warum ich sie nicht auf indirektem Wege benutzen sollte.«

Einen Augenblick lang sehnte er sich danach, die Blase einfach glühend heiß zu machen, damit Granfer sich in seiner Position so unbehaglich fühlte, daß er von ihnen ablassen würde. Aber augenscheinlich gebrach es ihm an der nötigen Erfahrung, denn er konnte den dazu notwendigen Zauber nicht heraufbeschwören.

Da plötzlich hatte er eine andere Idee.

»Einen Augenblick«, sagte er zu Brian und Giles. »Ich werde ein paar grabende Hände am Boden dieser Blase ansetzen.«

Was er im Sinn hatte, erforderte im Grunde genommen zwei Formeln. Also schrieb er sie nieder.

ZWEI GRABENDE HÄNDE AN UNTERSEITE
VON → BLASE
GRABENDE HÄNDE GROSS GENUG
UM TUNNEL ZU MACHEN FÜR → BLASE

Ein Leuchten wurde unter ihren Füßen sichtbar. Als Jim hinunterblickte, bemerkte er etwas, das wie zwei Metallstücke aussah, die aus der Unterseite der Blase in den Schlick reichten.

»So«, sagte Jim und schrieb den Befehl für eine weitere Beschwörung:

GRABE SENKRECHT HINUNTER →
ZWANZIG FUSS

Die Hände gruben. Den Händen folgend trieb die Blase sanft abwärts, wie eine Feder in regloser Luft, aber ohne die Seitwärtsbewegungen einer fallenden Feder. Dann kamen sie zum Stehen. Das Geräusch der zwei Stimmen über ihnen war so gut wie nicht mehr zu hören.

»Richtig!« dachte Jim und kritzelte wie verrückt eine Reihe von Formeln auf die Innenseite seiner Stirn:

DREHE DIE HÄNDE IN →
HORIZONTALE RICHTUNG

GRABE BLASENGROSSEN TUNNEL →
FÜNFZIG FUSS

BEWEGE BLASE AN → ENDE DES TUNNELS

BEWEGE GRABENDE HÄNDE AUF →
OBERSEITE DER BLASE

GRABE → AUF W...

Er brach ab, da ihm plötzlich etwas eingefallen war. Es war eine Form der Beschwörung, die Malvinne, der ehemalige Magierminister des Königs von Frankreich, an ihnen angewandt hatte, als er sie in seiner Burg gestellt hatte.

Jim zeigte mit der Hand hinter sich und über sich in die Richtung, in der er Granfer vermutete. Dann schrieb er die Formel auf seine Stirn.

STILL

Sie waren nun seit einigen Sekunden außer Hörweite der Stimmen. Aber plötzlich drang ein schwaches Geräusch an ihr Ohr, das ein schriller Schrei oder ein Kreischen hätte sein können.

Jim grinste.

GRABE → AUFWÄRTS IN OFFENES WASSER

Die Luftblase stieg in die Höhe. Jim grinste wieder, diesmal ganz unverhohlen. Er war dem *STILL*-Befehl zum ersten Mal begegnet, als Malvinne ihn damals auf Jim angewendet hatte, jener Malvinne, der zwar kein Hexenmeister gewesen war, aber ein – wie Carolinus es ausgedrückt hatte – ›in die Irre gegangener Magier‹. Er war ein rechenschaftspflichtiger Magier der Kategorie Eins Plus gewesen, bis er sich an die Dunklen Mächte verkauft hatte.

Daher hatte er nur die auf Gewalt verzichtende Magie zur Verfügung gehabt. Und der Befehl *STILL* war nicht zwingend ein strafender Befehl. Man konnte ihn beispielsweise benutzen, um jemanden daran zu hindern, sich mit einem falschen Schritt in tödliche Gefahr zu begeben. Bei Granfer hatte es jedenfalls funktioniert.

Mit einem *Plopp* kamen sie am oberen Ende des Tunnels hinaus und trieben in die Höhe, ins offene Wasser.

LICHTER → AUS

befahl Jim, denn die Innenbeleuchtung ließ das ganze Meer um sie herum in tiefster Schwärze erscheinen. Es dauerte ein paar Sekunden, bis ihre Augen sich wieder an die Dunkelheit gewöhnt hatten.

Als es soweit war, sahen sie den Seeteufel, der sie mit vor Erstaunen offenstehendem Mund betrachtete, und Granfer in derselben Position wie einige Minuten zuvor – nur daß er keinen einzigen Fangarm, keinen einzigen Muskel seines Körpers bewegte. Jim befahl der Blase, zu Rrrnlf und dem reglosen Granfer zurückzukehren.

»Also«, sagte er zu Granfer, »um noch einmal auf meine Frage von vorhin zurückzukommen: Wie ist es Ecotti gelungen, mit den Seeschlangen in Verbindung zu treten?«

Von Granfer kam keine Reaktion, und Jim fiel plötzlich wieder ein, daß der Befehl *STILL* genau das bedeutete, was er besagte. Er nahm die notwendige geringfügige Veränderung vor, die es Granfer gestattete zu sprechen. Aber sonst auch nichts.

»... wie konntet Ihr das tun – einem armen, alten Geschöpf, wie ich es bin, das antun?« brach die Stimme Granfers hervor, die offensichtlich mitten im Satz hörbar gemacht worden war. »Eine arme, alte Kreatur, die nichts anderes vom Leben erwartet, als still dazuliegen, ihre Mahlzeit zu verzehren und niemandem zur Last zu fallen; ich werde verhungern!«

»Beantwortet meine Frage«, sagte Jim streng – oder glaubte zumindest, es gesagt zu haben. Zu seiner eigenen Überraschung wurden die Worte nicht laut. Offenbar konnte der Befehl *STILL* nicht dazu verwendet werden, jemanden zum Reden zu bringen – das wäre aggressive Magie gewesen. Jim versuchte das Ganze noch einmal auf indirekte, undurchsichtigere Weise; und diesmal funktionierte seine Stimme.

»Na kommt schon, Granfer«, sagte er. »Wenn Ihr mir einen Gefallen tut, lasse ich Euch frei. Wenn Ihr ein wenig nachdenkt, könnt Ihr gewiß erraten, womit Ihr mir einen Gefallen tun könntet.«

Er hörte auf zu sprechen. Lange Sekunden sagte Granfer gar nichts.

»Nun, um genau zu sein«, meinte Granfer schließlich und mit trauriger Stimme, »ich habe ihm gesagt ...«

»Ihm? Wem?« fragte Rrrnlf mit der ganzen Kraft seiner Baßstimme.

»Essessili«, antwortete Granfer.

»Diese Schlange! Ich wußte es!« brüllte Rrrnlf. »Hatte er meine Dame bei sich?«

»Leider nicht«, erwiderte Granfer. »Er ist einfach zu mir gekommen, wie sie es alle tun. Und er hat mir erzählt, daß er und die Seeschlangen sämtliche Drachen auf eurer Insel loswerden wollen. Ich habe ihm gesagt, das sei nicht recht. Ich habe ihm gesagt, er sei ein

Narr. Aber er war unbelehrbar. Also habe ich ihm schließlich geraten, Verbindung zu diesem Franzosen aufzunehmen, der ein Magier ist und doch kein Magier.«

»Ein Hexenmeister«, meinte Jim kalt.

»O ja. Ihr müßt diesem alten Gehirn seine Vergeßlichkeit nachsehen«, sagte Granfer. »Ich glaube, der Name dieses Zauberers lautete Eketrym oder Etoki – Ihr habt den Namen vorhin selbst genannt.«

»Und was habt Ihr Essessili gesagt, wie er die anderen Seeschlangen dazu bewegen könne, mit Ecotti zusammenzuarbeiten?«

»Oje, ojemine«, sagte Granfer, und seine Stimme hatte eine so unverkennbare Ähnlichkeit mit einem Wimmern, daß es Jim für einen Augenblick ans Herz griff. »Und das mir, der ich in all diesen vielen Jahrhunderten niemals das Vertrauen eines anderen mißbraucht habe! Und jetzt will man mich dazu zwingen. Und wenn ich mich nicht zwingen lasse, werde ich für alle Zeit reglos hier festsitzen. Ich kann keine Fische fangen und fressen. Ich werde verhungern und sterben, oje, ojemine!«

»Nun?« hakte Jim nach.

»Wenn Ihr es unbedingt wissen müßt, ich habe ihm gesagt, er solle Ecotti Eure Dame versprechen, Rrrnlf. Ihr hattet sie mit einem Vermögen – wie die Landbewohner es nennen – an Juwelen geschmückt! Oh, er hatte nicht wirklich vor, sie Ecotti jemals zu geben, Rrrnlf. Er hat es nur versprochen.«

»So, so«, sagte Rrrnlf, »deshalb also hat er sie mir gestohlen!«

»Nein, nein, nicht nur deshalb!« Granfers Stimme schwoll furchtsam an. »Er hat mir erzählt, wie lange er Euch, Rrrnlf, schon den Besitz Eurer Dame neidet; und daß er sie stehlen wolle, aber nicht wisse, wie er sie sicher verwahren könne. Er wollte, daß ich ihm einige Vorschläge mache.«

»Und habt Ihr das getan?« erkundigte sich Rrrnlf mit gefährlicher Ruhe.

»Gegen einen gewissen Preis. Gegen einen Preis zum Besten aller«, sagte Granfer, der wieder zu wimmern begonnen hatte. »Ich hatte versucht, ihm die unsinnige Idee auszureden, die anderen Seeschlangen zusammenzutrommeln – er ist wahrscheinlich der einzige, der dazu imstande wäre, denn wenn die Seeschlangen auf irgend jemanden ihres eigenen Stammes hören, dann auf ihn. Aber er ließ sich nicht davon abbringen. Er hat bezüglich Eurer Dame meinen Rat angenommen und gesagt, er befürworte die Invasion der Schlangen aus vollem Herzen!«

»Warum?« fragte Jim.

»Er sagte, er würde ihnen die Dame zeigen und erklären, wieviel Gold und Juwelen bei den Drachen auf Eurer Insel zu holen sei.«

»Ich verstehe«, sagte Jim. »Und so …«

Aber Rrrnlf übertönte ihn.

»So war das also«, fauchte er. »Jetzt erinnere ich mich wieder. Ich habe die Stimme einer Seeschlange gehört, die mich an einen Ort rief, wo ich meine Dame nicht mehr im Blick hatte. Ich war so überrascht, daß ich sie tatsächlich für einen winzigen Augenblick allein gelassen habe. Und als ich mich wieder umsah – war sie verschwunden.«

»Essessili hat wahrscheinlich eine andere Schlange überredet, ihm zu helfen«, erklärte Granfer.

»Ich werde ihn finden. Ich finde sie beide!« sagte Rrrnlf. »Es gibt zu Wasser und zu Lande keinen Ort, wo sie sich vor mir verstecken können! Ich hole mir meine Dame zurück!«

Zu Jims Überraschung standen nun tatsächlich Tränen in den Augen des Seeteufels.

»Sie war so liebreizend«, sagte Rrrnlf, gebrochen und mit leiserer Stimme. »Zu denken, daß er sie mit seinen schmutzigen Schlangenklauen begrapscht hat!«

»Schon gut«, sagte Jim. Er befreite Granfer aus seinem *STILL*-Stand, den er ihm auferlegt hatte. »Das war es, was ich wissen wollte. Ihr seid jetzt frei.«

Granfers Tentakel regten sich und breiteten sich aus, bis sich ihre Spitzen irgendwo im brackigen Wasser verloren, das durch ihre Bewegung aufgewühlt worden war.

»Ah«, sagte Granfer mit einem Tonfall tiefster Erleichterung.

»Nun, Rrrnlf«, sagte Jim. »Wir gehen jetzt wohl besser. Vielen Dank für die Neuigkeiten, Granfer, auch wenn ich sie Euch entreißen mußte.«

»Vielleicht war es das Beste so«, sagte Granfer, während er sich einen Vierhundert-Pfund-Barsch heranzog und ins Maul schob, wie ein Mensch sich vielleicht eine Erdnuß in den Mund schieben würde.

»Gehen wir, Rrrnlf«, sagte Jim.

Der Seeteufel setzte sich sofort wieder in Bewegung, und sie folgten ihm. Wieder konnten sie die Beschleunigung nicht spüren, aber ihr Weg führte sie augenscheinlich in die Tiefe. Und obwohl diese Abwärtsbewegung sich in einem schrägen Winkel vollzog, ging sie abermals schnell genug vonstatten, um das Flattern im Bauch hervorzurufen, das ein schneller Aufzug verursacht, wenn er mit seinen Passagieren in die Tiefe fährt.

15

»III«, RIEF ANGIE.

»Ich bin's nur«, sagte Jim. Er ging auf sie zu, um sie in die Arme zu nehmen, aber sie wehrte ihn ab.

»Was machst du hier?« fragte sie.

»Hm, ich bin wieder da. Das heißt, ich … ah.« Jim begriff plötzlich, daß sie wirklich nicht ganz unrecht hatte. Es war vollkommen natürlich, daß sie ihn gerade in diesem Augenblick an jedem anderen Ort der Welt eher vermutet hatte als hier in ihrem Schlafzimmer. »Das läßt sich nicht so einfach mit wenigen Worten erklären.«

Aber er versuchte es. Geschehen war folgendes: Da die Blase sich als Vehikel für eine unterseeische Reise so gut bewährt hatte, war ihm der Gedanke gekommen, daß man sie eigentlich genausogut benutzen konnte, um ihn und seine Gefährten wieder zur Burg zu bringen. Rrrnlf hätte sie vielleicht noch schneller hinbringen können; aber Rrrnlf hatte sie am Meeresufer zurückgelassen, um sich auf die Suche nach Essessili zu machen.

Der Gedanke, die Luftblase zu benutzen, war durchaus naheliegend gewesen. Die Probleme bei seiner Verwirklichung waren jedoch ein wenig größer gewesen, als Jim erwartet hatte.

Also hatte Jim sich einen Zauber zurechtgelegt, der die Blase in großer Höhe durch die Luft schießen ließ, wo sie durch ihre Transparenz und ihre relative Dünne vom Boden aus so gut wie unsichtbar sein würde. Zu guter Letzt ließ er die Blase auf der äußersten Spitze der Burg niedergehen, wo nur ein einziger Bewaffneter Wache stand.

Ein Zauberbefehl ließ den Bewaffneten vergessen, daß er sie gesehen hatte. Sie waren im Innern der Burg die Treppe hinuntergegangen, und Jim hatte sich nach links gewandt, in den kurzen Flur, der zu seiner Kemenate führte. Indessen hatte er Brian und Giles in ein tiefer gelegenes Zimmer geschickt und ihnen Anweisung gegeben, sich dort zu verstecken.

Es war ein Glücksfall gewesen, dachte er zuerst, Angie dort vorzufinden. Als er ihr die ganze Geschichte der jüngsten Ereignisse erzählte, entspannte sie sich.

»Also wirst du jetzt hierbleiben«, sagte sie. »Gott sei Dank.«

»Hm, nein«, erwiderte Jim verlegen. »Du erinnerst

dich bestimmt, daß John Chandos uns nach Frankreich schicken wollte. Dorthin müssen wir nach wie vor. Aber ich wollte Carolinus erzählen, was ich von Granfer erfahren habe. Durchaus möglich, daß er uns etwas mitzuteilen hat, das uns bei unserer Suche da drüben von Nutzen sein könnte.«

Sofort wirkte Angie wieder angespannt. Ihre Hände ballten sich zu Fäusten.

»Ich wußte es!« rief sie. »Und du hättest mich nicht ohne Vorwarnung anzuspringen brauchen, wo ich dachte, du wärest Tausende von Meilen weit weg!«

»Hm«, sagte Jim in seinem beruhigendsten Tonfall. Er hatte genug Zeit gehabt, um sich auf diese Frage eine Antwort auszudenken. »Wenn ich gewußt hätte, daß du hier drin bist, hätte ich vom Flur aus gerufen: ›Angie, ich bin wieder da!‹ Aber da ich nicht wußte, daß du hier warst, bin ich einfach reingegangen, weil ich dachte, das Zimmer sei leer. Also habe ich dich geängstigt.«

»Du hast mich nicht *geängstigt!*« sagte Angie ärgerlich. »Du hast mich *erschreckt!*«

»Dich erschreckt … natürlich«, sagte Jim. »Nun, der Punkt ist jedenfalls der, daß ich wieder da bin. Und Brian und Giles auch. Ich habe sie in Giles' Zimmer geschickt, wo sie sich verstecken sollen. Ich dachte, es wäre klüger, niemanden außer dir und Carolinus wissen zu lassen, daß ich wieder da bin. Vielleicht noch Sir John – falls er noch hier ist?«

»Er ist abgereist«, sagte Angie. »Kurz nach euch. Ich glaube nicht, daß er besonders begeistert von Carolinus war.«

Sie zögerte.

»Weißt du, Jim«, sagte sie, »ich glaube, diese Krankheit hat Carolinus irgendwie verändert. Es geht ihm natürlich schon wieder besser. Aber, um nur ein Beispiel zu nennen, er war früher nie so … *ätzend* zu anderen Leuten wie vor kurzem zu Sir John.«

»Oh, ich glaube nicht, daß Sir John das viel ausgemacht hat«, erwiderte Jim. »Außerdem – Carolinus ist eben Carolinus. Ist er inzwischen wieder auf oder liegt er noch im Bett?« fragte Jim. »Als ich ihn das letzte Mal sah, saß er unten am Tisch und schien sich ganz wohl zu fühlen.«

»Oh, er hütet immer noch das Bett«, antwortete Angie gereizt. »Obwohl er aufstehen kann. Aber jede körperliche Anstrengung fällt ihm schwer. Wenn ihr ihn sehen wollt, solltet ihr zu ihm gehen. Warum müßt ihr überhaupt nach Frankreich?«

»Das habe ich dir doch schon erklärt«, sagte Jim. »Ich habe mein Lehen unmittelbar vom König ...«

»Oh, das weiß ich alles!« unterbrach ihn Angie. »Mir scheint trotzdem, daß Sir John lediglich irgendwelche Informationen will und sich nicht im mindesten darum schert, was aus dir wird. Aber ich tue es!«

»Was ist mit Brian und Giles?« fragte Jim scharfsinnig. »Wenn sie bei mir sind, bin ich viel sicherer, das weißt du doch.«

»Natürlich liegt mir auch etwas an Brian und Giles«, antwortete Angie. »An Brian, weil er ein guter Freund ist, und an Giles, weil du mir erzählt hast, was für ein guter Freund er dir gewesen ist. Aber darum geht es gar nicht ...«

Sie brach abrupt ab.

»Oh, das habe ich ganz vergessen. Dafydd hält sich noch irgendwo in der Nähe der Burg auf. Du willst doch sicher, daß er bei dem Gespräch mit Carolinus dabei ist, oder?«

»Was macht er denn noch hier? Ich dachte, er würde aufbrechen, sobald wir fort sind«, sagte Jim.

»Das hat er auch getan. Ich weiß nicht, ob du es weißt oder nicht, aber du bist vier Tage fort gewesen ...«

»Wirklich?« fragte Jim erstaunt, denn er hatte das Gefühl, daß eher Stunden als Tage vergangen waren, während er den Ozean durchquert und mit Granfer gesprochen hatte.

Aber Magie war natürlich eine seltsame Sache, gleich, ob es sich um Carolinus' Magie handelte oder um die Art, die Rrrnlf benutzte. Rrrnlf war schließlich ein Elementarwesen und konnte die unmöglichsten Dinge tun, wie zum Beispiel sich mit rasender Geschwindigkeit unter Wasser bewegen und andere Leute dabei mitnehmen. Vielleicht konnte er auch gewisse Streiche mit der Zeit spielen.

Möglicherweise hatten sie tatsächlich einen ganzen Tag gebraucht, um selbst mit äußerster Geschwindigkeit den Ozean zu durchqueren. Vielleicht war das der Grund, warum Rrrnlf seinem Ruf so schnell hatte Folge leisten können. Er hätte Rrrnlf fragen sollen, wo er gewesen war, als er Jims Ruf hörte.

»... ich habe es dir doch erklärt«, sagte Angie gerade. »Dafydd ist, wie ich schon sagte, gleich nach dir aufgebrochen. Aber als er wieder nach Hause kam, stellte sich heraus, daß Danielle ihn doch freigeben würde, weil er den ganzen Tag mit Jammermiene herumlief, weil er nicht mitdurfte. Sie war das ganze Theater schließlich so leid, daß sie ihn hinauswarf. Na, jedenfalls ist er wieder hergekommen, weil er hoffte, daß Carolinus ihn zu euch schicken könnte, wo auch immer ihr euch gerade aufhieltet, um sich euch anzuschließen.«

»Das ist ja wunderbar«, rief Jim.

Dafydd würde ihren Stoßtrupp nicht nur wesentlich bereichern – wenn man seinen Bogen mitrechnete, verfielfachte er sie sogar. Hinzu kam, daß die ihm eigene besonnene Gemütsverfassung ein hervorragendes Gegengewicht zu dem ungebremsten, ungebärdigen Wesen Brians wie auch Giles' darstellte. Diese beiden neigten wie die meisten Ritter dazu, sich von ihren augenblicklichen Gefühlen zu allen möglichen Taten und Worten hinreißen zu lassen. Es war schwierig, ihnen mit Vernunft beizukommen. Dafydd hörte zumindest zu, bis man seine Erklärungen vorbrachte.

»Aber warum hat Carolinus ihn dann nicht uns nachgeschickt?« meinte Jim. »Wann ist er überhaupt hierher zurückgekommen?«

»Gestern«, sagte Angie. »Er hat Carolinus tatsächlich darum gebeten. Aber Carolinus sagte, er solle hier warten, bis ihr zurückkommen würdet. Seither wartet Dafydd. Du kennst ihn ja. Wenn er Zeit totzuschlagen hat, sitzt er einfach da und schnitzt Pfeile. Natürlich fertigt er gelegentlich auch einen Bogen, aber im allgemeinen sind es einfach Pfeile und noch mal Pfeile. Ich mußte den größten Teil unseres weiblichen Personals zusammenstauchen, damit er seine Ruhe hat. Er zieht die Frauen an wie Fliegen.«

»Hat er dich jemals angezogen?« fragte Jim mit plötzlicher Eifersucht.

»Natürlich hat er das«, kam Angies Antwort. Ein kleines, bösartiges Lächeln spielte um ihre Lippen. »Aber ich liebe natürlich dich.«

»Das will ich dir auch geraten haben!« brummte Jim. Er streckte die Hände nach ihr aus, und diesmal kam sie ihm willig entgegen.

»Als nächstes«, sagte Jim, als ihre Lippen endlich wieder die notwendige Bewegungsfreiheit zum Reden hatten, »als nächstes solltest du einen Diener rufen, der Dafydd aufspürt. Ist Carolinus auf seinem Zimmer?«

»Ja«, antwortete Angie.

»Gut«, sagte Jim. »Dann werden wir uns dort treffen. Jeder Diener soll zuerst an der Tür klopfen, bevor er es wagt, das Zimmer des Magiers zu betreten. Und sag Dafydd nichts von Carolinus' Zimmer, bis ihr beide allein seid. Inzwischen werde ich Giles und Brian holen und sie zu Carolinus' begleiten, damit wir alle dort sind, wenn du mit Dafydd kommst. Auf diese Weise wird niemand außer dir und Carolinus wissen, daß wir hier sind.«

»In Ordnung«, sagte Angie. Aber der Klang ihrer Stimme machte deutlich, daß sie sich mit Jims Frankreichreise immer noch nicht abgefunden hatte. »Dafydd und ich treffen euch bei Carolinus.«

»Gut«, sagte Jim. »Dann also los.«

Gemeinsam verließen sie die Kemenate; an der Treppe trennten sie sich. Jim ging in Giles' Zimmer, in dem dieser und Brian sich versteckt hielten. Die beiden Ritter saßen am Tisch, jeder auf einem Hocker, und würfelten um kleine Münzen. Die Einsätze waren so klein, weil sie beide knapp bei Kasse waren oder weil Giles sich einfach Brians angespannter Finanzlage angepaßt hatte. Brians alte Burg Smythe war dringend reparaturbedürftig, und er hatte lediglich die Einkünfte, die er sich mit seiner Lanze bei Turnieren erstritt.

Bei Jims Anblick erhoben sich beide Männer, und Giles steckte die Würfel wieder in den Beutel an seinem Schwertgürtel.

»Wir werden uns jetzt mit Carolinus treffen«, verkündete Jim, »… und mit Dafydd …«

Er erklärte, was Angie ihm erzählt hatte. Die Gesichter der beiden Ritter leuchteten auf. Sie mochten Dafydd genauso gern, wie Jim es tat.

»… so, und nun sollten wir zu Carolinus gehen«, kam er schließlich zum Ende.

Die anderen nickten und folgten ihm.

Als sie in Carolinus' Zimmer kamen, saß der alte Magier auf der Kante seines Bettes. Er trug eine rote Robe, den spitz zulaufenden Magierhut, und aus welchem Grund auch immer beschäftigte er sich gerade damit, auf seinem Tisch das Modell einer Burg aus Ton zu formen. Sie hatte eine gewisse Ähnlichkeit mit dem Wehrturm, der die ursprüngliche Anlage von Giles' Familiensitz, der Burg de Mer, bildete. Der Tisch war von gleicher Art wie der, an dem Giles und Brian kurz zuvor Würfel gespielt hatten.

»Ah, da seid Ihr ja!« sagte Carolinus, indem er seinem Werk ein kleines Tonklümpchen hinzufügte. »Nun, setzt Euch und erzählt mir, was geschehen ist.«

In seiner Alltagsrobe wirkte er, genau wie Angie gesagt hatte, so munter wie eh und je. Jim konnte sich jedoch eine kleine Spöttelei nicht verkneifen.

»Ich dachte, das wüßtet Ihr bereits«, sagte er. »Ich meine, dank Eurer Magie.«

»Jim«, blaffte Carolinus ihn an, »für einen Magier der Klasse drei ist das, was Ihr über Magie wißt …«

In seiner Stimme lag ein Anflug quengeligen Ärgers, den Jim seines Wissens bei Carolinus noch nie gehört hatte. Aber …

Aber nachdem er sich dann mitten im Satz wieder gefangen hatte, fuhr Carolinus fort und hörte sich nicht anders an als sonst auch.

»Ich will nicht mehr sagen«, fügte er hinzu, »und jetzt erzählt, was sich ereignet hat.«

Jim kam seinem Wunsch nach, und sein Bericht wurde nur von einem gelegentlichen »hm« seitens Carolinus' unterbrochen.

Als Jim geendet hatte, herrschte Schweigen. Jim selbst brach es.

»Ich habe im Grunde nicht viel erfahren«, sagte er, »wie Ihr nun wißt.«

»Im Gegenteil, mein Junge.« Carolinus strich sich mit zufriedener Miene über seinen Schnurrbart. »Wir wissen jetzt eine ganze Menge. Wir wissen, daß wir *zwei* Individuen finden müssen. Das eine ist Essessili, die Seeschlange …«

»Rrrnlf hat sich bereits auf die Suche gemacht«, entgegnete Jim. »Er hat uns am Strand verlassen und gesagt, er werde die Seeschlange zu uns bringen und es sich versagen, sie in Stücke zu reißen, bis wir Gelegenheit hatten, ihr unsere Fragen zu stellen. Übrigens verwirrt es mich ein wenig, wie er das machen will. Ich meine, eine Seeschlange in Stücke reißen. Eine Seeschlange muß ihn doch an Gewicht um ein Mehrfaches übertreffen.«

»Ah, aber der Seeteufel ist ein Elementarwesen!« wandte Carolinus ein. Mittlerweile hörte er sich, wie Jim bemerkte, schon wieder mehr wie er selbst an. »Und unterbrecht mich nicht dauernd. Wie ich bereits sagte, wir müssen zwei Individuen suchen, die Seeschlange – diesen Essessili – und Ecotti. Rrrnlf wird die Seeschlange finden. So weit, so gut. Ihr müßt Ecotti finden und ihn befragen.«

»Wonach denn?« fragte Jim, aber bevor Carolinus etwas erwidern konnte, wurde die Tür geöffnet, und Angie trat ein, dicht gefolgt von Dafydd.

»Wollt Ihr, daß ich gehe, Carolinus?« fragte sie den Magier.

»Aber keineswegs, meine Liebe«, erwiderte Carolinus. »Ich glaube, es wäre gar nicht so schlecht, wenn Ihr zumindest den ersten Teil unseres kleinen Gesprächs mitanhören würdet.«

»Dafydd!« rief Brian und sprang von seinem Hocker auf. Giles tat es ihm gleich. Seite an Seite stürmten sie durch den Raum, und da sie unter sich waren, vollzogen sie die übliche Begrüßung mit Umarmungen und Schulterklopfen in allem Überschwang, eine Prozedur, die Dafydd mit erfreutem Lächeln, aber leicht gequältem Ausdruck um die Augen über sich ergehen ließ. Er selbst neigte nicht dazu, seine Gefühle zur Schau zu stellen, und dieser Überschwang so kurz nach ihrem letzten Beisammensein stürzte ihn, wie Jim mutmaßte, in Verlegenheit.

Nachdem sie sich begrüßt hatten, nahmen die Ritter wieder Platz, und Brian bedeutete Dafydd, es ihnen gleichzutun. Da aber kein freier Hocker mehr übrig war, ließ Dafydd sich mit verkreuzten Beinen auf dem Boden nieder. Die Aufmerksamkeit richtete sich wieder auf Carolinus.

»Ihr habt meine Frage nicht beantwortet, Carolinus«, sagte Jim.

»Wirklich«, sagte Carolinus. »Nun denn, wenn man Euch alles haarklein auseinandersetzen muß, werde ich wiederholen, was ich Euch schon einmal erklärt habe: Für den Schöpfungsprozeß, der zum Wirken von Magie vonnöten ist, bedarf es körperlicher Kraft. Und ich brauche im Augenblick alle Kraft, die ich habe. Zum einen brauche ich sie, um Euch alle mitsamt Eurer Ausrüstung und Euren Pferden nach Frankreich zu bringen.«

Lange Sekunden herrschte Stille im Raum.

»Nun«, sagte Jim, »ich glaube, ich habe Euch erzählt, daß ich zufällig noch diese Blase besitze …«

»Das weiß ich!« fuhr Carolinus ihn an. »Aber zufällig habe ich sie gerade zerstört. Sie mag ja für sterbliche Augen nicht sichtbar gewesen sein, aber im Augenblick könnten uns zu viele unsterbliche und halbsterbliche Augen beobachten. Und belauschen – achtet auf Zaubersprüche, die nicht so zu funktionieren scheinen, wie Ihr es von ihnen erwartet. Das bedeutet, daß der Kopf des Ganzen Einfluß nimmt. Wie dem auch sei, die Zeit ist ein entscheidender Faktor, und Ihr hättet die Blase nach Eurer Ankunft verstecken müssen. Nein, nein, es gibt nur eine vernünftige Methode; ich muß Euch alle sofort nach Brest bringen – ich glaube, bei Eurem letzten Frankreichaufenthalt wart Ihr auch einmal dort?«

»Ja«, sagte Jim.

»Und Eure Entscheidung, die anderen zu begleiten, ist wirklich endgültig, Dafydd?« fragte Carolinus.

»O ja«, versicherte ihm Dafydd. »Danielle meinte, ich liefe mit Jammermiene umher. Ich sagte, es täte mir einfach nur ein wenig leid, das sei alles. Aber Ihr kennt ja meine Frau – sie sagte, so wie ich mich benähme, wolle sie nicht mit mir zusammensein, und ich solle zusehen, daß ich gesund und munter zurückkomme.«

»Nun denn«, sagte Carolinus, »Euch alle dorthin zu

bekommen, ist nicht weiter schwierig. Habt Ihr alles, was Ihr mitnehmen wollt?«

Brian, Giles und Dafydd nickten einträchtig.

»Ich muß mir noch etwas aus der Kemenate holen …«, begann Jim.

»Es ist draußen im Flur, Jim«, meldete Angie sich zu Wort.

»Ach? Na gut«, sagte Jim. »Aber überstürzen wir die Sache nicht etwas, Carolinus? Wir haben keine sehr klare Vorstellung davon, wonach wir dort drüben eigentlich suchen sollen. Verratet mir, was Euch Granfers Worte gesagt haben.«

»Nun, eines haben sie mir gewiß gesagt«, erwiderte Carolinus. »Granfer hat Euch keineswegs alle Glieder der Kette enthüllt. Ich glaube, daß er sie selbst nicht alle kennt. Der Kopf kann unmöglich Ecotti sein. Er verfügt einfach nicht über die notwendigen Fähigkeiten, wie ich Euch bereits erklärt habe. Genausowenig wie diese Seeschlange – Essessili – ohne weiteres so viele andere Seeschlangen dazu bewegen könnte, bei der Sache mitzumachen.«

»So?« meinte Jim.

»So«, fuhr Carolinus ihn an. Da war er wieder, dieser ungewohnte Beiklang nörgelnder Verärgerung. »Ihr werdet nach Frankreich ziehen, um herauszufinden, wer das fehlende Glied in der Kette ist! Wer ist der Kopf hinter der Teilnahme der Seeschlangen an der französischen Invasion? Diese Rolle kann nur von jemandem besetzt sein, der nicht nur sehr klug ist, sondern auch sehr versiert in den Künsten der Magie – was auf Ecotti keineswegs zutrifft.«

»Aber Ihr habt uns doch erklärt – bitte um Verzeihung«, sagte Jim, »Ihr habt mir erklärt – daß laut Revisionsabteilung keine Magier an der Sache beteiligt sind. Und wenn Ecotti ein Hexenmeister ist und nur Magier oder Hexenmeister sich mit Magie auskennen, wer könnte es sonst sein?«

»Wenn ich das wüßte«, sagte Carolinus, »würde ich Euch nicht nach Frankreich schicken, oder?«

»Nun, wo sollen wir denn anfangen?« fragte Jim. »Ich meine, wenn wir dort angekommen sind. Was, wenn man uns nach dem Grund unseres Aufenthalts fragt?«

»Sagt jedem, der es wissen will, Ihr wäret Verbannte, die der König aus England verstoßen hat. Die Tatsache, daß einer von Euch mit northumbrischem Akzent spricht …«, er sah Giles an, »… wird diese Geschichte um so glaubwürdiger machen«, fuhr Carolinus fort. »Dann werdet Ihr Euch bei der ersten Gelegenheit und so unauffällig wie nur möglich Ecottis habhaft machen und ihn ausfragen.«

»Das ist keine Kleinigkeit, Magier«, schaltete Brian sich milde ein. »Also, wenn es nur darum ginge, ihn zu töten …«

»Nein, nein, nein!« rief Carolinus gereizt. »Das Wichtigste von allem ist, daß Ihr Ecotti nicht tötet. Wenn Ihr das tut, werden wir nie herausfinden, wer wirklich hinter dieser Sache steckt. Seht einfach zu, daß Ihr ihn von den anderen trennt, und befragt ihn.«

»Wie Brian bereits bemerkt hat«, warf Jim ein, »ist das leichter gesagt als getan.«

»Das weiß ich!« konterte Carolinus. »Das ist der Grund, warum ich Euch vier ausschicke. Glaubt mir, ich wüßte niemanden sonst, der das zuwege brächte. Es wird die besonderen Talente eines jeden von Euch erfordern, aber es muß geschehen! Entweder Ecotti kennt die Antwort oder diese Seeschlange – ich habe schon wieder ihren Namen vergessen …«

»Essessili«, kam Giles ihm zu Hilfe, der bis dahin respektvolles Schweigen bewahrt hatte. Er sprach den Namen genauso aus, wie Rrrnlf und Granfer es getan hatten.

»Das stimmt, so war der Name«, erwiderte Carolinus. »Genau wie Ihr sagtet, Giles. Entweder er oder

Ecotti können uns sagen, wer der Drahtzieher ist. Einer der beiden muß in unmittelbarem Kontakt mit ihm gestanden haben. Also, sonst noch Fragen? Wenn nicht, dann fort mit Euch.«

Jim sah erst Brian, Giles und Dafydd an, dann Angie, die hinter ihnen stand.

Sie alle erwiderten wortlos seinen Blick.

»Ich glaube, es gibt keine Fragen mehr«, sagte Jim ein wenig verdrossen.

Plötzlich standen sie auf einer Straße in Brest, neben ihren Pferden, die sie am Zügel führten. Sie befanden sich vor dem Gasthaus *Zur Grünen Tür*, jenem Gasthaus, in dem sie bei ihrem letzten Besuch in der französischen Hafenstadt gewohnt hatten.

16

»Meine Herren!«

Jim hätte, genau wie Angie zuvor, vor Schreck einen Sprung gemacht, wäre er nicht vom Gewicht seiner Rüstung an einer derart verräterischen Geste gehindert worden.

Als er sich umdrehte, sah er denselben Schankwirt vor sich, mit dem sie es auch das letzte Mal zu tun gehabt hatten. Sein Name war René Peran. Er war ein junger Mann, aber eher fett als kräftig, mit einem dunklen Stoppelbart, dessen letzte Rasur anscheinend schon eine Weile zurücklag. Genauso dunkel wie sein Bart war der Argwohn in seinen Augen. Er machte den Eindruck, als würde er ihnen auf den ersten Blick mißtrauen. Vielleicht mochte er keine Ausländer. Warum, fragte sich Jim, waren sie ausgerechnet an eben dem Ort gelandet, an dem man sie kannte? Carolinus konnte keinen Grund haben, sie gerade hierher zu bringen. Vielleicht war dies einer der Fälle, vor denen er Jim gewarnt hatte – daß nämlich der Kopf all der gegen sie gerichteten Machenschaften die Zaubersprüche anderer Magier abändern konnte.

Aber wie auch immer, wenn Peran keine Ausländer mochte, tat er im Augenblick doch sein Bestes, um diese Tatsache zu verbergen.

»Herzlich willkommen in Brest, meine Herren!« sagte er leutselig. »Wie gut ich mich Eurer noch vom letzten Jahr entsinne! Damals seid Ihr fortgezogen, und wir haben seither nichts mehr von Euch gehört. Ihr seid Engländer, oder? Ja, ich erinnere mich. Nun denn, wie ist es Euch ergangen, meine Herren?«

»Man lebt«, antwortete Brian für die drei anderen. »Wir waren im Osten, haben gegen die Heiden gekämpft. Eine schlimme Zeit für so manch armen Ritter, leider! Wir können von Glück sagen, alle wieder zusammenzusein und abermals hier bei Euch einkehren zu dürfen.«

Eine so schnelle und mühelose Heuchelei hätte Jim Brian niemals zugetraut. Als Brian ›im Osten‹ sagte, bezog er sich wahrscheinlich auf ein Gebiet, in dem in Jims Zeit und Welt das moderne Polen lag. Im vierzehnten Jahrhundert war dieses Gebiet von heidnischen Slawen besiedelt gewesen, und es entsprach den Tatsachen, daß Ritter aus ganz Europa dort hinzogen, um sich im Kampf gegen die Ungläubigen zu erproben.

Plötzlich juckte es Jim an der rechten Seite seines Kopfes, aber als er die Hand ausstreckte, um sich zu kratzen, stießen seine Finger lediglich gegen das harte Metall seines Helms. Sie waren alle vier immer noch in voller Rüstung. Dies konnten die Menschen in dieser französischen Stadt jedoch nicht so auslegen, als seien sie auf Streit aus, da die meisten Ritter in ihrer Rüstung zu reisen pflegten, vor allem, wenn ihr Weg sie durch unsichere Gebiete führte, wo man mit allen möglichen unerwarteten Gefahren rechnen mußte. Außerdem war die sicherste Art und Weise, eine Rüstung zu transportieren, immer noch die, sie anzulegen.

»Aber kommt doch herein, meine Herren«, sagte der Gastwirt und machte einen Schritt nach vorn, um ihnen die Zügel ihrer Pferde abzunehmen. »Kommt herein, und ich lasse Euch sofort einen Krug unseres besten Weins bringen. Anschließend werde ich Eure Rosse höchstpersönlich der Obhut der Stallburschen übergeben!«

Jim und seine Gefährten folgten dieser Einladung. Der Schankwirt ging voran in den gepflasterten Hof des Gasthauses. Die Ställe lagen teils neben, teils hinter der Gaststube. Wieder meldete sich der Juckreiz, aber Jim war ihm hilflos ausgeliefert. Ihm kam der Gedanke, daß sie nun schon ein wenig zu lange in ihrer Rüstung steckten.

Giles und Brian schienen dieses Gefühl jedoch nicht zu kennen. Beide würden sich nach für Männer ihres Schlages typischer Art niemals über die Last ihrer Rüstung beklagen. Und soweit Jim das sehen konnte, dachten sie wohl nicht einmal darüber nach. Wahrscheinlich konnten sie sich in voller Rüstung niederlegen und schlafen, ohne zu bemerken, daß sie vergessen hatten, sie abzulegen.

In der Gaststube war alles so, wie Jim es von ihrem früheren Besuch in Erinnerung hatte. Sie stank ein wenig, war aber kühl – wofür zumindest Jim dankbar war. Auch der Juckreiz verflüchtigte sich.

In Brest herrschte jetzt Sommer, während es bei ihrem Besuch im vergangenen Jahr Frühling gewesen war. Damals hatten sie es mit durchaus angenehmen Temperaturen zu tun gehabt. Jetzt war es draußen, vor allem in der Sonne, deutlich zu warm, um sich wohl zu fühlen, vor allem in dieser verwünschten Rüstung. Jim hätte nichts lieber getan, als auf der Stelle auf sein Zimmer zu gehen und die Rüstung abzulegen. Aber nach dem überschwenglichen Willkommen des Wirts mußte der Höflichkeit Genüge getan werden. Da der Schankwirt solches Aufhebens um sie machte, war es ihre

Pflicht, seine Aufmerksamkeit auf geziemende Weise entgegenzunehmen. Damit wurde auf beiden Seiten klargestellt, daß eine solche Behandlung nicht mehr und nicht weniger war als das, was ihnen rechtmäßig zustand.

Ein Diener hatte augenscheinlich schon auf sie gewartet, denn in dem Schankraum, in den sie nun geführt wurden, standen bereits ein Krug auf dem Tisch und daneben die dickwandigen, grünlichen Gläser. Der Diener schenkte ihnen Wein ein, und Jim leerte hastig sein Glas. Der Wein war herrlich kühl, und er war durstiger, als er gedacht hätte. Der Diener füllte sämtliche Gläser wieder nach – Brian und Giles hatten die ihren mit einem einzigen Zug geleert. Noch einmal tranken sie aus, dann schenkte der Diener allen abermals nach und entfernte sich.

Brian streckte die Beine von sich und stützte sich mit den Ellbogen auf den Tisch.

»Da wären wir also wieder mal in Frankreich«, sagte er.

»Ja.« Jim sah sich um, um sicherzugehen, daß keine Diener in Hörweite waren. »Da draußen hattet Ihr wirklich Eure fünf Sinne beisammen, Brian.«

»Ha! Was sonst hätten drei englische Ritter außerhalb Englands zu tun – wenn sie nicht zugeben dürfen, daß sie sich in Frankreich herumtreiben –, außer im Osten gegen die Heiden zu kämpfen?« Brian hatte sein Glas bereits wieder zur Hälfte geleert.

Brians Erwähnung von drei Rittern erinnerte Jim an Dafydd. Er sah sich im Schankraum um, und tatsächlich, an einem der langen Gemeinschaftstische saß Dafydd ganz allein mit seinem eigenen Krug und Becher. Er hatte sich des Unterschiedes ihrer Stellung entsonnen, auch wenn Jim ihn vergessen hatte. Allerdings, überlegte Jim, schien er der einzige gewesen zu sein, der diesen Umstand vergessen hatte. Sowohl Brian als auch Giles hatten es für vollkommen selbstverständlich gehalten, daß der Bogenschütze sich an einen anderen Tisch setzte als sie.

Seine Gedanken richteten sich wieder auf die vor ihnen liegende Aufgabe.

»Ich würde gern auf mein Zimmer gehen«, sagte er, »um aus dieser Rüstung herauszukommen. Wollt Ihr beide nicht ebenfalls Eure Rüstung ablegen? Wir tragen sie jetzt seit ich weiß nicht wie vielen Stunden oder Tagen.«

»Es können nur Stunden sein«, sagte Brian.

»Angie meinte, wir wären mehrere Tage lang fortgewesen.«

Brian schüttelte den Kopf.

Magie, ging es diesem durch den Kopf. Jim konnte es so deutlich sehen, als stünde ihm das Wort auf der Stirn geschrieben.

»Außerdem«, fuhr Jim fort, »sollten wir Pläne machen – und diese Pläne sollten besser insgeheim geschmiedet werden.«

»Da habt Ihr ganz recht, James«, sagte Brian mit einem Blick in den Krug. »Es ist sowieso kein Wein mehr da. Wir lassen uns noch ein paar Krüge hinaufschicken.«

Sie standen auf. Brian zog los, um sich um die Weinbestellung zu kümmern und gleichzeitig nach einem Diener zu suchen, der ihnen ihr Zimmer zeigen sollte. Jim bedeutete Dafydd, sich ihnen anzuschließen.

Da es mitten am Tag war, die Essenszeit jedoch schon vorüber war, hatten sie den Schankraum für sich. Ein Diener kam herbei, um sie auf ihre Zimmer zu führen, und wenig später waren sie dort. Es war ein Zimmer von ordentlicher Größe, und ihr Gepäck war schon hinaufgebracht worden. Ein besseres Zimmer als bei ihrem letzten Besuch. Jim runzelte die Stirn.

»Unser Bogenschütze wird auf der Schwelle schlafen, auf der Innenseite der Tür«, erklärte er dem Diener, der sie hinaufgeführt hatte. Gerade in diesem Augenblick kam ein anderer Diener mit Krügen und Bechern hinein. »Oh, und bitte noch einen Becher für ihn.«

Der Diener sah ein wenig überrascht auf, aber Ritter hatten eben ihre eigenen Gesetze, wenn man es genau betrachtete. Ohne ein Wort ging der Mann davon. Trotzdem blieb Dafydd unentschlossen an der Tür stehen und hielt sich von ihnen fern, bis der Diener mit dem zusätzlichen Becher zurückkehrte und sie dann abermals allein ließ. Jim schloß die Tür hinter ihm.

»Setzen wir uns doch alle an den Tisch«, sagte Jim. »Ihr auch, Dafydd.«

Es gab nur drei Hocker in dem Raum, aber indem sie den kleinen quadratischen Tisch ans Bett schoben (wie gewöhnlich ein Einzelbett), bekamen sie einen vierten Sitzplatz. Dafydd setzte sich aufs Bett, damit keiner der anderen in Verlegenheit gestürzt wurde, weil er nicht wußte, wer wohin gehörte. Brian nahm rechts von Jim Platz, so daß er Giles zu seiner Linken hatte und Dafydd ihm gegenübersaß.

»Irgend etwas schien Euch Sorgen zu machen, James«, sagte Brian, während er ihre Becher füllte und den Krug absetzte, bevor er Jim einen scharfen Blick zuwarf.

»Unser Wirt hat meinen Argwohn geweckt, wenn Ihr es wissen wollt«, antwortete Jim. »Es hat mich erstaunt, daß er uns nach unserem kurzen Besuch vor einem Jahr so schnell wiedererkannt hat.«

»Ah, daran ist doch nichts Verwunderliches«, bemerkte Brian. »Es gehört zum Geschäft der Gastwirtszunft, sich an die Gesichter der Gäste zu erinnern, damit man sie, sollten sie je zurückkehren, wie alte Freunde willkommen heißen kann. Manchmal tut man auch nur so, als kenne man die Leute – aber ich glaube, er hat uns wirklich wiedererkannt. Immerhin sind wir Engländer in einer französischen Stadt.«

»Wir sprechen dieselbe Sprache«, konnte Jim nicht umhin zu entgegnen.

Das gehörte zu den erstaunlichen Dingen. Nicht nur alle menschlichen Wesen, sondern auch alle Tiere, einschließlich der Drachen und Wölfe, und sogar ein Geschöpf wie Granfer sprachen dieselbe Sprache. Dieser Umstand war höchst verwirrend für jemanden, der aus einer Welt mit ungezählten verschiedenen Sprachen kam, selbst wenn es sich um eine Welt handelte, die fünfhundert Jahre in der Zukunft lag.

»Ah«, sagte Giles, »aber unsere Pferde, unsere Rüstung, unsere Waffen, überhaupt alles an uns verrät, daß wir Engländer sind, und sie sind halt Franzosen.«

»Das wird's natürlich gewesen sein«, erwiderte Jim trocken. »Vielen Dank für Eure Belehrung. Ihr glaubt also nicht, daß ich Grund zur Sorge hätte?«

»Nein«, sagte Giles.

Brian schüttelte den Kopf.

»Wie gesagt, solche Dinge gehören zum Geschäft eines Schankwirts. Aber ich dachte, Ihr wolltet darüber reden, wozu wir eigentlich hier sind.«

»Das ist genau das, worüber ich reden wollte – und zwar in aller Heimlichkeit«, sagte Jim. »Aber ich muß zuerst aus dieser verdammten Rüstung raus. Bitte, laßt mir ein oder zwei Sekunden Zeit.«

»Wir würden uns mit etwas weniger Metall am Leib alle wohler fühlen«, sagte Brian und erhob sich. Jim war bereits aufgestanden, und Giles brauchte nicht lange, um ihrem Beispiel zu folgen.

Dafydd drehte sich auf seinem Sitzplatz um und sah ihnen mit kühler Erheiterung zu.

»Meine Güte«, sagte er, als die verschiedenen Teile ihrer Rüstung nach und nach zu Boden fielen. »All dieses Gewicht und so viel Mühe für eine so kurze Zeit, in der die Rüstung von Nutzen ist.«

»Das ist ja alles schön und gut, wenn Ihr Euch zweihundert Meter von Eurem Gegner entfernt halten könnt!« knurrte Brian. »Aber wenn Ihr näher heran sollt... Giles, würdet Ihr mir bitte mit der Seitenverschnürung meines Brustharnischs helfen? Ihr habt da am Meeresufer einen so verflucht festen Knoten gebunden.«

»Ich habe einen Doppelknoten gemacht, das ist alles«, verteidigte sich Giles, begann aber dennoch den Knoten zu lösen.

Als sie schließlich aus ihrer Rüstung heraus waren und wieder am Tisch saßen, kamen sie zur Sache.

»Unsere Aufgabe ist es, Ecotti zu finden«, sagte Jim. »Dann müssen wir uns überlegen, wie wir ihn trotz seiner Hexerei zu fassen bekommen und so hilflos machen, daß wir ihn befragen können. Je länger ich darüber nachdenke, um so unmöglicher erscheint mir dieses Unterfangen.«

»Schwache Herzen sind etwas für Damen«, sagte Brian, während er seinen Becher nachfüllte. »Ihn zu finden – das dürfte nicht weiter schwierig sein. Laßt mich einfach ein wenig durch die Stadt schlendern und sehen, welche anderen Engländer ich noch finden kann. Es besteht die Möglichkeit, daß irgendein Engländer uns einiges über die Lage der Dinge hier erzählen kann. Oder irgendein Franzose; ich finde vielleicht schon bald jemanden, mit dem ich es früher einmal bei einem Turnier zu tun hatte. Euer tapferer Ritter kommt auf der Suche nach Turnieren ziemlich viel herum.«

»Und wenn ich so darüber nachdenke«, warf nun Giles ein, »könnte ich mich nach Landsleuten aus Northumbria umsehen. Wenn ich einen Landsmann finde, wird er in diesem fremden Land wie ein Bruder sein. Das bedeutet, daß ich eine ganze Menge von ihm erfahren sollte.«

»Aber wird er sich am französischen Hof auskennen – wo Ecotti sich zweifellos aufhält?« fragte Brian.

»Nun, in jedem Falle«, meinte Giles, »stehen die Chancen gut, daß zumindest einer von uns hier in der Stadt jemanden findet, der uns weiterhelfen kann, da jeder echte Kämpe sich unter all dem Samt bei Hofe gewiß schnell langweilt.«

Dafydd reckte sich und stand von seinem Platz auf.

»Was mich betrifft«, sagte er, »werde ich den ganzen Tag in der Schankstube sitzen und feststellen, was an Wissenswertem an mein Ohr dringt. Oft ist es besser, auf seine Beute zu warten, statt ihr nachzujagen. Und ich glaube, daß dies auch für das Wissen gilt – für Wissen jeder Art.«

Er ging hinaus. Giles und Brian hatten sich inzwischen umgezogen, trugen nur noch die Brünne über ihrem Wams und hatten die Gürtel und Schwerter wieder angelegt – mit einem Dolch auf der rechten Seite als Gegengewicht zum Schwert. Sie tranken den Wein aus und zogen ebenfalls von dannen.

Jim stellte fest, daß er ungewöhnlich müde war, als hätte er vier Tage lang nicht geschlafen. Ob es nun dies war oder der Wein oder beides zusammen, er verspürte im Augenblick das starke Verlangen zu schlafen.

Er holte aus seinem Gepäck die saubere Schlafunterlage, die Angie für ihn gefertigt hatte, und rollte sie auf dem Boden aus. Dies war die einzige sichere Möglichkeit, auf etwas zu schlafen, das nicht von Ungeziefer wimmelte. Das kleine Bett auf der anderen Seite des Raumes, das drei erwachsenen Männern als Lagerstätte dienen sollte, beherbergte wahrscheinlich ganze Legionen unliebsamen Getiers.

Jim zog seine Kleider aus, legte sie zur Seite und streckte sich dann auf der Matratze aus. Mit einer Satteltasche als Kissen und seinem Reiseumhang als Decke schlief er augenblicklich ein.

Er träumte, ein tiefes, dröhnendes Geräusch zu hören. Nein, selbst im Traum fand er, daß es sich nicht nur um ein Geräusch handeln könne; es war die Stimme eines Drachen, die zu ihm sprach. Aber welcher Drache …?

Er öffnete die Augen.

Vor ihm standen drei große Drachen, einer größer als der andere. Der allergrößte war von dunklerer Farbe als die beiden anderen und zeigte, wie Jim fand, auch wenn er seinen Eindruck nicht genau hätte belegen können, einen leicht sadistischen Gesichtsausdruck. Es war dieser Drache, der zu ihm sprach.

»... nun, Drache?« sagte der größte Drache. »Ihr seid in Frankreich, und Ihr seid Engländer. Wo ist Euer Paß?«

»Aber ich bin kein ...« Jim hielt inne, als er seine eigene Stimme hörte – das Dröhnen seiner Stimme in Drachengestalt. Plötzlich wurde ihm bewußt, daß er tatsächlich in seiner Drachengestalt steckte. Wieder einmal war ohne erkennbare Ursache etwas Magisches geschehen.

Er mühte sich auf die Füße und kam sich in seiner Drachengestalt gänzlich unbeholfen vor.

»Ihr versteht nicht«, begann er. »Ich ...«

»Wir sind nicht hier, um zu verstehen«, dröhnte der große Drache, der beinahe so groß war wie Jim selbst. »Wir wissen, wer und was Ihr seid. Ihr seid der Georg-Drache, der in Magie macht. Ihr wart schon einmal hier; aber damals hattet Ihr einen Paß bei Euch. Ihr solltet auch jetzt besser einen Paß bei Euch haben!«

»Aber was ich zu erklären versuche ...«, begann Jim. Er wurde durch eine andere Stimme unterbrochen, eine vertraute Stimme, auch wenn es sich ebenfalls um eine Drachenstimme handelte. Sie war ein wenig höher als die Stimme aller anderen Drachen im Raum, einschließlich seiner selbst.

»Wünschen Seine Exzellenz, der Botschafter, seinen Paß sofort oder später?« fragte die Stimme hinter den drei Drachen.

17

Die drei fuhren herum, und hinter ihnen tauchte – ausgerechnet! – Secoh auf, der Sumpfdrache, der verkümmerte Abkömmling vieler Drachengenerationen, die unter dem Pesthauch der Dunklen Mächte im Verhaßten Turm in dem Sumpf ausgeharrt hatten, der ihre Heimat war. In diesem Augenblick zählte jedoch nicht seine Größe, sondern die Tatsache, daß er einen großen, unförmigen Lederbeutel bei sich trug. Auf seinem Gesicht stand ein unschuldiger Ausdruck.

»Euer Ehren haben mich gebeten, diesen Paß aufzubewahren, bis man mich danach fragte«, sagte Secoh immer noch mit Unschuldsmiene, »aber ich hatte Angst, die ganze Nacht lang die Verantwortung dafür zu tragen. Daher wollte ich ihn Euer Ehren gerade bringen ...«

Jim brauchte nicht lange, um den Fingerzeig zu verstehen.

»Natürlich!« donnerte er und schob sich zwischen zwei der Drachen hindurch.

Er nahm Secoh den Beutel ab und war angenehm überrascht von dessen Gewicht. Wenn überhaupt, so war er größer und schwerer als der Paß, den er das letzte Mal bei sich getragen hatte. Er hielt ihn den anderen Drachen hin, und der größte von ihnen nahm ihn entgegen. Dann löste er den Riemen, der den oberen Teil des Beutels zusammenhielt, und schüttete einige Juwelen in seine gewaltige, schwielige Klaue, um sie zu betrachten. Das erste Juwel, das herauskullerte, war die riesige Perle, in der Jim Secohs einzigen Schatz und Familienerbe erkannte. Aber die Diamanten, Rubine und Smaragde, die danach zum Vorschein kamen, waren genauso groß und faszinierend.

Der größte Drache schüttete die Juwelen zurück in den Beutel, zog ihn zu und blickte argwöhnisch auf

Secoh hinab. »Wer seid Ihr? Woher kommt Ihr? Seid *Ihr* der Georg-Drache, der in Magie macht?«

»O nein«, widersprach Secoh. »Ich bin nur zufällig gerade durch die Tür gekommen. Ich bin ein schlichter Gehilfe seiner Gnaden des Botschafters hier, der gekommen ist, Euch das Leben zu retten.«

Ihnen das Leben zu retten? Jim dachte hastig nach.

»Jawohl!« donnerte er; und die drei wandten sich wieder zu ihm um. »Ich bin der Drache und auch der Magier, für den Ihr mich hieltet. Seht!«

Er schrieb sich den entsprechenden Zauber auf die Innenseite seiner Stirn und erlangte augenblicklich wieder seine Menschengestalt – die nun unglücklicherweise vollkommen nackt war. Er riß seinen Mantel an sich und schlang ihn sich um den Leib. Nicht nur, weil er glaubte, dies würde ihm ein gewisses Maß an Würde verleihen, sondern auch, weil es kalt im Zimmer war. Draußen vorm Fenster war außer Nacht und Schwärze nichts zu erkennen. Ein Binsenlicht, das einer der französischen Drachen mitgebracht hatte, erhellte den Raum.

»Mein Gehilfe hat nur allzu recht«, fuhr er fort. Seine Menschenstimme war viel heller und weniger beeindruckend als seine Drachenstimme, aber er konnte trotzdem feststellen, daß seine menschliche Gestalt großen Eindruck auf die drei Drachen machte. Wie die meisten Menschen und die meisten Drachen, die er kennengelernt hatte, schienen auch diese drei im Angesicht eines Magiers augenblicklich von Ehrfurcht und Vorsicht erfüllt zu sein. Wenn er tatsächlich magische Fähigkeiten besaß, was konnte er dann noch alles tun außer dem, was sie gerade gesehen hatten?

»Wie seid Ihr drei hier hereingekommen?« fuhr er grimmig fort und nutzte die Gunst des Augenblicks. »Hier in diese Gaststube im Herzen einer Stadt, die den Georgs gehört?«

Die drei französischen Drachen scharrten mit den Füßen.

»Nun, das ist so, Magier«, sagte der Große nach einem Augenblick in sichtlicher Verlegenheit. »Wir haben eine Übereinkunft mit diesem Schankwirt. Er bringt Tuch aus einem seltsamen, weichen Material herbei und andere Dinge, die Ihr ... ähm ... die die Georgs sehr zu schätzen wissen. Er bezieht sie aus dem Orient, und die Wagen, auf denen er sie transportiert, fahren durch teilweise sehr ungeschütztes Gelände. Wir gewährleisten eine sichere Reise – als Gegenleistung für einige Fässer Wein. Diesen Wein schickt er dann gelegentlich mit seinen Wagen zu uns. Weil wir ab und an mit ihm reden müssen, hat er in das Dach dieses Gebäudes Türen gemacht, damit wir hineinkönnen. Und so sind wir auch heute nacht hineingekommen.«

»Er hat Euch nicht zufällig eine Nachricht geschickt, daß er Eurer bedürfe?« fragte Jim. »Er hat Euch nicht befohlen, heute nacht hierherzukommen?«

Die drei scharrten noch etwas mehr mit den Füßen.

»Ja«, gestand der größte französische Drache schließlich. »Er sagte, wir würden hier möglicherweise einen englischen Drachen ohne Paß vorfinden.«

»So viel weiß er also über die Drachen, wie?« hakte Jim nach. »Daß ein Drache aus England für einen Besuch in Frankreich einen Paß braucht?«

»Jawohl, Magier«, sagte der große Drache und fügte hastig hinzu: »Aber er weiß nicht, was ein Paß ist. Wir sind zu klug, um ihm das zu verraten.«

Jim überlegte kurz, daß die menschliche Rasse, wenn es sich bisher nicht herumgesprochen hatte, daß Drachen Juwelen aus ihren Horten als Paß benutzten, weit unaufmerksamer war, als er geglaubt hatte.

»Verstehe«, sagte er. »Nun, jetzt, da Ihr wißt, daß ich als Gesandter von den Drachen Englands mit einer Botschaft an alle Drachen Frankreichs hier bin, muß ich auf der Stelle mit Euren Anführern sprechen.«

»Magier, Ihr wißt, daß wir keine Anführer haben«,

sagte der große Drache. »Aber Ihr könnt es uns erzählen. Wir vertreten verschiedene Teile Frankreichs. Mein Name ist Lethane und ich repräsentiere den ganzen Norden und Nordwesten bis hin zum Meer. Iren, zu meiner Linken, repräsentiert die Südküste und den ganzen fernen Süden Frankreichs. Und Reall, an meiner anderen Seite, repräsentiert den ganzen Rest.«

»Na schön, ich werde es Euch erzählen!« sagte Jim unheilverkündend. »Ihr alle wißt von den Seeschlangen, auch wenn Frankreich bisher kaum unter ihnen zu leiden hatte, weil es keine Insel ist wie unser Land.«

»Die Seeschlangen sind nicht dumm genug, um uns hier zu belästigen«, sagte Lethane.

»Seid Euch da nicht allzu sicher«, sagte Jim. »In England ist kein Teil der Insel weit vom Meer entfernt. Ihr wißt so gut wie ich von dem tödlichen Haß, den die Seeschlangen gegen alle Drachen hegen; und Ihr besitzt, genau wie jeder andere Drache auch, Horte, nach denen es die Schlangen gelüstet. Ihr solltet wissen, daß nun alle Seeschlangen aus allen Meeren planen, alle Drachen auszulöschen und sich ihre Horte zu verschaffen.«

Einen Augenblick lang schwiegen die drei französischen Drachen beklommen. Dann begann Lethane wieder zu sprechen, und diesmal klang seine Stimme ein wenig gereizt.

»Wir sind französische Drachen!« sagte er scharf. »Und zugegebenermaßen ist unsere Erfahrung mit diesen Schlangen nur gering. Aber selbst wenn Ihr in dieser Sache recht hättet, ist keine von ihnen jemals mehr als wenige Meilen auf Land vorgedrungen, und das auch nur für kurze Zeit. Jawohl, wir wissen, daß sie uns hassen. Wir hassen sie ebenfalls. Aber dennoch, Magier, woher sollen wir wissen, daß es der Wahrheit entspricht?«

Kein Drache, das wußte Jim, ließ sich leicht aus der Fassung bringen, aber Lethane schien noch sturer zu sein als die meisten.

»Würde ich Euch einen Paß wie diesen aushändigen, wenn die Gefahr nicht bestünde?« fragte Jim.

»Nun«, sagte Lethane widerwillig, »die Schlangen sammeln sich vielleicht, um *Eure* Insel zu bedrohen. Aber es ist völlig undenkbar, daß sie es jemals wagen würden, Frankreich anzugreifen!«

»Ihr wißt, daß ihnen alles zuzutrauen ist«, sagte Jim. »Ihr wißt, daß ihre Zahl um mindestens das Zwanzigfache die aller Drachen auf der Welt übertrifft.«

Dieses Verhältnis entsprang seiner Phantasie, aber Lethane konnte es auch nicht genauer wissen. Er fuhr fort.

»Wenn sie über England herfallen, während Eure Georgs damit beschäftigt sind, unsere englischen Georgs anzugreifen, werden sie jeden Drachen dort finden, aufstöbern und abschlachten. Trunken von Sieg und Reichtümern, glaubt Ihr, daß sie da nicht noch reicher werden wollen, indem sie Euch angreifen? Nein! Sie werden ihren Blick sofort auf Frankreich heften und zu dem Schluß kommen, es ebenfalls zu plündern.«

»Vielleicht tun sie es aber auch nicht«, sagte Reall, der zum ersten Mal das Wort ergriff.

»Würdet Ihr haltmachen, wenn Ihr französischen Drachen sie angegriffen und in einem ganzen Teil ihres Gebietes ausgelöscht hättet?« fragte Jim. Drei Augenpaare wurden rot. Sie würden natürlich nicht haltmachen.

»Außerdem«, fuhr Jim fort, »solange sie siegen, werden sie weiter angreifen. Sie werden überall auf der Welt angreifen, einfach so. Und am Ende wird es keine Drachen mehr geben, weil es so viele Seeschlangen gibt und so wenige von uns, und weil sie größer und im Zweikampf stärker sind als wir.«

»Aber Magier …«, begann Lethane und hielt sogleich wieder inne. Ihm fehlten offensichtlich die Worte.

»Denkt darüber nach«, sagte Jim.

Sie taten es. Sie taten es offensichtlich. Sie standen

da, sahen einander an, schlossen die Lider oder richteten ihre Blicke nach innen; dann öffneten sie die Augen wieder um einander abermals anzusehen. Dies war etwas, das Drachen sehr schätzten, dieses Nachdenken. Normalerweise lag die einzige Gefahr darin, daß sie zu lange über eine Sache nachdachten, bis es zu spät zum Handeln war.

»In unserem Falle ist die Zeit schon knapp«, mahnte Jim sie. »Euer Georg, König Jean, hofft schon bald gegen England Segel setzen zu können, und das ist der Zeitpunkt, zu dem auch die Seeschlangen angreifen werden. Schon jetzt habt Ihr nicht mehr viel Zeit, um Euren französischen Mitdrachen eine Nachricht zukommen zu lassen, auf daß sie sich bereitmachen. Ihr könnt ihnen mitteilen, daß ich einen Plan habe, mit dem sich die Seeschlangen vielleicht zurückschlagen lassen, ohne daß ein einziger Tropfen Drachenblut vergossen werden muß. Aber damit dieser Plan funktioniert, werden die französischen Drachen nach England fliegen und sich den englischen Drachen zugesellen müssen, um eine starke Front gegen die Schlangen zu bilden!«

»Oh, das könnten wir unmöglich tun!« erwiderte Reall und blickte zu Lethane auf.

Aber dieser und Iren schwiegen.

Sie zögerten ziemlich lange; dann ergriff Lethane abermals das Wort.

»Magier«, sagte er, »ich glaube nicht, daß wir in nur wenigen Wochen allen eine Nachricht zukommen lassen, uns versammeln und nach England fliegen können. Wir sind nicht wie Ihr Engländer, müßt Ihr wissen. Wir scharen uns nicht zusammen, um gemeinsam zu leben, so wie Ihr das tut. Wir sind über das ganze Land verteilt, wie Euer Gnaden sehr wohl wissen. Andererseits ist es natürlich durchaus möglich, daß wir zusammenkommen können, indem eine gewisse Nachricht von einem zum anderen weitergegeben wird. Aber wir müssen den anderen erklären können, was Euer Plan vorsieht.«

»Nein!« sagte Jim. »Ich werde ihnen das erst bekanntgeben, wenn sie sich verpflichtet haben, nach England zu kommen. Und sie werden mir für diese Verpflichtung eingestehen, indem sie mir einen Paß aushändigen – aber dieser Paß muß nicht nur einen, sondern mindestens fünf der besten Juwelen aus dem Hort eines jeden Drachen enthalten.«

»F-fünf?« stotterte Lethane. Die beiden anderen schienen wie erstarrt und glotzten Jim ungläubig an.

»Ihr habt es gehört«, sagte Jim.

»Aber … das ist unmöglich!« protestierte der größte Drache. »Ich könnte … keiner von uns könnte sich von seinen fünf besten Juwelen trennen und obendrein noch sein Leben aufs Spiel setzen.«

»Dann bleibt hier«, sagte Jim. »Überlaßt es den englischen Drachen, sich allein zu verteidigen. Und wenn es keine englischen Drachen mehr gibt, dann könnt Ihr es allein mit der Übermacht der Schlangen aus dem Meer aufnehmen!«

Es entstand ein neuerlicher langer Augenblick der Unentschiedenheit, in dem die drei Drachen nichts taten, als einander anzusehen.

»Woher sollen wir es wissen? Woran können wir sehen …« Dem größten Drachen gingen abermals die Worte aus.

»Meinen eigenen Paß haltet Ihr in Händen«, sagte Jim. »Seht Euch diese Juwelen an. Wie viele von Euch besitzen auch nur einen einzigen Edelstein von dieser Güte? Alle Steine in diesem Beutel sind von derselben Größe und demselben Wert. Glaubt Ihr, ich würde Euch etwas Derartiges aushändigen, wenn die Lage nicht genauso verzweifelt wäre, wie ich berichtet habe?«

Abermals löste der große Drache langsam den Riemen des Beutels, der den Paß enthielt. Abermals ließ er sich die Juwelen in eine seiner Klauen rollen, bis diese keine weiteren Juwelen mehr hätte festhalten können.

Alle drei starrten sie noch einmal die Diamanten, Rubine und Smaragde in seiner Hand an und sogen hörbar die Luft ein. Offenkundig hatten sie noch niemals etwas Derartiges gesehen.

Der große Drache verstaute die Juwelen wieder in den Beutel, zog den Riemen zu und sah Jim an.

»Magier«, sagte er, »ich kann Euch nichts versprechen. Falls wir auf Eurer Seite stehen werden, wenn die Seeschlangen angreifen, werden wir da sein. Ich jedenfalls werde da sein!«

»Das ist alles, was ich hören wollte«, sagte Jim. »Ich weiß sehr wohl – alle unsere englischen Drachen wissen sehr wohl –, welches Feuer in ihren französischen Vettern brennt, wenn es denn erst einmal geschürt ist!«

Die drei Drachen richteten sich auf und breiteten leicht ihre zusammengefalteten Flügel aus.

»Daran braucht Ihr uns nicht zu erinnern«, sagte der Größte. »Wir werden tun, was wir können. Gehabt Euch wohl, Magier.«

Sie wandten sich ab und gingen hinaus, ein Unterfangen, zu dem sie ihre großen Leiber qualvoll durch die kleine Tür des Zimmers zwängen mußten. Als sie fort waren, schloß Jim hinter ihnen die Tür und wandte sich an Secoh.

»Jetzt verratet mir eins«, sagte er. »Wie ist es möglich, daß Ihr zufällig im richtigen Augenblick hier aufgetaucht seid – und noch dazu mit diesem Paß?«

»Oh, das war bloß Carolinus ...« Secoh brach ab. »Aber ich sollte besser am Anfang beginnen, Mylord.«

»Nur zu«, sagte Jim resigniert. Secoh war jetzt wieder ganz er selbst und benutzte die Georgbezeichnung, um damit anzugeben, daß er wußte, welcher Titel Jim zustand.

Secoh mochte zwar ein verkümmerter Sumpfdrache sein, aber ansonsten war er in jeder Hinsicht ein gewöhnlicher Drache. Das bedeutete, daß er den starken Drang verspürte, jede Geschichte an ihrem Anfang zu beginnen und sich bis zum Höhepunkt vorzuarbeiten, selbst wenn sie dadurch unnötigerweise gewaltig in die Länge gezogen wurde.

In diesem Fall, dachte Jim, wäre es unbarmherzig gewesen, ihn zur Eile anzutreiben, und außerdem war es draußen immer noch finster, obwohl die Dunkelheit sich langsam ein wenig zu lichten schien – vielleicht war die Morgendämmerung nicht mehr allzu weit entfernt. Aber wie dem auch sei, dieses eine Mal sollte Secoh seinen Willen haben.

»Also erzählt mir die Geschichte von Anfang an, Secoh«, sagte Jim. Während der andere zu erzählen begann, zog er seinen Umhang aus und kleidete sich an. Er würde ohnehin nicht noch einmal ins Bett kommen.

»Nun, ich habe gehört, Carolinus läge krank in Eurer Burg, sei aber wieder auf dem Wege der Besserung. Da dachte ich, ich besuche ihn mal«, sagte Secoh ernsthaft. »Ich bewundere den Magier sehr; und als Euer und sein Gefährte dachte ich …«

»Schon gut, Secoh«, sagte Jim, während er in seine Hose stieg. »Sprecht weiter.«

»Nun, ich ging also hin«, sagte Secoh. »Als ich dort ankam, ging es Carolinus bereits viel besser; und Ihr, Giles, Brian und Dafydd wart bereits aufgebrochen. Nachdem ich Carolinus zu seiner Genesung beglückwünscht hatte, fragte ich nach Euch übrigen, und er erzählte mir, daß Euer Ziel Frankreich sei und Ihr bereits losgezogen wäret.

›*Ohne Paß?*‹ fragte ich.

›*Paß? Was für ein Paß?*‹ sagte er zu mir«, fuhr Secoh fort, »und ich erklärte ihm, daß Ihr unmöglich ohne Paß nach Frankreich gehen könntet, nicht, da Ihr doch sowohl Drache als auch Magier seid. Dazu benötigt Ihr einen Paß von Eurer eigenen Drachengemeinschaft hier in England – und dieser Paß muß das schönste Juwel aus dem Hort eines jeden Drachen enthalten. Und kein Drache trennt sich gern von einem Juwel aus seinem Hort, schon gar nicht von dem schönsten. Es war schon das letzte Mal sehr schwer für mich und Euch, an diese Juwelen heranzukommen.

›*Nun, das ist kein Problem*‹, sagte der Magier. Ihr wißt ja, wie schnippisch er sich manchmal auszudrücken pflegt?«

»Und ob ich das weiß«, erwiderte Jim.

»›*Nun, das ist kein Problem*‹, sagte er«, fuhr Secoh fort. »›*Ihr fliegt einfach hin und sagt ihnen, ich hätte gesagt, sie sollen Euch die Juwelen geben. Und zwar sofort!*‹

›*Aber, Magier*‹, sagte ich, ›*sie werden ihre Juwelen nicht so ohne weiteres hergeben. Selbst wenn Ihr selbst hinginget und mit ihnen strittet, könnte es immer noch mehrere Tage dauern. Das letzte Mal hatten wir, der Lord James und ich, lediglich Glück, unseren Paß so schnell zusammenzubekommen.*‹

›*Ach, sie werden also Schwierigkeiten machen, ja? Dann werde ich eben …*‹, und dann verstummte er plötzlich, einfach so«, sagte Secoh. »Und dann meinte er: ›*Nein, wozu all diese Mühe? Ich mache Euch einen Paß. Wie viele Juwelen müßte er enthalten und welche Größe müßten sie haben? Ich nehme an, es müßten alle möglichen Sorten vertreten sein?*‹

›*Es gibt siebenundachtzig Drachen, die alt genug sind, um einen Hort zu haben; also brauchen wir siebenundachtzig Juwelen. Fast so groß wie dieses hier.*‹« Secoh zeigte mit zwei Krallen einen Abstand von mehreren Zoll. »Und dann habe ich ihm noch meine Perle gezeigt, damit er eine Vorstellung von der Größe und der Schönheit der Juwelen bekam. Aus Sicherheitsgründen trage ich meine Perle nämlich immer bei mir, müßt Ihr wissen.«

Jim war mittlerweile angekleidet und tippte unbewußt vor lauter Ungeduld mit der Spitze seines rechten Schuhs auf den Boden.

»Nun, um eine lange Geschichte kurz zu machen«,

sagte Secoh eilig, »er machte die Juwelen; aber nachdem er sie gemacht hatte, sagte er, es müsse ein echtes Juwel dabei sein, damit die anderen zum Leben erwachten – und tatsächlich, sie waren seltsam stumpf und glanzlos, bis er meine Perle hinzufügte. Da schienen sie plötzlich aufzuleuchten, so wie Ihr es gerade eben gesehen habt. Das ist also der Paß, den ich Euch nach Frankreich gebracht habe, und das ist es, was Ihr diesem … Lethane, war der Name wohl, übergeben habt.

Oh, und noch etwas«, fügte Secoh hinzu. »Der Magier sagte, die Juwelen würden *›sich verflüchtigen‹* – ich weiß nicht genau, was das heißt. Ich denke, er meint, sie würden irgendwie verschwinden – und zwar in dreißig Tagen. Also müssen wir sie bis dahin wieder zurückhaben.«

»Hm«, meinte Jim. »Ich habe die französischen Drachen also betrogen, genauso wie ich meine eigene Gemeinschaft der Drachen von Cliffside zu Unrecht repräsentiere.«

»Hm, na ja«, sagte Secoh. »Aber wenn Ihr den echten Paß holen wolltet, müßtet Ihr mit mir nach England zurückkehren. Wenn die Drachen ihn Euch überhaupt ein zweites Mal überlassen würden.«

»Stimmt«, erwiderte Jim stirnrunzelnd.

»Na, jedenfalls«, fuhr Secoh fort, »Carolinus hat mir noch erklärt, wo ich Euch finden würde. Und er wollte mich gerade zu Euch schicken, da sagte er plötzlich: *›Nein, wartet! Bleib bei mir. Ich sage Euch Bescheid, wenn der richtige Zeitpunkt gekommen ist, um Euch nach Frankreich zu schicken.‹*«

»Ah«, sagte Jim. »Er muß gespürt haben, daß etwas passieren würde; daß jemand möglicherweise seine Magie umlenken würde.«

»Oh, ich bin mir sicher, daß er das gespürt hat«, meinte Secoh. »Er wußte vielleicht nicht genau, was, aber er wußte, *daß* etwas geschehen würde. Aber wie auch immer, ich habe bei ihm ausgeharrt, bis er plötzlich sagte: ›*Nun fort mit dir!*‹, und auf einmal stand ich hier vor Eurer Tür. Also bin ich reingegangen.«

»Hat er Euch aufgetragen, den französischen Drachen zu sagen, ich sei ein Botschafter?«

»Ja, hat er«, prahlte Secoh. »Diesen Teil hatte ich ganz vergessen.«

»Hm, jedenfalls danke schön«, erwiderte Jim. »Weder seine Magie noch meine hätten hier etwas ausrichten können, wäret Ihr nicht gerade zur rechten Zeit vorbeigekommen, um genau die richtigen Dinge zu sagen.«

»Oh, vielen Dank, Mylord!« sagte Secoh.

»So, jetzt haben wir etwas, das die französischen Drachen ein wenig in Wallung bringt – etwas, worauf ich mich bisher nicht stützen konnte. Möglicherweise zahlt es sich aus«, fuhr Jim nachdenklich fort. »Das Schlimme ist nur, daß Eure Perle eines der Juwelen ist, die Lethane mitgenommen hat.«

Jim wußte zufällig, daß diese Perle das einzige Juwel war, das Secoh noch in seinem Hort hatte. Es war sein einziges Erbstück und sein kostbarster Besitz. Sein Vater hatte ihm aufgetragen, die Perle niemals zu verkaufen, und ganz gleich, wie hungrig Secoh da draußen in den Sümpfen jemals gewesen war, er hatte es nie getan. Jetzt befand sich die Perle im Besitz eines französischen Drachen.

»Ja«, erwiderte Secoh schlicht.

Jim bemerkte den schwachen, feuchten Schimmer in den kleinen Drachenaugen.

»Keine Angst, Secoh«, sagte er. »Ihr bekommt Eure Perle zurück. Ich geb Euch mein Wort darauf, sowohl als Ritter wie auch als Magier. Ich hole Euch diese Perle zurück, auch wenn alles andere in die Brüche geht!«

»Oh, vielen Dank, Euer Lordschaft!« rief Secoh. »Vielen Dank!«

Die Krallen seiner Vorderpfoten zitterten; offensichtlich war der Drache versucht, Jims Hand zu ergreifen, und nach Georgmanier zu küssen. Aber er wußte nicht recht, welchen Schaden er mit seinen Krallen anrichten würde, wenn er es versuchte. Jim bemerkte, daß er ein äußerst schlechtes Gewissen hatte.

»Dann wollen wir kein Wort mehr darüber verlieren«, meinte er schroff.

»Jawohl, Mylord«, sagte Secoh, der seine Klauen dankbar wieder dicht an seinen Körper zog.

Aber wenn Secoh nun auch Zuversicht und Hoffnungsfreude verströmte, verspürte Jim doch den ersten scharfen Stich einer mehr als unbedeutenden Unbehaglichkeit und Besorgnis. Zwischen den Schlitzen der geschlossenen Fensterläden konnte man nun zweifelsfrei die ersten hellen Lichtstrahlen des Tages erkennen.

»Giles und Brian waren die ganze Nacht unterwegs«, sagte er zu Secoh – oder eher zu sich selbst. Irgendwie war es ihm ein Trost, seine vagen Befürchtungen in Worte fassen zu können. »Und wenn ich so recht darüber nachdenke, habe ich sie seit gestern nachmittag nicht mehr zu Gesicht bekommen. Und wenn ich noch weiter nachdenke, ist Dafydd die ganze Nacht nicht aufgetaucht. Er wollte sich in die Schankstube setzen. Ich mache mich wohl besser auf die Suche nach ihnen.«

»Ich begleite Euch!« erbot sich Secoh eifrig.

Die Worte des Drachen ließen Jim wie angewurzelt stehenbleiben. Er hatte bisher noch nicht darüber nachgedacht, was passieren mochte, wenn Secoh von irgend jemandem im Gasthaus entdeckt wurde, ganz zu schweigen davon, daß ihn bei hellem Tageslicht wahrscheinlich die Hälfte der Bevölkerung von Brest zu sehen bekommen würde.

»Ihr könnt nicht …«, begann er. Er dachte hastig nach. »Ihr dürft Euch auf keinen Fall von den Leuten hier im Gasthaus oder in der Stadt sehen lassen, nicht in Eurer Drachengestalt. Ein Drache in unserer Gesellschaft würde mit Sicherheit unerwünschte Aufmerksamkeit auf uns lenken – wenn nicht weit Schlimmeres. Ich werde Euch tarnen müssen.«

»Oh!« rief Secoh. »Was heißt ›tarnen‹?«

»Ich zeige es Euch«, sagte Jim.

Er schrieb auf die Innenseite seiner Stirn:

SECOH VERWANDELN IN MENSCHLICHE →
GESTALT

Eine Sekunde später stand vor ihm – nackt natürlich – ein ziemlich schrumpliger, kleiner Mann, der noch recht jung war, dessen Gesicht und Körper aber die Spuren jahrelanger Entbehrungen zeigten. Sein Haar war von derselben Farbe wie vordem seine dunkle Drachenhaut. Seine Nase war lang und dünn, sein Mund breit und das Kinn fest, aber klein. Die Schultern waren schmal, die Arme und Beine ebenso dünn wie sein Körper. Er war vielleicht einen Meter fünfundfünfzig groß.

Er blickte an sich hinab.

»O nein!« rief er, mit einem Anflug von Qual in der Stimme.

18

JIM WURDE AUGENBLICKLICH bewußt, was er da getan hatte. Er hatte den einen Aspekt des Drachencharakters, der selbst ihm schon aufgefallen war, vollkommen vergessen.

Die Drachen waren nicht für ihre Intelligenz berühmt. Außerdem waren sie in vieler Hinsicht, obwohl sie wie Menschen reden konnten, ein eher tierisches Äquivalent der mittelalterlichen Menschen, mit denen Jim jeden Tag zu tun hatte. Ihre erste Sorge galt ihrem persönlichen Überleben und ihren Besitztümern. Angeblich hatten sie sich zwar höheren Werten verschrieben, aber das waren lediglich Lippenbekenntnisse.

Aber eine Eigenschaft hatten sie, die Jim erst nach einer ganzen Weile klargeworden war; vielleicht deshalb, weil die Drachen selbst nie davon sprachen. Anscheinend hielten sie es einfach bei sich und anderen Drachen für selbstverständlich, daß sie gewaltig stolz waren zu sein, was sie waren – Drachen.

Um diesen Stolz zu verteidigen, würden sie sich sogar in einen Kampf stürzen, den zu vermeiden sie sich ansonsten sehr bemüht hätten.

Rückblickend hatte Jim, nachdem er dies herausgefunden hatte, besser verstanden, warum Smrgol – der Großonkel von Gorbash, den ein Schlaganfall in hohem Alter halb verkrüppelt hatte – und Secoh, lediglich ein Zwerg von einem Drachen, sich in den Kampf gegen einen Drachen von der Größe und Wildheit Bryaghs gestürzt hatten. Bryagh war jener Cliffside-Drache, der sich von den Geschöpfen des Verhaßten Turmes in den Dienst der Dunklen Mächte hatte locken lassen.

»Es tut mir leid, Secoh«, sagte Jim. »Aber es ist die einzige Möglichkeit, wie Ihr gefahrlos mit mir durch die Stadt ziehen und in diesem Gasthaus bleiben könnt. Ich verspreche, ich werde Euch, sobald ich kann, wieder in einen Drachen verwandeln. Ihr kennt mich doch, oder? Ihr wißt, ich halte meine Versprechen!«

Die Qual in dem Gesicht des Menschen, der Secoh war, verlor an Schärfe, löste sich aber nicht vollkommen auf. Jim war in Gedanken bereits bei einem anderen Problem.

»Wenn ich recht darüber nachdenke«, sagte er, »werde ich Euch ein paar Kleider beschaffen müssen.«

Zunächst erschien das Problem unüberwindlich. Er könnte Secoh auf magischem Wege in irgendwelche Kleider stecken, wußte aber nicht genau, was sein Diener – und als solcher würde Secoh gewiß erscheinen – hier in Frankreich tragen würde. Und Jim wollte natürlich nicht, daß Secoh allzuviel Aufmerksamkeit auf sich zog.

Da fiel Jim wieder ein, was er so oft vergaß: dies war das vierzehnte Jahrhundert und er ein englischer Baron, ein Gast des Wirtshauses und nach den zeitgenössischen Maßstäben ein reicher Mann von Rang und Ansehen. Draußen herrschte bereits Tageslicht, daher waren die Dienstboten des Gasthauses gewiß schon auf den Beinen. Jim ging an Secoh vorbei, öffnete die Tür seines Zimmers und durchmaß mit langen Schritten den Flur. An der Treppe, die in den unteren Stock führte, blieb er stehen.

»Heda«, rief er. »Ein Diener hier herauf zu Lord James! Sofort! Ein Diener!«

Er kehrte in sein Zimmer zurück, zog die Tür hinter sich zu und richtete einige hastige Worte an Secoh.

»Nun hört mir genau zu, Secoh«, sagte er. »Ich habe gerade nach einem Diener gerufen. Wenn er hier heraufkommt, werde ich ihn aussenden, um Euch etwas zum Anziehen zu kaufen. Also, ich werde Euch das Geld geben. Aber gebt es nicht gleich dem Diener. Überlaßt es ihm erst, wenn man Euch die Kleider angepaßt hat, und sagt dann mit hochmütiger Stimme: ›*Erledigt das für mich.*‹ Dann dreht Euch um und schlendert hinaus, als würdet ihr lediglich etwas frische Luft schnappen. Wartet draußen auf den Diener. Er wird nicht wissen, daß Ihr nicht wißt, wieviel das Geld wert ist. Er wird nicht wissen, daß Ihr nicht wißt, was die Kleider tatsächlich kosten dürfen – das weiß ich übrigens auch nicht.«

»Nein?« fragte Secoh erstaunt. Jim überging die Frage und fuhr fort.

»... aber wenn Ihr ihm das Geld aushändigt und davongeht, wird er so große Angst haben, Euch kein ausreichendes Wechselgeld zurückgeben zu können, daß er nicht versuchen wird, alles, was übrigbleibt, für sich zu behalten. Er wird versuchen, den bestmöglichen Preis bei dem Ladenbesitzer herauszuhandeln, und ein klein wenig von dem Geld behalten, aber das meiste von dem, was Euch rechtmäßig zusteht, wird er Euch wieder zurückgeben. Ihr haltet das Geld fest, bis Ihr wieder hier seid. Dann werfe ich ihm eine Münze zu, und alles ist bestens geregelt.«

»J-ja«, sagte Secoh langsam. »Ich verstehe.«

»Es tut mir leid, daß Ihr ohne jedwede Kleidung durch die Stadt laufen müßt, bis er Euch etwas kauft ...«, begann Jim, als ihn die Überraschung auf Secohs Zügen plötzlich zum Schweigen brachte.

»Warum?« fragte Secoh.

Jim schlug sich im Geiste mit der geballten Faust gegen die Stirn. Als Drache hatte Secoh natürlich keine Ahnung von Kleidern und konnte nichts Verkehrtes darin entdecken, ohne sie herumzulaufen, sei es nun in der Öffentlichkeit oder anderswo. Er wußte, daß Georgs Kleider trugen, da er aber noch nie zuvor ein Georg gewesen war, dachte er immer noch wie ein Drache, dem es völlig ausreichte, nur in seiner Haut zu stecken. Glücklicherweise fand die mittelalterliche Welt nackte Männer nicht so schockierend, wie die moderne Welt es getan hätte.

»Es ist nicht weiter wichtig«, sagte Jim. »Vergeßt, daß ich es erwähnt habe.«

»Jawohl, Mylord«, erwiderte Secoh ein wenig verwundert.

Es dauerte nur wenige Sekunden, bis der Diener herbeikam; Jim gab ihm seine Befehle. Er hatte Secoh bereits eine Goldmünze gereicht, der sie seinerseits in einer seiner mageren Fäuste versteckt hielt.

»Also, vergiß nicht«, ermahnte Jim den Diener mit gestrenger Stimme, »dies ist mein persönlicher Diener, der mich gerade erst hier eingeholt hat. Ich möchte, daß du ihn mit Respekt behandelst. Er ist kein gewöhnlicher Mann wie deinesgleichen!«

»Jawohl, Mylord«, sagte der Diener.

Eingeschüchtert dadurch, daß Jim sich den höchstwahrscheinlich besten Raum im Haus für sich und seine Freunde hatte sichern können, versuchte der Gasthausdiener nicht einmal einen Anflug von Hohn in seine Antwort zu legen. Da er wußte, daß Jim Engländer war, war er sich vielleicht nicht ganz sicher, ob Jim ihn nicht einfach verprügeln würde, falls er auch nur die kleinste Unverschämtheit wagen sollte.

Sie gingen hinaus, und Jim lief im Zimmer auf und ab, öffnete die Fensterläden und schaute in den heller werdenden Tag hinaus, bis der Diener mit Secoh zurückkam. Secoh trug nun eine graue Hose, ein Hemd mit blauem Wams und auf dem Kopf eine flache Mütze. Diese Kappe hatte eine gewisse Ähnlichkeit mit dem, was Leute von ritterlichem und höherem Rang selbst trugen, unterschied sich aber genügend von deren Kopfbedeckung, um keinen Zweifel daran zu lassen, daß Secoh nur ein Diener war.

»Ist alles gutgegangen?« erkundigte Jim sich eifrig, sobald der Diener mit ein paar Kupfermünzen von dem Wechselgeld entlohnt worden war, das Secoh genauso fest in seiner Faust verwahrt hielt wie die Goldmünze, mit der er aufgebrochen war. »Hat er versucht, mit Euch zu reden? Was habt Ihr zu ihm gesagt?«

»Oh, er hat tatsächlich versucht zu reden«, meinte Secoh und hielt die Nase hoch in die Luft. Wahrscheinlich sollte es eine Nachahmung dessen sein, was er getan hatte, als der Diener das Wort an ihn richtete. Als Drache kannte Secoh zumindest eine menschliche Verhaltensweise; nämlich, wie man sich hochmütig gab. »Ich habe nur gesagt: *›Belästige mich nicht mit deinem Geplapper!‹*«

»Gut!« rief Jim. »Das hat ihn sicher zum Schweigen gebracht.«

»Hm, na ja, eigentlich nicht«, entgegnete Secoh. Er zappelte in seinen Kleidern. »Tragen die Georgs so was ständig? Das Zeug fühlt sich nicht natürlich an. Es juckt. Aber sie tragen es wirklich ständig, nicht wahr?«

»Außer wenn sie zu Bett gehen«, antwortete Jim.

»Aber Ihr sagtet, er hätte noch mehr geredet. Was hat er erzählt?«

»Ach, es ging darum, daß der Wirt dieser Gaststube seine Diener dauernd schlägt. Sie sagen, er tut es gern. Na, wie auch immer«, meinte Secoh, »dieser will jedenfalls weglaufen. Er sprach davon, daß es gegen etwas verstoße, das *›Stadtgesetz‹* heißt, wenn sich ein Diener ohne Erlaubnis von seinem Herrn entfernt. Aber er sagte, er und ich könnten mit meinem Geld die Gelegenheit nutzen, um auf und davon zu gehen. Und wir wären reich genug, bis wir einen besseren Platz zum Leben gefunden hätten. Ich habe ihm gesagt, ich wäre gerne bei Euch. Dann hat er irgendwas gemurmelt wie: *›Na schön, dann laß dich nicht mit mir sehen, sonst endest du womöglich auch im Keller.‹*«

»Im Keller?« fragte Jim.

Brian und Giles konnten möglicherweise überwältigt und im Keller des Gasthauses eingesperrt worden sein. Aber gewiß nicht ohne die Art von Lärm, die ihn selbst hier oben auf ihrem Zimmer aufgeschreckt hätte.

»Der Mann sagte *»auch«*?« fragte Jim.

»Genau das hat er gesagt, Mylord«, antwortete Secoh. »Hat er etwas Bestimmtes damit gemeint?«

»Vielleicht sind unsere Gefährten im Keller eingesperrt worden«, sagte Jim.

»Oh! Dann sollten wir sie gleich rausholen!« rief Secoh.

Er hatte bereits einen Schritt in Richtung Tür gemacht, als ihm auffiel, daß Jim nicht mitkam. Mit einem neugierigen Gesichtsausdruck drehte er sich um.

»So einfach geht das nicht«, erklärte ihm Jim. »Wir können nicht so mir nichts dir nichts hinuntergehen und die Kellertür aufbrechen, jedenfalls nicht, ohne das ganze Gasthaus auf die Beine zu bringen. Durchaus möglich, daß wir es mit mehr kampftüchtigen Männern zu tun bekämen, als uns lieb wäre. Vor allem, wenn sich andere Gäste auf die Seite des Wirts stellen sollten, was sie – allein aus Freude an einem Kampf – zweifellos tun würden.«

»Möglicherweise«, sagte Secoh. »In diesem Fall solltet Ihr mir besser eins von diesen langen scharfen Dingern beschaffen, die Ihr immer an Eurem Gürtel tragt. Nicht eins von den kurzen scharfen Dingern, sondern etwas längeres – Ihr wißt schon!«

»Man nennt das Schwert«, bemerkte Jim geistesabwesend. »Aber ich habe nur noch eins übrig; und außerdem würde es Euch ohnehin nicht viel nutzen, es sei denn, Ihr wüßtet, wie man damit umgeht.«

»Ich dachte, man würde mit dem Ding einfach auf feindliche Georgs eindreschen«, sagte Secoh. »Ich glaube, das würde mir wohl gelingen.«

»Es geht nicht darum, einfach nur draufloszudreschen. Nehmt mein Wort darauf«, sagte Jim ein wenig grimmig. Brian versuchte seit nunmehr zwei Jahren, ihm den Umgang mit dem Schwert beizubringen, und er war noch weit davon entfernt, es im Kampf mit einem Mann wie Brians aufnehmen zu können und länger als ein oder zwei Minuten zu überleben.

»Ich weiß«, fuhr er fort. »Ein Bein von diesem Tisch da würde eine ziemlich gute Keule abgeben, mit dem man einfach auf die Leute eindreschen kann.«

»Wie? Gut.« Secoh war bereits halb durchs Zimmer und zerrte an einem der Beine. »Es geht nicht ab!« sagte er verwirrt.

»Ihr verfügt nicht über Eure gewohnten Drachenkräfte«, erklärte ihm Jim. »Hier, ich helfe Euch.«

Gemeinsam zerrten sie an dem Tischbein, bis es ihnen endlich gelang, es an der Stelle abzubrechen, wo es an die dicke hölzerne Tischplatte gezapft war. Secoh nahm das Tischbein in eine Hand und schwang es. Dann nahm er es in beide Hände und schwang es wieder.

»Ich glaube, ich werde es so machen«, meinte er schließlich zuversichtlich.

»Gut. Na dann«, sagte Jim, »ich erkläre Euch jetzt, was wir tun werden. Wir beide gehen gemeinsam die Treppe hinunter. Ich bestelle etwas Wein, und ich werde Euch bei mir behalten – unter dem Vorwand, daß ich Euch vielleicht noch benötigen werde oder etwas in der Art. Dann, wenn niemand uns große Aufmerksamkeit schenkt, stehe ich auf, als wolle ich den Abort aufsuchen, und dann werden wir nach dem Eingang zum Kellergeschoß suchen. Wenn er versperrt ist, werden wir versuchen, das Schloß aufzubrechen und hineinzukommen.«

»Ich bin bereit!« rief Secoh und schulterte strahlend das Tischbein.

»Ihr werdet dieses Ding da aber nicht benutzen, bevor ich es Euch sage«, ermahnte ihn Jim. »Wenn ich so recht darüber nachdenke, werden die Leute es gewiß merkwürdig finden, Euch da unten mit einem abgebrochenen Tischbein herumspazieren zu sehen. Ich muß mir etwas überlegen …«

Plötzlich kam ihm eine Erleuchtung.

»Ich hab's!« rief er. »Es wird nicht nur das Tischbein erklären, sondern es Euch auch leichter machen, bei mir zu bleiben, wenn ich scheinbar auf der Suche nach dem Abort den Schankraum verlasse. Mein Schwert kann ich ohne weiteres mitnehmen. Darüber wird sich niemand Gedanken machen. Und ich kann sogar das zweite Schwert mitnehmen – indem ich es unter meiner Kleidung verstecke und dann einfach mit steifen Gliedern herumlaufe, als humpelte ich. Und eben dieses Humpeln liefert uns auch eine Erklärung für das Tischbein. Ich werde es als notdürftige Krücke verwenden. Ich nehme es mit. Und wenn der Zeitpunkt gekommen ist, da Ihr es benutzen müßt, gebe ich es Euch zurück.«

»Oh«, sagte Secoh. In seiner Stimme schwang ein unüberhörbarer Unterton der Enttäuschung mit. »Aber dann gebt Ihr es mir bestimmt zurück?«

»So schnell ich kann«, versprach Jim, »denn ich werde wünschen, daß Ihr es so schnell *Ihr* könnt benutzen werdet.«

»Oh, das tue ich gern«, sagte Secoh.

»Das wär's dann also. Mein Bein wird steif sein, weil ich mir den Knöchel verstaucht habe, und aus demselben Grund spaziere ich mit der Krücke umher; und dabei ist das alles Ihre Schuld, denn ich bin gestürzt, weil Ihr Gasthaus eine Bruchbude ist«, sagte Jim. »Einen besseren Plan hätte ich mir nicht ausdenken können, und wenn ich die ganze Nacht darauf verwandt hätte. Los, gehen wir!«

Er nahm Secoh das Tischbein ab, suchte zwischen seinen Sachen nach dem zweiten Schwert, das er, wie Brian und Giles und beinahe jeder andere fahrende Ritter, als Ersatz immer mit sich führte. Das Schwert paßte bestens in seine Hose, die sich, da sie aus gestricktem Material war, mühelos dehnen ließ. Die Klinge zeichnete sich augenfällig ab und fühlte sich an der nackten Haut seines Beines unangenehm kalt an, aber die Wölbung selbst konnte er immer noch mit einem Verband erklären.

»Na schön«, sagte er zu Secoh. »Los geht's.«

Sie verließen das Zimmer. Jim humpelte und stützte sich auf Secohs Schulter, als brauche er Hilfe. Secoh hielt Jims Arm so fest, als wolle er dafür sorgen, daß dieser auch genau da blieb. Langsam gingen sie die Treppe hinunter. Am Fuß der Treppe blieb ein Diener auf seinem Weg stehen und schaute mit offenem Munde zu, wie sie hinunterkamen.

»Hat Mylord sich verletzt?« fragte er, als sie neben ihm ankamen.

»Ja, verdammt!« brüllte Jim. »Ich habe mir den Knöchel verstaucht. Und zwar auf Eurer verfluchten, elenden …« Er machte sich daran, so viele Beschimpfungen aneinanderzuknüpfen, wie ihm nur einfallen wollten. Der Diener sah ihn bewundernd an. Auf dem

Kontinent waren die Engländer als große Flucher bekannt, aber Jim stellte möglicherweise einen neuen Rekord auf – zumindest für dieses Gasthaus. »… Treppe!« kam er schließlich zum Ende.

»Das … das tut mir sehr leid, Mylord …«, sagte der Diener. »Soll ich den Wirt holen? Braucht Ihr einen Wundarzt?«

»Glaubt Ihr, ich wollte mir mein verdammtes Bein absägen lassen?« brüllte Jim. »Nein! Ich will Wein! Den kräftigsten Wein, den Ihr habt. Und so schnell Ihr ihn holen könnt! James …«

Er wandte sich an Secoh an seiner Seite, und dieser blinzelte angesichts dieser seltsamen Anrede.

»Beschaff mir einen Tisch, James. Ach, und du da …«

Er hatte die Stimme gehoben, um die letzten Worte zu schreien, und der Diener, der bereits losgerannt war, kam schlitternd zum Stehen und drehte sich um.

»Jawohl, Mylord?«

»Und bring einen Hocker für meinen Diener hier!« blaffte Jim ihn an. »Er muß an meiner Seite sitzen und mich stützen. Auf diese Weise kann ich auch meinen Fuß hochlegen.«

»Sehr wohl, Mylord«, sagte der Diener und verschwand.

In bemerkenswert kurzer Zeit kehrte er mit einem Hocker, einem Glas für Jim und einem randvollen Krug zurück. Secoh warf einen sehnsüchtigen Blick auf das Glas, sagte aber nichts. Jim bemerkte es.

»Bring noch ein Glas!« rief Jim dem Diener nach, der sich bereits wieder zum Gehen wandte. »Ich werde beidhändig trinken!«

Aufs neue beeindruckt eilte der Diener ein zweites Mal davon.

»Auf diese Weise glaubt er, daß mein Bein wirklich höllisch weh tut«, sagte Jim und schenkte sich das erste Glas, das man ihm gegeben hatte, aus dem Krug ein.

Dann hob er es an die Nase und stellte fest, daß man

ihm tatsächlich einen starken Wein gebracht hatte. Was sich in dem Krug befand, roch nach einer Mischung aus Wein und Brandy – oder irgendeinem anderen Branntwein. Er nahm einen Schluck und wäre beinahe erstickt. Seine Vermutung traf ins Schwarze. Der Wein war offensichtlich mit irgendeiner alkoholischen Flüssigkeit versetzt worden. Interessant, dachte er. Das Brennen von Schnaps war im vierzehnten Jahrhundert nicht unbekannt gewesen, aber doch selten.

Eines jedoch war der Wein offensichtlich nicht, nämlich alt genug. Man glaubte hier offensichtlich, daß durch die Beifügung starken Alkohols der Geschmack ohnehin ruiniert würde. Was für ein Zeug man dem Wein auch beigefügt hatte, es mußte etwas wie der schwarzgebrannte Whisky sein, den Jim aus seiner eigenen Welt kannte.

Aber sei es, wie es sei, es gelang ihm, ein gutes halbes Glas hinunterzubekommen, bevor der Diener mit dem zweiten Glas zurückkehrte. Jim, der immer noch so tat, als trinke er aus dem Glas in seiner Hand, zeigte ungeduldig auf den Krug und nahm das Glas gerade lange genug von den Lippen, um zu befehlen: »Füll jetzt das andere Glas, damit es bereitsteht, wenn ich es brauche.«

Der Diener tat wie geheißen und blieb wie angewurzelt stehen, um weiterhin von Diensten zu sein.

»Steh nicht so dämlich herum!« fauchte Jim ihn an. »James wird das Glas für mich gefüllt halten. James ...« Er drehte sich zu Secoh um, woraufhin dieser zusammenzuckte. Langsam streckte Secoh die Hand aus und füllte das andere Glas. Der Diener hatte sich umgedreht und war verschwunden, und Secoh beugte sich nun vor, um Jim ins Ohr zu flüstern.

»Ich vergaß, daß ich James bin«, murmelte er so leise, wie ihm das mit seiner menschlichen Stimme möglich war.

»Recht hast du, James!« sagte Jim laut, bevor er die Stimme schnell wieder senkte. »Das macht nichts.

Trinkt das andere Glas selbst. Dafür habe ich es schließlich bestellt. Vielleicht müßt Ihr sogar den größten Teil des Kruges trinken. Ich kann es nicht riskieren, zuviel zu trinken, aber wenn Ihr betrunken seid, werden die Leute einfach glauben, Ihr hättet Euch heimlich an meinem Wein bedient, wann immer ich nicht hinsah. Ihr vertragt nicht so viel Alkohol wie ich.«

»Was heißt ›betrunken‹?« wollte Secoh wissen, während er eifrig nach dem zweiten Glas griff und sich den Inhalt die Kehle hinunterschüttete. Er blinzelte kurz. »Das war gut!«

»Vergeßt nicht«, sagte Jim und bedachte ihn mit einem durchdringenden Blick, »Ihr seid nicht mehr in Eurem Drachenkörper. Ihr könnt nicht so viel Wein vertragen wie gewöhnlich. Und dieser Wein ist ungewöhnlich stark. Sie haben ihm irgendeinen unverdünnten Alkohol beigefügt.«

»Was ist Alkohol?« fragte Secoh.

»Alkohol ist das, was ...« Jim hielt inne. »Ich habe jetzt keine Zeit, das zu erklären. Denkt einfach daran, daß Ihr nicht soviel vertragt wie sonst. Wenn Ihr es doch tut, werdet Ihr betrunken. Wenn Ihr betrunken seid, werdet Ihr in Zukunft wissen, was ›*betrunken*‹ bedeutet.« Während er beide Gläser noch einmal nachfüllte, behielt er Secoh aufmerksam im Auge. Secoh stürzte mit Feuereifer noch ein zweites Glas hinunter, nachdem er sein Glas unter die Tischfläche geschmuggelt und sich vorgebeugt hatte, damit niemand sehen konnte, wie er es an den Mund führte und hinunterspülte.

Drachen konnten, wie Jim – unglücklicherweise aus eigener Erfahrung – wußte, unvorstellbare Mengen Wein vertragen, ohne jemals einen Kater zu bekommen. Aber in seiner jetzigen Gestalt konnte Secoh nicht mehr als hundertfünfunddreißig oder hundertvierzig Pfund wiegen. Es war unmöglich vorherzusagen, wie ihm dieses Gebräu bekommen würde.

Trotzdem, wenn einer von ihnen sich betrinken mußte, dann besser Secoh als Jim.

Gemeinsam gelang es ihnen, den Krug zu leeren, und Jim rief den Diener herbei, einen neuen Krug zu bringen. Er hatte selbst ungefähr anderthalb Glas getrunken und spürte bereits die Wirkung des Alkohols, aber er glaubte nicht, daß es genug war, um ihm ernsthafte Schwierigkeiten zu machen. Secoh hatte den ganzen Rest getrunken und zeigte bisher nicht die geringste Wirkung.

Als der Diener mit einem neuen Krug kam, fragte Jim ihn, wo sich der Abort befinde. Der Diener sah ihn überrascht an. Die meisten Männer und Frauen von Stand benutzten den Nachttopf in ihrem Zimmer statt des öffentlichen Aborts. Aber der Diener zeigte, wie Jim es erwartet hatte, auf die hintere Mauer des Gasthauses und zog sich wieder zurück.

Jim wartete, bis der Diener außer Sicht war, und hievte sich dann mühsam auf die Füße. Dankenswerterweise hatten sie, da es noch früh am Tag war, den Schankraum wieder einmal für sich allein. Mit einer Hand auf der provisorischen Krücke und mit der anderen auf Secohs Schulter schleppte Jim sich in den hinteren Teil des Gasthauses.

Auf der linken Seite befand sich eine Tür, von der er wußte, daß sie in die Küche führte. Durch eben diese Tür war der Diener verschwunden, und aus eben dieser Tür kamen die meisten Diener zum Vorschein.

Auf der rechten Seite des kurzen Flurs führte ein kleines Stück weiter die Treppe zu seinem Zimmer hinauf, und dahinter lagen zwei weitere Türen. Nach diesen Türen ging der Flur noch ein Stückchen weiter, bevor er eine Biegung nach links machte und für Jim nicht mehr einsehbar war.

Jim ging an den beiden Türen vorbei. Die erste wurde durch einen Eisenriegel gesichert, dessen bewegliches Ende in einem riesigen, quadratischen Schloß aus dunklem Eisen saß. Schlösser waren im vierzehnten Jahrhundert ebenfalls nicht unbekannt gewesen, wie Jim aus seinen Studien des Mittelalters wußte.

Als Jim näher herankam, sah er sich einem typischen Nürnberger Schloß gegenüber, von dem er gelesen hatte. Das feste Ende des schweren Eisenriegels war an einer offenkundig sehr schweren, hölzernen Tür angeschraubt.

Das Schloß selbst war, wie Jim erwartet hatte, ein schönes Stück Schmiedearbeit und künstlerisch verziert. Überdies, so wußte er aus seinen Studien, verfügte es über ein Schlüsselloch, das selbst er mit seiner Dolchspitze zu öffnen imstande sein müßte.

Das Kunststück bestand darin, das Schlüsselloch inmitten der vielen eisernen Blätter und Blüten auf der Oberfläche des Schlosses zu entdecken. Es konnte unter einem Blatt oder einer Blume, oder mehreren Blättern und mehreren Blumen verborgen sein.

Noch während Jim davor stand, glaubte er, von der anderen Seite der Tür ein Geräusch gehört zu haben. Vorsichtig klopfte er an. Einen Augenblick lang geschah gar nichts, dann kam von der anderen Seite ebenfalls ein Klopfen und schließlich eine Stimme.

»Brian? James? Giles?« Die Stimme troff spärlich durch das offensichtlich dicke Holz. »Ich bin es, Dafydd ap Hywel! Man hat mich hier eingeschlossen!«

Jim suchte mit schnellem Blick die Oberfläche des Schlosses ab. Er hatte keine Zeit, sich damit aufzuhalten. Jeden Augenblick konnte ein Dienstbote des Gasthauses erscheinen. Eine Sekunde lang durchforschte er sein Gehirn, dann fügte er eine Beschwörung zusammen.

ALLE SCHLÖSSER → OFFEN

Jim hörte unmittelbar vor sich ein leises knirschendes Geräusch. Dann versuchte er, den Riegel anzuheben, was sich dieser ohne nennenswerte Gegenwehr gefallen ließ. Schließlich drückte er die Tür auf, und Dafydd stolperte ihm entgegen.

»Schnell«, sagte Jim mit leiser Stimme, »zurück auf Euer Zimmer.«

Aber in diesem Augenblick brachen Männer mit Keulen und mit Messern, ja sogar mit Schwertern sowohl durch den Kücheneingang wie auch durch die geöffnete Tür des Raumes direkt hinter ihnen im Flur hervor.

19

JIM GRIFF UNTER SEIN HEMD, zog das zusätzliche Schwert aus seiner Hose und drückte es Dafydd in die Hand. Die beiden Trupps, die aus den verschiedenen Türen getreten waren, fanden sich plötzlich nicht nur einem verängstigten und unbewaffneten Individuum gegenüber, sondern hatten es mit zwei Männern mit Breitschwertern und einem Diener zu tun, der ein Tischbein wie eine Keule schwang. Daher folgten sie zunächst einmal ihrem Instinkt.

Sie hielten inne – und das war ihr Fehler.

Was sie nicht wußten und was Jim selbst vergessen hatte, war, daß Secoh nach wie vor nicht wirklich ein Mann war. Er war ein Drache, der vorübergehend durch einen Zauber Menschengestalt angenommen hatte. Er schien früher über ein übertriebenes Maß an Drachenvorsicht verfügt zu haben, dieselbe Art Vorsicht, über die alle wilden Tiere und kleinen Kinder instinktiv verfügen. In der Tat war er Jim als ein Feigling erschienen – bis er mit ihm und den anderen an dem Kampf am Verhaßten Turm teilnahm.

Seit sie dort gemeinsam über die Geschöpfe des Verhaßten Turms obsiegt hatten, war ihm alle Vorsicht abhanden gekommen und nur die andere Seite der Medaille verblieben, jene für seine Spezies typische *›Dra-*

chenwut‹, der zu verdanken war, daß er und seinesgleichen im Kampf zu Berserkern wurden.

Seit jenem Kampf am Verhaßten Turm hatte sich Secoh als der reizbarste Drache im Umkreis von Meilen einen Namen gemacht. Viel größere Drachen, als er einer war, gingen ihm auf Zehenspitzen aus dem Weg. Schon die geringste Kleinigkeit konnte sein Drachenblut in Wallung bringen, und er war jederzeit bereit, es ungeachtet dessen Größe mit jedem Angreifer aufzunehmen. Er glaubte offensichtlich, daß er nichts zu verlieren habe; und jene, die etwas zu verlieren hatten, sahen in einem Kampf mit ihm keinen Nutzen.

So kam es also, daß zwar die Leute des Gasthauses zögerten, Secoh aber keineswegs. Er stürzte sich auf die Männer, die aus der weiter entfernten Tür gekommen waren, und bearbeitete sie mit seiner Keule.

Für einen Schwertkämpfer ist es eine Sache, sich einem keulenschwingenden Gegner gegenüberzusehen, der dem Schwert, das man in Händen hält, mit geziemendem Respekt begegnet. Eine ganz andere Sache ist es, sich einem vollkommen wilden, rotäugigen, scheinbar wahnsinnigen Mann mit einer Keule gegenüberzufinden. Secoh scherte sich nicht im mindesten darum, was diese Schwerter alles hätten anrichten können. Wie viele Ritter des Mittelalters konzentrierte er sich nicht darauf, was die anderen ihm antun konnten, sondern auf das, was er ihnen antun konnte.

Das Ergebnis war, daß die besser bewaffnete Truppe von ungefähr sechs Männern sich in der Defensive wiederfand, statt zum Angriff zu schreiten. Langsam aber sicher zog sie sich vor diesem Wahnsinnigen zurück.

Jim und Dafydd verständigten sich mit einem kurzen Blick und nutzten die Gunst des Augenblicks. Sie bedrängten die Leute aus der Küche, die mit zwei Schwertern sowie Tranchiermessern und Hackebeilen bewaffnet waren, und überdies über einige lange Dolche verfügten.

Jim war, wie er selbst nicht nur einmal, sondern schon öfter freiwillig eingestanden hatte – und wie Brian von ganzem Herzen bestätigt hätte –, ein sehr mäßiger Schwertkämpfer. Aber er wußte zumindest, was er mit der Waffe hätte tun *sollen.* Dafydd war weniger Unterweisung im Umgang mit dieser Waffe zuteil geworden als Jim, aber er hatte den Schwertkampf sozusagen im Vorbeigehen gelernt, da er eine angeborene Begabung für Waffen besaß.

Was bedeutete, daß sie der Küchenmannschaft bei ihrem Angriff als Männer erschienen, die sich auf ihre Sache verstanden.

Die gegnerische Truppe machte sich gar nicht erst die Mühe eines langsamen Rückzugs. Die Männer drehten auf dem Absatz um und flohen zurück durch die Tür, durch die sie gekommen waren.

»Schnell hinauf in mein Zimmer«, stieß Jim keuchend hervor. Dafydd eilte an seiner Seite auf die Treppe zu, und Secoh folgte ihnen. Sobald sie wieder in ihrem Zimmer waren und die Tür hinter sich geschlossen hatten, brachen Jim und Dafydd atemlos zusammen, Jim auf seiner Bettrolle, Dafydd auf dem Haufen ihres übrigen Gepäcks. Secoh, der nicht im mindesten mitgenommen wirkte, sah sie mit mildem Erstaunen an.

»Mylord?« fragte er schließlich zögernd. »Habe ich meine Sache richtig gemacht?«

»Ihr habt … Eure Sache … hervorragend gemacht«, stieß Jim hervor. »Und jetzt laßt Dafydd und mir etwas Zeit, wieder zu Atem zu kommen.«

»Jawohl, Mylord«, sagte Secoh beinahe spröde, während er sein mittlerweile – leider – einigermaßen blutiges Tischbein niederlegte. Das untere Ende war zersplittert und geborsten. Secoh stand da und wartete. Dafydd war der erste, der sich erholte. Natürlich, dachte Jim mit einem Anflug von eben jener Eifersucht, die ihm zu schaffen gemacht hatte, als er Angie fragte, ob sie sich jemals zu dem Bogenschützen hingezogen gefühlt habe. Natürlich war Dafydd der erste. Und das trotz des vielen Trainings und des körperlich anstrengenden Lebens, das dieses vierzehnte Jahrhundert Jim abverlangte.

»Glaubt Ihr, sie werden uns folgen?« fragte Secoh hoffnungsvoll, als seine beiden Kampfgefährten sich endlich regten, sich aufsetzten und zu den Plätzen am Tisch hinübergingen.

»Früher oder später«, meinte Jim. »Was meint Ihr, Dafydd?«

Dafydd hatte sich ein volles Glas Wein eingeschenkt und schüttete es nun durstig hinunter; etwas, das er so gut wie nie tat. Jims Haltung nahm eine Spur von Besorgnis an.

»Hat man Euch im Keller nichts zu essen und zu trinken gegeben?« fragte er.

»Zu essen schon«, antwortete Dafydd, während er sich noch etwas Wein in sein Glas schüttete, an dem er diesmal jedoch nur nippte. »Aber alles Trinkbare befand sich in Fässern, die noch nicht angestochen waren, und ich hatte keinen Spundzapfen.«

»Aber«, holte Jim aus, »wie …«

»Es war meine eigene Schuld, müßt Ihr wissen«, sagte Dafydd. »Ich hätte wachsamer sein und mit dem Jungen weggehen müssen, um mich zu versichern, daß er auch tatsächlich aus dem Haus kam. Aber einer der Diener war, wie es aussieht, dazu abgestellt worden, mich im Auge zu behalten. Na, jedenfalls hatte er den Jungen verfolgt, um ihn auszuhorchen. Er wollte wissen, worüber wir gesprochen hatten. Auf diese Weise haben die Leute vom Gasthaus alles herausgefunden. Als die Schankstube dann für einen Augenblick leer war, fielen sie zu viert über mich her. Sie schleppten mich in den Keller und sperrten mich ein. Das war in den frühen Stunden des gestrigen Abends …«

Er unterbrach sich, blickte auf und schüttelte den Kopf.

»Aber ich merke schon, ich fange meine Geschichte am falschen Ende an«, fuhr er fort. »James, ich habe traurige Kunde. Brian und Giles werden seit gestern mittag am Hof des Königs gefangengehalten.«

»Gefangengehalten?« wiederholte Jim fassungslos. »Woher wißt Ihr das?«

»Ihr erinnert Euch vielleicht an meine gestrigen Worte? Daß man manchmal mehr erfährt, indem man irgendwo still sitzen bleibt und darauf wartet, daß die Nachrichten einem in den Schoß fallen?« meinte Dafydd. »Ich saß also da und trank und beschäftigte mich mit solchen Kleinigkeiten wie dem Schnitzen eines Pfeils; und nach einer Weile gesellte sich zu jenen, mit denen ich ein oder zwei Worte gewechselt hatte, dieser Junge, ein Lehrbursche, wenn er auch schon ein wenig alt für seine Lehre war und möglicherweise im letzten Jahr seines Lehrvertrags stand.«

»Was ist ein Lehrling?« wollte Secoh mit großen Augen wissen. Weder Jim noch Dafydd antworteten ihm.

»Nun, die Lehrlinge reden miteinander und wissen von allem, was in der Stadt vorgeht. Ich habe dem Jungen ein Glas Wein spendiert, und er hat sich mit mir unterhalten. Auf diese Weise erzählte er mir von den beiden Engländern, die erst kürzlich in die Stadt gekommen seien. Die Bewaffneten vom Hof des französischen Königs hätten sie aufgespürt und mitgenommen. Man habe sie in die Residenz geschleppt – um sie dort einzukerkern. Ob sie sich in den Verliesen befinden oder an irgendeinem anderen Ort, konnte ich nicht herausfinden. Aber sie sind jedenfalls gefangen.«

Er verstummte, und sein Blick ruhte gelassen auf Jim.

»Wir können sie doch retten, oder, Mylord?« fragte Secoh.

»Wir können es versuchen«, sagte Jim grimmig. »Jedenfalls dürfen wir keine Zeit mehr verschwenden.

Diese Leute da unten werden sich ein paar richtige Bewaffnete besorgen, um sie hinter uns herzuschicken. Und die werden wir dann nicht mehr so leicht los wie die Gasthausdiener.«

Er stand auf, und sie packten hastig zusammen, was sie brauchen würden. Das heißt, sie nahmen vor allen Dingen zusätzliche Waffen und leichte Rüstung für Brian und Giles mit. Einen vollen Kriegspanzer zu tragen, wäre zu beschwerlich gewesen.

»Und jetzt«, sagte er zu den beiden anderen, »werde ich uns unsichtbar machen.«

Zuvor wäre dies nicht ratsam gewesen. Seit dem Tag, da Carolinus seinetwegen mit der Revisionsabteilung gestritten hatte, war seinem Konto ein gewisses Maß zusätzlicher Magie gutgeschrieben worden. Aber er wußte nicht, um wieviel es sich handelte, und machte sich in letzter Zeit Sorgen, daß er kurz davor stand, selbst dieses zusätzliche Maß zu erschöpfen.

Jetzt aber blieb ihm nichts anderes übrig, wenn sie unbehelligt an den Hof des französischen Königs gelangen wollten.

Den Zauber, für den er sich entschied, hatte er sich am Vorabend einer Schlacht zwischen den französischen und englischen Armeen ausgedacht, jener Schlacht, bei der Sir Giles getötet worden war. Giles wäre damals ein und für allemal gestorben, wäre er kein Silkie gewesen und hätten sie seinen Leichnam nicht der See zurückgeben können, wo er als Seehund ins Leben zurückgekehrt war.

Genau vor dem Fenster des Zimmers stand ein Baum. Jim streckte die Hand aus und brach drei Äste ab, um sie an ihre Kopfbedeckungen zu stecken. Nachdem er kurz nachgedacht hatte, brach er noch zwei weitere Äste ab, um sie ebenfalls mitzunehmen. Die Beschwörungsformel bestand nicht aus Worten, die sie tatsächlich im körperlichen Sinne unsichtbar machten. Sie bewirkte lediglich bei allen Leuten, die die Zweige sahen, eine Art hypnotischer Trance, so daß diese Leute einfach nicht glaubten, was ihre Augen ihnen sagten.

Es funktionierte wie bei einer Person, die hypnotisiert worden war und der man gesagt hat, daß jemand, der sich im selben Raum aufhält, nicht da sei. Die hypnotisierte Person sieht die erwähnte Person, aber ihr bewußter Verstand weigert sich, die Tatsache zu akzeptieren.

»So«, sagte Jim, als dies geschehen war, »wollt Ihr so freundlich sein, die zusätzlichen Waffen und Rüstungen zu tragen, Secoh? Ritter sollten nicht umherlaufen und schwere Lasten tragen; und ich möchte, daß Dafydd genug Bewegungsfreiheit hat, um von Pfeil und Bogen Gebrauch zu machen.« Er sah Dafydd an, der keine Zeit verloren hatte, sich besagte Gegenstände umzuhängen, den Bogen über die Schulter und den Köcher voller Pfeile an die Hüfte.

»Und nun«, sagte er, »kommt mit mir hinaus. Secoh, habt Ihr die Waffen, die Kettenhemden und die Helme für Giles und Brian?«

Secoh nickte; in seinen Armen lag ein großes, in Stoff gehülltes Bündel. Jim ging als erster hinaus in den Flur und schloß die Tür hinter ihnen. Mit Hilfe desselben Schutzzaubers, den er als ein Zeichen für Aragh um den gespaltenen Baumstumpf und das rote Tuch gewoben hatte, versiegelte er auch diesen Raum. Bei nochmaligem Nachdenken fiel ihm eine Ergänzung des Zaubers ein. Im Geiste schrieb er sich auf die Innenseite seiner Stirn:

VERSTÄRKE ZAUBER MIT SICH
VERVIELFACHENDER → FURCHT

Da er all dies in seinem Kopf getan hatte, hatten seine Gefährten ihn nur sprachlos angestarrt und sich gefragt, was er da wohl treiben mochte. Nun nahm er sich die Zeit, es ihnen zu erklären.

»Ich habe um diesen Raum einen Zauber gelegt – das heißt, ich habe eine Schutzbarriere angebracht –, damit niemand in unser Zimmer kann. Außerdem habe ich eine zusätzliche kleine Floskel hinzugefügt. Ich habe den Zauber jetzt so festgelegt, daß jeder, der hineinzukommen versucht, große Angst haben wird.«

»Angst?« fragte Dafydd neugierig. »Darf ich es versuchen?«

»Aber gewiß doch«, erwiderte Jim. »Nur zu. Ihr werdet feststellen, daß die Tür sich öffnet und Euch ein kleines Stück in den Raum eindringen läßt. Aber ich glaube nicht, daß Ihr sehr weit kommen werdet.«

Dafydd griff nach dem Türriegel und drückte dagegen, bis die Tür einen Spaltbreit offenstand. Dann versuchte er, einen Fuß durch den Eingang zu schieben. Eine Sekunde später prallte er zurück und zog die Tür hastig wieder zu.

Als er sich zu Jim umdrehte, war sein Gesicht bleich, und auf seiner Stirn sah man den schwachen Schimmer von Schweiß.

»Ich bin kein Mann, der leicht irgendwelchen Ängsten zum Opfer fällt, müßt Ihr wissen«, sagte er, »aber was Ihr da drin habt, ist etwas, dem ich wohl kaum entgegentreten könnte.«

Secoh öffnete den Mund, als wolle er sich erbieten, es selbst einmal zu versuchen, aber ein Stirnrunzeln von Jim ließ ihn den Mund wieder schließen. Sie gingen abermals die Treppe hinunter. Der Schankraum sah genauso aus wie gewöhnlich. Es waren nicht mehr als drei Gäste zugegen. Welche Vorkehrungen auch getroffen wurden, um das Zimmer der Engländer zu stürmen, sie mußten hinter geschlossenen Türen getroffen werden, an irgend einem anderen Ort.

Die Gäste im Schankraum blickten einfach durch sie hindurch, daher schien die Sache mit der Unsichtbarkeit wohl zu funktionieren. Sie traten hinaus auf die Straße.

»Einen Augenblick«, sagte Jim und hielt Dafydd am Arm fest, so daß dieser sich zu ihm umdrehen mußte. »Wir wissen ja nicht einmal, wo der König ist.«

»Ich weiß es«, sagte Dafydd. »Ich hatte das Gefühl, daß wir diese Information vielleicht einmal benötigen würden, daher habe ich aus dem Lehrling alles herausgeholt, was dieser über den Hof und den möglichen Aufenthaltsort von Giles und Brian wußte. Ich kann uns zu dem Schloß führen, in dem der König Hof hält. Ich bin mir allerdings weniger sicher, ob ich dort den Eingang finden könnte, der zu den Kerkern führt. Aber da wir unsichtbar sind, können wir das Schloß gewiß durchsuchen. Meint Ihr nicht auch, James?«

»Ja, durchaus«, erwiderte Jim.

Das königliche Schloß lag, wie sich herausstellte, ein gutes Stück weit entfernt. Es war vom Hafen aus, wo das Gasthaus lag, ein ziemlich langer Marsch mitten durch Brest bis in den Osten der Stadt. Da im Hafen reger Betrieb herrschte, wimmelte es auf den Straßen von Pferden und Männern, Rittern, Armbrustschützen, Bewaffneten und Dienern – die sie allesamt nicht sehen konnten und denen sie daher aus dem Weg gehen mußten. Aber endlich erreichten sie das Schloß. Am Haupteingang waren Wachen postiert, aber es war wahrhaftig nicht schwierig, zu warten, bis diese beiseite traten, um jemanden einzulassen, den sie kannten und dem die Gefährten dann folgen konnten. Sobald sie im Schloß waren, redeten sie miteinander nur noch im Flüsterton.

Zu spät war Jim auf den Gedanken gekommen, auch dafür zu sorgen, daß ihre Stimmen unhörbar wurden. Jetzt, da sie sich in dem Gebäude befanden, in dem der Hof selbst untergebracht war, wollte er nicht mehr das Risiko eingehen, Magie anzuwenden. Man konnte nicht wissen, welche Vorkehrungen Ecotti getroffen haben mochte.

Daher wartete er, bis sie sich in dem Gebäude befanden und sich eine Ecke suchen konnten, wo sie die Köpfe zusammenstecken konnten, ohne daß einer der Bewohner mit ihnen zusammenstieß. Als sie einen geeigneten Winkel gefunden hatten, zog er Secoh und Dafydd dicht an sich. Dann besprachen sie im Flüsterton, welchen Teil des Gebäudes sie sich als nächstes vornehmen wollten.

Das Schloß war ein sehr langer, weitverzweigter, vorwiegend einstöckiger Bau mit massiven Mauern, aus dem nur hie und da ein Turm oder ein zweistöckiger Flügel herausragte. Offensichtlich hatte man beim Bau keinen besonderen Plan verfolgt, und das Schloß war mal hier, mal dort erweitert worden, indem die jeweiligen Besitzer hinzufügten, was sie gerade benötigten.

»Der Lehrling glaubte zu wissen«, wisperte Dafydd, »daß die Quartiere von König Jean und seines unmittelbaren Gefolges ganz am Ende des Westflügels liegen.«

»Also gut«, sagte Jim, »versuchen wir es dort zuerst. Die Kerker sollten dort in der Nähe liegen, aber unter der Erde. Haltet trotzdem die Augen offen, falls ihr eine Treppe seht, die hinunterführt. Dafydd, da Ihr mehr von diesem Ort wißt als Secoh oder ich, solltet Ihr vorangehen.«

»In Ordnung«, flüsterte Dafydd.

Er schlich los. Von seiner Unsichtbarkeit einmal ganz abgesehen war er ein erfahrener Waldläufer, der sich mit erstaunlicher Lautlosigkeit zu bewegen verstand, so daß er in diesem Schloß einen hervorragenden Führer abgab. Mit wachsamem Blick hielt er nach etwaigen Kreuzungen der Korridore Ausschau oder nach einem Ort, an dem sie vielleicht auf eine Menschenansammlung stießen, die ihnen den Weg versperren würde.

Wahrscheinlich war es eine Illusion, dachte Jim, aber die Wege innerhalb des Gebäudes erschienen ihm beinahe genauso lang wie ihre Wanderung durch die Straßen vom Hafen hierher. Schließlich jedoch kamen sie in einen Bereich, in dem die Möbel luxuriöser wurden, und Dafydd zog sie in die Nische eines Fensteralkovens. Helles Sonnenlicht stach durch das Glas neben ihnen, denn in diesem Gebäude waren alle Fenster verglast.

»Von hier aus«, sagte Dafydd, »teilt sich der Weg in zwei Flure. Von dieser Stelle an weiß ich genausowenig, wie es weitergeht, wie Ihr beiden auch. James, was meint Ihr?«

James dachte kurz nach.

»Der rechte Flur«, sagte er schließlich langsam, »hat Fenster, der linke nicht. Ich wette, der linke Flur führt zu den Wohngemächern König Jeans, denn seine Räume haben gewiß Fenster auf der anderen Seite des Gebäudes.«

Er grübelte kurz.

»Also versuchen wir's mit dem linken Flur. Wir können sogar noch etwas Besseres tun, als es bloß zu versuchen. Wir können einfach warten, bis ein Diener diesen Korridor entlanggeht, und ihm folgen. Dann stellen wir fest, ob das, was er tut, oder die Türen, die er öffnet, uns irgend etwas verraten. Vielleicht erfahren wir auf diese Weise mehr.«

»Das ist ein kluger Gedanke, James, und sieht Euch ähnlich«, sagte Dafydd.

»Nicht besser als eine hochgeworfene Münze«, entgegnete Jim. »Aber möglicherweise sind die Aussichten tatsächlich eine Spur besser. Wenn wir sicher sein können, daß es im linken Flur Eingänge zu den Privatgemächern des Königs gibt, dann wissen wir mit Sicherheit, daß das für den rechten Flur nicht gilt.«

»Mein Lehrling hat mir erzählt«, fuhr Dafydd in demselben Flüsterton fort, in dem sie sich bisher die ganze Zeit unterhalten hatten, »daß Ecottis Gemach direkt neben den königlichen Privatgemächern liege. Außerdem hat Ecottis Gemach eine Tür, die zum Wohnquartier des Königs führt, damit dieser ihn zu jeder

Stunde des Tages oder der Nacht augenblicklich zu sich rufen kann.«

»Das ist gut zu wissen – falls es stimmt«, meinte Jim. »Wir werden es jedenfalls im Gedächtnis behalten. Und nun gilt es, auf einen Diener zu warten, der in die richtige Richtung geht.«

Sie warteten. Es dauerte eine gute Viertelstunde, bis ein Diener des Weges kam, und er bog in den rechten Flur ein, wohin sie ihm nicht zu folgen gedachten. Dicht auf seinen Fersen kam jedoch ein weiterer Diener, der in den linken Flur einbog.

Dieser Diener trug wie der erste ein Tablett, auf dem einige Weinflaschen und zwei wohlgeformte, gläserne Weinbecher standen. Die Gefäße, aus denen sie in der Gaststube getrunken hatten, waren allesamt dickwandig und plump gewesen.

Sie folgten dem zweiten Diener. Als er an ihnen vorbeikam, sah er geradewegs durch sie hindurch. Der Boden war hier mit Teppichen belegt, so daß sie sich völlig lautlos bewegen konnten. Der Diener blieb vor einer Tür stehen, balancierte sein Tablett auf einer Hand und kratzte mit den Fingernägeln der anderen an die Tür.

Dies war die Art und Weise, wie ein Diener für gewöhnlich seine Anwesenheit kundtat. Ansonsten kam, und das häufiger, als Jim es erwartet hatte, als er sich seinerzeit im 14. Jahrhundert niederließ, ein Diener einfach hereinspaziert.

Diener ignorierten, was sich in dem betreffenden Raum abspielte – oder taten zumindest so. Und jene, die sich in dem Raum aufhielten und einen höheren Rang bekleideten, ignorierten die Diener. In der Tat schwebte das Tablett, soweit es die hohen Herrschaften betraf, auf unsichtbaren Händen herein und stellte sich selbst auf einen Tisch. Aber nun zuckte der Diener, während Jim, Dafydd und Secoh dicht hinter ihm warteten, die Achseln, hob den Türriegel an und trat in das

Zimmer, wobei er die Tür hinter sich halb offenstehen ließ.

Sie wollten ihm gerade folgen, als Jim einen Arm hob, um die beiden anderen aufzuhalten.

Wortlos zeigte er auf die Tür, und Dafydd und Secoh folgten seinem ausgestreckten Zeigefinger mit ihren Blicken. Was Jim bemerkt hatte, war eine Reihe unscheinbarer, auf die Tür gemalter Symbole. Jim trat von der Tür zurück und flüsterte den anderen etwas zu.

»Wahrscheinlich Ecottis Zimmer.«

Dafydd nickte. Secoh sah sich mit leuchtenden Augen und unverhohlener Neugier um. Jim wandte sich wieder der Tür zu, und die anderen mit ihm.

In dem Raum stellte der Diener nun sein Tablett auf einen kleinen Tisch neben einem Bett. In dem Bett lag ein Mann; er schlief. Eine Sekunde später sahen sie, wie sein geöffneter Mund sich noch weiter öffnete und ein lautes Schnarchen über die Lippen kam. Es war ein schmales Gesicht von der Art, die man normalerweise als verschlagen beschrieb. Aber der fliehende Haaransatz, der unter der schief auf dem Kopf des Mannes sitzenden Nachtmütze hervorlugte, zeigte spärliches, drahtiges schwarzes Haar.

Der Diener, der sein Tablett abgesetzt hatte, wandte sich um und kam wieder auf die Tür zu. Jim schob die anderen hinter sich zurück und trat vor den Mann hin, während dieser die Tür hinter sich zuzog und sich zum Gehen wenden wollte. Als er unmittelbar vor ihm stand und er ihm direkt in die Augen sehen konnte, sagte er ein Wort, das er mit einem früheren Zauber bereits zu dieser Benutzung präpariert hatte. Seine Wirkung war keine magische, sondern eine hypnotische.

»Still!«

Der Mann erstarrte mitten im Schritt.

»Du kannst nicht sprechen«, sagte Jim mit leiser Stimme zu ihm, »und du wirst mich nach wie vor weder sehen noch hören können. Du wirst unser Gespräch vollkommen vergessen. Hast du mich verstanden? Nicke, wenn du mich verstanden hast, und verhalte dich dann wieder ganz still.«

Der Kopf des Dieners nickte wie der Kopf einer mechanischen Figur.

»Du darfst nun meine Fragen mit einem Nicken oder einem Kopfschütteln beantworten«, fuhr Jim fort. »Ist dies das Zimmer von Ecotti, dem Geisterbeschwörer?«

Der Diener nickte.

»Gibt es in dem Zimmer des Geisterbeschwörers eine Tür, die zum Quartier des Königs führt?« fragte Jim weiter.

Abermals nickte der Diener.

»Wo sind die Verliese oder die Räume, wo die beiden Engländer gefangengehalten werden – Neville-Smythe und de Mer? Du darfst im Flüsterton sprechen.«

»In einem Raum unter den Wohngemächern des Königs«, flüsterte der Diener.

»In welchem Raum?«

»Das weiß ich nicht«, flüsterte der Diener.

»Gut. Nun wirst du unser Gespräch vergessen. Du wirst dich nur daran erinnern, daß du durch die Tür gekommen und auf demselben Weg wie gewöhnlich wieder den Korridor hinuntergegangen bist«, sagte Jim. »Jetzt!«

Der Diener wandte sich von ihm ab und ging ohne ein Wort den Korridor hinunter. Jim drehte sich zu den beiden anderen um.

»Ich habe dieses Risiko auf mich genommen«, sagt er, »weil der Mann im Bett schlief und ich wetten konnte, daß es sich um Ecotti handelte. Wenn mich nicht alles täuscht, sind diese Zeichen an der Tür kabbalistische Symbole.«

»Was heißt kabbalistisch, Mylord?« erkundigte Secoh sich interessiert.

»Ich habe jetzt keine Zeit, um es Euch zu erklären«,

erwiderte Jim. »Die Sache ist die, solange Ecotti schläft, ist die Wahrscheinlichkeit, daß er in seiner Nähe benutzte Magie bemerkt, nicht mehr ganz so groß. Ihr habt gehört, wie der Diener sagte, daß es in seinem Zimmer eine Tür gebe, die zu den Quartieren des Königs führt. Aber es widerstrebt mir, diese Tür zu benutzen, denn Ecotti wird sein Gemach zweifellos mit einem Schutzzauber belegt haben. Und dieser Zauber würde ihn ebenfalls ohne jeden Zweifel wecken, falls wir versuchen sollten, sein Zimmer auf demselben Weg zu betreten, wie der Diener es getan hat.«

Er sah die beiden anderen an und hoffte, daß einer von ihnen einen Vorschlag machen würde. Aber seine beiden Gefährten erwiderten nur stumm seinen Blick.

»Hm«, sagte er, »unsere erste Pflicht liegt jedenfalls in der Rettung unserer Freunde. Wir werden warten, bis der nächste Diener kommt. Dann werde ich mit ihm verfahren, so wie ich mit dem verfahren bin, der Ecotti den Wein gebracht hat. Er wird uns den Weg hinunter zu den Kerkern zeigen. Haltet Ihr das auch für das klügste, Dafydd?«

»Ohne Zweifel«, bekräftigte Dafydd.

»Dann«, sagte Jim, »werden wir uns einfach von ihm den Weg in die Kerker zeigen lassen, und ich werde mich mit Mitteln der Magie um jene kümmern, die dort unten das Sagen haben. Auf diese Weise werden wir feststellen, ob unsere Freunde sich dort befinden. Wenn nicht, werden wir sie andernorts suchen. Dort unten werde ich meine Magie wohl erst recht anwenden können, da Ecotti nicht einmal erwachte, als ich sie in unmittelbarer Nähe seines Zimmers benutzt habe.«

»Ist es denn wirklich nötig«, fragte Dafydd, »überhaupt Magie zu benutzen?«

»Vielleicht«, antwortete Jim. »Ich werde die Magie

dort unten benutzen, um dem Kerkerwächter einzureden, daß die Gefangenen zum König und zu Ecotti gebracht werden sollen. Dann werde ich auch unsere Freunde unsichtbar machen. Anschließend gehen wir unsichtbar alle zusammen zum König – und ich werde die Sache so einrichten, daß Giles und Brian uns sehen können. Dann sind wir vier wieder zusammen, und wenn wir Glück haben, finden wir den König und vielleicht auch Ecotti allein vor.«

Er hielt inne, um einen Augenblick nachzudenken.

»Nein«, sagte er. »Ich muß die ganze Sache über Hypnose laufen lassen. Wenn wir mit den beiden anderen auftauchen und uns auch nur eine Andeutung von Magie umgibt, wird Ecotti, falls er ebenfalls dort ist, die Magie riechen und sofort wissen, was passiert ist.«

»Warum kann er Magie riechen und Ihr nicht?« wollte Secoh wissen.

»Hm«, sagte Jim, »das liegt daran, daß ich noch kein sehr guter Magier bin. Ich habe noch nicht genug gelernt, um die Anwesenheit von Magie riechen zu können. Aber natürlich ist er …«

Er brach ab und schien plötzlich nachdenklich geworden zu sein.

»Einen Augenblick mal«, sagte er. »Carolinus sagte, die Magie eines Hexenmeisters lasse sich nicht mit der eines Magiers vergleichen. Aber ich bin mir sicher, daß er dabei an einen Magier seiner Kategorie oder einer zumindest annähernd ebenbürtigen dachte.«

Er hielt inne, um angestrengt nachzudenken.

»Aber vielleicht«, sagte er, »könnte man die Sache auch von der anderen Seite betrachten …«

Er verstummte und sah Secoh mit einem Lächeln an.

»Secoh«, sagte er, »möglicherweise habt Ihr mich gerade auf eine Idee gebracht. Zum Kuckuck mit meinem Gehirn, dem die offensichtlichsten Dinge entgehen!«

20

Die beiden anderen starrten ihn an. Er grinste.

»Mylord«, sagte Dafydd – und daß er Jim diese förmliche Anrede zuteil werden ließ, war ein Zeichen, daß die Angelegenheit von größter Bedeutung war – »von was für einer Idee sprecht Ihr?«

Sein Grinsen wurde noch breiter.

»Ihr wißt doch, Dafydd und Secoh«, sagte er, »daß ich in mancher Hinsicht ein Narr bin.«

Die beiden anderen überschlugen sich sofort, ihm das Gegenteil zu versichern.

»O doch«, sagte Jim. »Mir ist überhaupt nicht in den Sinn gekommen, die Sache herumzudrehen und von der anderen Seite zu betrachten. Ich bin kein großer Magier; aber vielleicht ist das gar nicht der Punkt. Vielleicht ist Ecotti überhaupt kein großer Hexenmeister. Bei jedem Magier hätte ich erwartet, daß er erwachen würde, als wir draußen vor seiner Tür standen, und zwar noch bevor der Diener in sein Zimmer trat und wir hineinschauen und ihn im Schlaf sahen. Er hätte sofort aufwachen und etwas Magisches gegen uns unternehmen müssen. Aber er ist kein Magier.«

»Aber Ihr sagtet doch gerade, er hätte Magie gewirkt ...«, bemerkte Secoh verwirrt.

»Das allein macht noch keinen Magier«, antwortete Jim. »Er ist ein Hexenmeister, wie Carolinus sagt. Möglich, daß Hexenmeister sich nicht annähernd so gut darauf verstehen, die Gegenwart von Magie in ihrer Nähe zu spüren, wie das bei Magiern der Fall ist. Vielleicht ist aber auch nur Ecotti selbst nicht besonders gut darin. Und wenn das der Fall ist ...«

»Vielleicht können wir uns an ihn anschleichen, und er sieht uns nicht mal«, meinte Secoh strahlend.

Dafydd bedachte den Drachen in Menschengestalt mit einem finsteren Blick, und Secoh wirkte niedergeschmettert.

»Tut mir leid«, sagte er mit gepreßter Stimme. »Ich weiß, ich soll nicht reden, sondern zuhören. Ich habe mich hinreißen lassen.«

»Schon gut, Secoh«, beruhigte ihn Jim. »Wenn ich recht habe, ist es vielleicht sogar möglich, genau das zu tun, was Ihr gerade vorgeschlagen habt. Es wird jedoch ein Glücksspiel sein. Möglich, daß er in wachem Zustand Magie genauso spüren kann wie jeder andere – nun, zumindest genausogut wie ein Magier meiner niederen Kategorie. Es könnte aber auch sein, daß er Magie – obzwar er sie nicht so ohne weiteres spüren kann – durchaus wahrnimmt, wenn er sie direkt vor der Nase hat. Aber zumindest haben wir eine gute Chance. Wir sind zu viert und bewaffnet, wenn wir es mit dem König und Ecotti aufnehmen.«

»Ah!« rief Secoh, der sich nur mit Mühe davon abhalten konnte, sich in seiner freudigen Erwartung die Hände zu reiben.

»Falls ich irgendeinen Zauber benutzen kann«, fuhr Jim fort, »um Ecotti außer Gefecht zu setzen, dann hätten wir zwei wertvolle Gefangene, die uns ein paar Geheimnisse preisgeben können, statt Brian und Giles dazu zu zwingen, ihrerseits Geheimnisse auszuplaudern.«

»Wir hätten dann«, warf Dafydd nachdenklich ein, »sogar Geiseln, James, die uns helfen könnten, aus dieser Stadt herauszukommen.«

Jim überlegte kurz.

»Möglich«, sagte er, »aber wenn ich so recht darüber nachdenke, wollen wir lieber nicht so viel Aufmerksamkeit auf uns ziehen. Es wäre in jeder Hinsicht besser, wenn wir den König und Ecotti einfach dazu brächten, vollkommen zu vergessen, daß sie uns gesehen haben. Und dann verschwinden wir so leise und unsichtbar wie nur möglich und berichten alles, was wir in Erfahrung gebracht haben, Sir John Chandos ...«

Er brach ab.

»Da kommt ein Diener«, zischte er und senkte seine Stimme auf ein Flüstern.

Er bedeutete den beiden anderen, in die Fensternische zurückzutreten, und stellte sich seinerseits, immer noch unsichtbar, dem nahenden Diener direkt in den Weg. Genau wie er erwartet hatte, bewirkte die Tatsache, daß der Mann im Grunde nur unter Hypnose stand und nicht unter einem magischen Bann, daß er Jim vor sich unbewußt wahrnahm. Und obwohl sein Verstand sich weigerte, diese Tatsache zu akzeptieren, versuchte er, um Jim herumzugehen.

Jim machte sich von einer Sekunde zur anderen sichtbar, indem er den Zweig mit der Hand verdeckte.

»Halt!« sagte Jim, sah dem Diener in die Augen und schrieb sich hastig auf die Innenseite seiner Stirn:

DU BIST → HYPNOTISIERT

Der Mann blieb stehen.

»Hör mir zu«, sagte Jim. »Du kannst mich weder sehen noch hören, aber du wirst mir jetzt gehorchen. Der König hat mir einen neuen Befehl für dich gegeben, der wichtiger als alles andere ist, was man dir bisher gesagt hat. Du sollst mich zu den Kerkern hinunterführen. Weißt du, wo sie sich befinden? Nicke, wenn du es weißt.«

Der Diener nickte.

»Also gut«, sagte Jim. Er machte sich wieder unsichtbar. »Dreh dich um und geh voran. Wir sind direkt hinter dir.«

Er sah sich kurz um, um sicherzugehen, daß Secoh und Dafydd nachkamen, dann folgte er dem Diener zurück durch den Flur, durch den er gekommen war.

Der Mann führte sie ein kleines Stück den Korridor hinunter, dann durch einen weiteren Korridor, schließlich durch einen dritten und über verschiedene Wege zu einer Tür, die er öffnete. Die Tür führte zu einer

Treppe. Der Diener ging als erstes hinunter, und der Geruch, der ihnen entgegenschlug, verriet ihnen, daß sie in die richtige Richtung unterwegs waren.

Immer noch unsichtbar sagte Jim dem Diener etwas ins Ohr.

»Bevor dich da unten jemand sehen kann, bleibst du stehen und verschaffst mir die Gelegenheit, zu sehen, was vor dir liegt. Hast du verstanden? Wenn ja, dann nicke.«

Der Mann nickte.

Die offenen Treppenstufen waren Bretter aus rohem Holz, die unter ihrem Gewicht leise knarrten.

»Mach beim Gehen keine Geräusche«, zischte Jim dem Diener ins Ohr. »Geh auf Zehenspitzen hinunter.«

Der Diener gehorchte.

Jim, Dafydd und Secoh gingen auf Zehenspitzen hinter ihm her. Die Treppe wäre ohne jede Beleuchtung gewesen, hätte nicht an ihrem Fuß der aus Stein gehauene Korridor für mageres Licht gesorgt. Dieses Licht reichte, um ihnen zu sagen, wohin sie ihre Füße zu setzen hatten.

Auf der drittletzten Stufe blieb der Diener stehen. Jim schob sich um ihn herum und drückte sich gegen die linke Wand des Treppenhauses. Erst als er mit den Fingern darüberstrich, ging ihm auf, daß der Gang in den blanken Fels gehauen war.

Während er ganz sachte mit den Fingern über die Felswand strich, preßte er sich so dicht wie nur möglich an die Wand und spähte dann vorsichtig um die Ecke in den Gang, der zu seiner Linken abzweigte. Dann fiel ihm der Zweig wieder ein, der ihn unsichtbar machte, und mit neuer Verwegenheit richtete er sich auf.

Die Beleuchtung des Korridors war nicht mehr als eine hohe, dicke Talgkerze, die in einem kleinen Hügel erstarrten Wachses auf einem Tisch stand. Der fettige Geruch der Kerze war ihm höchst willkommen, da er den Gestank der Kerker ein wenig überlagerte.

An dem Tisch saß ein stämmiger Mann in mittleren Jahren, der sich seinem Bartwuchs nach zu urteilen mehrere Tage nicht rasiert hatte. Neben ihm standen einige Weinflaschen auf dem Tisch sowie ein Zinnbecher. Jim spähte mit einem Auge den Flur hinunter und richtete dann die Spitze eines Fingers auf den Wächter des Kerkers, der nur eine Armeslänge von ihm entfernt mit dem Rücken zu ihm saß.

Jim sagte ein einziges Wort.

»Still.«

Der Mann, der gerade nach dem Becher greifen wollte, erstarrte mitten in der Bewegung. Jim nahm den Zweig von seinem Helm, drehte sich zu Dafydd und Secoh um und bedeutete ihnen, es ihm gleichzutun.

»Also gut«, sagte Jim dem Diener ins Ohr. Er machte sich nicht länger die Mühe zu flüstern. »Geh zum Fuß der Treppe und bleib dort stehen, bis ich zu dir komme und dir weitere Befehle gebe.«

Der Diener ging hinunter. Sie folgten ihm und gingen, sobald sie den Boden des Korridors erreicht hatten, an ihm vorbei zu dem immer noch unbeweglich dasitzenden Wächter. Jim sprach mit ihm.

»Hör mir jetzt genau zu«, sagte er. »Gleich werde ich *›Halt‹* sagen. Sobald ich das tue, stehst du nicht mehr unter dem magischen Befehl *Still.* Statt dessen wirst du nicht in der Lage sein, dich zu bewegen oder zu reden, und du wirst so bleiben, bis ich weitere Befehle gebe. Wenn du mich verstehst, darfst du jetzt mit dem Kopf nicken.«

Der Wächter nickte.

»Gut!« sagte Jim. »So«, wandte er sich dann an die anderen, »sehen wir mal …«

»James!« erklang Brians Stimme. »James, seid Ihr das? James, wenn Ihr das seid, wir sind hier unten, im letzten Kerker. Giles und ich!«

Seite an Seite eilten sie an den Türen vorbei, die allesamt offenstanden und gähnende schwarze Löcher freigaben. An der letzten Tür auf der linken Seite am Ende des Flurs, jener Tür, die verriegelt und versperrt war, blieben sie stehen.

»Ruft noch einmal, Brian!« sagte Jim und klopfte an die Tür. »Seid Ihr hier drin?«

»Ja!« antworteten Brian und Giles im Chor.

»Wir haben Euch im Handumdrehen draußen«, rief Jim und wandte sich der Tür zu.

Die Tür wurde von einem einfachen rostigen Eisenriegel von ungefähr zwei Zoll Breite versperrt, der in einem gleichermaßen rostigen Eisenriegelhalter auf der anderen Seite ruhte. Jim riß daran. Er war so weit verrostet, daß er ihm zwar einen Augenblick standhielt, dann aber zurückglitt. Jim zog die Tür auf und wollte gerade hindurchtreten, als ihm klar wurde, daß er in diesem Fall einen Purzelbaum geschlagen hätte. Der Kerker hinter der Tür war ein Loch in der Erde und lag mindestens vier Fuß unter ihm, vielleicht sogar noch tiefer. Brian und Giles standen gegen die Felswand ihres Gefängnisses gedrückt da, und ihre Köpfe befanden sich auf gleicher Höhe mit seinen Fußknöcheln. Wenn der Gestank im Korridor schon schlimm gewesen war, so war er hier geradezu erstickend.

»Wie sollen wir Euch da bloß rauskriegen?« fragte Jim, dem der widerwärtige Gestank beinahe die Luft nahm.

»Der Wächter streckt uns einfach die Hand hinunter und zieht uns hoch, einen nach dem anderen. Man erwartet natürlich von uns, daß wir ihm dabei helfen, und da jeder hier heraus will, tun wir's.« Es war Brians Stimme, die ihm aus der Dunkelheit des Loches antwortete.

Jim sah sich mit einem neuen Gefühl des Respekts nach dem immer noch reglosen Wärter um. Der Mann mochte zwar in mittleren Jahren sein, mußte aber über außergewöhnliche Muskeln verfügen, um ganz allein Männer aus den Verliesen herauszuziehen.

»Dafydd«, sagte Jim, »helft mir bitte. Ich nehme die eine Hand und Ihr die andere, und dann ziehen wir.«

Dafydd trat neben ihn, und mit der zusätzlichen Kraft des Bogenschützen, die – wie Jim wußte – trotz seines schlanken Körperbaus beträchtlich war, zogen sie Brian und Giles aus ihrem Verlies heraus. Als sie schließlich im Korridor vor ihnen standen, klimperten sie beide. Beide hatten Beineisen an den Knöcheln, die mit einer kurzen Kette verbunden waren. Beide Männer hatten da, wo das Eisen ihre Knöchel umschlossen hielt, getrocknetes Blut.

Jim sah sie im Licht der Kerze an. Ihre Gesichter waren ein wenig hager, und sie stanken, aber abgesehen von dem Blut an ihren Knöcheln schienen sie unverändert. Jim verspürte eine gewisse Ehrfurcht. Eine halbe Stunde in diesem Kerker, und er wäre durchgedreht.

Wieder blickte er auf ihre Knöchel herab, und ein jäher Zorn durchzuckte ihn, als er diese Eisen sah und das Blut. Mit langen Schritten ging er auf den Kerkerwächter zu.

»Du da!« sagte er zu dem Mann. »Steh auf und schließ den beiden Gefangenen die Beineisen auf! Warte! Sind hier noch andere Gefangene?«

Als der Mann nicht antwortete, fiel Jim wieder ein, daß er unter Hypnose stand und eine Aufforderung brauchte.

»Nicke oder schüttele den Kopf, um auf meine Frage zu antworten. Befinden sich in den anderen Kerkern noch mehr Leute?«

Der Wärter schüttelte den Kopf.

»Na schön, dann komm!« sagte Jim. »Steh auf, dreh dich um, geh zu den Gefangenen und schließe die Beineisen auf.«

Der Wärter gehorchte. Er sperrte die Schlösser auf, und die Beineisen öffneten sich mit einem leisen Quietschen. Jim hatte die Absicht gehabt, den Wärter in eben den Kerker zu werfen, aus dem Brian und Giles gestiegen waren, besann sich nun aber eines Besseren. Es wäre nicht unvernünftig gewesen, dem Wärter einmal eine Ahnung dessen zu vermitteln, was er anderen ständig zufügte; aber ein Gefühl der Menschlichkeit hielt Jim zurück. Jenen, die in der Vergangenheit in den Kerkern hier gefangengehalten worden waren, würde es nicht helfen, wenn der Wärter nun ebenfalls in eines dieser Löcher geworfen wurde. Davon abgesehen war er schließlich nur ein Diener, dem man diese Aufgabe zugewiesen hatte.

Er hatte diesen Gedankengang gerade beendet, als Brian und Giles ihre Beine aus den Eisen gezogen hatten und er sah, daß Dafydd und Secoh drauf und dran waren, genau das auszuführen, woran er selbst gerade gedacht hatte.

»Nein! Wartet!« rief Jim. »Wir wollen ihn nicht in den Kerker werfen, so sehr er das vielleicht auch verdient. Wir wollen, daß er weiter hier am Tisch sitzt, vergißt, daß wir jemals hier waren und sich fälschlicherweise daran erinnert, daß die Gefangenen auf den Befehl irgend eines anderen fortgeführt worden sind.«

Er meldete sich gerade noch rechtzeitig zu Wort, um es dem Wärter zu ersparen, kopfüber in den mit einer Mischung aus Dreck und Unrat überzogenen Kerker gestoßen zu werden.

»Geh zurück zu deinem Tisch und setz dich wieder hin«, befahl Jim dem Mann.

Er gehorchte.

Sie brauchten ein paar Augenblicke, um Giles und Brian auf den neuesten Stand der Dinge zu bringen. Dies vollzog sich etwas langsamer als unbedingt notwendig, denn die beiden hatten sich, sobald sie frei waren, auf den Tisch gestürzt, wo der Wärter saß; Brian riß eine der Weinflaschen an sich, während Giles sich die anderen schnappte.

Unglücklicherweise stellte sich heraus, daß die Flasche, die Giles erwischt hatte, leer war. Als Brian das sah, nahm er mit offensichtlichem Bedauern die – eben noch – fast volle Flasche, die er selbst in Händen hielt, von den Lippen. Er reichte sie mit dem, was noch übrig war, an Giles weiter. Giles ließ den Wein seine Kehle hinunterrinnen.

»Beim heiligen Dunstan, ich habe Durst genug für ein ganzes Faß!« rief Brian.

Erst als Brian wieder zu sprechen begann, fiel Jim auf, daß beide Männer sehr heiser waren, was offenkundig von der Trockenheit ihrer Kehlen rührte.

»Stellt die Flaschen wieder dahin, wo Ihr sie herhabt, wenn Ihr so freundlich sein wollt«, sagte Jim. »Ich werde alles wieder so ordnen, wie es war, und dem Wärter die falsche Erinnerung eingeben, daß Ihr auf irgend jemandes Befehl fortgeführt worden seid.«

Er kehrte zu dem Diener zurück, der immer noch abwartend am Fuß der Treppe stand.

»Hör mir zu«, sagte er zu dem Diener, »nicke, wenn du mich verstehst.«

Der Diener nickte.

»Du gehst jetzt zu dem Wärter und sagst ihm, du hättest Order vom König, die beiden Gefangenen augenblicklich Seiner Majestät vorzuführen.«

Der Diener ging zu dem Wächter hinüber und sagte dem anderen hypnotisierten Mann die Worte auf, die Jim ihm eingegeben hatte.

»Und nun«, sagte Jim zu dem Wärter, »bist du gerade aufgestanden und hast die Gefangenen aus ihrem Kerker gelassen und ihnen die Beineisen abgenommen, weil man dir gesagt hat, sie würden zum König geführt, und er möchte nicht, daß man sie als Gefangene erkennt.«

Dann machte Jim sich im Geiste eine Notiz, bald etwas gegen den Geruch zu unternehmen, den Giles und Brian an sich hatten. Sie stanken fast genauso schlimm wie das Verlies, aus dem sie gekommen waren.

»Du wirst weiter an diesem Tisch sitzen«, fuhr Jim an den Wärter gewandt fort. »Du wirst dich nicht von der Stelle rühren, und du wirst auch mit keinem Wort nach weiterem Wein verlangen. Du wirst dich an nichts erinnern als daran, daß der Diener gekommen ist, dir Bescheid gegeben hat und die Gefangenen fortführte. Du wirst mich vergessen und auch alle anderen, die du bei mir gesehen hast. Wenn wir fort sind, wirst du nichts tun, bis deine Ablösung hier auftaucht. Hast du verstanden? Wenn ja, dann nicke.«

Der Wärter nickte.

Jim wandte sich von dem Mann ab.

»Brian und Giles«, sagte er, »bleibt einen Augenblick still stehen. Ich muß etwas gegen Euren Geruch unternehmen.« Er hatte ein wenig Mühe mit der Formulierung der Beschwörung, die er haben wollte, aber dann wußte er schließlich, was er brauchte. Schweigend schrieb er sich die betreffende Formel auf die Innenseite seiner Stirn:

KERKERGERÜCHE AN BRIAN UND
GILES → WEG

»So ist es gut«, sagte er.

»Die stinken ja gar nicht mehr!« vermeldete Secoh staunend.

Von den anderen machte sich keiner die Mühe, eine Bemerkung darüber zu verlieren.

Jim reichte Brian und Giles jeweils einen der beiden Zweige, die er mitgenommen hatte.

»Hier«, sagte er, »befestigt die Zweige irgendwo an Eurem Körper. Ihr werdet dann unsichtbar sein, genauso wie letztes Jahr, als wir den französischen König angriffen.«

Giles und Brian, die eifrig damit beschäftigt gewesen

waren, die Kettenhemden, Helme und Waffen anzulegen, die Secoh für sie mitgenommen hatte, lösten sich ebenfalls in Luft auf.

»Gut«, sagte Jim und holte seinen eigenen Zweig wieder hervor. »Dafydd, Secoh, holt Eure Zweige wieder hervor.«

»Und nun«, bemerkte er zu dem Diener, »führe uns zu den königlichen Gemächern. Wenn es einen geheimen Eingang zum Privatquartier des Königs gibt und du ihn kennst, führe uns auf diesem Wege hinein.«

»Und nun«, sagte Jim dem Diener, als sie wieder oben im Flur standen, »führe uns zu den Privaträumen des Königs.«

Wieder gingen sie durch die oberen Flure. Jims Erfolg bei seiner Anwendung der Hypnose versetzte ihn in beträchtliche Euphorie. Ob durch Magie verstärkt oder nicht, der Hexenmeister sollte eigentlich nichts davon mitbekommen, daß in seiner Nähe Hypnose verwendet worden war. Auf der anderen Seite war die Sache vielleicht zu glatt gegangen. Schließlich war er in puncto Hypnose ein Anfänger und hatte dieses Kunststück überdies aus zweiter Hand von einer unappetitlichen Figur namens Grottwold gelernt, für die Angie im 20. Jahrhundert gearbeitet hatte. Jetzt konnte er nur die Daumen drücken, daß der Schuß nicht nach hinten losgehen würde.

Er wünschte, er hätte gewußt, in welchem Maße die Magie, über die er gebot, seine Hypnose unterstützte.

Aber wenn er so darüber nachdachte, war es wohl unmöglich, das herauszufinden. Jedoch hatten ihn nun selbst seine Sorgen auf eine neue Idee gebracht. Grottwold hatte ihm noch einen weiteren Hypnosetrick beigebracht, den er beinahe vergessen hatte.

»Halt«, sagte er zu dem Diener.

Der Diener blieb stehen. Jim ging um ihn herum und sah ihn an. »Weißt du, wo ich Pergament, Feder und Tinte finde?« fragte er. »Wenn möglich, hier in der

Nähe. Der König braucht doch gewiß einen Schreiber, der gelegentlich Briefe für ihn schreibt.«

Der Diener sprach nicht und rührte sich nicht.

»Wenn du mich verstehst, dann nicke«, wiederholte Jim ungeduldig und, wie es ihm schien, zum tausendsten Mal.

Der Diener nickte.

»Gut, dann führe uns zuerst dorthin«, sagte Jim.

Der Diener machte kehrt und führte sie denselben Korridor hinunter, durch den sie gekommen waren. Wenige Sekunden später standen sie an einer Tür; er öffnete sie und ging hinein. Zu spät kam es Jim in den Sinn, daß dort vielleicht noch andere Leute sein mochten; Schreiber vielleicht, die emsig bei der Arbeit waren. Zu seiner Erleichterung sah er jedoch, daß der Raum leer war. Vor ihm stand ein hohes Schreibpult, der Arbeitsplatz des Schreibers. Auf dem Rand stand ein Tintenfaß neben einer Feder und einigen sorgfältig aufgestapelten Bogen Pergament.

»Bleib hier, bis ich dich wieder brauche«, sagte er zu dem Diener und trat hastig an das Pult.

»Ich will nur etwas ausprobieren«, sagte er dann zu Brian, Giles und Secoh, die ihm an das Pult gefolgt waren und über die Schulter blickten. »Ich werde etwas zeichnen, das einige Leute hypnotisiert, aber nicht alle. Es ist unmöglich vorherzusagen, auf wen es wirken wird und auf wen nicht. Wir könnten es bei Ecotti zumindest versuchen, falls wir ihn dazu bewegen können, das Pergament ohne Argwohn zu betrachten.«

Er blickte von dem Pult auf und stellte fest, daß sowohl Brian als auch Giles hastig den Blick von dem Stück Papier abgewandt hatten. Dafydd sah immer noch hin, und Secoh, dessen Augen vor Neugier leuchteten, ebenfalls.

Jim fuhr fort. Er zeichnete eine merkwürdige Folge von Spiralen und Kreisen auf einen Bogen Pergament.

Schließlich legte er die Feder wieder an ihren Platz und wandte sich seinen Freunden zu. Brian und Giles hatten den Blick immer noch ganz bewußt von dem Papier abgewandt. Dafydd dagegen sah nach wie vor hin und Secoh ebenfalls. Jim beobachtete sie einen Augenblick, bevor ihm klar wurde, daß sowohl Dafydd als auch Secoh immer noch dahin starrten, wo er gestanden hatte.

»Dafydd«, sagte er leise zu dem Bogenschützen, bevor er den Kopf ein wenig zur Seite wandte, um das Wort an Secoh zu richten. »Secoh! Secoh, Dafydd – wacht auf.«

Die beiden Gefährten hoben den Blick von dem Tisch, um Jim anzusehen.

»Was sagtet Ihr, Mylord?« fragte Secoh. »Ich war so damit beschäftigt, Eure Zeichnung zu betrachten, daß ich nicht zugehört habe.«

»Ich sagte, wacht auf«, antwortete Jim. Er lächelte sie beide an. Nach einem Augenblick erwiderte Dafydd sein Lächeln. Secoh schaute verwirrt von einem zum anderen.

»Wahrhaftig, ich habe etwas gelernt«, bemerkte Dafydd und sah Jim vielsagend an. »Ich werde Eure Warnungen in Zukunft nicht mehr leichthin abtun, James.«

»Es ist reiner Zufall, ob es funktioniert«, sagte Jim. »Wie ich schon erklärt habe, bei einigen Leuten wirkt es, bei anderen nicht. Es bedeutet nicht mehr, als daß es bei Euch gewirkt hat. Der Grund, warum ich die Zeichnung für Ecotti angefertigt habe, ist sehr einfach; ich möchte, daß seine Aufmerksamkeit von irgend etwas abgelenkt wird. Das heißt, zumindest so lange, bis ich ihn mit meiner Magie einfangen kann – bevor er dazu kommt, seine zu benutzen.«

Mit dem Pergamentbogen ging er zu dem Diener zurück, der die ganze Zeit über an der Tür gestanden hatte.

»Also schön«, sagte er zu dem Mann, »bring uns zuerst zu Ecottis Gemach.«

Es dauerte nur wenige Sekunden, bevor sie ihr Ziel erreicht hatten. Vor der Tür blieb der Diener stehen, und Jim flüsterte ihm weitere Anweisungen ins Ohr.

»Nimm dies«, sagte er und drückte dem Diener das Pergament, auf das er die Spiralen gezeichnet hatte, in die Hand. »Wenn der Zauberer noch schläft, hast du meine Erlaubnis, ihn zu wecken. Wenn er wach ist, reiche ihm dieses Pergament und sage, es käme vom König mit dem Befehl, daß er es sich sofort ansehen solle. Nicke, wenn du mich verstanden hast.«

Der Diener nickte, drehte sich um und ging durch die Tür. Er wollte sie gerade hinter sich zuziehen, als Jim die Spitze seines Schuhes in die Öffnung stellte, so daß sie sehen konnten, was in dem Zimmer vor sich ging.

Ecotti schlief noch immer. Er hatte sich die Decke hoch unters Kinn gezogen und schnarchte gleichmäßig.

»Mylord … Mylord …« Der Diener wiederholte sich mehrmals, sprach zuerst leise in Ecottis Ohr und wagte es dann, als er keine Antwort bekam, den Hexenmeister – nur mit den Fingerspitzen – durch die Decken an der Schulter zu berühren und ihn sanft anzustoßen.

Ecottis Schnarchen brach ab, versuchte neuerlich einzusetzen und brach abermals ab. Eine Sekunde später öffnete er verschlafen die Augen.

»Wa … was?« sagte er mit schwerer Stimme.

»Befehl des Königs«, erklärte der Diener und hielt ihm das Pergament hin, »Ihr werdet gebeten, Euch dies hier augenblicklich anzusehen, Mylord. Vergebt mir, daß ich Euch wecken mußte.«

»Wa …« Ecotti zog sich in dem Bett hoch, so daß er schließlich gegen das Kopfende gelehnt dasaß. Er holte eine Hand unter der Decke hervor und nahm das Pergament entgegen. »Das soll ich mir ansehen, sagst du?«

Der Diener, der immer noch unter Hypnose stand,

sagte nichts, sondern stand einfach nur da. Ecotti schien es nicht zu bemerken. Er versuchte, sich auf Jims Zeichnung zu konzentrieren. Seine Augen wurden ständig klarer und wacher.

»Was ist das?« rief Ecotti schließlich mit hellwacher Stimme. Dann warf er mit einer Hand die Decken zurück und schwang die Beine aus dem Bett – ziemlich häßliche, dünne Beine, die, soweit sie enthüllt wurden, mit schwarzen Haaren überzogen waren; die nackten Füße am Ende der Beine baumelten über dem Boden.

Ecotti sah den Diener an.

»Na los!« explodierte er. »Verschwinde! Ich werde das hier selbst mit dem König klären!«

Der Diener drehte sich gehorsam um, verließ das Zimmer und zog die Tür hinter sich zu.

Fehlschlag, dachte Jim. Natürlich mußte Ecotti zu denen gehören, die die Zeichnung nicht in ihren Bann schlagen würde.

»Er wird jetzt wahrscheinlich sofort zum König gehen«, sagte Jim zu seinen drei Freunden. »Wir gehen besser auch so schnell wie möglich zum König – aber über einen anderen Weg.«

»Du da!«

Wieder einmal hatte er sich an den Diener gewandt.

»Bring uns über diesen geheimen Weg zu den Privatgemächern des Königs, und zwar so schnell und so leise du nur kannst.«

Der Diener machte kehrt und ging los. Er brachte sie nur ein kleines Stück weiter eben jenen Flur entlang, der auch zu Ecottis Zimmer geführt hatte. Dann trat er in einen kleinen Alkoven, in dem auch einige Stühle standen. Sonst schien es dort nichts zu geben. Der Mann berührte eine der Wandvertäfelungen an der hinteren Wand des Alkovens und schob sie weg. Dann trat er beiseite, um sie vorangehen zu lassen und ihnen schließlich zu folgen. Die Vertäfelung schloß sich hinter ihnen, und sie fanden sich in pechschwarzer Dunkelheit wieder.

Jim hörte den Diener hinter sich und hielt ihn an seiner Livree fest.

»Haltet Euch an mir fest, haltet Euch aneinander fest«, sagte er zu den anderen. Er spürte, wie eine Hand an seinem Rücken nach seinem Gürtel griff, dann wanderten sie, angeführt von dem Diener, durch den lichtlosen Tunnel.

Ob der Diener den Weg so genau kannte, daß er kein Licht brauchte, oder ob er sich mit der Hand an den Wänden orientierte, die sie zu beiden Seiten dicht umschlossen, wußte Jim nicht. Fest stand, daß sie nicht mehr als fünfzehn oder zwanzig Fuß weit gekommen sein konnten, bevor er stehenblieb. Vor ihnen glitt eine weitere Vertäfelung zur Seite, und sie traten in einen kunstvoll eingerichteten, aber verlassenen Raum.

Es war eindeutig eine Art Wohnzimmer. Der Diener machte keine Anstalten weiterzugehen. Der Raum verfügte neben dieser Geheimtür noch über zwei weitere Türen.

»Wohin gehen wir von hier aus, um den König zu finden?« wollte Jim von ihm wissen.

Der Diener antwortete nicht.

»Zeige mir die Richtung, wenn du den Weg nicht beschreiben kannst«, sagte Jim.

Der Diener zeigte auf eine der beiden Türen in dem Zimmer.

Jim steuerte darauf zu und spürte, wie die Hand, die sich an ihm festgehalten hatte – wem sie gehörte, wußte er nicht –, ihn losließ, zweifelte aber keinen Augenblick daran, daß die anderen vier ihm nachkamen. Als er die Tür erreichte, drückte er sein Ohr dagegen. Ganz schwach konnte er hören, daß dahinter zwei Männerstimmen in ein Gespräch vertieft waren.

Er legte eine Hand auf den Türriegel und gab sich alle Mühe, sie geräuschlos zu öffnen. Der Türknauf ließ sich ohne weiteres und lautlos drehen – wahrscheinlich war er eigens zu diesem Zweck gefertigt. Jim öffnete die Tür einen Spaltbreit und spähte hindurch, um festzustellen, daß die Möbel in dem anderen Raum eindeutig auf ein Schlafzimmer schließen ließen. Er öffnete die Tür noch ein wenig weiter und sah nicht nur Ecotti vor sich, sondern auch König Jean selbst. Es war wirklich der französische König, dem Jim bei der Schlacht zwischen den französischen und englischen Truppen begegnet war, der Mann, den er hatte aufhalten können, indem er die französischen Drachen mittels Erpressung dazu brachte, über das Schlachtfeld zu fliegen und so zu tun, als wollten sie die Franzosen angreifen.

Es war nicht sehr wahrscheinlich, daß Jim diesen kleinen, ziemlich untersetzten, aber angenehm aussehenden Mann vergessen würde, der jetzt mit zerzaustem, grauem Haar und einer hastig übergestreiften Robe vor ihm stand und Ecotti zuhörte, der nun eine Hose und eine kurze Robe trug. Der Zauberer redete und gestikulierte mit den Händen, von denen eine das Pergament mit Jims Zeichnung mit festem Griff umfangen hielt.

Jim trat hastig von der Tür zurück. Brian, Dafydd und Secoh, die mit ihm durch den Spalt geblickt hatten, umringten ihn.

»Sie sind nur zwei gegen uns vier, James«, flüsterte Brian Jim ins Ohr. »Der König ist ein Gentleman und daher ein Mann der Waffen, auch wenn ich daran zweifle, daß er über große Fähigkeiten verfügt. Der andere hat mit Waffen nichts am Hut, und wenn er ein Hexenmeister und in Magie bewandert ist, na schön, Ihr seid ebenfalls in Magie bewandert. Außerdem müssen wir ohnehin hinein, oder nicht?«

»Ich fürchte, wir müssen«, flüsterte Jim zurück. »Aber so einfach ist die Sache nicht. Wenn wir hineingehen, fällt die Entscheidung, was auch geschehen mag, nicht durch unsere Kraft oder unsere Tüchtigkeit oder unsere Waffen, sondern durch Magie. Und das schlimme ist, daß Ecottis Magie nicht wie die meine ist, wie Carolinus mir erklärt hat. Seine Magie ist für den Angriff geschaffen, meine nur für die Verteidigung. Und um einen Angriff niederzuzwingen, brauchen wir bestimmte Bedingungen.«

»Ich könnte durch den offenen Türspalt Ecotti mit einem Pfeil durchbohren«, sagte Dafydd.

Bei diesem Gedanken fühlte Jim sich höchst unbehaglich. Es war gutes mittelalterliches Denken, einen unbewaffneten Feind ohne Vorwarnung zu erschießen, wenn das die sicherste Art und Weise war, mit ihm zu verfahren. Aber es war auch etwas, gegen das seine vom 20. Jahrhundert geprägte Erziehung mit aller Macht revoltierte.

»Wir wollen Ecotti nicht töten, bevor wir herausgefunden haben, was er weiß. Erinnert Ihr Euch, was Carolinus uns aufgetragen hat?« fragte Jim.

»Stimmt«, erwiderte Brian. »Dafydd, Ihr erinnert Euch gewiß. Hinter dieser ganzen Sache steckt jemand, der über große Macht verfügt, jemand, den zu finden unsere erste Pflicht ist; und es mag durchaus sein, daß dieser Ecotti weiß, um wen es sich handelt und wo wir ihn finden.«

»Ihr habt recht, Sir Brian«, räumte Dafydd ein. Dann wandte er sich wieder an Jim. »Also, Mylord, wie lautet Euer Rat?«

Er sah Jim an. Jim schüttelte den Kopf.

»Laßt mich einen Augenblick nachdenken«, sagte er.

In seinem Kopf überschlugen sich immer noch die Gedanken, wie er Ecotti ablenken konnte, damit dieser seine Magie nicht anzuwenden vermochte, bis Jim selbst von seinen magischen Fähigkeiten Gebrauch gemacht hatte. Die Zeichnung war ein Fehlschlag gewesen. Wenn Jim seine Magie von hier aus benutzt hätte, wäre das zu riskant gewesen. Aus solcher Nähe, und jetzt, da Ecotti hellwach war, würde er jedwede Magie in einem Nebenzimmer gewiß spüren. Und die versuchte Art von Hypnose funktionierte bei ihm nicht.

Er runzelte nachdenklich die Stirn.

»... de l'audace«, murmelte er, *»encore de l'audace toujours de l'audace ...«*

Er wußte nicht, wieso er sich ausgerechnet jetzt an die Worte von Georges-Jacques Danton erinnerte, einem der Köpfe der Französischen Revolution im 18. Jahrhundert – es sei denn vielleicht wegen der Tatsache, daß sie sich im Augenblick in Frankreich befanden, wenn auch in einem sehr anderen und früheren Frankreich des 14. Jahrhunderts.

»Verzeihung«, meldete Secoh sich schüchtern zu Wort, »wirkt Ihr gerade einen neuen Zauber, Mylord?«

Natürlich, dachte Jim. Die Worte, die er gerade ausgesprochen hatte, waren für seine Freunde nichts als ein Haufen Unsinn – hier, wo jeder, einschließlich einiger Tiere und Meeresgeschöpfe, dieselbe Sprache sprach, die gewiß nicht Jims Französisch war.

Natürlich sprachen sie auch kein Englisch. Zumindest nicht das Englisch, das er und Angie kannten, auch wenn sie die Sprache dieser Welt seit dem Augenblick ihrer Ankunft hier genauso mühelos beherrschten wie ihre Muttersprache.

Aber so oder so, es hatte keinen Sinn, den vier Männern in seiner Gesellschaft diese Worte zu übersetzen. In ihren Worten würde das Zitat ungefähr so lauten: *»... wir müssen wagen und nochmals wagen und weiter wagen ...«*

Aber sollten die vier anderen ruhig denken, es sei eine magische Beschwörung. Es würde ihren Glauben bekräftigen, daß er, Jim, wußte, was er tat. Plötzlich entschied er sich doch für ein Glücksspiel.

»Ich glaube«, sagte er zu den anderen, »wir sollten folgendes tun: Wir schlendern einfach in das andere Zimmer hinein, als wären wir die besten Freunde des Königs und des Zauberers.«

21

»ZUERST«, SAGTE JIM, »versteckt Eure Zweige.«

Sie taten es.

»Und nun«, flüsterte Jim Dafydd ins Ohr, der links von ihm stand, »denkt dran, wenn ich vor dem König und Ecotti stehe, sucht Ihr das Weite – ich meine, Ihr lauft in die Ecke des Zimmers dort. Was ich von Euch will, ist folgendes: Ihr sollt Ecottis Aufmerksamkeit nur für einen Augenblick auf Euch ziehen, um ihn von mir abzulenken. Brian, Giles, Secoh, Ihr folgt mir.«

Dafydd nickte.

»Nun denn«, sagte Jim. »Los geht's!«

Sie traten durch die Tür.

»Ich freue mich, Euer Hoheit wiederzusehen!« sagte Jim selbstbewußt und munter, als sie ins Zimmer marschierten. »Wahrscheinlich werdet Ihr Euch nicht an mich erinnern ...!«

Der König und Ecotti drehten sich hastig zu ihnen um und starrten sie an.

»... aber ich hatte die große Ehre, Euer Majestät schon früher einmal von Angesicht zu Angesicht zu begegnen. Ich bin Sir James Eckert, der Drachenritter, der zur Unterstützung unserer Bemühungen, die zweite Schlacht bei Poitiers aufzuhalten, die Drachen herbeigerufen hat, wie Ihr Euch vielleicht erinnern werdet. Diese beiden Ritter in meiner Gesellschaft ...«

Er war gerade mit der Vorstellung von Brian und Giles beschäftigt, als er nur um eine gute Armeslänge von dem König und dem Zauberer entfernt stehenblieb. Er verbeugte sich nicht vor dem König, obwohl Brian und Giles dies instinktiv taten.

In dem Augenblick, in dem sie stehenblieben, setzte Dafydd hinter Jim zum Spurt in die gegenüberliegende Ecke des Zimmers an. Ecotti fuhr sofort herum und öffnete den Mund – aber bevor ihm irgendein Zauber, eine Beschwörung oder ein Befehl entweichen konnte, war Jim vorgetreten und hatte dem Zauberer entschlossen eine Faust in seinen kleinen, aber vorstehenden Bauch gerammt.

Ecotti krümmte sich um Atem ringend auf dem Boden.

»WAS HAT DAS ZU BEDEUTEN!« donnerte der König. Plötzlich schien er sechs Zoll an Größe zugelegt zu haben und war auch nicht länger ein angenehm aussehender, eher durchschnittlich großer Mann, sondern jemand, der äußerst königlich und befehlsgewohnt wirkte. Jim konnte im Augenblick jedoch keine Zeit für ihn erübrigen. Jim hatte zuviel damit zu tun, sich etwas auf die Innenseite seiner Stirn zu schreiben.

DAFYDD WIEDER DAHIN WO ER WAR →
SOFORT

– UND WENDE SCHUTZZAUBER AUF
BRIAN, DAFYDD, GILES, SECOH UND MICH AN,
GEGEN ALLE → MÄCHTE

Plötzlich stand Dafydd wieder an seiner Seite. Sie waren alle zusammen, und sie waren nun alle geschützt. Jim hatte noch nicht den Punkt erreicht, an dem er spüren konnte, wenn Magie angewandt wurde, selbst wenn er in unmittelbarer Nähe geschah. Aber er konnte langsam seine eigene Magie spüren, wenn er sie benutzte. Daher spürte er nun den Schutzzauber, der sie umgab, spürte ihn wie einen undurchdringlichen Glaskasten um sie herum.

»Es tut mir leid, Euer Majestät«, begann er, aber schon fiel ihm der König ins Wort.

»Glaubst du, eine Entschuldigung würde dieses Benehmen rechtfertigen, Bursche?« brüllte König Jean. »Ich werde dich einkerkern lassen – euch alle! Ich ...«

Er brach ab, um sich zu bücken und Ecotti wieder auf die Füße zu helfen. Der Zauberer blickte säuerlich drein, rieb sich den Bauch und hatte immer noch Mühe zu atmen.

»Ist alles in Ordnung mit Euch, Julio?« fragte der König besorgt.

»Ich komme schon zurecht, Euer Majestät«, schnaufte Ecotti. Er warf einen bösartigen Blick auf Jim und die anderen. »Was diese Leute nicht von sich behaupten können!«

Augenblicklich fanden sich die vier von tosenden Flammen umringt. Diese konnten weder Ecotti noch dem König etwas anhaben noch irgendeinem Gegenstand in dem Zimmer, aber Jim wußte, daß die Flammen ihn und die anderen im Handumdrehen geröstet hätten, wenn sie sie hätten erreichen können.

Aber Ecotti hatte die Initiative verloren. Jim hatte seine Magie ins Feld führen können, bevor der andere irgendeinen Zauber gegen ihn in Gang setzen konnte. Es war zweifellos einige Zeit her, seit Ecotti – falls er es überhaupt jemals getan hatte – magische Klingen mit einem echten Magier gekreuzt hatte. Ferner stellte sich zu Jims Erleichterung heraus, daß Carolinus recht gehabt hatte mit seiner Behauptung, daß die echte Magie stärker sei als alles, was ein Hexenmeister mit Hilfe der Dunklen Mächte aufbieten konnte.

Es stimmte zwar, daß echte Magie nur zur Verteidigung benutzt werden konnte, während Ecottis Zauberei eigens für den Angriff gedacht war. Aber bei gleichen Bedingungen war die echte Magie stärker. Jim und seine vier Gefährten waren hinter dem Schutzzauber, den er gerade gewirkt hatte, in Sicherheit und betrachteten die Flammen, als wären sie tatsächlich von einer Glaswand umschlossen, die keine feindlichen Einflüsse an sie heranließ, seien sie nun körperlicher oder unkörperlicher Natur.

»Still!« rief Jim und zeigte mit einem Finger durch die Flammen auf Ecotti.

Ecotti erstarrte mitten in der Bewegung. Einen Augenblick lang blieb er so, dann sah Jim, wie Ecotti um die Beherrschung seines Körpers rang und die Wirkung von Jims magischem Befehl abschüttelte.

Er mußte einen Befehl seiner Angriffsmagie benutzen, um dem *Still*-Befehl zu entkommen, dachte Jim. Die Tatsache, daß der Schutzzauber sie vor Ecottis Feuer schützte, bedeutete, daß der Zauberer Jims Magie nicht auf direktem Wege überwinden konnte.

Ecotti hatte überdies augenscheinlich nicht versucht, sich selbst mit einem Schutzzauber zu umgeben. Vielleicht war er dazu auch gar nicht in der Lage.

Offensichtlich aber konnte er Wege zur Umgehung zumindest eines Teils von Jims Magie finden. Er erholte sich von dem *Still*-Befehl, obwohl er sich anfangs nur sehr langsam bewegen konnte. Aber kurze Zeit später verfügte er wieder über seine normalen Körperkräfte.

Plötzlich spürte Jim, daß die Aufrechterhaltung des Schutzzaubers um sie herum seine eigene Kraft auf irgendeine Art und Weise schwächte. Er konnte selbst nicht genau sagen, welcher Art diese Schwächung war, ob geistiger, emotionaler oder körperlicher Natur. Aber er spürte sie, und ihm wurde klar, daß er diesen Zauber nur bis zu einer gewissen Grenze aufrechterhalten konnte, falls Ecotti weiterhin angriff. Aber das bedeutete auch, daß Ecotti seinen Angriff nur bis zu einer gewissen Grenze aufrechterhalten konnte. Möglicherweise lief das Ganze auf eine Kraftprobe zwischen ihnen hinaus.

Nun konnte Jim durch die Flammen sehen, daß der König Ecottis Werk mit einem beifälligen Lächeln bedachte. Er rechnete offensichtlich damit, Jim und seinen Freunde bald zu kleinen Aschenhäufchen zusammenschrumpfen zu sehen.

Es mußte etwas geschehen, um das augenblickliche Muster ihres magischen Kampfes zu durchbrechen.

... toujours de l'audace ..., dachte Jim abermals.

Sein Ziel mußte es sein, Ecotti aus dem Gleichgewicht zu bringen und zwar mit defensiven Mitteln. Plötzlich kam Jim die Erleuchtung.

Er schrieb auf die Innenseite seiner Stirn:

TEMPERATUR DER FLAMMEN
MINUS 1 GRAD CELSIUS → JETZT

Dann schrieb er vorsichtig eine weitere Beschwörung zu seinem eigenen Schutz und schob den Arm unbeschirmt durch den Schutzzauber, bis seine Hand in den Flammen war. Was er spürte, hatte in der Tat Ähnlichkeit mit einer kalten Brise, die über seine Hand strich. Er zog die Hand zurück und lächelte. Seine Tat hatte, wie er nun sehen konnte, sowohl den König als auch Ecotti erschüttert – obwohl Ecotti seine Überraschung hastig zu verbergen wußte.

Ecotti sah Jim finster an. Einen Augenblick lang gab sich Jim einem Gefühl der Selbstgefälligkeit hin, dann fiel ihm wieder ein, daß er eine Aufgabe zu erfüllen hatte. Es ging nicht nur darum, Ecottis Zauberkünste abzuwehren; er mußte dem Zauberer oder dem König Informationen darüber entlocken, wer hinter der Invasion Englands durch die Seeschlangen steckte.

Schnell schrieb er eine weitere kurze Beschwörungsformel, die den Schutzzauber schalldicht machte und gleichzeitig gegen alles abschirmte, was Ecotti auf magischem Wege auf ihn und seine Gefährten loslassen konnte.

Als dies getan war, sprach er leise zu seinen Freunden.

»Gleich«, sagte er, »werde ich ein Zeichen geben, und ich möchte, daß wir uns dann alle zu Boden werfen und tot stellen. Schließt die Augen aber nur zu Hälfte. Macht sie nicht ganz zu, sondern laßt sie offen genug, um zu sehen, was in Eurer unmittelbaren Nähe vorgeht. Alles kapiert?«

Die anderen drei Männer, die an Jims gelegentliche

Rückfälle in die Ausdrucksweise des 20. Jahrhunderts gewöhnt waren, hatten den Grundgedanken seiner Erklärungen verstanden und nickten. Secoh runzelte die Stirn, schien aber ebenfalls verstanden zu haben.

»Ich möchte, daß jeder von Euch ein Wort sagt, und zwar der Reihe nach. Dafydd neben mir fängt an. Dann kommt Ihr, Brian, dann Ihr, Giles, und schließlich Ihr, Secoh«, fuhr Jim fort. »Dafydd, Euer Wort ist *›Ihr‹*. Wenn ich Euch mit dem Finger anstoße, nachdem wir beide auf dem Boden liegen, sagt Ihr dieses Wort. Und Ihr, Brian, wartet einen Augenblick, dann sagt Ihr Euer Wort; und Euer Wort ist *›seid‹*. Giles, Ihr wartet ebenfalls eine Sekunde ab und sagt dann *›beide‹*. Secoh, Ihr wartet ebenfalls einen Augenblick und sagt dann *›unter‹*. Dann bleibt ihr alle einfach still liegen. Von da an nehme ich die Sache in die Hand. Alles fertig?«

Vier Stimmen murmelten leise Zustimmung.

»Weiß jeder sein Wort?«

Abermals erhob sich zustimmendes Gemurmel.

»Dann lassen wir uns jetzt fallen«, sagte Jim. *»Jetzt.«*

Sie ließen sich fallen.

Einen Augenblick lang beobachtete Jim mit halb geschlossenen Lidern den König und Ecotti, wie sie durch die Flammen starrten und nichts taten. Dann machte Ecotti eine Bewegung mit der Hand, und die Flammen verschwanden. Beide Männer traten vor, um sich die am Boden liegenden Körper anzusehen.

»Wie klug von Euch, Julio«, sagte König Jean. »Sie sind alle noch am Leben. Lediglich bewußtlos. Das ist schön. Jetzt können wir sie in aller Ruhe ausfragen. Außerdem werden sie für die Unverschämtheit büßen, einfach in meine Gemächer einzudringen, als wären sie Teil eines gewöhnlichen Gasthauses!«

Der König hielt inne.

»Warum interessiert Ihr Euch so für diesen Diener da drüben?«

»Ich weiß es selbst nicht recht«, murmelte Ecotti, der Secoh gründlich in Augenschein nahm. »Aber er scheint sich irgendwie von den anderen zu unterscheiden. Ich wünschte, ich könnte meinen Finger darauf legen ...«

Jim stieß Dafydd an.

»Ihr ...«

Dafydds Stimme klang deutlich durch die Luft des Raumes.

Sowohl Ecotti als auch der König fuhren herum und machten sich daran, Dafydd anzustoßen und zu untersuchen.

»... seid ...«

Brian sprach mit gleichermaßen klarer Stimme.

Der König und Ecotti ließen hastig von Dafydd ab und drehten sich zu den drei anderen um.

»Welcher hat diesmal gesprochen?« fragte der König.

»Ich glaube, es war der da ...« Ecotti versetzte Brian einen bösartigen Tritt in die Rippen. Brian, der die harte Schule der Ritterschaft durchlaufen hatte, ließ mit keinem Zeichen erkennen, daß er auch nur berührt worden war.

»Seid Ihr sicher ...«, begann der König, als Giles, der den Kopf ein wenig von ihnen abgewandt hatte, so daß sein Mund nicht sichtbar war, zu sprechen begann.

»... beide ...«

»... unter ...«, sagte Secoh, der die Sache ein wenig überstürzte, aber – dachte Jim – an dieser Stelle spielte es schon keine Rolle mehr.

Mittlerweile waren der König und der Zauberer vollkommen verwirrt. Jim stellte sich den Pfeil auf der Innenseite seiner Stirn vor, wartete einen dramatischen Augenblick lang ab und sprach dann das eine Wort jenseits des Pfeils, das er sich für sich selbst aufgehoben hatte.

»... *HYPNOSE*. Ihr könnt Euch nicht bewegen.«

König Jean und Ecotti verharrten in ihren Bewegungen und standen, wo sie waren, nachdenklich über Giles gebeugt.

Jim zog sich auf die Füße.

»Ihr könnt jetzt aufstehen«, sagte er zu den anderen.

Die übrigen zogen sich ebenfalls auf die Füße.

»Was ist passiert?« fragte Secoh. »Was haben wir getan?«

»Nun«, erklärte Jim, »Ihr habt mir alle dabei geholfen, etwas Magie zu wirken.«

Dafydd, Brian und Giles starrten ihn an. Secoh starrte ebenfalls, aber dann malte sich ein breites, hämisches Grinsen auf seinen Zügen ab.

»Ich?« sagte er und wirbelte schadenfroh auf einem Fuß herum. »Ich habe Magie gewirkt! Ich meine, ich habe dabei geholfen, Magie zu wirken! Aber das habe ich doch getan, oder? Ich habe wirklich einen Teil der Magie selbst gewirkt?«

»Das habt Ihr ganz eindeutig«, sagte Jim. »Genau wie die übrigen von Euch.«

Brian und Giles bekreuzigten sich. Die Art von Magie, die Carolinus und Jim wirkten, war als Weiße Magie bekannt und galt nicht als unchristlich. Aber die beiden Männer gingen keine Risiken ein. Man hatte ihnen ihr ganzes Leben lang eingeschärft, daß der Teufel dem Unachtsamen Fußfallen stellt. Obwohl beide empört geleugnet hätten, auch nur einen Augenblick zu glauben, daß Jim der Teufel sei oder mit ihm im Bunde stehe.

Aber es kostete ja nichts, dachte die beiden offensichtlich, auf Nummer Sicher zu gehen.

»Warum wolltet Ihr sie denn in … was sagtet Ihr noch gleich?« fragte Dafydd.

»*Hypnose*«, antwortete Jim. »Wißt Ihr, ich mußte sie in einem unachtsamen Augenblick erwischen, um …«

»Einen Augenblick!«

Es war die Baßstimme der Revisionsabteilung, die wie gewöhnlich mit furchtbarer Autorität von einem

Punkt ungefähr einen Meter oberhalb des Bodens neben Jim zu sprechen begann.

»Uns ist gerade eine Beschwerde von einem gewissen Son Won Phon, einem Magier der zweiten Kategorie zugegangen, und zwar dahingehend, daß Ihr Euch östlicher Magie bedientet, ohne selbige zuvor unter beglaubigten Meistern ordentlich studiert zu haben.«

»Aber …«, sagte Jim. »Ich dachte, Hypnose liege gar nicht im Bereich der Magie. Seht Ihr, da wo ich herkomme …«

Er wurde von Carolinus' Stimme unterbrochen, die ebenfalls aus dem Nichts kam und wahrhaftig sehr gereizt klang.

»Ich dachte, das hätten wir schon vor einiger Zeit geregelt!« sagte er. »Da, wo mein Lehrling herkommt, sind diese Worte und diese Praxis weltweit bekannt und akzeptiert. Seine Ausbildung war unter den Umständen, unter denen er die Hypnose erlernt hat, vollkommen in Ordnung.«

»Diese Begründung ist akzeptiert worden.« Die Erklärung wurde von der Stimme der Revisionsabteilung ausgesprochen und zweifellos in eben diesem Augenblick auch von Son Won Phon gehört, dem Magier der zweiten Kategorie.

»Außerdem«, blaffte Carolinus' Stimme, »möchte ich daran erinnern, daß ich ein Magier der Kategorie Eins Plus bin. Wenn ich nicht in jeder Hinsicht qualifiziert bin, östliche Magie zu unterrichten, dann wüßte ich nicht, wer sonst es sein sollte! Habt Ihr noch irgend etwas dazu zu sagen, Son Won Phon?«

Man hörte gerade noch eine schwache Stimme, die jedoch zum Schweigen gebracht wurde, bevor man sie wirklich hätte verstehen können. Die Revisionsabteilung ergriff abermals das Wort.

»Ich glaube, dies sollte …«

… die Stimme der Revisionsabteilung verstummte ebenfalls plötzlich und ward nicht mehr gehört.

Ebensowenig wie die Stimme von Carolinus.

Jim war für einen Augenblick verwirrt, und dann stieg ein leiser Zorn in ihm hoch. Sie hatten das Gespräch absichtlich abgeschnitten, so daß nicht einmal er es mithören konnte. Er sah, daß die anderen ihn erstaunt anblickten. Jim war plötzlich wütend. Er war das Thema, über das die Revisionsabteilung und die anderen redeten, oder etwa nicht?

»Ich habe ein Recht, alles zu hören!« fuhr er laut auf.

Es folgte noch ein weiterer Augenblick der Stille, dann brach Carolinus' Stimme das Schweigen.

»Nicht mehr wichtig, Jim«, sagte er. »Ich glaube, die Angelegenheit ist geregelt. Es steht Euch frei fortzufahren, wie Ihr dies wünscht. Und zwar in jeder Richtung, die Ihr einzuschlagen wünscht. Habe ich mich korrekt ausgedrückt, Revisionsabteilung?«

»Ihr habt recht, Magier Carolinus«, donnerte die Stimme der Revisionsabteilung aus ihrer gewohnten Position mitten in der Luft.

Ein tödliches Schweigen folgte. Die anderen wandten sich ab. Hier war noch mehr Magie, der es aus dem Wege zu gehen galt.

»Also, wie geht es jetzt weiter?« fragte Brian, der die reglosen, vorgebeugten Körper von König Jean und Ecotti begutachtete.

»Wir werden von diesen beiden so viel wie nur möglich von dem in Erfahrung bringen, was wir wissen müssen«, erklärte Jim. »Dann verschwinden wir von hier und fliehen nach England. Zuerst jedoch sollte ich es den beiden wohl etwas bequemer machen.«

»König Jean. Julio Ecotti!« sagte er zu den beiden hypnotisierten Männern. »Ihr dürft Euch aufrichten. Geht jetzt und setzt Euch auf den erstbesten Stuhl. Ecotti, zieht Euch Euren Stuhl neben den von König Jean, damit ich mit Euch beiden gleichzeitig reden kann. Los!«

Hypnotisiert wie er war, beging Ecotti den Fehler,

auf den am nächsten stehenden Stuhl zuzusteuern, der zufällig derselbe war, auf den König Jean zusteuerte. Der König stieß ihn unsanft zur Seite und nahm den Stuhl für sich selbst. Ecotti drehte sich um, suchte sich einen anderen, nicht allzu weit entfernten Stuhl, zog ihn neben den des Königs und setzte sich.

Nachdem die beiden Platz genommen hatten, sahen sie ohne besonderen Gesichtsausdruck wieder Jim an.

»Ich werde Euch einige Fragen stellen«, sagte Jim. »Wenn Ihr die Antworten kennt oder irgend etwas in Zusammenhang mit diesen Fragen wißt, so werdet Ihr es mir sagen. König Jean, wann soll die Invasion Englands beginnen?«

»In fünf Tagen«, antwortete der König mit unbewegter Stimme, »falls das Wetter es zuläßt.«

Jim setzte sein Verhör fort. Von beiden Männern bekam er nur allzu bereitwillig Antworten; und wenn er versehentlich gewisse Dinge übersah, so sprangen ihm seine Freunde bei. So war es zum Beispiel Brian, der daran dachte, sich nach der Anzahl und Beschaffenheit der Streitmächte des Königs zu erkundigen. Es war Giles, der daran dachte, um eine Beschreibung der Schiffe zu bitten, die zum Transport der Soldaten eingesetzt werden sollten. Gemeinsam fanden sie eine ganze Menge heraus. Aber eines gab es, was sie nicht herausfanden.

Sie fanden nicht heraus, wer es gewesen war, der Essessili beauftragt hatte, mit Ecotti in Verbindung zu treten. Sie erfuhren nur, daß Ecotti eines Morgens eine Nachricht auf seinem Nachttisch gefunden hatte, die ihn anwies, einen besonderen Abschnitt der Meeresküste aufzusuchen, wo es unwahrscheinlich war, daß irgend jemand ihn sah oder daß man das Geschehen von irgendeiner Siedlung aus verfolgen konnte.

Er war zu dem bezeichneten Strand gegangen, und Essessili war aus der Brandung gekommen, um ihm zu sagen, daß die Seeschlangen ihren eigenen Vergeltungszug gegen die Drachen Englands planten. Sie würden nur allzu gern mit dem König gemeinsame Sache machen. Sie würden ihm helfen, seine Truppen hinüberzuschaffen, um gegen jegliches menschliches Wesen zu kämpfen, das ihnen auf den britischen Inseln entgegentrat.

Aber nichts von dem, was die Seeschlange gesagt hatte, brachte sie einer Antwort auf die Frage näher, wer hinter dem Hilfsangebot der Schlangen stand – jener für gewöhnlich als Einzelgänger bekannten Geschöpfe.

Es überstieg jegliches Vorstellungsvermögen, daß es Essessili sein konnte. Carolinus war sich sicher gewesen, daß hinter alledem eine verborgene, mächtige Wesenheit mit magischer Ausbildung stecken mußte.

Vergebens versuchte Jim, indem er seine Fragen anders formulierte, festzustellen, ob er Ecotti nicht doch irgendwelche Informationen entlocken konnte; aber Giles unterbrach ihn schließlich.

»Wenn wir den Ärmelkanal überqueren wollen«, sagte er mit einem bedeutungsvollen Blick auf die beiden hypnotisierten Männer – offensichtlich war er nicht vollends davon überzeugt, daß sie nicht vielleicht doch etwas von diesem Gespräch hören konnten und sich später daran erinnern würden –, »... dann wäre es wünschenswert, unterwegs zu sein, bevor das Licht des Tages erlischt. Nach Einbruch der Dunkelheit wird es schwer sein, zu finden, was wir suchen.«

»Es ist schon in Ordnung«, sagte Jim. »Ihr könnt ruhig vor den beiden reden. Ich werde dafür sorgen, daß sie alles vergessen, bevor wir aufbrechen. Ihr meint, wir müssen ein Schiff finden, das uns übersetzt, und daß dies bei Dunkelheit schwierig, wenn nicht gar unmöglich sein wird? Richtig?«

»So ist es, James«, sagte Giles.

»Ihr habt ganz recht, Giles«, erwiderte Jim. »Dann werde ich also an dieser Stelle abbrechen. Und wie ich schon sagte, ich werde dafür sorgen, daß sie alles vergessen, bevor wir aufbrechen.«

Dann wandte er sich wieder an die beiden sitzenden Männer.

»Ihr werdet genau so sitzen bleiben, bis Ihr langsam bis fünfhundert gezählt habt. Am Ende dieser Zeitspanne werdet ihr aufwachen, Euch aber an nichts von dem erinnern, was nach dem Augenblick direkt vor unserem Eintritt in dieses Zimmer passiert ist. Habt Ihr verstanden? Wenn ja, dann nickt.«

Beide Männer nickten.

Jim wandte sich ab und führte sie alle wieder durch die Tür hinaus und nahm unterwegs auch den Diener mit. Dann machte er sie von neuem unsichtbar.

Draußen im Korridor ließ Jim den Diener sie wieder zu der Tür führen, durch die sie eingetreten waren. Direkt vor besagter Tür blieben sie stehen, und Jim rief dem Diener ins Gedächtnis, alles zu vergessen, was von dem Augenblick an geschehen war, da Jim zum ersten Mal zu ihm gesprochen hatte. Außerdem trug er ihm auf, sich abermals auf den Weg zu den königlichen Gemächern zu machen und unterwegs langsam bis hundert zu zählen, bevor er aus seiner Hypnose erwachte.

Als er fort war, traten die fünf Gefährten unsichtbar an den Wachen vorbei durch die äußeren Tore und gelangten sicher auf die Straßen von Brest.

»Es würde zu lange dauern, wenn wir versuchten, zu Fuß zum Hafen zu kommen«, meinte Jim. »Ich werde uns mit Magie dort hinbringen.«

»Unsere Pferde!« rief Brian, bevor Jim die Beschwörung formulieren konnte. »Ich werde auf keinen Fall Blanchard zurücklassen!«

»Na schön«, sagte Jim. »Unsere Pferde können uns dort erwarten. Ich werde sie mit derselben Magie aus ihren Ställen herbeiholen.«

Er schrieb die Beschwörungsformeln, und plötzlich

waren sie alle am Hafen. Die rauhen Bretter des Kais klangen hohl unter den Hufen der Pferde, während sie unsicher mit den Füßen aufstampften. Es behagte ihnen offensichtlich gar nicht, so plötzlich aus dem Halbdunkel des Stalls in den immer noch hellen, aber rasch sich verfinsternden Tag gebracht worden zu sein. Ein kleines Häufchen mit Gepäck – die Besitztümer, die sie in ihrem Zimmer im Gasthaus zurückgelassen hatten – stand ebenfalls neben ihnen.

22

JIM BLICKTE ZUM Himmel hinauf. In den zwei Jahren, die er sich in dieser Welt befand, hatte er sich die mittelalterliche Gewohnheit zu eigen gemacht, die Zeit nach dem Stand der Sonne zu schätzen, fast so, als sei er hier geboren worden.

»Es sieht so aus«, bemerkte er, »als hätten wir noch ungefähr zwei Stunden, um ein Schiff zu finden und von hier wegzukommen. Ich verstehe mich nicht so gut aufs Feilschen und könnte mir denken, daß Brian mehr Erfahrung hat als ich.«

Er sah Brian an, dem es offensichtlich einiges Unbehagen bereitete, solchermaßen an seine Armut erinnert zu werden und an die Schwierigkeiten, die ihm der Unterhalt seiner Burg Smythe bereitete. Aber Brian nickte.

»Und Dafydd«, sagte Jim, »Ihr seid wahrscheinlich der Beste von uns allen, wenn es darum geht, einen guten Handel zu schließen. Ich hoffe, Ihr werdet derjenige sein, der uns ein Schiff beschafft. Aber Brian und ich werden ebenfalls tun, was wir können, und es zusammen versuchen. Secoh, Ihr bleibt hier und bewacht die Pferde und unsere Sachen.«

Er warf einen Blick auf den Sumpfdrachen in seiner Menschengestalt und bemerkte, daß er, abgesehen von dem Eßmesser an seinem Gürtel, das der Gasthausdiener ihm als Teil seiner Ausrüstung gekauft hatte und das hier jeder bei sich trug, unbewaffnet war.

»Hier«, sagte er zu Secoh, »Ihr könnt mein Schwert und meinen Dolch nehmen; das wird die Leute davon abhalten, zu glauben, Ihr wäret eine leichte Beute für einen Räuber.«

Er machte sich daran, seinen schweren Gürtel, an dem beide Waffen befestigt waren, abzuschnallen. Brian und Giles bekundeten gleichzeitig und lautstark ihren Protest.

»Wo habt Ihr nur Eure Gedanken, James!« rief Brian. »Ein gemeiner Mann, der einen Rittergürtel trägt? Jemand, der kein Edelmann ist und sich als solcher ausgibt?«

Brian bückte sich nach ihren Besitztümern.

»Da!« sagte er und zog ein Ersatzschwert und einen Dolch heraus. »Wir haben zusätzliche Waffen. Hier, Secoh, die könnt Ihr nehmen. Aber einen Rittergürtel – niemals!«

»Wirklich, Sir«, stammelte Secoh, »ich hätte nie auch nur im Traum daran gedacht, mir … nicht einmal diese da …«

»Nur zu, nehmt, was Brian Euch gibt, Secoh«, sagte Jim. »Er und Giles haben ganz recht. Ich hatte meine Gedanken nicht zusammen.«

»Jawohl, Mylord.« Secoh nahm Schwert und Dolch von Brian in Empfang. Jim sah ihn bedauernd an. Er hatte eine der wichtigsten Verhaltensregeln dieser mittelalterlichen Zeit vergessen. Wahrscheinlich würde Secoh mit seinem stark ausgeprägten Drachenstolz Giles und Brians Reaktion jedoch besser verstehen als Jim selbst.

»Tut mir leid, ihr Herren«, sagte Jim zu Brian und Giles.

»Diese Sache darf man nicht auf die leichte Schulter nehmen, James«, sagte Giles, den Jims Vorschlag offensichtlich bis ins Mark erschüttert hatte. »Wenn gemeine Männer anfingen, die Abzeichen von Edelleuten zu tragen, ganz zu schweigen von einem Rittergürtel, den man sich weder leicht noch mühelos verdient, wo kämen wir da hin? Ein gemeiner Mann ließe sich im Handumdrehen mit einem Mann in Ritterrüstung verwechseln!«

»Ja, ich weiß«, sagte Jim reuevoll. Er hatte die Rolle eines Ritters nun lange genug gespielt, um langsam zu begreifen, wieviel er hatte lernen müssen, um einer zu werden. Aus den Augenwinkeln sah er noch einmal zu Secoh hinüber, der in seiner Menschengestalt und mit den beiden Waffen ausgestattet immer noch keinen besonders gefährlichen Eindruck machte. Er dachte einen Augenblick lang nach und schrieb dann hastig eine Beschwörung auf seine Stirn, bevor er Secoh zur Seite winkte und mit leiser Stimme zu ihm sprach.

»Secoh«, sagte er, »nur, um sicherzugehen, braucht Ihr, falls Schwert und Dolch die Sache nicht entscheiden sollten, beides einfach nur fallen zu lassen und in die Hände zu klatschen.«

Er machte es ihm vor und schrieb unterdessen den notwendigen Zauber an seine Stirn.

»Wenn Ihr das tut, werdet Ihr Euch in Eurem Drachenkörper wiederfinden. Dann kämpft, wie ein Drache kämpft!«

Secohs Augen leuchteten auf.

»Ich werde sie in Fetzen reißen!« stieß er zwischen den Zähnen hervor.

»Aber denkt dran«, murmelte Jim, »Ihr dürft das nur tun, wenn es unbedingt nötig ist!«

Dann kehrte er wieder zu Dafydd, Brian und Giles zurück, die nach guter mittelalterlicher Manier es nicht verübelt hatten, daß er mit Secoh unter vier Augen hatte sprechen wollen. In ihren Köpfen war die Tatsache fest verwurzelt, daß der Rang eines Barons, den Jim gedankenlos für sich in Anspruch genommen hatte, als er in diese Welt kam, dem ihren überlegen war, so daß er jedes Recht hatte zu tun, was er wollte, ohne sie, die unter ihm standen, zu kränken.

»Also, Dafydd«, sagte Jim, »warum geht Ihr nicht am Kai entlang und versucht es mit den Schiffen auf der linken Seite? Brian und ich nehmen uns die auf der rechten vor.«

Er zögerte und sah wieder zu Secoh hinüber. Es würde ihrer Sache nicht dienlich sein, wenn er sich in einen Drachen zurückverwandelte, ohne daß dies unbedingt nötig gewesen wäre.

»Giles, dürfte ich Euch vielleicht bitten, bei Secoh zu bleiben?« fragte Jim. »Durchaus möglich, daß er unsere Pferde und unsere Ausrüstung ganz allein verteidigen kann. Aber das beste ist es immer, die Leute davon abzuhalten, überhaupt erst anzugreifen. Der Anblick von Euch beiden, noch dazu, da Ihr offensichtlich ein Ritter seid, müßte eigentlich genügen, eine Bande von Möchtegerndieben abzuschrecken.«

»Wenn das Euer Wunsch ist, James«, sagte Giles. Nachdenklich zwirbelte er die rechte Spitze seines Schnurrbarts. »Sie werden gut beraten sein, sich abschrecken zu lassen. Mit Schurken dieser Art nehme ich es nur allzugern ganz allein auf.«

»Vielen Dank, Giles«, sagte Jim. Dann wandte er sich an die anderen. »Und nun, Dafydd, geht Ihr, wie ich bereits sagte, auf die linke Seite hinüber, und Brian und ich, wir bleiben besser zusammen und nehmen uns die rechte Seite vor. Diese Leute werden zweifellos versuchen, unerbittlich zu feilschen, jetzt, da die Invasion unmittelbar bevorsteht. Selbst wenn sie den genauen Zeitpunkt nicht kennen, werden sie wissen, daß es nicht mehr lange dauern kann. Aber um Euch mache ich mir keine Sorgen; und Brian und ich werden gewiß unser bestes geben. Also, damit Ihr Bescheid wißt, ich habe …«

Er griff unter sein Hemd und zog die Börse hervor,

die an seinem Gürtel befestigt war – um genau zu sein, handelte es sich um einen Lederbeutel mit einem stabilen Zugband, das um den Gürtel herumlief und das seinem Träger gestattete, den Beutel vor neugierigen Blicken geschützt unter dem Hemd zu tragen. Nun öffnete Jim den Lederbeutel, griff hinein und holte eine Handvoll Münzen heraus.

»Ich schätze«, sagte er, »daß ich hier vielleicht Münzen im Wert von vierzig bis fünfzig Silbershilling in der Hand habe. Wir müssen versuchen, den Ärmelkanal für höchstens die Hälfte dieser Summe zu überqueren, denn wir werden auch auf der anderen Seite noch Unkosten haben.«

Er wußte nur allzu gut, daß die anderen über keine nennenswerten Beträge verfügten, und auch sie wußten es; aber solange niemand die Angelegenheit erwähnte, wurden auch keine Gefühle verletzt.

Also blieben Giles und Secoh zurück, während die anderen von dannen zogen, Dafydd den Kai auf der linken Seite hinunter und Jim und Brian den auf der rechten.

Aber bei ihren Nachforschungen stellte sich zu ihrer Überraschung heraus, daß sämtliche Boote, auf denen sie es versuchten, verlassen zu sein schienen. Zaghaft stiegen Jim und Brian vom Kai hinunter auf eine Anzahl von Booten – sie waren im Grunde nicht viel größer als die Boote, wie sie die Sportfischer aus Jims Welt im zwanzigsten Jahrhundert zur Küstenfischerei verwendeten. Aber wie dem auch sei, sie waren alle unbemannt. Die Segel waren eingerollt, und sowohl an Deck wie in den stinkenden Kabinen im Vorschiff der Boote war alles aufgeklart. Mit den Augen des zwanzigsten Jahrhunderts betrachtet hätte man den Zustand der Boote allerdings sowohl schmutzig als auch unordentlich genannt.

Es handelte sich um schwere Seefahrzeuge mit rundem Rumpf. Jim wußte von seiner früheren Überfahrt nach Brest jedoch, daß diese Boote sich bemerkenswert gut dazu eigneten, die unsicheren und von Gegenströmungen beherrschten Gewässer des Ärmelkanals zu durchqueren, obwohl sie schwerfällig segelten und man mindestens zwei Männer – für gewöhnlich drei – benötigte, um sie zu handhaben.

In der Tat hatte es bei den früheren Überfahrten, die Jim hinter sich gebracht hatte, an Bord eines jeden Bootes sechs bis acht Seeleute gegeben. Einer davon war der Bootsführer gewesen, der hauptsächlich Befehle erteilte, aber eine beträchtliche Menge Zeit darauf verwandte, ebenfalls überall da Hand anzulegen, wo zusätzliche Muskelkraft vonnöten war.

Sie hatten gerade ihr zwölftes verlassenes Boot erkundet, als sie eine kleine Menschenansammlung bemerkten. Es schienen Seeleute zu sein, die in ihre Richtung gingen. Sie kamen aus einer Reihe von Häusern, wohl Gasthäuser oder Schenken, die ein kleines Stück vom Ufer entfernt lagen. Die Menge machte keinen allzu glücklichen Eindruck.

Jim hatte insgeheim über die vertrauensvolle Natur der französischen Seeleute gestaunt, die ihre Schiffe unbewacht zurückließen. Anscheinend hatte er sich, was die mangelnde Beobachtung betraf, jedenfalls geirrt.

Er und Brian nahmen natürlich nebeneinander Aufstellung und erwarteten sie, die Hände an ihren Gürteln nicht weit von ihren Schwertern entfernt. Alles andere wäre für zwei Ritter völlig undenkbar gewesen, ganz gleich, wie groß die Zahl der Leute war, die auf sie zustürmte.

»Nun, meine Herren Ritter!« sagte der kleine, breitschultrige Mann an der Spitze der Gruppe, als die Seeleute sich vor ihnen aufbauten. Der Mann hatte ein dunkles, pockennarbiges Gesicht, gegerbt von Sonne und Wetter; überdies besaß er einen kleinen Bauch an einem ansonsten offenkundig muskulösen Leib. Seine

Hand ruhte auf dem langen Messer an seinem Gürtel. »Und was wollen die Herren Ritter ohne unsere Erlaubnis an Bord unserer Schiffe?«

Er stand keine zwei Meter von ihnen entfernt, seine Kumpane direkt hinter sich. Diejenigen, die am weitesten hinten standen, machten unverhohlen finstere Gesichter und bedachten sie mit wilden Blicken.

»Und was geht das dich an, Bursche?« fuhr Brian den Mann an.

Er griff dabei nicht nach dem Heft seines Schwerts, aber offenkundig unterließ er es eher aus Verachtung denn aus Furcht, daß ein solcher Schritt die Menge zu einer Feindseligkeit hinreißen könnte. Brian hatte auf seine gewohnte Art sofort Feuer gefangen, und sein Benehmen hatte, wie Jim wußte, nichts mit Heuchelei zu tun. Er war durchaus bereit, es mit ihnen aufzunehmen, wenn sie nicht respektvoll und entgegenkommend waren.

Jim kam plötzlich eine Erleuchtung.

»Ja wirklich!« sagte er und glich seine Stimme dem Tonfall Brians an, so gut er es vermochte. »Wir stehen in Diensten des Königs. Wenn es uns beliebt, eure Boote gleich hier an Ort und Stelle niederzubrennen, so geht das euch nichts an, wenn wir auf königlichen Befehl handeln!«

Die Menge prallte vor seinen Worten nicht gerade zurück, aber Brians und Jims vereinte Bemühungen brachten sie offensichtlich ins Grübeln. Einen Augenblick lang herrschte Schweigen unter den Seemännern. Dann öffnete der Mann, der als erster gesprochen hatte und an der Spitze stand, abermals den Mund. Aber diesmal war sein Tonfall versöhnlicher.

»Diese Boote sind unser Leben, meine Herren Ritter«, sagte er. »Wenn Ihr davon sprecht, sie zu verbrennen, könntet Ihr ebensogut davon sprechen, uns zu verbrennen. Denn dann werden wir verhungern, zusammen mit unseren Frauen und Kindern.«

»Dann sieh zu, daß du uns gegenüber eine höfliche Rede führst, Bursche!« brauste Brian auf, der immer noch nicht beschwichtigt war und den es offensichtlich in allen zehn Fingern nach einem Kampf juckte.

»Es ist nicht so, als verstünden wir eure Lage nicht«, sagte Jim, der die Gelegenheit ergriff, Öl auf die aufgewühlten Wogen der augenblicklichen Unterhaltung zu gießen, »aber wir müssen zuerst an Frankreich denken!«

Die Menge hinter dem an der Spitze stehenden Mann brach in verhaltenes Murren aus. Jim glaubte, einige Bemerkungen ungefähr dieses Inhalts gehört zu haben: »Ho! Frankreich! Was hat denn Frankreich je für uns getan?«

Der pockennarbige Mann straffte die Schultern, nahm jedoch nun die Hand von seinem Gürtel und aus der unmittelbaren Nähe seines Messers.

»Sucht Ihr nach jemandem?« fragte er.

»Gewiß«, erwiderte Brian, bevor Jim sprechen konnte. »Nach einem ehrlichen englischen Kapitän und einem Schiff, das uns nach England bringt.«

»England!« Jetzt klang die Menge vor allem wütend.

»Hier gibt es keine englischen Seeleute!« sagte der Anführer steif. »Wir sind hier alle Franzosen, meine Herren Ritter!«

Dann sah er sie plötzlich beinahe hinterhältig an.

»Oder ist es möglich, daß Ihr in Wirklichkeit selbst Engländer seid?«

»Schotten *und* Engländer!« sagte Jim, bevor Brian abermals antworten konnte. »Wir sind Edelleute, die König Jean treu ergeben sind, und kommen gerade von einer Unterredung bei ihm. Jetzt müssen wir – so will es unsere Pflicht ihm gegenüber – nach England zurückkehren. Aber das sind unsere Angelegenheiten, und wir werden sie nicht mit euch besprechen.«

Jim hatte den pockennarbigen Seemann mit seinen Worten nicht gekränkt, wie er sehr wohl wußte. Es war nicht ungewöhnlich, wenn ein Ritter die Nase hoch in die Luft reckte und einem gemeinen Mann erklärte, daß er nichts verstand oder keine Erklärung bekommen würde, weil er kein Recht darauf hatte. Jims Worte schienen den Seemann vollkommen zufriedenzustellen.

»So oder so, meine Herren«, sagte der pockennarbige Mann in einem nun recht höflichen Tonfall, »wie ich bereits bemerkte, unter uns sind keine Engländer. Und Ihr werdet auch keinen Franzosen finden, der Euch heute – oder morgen, was das betrifft – über den Ärmelkanal bringt. Es heißt, der König plane, England in den allernächsten Tagen anzugreifen. Daher weiß ich nicht, wie Ihr dort hingelangen werdet, aber Ihr solltet auf alle Fälle schnell machen. Wir kehren jetzt in unsere Schenke zurück.«

»Ich habe mich gefragt«, meinte Jim, »warum ihr französischen Schiffskapitäne eure Schiffe so offen und unbewacht hier liegen laßt. Was wäre, wenn jemand versuchen würde, eines zu stehlen?«

Der pockennarbige Mann sah ihn eine Sekunde lang ungläubig an. Dies war für einen Ritter eine höchst ungewöhnliche Frage. In der Tat war die Vorstellung, daß ein Ritter – oder auch ein Gemeiner – sagte, er habe ›sich etwas gefragt‹, nahezu undenkbar. Dann lachte der Mann.

»Wir sind hier in Brest, Herr Ritter. Und um offenes Wasser zu erreichen, müßt Ihr durch die Rade von Brest. Niemand, der die Rade nicht kennt, würde wohl ein Schiff hindurchbringen können, ohne es entweder auf Grund zu setzen oder an einem Felsen zu zerschellen. Und was jene betrifft, die dies sicher vermöchten, ob Franzosen oder gelegentlich auch mal Engländer, die sind uns allesamt gut bekannt. Wer auch immer es versuchte, würde nicht nur mitten auf dem Wasser und ohne eine Möglichkeit zu fliehen auf seinem Schiff gefangengenommen werden, wir wüßten auch, sobald das Schiff fort wäre, um wen es sich handelt.

Wir wünschen Euch noch einen angenehmen Abend, meine Herren Ritter«, fügte er hinzu, drehte sich dann auf dem Absatz um und folgte seinen Kumpanen, die bereits hügelaufwärts den Gasthäusern entgegenstrebten und dem Wein oder was auch immer sie in den Schankstuben zurückgelassen hatten.

»Hm«, sagte Jim zu Brian. »Brian, das ist etwas, das mir völlig entfallen war. Wißt Ihr noch, wie wir auf unserer letzten Fahrt nach Brest auf dem Felsen festsaßen – und das sogar mit einem Schiffskapitän, der sich auskannte oder sich wenigstens auskennen sollte?«

»Ich erinnere mich gut«, sagte Brian. »Aber trotzdem, diesmal ist Giles bei uns und kann sich immer noch in einen Silkie verwandeln, wenn wir in Schwierigkeiten geraten; könnte er uns nicht aus jeder mißlichen Lage befreien?«

»Ihr vergeßt«, sagte Jim, »daß wir nur ganz leicht auf diesem Felsen festsaßen. Wenn wir mit voller Fahrt aufgelaufen wären, hätte es eines anderen Schiffes bedurft, um uns wieder flottzumachen, wenn das überhaupt möglich gewesen wäre. Und sobald das Schiff vom Fels freigekommen wäre und das Loch in seinem Rumpf Wasser eingelassen hätte, wären wir gesunken.«

»Ha!« erwiderte Brian. »Ich verstehe.«

»Nun«, sagte Jim, »trotz allem, was dieser Mann gerade sagte, könnte es nicht schaden, wenn wir uns noch die übrigen Schiffe hier ansähen, um sicherzugehen, daß nicht doch auf einem von ihnen ein englischer Seemann zu finden ist. Wenn nicht, kehren wir am besten so schnell wie möglich zu Secoh und Giles zurück und machen andere Pläne.«

»James«, sagte Brian, als sie weiter die Reihe der Boote abschritten, »vergebt mir, wenn ich mich auf ein Gebiet wage, auf dem Eure Fähigkeiten nicht in Frage gestellt werden dürfen; aber könntet Ihr uns nicht alle auf magischem Wege nach England zurückbringen?«

»Möglich«, antwortete Jim, »aber da wären zwei

Dinge zu bedenken. Ich weiß nicht, ob ich uns alle über eine solche Entfernung transportieren könnte. Zweitens weiß ich nicht, wieviel von meiner magischen Kraft noch übrig ist.«

»Also das verstehe ich nicht, James«, meinte Brian stirnrunzelnd. »Carolinus hat mich hierher transportiert …«

»Carolinus konnte das auch«, fiel Jim ihm ins Wort, »aber Ihr und die anderen müßt verstehen, wieviel größer seine magischen Fähigkeiten sind als die meinen. Ich habe noch einen weiten Weg vor mir.«

»Das verstehe ich nicht«, entgegnete Brian. »Magie ist doch Magie, oder?«

»Dann will ich es mal so formulieren«, sagte Jim. »Man hat mir gestattet, mehr Magie zu benutzen, als mir eigentlich zustand. Ich fürchte, ich habe, indem ich uns in aller Eile hierher zu den Docks gebracht habe, bereits mein Guthaben bereits überschritten. Um genau zu sein, hatte ich vor, nach Möglichkeit überhaupt keine Magie mehr zu benutzen, bis wir auf unseren Burgen wären. Dann kann ich Carolinus fragen, wieviel ich noch übrig habe.«

Brian nickte. Mehr auszugeben, als man sich leisten konnte, das war ein Problem, das er nur allzu gut verstand.

Sie beendeten ihre Suche, ohne daß sie ein Boot mit einem Landsmann gefunden hätten. Etwas abseits lagen weitere, an Bojen festgemachte Boote. Aber Jim sah keine Möglichkeit, sie zu erreichen, und auch auf ihnen waren keine Spuren von Leben auszumachen. So kehrten sie schließlich zu Giles und Secoh zurück.

»Irgendwelche Schwierigkeiten gehabt?« fragte Jim, als sie wieder in Hörweite der beiden waren.

»Keine!« antwortete Giles. »Verdammt langweilige Sache! Außerdem, James, wußtet Ihr, daß dieser Menschendrache hier nicht den Schimmer einer Ahnung davon hat, wie man ein Schwert oder einen Dolch auch nur festhält, ganz zu schweigen davon, wie man ihn benutzt? Nicht daß ich erwartet hätte, daß er irgendwie von Nutzen hätte sein können, falls wir es mit Räubern zu tun bekommen hätten.«

Diese Feststellung schien Secoh nicht mehr zu beschämen, als man das mit Fug und Recht erwarten durfte.

»Ihr könnt ihm keinen Vorwurf machen, Giles«, sagte Jim. »Schließlich hat er noch nie zuvor Waffen in der Hand gehabt.«

»Was auch ein Glück ist!« knurrte Giles. »Habt Ihr ein Schiff gefunden?«

»Kein Glück gehabt«, antwortete Brian, bevor Jim etwas sagen konnte. »Ist Dafydd noch nicht zurück?«

»Nein«, sagte Giles. »Und die Sonne steht schon überm Horizont.«

»Ja«, sagte Jim, »er müßte jetzt bald kommen. Und wenn er nicht kommt …«

»Da ist er ja!« rief Secoh plötzlich. »Und er hat jemanden bei sich. Wir konnten sie bis jetzt nicht sehen, weil sie hinter einem von diesen großen Dingern waren, die da unten aufgestapelt liegen.«

»Warenballen wahrscheinlich«, sagte Jim und blinzelte in der spätnachmittaglichen Sonne in die Richtung, in die Secoh wies. »Jedenfalls wird er gleich hier sein. Inzwischen möchte ich Euch, Giles, Secohs Lage verdeutlichen. Angenommen zum Beispiel, Ihr würdet plötzlich in einen Drachen verwandelt …«

»James!« rief Giles erschüttert.

»Oh, das würde ich nicht tun«, sagte Jim. »Ich würde niemals einen meiner Freunde in etwas verwandeln, das er nicht ist, außer um ihm das Leben zu retten oder etwas in der Art. Das war der Grund, warum ich Secoh verwandelt habe; und ich werde ihn zurückverwandeln, sobald ich das ohne Gefahr tun kann. Er ist genauso ungern ein Mensch, wie Ihr ein Drache wäret. Aber denkt doch einen Augenblick nach. Wenn Ihr in einen Drachen verwandelt würdet, hättet Ihr dann nicht auch gewisse Probleme, was die Frage betrifft, wie Ihr Eure Klauen und Eure Zähne benutzen sollt? Denkt darüber nach.«

»Wüßte nicht, warum ich das sollte«, brummte Giles, »aber wie dem auch sei, ich will kein Drache sein – nicht mal, wenn es um mein Leben ginge.«

Mittlerweile hatten Dafydd und der Mann in seiner Begleitung, der einen Kopf kleiner, aber ebenfalls schlank und drahtig war, sie erreicht. Dafydds neuer Bekannter hatte das wettergegerbte Gesicht, die schwieligen Hände und den leicht torkelnden Gang eines Seemanns, und er war mittlerweile so nah, daß Jim Giles ignorieren konnte, ohne unhöflich zu erscheinen.

»Dafydd!« rief er, als der andere Mann noch einige Meter weit entfernt war. »Ihr habt also einen Engländer gefunden!«

»Hat er nicht, Herr Ritter!« fuhr der Mann neben Dafydd ihn mit lauter Stimme an. »Es gibt keine Engländer hier! Ich bin ein Franzose!«

Nachdem er diese Worte gesprochen hatte, stand er Giles, Brian, Jim und Secoh nun nahe genug, um die Stimme zu senken. Er und Dafydd blieben stehen.

»Herr Ritter«, sagte er leise, »wollt Ihr, daß man mich tötet? Abgesehen davon, daß ich mein Boot verlieren würde und alles andere, was ich am Leibe trage?«

»Oh«, sagte Jim und senkte nun ebenfalls die Stimme. »Entschuldigung.«

»Ich bin als Sohn eines englischen Vaters hier geboren und in England aufgewachsen. Aber ich kenne diese Stadt genauso gut wie die Cinque Ports Eurer Heimat. Ich bin immer zwischen ihnen und Brest hin und her gefahren, und die Einheimischen hier kennen mich als einen der ihren. Es ist ein Doppelleben, das sich gelegentlich auszahlt. Aber erhebt nicht noch einmal Eure Stimme und nennt mich einen Engländer,

Mylord, wenn Euch mein Leben auch nur das geringste wert ist. Und wenn Ihr nach England zurückkehren wollt, sollte Euch mein Leben besser einiges wert sein. Denn das eine kann ich Euch sagen, allein werdet Ihr es mit meinem Schiff nicht schaffen.«

Jim hatte Verstand genug, dies zu akzeptieren. Giles heftiges Temperament ließ sich dagegen nicht so schnell besänftigen.

»Und warum nicht, Kapitän?« fragte Giles schnippisch.

»Selbst wenn Ihr an den Untiefen von Brest vorbeikämet, Sir«, erwiderte der Mann, »würden Euch die Kanalwinde und die stürmischen Gewässer eine Überfahrt unmöglich machen. Ihr kennt Euch nicht mit Schiffen aus und mit dem Wetter auch nicht. Ihr wüßtet nicht, wann das Segel eingeholt und wann es gehißt werden muß, oder wann man beidreht und vorm Wind fährt und wie man sich ihn zunutze macht. Das und noch so viele andere Dinge, daß Ihr sie gar nicht zählen könntet. Aber laßt uns nicht streiten. Ich stehe auf Eurer Seite, weil Ihr Engländer seid und weil dieser Waliser mir gesagt hat, ich würde England einen großen Dienst erweisen, wenn ich Euch so schnell wie möglich heimbrächte. Mein Name, meine Herren, ist Giles Haverford …«

»Ha!« unterbrach ihn Giles abermals mit finsterem Stirnrunzeln. »Giles ist *mein* Name!«

»Daran kann ich nichts ändern, Sir«, sagte der Seemann. »Das ist auch mein Name, so wie der Name vieler Leute in England und auch in Frankreich. In diesem Hafen kennt man mich unter dem Namen Edouard Brion.«

»Dann werde ich Euch Edouard nennen. Ha!« sagte Giles. Er sah seine Gefährten der Reihe nach an. »Und meine Freunde vielleicht auch?«

»Mit Freuden«, erwiderte Jim. »Alles zur Rettung des Familienfriedens.«

Alle außer Dafydd, der für gewöhnlich nicht die Neigung hatte, mit irgendwelchem Mienenspiel seine Gefühle zu verraten, zwinkerten Jim zu.

»Ähm – nur so ein Sprichwort von da, wo ich herkomme«, sagte Jim, »es heißt einfach, daß ich es für eine sehr gute Idee halte, wenn wir unseren Kapitän alle Edouard nennen.«

Die anderen brummten ihre Zustimmung.

»Nun, meine Herren«, sagte Edouard ein wenig hastig, »wenn wir von hier fort wollen, sollten wir das am besten sofort tun, ohne weitere Verzögerung, mit der Flut, die gerade ihren Höhepunkt überschritten hat. Begleitet mich, so schnell Ihr könnt. Wir werden an Bord gehen und Segel setzen.«

Secoh trug ihr Gepäck. Dafydd führte die Pferde, und alle fünf folgten Edouard. Dieser führte sie fast bis ans Ende des Kais, das dem, an dem Jim und Brian entlanggegangen waren, gegenüber lag. Endlich machten sie an einem Boot halt, das etwas größer war als die übrigen. Ansonsten war es ganz nach dem gewohnten Muster gebaut, mit einem offenen Deck und einem kleinen Vorschiffaufbau. Das Deck lag vielleicht sechs Zoll unterhalb der Kaimauer.

23

EDOUARD BRION (oder ›Giles Haverford‹, wenn er in England war) wandte sich von dem Boot ab und blickte den Hügel hinauf zu einer weiteren Reihe von Gebäuden, die ebenfalls wie Schenken wirkten; dann steckte er sich zwei Finger in den Mund und stieß einen schrillen Pfiff aus. Ohne auf eine Antwort zu warten, drehte er sich wieder um und sprang auf das Deck seines Schiffes.

»Ich werfe Euch vom Bug aus eine Leine zu«, rief er. »Wie Ihr seht, ist das Boot am Heck festgemacht. Ein oder zwei von Euch müssen das Seil auffangen und mindestens zwei von Euch werden helfen müssen, den Bug an den Kai zu ziehen. In der Zwischenzeit werde ich ein paar Planken herausholen, damit Ihr Eure Pferde an Bord bringen könnt.«

Er machte sich an die Arbeit. Dafydd und Secoh fingen das Seil auf und zogen den Bug zum Kai herum, da weder Giles noch Brian irgendwelche Anstalten machten, dies zu übernehmen und weil die beiden es für selbstverständlich hielten, daß sich solche Aufforderungen an sie richteten.

Der Bug drehte sich langsam, so daß das Boot an Backbord sachte gegen die rauhen Kanten der Planken des Kais stieß. Edouard kam aus einer offenen Luke in der Mitte des Bootes und schleppte zwei lange, dicke Planken hinter sich her, die jede vielleicht einen Fuß und einige Zoll breit waren. Diese Bretter brachte er nach Backbord und schob sie Dafydd und Secoh hin, die mittlerweile unter Giles' Anleitung die Vorleine um einen der Pfosten gebunden hatten, die eigens zu diesem Zweck in regelmäßigen Abständen am Kai zu finden waren.

Über die beiden losen Planken wurde das Gepäck an Bord gebracht. Unterdessen hing Edouard das Steuerruder in seine Führung, so daß er das Ruderblatt nur noch ins Wasser herabzulassen brauchte. Dann wurden beide Pferde mit gutem Zureden die Planken hinuntergezogen. Schwierig wurde es, als zu guter Letzt die Reihe an Brians prachtvolles Schlachtroß kam, Blanchard von Tours, für dessen Kauf Brian sein ganzes Erbe veräußert hatte bis auf die halb verfallene Burg Smythe und die umgebenden Ländereien.

Blanchard hatte sich überreden lassen, auf die Planken zu treten, hatte dann aber, sobald er dort stand, befunden, daß er sie nicht mochte; und noch weniger gefiel ihm die Tatsache, daß sie abschüssig waren und sich unter seinen Hufen unangenehm schlüpfrig anfühlten.

»Na komm schon, Blanchard, du elender Kerl!« schimpfte Sir Brian, während er an den Zügeln des Pferdes zerrte. Aber Blanchard, der sich in der Schlacht vor nichts fürchtete, konnte seine Abneigung gegen unsicheren Stand nicht überwinden. Er wieherte und rührte sich nicht von der Stelle.

»Seht nur! Seht doch!« rief Secoh plötzlich vom Kai aus. »Noch mehr Georgs in ihren Schalen, die auf Pferden auf die Kais zureiten und dort von ihnen heruntersteigen!«

Edouard fluchte.

»Das wird ein hartes Stück Arbeit, nach dieser Sache hier die Schiffsleute von Brest zu überzeugen, mich wieder in Gnaden aufzunehmen!« sagte er. »Aber wie auch immer, mitgefangen, mitgehangen.«

Die Bewaffneten kamen tatsächlich in ihre Richtung.

»Du elendes Mistvieh, Blanchard!« brüllte Brian. »Du *wirst* runterkommen!«

Dann beugte er sich hastig vor, zog den goldenen Rittersporn von seinem linken Absatz und stach in Blanchards Hinterteil.

»Zum Angriff, Blanchard!« rief er.

Die Ausbildung siegte über den Instinkt und setzte Blanchard in Bewegung. Nachdem er die Planken halb entlanggaloppiert, halb heruntergerutscht war, stürmte er bis ins Vorschiff. Hätten nicht Brian und Giles beide nach seinen Zügeln gegriffen und ihre Absätze in die Planken des Decks gerammt, um ihn zurückzuhalten, wäre er Hals über Kopf die Stufen zum Vorderdeck hinuntergaloppiert und hätte sich zweifellos beide Vorderbeine gebrochen.

Zitternd, keuchend und mit wilden Augen kam er zum Stehen.

»Sachte, sachte, Blanchard«, sagte Brian beruhigend, »immer mit der Ruhe, mein wunderbares Pferd ...«

Er tätschelte den Hals des schwitzenden und immer

noch erschrockenen Tieres, und Blanchard beruhigte sich.

»Würdet Ihr jetzt bitte das Pferd Pferd sein lassen, Herr Ritter?« rief Edouard, der mit aller Kraft zog, um die Planken wieder an Bord zu holen. »Besser, es geht über Bord, als daß diese Bewaffneten uns erwischen und gleich an Ort und Stelle totschlagen.«

Jim musterte die näher kommenden Soldaten. Konnte Ecotti, nachdem er und der König sich aus dem Zustand der Hypnose herausgezählt hatten, seine Hexenkünste angewandt haben? Was hätte er damit bewirken können? Nicht daß er selbst oder der König sich erinnerte, was während ihrer Hypnose passiert war. Das war unmöglich. Aber vielleicht hatte er es geschafft, sich vom König berichten zu lassen, was dieser Jim erzählt hatte.

Wenn das geschehen war, hätte er Jims Fragen und die Antworten des Königs herausbekommen. Diese Bewaffneten wären auf der Stelle ausgesandt worden. Zu Pferd war die Residenz des Königs Jean nur wenige Minuten vom Hafen entfernt. Und was Edouard zu ihrer Lage bemerkt hatte, war nur allzu zutreffend. Entweder legte das Boot augenblicklich ab, oder die Bewaffneten würden sie überwältigen. Vierzig oder fünfzig Feinde zugleich waren zu viele.

Obwohl ihre Anzahl bereits verringert wurde. Dafydd hatte mit seiner gewohnten kühlen Überlegenheit seinen Köcher mit Pfeilen in bequemer Reichweite aufgestellt, und die herannahenden Reiter stürzten einer nach dem anderen von ihren Pferden.

Die Bewaffneten waren alle gleichermaßen mit Kettenpanzern gerüstet, trugen aber darüber noch stählerne Brustharnische, in die das königliche Wappen Frankreichs eingraviert war. Die Rüstungen leuchteten rot im Licht der untergehenden Sonne. Vielleicht war das der Grund, warum Dafydds Pfeile sie an der Kehle trafen oder an anderen weniger gut geschützten Teilen ihres Körpers. Aber wie dem auch sei, alle, die er mit seinen Pfeilen traf, würden in dem bevorstehenden Kampf keine Gefahr mehr darstellen. Aber auch ohne die Gefallenen war ihre Zahl so groß, daß Dafydds Leistung kaum viel ausmachen würde.

»Kappt die Vor- und Achterleinen!« rief Edouard.

Aber während die Bewaffneten noch immer ein gutes Stück entfernt waren und nur im Trab näher kamen, auf den das Gewicht ihrer Waffen und Rüstung sie beschränkte, erschienen nun drei barfüßige, junge Männer in zerlumpten Hemden und Hosen auf dem Kai über dem Boot. Sie waren im Laufschritt herbeigeeilt und sprangen leichtfüßig an Bord. Dort machten sie augenblicklich die Leinen los, mit denen das Boot am Kai festgemacht war. Als die letzte Leine freikam, begann das Boot vom Kai wegzutreiben.

Unglücklicherweise wählte eine Welle ausgerechnet diesen Augenblick, um sie wieder gegen das Kai zu drücken – für die ersten heranstürmenden Soldaten gerade rechtzeitig, um an Bord zu springen.

Inzwischen hatte einer von ihnen eine Leine mit einem Enterhaken auf das Boot geworfen, der sich am Bug verkeilt hatte. Mehrere Bewaffnete zogen mit vereinten Kräften das Boot zurück an den Kai.

Die übrigen Bewaffneten stürmten an Bord. Allein ihr Gewicht trieb Giles, Jim und Brian rückwärts über das Deck. Keiner der drei hatte Zeit gehabt, mehr als die Hemden ihrer Kettenpanzer anzulegen. Jim hatte das seine übergezogen, bevor er das Gasthaus verließ, und Brian und Giles hatten ihre in dem Augenblick angelegt, als Jim sie aus dem Kerker befreite.

Ansonsten trugen sie keinerlei Rüstung und abgesehen von Jim auch keine Helme. Als Waffen hatten sie nur die Schwerter und Poignards, die von ihren Rittergürteln baumelten, und dazu Dafydds Bogen.

Solchermaßen gerüstet und nur leicht geschützt traten die drei dem Ansturm ihrer schwerbewaffneten

Gegner gegenüber, die sie allein durch ihre Anzahl zu überwältigen drohten.

Es stand außer Zweifel, daß zumindest Brian und Giles – und wahrscheinlich auch Dafydd, der seinen Bogen nun beiseite gelegt hatte und neben seinen Gefährten mit dem langen Messer kämpfte, das er immer bei sich trug – im Kampf Mann gegen Mann ihren Angreifern bei weitem überlegen waren. Aber angesichts einer solchen Überzahl war es nur eine Frage der Zeit, bis sie niedergemacht oder gefangengenommen wurden.

Secoh klatschte in die Hände.

Die Menschenkleider, die Jim ihm verschafft hatte, flogen in Lumpen und Fetzen zur Seite. Er war wieder ein Drache.

Mit einem machtvollen Flügelschlag erhob er sich über die Köpfe aller auf eine Höhe von ungefähr einem Dutzend Fuß. Mit einem gelegentlichen flachen Flügelschlag hielt er sich in der Luft, öffnete dann seine mit gewaltigen Zähnen bewehrten Kiefer und breitete die säbelförmigen Klauen aus, die an den Spitzen seiner vorderen Gliedmaßen saßen. Er brüllte.

Die Bewaffneten des französischen Königs waren tapfere Männer. Wahrscheinlich ungewöhnlich tapfere Männer. Sonst hätten sie nicht die Leoparden und Lilien getragen, die Embleme des französischen Wappens, das auf ihren Brustharnischen eingraviert war.

Nach Drachenmaßstäben war Secoh ein Gartenzwerg. Aber wie er jetzt gerade ein paar Fuß über ihren Köpfen schwebte, mit ausgestreckten, ledrigen Flügeln von über zwanzig Fuß Spannweite, die untergehende Sonne hinter sich, die seinen Schatten bis über den Hügel in Richtung der Schenken jenseits des Kais warf, hatte er zu große Ähnlichkeit mit einem Geschöpf der Unterwelt, als daß die Männer es hätten verkraften können.

Er war, so weit sie sehen konnten, aus dem Nichts

erschienen, und daß er ein Geschöpf der Hölle sein mußte, war allzu offensichtlich. Die Engländer benutzten, wie jeder wußte, alle erdenklichen Greuel für ihre Zwecke (Die Tatsache bewies es, daß seine Heiligkeit, Papst Innozenz II. beim Zweiten Lateranischen Konzil 1139 verboten hatte, daß Bogenschützen wie dieser hier von Christen eingesetzt werden durften – außer natürlich gegen Ungläubige.)

Die Bewaffneten konnten dem Boot nicht schnell genug den Rücken kehren.

Einer von der Mannschaft – die drei Männer, die kurz vor dem Erscheinen der Bewaffneten an Bord gesprungen waren – schnitt das Seil mit dem Enterhaken durch. Die beiden anderen hatten bereits alle Hände voll damit zu tun, Segel zu setzen. Edouard senkte nun das Blatt des Steuerruders ins Wasser. Einen Augenblick später bewegte das Boot sich – nun gut, nur langsam, aber immerhin – vom Kai weg und nahm schließlich Fahrt auf. Edouard steuerte durch die Rade von Brest aufs offene Meer zu. Secoh landete wieder an Deck und machte ein selbstzufriedenes Gesicht.

»Gut gemacht, Secoh«, sagte Jim.

Secoh zog verschämt den Kopf ein. »Ach, das war doch nichts, Mylord«, sagte er.

Hinter ihnen, oben auf dem Hügel, standen nun vor den Schenken, aus denen der pockennarbige Mann und seine Schar von Seeleuten gekommen waren, dichtgedrängte Menschenmassen und starrten dem Boot mit den Engländern hinterher.

»Ich werde mir wirklich eine sehr gute Geschichte ausdenken müssen«, sagte Edouard mit zusammengebissenen Zähnen, »bevor ich es riskieren kann, wieder nach Brest zu fahren. Ich erwarte, daß Ihr das im Kopf behaltet, meine Herren, wenn Ihr mich über den mageren Preis hinaus entlohnt, auf den der Waliser mich heruntergehandelt hat. In diesem Preis war die Möglichkeit, daß ich den Zugang zu dem Hafen verliere, der die Hauptquelle meines Einkommens darstellt, nicht inbegriffen.«

Die Worte machten einen starken Eindruck auf Jim. Was auch immer der Pockennarbige und seine Freunde zuvor von Jims Geschichte gehalten haben mochten, der Anblick von König Jeans Bewaffneten, die versuchten, sie aufzuhalten, mußte ihre Lüge jedoch endgültig und mit Macht als solche enthüllt haben. Er und die übrigen schuldeten Edouard in der Tat mehr, als ihr ursprünglicher Handel vorgesehen hatte.

»Soweit es in meiner Macht liegt«, sagte Jim zu dem Schiffskapitän, »werde ich dafür sorgen, daß Ihr durch Euren Wagemut nichts verliert.«

Kein Segel versuchte ihnen zu folgen, und es dauerte nicht lange, da hatten sie die Rade von Brest hinter sich und befanden sich auf offener See.

Der Sonnenuntergang sorgte noch immer für gutes Licht, und das offene Meer war ihnen augenscheinlich wohl gesonnen. Das Wasser war nicht unbewegter als gewöhnlich, und auf der Art von Schiff, die Jim im Gegensatz zu diesem kleinen Boot als *Schiff* bezeichnet hätte, wäre kaum etwas davon zu spüren gewesen.

Auf diesem kleinen Schiff jedoch – und Jim machte sich im Geiste eine Notiz, das Boot künftig als Schiff zu bezeichnen, da der Schiffskapitän und seine Mannschaft es offensichtlich als solches erachteten – auf diesem kleinen Schiff also machte sich das Schaukeln eindeutig bemerkbar. Andererseits war Jim gegen Seekrankheit immer ziemlich unempfindlich gewesen, und seine Freunde schienen ebenfalls nicht unter Übelkeit zu leiden, während Edouard und seine Mannschaft sich auf dem Wasser natürlich wie zu Hause fühlten.

»Ein schöner Tag, um nach England zurückzukehren!« sagte Brian und sprach damit aus, was sie Jims Meinung nach wohl alle dachten.

Aber Edouard runzelte die Stirn.

»Mir wären Dunkelheit oder Regen lieber«, sagte er.

»Man kann unser Segel weithin sehen, selbst aus großer Entfernung.«

»Und das ist nicht gut?« fragte Jim.

»Wir könnten auf See auf einen Feind stoßen, der uns als pflückreife Frucht betrachtet«, erwiderte Edouard. »Wir werden uns in Kürze auf hoher See befinden und damit leichte Beute für jedes andere Schiff sein, das es mit uns aufnehmen kann. Ah, nun ja, wir können nichts tun, als auf Schwierigkeiten zu warten und ihnen entgegenzutreten, so sie denn kommen.«

Dann wandte er sich wieder seinen Pflichten zu. Jim sah sich in seiner früheren Meinung bestätigt, daß alle Schiffskapitäne geborene Pessimisten waren.

Sie segelten nach Nordosten, Richtung England. Die Nacht senkte sich herab, und die Morgendämmerung kam. Von Zeit zu Zeit erhaschten sie im Mondlicht einen Blick auf ferne Segel. Aber keines davon kam in ihre Nähe, und es dauerte nicht lange, da sahen sie vor sich eine dunkle Linie über dem endlosen Horizont. Bisher hatten sie während des größten Teils ihrer Fahrt zu ihrer Rechten die Westküste Frankreichs gesehen. Diese Schiffe, rief Jim sich ins Gedächtnis, fuhren gern nicht allzu weit vom Land entfernt, da sie dann nach Landmarken navigieren konnten und nicht auf die Sonne oder Sterne angewiesen waren.

Plötzlich ertönte Secohs Stimme.

»Mylord! Mylord!« rief er. »Da ist ein Drache am Himmel, der sich genau über uns hält.«

Er zeigte in die Höhe, und Jim blickte in die angedeutete Richtung. In seiner Menschengestalt verfügte er nicht über Secohs Drachensicht. Aber da oben flog etwas, das wie ein Drache in der Luft kreiste.

»Soll ich hinauffliegen und ihn zur Rede stellen?« fragte Secoh eifrig.

»Das wäre vielleicht das beste«, antwortete Jim langsam. »Aber laß dich nicht auf einen Kampf ein, wenn du es vermeiden kannst.«

»Versprochen!« rief Secoh und erhob sich mit heftigem Flügelschlag in die Lüfte.

Jim sah ihm nach. Der andere Drache ließ Secoh näher kommen, und eine Weile flogen sie so dicht nebeneinander her, daß sie einander scheinbar berührten. Secoh ließ den anderen, der sich nun abwandte, schließlich allein weiterfliegen und krachte wenige Sekunden später mit einer unbeholfenen, einfüßigen Landung wieder aufs Deck. Mit dem anderen Fuß umklammerte er etwas, das halb verborgen unter seinem Körper lag.

»Mylord!« rief er. Jim eilte ihm entgegen und spürte, wie ihm ein schwerer Beutel in die Hände gedrückt wurde. »Das war Iren – einer der französischen Drachen. Sie werden mit uns gegen die Schlangen kämpfen! Das hier ist ihre Sicherheit.«

Jim öffnete den Beutel nur ein kleines Stück weit und blickte hinein. Er sah Juwelen – viel mehr, als je in irgendeinem Drachenpaß gewesen waren, den er bei sich getragen hatte. Der Beutel enthielt mehr als ein Lösegeld für einen Kaiser – sein Wert hätte als Lösegeld für Dutzende von Kaisern ausgereicht. Hastig gab er Secoh den Beutel zurück.

»Behaltet und bewacht Ihr ihn«, sagte er beinahe im Flüsterton.

»Jawohl, Mylord«, erwiderte Secoh leise, aber voller Stolz. Er nahm den Beutel entgegen.

Jim wandte sich mit, wie er hoffte, gleichgültiger Miene um. Er würde Brian und den anderen später davon erzählen.

Aber jetzt gab es keinen Zweifel daran, daß der Streifen direkt vor ihnen die südliche Küste Englands war. Sie waren zuerst noch zu weit entfernt, um mehr zu sehen als diesen Streifen unmittelbar im Wasser liegender Dunkelheit. Aber mit bemerkenswerter Schnelligkeit wuchs der Streifen und löste sich schließlich in die Hügel und Landspitzen einer Küste auf, obwohl es noch zu früh war, um Häfen oder Städte zu erkennen.

Es gab jedoch noch ein Zeichen dafür, daß sie sich dem Hafen näherten, den sie zu ihrem Ziel erkoren hatten, denn die Anzahl von Segeln auf dem Wasser um sie herum hatte sich mit dem Heraufdämmern des Tages vergrößert.

Die Blicke der Mannschaft und die des Schiffskapitäns selbst galten nun diesen anderen Segeln – offensichtlich um herauszufinden, ob das eine oder andere vielleicht Kurs auf sie hielt.

Edouard selbst stand am Bug des Schiffs, auf dem erhöhten Deck, das zugleich das Dach des Vorschiffaufbaus bildete.

Die drei anderen Seemänner standen an der Reling, hielten sich an den Wanten fest, beschirmten ihre Augen gegen die Sonne und hielten nach beiden Seiten Ausschau.

Die dunkle Linie des Landes vor ihnen nahm nun Gestalt an. Ohne Vorwarnung schwang sich einer der Seeleute auf eine Want und begann daran hinaufzuklettern. Oben auf dem Mast angekommen, hielt er sich mit einer Hand daran fest und beugte sich vor, um ein Schiff zu mustern, das nicht allzu weit von ihnen entfernt segelte.

Die anderen Mitglieder der Mannschaft beobachteten ihn nun. Einen Augenblick lang herrschte Schweigen. Dann erscholl seine Stimme.

»Es ist Bloody Boots!« rief er. »Er fährt klar Backbordbug. Hält Kurs auf uns!«

Edouard selbst, der sich nun auf die Reling des Vorderstevens geschwungen hatte, hielt sich an einem der Stage fest und blickte in die angegebene Richtung.

»Ich kann das Segel noch nicht richtig erkennen!« rief er zu dem Mann auf dem Mast hinauf. »Siehst du die Flicken?«

»Ich bin mir fast sicher, Kapitän!« rief der Späher zurück. »Zwei große, sich überlappende Flicken tief auf der Steuerbordseite des Segels. Und das Schiff sieht aus, wie man es sich von Bloody Boots Schiff immer erzählt, mit hohen Kampfdecks an Bug und Heck.«

Jim hatte das Schiff, von dem nun die Rede war, erspäht. Aber er konnte genausowenig wie alle anderen an Bord – so sehr sie sich auch alle bemühten – etwas Besonderes an dem Segel entdecken. Plötzlich kam ihm eine Idee. Das war ein Stück Magie, das er in der Vergangenheit schon einmal benutzt hatte. Drachen verfügten über eine Sehkraft, die der der Raubvögel sehr ähnlich war; sie konnten noch aus einer Höhe von bis zu zweitausend Fuß kleine Gegenstände auf dem Boden ausmachen. Er schrieb den notwendigen Zauber auf die Innenseite seiner Stirn.

ICH SOLL BEKOMMEN →
DRACHENFERNSICHT

Augenblicklich schien das Schiff, das er betrachtete, nur noch halb so weit entfernt zu sein wie zuvor. Es war, wie der Späher auf dem Mast es beschrieben hatte, ein größeres Schiff als ihr eigenes, mit zwei abgeteilten Plattformen hoch oben im Bug und im Heck. Auf diesen Plattformen drängten sich Männer zusammen, und nach einer Sekunde konnte Jim auch erkennen, daß sie einige dunkle Gegenstände hielten, die starke Ähnlichkeit mit Armbrüsten hatten. In der Mitte des Schiffs befanden sich weitere Männer.

Er schrieb den Gegenzauber, der ihm seine normale Sehkraft zurückgab, und blickte plötzlich beinahe direkt in die Augen des ihm am nächsten stehenden Seemanns, der seinen Blick mit papierweißem Gesicht erwiderte. Eine Sekunde lang war Jim verwirrt, dann fiel ihm wieder ein, daß ein Drache, wenn er seine Augen auf ein fernes Ziel richtete, ihre Form veränderte und sie vorschob. In den tiefen Augenhöhlen eines Drachengesichtes war diese Veränderung nicht so auffällig. In einem menschlichen Gesicht mußte es so ausgesehen haben, als träten seine Augäpfel ein beträchtliches Stück aus ihren Höhlen heraus.

Aber im Augenblick hatte er keine Zeit, etwas zu erklären.

»Edouard!« rief Jim. »Ich verfüge über eine sehr gute Fernsicht. Ich habe mir gerade das Schiff angesehen. Es hat tatsächlich einen Flicken auf dem Segel, und ich habe vorn und achtern Kampfdecks ausgemacht, auf denen Männer postiert sind, die anscheinend Armbrüste tragen. Weitere Männer sind auf dem Mitteldeck postiert!«

Edouard sprang im Vorschiff wieder aufs Deck, und seine Stiefel dröhnten dumpf auf den Holzplanken. Dann war er mit einem weiteren Satz im Mittelschiff, um sich mit Jim und den anderen Rittern zu besprechen.

»Meine Herren, es ist um uns geschehen!« sagte er grimmig. »Bei diesen leichten Winden kann ich ihm nicht davonsegeln, und er hat Bewaffnete an Bord, die uns gewiß den Garaus machen werden. Denn hier im Ärmelkanal hat noch keiner, der auf der Verliererseite stand, eine solche Begegnung überlebt!«

»Was soll das?« brauste Brian auf. »Was spielt es schon für eine Rolle, daß sie in der Mehrzahl sind? Solange sie keine bewaffneten Ritter an Bord haben, können wir es mit allen Männern aufnehmen, die auf ihrer Seite stehen!«

»Wer ist dieser Bloody Boots?« fragte Giles.

»Ein verdammter schottischer Pirat!« erwiderte Edouard. »Er stiehlt sich von Schottland in unsere Gewässer hinunter, packt sich ein Opfer und ist wieder auf und davon, bevor man ihm mit einer stärkeren Truppe begegnen kann. Wie Ihr seht, hat er weit mehr Männer an Bord, als er für die Bemannung seines Schiffes braucht. Sie tragen gewiß Waffen und sind willens, alle an Bord jeden Schiffes zu töten, das sie entern. Wir haben keine wertvolle Fracht bei uns – aber das kann er nicht wissen. Natürlich ist immer noch unser Schiff selbst da; wenn er es unzerstört für sich erringen kann, kann er es von seinen Leuten nach Norden segeln lassen, um es dort zu verkaufen.«

Jim dachte an die wahrhaft fürstlichen Juwelen der französischen Drachen, die sie insgeheim an Bord genommen hatten. Andererseits konnte er sich nicht vorstellen, wie dieser Bloody Boots davon hätte erfahren sollen. Es sei denn, er wäre auf magischem Wege davon in Kenntnis gesetzt worden, daß sie Reichtümer von unvorstellbarem Wert mit sich führten.

»Wie viele Männer, sagt Ihr, hat er an Bord?« fragte Brian Edouard.

»Mindestens zwanzig«, antwortete Edouard. »Wenn nicht zwanzig, dann jedenfalls doch so viele, daß wir es nicht mit ihnen aufnehmen können.«

»Da mögt Ihr für Euch und Eure Mannschaft sprechen, Kapitän!« sagte Brian. »Ich erkläre Euch jedoch, daß er, solange er keine gepanzerten Ritter bei sich hat, uns nicht einmal mit dreißig Mann an seiner Seite Angst einjagen könnte.«

»Er ist selbst ein Ritter, glaube ich«, sagte Edouard. »Aber ich kann mir nicht vorstellen, daß er andere Männer von Rang bei sich hat. Allerdings ist es gut möglich, daß seine Männer ebenfalls eine Halbrüstung oder leichte Rüstung tragen, oder wie auch immer Ihr diese Dinge nennt.«

»Wie ich schon bemerkte«, erklärte Brian, »wir sind genauso stark wie sie und noch stärker. Ihr habt drei Ritter auf Eurem Schiff, die in voller Rüstung sein können, bis unsere Feinde bei uns sind. Und ich zumindest bin im Umgang mit Waffen kein Kleinkind; und ich wage zu sagen, daß der gute Sir Giles auch keins ist, und Sir James …«

In seiner Stimme lag ein leichtes Zögern, aber dann

fuhr er tollkühn fort: »... ist genau der Mann, den ich in einem kleinen Gezänk wie diesem hier an meiner Seite wissen möchte. Segelt weiter, Kapitän, als hättet Ihr ihn nicht gesehen oder als kümmerte es Euch nicht, ob er da ist oder nicht; und in der Zwischenzeit werden ich und meine beiden Freunde uns zum Kampf rüsten.«

»Herr Ritter, Herr Ritter«, sagte Edouard beinahe müde. »Habt Ihr nicht den hohen Herrn hier«, er zeigte mit dem Kopf auf Jim, »sagen hören, daß sie Armbrustschützen auf ihren Kampfdecks postiert haben? Nicht einmal Eure Rüstung wird Euch aus kurzer Entfernung vor ihren Bolzen schützen. Ich sage Euch, wir sind ihnen so hilflos ausgeliefert wie Schafe dem Schlächter.«

»Aber nicht doch, Kapitän«, mischte sich nun Dafydd mit seiner leisen Stimme in das Gespräch, »es sieht so aus, als hättet Ihr vergessen, daß auch ich zu Euren Passagieren zähle. Ich bin ein walisischer Bogenschütze, müßt Ihr wissen. Als solcher kann ich jeden Armbrustschützen, der den Bogen an seine Schulter nimmt, an Schußweite und Treffsicherheit leicht übertreffen. Wenn Ihr mir nur einen Platz zuweisen würdet, auf dem ich zumindest zum Teil geschützt wäre und einen guten Blick auf das andere Schiff hätte, verspreche ich Euch, daß von den feindlichen Bogenschützen nur wenige, vielleicht sogar gar keine auf weniger als zwanzig Schiffslängen an unser Boot herankommen werden.«

Edouard drehte sich um und sah ihn mit offenem Mund an. Dafydd blickte beschwichtigend auf ihn herab.

»Bei allen Heiligen!« sagte Edouard. »Ihr seid einer von diesen englischen Bogenschützen, diesen Teufelskerlen, die vor nicht allzu langer Zeit solche Verheerungen unter den französischen Armeen angerichtet haben!«

Das tröstliche Lächeln verschwand von Dafydds Lippen.

»Wales, *›aus Wales‹*, Herr Schiffskapitän!« Er hatte die Stimme nicht erhoben, sprach aber mit einer Schärfe, die seine Freunde bei ihm noch nie gehört hatten. »Habe ich nicht deutlich genug ›walisisch‹ gesagt, um mich verständlich zu machen?«

»Aber warum ...« Edouard geriet buchstäblich ins Stottern, »... ist das nicht fast dasselbe? Ich meinte ...«

»Aus Wales«, sagte Dafydd immer noch leise, aber unerbittlich. »Ich bin ein walisischer Bogenschütze und entstamme jener Rasse, die Pfeile dorthin schoß, wohin sie zielte, während die Briten noch immer mit Stöcken und Sehnen herumfummelten und versuchten, einen Kurzbogen zu bedienen. Aus Wales! Ich bin ein Meister meiner Zunft und ein größerer Meister als Ihr in Eurer seid, Matrose. *Aus Wales!*«

Dafydd war ohnehin von großem Wuchs, aber jetzt schien er sie alle zu überragen, vor allem aber Edouard, der selbst im Vergleich zu Giles und Brian klein, wenn auch breitschultrig und offensichtlich tüchtig war.

»Aus Wales«, pflichtete Edouard ihm unterwürfig bei. »Ich erbitte Eure Vergebung, Herr Bogenschütze. Wenn das, was Ihr sagt, der Wahrheit entspricht, dann besteht an diesem Tag tatsächlich noch Hoffnung für uns alle. Aber es ist selbst im besten Falle nur eine schwache Hoffnung; denn wir haben weder am Bug noch am Heck Kampfdecks, von denen aus Ihr Eure Pfeile abschießen könntet. Aber wir werden unser Bestes tun, um in der Zeit, die uns vor dem Angriff Bloody Boots noch bleibt, irgendeinen Schutz für Euch zu errichten.«

Er wandte sich an Jim und die beiden anderen Ritter.

»Und was Euch betrifft, meine Herren«, sagte er, »möchte ich vorschlagen, daß Ihr unter dem Vorderdeck, wo man Euch nicht sehen kann, Eure Rüstung anlegt und alles tut, was sonst noch vonnöten ist. Es ist nicht nötig, sie unsere Stärke wissen zu lassen, bevor sie uns erreicht haben.«

»Bleibt!« rief Brian stirnrunzelnd. »Es geht nicht an, daß gegürtete Ritter sich hinter einem Bogenschützen verstecken; nicht einmal einem Bogenschützen, wie Dafydd einer ist. Wir werden uns an Deck umziehen.«

Edouard sah ihn mit wilder Wut an.

»Tut das, Herr Ritter«, sagte er, »und wir werfen den halben Vorteil, den Ihr, Eure Rüstung und Eure Tüchtigkeit mit den Waffen uns einbringen, über Bord.«

»Dennoch ...«, begann Brian, als Jim befand, daß er besser keine Zeit mehr verlor, die Sache in die Hand zu nehmen.

»Brian, Giles«, unterbrach er seinen Gefährten, »vielleicht sollten wir uns für einen Augenblick abseits der anderen besprechen. Und vielleicht wäre das Vorschiff kein schlechter Platz, dies zu tun. Zum einen wäre die Sache mit Secoh zu klären. In der Zwischenzeit müßt Ihr, Herr Schiffskapitän, Euch überlegen, wie wir unsere Pferde verbergen können. Vielleicht hättet Ihr so dies und das an Bord, was Ihr um sie herum auftürmen könntet. Auf diese Weise wird man sie, falls sie nicht wiehern, nicht an Bord vermuten, bevor das andere Schiff so nahe ist, daß es keinen Unterschied mehr machen wird.«

Es war ein wenig, dachte Jim im Anschluß an seine Worte bei sich, wie der Trick eines Löwenbändigers, dem Löwen die vier Beine eines Stuhls zu zeigen. Ob es stimmte oder nicht, konnte er nicht sagen, aber man hatte ihm erzählt, daß die Stuhlbeine den Löwen deshalb verwirrten, weil sie ihn vor ein Rätsel stellten. Die Frage war, welches der vier ihn bedrohenden Beine er zuerst angreifen sollte, und während er noch zögerte, konnte man damit rechnen, daß sein Kampfesmut sich verflüchtigte und dem Wunsch Platz machte, zu fliehen – oder sich zumindest zurückzuziehen.

Jim hatte Brian und die anderen gleich mit drei Dingen konfrontiert, die erledigt werden mußten; und während sie noch überlegten, gegen welches der drei

Dinge sie protestieren sollten, marschierte Jim bereits auf den Eingang des Vorderdecks zu, und es sah fast so aus, als triebe er die beiden anderen Ritter und Secoh vor sich her.

24

DAS GRÖSSTE PROBLEM bestand darin, Secoh die Treppe hinunterzubekommen. Selbst mit zusammengefalteten Flügeln erwies sich die Tür doch als sehr eng für ihn; und obwohl er sich als Drache in dunklen und engen Räumen durchaus zu Hause fühlte, ließ ihn die Tatsache, daß er zuerst die Treppe hinunter mußte, um einen solchen Raum zu erreichen, zögern.

Secoh hatte es jedoch schon vor langer Zeit aufgegeben, sich einzugestehen, daß irgend etwas ihm angst machen könne. Also zwängte er sich, wenn auch ein wenig zaghaft, durch den Eingang und mühte sich die Treppe hinunter.

Weder Brian noch Giles verloren ein Wort, bis sie alle unter Deck im Vorschiff waren; aber als die drei Ritter nun zusammen mit Secoh in dem Raum standen, in dem normalerweise sechs oder acht Männer Platz gefunden hätten, wurde es eindeutig eng – vor allem für die drei Männer, die versuchten, ihre Rüstung anzulegen und einander dabei zu helfen. Diese Tatsache konnte keiner von ihnen übersehen.

»Wollt Ihr mich wieder in einen … einen Menschen verwandeln?« fragte Secoh Jim.

Seine Frage ging Jim zu Herzen. Er wußte, wie wenig es Secoh gefiel, seine Drachengestalt gegen die eines Menschen einzutauschen.

»Nein, Secoh«, sagte er, »ich werde Euch um Hilfe schicken. Und nun möchte ich, daß Ihr alle einen Augenblick wartet, wenn Ihr so freundlich sein wollt. Ich möchte unseren Schiffskapitän noch um einen weiteren Gefallen bitten. Ich bin gleich wieder da.«

Er wandte sich der Leiter zu, die an Deck führte.

»James?« fragte Brian. »Ihr habt uns hierher gebeten, um ungestört mit uns reden zu können, und nun wollt Ihr statt dessen mit dem Schiffskapitän sprechen. Das ist ein wahrlich seltsames Benehmen. Man könnte meinen …«

»Bitte habt ein wenig Geduld, Brian«, sagte Jim. »Ich möchte wirklich nur noch ein Wort mit ihm reden. Ich gehe jetzt die Leiter hinauf und rufe nach ihm. Dann bin ich gleich wieder unten. Ihr übrigen könnt zuhören, wenn Ihr wollt.«

Ohne auf Brians Zustimmung zu warten – die er im übrigen auch gar nicht bekam –, stieg Jim die Leiter hinauf und schob den Kopf durch die Luke des Vorschiffs.

»Kapitän!« rief Jim. »Würdet Ihr bitte einen Augenblick herkommen? Es ist wichtig!«

Hinter sich auf dem Deck des Vorschiffs, das er nicht einsehen konnte, war eine Art Gebrumm zu hören, ein Durcheinander verschiedener Stimmen. Einige Sekunden später erklangen dröhnende Schritte über ihm, und Edouard sprang leichtfüßig gegenüber der Luke zu Boden und hockte sich hin, um Jim ansehen zu können.

»Was gibt es, Herr Ritter?« fragte er. »Wenn wir etwas aufbauen sollen, hinter dem der Bogenschütze in Deckung gehen kann, zählt jetzt jeder Augenblick …«

»Das weiß ich. Und ich bin genauso sehr auf Dafydds Schutz bedacht wie alle anderen hier – wahrscheinlich noch mehr«, entgegnete Jim. »Aber ich muß Euch schnell noch etwas fragen. Ihr habt keine Fracht an Bord, oder?«

»Hm«, machte Edouard und sah ihn einen Augenblick lang verschlagen an, »Ihr versteht ein wenig von der Seefahrt, Mylord. Nein, wir haben keine Fracht. Wie hätte uns das auch möglich sein sollen, wo wir so hastig abgelegt haben?«

»Das bedeutet, daß wir hoch im Wasser liegen, nicht wahr?« erkundigte sich Jim. »Und das muß für diesen Bloody Boots, oder wer auch immer er ist, erkennbar sein, oder nicht? Übrigens, warum nennt man ihn eigentlich Bloody Boots?«

»Angeblich gießt er das Blut von Gefangenen in seine Stiefel, bevor er ein anderes Schiff entert, so daß das Blut aus den Stiefeln sickert und überall seine blutigen Fußabdrücke hinterläßt«, erklärte Edouard. »Ich selbst glaube eher, daß es vermutlich Rinder- oder Schafsblut ist, das er benutzt. Obwohl es ihm durchaus ähnlich sähe, einem Gefangenen die Kehle durchzuschneiden, nur um an Blut für seine Stiefel zu kommen. Nein, Ihr habt recht. Wir führen keine Fracht bei uns. Ich habe mich selbst schon gefragt, warum er ausgerechnet uns angreift, obwohl Schiffe in der Nähe sind, die gewiß eine lohnendere Beute versprechen.«

»Und Euch ist keine Antwort eingefallen?« fragte Jim.

»Keine Antwort, Mylord. Ihr habt recht«, sagte Edouard.

»Vielen Dank«, sagte Jim. »Das wäre dann alles. Ich hatte mir nur dieselbe Frage gestellt. Jetzt könnt Ihr wieder dahin zurückkehren, woher Ihr gekommen seid, und wir sehen zu, daß wir unsere Rüstungen anlegen.«

»Eine müßige Frage, um so kostbare Zeit damit zu verschwenden!« brummte Edouard, während er sich erhob. Dann sprang er das kleine Stück zum oberen Deck hinauf, das gleichzeitig das Dach der Vorschiffskabine darstellte. Einen Augenblick später hörten sie das Dröhnen seiner Stiefel, die dem Bug entgegenstrebten.

Jim stieg die Leiter wieder hinunter.

»Was sollte diese Frage, James?« wollte Brian wissen, als Jim seinen Freunden wieder gegenüberstand. »Was für eine Rolle spielt es, ob unser Schiff eine Fracht geladen hat oder nicht, oder warum dieser schottische Pirat ausgerechnet uns angreift?«

»Ich wollte mir nur den Verdacht bestätigen lassen, daß bei dieser Sache Magie im Spiel ist«, sagte Jim. »Ich habe immer noch keinen ernstzunehmenden Beweis, aber soweit es mich betrifft, bin ich mir jetzt sicher. Secoh?«

»Jawohl, Mylord«, erwiderte Secoh eilfertig. »Wie ich schon sagte, Mylord, wenn Ihr mich noch einmal in einen Georg zurückverwandeln wollt, damit Ihr hier mehr Platz habt …«

»Aber nein, Secoh«, sagte Jim. »Um genau zu sein, habe ich einen sehr guten Grund, warum ich möchte, daß Ihr weiter ein Drache bleibt. Ich habe eine Mission für Euch. Ihr müßt Hilfe holen.«

»Hilfe?« sagten Brian und Giles wie aus einem Mund. Secoh sah ihn nur mit seinen runden, dunklen Drachenaugen an.

»Ja«, sagte Jim. »Ist Euch beiden nicht aufgefallen, daß diese Soldaten des französischen Königs uns sehr schnell eingeholt haben? Als hätten sie nach uns Ausschau gehalten.«

»Das ist wohl wahr«, entgegnete Giles langsam. »Sie sind offensichtlich geradewegs zum Kai gekommen, ohne anderswo Zeit zu verlieren. Auf der anderen Seite – mußten sie nicht damit rechnen, daß wir versuchen würden, nach England zurückzukehren?«

»Das wäre gewiß eine Möglichkeit gewesen, die der König und Ecotti in Betracht ziehen mußten«, sagte Jim, »aber die Tatsache, daß man sie zu Pferd und ausschließlich zu diesem einen Bestimmungsort ausgesandt hat, so als wäre keine Zeit zu verlieren, erscheint mir verdächtig. Ich habe das Gefühl, daß da Magie im Spiel war und sie ganz genau wußten, wo sie uns finden würden.«

»Aber Ihr sagtet doch«, protestierte Giles, »Ecottis Magie sei ganz anders als Eure. Wenn Ihr vom König nicht erfahren konntet, was Ihr zu erfahren wünschtet, wie soll er da erfahren haben, was unser nächstes Ziel war?«

»Das ist genau die Frage, auf die ich mir nur eine einzige Antwort vorstellen kann«, sagte Jim. »Ich glaube langsam, daß einer von ihnen, entweder der König oder Ecotti, in direkter Verbindung mit dem größeren und stärkeren magischen Verstand steht, der hinter all dem steckt, es selbst jedoch gar nicht weiß. Möglich, daß dieser größere, magische Verstand über jeden einzelnen unserer Schritte unterrichtet wurde, noch während wir mit dem König und Ecotti sprachen. Wenn es Ecotti war, mit dem der verborgene Magier in Verbindung stand, dann hat er Ecotti vielleicht unmittelbar nach unserem Aufbruch dazu bewogen, dem König alles zu entlocken, was dieser mir anvertraut hatte.«

»Und wenn es König Jean war?« fragte Brian.

Man hörte die Skepsis in seiner Stimme. Jean war ein gesalbter König, und als solcher durfte er an und für sich gar nicht fähig sein, Teil einer magischen Übereinkunft zu werden.

»Ich glaube nicht, daß es der König war«, sagte Jim. »Wahrscheinlich ist es Ecotti.«

»Und dann?« fragte Giles.

»Nun«, sagte Jim, »ich glaube nicht, daß Ecotti die Art Magie benutzen könnte, mit deren Hilfe ich ihnen unter Hypnose ihre Geheimnisse entlockt habe. Außerdem mußten sie beide wahrscheinlich unter dem Bann verharren, bis sie wie befohlen bis fünfhundert gezählt hatten. Aber danach könnten Ecotti – oder der Kopf hinter ihm, der durch Ecotti seine Magie benutzt – mit Hilfe ihrer Zauberkräfte herausgefunden haben, was während unserer Anwesenheit dort geschehen ist.«

»Mylord«, sagte Secoh ein wenig beschämt, »ich verstehe nicht.«

»Wenn ich recht habe«, erklärte Jim, »könnte der

Drahtzieher des Ganzen vermuten, daß wir zur Küste wollten, um ein Schiff nach England zu finden. Und er könnte dafür gesorgt haben, daß der König uns unverzüglich seine Soldaten hinterherschickte.«

»Aber wenn das alles der Wahrheit entspricht«, sagte Brian, »was hat das dann mit Eurem Plan zu tun, Secoh um Hilfe auszusenden – und was für eine Art von Hilfe kann er überhaupt rechtzeitig herbeischaffen?«

»Nun«, sagte Jim, »wenn, wie ich vermute, Magie benutzt wurde, könnte sie noch auf andere Weise benutzt worden sein. Ich habe es Euch noch nicht erzählt, aber der Drahtzieher – dieser unbekannte Magier hinter Ecotti und den Seeschlangen – könnte Bloody Boots irgendwie die Nachricht übermitteln haben, daß wir jetzt ein größeres Vermögen an Juwelen bei uns haben, als irgendein Mensch es zu Lebzeiten wohl zu sehen bekommen wird. Das erklärt, warum er ausgerechnet unser Schiff angreift. Verzeiht mir, wenn ich Euch nicht verraten kann, warum wir diese Juwelen bei uns haben.«

»Deshalb braucht Ihr uns doch nicht um Verzeihung zu bitten, James«, sagte Brian. »Aber glaubt Ihr, Bloody Boots könnte davon wissen?«

»Ich muß das als ernstzunehmende Möglichkeit in Betracht ziehen, Brian«, sagte Jim.

»Und wie«, sagte Giles, »soll Secoh uns dann helfen können? Dieses Schiff wird uns doch gewiß in nicht viel mehr als einer Stunde erreicht haben, trotz Dafydds Geschick mit Pfeil und Bogen.«

»Wir sind der Südküste Englands jetzt sehr nah«, sagte Jim. »Malencontri und Cliffside sind nur ungefähr dreißig Meilen von hier entfernt, und ein Drache kann sehr schnell fliegen, vor allem mit Rückenwind – und wir haben anscheinend auflandigen Wind. An einem Tag wie diesem würde ich auch in größeren Höhen auflandige Winde vermuten.«

Er brach seine Erklärungen ab und wandte sich nun an Secoh.

»Secoh«, sagte er, »ich möchte, daß Ihr zwei Dinge tut. Erstens möchte ich, daß Ihr wieder an Deck geht und von diesem Schiff wegfliegt. Ich möchte, daß Ihr Euch ganz dicht über den Wellen haltet und dafür sorgt, daß dieses Schiff immer zwischen Euch und dem Schiff von Bloody Boots bleibt. Wenn unser Schiff Euch nicht länger vor seinen Blicken verbergen kann, müßtet Ihr eigentlich weit genug entfernt sein, um die Piraten nicht mehr auf Euch aufmerksam zu machen. Sobald Ihr diesen Eindruck habt, steigt Ihr sofort höher, so daß Ihr für uns hier auf der Oberfläche des Meeres nur wie ein Punkt am Himmel ausseht. Könnt Ihr das tun?«

»Aber gewiß, Mylord«, sagte Secoh, »nur – wie wird Euch das helfen?«

»Sobald Ihr in der Luft seid, werdet Ihr kehrtmachen und zur englischen Küste und nach Malencontri fliegen. Wenn Carolinus dort ist, sagt ihm, was wir herausgefunden haben. Die französische Invasion soll, vorausgesetzt das Wetter hält sich, in fünf Tagen stattfinden. Wenn Carolinus nicht da ist, verschwendet keine Zeit, nach ihm zu suchen.«

»Aber ...« Secoh brach ab und geriet ein wenig ins Stottern, »Mylord, dann werde ich zu der Zeit, da ich Euch in der Schlacht gegen die Georgpiraten helfen könnte, mindestens eine halbe Flugstunde von Euch entfernt sein. Seid Ihr sicher, daß ich Euch verlassen soll?«

»Ja«, antwortete Jim, »denn so könnt Ihr uns Hilfe beschaffen. Ich möchte, daß Ihr sofort zu den Höhlen der Drachen von Cliffside fliegt und wenigstens ein halbes Dutzend Drachen, besser noch mehr, dazu bewegt, hierherzukommen und uns zu helfen.«

»Sie werden wahrscheinlich nicht so ohne weiteres mitkommen, nur weil ich sie darum bitte«, meinte Secoh zweifelnd. »Ihr kennt diese fetten Höhlenbewohner doch ebensogut wie ich, Mylord. Sie wollen nicht kämpfen, außer um ihr eigenes Leben zu retten. Wenn es wirklich zu dieser Invasion von Seeschlangen kommt, werden sie natürlich kämpfen; aber nichts Geringeres als dies könnte ...«

»Ah«, sagte Jim, »ich möchte, daß Ihr ein paar von Euren Freunden unter den jungen Drachen ansprecht. Und ich habe nicht die Absicht, sie in den Kampf zu schicken!«

Secoh erfreute sich in letzter Zeit, wie Jim sehr wohl wußte, bei den jüngeren Drachen in Cliffside großer Beliebtheit. Ein Drache galt als Kind, wenn er nicht wenigstens fünfzig Jahre gelebt hatte, und danach als Grünschnabel, bis er hundert war oder älter. Jüngere Drachen wurden daher von den älteren für gewöhnlich herumgeschubst. Die meisten Älteren behandelten sie, als seien sie nicht nur nutzlos, sondern stünden ihnen den größten Teil der Zeit auch noch im Weg.

Secoh war wegen seiner Sumpfdrachenherkunft und des Mangels an Nahrung in den Sümpfen in seiner Jugend selbst im Alter von zweihundertundzehn Jahren kaum größer als die meisten fünfzigjährigen Drachen und kleiner als einige der nur um eine Spur älteren jungen Cliffsider. Darüber hinaus übte er auf die jungen Drachen eine gewisse Faszination aus.

Er war nicht nur tapfer genug, um es mit jedem anderen Drachen der Cliffsidegesellschaft aufzunehmen, ganz gleich, wie groß dieser sein mochte; er hatte anscheinend vor gar nichts Angst. Darüber hinaus kannte er Geschichten, vor allem die von dem Kampf am Verhaßten Turm, wo er zusammen mit Jim, Brian, Dafydd und Smrgol, dem Großonkel von Gorbash, gekämpft hatte – jenem Drachen, dessen Körper Jim damals unabsichtlich bewohnt hatte.

Und tatsächlich hatte er zusammen mit Smrgol, der bereits durch einen Schlaganfall und hohes Alter halb verkrüppelt war, gegen den abtrünnigen Drachen Bryagh gekämpft und ihn getötet, da dieser sich in den

Dienst der Dunklen Mächte des Verhaßten Turmes gestellt hatte.

Zweitens hatte Secoh noch weitere Abenteuer bestanden und darüber hinaus Wort für Wort einige der Geschichten auswendig gelernt, die Smrgol ihm erzählt hatte. Zu Smrgols Lebzeiten hatten die älteren Drachen zwar immer in gespieltem Protest aufgestöhnt, wenn er eine seiner Geschichten zu erzählen begann. Aber andererseits waren sie auch immer diejenigen gewesen, die sich dann ein Faß Wein unter eins ihrer Vorderbeine geklemmt und sich die besten Plätze neben Smrgol gesichert hatten, so daß die Jüngeren an den Rand gedrängt wurden. In Secoh hatten die jungen Drachen nun ihren eigenen Geschichtenerzähler. Außerdem waren sie abenteuerlustiger als die älteren und würden sich vielleicht von Secoh in ein richtiges Abenteuer von der Art locken lassen, wie sie sie sonst nur aus Geschichten kannten.

»Beschafft mir ein halbes Dutzend oder mehr von den eifrigen jungen Drachen, die schon viel geflogen sind, weil sie noch nicht so viel zugenommen haben.«

»Ich schätze ...«, meinte Secoh zweifelnd. »Aber ...«

»Ihr braucht sie gar nicht wirklich in den Kampf zu führen«, sagte Jim. »Ihr wißt doch, wie der Wanderfalke sich auf seine Beute herabstürzt? Er legt die Flügel an und läßt sich einfach wie ein Stein fallen, dann breitet er die Flügel im allerletzten Augenblick wieder aus, um sich abzufangen, kurz bevor er auf seiner am Boden liegenden Beute landet?«

»O ja, Mylord. Das weiß jeder Drache«, sagte Secoh.

»Nun, sagt Euren jungen Drachen, daß sie dasselbe tun sollen. Da, wo ich herkomme, nannte man so etwas Sturzkampfflug. Der einzige Unterschied ist, daß Ihr Euren jungen Drachen die Anweisung gebt, gute fünfzehn oder zwanzig Fuß über dem Mastkorb von Bloody Boots Schiff abzubremsen.«

Secohs Miene leuchtete auf.

»O ja«, sagte er, »das wird den jungen Drachen gefallen!«

»In der Zwischenzeit«, fuhr Jim fort, »werden Brian, Giles und ich unser Bestes tun, jeden Armbrustschützen, den Dafydds Pfeile verschont haben, außer Gefecht zu setzen. Euren Freunden dürfte also keine Gefahr drohen. Ich bin mir ziemlich sicher, daß Bloody Boots endgültig vor Schreck das Herz stehenbleibt, wenn nicht nur ein Drache, sondern eine ganze Schwadron auf ihn zustürzt. Aber Ihr dürft keine Zeit verschwenden! Fliegt sofort los. Jetzt!«

Secoh schob sich zwischen den Körpern der drei Männer hindurch, fand die Leiter und kletterte sie hoch. Einen Augenblick lang füllte sein massiger Leib den Eingang aus. Dann zwängte er sich hinaus aufs Deck, und eine Sekunde später hob er mit vernehmlichem Flügelklatschen ab. Er hielt sich knapp oberhalb des Decks und flog zwischen die Backstagen hindurch. Die drei Ritter drängten sich die Leiter hinauf und konnten gerade noch erkennen, wie er ungefähr dreißig Fuß über den Wellen davonflog.

»Ich hoffe, er bleibt so niedrig«, sagte Jim. Dann machte er sich endgültig daran, seine Rüstung anzulegen.

Giles und Brian hatten sich mit ihren eigenen Rüstungen ziemlich beeilt und waren schon fast fertig, wieder an Deck zu gehen. Aber zuerst halfen sie Jim, seine Rüstung und die Waffen anzulegen. Kurz darauf stapften sie alle drei die Leiter hinauf, duckten sich dann unter dem Vorschiffsaufbau und sahen dem Treiben an Deck des Vorschiffs zu.

Dort hatten Edouard und seine drei Matrosen einen dreiseitigen, halb überdachten Schuppen von ungefähr sechseinhalb Fuß Höhe errichtet. Er bestand aus doppelt übereinandergelegten, rauhen Planken von derselben Art, wie der Schiffskapitän sie für die Pferde bereitgelegt hatte, als diese an Bord gebracht wurden. Die

Planken waren nicht genagelt, sondern zusammengebunden. Das Steuerruder hatte Edouard zuvor mit einem Tau in seiner Position fixiert, so daß das Schiff von allein seinen Kurs hielt.

In der Schutzhütte, die sie gebaut hatten, hatte Dafydd genug Platz, um zu stehen und seinen Köcher mit den Pfeilen vor sich an einen Nagel zu hängen. Er konnte sowohl nach vorne als auch zu den Seiten schießen, und zwar durch acht hohe Schlitze, die drei bis fünf Zoll breit waren. Jetzt stand er mit eingelegtem Pfeil da, schoß aber noch nicht, während seine drei Freunde näher kamen.

Die vier Seeleute drehten sich um, als Jim, Brian und Giles auf sie zugestapft kamen, und Edouard sah sie mit offenem Mund an, bevor er plötzlich erstarrte. Sein Blick war auf das Emblem des Schildes gefallen, das an Jims linker Schulter hing. Seine Matrosen hatten sich ebenfalls bei dem Geräusch ihrer Schritte umgedreht, und als sie die Überraschung ihres Kapitäns sahen, blickten sie ihn verwundert an. Sie standen ganz still da, während sie erst seinen Schild, dann ihn betrachteten, als wüßten sie nicht, ob sie verwirrt oder erschrocken sein sollten.

Jim hatte den Mund geöffnet, um etwas zu dem Kapitän zu sagen, aber Edouard kam ihm zuvor.

»Mylord!« rief er. »Ich wußte nicht – seid Ihr wirklich der Drachenritter?«

»Ja«, bestätigte Jim, »aber woher kennt Ihr mich?«

»Ich bin mehr Engländer als Franzose, Mylord«, erwiderte Edouard. »Aber selbst wenn ich nur ein Franzose wäre – die Kunde von Euren Taten hat zumindest den Teil Frankreichs, in dem ich mich gewöhnlich aufhalte, erreicht. Eure Waffen sind dort genauso bekannt wie in England. Ihr seid schon vorher auf französischem Boden gewesen, wenn ich mich nicht irre?«

»Ich und die edlen Herren in meiner Begleitung«, sagte Jim. »Habt Ihr auch von ihnen gehört?«

Edouard sah die Schilde von Brian und Giles an und blickte wieder zu Dafydd hinüber – der ihm jedoch keine Aufmerksamkeit schenkte, sondern sich auf den Ausblick konzentrierte, den die Schlitze ihm gewährten. Edouard wandte sich wieder zu Jim um. Auf seinem Gesicht stand ein seltsamer Ausdruck.

»Magier«, sagte er, »es ist eine Ehre für mich, wie sie einem Menschen nur einmal im Leben widerfährt, Euch alle kennenzulernen. Vor allem aber fühle ich mich geehrt, einen Magier von Eurem Rang kennenzulernen.«

»Ich sollte nicht mit ›Magier‹ angeredet werden«, sagte Jim müde. Wie viele Male hatte er wohl schon versucht, das zu erklären? »Als Magier bekleide ich einen sehr niedrigen Rang. Der Ausdruck *›Magier‹* sollte jenen vorbehalten bleiben, die den höchstmöglichen Rang erreicht haben. Ihr würdet Carolinus, meinen Meister auf dem Gebiet der Magie, als ›Magier‹ ansprechen und recht daran tun. Und Ihr hättet auch Merlin solchermaßen ansprechen können, hättet Ihr in seiner Zeit gelebt. Nennt mich einfach Mylord, wie Ihr es bisher getan habt.«

»Wenn das Euer Wunsch ist«, sagte Edouard. »Dennoch, es macht mir Mut, solch legendäre Ritter um mich zu haben. Es gibt mir ein wenig Hoffnung, daß wir vielleicht doch obsiegen werden.«

»Erwartet nicht zuviel«, sagte Jim. »Wir sind schließlich nur Menschen und können nichts Unmögliches möglich machen. Mag sein, daß dieser Bloody Boots uns überwältigen wird, so wie die Bewaffneten in Frankreich es getan hätten, wenn Secoh sich nicht wieder in einen Drachen verwandelt hätte.«

»Diese Verwandlung war es, die mich das erste Mal argwöhnen ließ, daß Ihr vielleicht mehr seid als gewöhnliche Sterbliche«, sagte Edouard. »Aber heißt das, daß Drachen sich in Menschen und dann wieder in Drachen verwandeln können wie Werwölfe? Das war mir bisher nicht bekannt.«

»Ohne Hilfe können sie das nicht«, sagte Jim. »Und da wir das Thema nun schon einmal angeschnitten haben, möchte ich Euch erklären, daß ich Secoh, den Ihr gerade losfliegen saht, ausgesandt habe, damit er uns Hilfe von den anderen Drachen bringt. Ohne diese Hilfe weiß ich nicht, wie unsere Aussichten stehen.«

»Es stimmt, daß ich zuerst gar keine Hoffnung hatte …«, begann Edouard; er wurde von einem schweren Aufprall unterbrochen, der von einer Stelle unmittelbar neben ihm zu kommen schien.

»Die da drüben haben offensichtlich einen Überfluß an Armbrustbolzen«, bemerkte Dafydd, ohne den Blick zu wenden. »Ich habe weniger als dreißig Pfeile, und ein jeder muß seinen Mann treffen, denn wenn die Pfeile erst verschossen sind, bin ich kein Bogenschütze mehr, sondern nur noch ein weiterer Mann mit einem Messer.«

»Warum schießt Ihr denn nicht?« fragte Edouard.

Ohne ein Wort zeigte Dafydd nach oben in die Halbdecke, die seine kleine Zelle überdachte. Das scharfe Metallende eines Pfeilschaftes ragte vielleicht anderthalb Zoll durch das Holz. Edouard fluchte leise.

»Und das, obwohl wir die Planken doppelt gelegt haben!« sagte er. »Aus der Nähe werden die Pfeile sich durch das Holz bohren. Aber warum schießt Ihr nicht zurück, Bogenschütze?«

»Seht Ihr nicht, daß der Bolzen uns von oben getroffen hat?« antwortete Dafydd. »Er wurde in so hohem Bogen geschossen, wie der Armbrustschütze es sich gerade noch zutraute. Sonst hätte er uns auch nicht erreicht. Daß er sich so weit durch das Holz bohren konnte, wie er es getan hat, rührt ebenso von seiner ursprünglichen Wucht wie von der Tatsache her, daß er nach unten fiel. Aber da das, was hinunterkommt, zuvor in die Höhe gegangen sein muß, ist es wohl wahr, daß diese Armbrustbolzen sich aus der Nähe nicht nur in die Planken bohren könnten, sondern sie durchschlagen werden. Die Armbrust ist eine machtvolle Waffe, wenn auch langsam und unhandlich. Was meine Gründe betrifft, warum ich nicht zurückschieße, blickt doch einmal durch diesen Schlitz, Kapitän.«

Er trat ein kleines Stück zurück, und Edouard machte einen Schritt nach vorn, um durch die Öffnung zu blicken.

»Bei allen Heiligen«, fluchte er, »sie sind immer noch ein gutes Stück von uns entfernt.«

»Ganz recht«, sagte Dafydd. »Nun könnte ich von hier mit meinem Bogen jeden Mann dort drüben treffen, aber ich könnte mir nicht sicher sein, den zu töten, auf den ich ziele. Und da ich, wie bereits bemerkt, weniger als dreißig Pfeile besitze, werde ich sie mir aufsparen, bis ein jeder von ihnen seinen Zweck erfüllt. Haltet Ihr Euch an Euer Schiff, Kapitän, und überlaßt die Bogenarbeit mir.«

Edouard trat einen Schritt zurück.

»Das werde ich tun«, sagte er. »Ich erbitte Eure Vergebung für meinen Übereifer, Meister Bogenschütze.«

»Gewährt«, sagte Dafydd, der wieder durch den Schlitz spähte. »Ich werde schießen, sobald sie nahe genug sind.«

Edouard wandte sich wieder an die anderen.

»Das beste wird sein, wenn wir uns alle versteckt halten, bis sie näher herangekommen sind«, sagte er. »Bei diesen leichten Winden kann mein Schiff nicht schneller segeln, zudem hat er das größere Boot mit den größeren Segeln und einem schnelleren Rumpf.«

Die Worte des Kapitäns waren so eindeutig, daß niemand etwas dazu bemerkte. Jim, Brian und Giles gingen zusammen mit Edouard und seinen drei Matrosen langsam wieder nach mittschiffs und stiegen auf das tieferliegende Deck hinunter; dann setzten sie sich mit dem Rücken gegen den drei Fuß hohen Aufbau des Vorschiffs, wodurch sie für die Armbrustschützen unsichtbar waren.

Brian nahm den Helm ab. Jim und Giles folgten seinem Beispiel. Sie hatten die ganze Zeit über ihre Visiere offen gehabt, aber es gab in puncto Bequemlichkeit einen beträchtlichen Unterschied zwischen einem Helm mit einem offenen Visier und überhaupt keinem Helm.

»Und nun, Herr Kapitän«, sagte Brian, »ist es an der Zeit, daß Ihr uns sagt, wie groß Eurer Meinung nach die Zahl der Feinde auf dem anderen Schiff ist, welche Bewaffnung sie wohl haben und auf welche Weise sie versuchen werden, uns zu entern – es sei denn, wir entern sie zuerst.«

25

EDOUARD SAH IHN einen Augenblick lang fassungslos an.

»Einen Moment bitte, Herr Ritter«, sagte er, »ich hatte vergessen, wer Ihr seid. Gewiß würde niemand als ein Paladin angesichts einer solchen Übermacht des Feindes davon sprechen, dessen Schiff zu entern.«

»Na kommt schon, Mann!« sagte Brian ein wenig scharf. »Ihr sollt, so gut Ihr das vermögt, meine Fragen beantworten. Wie groß ist die Zahl unserer Feinde und welche Bewaffnung führen sie mit sich?«

»Ich habe das schon zuvor erwähnt«, sagte Edouard. »Ich vermute, daß er zwischen zwanzig und dreißig Mann an Bord hat, größtenteils Schotten wie er selbst. Er wird der einzige Ritter unter ihnen sein, aber die übrigen werden auf alle mögliche Art und Weise gepanzert sein und Waffen aller Art bei sich tragen, angefangen von Dolchen bis hin zu Speeren. Er selbst besitzt angeblich ein langes zweihändiges Schwert, das irgendeinen seltsamen schottischen Namen trägt – Cly … Clid …«

»*Claihea mor*«, sagte Giles schroff, »in gewöhnlichen Worten würde man es ›großes Schwert‹ nennen.«

»Genau. ›Claymore‹«, fuhr Edouard fort. »Er ist ein Riese von einem Mann, und es heißt, kein Mann könne es mit ihm aufnehmen, wenn er diese Waffe benutzt.«

»Ha!« rief Brian. »Es gibt Möglichkeiten, wie man mit Schild und gewöhnlichem Breitschwert einer solch übergroßen Klinge begegnen kann. Vielleicht werde ich es ihm heute zeigen.«

Ihr Gespräch war von dem Aufprall weiterer Armbrustbolzen unterbrochen worden, die die notdürftige Hütte um Dafydd herum trafen. Jim, der genau zugehört hatte, hatte außerdem dreimal das Sirren seines Bogens vernommen. Aber nun fuhr Giles, der bisher mit dem Rücken an der Deckwand gelehnt hatte, herum und hob den Kopf, um zum Bug blicken zu können.

»Einer der Pfeile hat Dafydd gestreift«, sagte er.

Sie alle sahen sich um. Die letzten Armbrustbolzen des Feindes hatten das Holz um mindestens die Hälfte ihrer Länge, wenn nicht noch mehr, durchdrungen. Einer davon ragte schräg hinunter und war weit genug durch das Holz gestoßen, um mit der Spitze Dafydds Schenkel aufzureißen. Jetzt sahen sie, wie Dafydd sein Knie gegen den hervorstehenden Armbrustschaft drückte, um ihn abzubrechen. Der Pfeil barst bis zu der Stelle, an der er aus der Planke heraustrat. Die Art, wie Dafydd sein Bein bewegte, schien darauf schließen zu lassen, daß er nicht schwer verletzt war, aber die Hose an seinem linken Bein hatte sich fast bis zum Saum hinunter dunkel gefärbt. Die Wunde schien heftig zu bluten.

Brian fluchte.

»Es ist nicht recht«, sagte er, »daß Ritter sich hinter einem nackten Mann verstecken, der nur einen Bogen hat.«

Edouard riskierte es, sich zu erheben, und blickte zu dem sich nähernden Piratenschiff hinüber. Als ein Armbrustbolzen an ihm vorbeisirrte, setzte der Kapitän sich hastig wieder hin. Der Pfeil war über das ganze Boot hinweggeschossen und ins Meer gefallen.

»Sie sind schon ganz nah«, sagte er.

»Wie lange noch?« blaffte Brian.

»Nicht mehr lange«, antwortete Edouard. »Wir haben vielleicht noch Zeit, unsere Gebete zu sprechen, gesetzt den Fall, daß die Liste unserer Sünden nicht allzu lang ist.«

Zu Jims gelinder Überraschung – obwohl er sich beinahe im selben Augenblick sagte, daß er es hätte wissen müssen – machten sich alle außer ihm selbst daran, genau das zu tun, was Edouard gesagt hatte. Sie bekreuzigten sich, falteten die Hände, schlossen sogar die Augen und begannen vor sich hin zu murmeln.

Nach einem Augenblick der Unentschlossenheit entschied sich Jim, es ihnen nachzutun. Von ihm als Magier würde man das vielleicht nicht erwarten. Auf der anderen Seite hatte Solidarität immer etwas Aufmunterndes. Er schloß die Augen, faltete die Hände und senkte den Kopf. Er konnte sich nicht dazu überwinden, so zu tun, als bete er, da dies für ihn keine natürliche Handlung war, und er hatte das Gefühl, daß man die Heuchelei in diesem Augenblick auch übertreiben konnte. Aber zumindest machte er sich darauf gefaßt zu warten, bis die anderen aufhören würden.

Einer nach dem anderen beendeten sie ihre Gebete. Giles und Brian waren die ersten, die die Hände sinken ließen und die Köpfe hoben, danach kam Edouard, dann zwei Mitglieder der Mannschaft. Überraschenderweise war es der Jüngste, der am längsten und eindringlichsten betete. Zum ersten Mal bekam Jim eine Ahnung davon, was für ein Gefühl es wohl war, jung zu sein und in eine Situation wie diese zu geraten.

Jim wunderte sich darüber, daß er im Augenblick nicht größere Angst empfand. Die Gefahr einer Niederlage schien ungeheuerlich. Außerdem konnte man unmöglich sagen, ob die Drachen rechtzeitig kommen würden oder ob sie mit ihrem Erscheinen überhaupt zur Rettung ihres Lebens beitragen konnten.

Aber Jim stellte fest, daß ihn all das seltsam unberührt ließ; außerdem mußte er sich rückblickend sagen, daß er bis auf die Augenblicke, in denen er sich tatsächlich im Kampf befand wie am Verhaßten Turm oder gegen die Hohlmenschen an der schottischen Grenze keine nennenswerte Furcht verspürt hatte – vielleicht bis auf einige wenige Augenblicke kurz vor den jeweiligen Kämpfen. Wenn die Schlacht erst einmal begonnen hatte, schien er zuviel zu tun zu haben, um länger darüber nachzudenken.

Er staunte. Vielleicht schenkte ihm das Wissen, daß er ein Magier war, ein falsches Gefühl von Sicherheit? Oder vielleicht war der Grund sogar noch weiter hergeholt? Daß nämlich diese Welt ihm bis auf den heutigen Tag nicht so real erschien wie seine ursprüngliche Welt im zwanzigsten Jahrhundert, und daß es ihm daher erschien, als könne er hier nicht wirklich sterben – jedenfalls nicht im eigentlichen Wortsinne. Unauffällig zwickte er sich mit den Fingern seiner rechten Hand in sein linkes Handgelenk.

Bei dem scharfen Schmerz, der ihm den Arm hinaufschoß, wäre er beinahe zusammengezuckt. Er hatte ganz vergessen, daß er Panzerhandschuhe aus Metall trug. Diese Welt war durch und durch real. Aber im Augenblick hatte er keine Zeit, länger darüber nachzudenken.

Das Knallen der Armbrustbolzen auf Dafydds Schutzhütte hatte nun einen beinahe stetigen Rhythmus angenommen, und immer mehr Bolzen sirrten in einer Höhe über das Schiff, die jeden gefährdet hätte, der aufstand. Einige der Bolzen bohrten sich auch in die Seiten von Edouards Schiff.

»Der arme Junge verliert jetzt furchtbar viel Blut«, sagte Giles. Er drehte sich um und warf noch einen Blick auf Dafydd.

Sie alle drehten sich um. Giles hatte die Wahrheit gesagt. Eine ganze Reihe von Bolzen hatte sich durch das Holz um Dafydd gebohrt, und andere durchschlugen die Planken, obwohl sie für gewöhnlich keine Gefahr mehr darstellten und aufs Deck fielen. Aber Dafydd, der zwar keine Wunden am Oberkörper oder an den Armen empfangen hatte, war von mehreren Pfeilen gestreift worden, und es schien, als gäbe es – abgesehen von den Körperteilen, die von seinem Kettenhemd geschützt wurden – keine Stelle an seinem Körper, die nicht mit Blut durchtränkt gewesen wäre. In dem Köcher vor ihm befanden sich jetzt nur noch zwei oder drei Pfeile.

Er stützte sich jetzt mit einem Knie auf einen der Armbrustbolzen, die durch die Planken gedrungen waren. Anscheinend war das verwundete Bein abermals getroffen worden, und es war jetzt zu kraftlos, um sein Gewicht zu tragen. Nun nahm er einen weiteren Pfeil zur Hand, legte ihn in seinen Bogen, zog ihn bis an den Kopf zurück und ließ ihn durch den Seitenschlitz fliegen, dem er seine ganze Aufmerksamkeit gewidmet hatte.

Die Zahl der Bolzen, die ihr Schiff nun trafen, hatte sich verringert, aber noch immer schlug in regelmäßigen Abständen einer gegen Dafydds Schutzhütte.

»Ich habe sie alle bis auf ihren letzten Armbrustschützen erwischt«, sagte Dafydd über die Schulter hinweg. Seine Stimme klang ruhig, aber schwach. »Er hat Männer bei sich, die ihm zusätzliche Armbrüste laden und spannen; das ist auch der Grund, warum seine Bolzen so stetig kommen. Außerdem stehen jetzt andere Männer vor ihm, so daß ich nicht richtig zielen kann. Aber ich werde ihn noch kriegen.«

Sein Gesicht war bleich. Er richtete seine Aufmerksamkeit wieder auf den Schlitz.

»Ich fürchte, er wird von dem schweren Blutverlust bald ohnmächtig werden«, meinte Giles.

»Dann ist die Sache jetzt entschieden!« brüllte Brian und sprang auf die Füße. Er hätte sich nun dem Feind preisgegeben, hätte ihn nicht die für Dafydd errichtete Schutzhütte vor dessen Blick verborgen. »Beim heiligen Edmond! Beim heiligen Richard und beim heiligen Oswald! Laßt mich gehen, Schiffskapitän, oder Ihr habt Euer Leben verwirkt!«

Brian hatte sein Schwert gezogen und seinen Schild hochgenommen.

»Herr Ritter«, sagte Edouard, der noch immer unter dem Schutz des Vorderdecks hockte, »so nehmt doch Vernunft an, ich bitte Euch! Das Ruder ist festgezurrt, und es bedarf eines Seemanns, es zu lösen. Aber wenn ich oder einer meiner Männer versuchen würde, an dieses Ruder heranzukommen, würde dieser Armbrustschütze uns binnen Sekunden getötet haben, wenn er noch ein paar gespannte Armbrüste zur Hand hat. Kniet Euch wieder hin, ich bitte Euch, und wartet ab. Sie werden jetzt bald selbst längsseits kommen!«

»Festgezurrt!« rief Brian. »Dann werde ich es losschlagen und selbst auf den Feind zusteuern!«

Er drehte sich um und rannte zum Ruder. Binnen weniger Sekunden war Giles hinter ihm her. Ein Bolzen traf Brian, aber er beschirmte seine rechte Seite mit dem Schild, und der Bolzen drang nur ein kleines Stück weit in den Schild ein. Als Brian das Steuerruder erreichte und herumfuhr, ließ er den Schild mit sich herumfahren. Genau in diesem Augenblick erreichte Giles ihn, der ebenfalls seinen Schild hochgehoben hatte, und stellte sich zwischen Brian und das feindliche Schiff.

Hinter Giles konnten sie einen Augenblick lang Brians Klinge im Sonnenlicht aufblitzen sehen, dann vernahm man ein hackendes Geräusch, als drösche eine Axt auf Holz ein. Eine Sekunde später begann das Schiff zu gieren, und als Brian und Giles vom Steuerruder zurücktraten, konnte man sehen, daß Brian das

Ruder halb losgeschnitten, halb entzweigeschlagen hatte, so daß es das Schiff nun nicht länger zu lenken vermochte.

»Ich wußte es!« rief Edouard. Halb vorgebeugt, um sich so weit wie möglich hinter dem Schanzkleid zu halten, lief er nun ebenfalls zum Achterschiff. Aber seltsamerweise wurden keine Bolzen mehr auf ihn abgeschossen. Jim wollte ihm gerade folgen, als ihm aufging, daß er dort kaum etwas auszurichten vermochte. Also drehte er sich wieder um und sah Dafydd an.

Dafydd lag in seiner kleinen Zelle auf dem Deck. Jim sprang aufs Oberdeck, und gerade in dem Augenblick schwang das Schiff langsam herum und gab den Blick auf das andere Schiff frei, das sie nun fast erreicht hatte und mit dem Bug voraus auf sie zu kam. Ohne sich weiter um den Feind zu kümmern, eilte Jim zu Dafydd hinüber, der mit einem bleichen Lächeln zu ihm aufsah.

»Ich habe ihn … den letzten«, flüsterte Dafydd. »Alle Männer, die mit der Armbrust umgehen können, sind getroffen. Verzeiht mir, James. Ich würde Euch jetzt gern helfen, aber …« Seine Augen schlossen sich.

Jim, der alles andere, was um ihn herum geschah, ignorierte, ließ sich auf seinen gepanzerten Knien neben den Bogenschützen fallen und riß hastig Dafydds Kleider in Streifen, um Bandagen und Aderpressen um die Wunden zu legen, aus denen Dafydds Leben auf die Planken rann.

Er warf einen verzweifelten Blick gen Himmel, um festzustellen, ob schon etwas von den Drachen zu sehen war. Er war gewiß, daß Secoh, wenn er niemanden dazu bewegen konnte, ihm zu helfen, zumindest allein zurückkehren würde; aber die Gefahr war groß, daß er sich auf zu viele zeitraubende Streitigkeiten mit den anderen Drachen einlassen würde, um rechtzeitig zu ihnen zurückkehren zu können.

Jim glaubte einige Punkte am Himmel zu erkennen,

war sich aber nicht sicher. Mit seiner Drachensicht hätte er jeden Zweifel zerstreuen können, aber im Augenblick hatte er keine Zeit für Magie. Er hatte nur Zeit, sich um Dafydd zu kümmern. Nachdem er das letzte Stück abgerissenen Stoffs um dessen mehrmals getroffenes linkes Bein gebunden hatte, rappelte er sich hoch, zog sein Schwert und eilte den anderen zu Hilfe.

Er kam ein wenig zu spät, um zu sehen, wie die beiden Schiffe mit den Flanken zusammenstießen. Der Aufprall schleuderte ihn und alle anderen von den Füßen; auf dem anderen Boot hatte er vermutlich dieselbe Wirkung. Als er wieder auf den Beinen war, führte Brian nicht nur Giles, sondern auch Edouard und seine drei Matrosen über die aneinanderliegenden Schanzkleider beider Schiffe, welche die Piraten mit Enterhaken und Seilen zusammengezwungen hatten.

Edouard und seine Seeleute trugen Waffen, die wie langstielige, zweischneidige Äxte aussahen, deren eine Schneide aber eher eine Spitze war. Eine solche Waffe konnte, wenn sie aus einiger Entfernung geschleudert wurde, für die Rüstung eines Ritters so verheerend sein, wie man sich das nur wünschen konnte. Außerdem schwangen die Matrosen, ob angefeuert von Brians Beispiel oder nicht, ihre Äxte wie die Wahnsinnigen.

Brian zumindest schien der Drang, sich in die Schlacht zu stürzen, den Verstand geraubt zu haben, Giles hatte sich offensichtlich angesteckt. Sie säbelten sich buchstäblich durch den größten Teil der Männer vor ihnen, und Brian schrie aus Leibeskräften. Einen Augenblick lang konnte Jim nicht verstehen, was er schrie, weil so viele Stimmen gleichzeitig durcheinanderbrüllten. Aber seine Vertrautheit mit Brians Stimme und eine gewisse Ahnung davon, was seinen Freund bewegen mochte, ermöglichte es Jim schließlich, Brians Worten einen Sinn zu entnehmen.

»Zu mir, Sir Bloody Boots!« brüllte Brian. »Zu mir!«

Wenn Brian und Giles sich ihren Weg durch die Masse der leichter gepanzerten Gegner vor sich förmlich säbelten, so tat Jim zu seiner eigenen Überraschung es ihnen gleich. Plötzlich stellte er fest, daß er und die beiden anderen Ritter in voller Rüstung und mit deutlich zur Schau getragenen ritterlichen Fähigkeiten so furchtbare Gegner darstellten, daß niemand außer vielleicht dem Piratenkapitän bereit war, es im Kampf mit ihnen aufzunehmen.

Jim hatte genug Erfahrung mit Scharmützeln wie diesem, so wenige es auch gewesen sein mochten, um bei jedem dritten Schritt herumzufahren und sich jedes Mal in eine andere Richtung zu wenden; auf diese Weise gelang es ihm zweimal, Gegner zu stellen, die versuchten, sich mit einem langen Dolch an ihn anzuschleichen und ein Scharnier in seiner Rüstung zu finden, in das sie die Klinge rammen konnten. Aber im wesentlichen war er damit beschäftigt, sich durch die Menge der Gegner zu zwängen und nur jene niederzuschlagen, die mutig genug waren, ihm die Stirn zu bieten.

In diesem Augenblick ließ sich eine bullenartige Stimme vernehmen, und das Brüllen übertönte sogar den ganzen Tumult auf dem Schiff.

»Aus dem Weg, ihr verdammten Idioten!« brüllte die Stimme. »Aus dem Weg, und laßt mich zu ihm!«

Es war die Stimme von Bloody Boots. Zum ersten Mal konnte Jim ihn nun sehen. Er war kein Riese, wenn man den Oger vom Verhaßten Turm zugrunde legte – Jims Schätzung nach war der Oger mindestens ein Dutzend Fuß groß gewesen. Noch weniger konnte Bloody Boots als Riese durchgehen, wenn man ihn mit dem Seeteufel Rrrnlf maß. Aber er war ein gutes Stück über sechs Fuß groß und von mächtigem Körperbau. Als er und Brian voreinander standen, sah es aus, als stünde ein Mann vor einem halb ausgewachsenen Jungen, denn so sehr Brian sich auch recken mochte, er brachte es kaum auf mehr als fünf Fuß und sieben Zoll.

Alle, die die beiden Männer umgaben, wurden zur Seite gefegt, nicht nur von Brians Klinge, sondern auch von Bloody Boots, der nicht davor zurückschreckte, seine Waffe auch gegen seine eigene Mannschaft zu richten, um sich Platz zum Kämpfen zu verschaffen. Die übrigen Kämpfe kamen nach und nach zum Erliegen, so daß alle Männer von beiden Schiffen den Zweikampf beobachten konnten.

Bloody Boots schwang sein großes Schwert über den Kopf und ließ es mit einem pfeifenden Geräusch herunterkrachen. Es schien, als könne nichts dieses geschärfte Eisen daran hindern, Brian buchstäblich in zwei Hälften zu schneiden. Aber als die Klinge auf Brians Schild traf, hieb sie es nicht entzwei, sondern prallte davon ab, hatte aber dennoch eine solche Wucht, daß sich ihre Spitze tief in das Holz des Schiffsdecks bohrte und dort festsaß.

Brian hatte gerade einen der Tricks vorgeführt, auf die er sich so meisterlich verstand und die Jim zu lehren er sich solche Mühe gegeben hatte – die Kunst, seinen Schild schräg zu halten, um einen Schlag abzuwehren, wie Bloody Boots ihn gerade geführt hatte. Der Riese fluchte und riß mit seiner ganzen Kraft an dem Griff seines Schwertes, um die Klinge zu befreien.

Dies gelang ihm zwar, aber er bot Brian auf diese Weise Gelegenheit, selbst sein Schwert zu erheben. Und wäre der Piratenkapitän nicht von den Knien aufwärts genauso gut gepanzert gewesen wie Brian in seiner Stahlrüstung – ein aus Metallschlingen gewobenes Hemd, verstärkt mit Platten und Panzern an Armen und Beinen – hätte Brian den Kampf vielleicht an Ort und Stelle zu Ende gebracht.

Er versuchte es jedenfalls, denn sein Breitschwert zielte nicht auf die gepanzerten Körperteile, sondern auf die Beine des Riesen, wo sie ungeschützt über seinen nassen, überschwappenden, wadenhohen Lederstiefeln herausragten und den Metallschutz darüber noch nicht erreichten.

Aber Bloody Boots verstand sich anscheinend genausogut darauf, seine ungepanzerten Körperstellen zu verteidigen, wie Brian sich darauf verstand, seinen Schild schräg zu neigen, um Schläge abzuwehren. Er hatte seinen Schild bereits gesenkt, um Brians Schlag abzuwehren, noch während er fluchte und an seinem Schwert zerrte. Das Ergebnis war, daß Brians Klinge den Schild einbeulte und grausam gegen die Knie des großen Mannes trieb, aber keinen großen Schaden anrichtete. In der Zwischenzeit hatte Bloody Boots seine eigene Klinge befreit. Er schwenkte sie herum und erwiderte den Angriff.

26

NACH UND NACH hatte sich die restliche Kampftruppe von den beiden Schiffen zu einem Zuschauerring formiert, der Brian und dem Piratenanführer auf Schritt und Tritt folgte, während die beiden auf dem Oberdeck des größeren Schiffes hin und her sprangen und versuchten, gleichzeitig anzugreifen und sich selbst zu schützen.

Brian machte von seiner musterhaften Handhabung seines Schildes und von seiner Fähigkeit Gebrauch, so zu tun, als richte er sein Schwert gegen den Oberkörper des Feindes, nur um seine Klinge herumschnellen zu lassen und einen Hieb gegen dessen ungeschützte Beine zu führen. Außerdem war er beweglicher als der große Mann und konnte buchstäblich unter einem Schlag von Bloody Boots' Schwert hinwegtauchen. Davon abgesehen konnte er den größeren Mann von der Seite angreifen, bevor dieser seinen Schild zu Brian herumzudrehen vermochte.

Auf der anderen Seite lag Bloody Boots' Vorteil nach

wie vor in dieser unglaublich schweren und langen Waffe, die er führte. Zuerst hatte er sie mit leichter Hand bedient, wie einen mageren Holzstock. Aber das Grunzen, das seinen fehlgeleiteten Schlägen folgte – Schlägen, die stets im Deck endeten oder im Mast oder jedenfalls an irgendeiner anderen Stelle als Brians gepanzertem Körper –, legten Zeugnis für die Anstrengung ab, die seine Hiebe ihn kosteten. Jetzt bemerkte Jim, daß ihm der Schweiß ausgebrochen war – zumindest konnte er den feuchten Schimmer auf dem Teil seines Gesichts erkennen, der sichtbar war –, denn er kämpfte sogar auf dem Höhepunkt der Schlacht mit offenem Visier. Jim bemerkte, daß Giles neben ihn getreten war, und murmelte dem anderen Ritter aus dem Mundwinkel etwas zu.

»Wenn Brian ihn nur noch eine Weile so über das Deck treiben kann«, sagte Jim, »wird ihm seine Ausdauer vielleicht den Sieg eintragen. Der Pirat kann dieses riesige Schwert nicht ewig schwingen.«

»Da bin ich ganz Eurer Meinung«, murmelte Giles.

Sie sahen weiter zu.

Jim wurde bewußt – und er war sich sicher, daß Giles es ebenfalls bemerken mußte, auch wenn die anderen um sie herum es nicht taten –, daß Brian mit seinen wilden Sprüngen vor allem ein Ziel verfolgte: Er zwang den großen Mann, ihm zu folgen, womit er ihn gleichfalls zwang, das Gewicht seiner Rüstung und seines Schwertes häufiger hin und her zu bewegen, als ihm dies in einem solchen Kampf Mann gegen Mann lieb sein mochte. Nach Jims Einschätzung von Bloody Boots schien ihm der Piratenkapitän eher zu der Art von Kämpfer zu gehören, die sich gern breitbeinig irgendwo aufbauten und einfach den Raum um sich herum mit unaufhaltbaren Schwerthieben eindeckten.

In der Tat schien nun Bloody Boots derselbe Gedanke zu kommen, denn er brüllte Brian plötzlich an.

»Bleibt stehen, Herr Floh!« donnerte er.

»Seid Ihr ein Ritter oder ein Markttänzer? Bleibt stehen und kämpft, wenn Ihr den Mumm dazu habt!«

Brian gab keine Antwort und änderte auch seine Taktik nicht. Mittlerweile beanspruchten sie auf dem Vorschiff den größten Teil des Oberdecks, welches das Dach des Unterdecks auf dem Schiff bildete.

Außerdem war auf diesem größeren Schiff die Stufe vom Ober- zum Unterdeck etwas fünf Fuß hoch, während es auf Edouards Schiff nur drei Fuß waren. Das war kein Höhenunterschied, den irgendein mit einer Rüstung angetaner Mann gern mit einem Sprung bewältigte, denn ein gepanzerter Mann würde bei einem solchen Sprung – von seiner schützenden Panzerung behindert – fast mit Sicherheit den Boden unter den Füßen verlieren. In diesem Fall würde derjenige der beiden Kämpfer, der sich zuletzt wieder in aufrechte Position brachte, auf Gedeih und Verderb der Gnade seines Gegners ausgeliefert sein.

Infolgedessen hatte sich das Oberdeck in eine Art Ring verwandelt, den keiner der beiden Männer zu verlassen wagte, auch wenn der Kreis der Zuschauer um sie herum sich geöffnet hatte, um sie durchzulassen.

Bloody Boots seinerseits versuchte offensichtlich, Brian entweder zurück zur Reling des Schiffs zu treiben oder gegen den Mast, der sich aus dem Unterdeck erhob. Wenn er Brian auf die eine oder andere Art festsetzen konnte, würde das seine Bewegungsfreiheit auf ein gewisses Maß zurechtstutzen.

Wenn er Brian dann auf solche Weise eingeengt hatte, konnte dieses gewaltige Schwert vielleicht die Wirkung des schräg geneigten Schildes aufheben, vor allem, da der Schild selbst langsam mit einer Vielzahl von Dellen und Löchern übersät war, so daß es nun jede Menge Stellen gab, an denen die große Klinge Halt finden konnte.

Brian war es bisher gelungen, sich weder gegen das

Schanzkleid noch gegen den Mast drängen zu lassen. Aber ein plötzlicher torkelnder Ansturm des Riesen, der sich bisher mit langen Schritten zufriedengegeben hatte, zwang Brian, bis zum hinteren Rand des Oberdecks zurückzuweichen.

Als Bloody Boots zu ihm herumfuhr, keuchte der Pirat schwer; aber Brian atmete unter seinem Helm ebenfalls stoßweise, und beide Männer waren in der Stille der beobachtenden Menge deutlich zu hören. Wenn Bloody Boots auch eine gewisse Trägheit verriet, mit der er jetzt sein schweres Schwert herunterbrachte, so schien auch Brian eher geneigt zu sein, der wuchtigen Klinge auszuweichen, statt sie geschickt mit seinem Schild abzulenken.

»Ein guter großer Mann gegen einen guten kleinen Mann«, sagte jemand in der Menge unweit von Jim, »wer könnte daran zweifeln, wie der Kampf ausgehen wird?«

Ein zustimmendes Gemurmel durchlief die Reihen der Zuschauer – ein zustimmendes Gemurmel, dem Giles und Jim mit verstocktem Schweigen begegneten.

Aber es war unleugbar, daß Brian immer weiter an den Rand zum Unterdeck getrieben wurde. Wenn er der erste war, der stürzte, konnte der andere sich vorsichtig hinablassen und auf diese Weise sicherstellen, daß er auf den Füßen landen würde. Brian wich nun seitlich links des Abgrunds zurück und würde binnen weniger Schritte mit dem Rücken zum Mast stehen.

»Ha! Jetzt!« grunzte Bloody Boots mit tiefer, atemloser Stimme, dann holte er mit seiner Klinge weit zu einem Abwärtsschlag aus, der Brian vor dem Mast treffen würde.

In diesem Augenblick bewegte Brian sich mit einer Geschwindigkeit, die die Trägheit, die er nun seit einiger Zeit gezeigt hatte, Lügen strafte. Er rammte Bloody Boots seinen Schild ins Gesicht, ließ mit seiner gepanzerten rechten Hand sein Schwert fallen und griff nach dem langen Poignard an der anderen Seite seines Schwertgürtels. Nachdem er ihn mit einer einzigen schnellen Bewegung gezogen hatte, stieß er zu, und zwar in dem Augenblick, in dem der Pirat seinen Arm hob und die ungepanzerte Stelle an seiner Achsel freigab. Die Klinge bohrte sich tief hinein in den Körper und die Lungen des anderen Mannes.

Bloody Boots schien in die Höhe zu steigen und dann herniederzukrachen, indem er den Schlag ausführte, zu dem er bereits angesetzt hatte. Aber der Schlag war jetzt richtungslos geworden und eher ein Reflex als ein geplanter Angriff. Seine Klinge prallte von der Unterkante von Brians Schild ab, und die Spitze der Waffe grub sich ein letztes Mal in das Holz des Decks. Bloody Boots fiel.

Er brach wie eine Steinstatue zusammen, die ein Schmiedehammer in den Kniekehlen getroffen hatte. Er sackte auf die Knie hinunter, ließ den Griff seines Schwerts fallen, wiegte sich einen Augenblick lang hin und her und fiel dann auf die Seite, bevor er sich auf den Rücken rollte. Brian stand über ihm und stellte ihm einen Fuß auf den Brustharnisch, damit er sich nicht wieder erheben konnte.

»Ergebt Euch!« keuchte Brian.

»Ich … ergebe … mich«, ächzte der Mann auf den Holzplanken, »aber ich bin am Ende meiner Tage angelangt. Kommt zu mir herunter. Laßt mich wenigstens, bevor ich gehe, beichten, was ich zu beichten habe. Oder seid ihr … kein Christ?«

Statt einer Antwort warf Brian sein Poingard weg und ließ sich neben dem sterbenden Mann auf seine metallbewehrten Knie sinken.

»Meine schlimmste … Sünde«, keuchte der Riese, und ein verzerrtes Lächeln huschte über sein Lippen, »ist die, daß … ich mir immer vorgenommen habe … niemals … *allein zu sterben!*«

Mit diesen Worten riß er seinen eigenen Poignard

hoch, auf dessen Griff seine Schwerthand gelegen hatte. Bei der Waffe handelte es sich um einen Dolch, dessen nadelspitzdünne, dreieckige Klinge eigens dazu diente, Kettenrüstungen zu durchstoßen. Er trieb sie mit all seiner ihm noch verbliebener Riesenkraft in den Kettenpanzer zwischen zwei der Harnische, die Brians Brust schützten.

Die Wucht des Schlags war derart, daß sie Brian halb auf die Füße hob; die andere Hälfte des Weges legte er mit Hilfe seiner Beine zurück, während er versuchte, der Klinge auszuweichen. Aber die Spitze bohrte sich gut eine Handbreit tief in sein Fleisch.

»Feigling!« schrie er. »Ehrloser Ritter – einen Streich zu führen, nachdem Ihr Euch ergeben habt!«

Mit einer einzigen schnellen Bewegung hatte er sein Schwert ergriffen und die Spitze mit seiner ganzen Kraft zwischen Bloody Boots' Brustharnisch und den unteren Rand von dessen Helm getrieben, wo ein bleicher Streifen Fleisch sichtbar war. Einen Augenblick später war der Pirat an das Holz der Planken genagelt und beinahe enthauptet.

Brian richtete sich auf und stand taumelnd über seinem toten Gegner. Giles sprach an seiner Stelle.

»Da stirbt euer Herr!« rief Giles den Umstehenden zu. »Und so werdet auch ihr sterben, wenn ihr weiter gegen uns kämpft! Seid ihr bereit für einen neuerlichen Hagel von Pfeilen von unserem Bogenschützen hinter seinem sicheren Wall auf unserem Schiff – während wir übrigen unser Mütchen an euch kühlen?«

Aber statt daß seine Worte die Piraten dazu brachten, ihre Waffen fallen zu lassen, schienen sie sie aus ihrer Trance zu reißen. Außerdem fiel Brian genau in diesem Augenblick, nachdem er sich wenige Sekunden lang auf den Beinen gehalten hatte, auf den Boden und lag still da. Sein Sturz schien der Piratenmannschaft neues Leben einzuhauchen. Statt ihre Waffen fallen zu lassen, umklammerten sie sie nur um so fester und wandten sich Giles, Jim, Edouard und seinen Mannen zu.

»In Deckung, James!« konnte Giles gerade noch rufen, bevor die erste Woge der Angreifer über ihnen zusammenschlug.

In diesem Augenblick kam jedoch Verstärkung, mit der niemand gerechnet hatte, obwohl zumindest Jim sie hätte erwarten können – wäre er nicht so gebannt in den Kampf zwischen Brian und dem Piratenkapitän versunken gewesen.

Über ihren Köpfen war ein Lärmen wie ein Donnerschlag zu vernehmen. Alle blickten sie auf und sahen die Gestalt eines Drachen; Jim erkannte Secoh, der direkt über ihrem Mast schwebte. Die langen, ledrigen Schwingen seiner Flügel warfen einen Schatten auf alles unter ihm. Im selben Augenblick war er auch schon vorübergeflogen und bewegte sich von dem Schiff weg. Aber es verstrich kaum eine Sekunde, bis man einen zweiten Donnerschlag vernahm und ein weiterer Drache, seiner Größe nach offensichtlich ein junger Drache, einen Augenblick lang über ihnen auftauchte, bevor er wieder verschwand.

Einen Moment lang sah Jim, noch während dem zweiten Drachen ein dritter folgte, weitere Flecken am Himmel, die sich mit großer Geschwindigkeit dem Piratenschiff näherten. Er atmete bereits auf und glaubte die Schlacht gewonnen. Aber in diesem Augenblick erhob sich von irgendwo in der Menge eine Stimme, die bis in den letzten Winkel des Decks drang.

»Der Teufel selbst ist über uns gekommen!« rief die Stimme. »Kämpft um euer Leben, denn sonst gibt es keine Rettung für uns. Wenn wir diese Männer auf unserem Schiff töten, werden die Drachen vielleicht von uns ablassen!«

Die Piratenmannschaft geriet ins Wanken. Ein Murmeln lief durch ihren Reihen, und einen Augenblick lang schienen sie zwischen Handeln und Nichthandeln hin- und hergerissen zu sein. Dann stand plötzlich ein weiterer Drache flügelschlagend über ihnen, und sie umfaßten ihre Waffen mit festerem Griff. Schließlich setzten sie sich in Bewegung und strebten der Stelle entgegen, an der Bloody Boots tot und Brian neben ihm reglos am Boden lag.

»Schlangen!« schrie plötzlich eine andere Stimme.

Einen Augenblick lang war das Wort kaum verständlich, denn der Schrei war so rauh gewesen und offensichtlich ein grelles Kreischen der Furcht. Aber er brachte augenblickliche Stille mit sich. Die Worte, die diesem Schrei folgten, hallten laut und vernehmlich über das ganze Schiff. »Der Himmel und alle Engel stehen uns bei! Die großen Schlangen! Hört, was ich sage! Die großen Schlangen!«

Die Piraten erstarrten.

Jim blickte aufs Wasser und war sprachlos angesichts des Bildes, das sich ihm bot. Auf mehrere hundert Meter um sie herum schien die See zu brodeln.

Genau in diesem Augenblick öffnete einer der jungen Drachen seine Schwingen und verharrte direkt über ihnen im Flug; augenblicklich durchbrachen ein halbes Dutzend gewaltiger Köpfe und massiger, schlangenartiger Leiber die aufgewühlte Oberfläche des Meeres und schossen zehn bis fünfzehn Fuß hoch in die Luft auf den Drachen zu – der sich glücklicherweise in sicherer Höhe über ihnen befand. Die Schlangenköpfe waren riesig und hatten starke Ähnlichkeit mit denen einer Bulldogge. Außerdem waren sie mit unglaublichen Kiefern versehen, die doppelt so weit aufklafften wie jeder Drachenkiefer und riesige Zähne bleckten – grünliche Zähne mit schwarzen Streifen.

Der Drache, der gerade über ihnen aufgetaucht war, sah sie und stieß ein furchtbares Brüllen aus. Dieses Brüllen war drei Oktaven zu tief, um für die anderen als der Angstschrei erkennbar zu sein, der es, wie Jim sehr wohl wußte, war.

Der junge Drache schoß auf, als wäre eine Rakete an seinem Schwanz befestigt gewesen – und er flog nicht, wie Secoh und die anderen es getan hatten, flach über das Meer in die Ferne, sondern stieg, so schnell er konnte, auf die höchste für ihn erreichbare Flughöhe.

Die Schlangen ließen sich wieder ins Meer fallen. Jim selbst war so erschüttert, wie er es noch nie in seinem Leben gewesen war.

Waren dies die Geschöpfe, von denen Rrrnlf, Granfer und Smrgol gesprochen hatten?

Nach dem, was Jim gerade gesehen hatte, schien es unmöglich zu sein. Diese Kreaturen waren in jeder Weise zweifellos schwerer und größer als ein Drache. Bevor er aber weiter darüber nachsinnen konnte, lenkte ihn das Getöse der Piratenmannschaft ab.

»Laßt sie gehen! Laßt sie gehen! Sie haben auch noch die Schlangen über uns gebracht!« Eine dritte Stimme überschrie die der Piraten. Jim hatte Mühe, die plötzliche Veränderung zu begreifen. Er stieß den immer noch vom Schreck gelähmten Giles mit dem Ellbogen an.

»Schnell«, sagte er zu Giles, »laßt uns Brian hinübertragen und Edouards Mannschaft zurückrufen. Dann können wir die Taue kappen – bevor die Piraten noch einmal ihre Meinung ändern!«

Giles zuckte zusammen. Ohne ein Wort gelang es ihnen mit vereinten Kräften, Brian hochzuheben. Er war bewußtlos. Edouard und seine Matrosen drängten sich durch die Menge, um ihnen zu helfen, und gemeinsam kehrten sie auf ihr Schiff zurück. Die Piraten versuchten nicht, sie aufzuhalten.

Jim hatte die Absicht gehabt, die Enterleinen zu kappen, aber als er Brian auf Deck ihres Bootes abgelegt hatte, stellte er fest, daß die Piratenmannschaft ihm die Arbeit abgenommen hatte und ihr Schiff sich bereits wieder in Bewegung setzte. Der leichte Wellenschlag des Wassers bedeutete, daß die Seeschlangen sich jetzt, da keine weiteren Drachen mehr zu sehen waren, beruhigt hatten. Schon bald war die See wieder glatt. In der Zwischenzeit hatten Jim und Giles alle Hände voll damit zu tun, Sir Brian aus seiner Rüstung herauszuschälen, um an seine Wunden heranzukommen.

Es stellte sich heraus, daß nur eine der Wunden ernsterer Natur war, nämlich der Stich von Bloody Boots' Dolch, der Brians Rüstung durchdrungen und sich in seine Brust gebohrt hatte. Aber die Wunde ging nicht tief, und Jims Hauptsorge war, daß der Dolch vielleicht kleine Fetzen von Brians nicht allzu sauberer, aber nach den Maßstäben des vierzehnten Jahrhunderts völlig annehmbarer Kleidung tief in seinen Körper geschoben hatte, wo sie möglicherweise Infektionen auslösen konnten.

Glücklicherweise hatte die Wunde stark geblutet, und dieser Blutverlust – denn er hatte sich in dem Kampf gegen den ihm körperlich überlegenen Mann tatsächlich bis zum letzten verausgabt – war auch der Grund für seine Bewußtlosigkeit. Sobald sie Brian verbunden hatten, wandte Jim sich Dafydd zu.

Der Bogenschütze war ebenfalls immer noch bewußtlos. An dem Ausmaß seines Blutverlustes konnte kein Zweifel bestehen. Er hatte geblutet, bis er gefährlich weiß im Gesicht war.

Jim verfluchte sich in Gedanken dafür, noch nicht tiefer in die Magie eingedrungen zu sein – vor allem jene Magie, die Carolinus zum Heilen von Wunden benutzte. Er hatte die Absicht gehabt, nicht noch mehr Magie von dem zusätzlichen Konto, das Carolinus ihm verschafft hatte, zu benutzen, als er es bereits getan hatte. Carolinus hatte diese zusätzliche Magie der Revisionsabteilung in einer erbitterten Debatte abgerungen, und Jim hatte sich den noch verbliebenen Rest, wie groß dieser auch sein mochte, für einen Notfall aufsparen wollen.

Aber wenn dies kein Notfall war, was dann? Er wandte sich an Giles.

»Ich muß Carolinus herbeischaffen, um unsere Freunde zu heilen«, stieß er keuchend hervor. »Ihr segelt mit Edouard in den nächstgelegenen Hafen und tragt Brian und Dafydd in ein behagliches Gasthaus. Laßt auf keinen Fall zu – ich wiederhole, *auf gar keinen Fall* –, daß irgend jemand sie zur Ader läßt! Sie haben beide ohnehin schon mehr Blut verloren, als sie erübrigen können. Ihr dürft niemanden, der sich als Heiler bezeichnet oder als Arzt oder als sonst etwas, an die beiden heranlassen. Diese Art Hilfe kann nur ihren Tod bewirken. Carolinus kann sie retten.«

Er wandte sich an Edouard.

»Nennt mir ein Gasthaus, in dem Giles und die anderen untergebracht werden können«, sagte er. »Und zwar im nächsten englischen Hafen!«

»Plymouth«, sagte Edouard, »das Gasthaus *Zum Bären*.«

»Gut«, sagte Jim. »Ich werde Carolinus dorthin bringen oder zu Euch auf dieses Schiff. Vielleicht kann er sie aber auch zu sich holen, wo immer er sich befinden mag. Wenn Giles, Brian und Dafydd plötzlich verschwinden, Herr Kapitän, braucht Ihr Euch nicht zu erschrecken. Man wird sie auf magischem Wege an einen Ort holen, wo man ihnen helfen kann. Was sind wir Euch schuldig? Ich muß Euch jetzt entlohnen.«

Edouard lächelte verschlagen.

»Und ich könnte Euch jeden Preis nennen«, sagte er, »da derjenige von Euch, der den Handel mit mir abgeschlossen hat, nun nicht mehr sagen kann, wie hoch dieser Preis war. Aber ich glaube, Ihr habt mir und meinen Leuten gleich zweimal das Leben gerettet; einmal habt Ihr uns vor Bloody Boots gerettet und dann vor den Schlangen. Ich werde Euch für diese Überfahrt nichts abverlangen, Mylord. Es war mir eine Ehre, Euch und Eure Freunde nach England bringen zu dürfen. Ich werde den Drachenritter und seine Gefährten nie vergessen.«

»Ihr seid ein braver Mann, Kapitän«, sagte Jim. »Dennoch möchte ich Euch entlohnen. Denn wenn wir Euch gerettet haben, dann hat Eure Tüchtigkeit als Seemann uns gerettet. Ich werde dafür sorgen, daß Ihr Euren Lohn erhaltet …«

»Und ich werde ihn nicht nehmen!« fuhr Edouard auf. »Ich bin kein Ritter und auch nicht von vornehmer Geburt. Aber ich bin ein Mann der See, und ich habe gesagt, daß diese Reise für Euch und Eure Gefährten auf meine Kosten geht. Und mein Wort gilt. Ihr würdet mich beleidigen, wenn Ihr mir trotzdem einen Lohn anbieten würdet!«

Jim begriff, daß er einen Nerv des vierzehnten Jahrhunderts getroffen hatte.

»In diesem Fall sage ich Euch Dank«, erwiderte er. »Und nun werde ich gehen.«

Mit aller Eile schrieb er sich den notwendigen Zauber auf die Innenseite seiner Stirn:

BRINGT MICH AN DEN
AUFENTHALTSORT VON → CAROLINUS

Das Schiff und das Meer um ihn herum verschwand.

Er fand sich auf einem Sitzplatz in einem großen Amphitheater wieder, einem Amphitheater mit Hunderten von Männern und Frauen, von denen jeder eine Robe aus irgendeiner dunklen, üppigen Farbe trug, so wie die rote Robe, die Carolinus bevorzugte. Außerdem trugen die meisten der hier Versammelten hohe Hüte, die nach oben hin zu einer Spitze zusammenliefen.

In der Mitte des Amphitheaters sah Jim ein Oval feinen, weißen Sandes, der strahlend unter der heißen Sonne an einem wolkenlosen Himmel lag. Unten in dem Rund standen drei Personen. Eine davon war ein großer, ostasiatisch aussehender Mann mit glattem, mittelalten Gesicht und einer purpurnen Robe.

Im rechten Winkel zu diesem Mann stand eine Dame, die es beinahe auf die gleiche Größe brachte wie er, die aber ansonsten sehr dünn war und von leichenhaftem Aussehen. Sie trug eine tief dunkelgrüne Robe und eine Kappe von derselben Farbe. Ihr Gesicht war knochig und länglich und ihre Miene streng. Sie stand zwischen den beiden anderen wie ein Schiedsrichter in einem Boxkampf; der orientalisch aussehende Mann befand sich zu ihrer Linken.

Zu ihrer Rechten stand, einen hohen roten Hut auf dem Kopf, der bisher anscheinend nur selten getragen worden war, aber ansonsten bekleidet mit seiner gewohnten abgetragenen roten Robe, Carolinus.

27

ES WAR NICHT RICHTIG. Jims Magie hätte ihn direkt neben den alten Magier bringen müssen. Eine jähe Furcht überkam ihn. Mechanisch versuchte er sich zu erheben und Carolinus anzurufen. Aber er konnte weder das eine noch das andere tun. Solange er sitzen blieb, konnte er sich bewegen, soviel er wollte, aber er konnte sich nicht von seinem Sitzplatz erheben, und als er versuchte zu rufen, stellte er fest, daß er zwar sprechen konnte, aber nur mit einer Lautstärke, die man für gewöhnliche Gespräche benutzte.

»Novize, nicht wahr?« fragte eine Stimme zu seiner Rechten.

Verzweifelt drehte er sich um und blickte in das Gesicht eines untersetzten Magiers, der den Sitz zu seiner Rechten innehatte. Der andere hätte so gut wie jeden Alters sein können zwischen zwanzig und sechzig – es war unmöglich, das genau zu sagen, weil der Mann eines jener zeitlosen Gesichter hatte. Er war kein Orientale, aber dem Aussehen nach auch kein Europäer. Seine Robe war mitternachtsblau, und statt eines spitzen Hutes trug er eine flache, an ein Barett erinnernde Kopfbedeckung von derselben Farbe. Seine Augen waren hellbraun, und er lächelte.

»Ich muß zu Carolinus!« sagte Jim. »Sofort. Es ist ein Notfall!«

»Ein Notfall wird genau wie alles andere auch warten müssen«, sagte sein Nachbar, »bis das Duell vorüber ist. Wo liegt das Problem?«

»Zwei meiner Freunde – zwei von Carolinus' engsten Freunden – sind schwer verwundet. Ich brauche Carolinus, um sie zu retten«, sagte Jim. »Ich bin sein Lehrling. Ich kenne ihn. Ich weiß, daß er alles stehen und liegen lassen würde, ganz gleich, worum es sich handelt, um ihnen zu helfen, wenn er davon wüßte. Aber ich scheine nicht dort hinunter zu kommen, und ich kann anscheinend auch nicht nach ihm rufen, um seine Aufmerksamkeit zu wecken.«

»Das werdet Ihr auch weiterhin nicht tun können«, sagte sein Nachbar mitleidig, »nicht, bis das Duell vorüber ist. Aber macht Euch nichts draus. Wo befinden sich diese Freunde von ihm?«

»Sie sind nur ein paar Meilen vor der Südküste Englands auf einem Boot«, antwortete Jim. »Ihr Boot wurde von Piraten angegriffen. Das ist der Grund, warum zwei von ihnen in so schlechter Verfassung sind.«

»Südküste von England«, sagte der Mann neben ihm mit einem Stirnrunzeln. »Laßt mich mal sehen. Südküste, sagtet Ihr …«

Er ließ die Augenlider halb heruntersinken, was ihn eine Spur orientalischer erscheinen ließ, während er ansonsten weiterhin ganz und gar den gegenteiligen Eindruck machte.

»Ja, ich glaube, ich sehe sie jetzt. Ein kleines Boot. Mit sechs Männern an Bord, von denen einer große Mengen Blut verloren hat und ein anderer einen Dolchstoß in die Brust bekommen hat. Habe ich recht?«

»Ja!« rief Jim. »Warum? Könnt Ihr sie sehen? Könnt *Ihr* sie heilen? Es sind Kampfverwundungen; Carolinus sagte, es sei möglich, Kampfverwundungen mit Magie zu heilen, auch wenn man auf diese Weise keine Krankheiten kurieren könne. Ich bin nur ein Magier der dritten Kategorie, daher kann ich Ihnen nicht helfen, aber vielleicht könnt Ihr …«

»Martti Lahti, junger Mann«, antwortete sein Nachbar. »Magier der Kategorie Zwei Plus. Nein, ich kann sie nicht heilen, dazu bedarf es eines Magiers vom Format Eures Meisters. Aber ich werde Euch sagen, was ich tun kann. Ich kann sie für – sagen wir – eine halbe Stunde aus der Zeit nehmen. Dies bedeutet, daß sie während dieser halben Stunde das Vergehen der Zeit nicht wahrnehmen, ihre Wunden nicht bluten und jegliche Schäden, die ihnen zugefügt wurden, sich nicht verschlimmern werden. In einer halben Stunde wird das Duell vorüber sein. Ihr könnt nur hoffen, daß Euer Meister als Sieger daraus hervorgehen wird.«

Jim spürte, wie eine unerwartete Kälte sich seiner bemächtigte.

»Ihr glaubt doch nicht, daß er verlieren wird?« fragte er.

»Verlieren?« sagte Lahti. »Nun, die Möglichkeit besteht natürlich immer, junger Mann. Womit ich nichts gegen Euren Meister gesagt haben will, Ihr versteht. Er ist ein großer Magier und ein bedeutender Mann. Noch eine halbe Welt von uns entfernt kennen die Menschen seinen Namen und reden von ihm, wie sie von Merlin reden.«

Er hielt inne und sah Jim an, als überlege er, wieviel er ihm anvertrauen konnte.

»Aber es herrscht da allgemein ein gewisser Eindruck«, fuhr er fort. »Es ist nur gerecht zu sagen, daß man sein fortgeschrittenes Alter bedenken muß. Möglich, daß er langsam ein wenig nachläßt, ihr versteht schon. Ich meinte nichts Ernstes, nur daß er nicht mehr so viel Biß hat wie früher. Normalerweise wäre das nicht weiter tragisch – aber bei einem Wettbewerb wie diesem, in dem er es mit einer sehr starken zweiten Kategorie aufnehmen muß, einem Mann, der seit Kindertagen östliche Magie praktiziert hat, besteht eine gewisse Möglichkeit ...«

Seine Stimme verlor sich.

»Ich verstehe«, antwortete Jim langsam. Er fühlte sich seltsam leer. Eine plötzliche Angst bemächtigte sich seiner. »Was wird geschehen, wenn er verliert?«

»Wenn er verliert?« wiederholte Lahti. »Als Bußgeld wird man ihm den größten Teil seiner Magie nehmen und ihn in die dritte Kategorie zurückstufen. Dieses Bußgeld wird dann zu gleichen Teilen unter uns anderen aufgeteilt – es macht pro Kopf nur eine unbedeutende Summe aus, ihr versteht, aber das ist das Prinzip. Natürlich wird er immer noch über das Wissen und die Fähigkeiten verfügen, die er jetzt hat. Die kann ihm niemand nehmen. Aber er wird genug Magie aufbauen müssen, um sich wieder für die Arbeit auf dem Eins-Plus-Niveau zu qualifizieren – falls ihm das jemals gelingt –, bevor er wieder in diesen Rang erhoben wird.«

Jim spürte, wie ihn eine Woge der Kälte überschwemmte. Wenn Carolinus plötzlich nicht mehr Magie besaß als Jim, wie sollte er dann Dafydd und Brian nach Malencontri bringen, dem einzigen Ort, an dem sie die notwendige Pflege bekommen konnten. Und die nächste Frage – woher sollte Carolinus dann die Magie nehmen, um die beiden zu heilen?

»Macht nicht so ein ängstliches Gesicht, junger Mann«, sagte Lahti. »Es ist durchaus möglich, daß Son Won Phon der Verlierer sein wird.«

»Son Won Phon?« Der Name explodierte von Jims Lippen.

»Ihr kennt ihn?« fragte Lahti. »Ja, es sieht so aus, als hätte er Carolinus wegen seiner Kenntnis der östlichen

Magie und seines Rechts, diese zu lehren, herausgefordert. Hattet Ihr etwas mit der Sache zu tun?«

»Ja!« stieß Jim zwischen zusammengebissenen Zähnen hervor.

Es war also alles seine Schuld, weil er bei Ecotti und dem König von Frankreich Hypnose angewandt hatte. Wenn Brian und Dafydd an ihren Wunden starben, weil Carolinus ihnen nicht helfen konnte, lag es daran, daß Jim Kenntnisse des zwanzigsten Jahrhunderts benutzt hatte.

In der Zwischenzeit mußte er hier sitzen und dem Duell zusehen. Und hoffen. In der Zwischenzeit – der Gedanke kam ihm ganz plötzlich – hatte Lahti, der hier neben ihm saß, seine Hilfe angeboten.

»Habt Ihr sie schon aus der Zeit genommen?« fragte er an Lahti gewandt.

»Noch nicht«, entgegnete der andere Magier. »Ich habe darauf gewartet, daß Ihr unmißverständlich sagen würdet, ob Ihr meine Hilfe wolltet oder nicht.«

»Ja. Ja, will ich. Sofort!« sagte Jim.

»Dann – ist es geschehen«, sagte Lahti. Er hatte keinen Muskel bewegt.

Jim fühlte sich plötzlich sehr demütig und dankbar.

»Vielen Dank, Herr – ähm ...« Jim wußte nicht recht, wie er den anderen anreden sollte. Er kannte sich mittlerweile genug in den einzelnen Magierrängen aus, um zu wissen, daß ein Vertreter der Kategorie Zwei Plus von niemandem mit ›Magier‹ angesprochen wurde, der selbst über Kenntnisse auf dem Gebiet der Magie verfügte. Andererseits war ihm der andere überlegen. Jims instinktiver Drang, einfach ein ›Herr‹ vor den Namen des anderen zu setzen, wie er es im zwanzigsten Jahrhundert getan hätte, würde hier nicht angemessen sein. Er schloß im bildlichen Sinne die Augen und stürzte sich hinein. »Vielen Dank, Marty Lockty.«

»Der Name wird M-a-r-t-t-i L-a-h-t-i ausgesprochen«, erklärte ihm der andere freundlich. Er machte bei dem doppelten ›t‹ eine kurze Pause und sprach das ›h‹ auf merkwürdig heisere Art aus.

»Oh«, sagte Jim. Er überlegte, ob er noch einmal versuchen solle, den Namen richtig auszusprechen, entschied sich dann aber klugerweise dagegen.

»Nun denn«, sagte Lahti, »jetzt, da Eure Angelegenheit geregelt ist, könnt Ihr Euch bequem zurücklehnen, und wir werden uns gemeinsam das Duell ansehen. Bisher waren die beiden einander vollkommen ebenbürtig, der Meister und Son Won Phon.«

»Was geht da vor?« fragte Jim und blickte angestrengt auf den Sandboden der Arena hinunter. »Keiner von den beiden scheint etwas zu tun.«

»Sie duellieren sich in eben diesem Augenblick auf der dritten Astralebene«, erklärte ihm Lahti. »Das bedeutet natürlich, daß keiner von uns sehen kann, was vorgeht. Nur die beiden Duellanten und der Schiedsrichter sehen es. Aber Ihr könnt den Fluß magischer Kräfte hin und her wogen spüren, oder?«

»Ich ...« Jim wollte gerade eingestehen, daß er das nicht konnte, als ihm dämmerte, daß tatsächlich eine Art Elektrizität in der Luft zu liegen schien, die zwischen Carolinus und Son Won Phon hin und her schoß. Es fühlte sich ein wenig so an, als würde entweder der eine oder der andere unsichtbare Lichtblitze aussenden.

Plötzlich hörte es auf. Son Won Phon ging zu der Frau hinüber, die anscheinend die Rolle des Schiedsrichters übernommen hatte.

»Was geschieht jetzt?« fragte Jim und beugte sich ängstlich auf seinem Sitz vor.

»Könnt Ihr denn nicht hören – ach ja, richtig, Ihr seid nur eine Kategorie Drei«, sagte Lahti. »Das Ferngehör wird Euch wahrscheinlich erst zur Verfügung stehen, wenn Ihr mindestens eine Kategorie Zwei seid. Son Won Phon berät sich mit der Beobachterin. Euer Meister hat bisher sämtliche Prüfungen auf dem Gebiet der östlichen Magie, die Son Won Phon ihm gestellt hat, bestanden. Jetzt möchte Son Won Phon die restlichen der Vorprüfungen überspringen und gleich zu der härtesten, der alles entscheidenden Prüfung übergehen.«

»Was hat denn die Beobachterin damit zu tun?« fragte Jim.

Lahti starrte ihn eine Sekunde lang fassungslos an.

»Seid Ihr sicher, daß Ihr eine Kategorie Drei seid?« fragte Lahti.

»Ja«, gestand Jim, »aber es ist eine ungewöhnliche Situation. Auch wenn ich eine Kategorie Drei bin, weiß ich doch nicht alle Dinge, die eine Drei wissen sollte. Ich bin sozusagen ein Sonderfall.«

»Offensichtlich«, sagte Lahti, in dessen braunen Augen unverhohlene Neugier stand. »Nun, die Beobachterin ist diejenige, die das Duell rechtsgültig macht. Im wesentlichen spricht sie für uns übrige hier auf den Rängen. Eigentlich sollte der Beobachter den beiden Duellanten überlegen sein. Aber wie Ihr wißt, gibt es keinen höheren Rang als den der Kategorie Eins Plus. Daher mußte es einer von den beiden anderen auf der Welt sein, die einen Rang bekleiden, der dem von Carolinus gleichkommt. Ihr Name ist Kinetete.«

»Kinetee … hm?« versuchte Jim den Namen nachzusprechen.

»Nein«, sagte Lahti. »Kin-eh-tet-e. Betonung auf dem Ende. Sie muß ihre Erlaubnis geben, daß die dazwischenliegenden Prüfungen übersprungen werden dürfen.«

Offensichtlich hatte Kinetete genau das getan, denn Jim sah jetzt, daß Son Won Phon sich von ihr abwandte und wieder zu seinem ursprünglichen Standort zurückkehrte; um seine Lippen spielte etwas, das Jim selbst von seinem Platz auf den Tribünen aus als befriedigtes Lächeln erkennen konnte.

Plötzlich stand ein Elefant im Amphitheater, unten auf dem Sand bei den drei Leuten. Jim hatte ihn nicht erscheinen sehen, aber er war auch nicht überrascht. Wenn Elefanten in solchen Situationen erwünscht waren, war das zweifellos die Art und Weise, wie sie in Erscheinung treten würden.

»Was …«, begann Jim.

»Seht einfach zu«, belehrte Lahti ihn.

Son Won Phon hatte jetzt aus dem Nichts etwas herbeigerufen, das auf den ersten Blick nach einem großen, dicken Stock aussah. Aber es stellte sich heraus, daß es kein Stock war, sondern eine Stoffrolle. Son Won Phon stellte sie aufrecht hin und wickelte ein langes Stück undurchsichtigen Tuchs von einer Art stumpfgrüner Farbe um den Elefanten.

Das Tuch stand, während er es entrollte, von allein aufrecht, so daß es schließlich einen Wandschirm bildete, der den Elefanten vollkommen verbarg, nicht nur vor den Blicken von Carolinus und der Beobachterin, sondern auch vor den Zuschauern im Amphitheater.

Vielleicht, dachte Jim, konnten die Magier in der obersten Reihe des Amphitheaters über den Rand blicken, aber er bezweifelte es stark. Der Schirm war wahrscheinlich so geartet, daß niemand über seine oberste Kante sehen konnte.

»Jetzt«, sagte Lahti, »muß Carolinus versuchen, den Elefanten verschwinden zu lassen.«

Jim sah ihn mit einiger Überraschung an.

»Ich glaube nicht, daß Carolinus das Schwierigkeiten bereiten wird«, sagte er.

»Ah«, meinte Lahti, »aber wißt Ihr, es geht nicht einfach darum, einen Elefanten hinter einem gewöhnlichen Wandschirm verschwinden zu lassen. Der Wandschirm ist mit einem sehr raffinierten Schloß, zu dem die höchste Form der östlichen Magie benutzt wird, verschlossen. Carolinus wird die Kombination dieses Schlosses entschlüsseln müssen, um es öffnen zu können. Wenn der Schirm fertig ist, wird er für die Lösung dieser Aufgabe eine volle Minute Zeit haben.«

Noch während Lahti Jim die Vorgänge erklärte, legte Son Won Phon das Ende der Stoffbahn für den Wandschirm wieder auf den Anfang selbiger Bahn. Die beiden Enden fügten sich zusammen, als wären sie aus einem Stück. Son Won Phon trat einen Schritt zurück, die Beobachterin zeigte himmelwärts, und ein sehr großes Uhrzifferblatt – mindestens sieben Meter im Durchmesser – erschien mitten in der Luft über dem Rund des Amphitheaters.

Ein Zeiger setzte sich über das Zifferblatt in Bewegung, vorbei an einer Reihe markierter Unterteilungen, die zu zahlreich waren, als daß Jim sie hätte zählen können. Aber nach der Geschwindigkeit, mit der der Zeiger sich bewegte, war Jim sich sicher, daß das, was er abzählte, schneller verging als gewöhnliche Sekunden. Schon jetzt hatte der Zeiger ein Drittel des Weges zurückgelegt und näherte sich seinem Ausgangspunkt in aufrechter Position.

Jim hielt den Atem an.

Der Zeiger vollendete seinen Kreis und blieb stehen. Son Won Phon trat vor und rollte den Wandschirm auf. Als er sein Werk begann, strahlte er große Zuversicht aus, die jedoch sofort verschwand, als die breiter werdende Lücke im Wandschirm mehr und mehr leeren Raum dahinter preisgab.

Als er ein Drittel des Weges zurückgelegt hatte, konnte Jim sehen, daß sich der Elefant nicht mehr hinter dem Schirm befand.

Son Won Phon warf plötzlich mit einer Geste, die Jim sowohl Verzweiflung wie auch Zorn zu verkünden schien, beide Arme hoch. Der Schirm verschwand. Es war tatsächlich kein Elefant mehr da. Die Beobachterin verschwand. Carolinus und Son Won Phon standen einander gegenüber auf dem Sand.

Überall um Jim begannen die Sitze sich zu leeren, während ein Magier nach dem anderen verschwand; augenscheinlich machten sie sich nach typischer Magiersitte auf den Weg zu ihren jeweiligen Heimen. Jim spürte plötzlich, daß der Zwang, der ihn auf seinem Sitz festgehalten hatte, von ihm abfiel. Er versuchte sich zu erheben und stellte fest, daß ihn sein Gefühl nicht getrogen hatte.

»Danke für alles!« sagte er hastig zu Lahti. »Ich muß jetzt los!«

Er drehte sich um und lief den nächsten Gang hinunter auf die Sandfläche zu. Son Won Phon machte eine förmliche Verbeugung vor Carolinus.

Carolinus erwiderte die Verbeugung.

Jim erreichte den Fuß des Amphitheaters und kam an eine ungefähr hüfthohe Steinbarriere, welche die Sitzreihen der Zuschauer von dem Rund der Arena trennte. Er legte eine Hand auf die Barriere und setzte mit einem sauberen Sprung darüber hinweg. Son Won Phon verbeugte sich abermals vor Carolinus. Jim ging gerade in dem Augenblick auf Carolinus zu, als Carolinus die Verbeugung erwiderte. Son Won Phon verbeugte sich ein drittes Mal, und Carolinus vollendete die Erwiderung dieser Geste gerade, als Jim ihn erreichte. Son Won Phon verschwand.

Keuchend trat Jim neben Carolinus.

»Carolinus …«, stieß er hervor, »Dafydd und Brian liegen im Sterben. Ihr müßt sie sofort …«

»Schon gut, schon gut«, sagte Carolinus, der den leeren Platz, auf dem der Elefant gestanden hatte, immer noch lächelnd betrachtete. »Ihr könnt mir die ganze Geschichte erzählen, sobald wir wieder auf Malencontri sind.«

»Aber die beiden sind nicht auf Malencontri!« sagte Jim. »Sie sind auf einem Boot im Ärmelkanal …«

»Nun, dann bringe ich sie eben nach Malencontri«, sagte Carolinus mit einem ungewohnt grimmigen Unterton. »Wir werden das im Nu erledigt haben. Ist Euch aufgefallen, wie wunderbar ich diese Sache im Griff hatte? Einen Magier der Kategorie Eins Plus zu beschuldigen, nicht mit östlicher Magie umgehen zu können! Ha! Das sollte ihm eine Lehre gewesen sein, die er nie vergessen wird.«

»Vergeßt es! Brian und Dafydd ...« Jim brach plötzlich ab, weil ihm wieder eingefallen war, daß er mit seiner Anwendung der Hypnose die Schuld an diesem Duell trug und Carolinus den größten Teil dessen, was er besaß, ebenso wie den Rang, der damit verbunden war, aufs Spiel gesetzt hatte. Er hätte vielleicht – Jim konnte es nicht einmal annähernd schätzen – Jahre gebraucht, um genug magisches Guthaben zurückzugewinnen, um seinen ursprünglichen Rang der Kategorie Eins Plus zurückzubekommen. »Falls überhaupt ...«, hatte Lahti gesagt.

Statt ihm Vorwürfe zu machen, hätte Jim sich entschuldigen sollen. Und besser noch, statt sich zu entschuldigen, sollte er versuchen, sich Carolinus gewogen zu machen.

Eine höfliche Gratulation würde vielleicht helfen.

»Carolinus«, sagte er, »das war atemberaubend, wie Ihr diesen Elefanten habt verschwinden lassen. Ich denke, der Magier, der neben mir saß, hat nicht wirklich geglaubt, daß Ihr in der Euch gegebenen Zeit den Schlüssel dazu finden würdet. Ihr wart also die ganze Zeit über auch ein Experte in östlicher Magie!«

»Was?« fragte Carolinus. »Das war ich nie. Aber wie ich Euch immer wieder einzubleuen versuche, die Magie ist etwas Kreatives. Theoretisch würde es Euch, wenn Ihr sehr viele Sprachen beherrschtet, mit jeder weiteren immer leichter fallen, sie zu erlernen, bis Ihr Euch jede neue Sprache im Nu einverleiben könntet. Ihr würdet an einen Punkt gelangen, an dem Ihr nur einige Worte einer unbekannten Sprache zu hören bräuchtet, um zu verstehen, wie sie zusammengesetzt ist und wie man sie spricht.«

»Einfach so?« fragte Jim. »Ich kann nicht glauben, daß irgend jemand jemals ...«

»Natürlich hat es so jemanden gegeben!« brauste Carolinus auf. »Es gab einen Sprachwissenschaftler, der genau das getan hat, entweder in der ziemlich nahen Zukunft oder in der ziemlich nahen Vergangenheit – ich habe vergessen, welches von beidem. Er stand wegen seiner ungeheuren Sprachkenntnisse im Dienst des Königs von Preußen, glaube ich, und als der König ihn eines Morgens das erste Mal traf, sprach er in einer Sprache zu ihm, die jener nicht kannte. Einer, die der König selbst beherrschte, weil es die Sprache eines sehr kleinen Gebietes war, in dem er aufgewachsen war, aber andernorts war die Sprache unbekannt. Zur Überraschung des Königs sprach der Linguist zur Abendessenszeit *ihn* in eben dieser Sprache an.«

»Ach wirklich?« fragte Jim.

»Natürlich!« entgegnete Carolinus. »Wissen und Einfallsreichtum. Sobald man ein gewisses Maß von beidem gemeistert hat, muß der Rest davon innerhalb der einem bekannten Schranken liegen. Und genau das ist Euer Problem, wie ich Euch immer wieder erkläre. Ihr müßt lernen, magisch zu denken. Ihr müßt direkt in Magie denken – als wäre sie eine andere Sprache. Mit der Zeit solltet Ihr dann ohne die geringsten Schwierigkeiten in der Lage sein, von einer Magie in die andere überzusetzen. O ja, ich weiß, daß heutzutage alle Menschen hier und sogar alle Tiere dieselbe Sprache sprechen. Aber diese Welt hat verschiedene Sprachen gekannt und wird in der Zukunft wieder verschiedene Sprachen kennen. Das Prinzip gilt nach wie vor.«

»Ich verstehe«, sagte Jim demütig. Dann beeilte er sich, Carolinus zuzustimmen. »Ich weiß, wovon Ihr redet, glaube ich. In der Welt, aus der ich komme, gab es in der mathematischen Fakultät Leute, die buchstäblich in Mathematik denken konnten …«

»Mathematik?« Carolinus starrte ihn an.

»Na ja, das ist eine Art fortgeschrittener Arithmetik«, erklärte Jim. »Ihr müßt wissen …«

»Nein, nein!« rief Carolinus. Seine Stimme hatte plötzlich diesen ungewöhnlich mürrischen, beinahe ärgerlichen Beiklang, der zum ersten Mal nach seiner Krankheit hörbar geworden war. »Versucht nicht, es mir zu erklären. Ich habe ohnehin schon zu vieles im Kopf, ohne mein Gehirn mit Dingen vollzustopfen, die ich ohnehin niemals benutzen werde. Wenn Ihr mich verstanden habt, dann ist das die Hauptsache. Denkt magisch. Wissen und Einfallsreichtum. Prügelt Euch diese Dinge ins Hirn, dann könnt Ihr auf einem Gebiet, das Ihr zu erforschen beginnt, alles tun, was Ihr wollt – natürlich erst, nachdem Ihr ein gewisses Maß an Kenntnissen und Erfahrung angesammelt habt. Allerdings bezweifle ich, daß Euch das jemals gelingen wird.«

»Da habt Ihr wahrscheinlich recht«, sagte Jim sehnsüchtig.

»Nun, was stehen wir eigentlich noch hier rum?« fragte Carolinus. Das Amphitheater um sie herum war leer bis auf eine Handvoll Gestalten, die in genau dem Augenblick verschwanden, in dem Carolinus sprach. Sie verschwanden auf alle möglichen Arten. Einige erloschen, andere verblaßten, wieder andere wurden für eine Weile durchsichtig, bevor sie sich dann plötzlich auflösten.

»Genau das sage ich doch!« sagte Jim. »Gehen wir. Ich saß neben einem Magier namens Lahti ...«

»Ach ja, dem jungen Finnen«, sagte Carolinus.

»... und er konnte Dafydd und Brian für eine halbe Stunde aus der Zeit nehmen. Aber die Zeit wird abgelaufen sein, bevor Ihr ...«

Jim sollte seinen Satz nie beenden, aus dem sehr einfachen Grund, weil sie sich nicht länger im Amphitheater befanden. Sie standen jetzt auf dem Wehrgang hinter dem oberen Teil der Ringmauer, die die Burg Malencontri umgab, unmittelbar hinter dem Graben. Jener Mauer, die das erste Bollwerk ihrer Verteidigung gegen die Seeschlangen sein würde, falls diese denn kamen.

28

WAHRSCHEINLICH LAG ES daran, daß er kurz hintereinander zweimal durch Magie den Ort gewechselt hatte, jedesmal an einen fernen Bestimmungsort. Jedenfalls war Jim bei seiner Ankunft auf Malencontri einen Augenblick lang verwirrt, sich wieder zu Hause zu befinden. Er brauchte einige Sekunden, um sich an seine vertraute, aber veränderte Umgebung zu gewöhnen.

In diesem Falle wurde die Verwirrung noch verschlimmert, weil sich mit ihm auf den Zinnen zwei Menschen befanden, von denen er zumindest einen dort nicht erwartet hatte.

Eine Person, die dort vorzufinden ihn nicht in Erstaunen setzte, war Angie; und im Augenblick war er so froh, sie zu sehen, daß er sie, wäre sie nicht um mehr als Armeslänge von ihm entfernt gewesen, augenblicklich an sich gezogen hätte, und das, obwohl sie wahrscheinlich aufgeschrien und sich dagegen gewehrt hätte, plötzlich von jemandem gepackt zu werden, der sich an einer Stelle befand, wo er zuvor nicht gewesen war.

Aber wie es das Glück wollte, war sie weiter von ihm entfernt, vielleicht zwanzig Fuß. Zwischen ihr und ihm befand sich der unerwartete Besucher auf den Zinnen. Es war Sir John Chandos, und er war in ein angeregtes Gespräch mit Angie verstrickt.

In der Tat sprach er sogar noch einige Augenblicke weiter, bevor es ihm aufging, daß Angie wie gebannt an seiner Schulter vorbeiblickte. Ihr Benehmen veranlaßte Chandos jedoch schließlich, sich umzusehen, Jim und Carolinus zu erblicken und abrupt abzubrechen.

Was Jim ihn noch hatte sagen hören, war folgendes:

»... In ganz Südengland sind Truppen ausgehoben worden. Diese werden sich schnell sammeln; aber es ist trotzdem eine Angelegenheit von mindestens einer Woche, daraus eine Armee zu machen. Glücklicherweise haben wir noch ein oder zwei Wochen, bevor König Jean von Frankreich seine Invasion über den Ärmelkanal unternehmen wird …«

Das war die Stelle, an der Angie sich eilig von ihm entfernte.

»Nicht zwei Wochen. Fünf Tage, Sir John …«, begann Jim, dann lag Angie in seinen Armen. Nach einigen langen Sekunden war er, ohne sie loszulassen, wieder in der Lage, über ihre Schulter hinweg das Wort an Carolinus zu richten.

»Carolinus!« sagte er. »Dafydd und Brian! Erinnert Ihr Euch? Sie sind beide schwer verwundet und liegen wahrscheinlich im Sterben auf einem Schiff im englischen Kanal. Ich wußte nicht, wie ich sie auf magischem Wege hierherbringen sollte, sonst …«

»Ich hole sie!« sagte Carolinus. Er fuhr zu Angie herum. »Habt Ihr ein Zimmer für die beiden bereit?«

»Sie können für den Augenblick in unser Zimmer – in die Kemenate …«, sagte Angie und ließ Jim los. »Holt sie schnell her, Carolinus. Ich rufe ein paar Männer herbei, die sie hinauf in die Zimmer tragen können.« Sie drehte sich um und ging auf die Treppe zu.

»Wenn ich ein oder zwei Worte zu Euch sagen dürfte, Magier Carolinus …«, begann Chandos, als Carolinus ihm ins Wort fiel, ohne ihn auch nur anzusehen.

»Dürft Ihr nicht!« entgegnete er scharf. »Keine Zeit. Macht Euch nicht die Mühe, Männer herbeizuholen, die sie nach oben tragen, Angela …«

An dieser Stelle wurde er seinerseits unterbrochen, und zwar von einem gewaltigen Schatten, der über sie alle fiel. Jim wandte sich um und bemerkte, daß die ganze Zeit über auch Rrrnlf bei ihnen gestanden hatte. Er war so groß, daß er auf dem Burghof stehen und über sie hinwegblicken konnte. Jetzt streckte er die Hand aus und griff nach Angie, die bereits die ersten Stufen, die von den Zinnen nach unten führten, hinuntergelaufen war. Vorsichtig nahm er sie in eine Hand, so breit wie ein Paar doppelter Scheunentore, und beugte sich vor, um sie zu seinen Füßen auf den Boden zu setzen.

Angie kreischte, als ihr Rock sich während ihres schnellen Abstiegs um sie herum aufbauschte. Rrrnlf setzte sie sanft auf den Boden, aber ihr Gesicht spiegelte heißen Zorn wider.

»Ich verbiete Euch, so etwas zu tun!« rief sie zu Rrrnlf hinauf. »Hört Ihr mich? Tut das nie wieder!«

Sie verlieh ihren Worten Nachdruck, indem sie gegen Rrrnlfs große Zehe trat, die über seine Sandalen hinausragte. Rrrnlfs großes Gesicht spiegelte Verwirrung wider.

»Ich dachte nur, ich würde Euch Zeit sparen, kleine Lady«, sagte er.

»Laßt es einfach bleiben!« rief Angie.

Sie wandte ihm den Rücken zu, um auf den Eingang zum Palas zuzusteuern, aber plötzlich stand sie wieder auf dem Wehrgang. Sie keuchte und griff nach den Zinnen, wo sie ihr am nächsten waren, um sich festzuhalten. Dann warf sie Carolinus einen zornigen Blick zu.

»Und wagt *Ihr* es nicht, *das* noch einmal zu tun!« schrie sie ihn an.

»Ich hatte gerade begonnen, Euch zu erklären«, sagte Carolinus, den weder ihr Tonfall noch ihre Worte auch nur im geringsten aus der Fassung gebracht hatten, »daß Ihr niemanden zu holen braucht, um Brian und Dafydd irgendwohin zu tragen. Sie befinden sich bereits in Eurer Kemenate.«

Jetzt bedachte er Angie mit einem wütenden Blick.

»Oh«, sagte Angie.

»Ich werde mich augenblicklich dorthin begeben«, setzte Carolinus seine Rede fort, »und feststellen, was ich wegen ihrer Wunden unternehmen kann. Habt Ihr die Absicht, mich zu begleiten?«

»Natürlich!« rief Angie, während sie die Entrüstung, die ihr einen Augenblick lang abhanden gekommen war, wiedererlangte. »Natürlich möchte ich Euch begleiten!«

Sie beide verschwanden.

John Chandos blickte über die leere Fläche zwischen sich und Jim hinweg. Der Ritter machte zum ersten Mal, soweit Jim sich entsinnen konnte, ein verwirrtes Gesicht.

»Ich verstehe das alles nicht so recht ...«, sagte er ein wenig unsicher.

»Es tut mir leid, Sir John«, sagte Jim. »Aber Sir Brian und Dafydd sind in großer Not, und Carolinus ist der einzige, der ihnen helfen kann. Es ist keine Zeit zu verlieren.«

Als er sah, daß Chandos ihn immer noch ohne jedes Verständnis anstarrte, fügte Jim hinzu: »Ich meine, das ist der Grund, warum das alles passiert ist – das, was gerade passiert ist.«

»Oh«, sagte die ungläubige, tiefe Baßstimme von Rrrnlf hinter ihm. »Jetzt verstehe ich. Sie brauchten Hilfe von dem kleinen Magier.«

Jim sah über seine Schulter hinweg den riesigen Seeteufel an.

»Das ist richtig, Rrrnlf«, sagte er, bevor er sich wieder an Chandos wandte, der ihn nach wie vor mit Spuren der Verwirrung in seinen Zügen ansah.

»Sagtet Ihr, die Invasion solle in fünf Tagen stattfinden, Sir James?«

»Ja, Sir John«, antwortete Jim. »Wir wollten gerade zu Euch zurückkehren, als wir auf der Überfahrt von Piraten angegriffen wurden.«

Sir John hatte offensichtlich kein Interesse an Piraten, ob sie nun angriffen oder anderes taten.

»Woher wißt Ihr das?« verlangte Chandos zu erfahren.

»Von König Jean persönlich«, erwiderte Jim. »Ich will Euch nicht mit der ganzen Geschichte belästigen, aber sie endet damit, daß ich ein klein wenig – ähm –

Magie an ihm wie auch seinem Zauberer Ecotti anwandte, um zu sehen, ob ich sie nicht zum Reden bringen könnte. Ecotti wußte wirklich nichts. Aber König Jean hat mir unter Magie erzählt, daß die Invasion in fünf Tagen beginnen würde, sofern das Wetter es zuläßt.«

»Aber das ist doch unmöglich!« sagte Chandos mit einem Tonfall, der beinahe an Verärgerung grenzte. »Er würde anderthalb Wochen brauchen, um seine Truppen einzuschiffen. Habt Ihr bei Eurem Aufenthalt in Frankreich irgendwelche Anzeichen dafür gesehen, daß seine Truppen sich einschiffen? Wo in Frankreich wart Ihr überhaupt?«

»In Brest«, antwortete Jim. »Nein, es gab keine Anzeichen dafür, daß Soldaten sich einschifften, obwohl es in der Stadt nur so wimmelte von Soldaten, und es waren auch Schiffe da – alle möglichen Schiffe. Ich vermute, daß er für den Truppentransport alle Handelsschiffe zusammenziehen wird, die er finden kann.«

»Ich sage Euch, das ergibt keinen Sinn!« Chandos begann auf dem Wehrgang hin und her zu laufen und stampfte dabei beinahe mit den Füßen auf. »Aber natürlich! Er muß Euch belogen haben.«

»Das konnte er nicht«, widersprach Jim. »Wie ich Euch bereits erklärt habe, ich hatte ihn unter einen magischen Zwang gesetzt. Ihm blieb gar keine andere Wahl, als die Wahrheit zu sagen.«

»Was, um Himmels willen, kann er nur gemeint haben?« wütete Chandos.

»Er hat die Seeschlangen als Verbündete«, sagte Jim. »Sind die Schlangen inzwischen in irgendeiner Weise in Erscheinung getreten? Vielleicht hat er meine Frage so einfach beantwortet wie nur möglich und die Schlangen als Teil der Invasion angesehen.«

»Nun, es kann kein Zweifel bestehen, daß sie in der Gegend gewesen sind – sie oder etwas, das ihnen ähnlich sieht!« sagte Chandos, der nun vor Jim stehen geblieben war und ihn wild ansah. »Fest steht, daß Vieh und sogar Männer, Frauen und Kinder gefressen wurden, zumindest erzählt man sich das. Niemand ist bereit, einen sicheren Ort zu verlassen. Ich glaube, Eure Lady hat gegenwärtig fast jeden Pächter und Leibeigenen von Euren Ländereien innerhalb dieser Mauern, da dies der einzige Ort ist, an dem sie sich sicher fühlen. Aber warum sollte die Tatsache, daß sie hier waren …?«

Chandos' Zorn verrauchte.

»Ich verstehe es nicht«, sagte er hilflos.

»Möglich, daß Menschen und Vieh gefressen worden sind«, sagte Jim, »aber ich glaube, das geschah nur deshalb, weil die Schlangen einfach alles fressen, was ihnen über den Weg läuft.«

Er wandte sich an Rrrnlf.

»Habe ich recht, Rrrnlf?«

»Natürlich«, sagte Rrrnlf. »Ich meine, jeder muß essen, und im Meer ißt man, wann immer man die Gelegenheit dazu hat. Ihr habt es bei Granfer gesehen. Er verbringt seine ganze Zeit mit Essen. Ich habe Euch das doch erklärt.«

»Wer ist Granfer?« wollte Chandos wissen.

»Ein … Ihr würdet ihn wohl als Seeungeheuer bezeichnen, Sir John«, sagte Jim, weil er glaubte, das Wort ›Tintenfisch‹ oder ›Krake‹ würde den Ritter nur zu allen möglichen Fragen verleiten. »Er ist so alt und erfahren, daß er für andere Geschöpfe im Meer als Berater fungiert – ich meine, für die Geschöpfe, die er nicht ißt. Ich meine, mit seinen langen Fangarmen zieht er Fische zu sich heran und verschluckt sie in einem Bissen. Es sind auch ziemlich große Fische dabei. Ich glaube, er hält sich die ganze Zeit über auf dem Meeresgrund auf.«

»Früher ist er manchmal an die Oberfläche gekommen, als er noch jünger war und kleiner«, warf Rrrnlf ein. »Aber ich glaube, heute findet er, daß sich die Mühe nicht mehr lohnt.«

»Er hat uns erzählt, daß er mit einer der Seeschlangen gesprochen habe – wahrscheinlich die Seeschlange, die den Angriff auf unsere Insel anführt«, sagte Jim. »Und er hat ihr davon abgeraten. Aber die Seeschlange – Essessili – hat nicht auf ihn gehört.«

»Ja«, knurrte Rrrnlf gefährlich hinter Jim, »es ist diejenige, die meine Dame hat, ich weiß es!«

»Aber versteht Ihr, Sir John«, sagte Jim, »die Seeschlangen haben es im Grunde nicht auf uns Menschen abgesehen. Sie wollen alle Drachen aufspüren und töten, und zwar in England und überall sonst, wo sie welche finden können. Weil wir eine Insel sind, ist es für sie einfacher, bei uns an Land zu kommen.«

»Sie haben's nicht gerne trocken, die Schlangen«, bemerkte Rrrnlf. »Und sie mögen kein Süßwasser. Uns Seeteufeln ist's ja egal, ob Wasser salzig ist oder süß, und wir können überall an Land gehen, wo es uns gefällt – bloß daß das keinen Sinn hätte. Ist nicht besonders aufregend, Euer trockenes Land; und wenn man einen Happen essen will, findet man in den Seen und Flüssen nur winzig kleine Fische.«

Plötzlich kam Jim ein Gedanke. Er sah Rrrnlf neugierig an.

»Was hat Euch eigentlich hierhergebracht – ich meine, auf die Burg?« fragte er.

»Essessili will die Drachen«, sagte Rrrnlf tief in seiner Kehle. »Ihr seid die Verbindung zu den Drachen. Er hat meine Dame, und wenn er kommt, muß er früher oder später zu Euch kommen. Wenn er das tut, werde ich …«

Er machte mit seinen großen Händen eine gegenläufige drehende Bewegung. Jim zuckte bei dem Gedanken an eine Seeschlange zwischen diesen Händen zusammen.

»Meine Dame zu nehmen! Dieser, dieser …« Rrrnlfs Stimme verlor sich in einem Knurren, als sie plötzlich ein klatschendes Geräusch allesamt aufblicken ließ. Ein

Drache kam in schrägem Winkel auf sie herabgeflogen. Er landete auf dem schmalen Wehrgang, schwankte kurz und schlug vor Angst, das Gleichgewicht zu verlieren, mit den Flügeln, bevor er Halt fand und sie wieder zusammenklappte. Es war Secoh.

»Secoh!« rief Jim. »Wie seid Ihr so schnell hierhergekommen?«

»Schnell, Mylord?« sagte Secoh leicht atemlos. »Hm, ja. Es war weit nach Mittag, als ich das Schiff verließ, und die Sonne hat mittlerweile den halben Weg Richtung Horizont zurückgelegt. Seht doch!«

In Wahrheit hatte die Sonne bereits den Punkt, an dem sie die Mitte des Nachmittags anzeigte, überschritten. Jim vermutete, daß es mindestens vier Uhr sein mußte. Vielleicht konnte es sogar, wenn man die längeren Sommertage hier auf den Britischen Inseln in Rechnung stellte, die nördlich des Breitengrads von Riveroak in seiner eigenen Welt lagen, schon fünf Uhr sein. Und wenn ja, wo war dann die Zeit geblieben? Er hatte sich augenblicklich hierher transportiert …

Eine plötzliche Vermutung lenkte seine Gedanken in andere Bahnen.

»Secoh«, sagte er, »woher wußtet Ihr, daß ich hier war?«

»Ich bin hinter den jungen Drachen hergejagt, aber sie hatten zu große Angst vor den Schlangen, um zurückzukehren. Daher habe ich es aufgegeben«, antwortete Secoh. »Natürlich bin ich dann als nächstes hierher gekommen. Aber wenn Ihr nichts dagegen hättet, Mylord, da wären dringende Angelegenheiten …«

Er brach ab und blickte über Jims Schulter hinweg Chandos an.

»Wenn Ihr so freundlich sein wollt, Herr Ritter«, sagte er in einem hochtrabenden Tonfall, »was ich Mylord zu sagen habe, betrifft Drachenangelegenheiten, die nicht jeder mit anhören darf.«

Jim drehte sich hastig um. Chandos stand genau da,

wo er ihn zurückgelassen hatte. Sein Gesicht spiegelte weder Erschrecken noch Überraschung wider. Aber Jim hatte das augenblickliche Gefühl, daß der Ritter kurz davor stand zu explodieren. Sir John Chandos, der gewohnt war, Geringere aus dem Zimmer zu schicken, wenn er über Dinge zu reden wünschte, von denen sie nichts erfahren sollten, war gerade gebeten worden, sich zurückzuziehen! Nicht nur von einem geringeren Ritter, nicht nur von einem gemeinen Mann, sondern von einem Tier. *Einem Drachen!*

Während diese Erkenntnis langsam zu Jim durchdrang, wurde ihm plötzlich klar, was ihn überhaupt erst auf den Gedanken gebracht hatte. Chandos' Gesicht hatte seinen Ausdruck nicht geändert, bis auf eine Kleinigkeit. Es hatte überhaupt keinen Ausdruck mehr. Absolut gar keinen. Jim begriff plötzlich, daß dieses undurchdringliche Gesicht das erschreckendste Bild bot, das er je bei einem Menschen erlebt hatte. Er begann zu begreifen, warum Chandos in der Schlacht und im Turnier so gefürchtet war.

»Wenn Ihr nichts dagegen habt, Sir John«, sagte er hastig und beschwichtigend. »Wenn Ihr uns entschuldigen wollt, werden Secoh und ich uns für einen Augenblick ein kleines Stück zurückziehen. Ich bin in ein paar Sekunden wieder da. Wenn Ihr uns jetzt entschuldigen wollt …«

Die erschreckende Ausdruckslosigkeit war plötzlich aus Chandos' Zügen verschwunden.

»Aber natürlich, Sir James«, sagte er mit seiner normalen Stimme – aber seine Augen funkelten. Jim wandte sich ab und eilte Secoh voraus, der den Wehrgang entlangwatschelte, bis Chandos ihre Worte nicht mehr verstehen konnte.

»Secoh«, sagte er tadelnd und mit leiser Stimme, sobald sie wieder voreinander standen. »Ihr solltet wirklich aufpassen, wie Ihr mit Sir John Chandos redet. Er bekleidet zwar keinen hohen Rang, obwohl ihm schon häufig ein solcher angetragen wurde, aber er ist einer von Englands wichtigsten Führern und jemand, dem man mit Höflichkeit begegnen muß.«

»Ich dachte, ich wäre höflich gewesen«, meinte Secoh.

»Nun, gebt Euch das nächste Mal ein bißchen mehr Mühe«, sagte Jim. »Also, weswegen wolltet Ihr mit mir reden?«

»Tja ...«, sagte Secoh.

Jim seufzte innerlich. Drachenstil; Secoh würde ganz an den Anfang der Geschichte zurückgehen und sie Schritt für Schritt erzählen, so wie sie sich ereignet hatte, statt gleich auf den wichtigen Teil zu sprechen zu kommen.

»Seht Ihr«, begann Secoh, »die jungen Drachen waren sehr erschrocken, als die Seeschlangen plötzlich aus dem Meer auf sie zugeschossen kamen. Sie kehrten alle nach Cliffside zurück. Ich habe sie ein kleines Stück begleitet und versucht, sie wieder zur Vernunft zu bringen, damit sie umkehren. Aber sie wollten nicht. Also bin ich allein zurückgeflogen. Und als ich dort ankam, wart Ihr bereits verschwunden, und Sir Brian und Dafydd lagen immer noch bewußtlos auf Deck. Dann verschwanden auch sie plötzlich, und ich wußte, daß Ihr Carolinus gefunden und ihn dazu bewogen haben mußtet, sie zu holen, da Ihr dies selbst nicht tun wolltet, wie mir der oberste Georg auf dem Schiff erzählte. Also, Ihr wart weg, und sie waren weg, aber wißt Ihr – Ihr hattet etwas zurückgelassen. Alles, was Ihr bei Euch gehabt hattet.«

»O mein Gott«, sagte Jim, dem plötzlich dämmerte, in welche Richtung Secohs Bericht sich entwickelte.

»Das heißt ...«, begann er.

»Nun, natürlich«, fuhr Secoh fort, als hätte Jim gar nichts bemerkt, »war das der Grund, warum ich nicht früher hier sein konnte. Als ich die Sache mit den jungen Drachen aufgab und zum Schiff zurückkehrte, um zu helfen, soweit das in meinen Kräften stand, wurde mir klar, was ich um jeden Preis mitnehmen mußte …«

Er sah Jim bedeutungsvoll an.

»Und habt Ihr es getan?« fragte Jim ungeduldig.

»Ich habe mir den Sack von den Schiffsgeorgs auf den Rücken binden lassen, so daß er schön flach lag und mich beim Fliegen nicht aus dem Gleichgewicht bringen konnte«, erklärte Secoh. »Dann habe ich mich auf den Weg hierher gemacht. Aber zuerst bin ich nach Cliffside geflogen. Ich habe den Beutel mit den Juwelen mitgenommen, den die französischen Drachen uns als Sicherheit für unsere englischen Drachen mitgegeben haben als Beweis dafür, daß die französischen Drachen Euch im Kampf gegen die Seeschlangen helfen werden. Und ich habe die Drachen einen Blick auf die Juwelen werfen lassen. Dann habe ich den Beutel weggebracht und in den Sümpfen versteckt – und natürlich zuerst mein eigenes Juwel herausgenommen.«

Secoh machte eine Pause, um den Mund zu öffnen und seine lange rote Zunge herauszustrecken. Darauf lag die riesige Perle, die den einzigen Gegenstand in seinem Hort darstellte und ein hochgeschätztes Erbe in seiner Familie.

Die Zunge rollte sich wieder ein, die Perle verschwand; Secoh fuhr fort, die Perle, wie Jim aus vergangenen Erfahrungen wußte, sicher in den Beutel einer seiner Wangen geschoben.

»Ich habe die Cliffsidedrachen angewiesen, die Nachricht zu verbreiten, daß die französischen Drachen uns beistehen würden. Sie waren sehr beeindruckt«, sagte er. »Danach bin ich dann hierher gekommen.«

»Gut gemacht«, sagte Jim, »und vielen Dank, Secoh. Ihr besitzt mehr Klugheit als ich, wenn es darum geht, zu retten, was rettenswert ist.«

»Oh, vielen Dank, Mylord.« Drachen konnten nicht erröten, aber nach der Art, wie Secoh den Kopf einzog, ließ sich wohl sagen, daß er, hätte er erröten können, dies wohl getan hätte. »Ich weiß, daß es nicht stimmt, aber es ist trotzdem sehr freundlich von Euch, das zu sagen, Mylord. Sehr freundlich!«

»Unfug«, widersprach ihm Jim grimmig. »Ich habe jedes Wort ernst gemeint. Jetzt sollten wir aber zu Sir John zurückkehren und hoffen, daß wir ihn nicht allzu sehr verärgert haben.«

»Ich verstehe nicht, warum er so wichtig sein soll?« fragte Secoh, als sie zurückkehrten.

Glücklicherweise hatte der Drache immer noch die Stimme gesenkt, so daß Chandos seine Worte nicht hören konnte.

»Es ist eine Georgsache«, sagte Jim knapp, da ihm keine Zeit mehr für eine ausführliche Erklärung blieb.

»*Sache?*« wiederholte Secoh verwirrt, aber dann standen sie bereits wieder vor Chandos. Er sah sie beide an und lächelte leutselig. Entweder hatte er seinen Zorn überwunden oder beschlossen abzuwarten, und als der alte Fuchs, als den Jim ihn kannte, festzustellen, ob noch mehr kommen würde.

»Darf ich davon ausgehen, daß wir unsere Unterredung jetzt beenden können, Sir James?« fragte er.

»Absolut, Sir John«, erwiderte Jim, »und ich möchte mich noch einmal entschuldigen.«

Chandos machte eine wegwerfende Geste mit der rechten Hand.

»Nicht nötig«, sagte er, »aber es wird für mich in jedem Falle eine gewisse Abwechslung sein, Sir James. Vielleicht kann ich eines Tages sogar dieses Gespräch beenden, das ich mit Carolinus begonnen hatte, bevor er verschwand.«

»Auch das tut mir sehr leid ...«, begann Jim gerade, aber wieder einmal fiel Chandos ihm ins Wort.

»Keine Ursache. Achtet nicht darauf, was ich gerade gesagt habe«, sagte Chandos. »Ich scheine heute dazu zu neigen, meine Manieren zu vergessen. Ich werde danach trachten, es wiedergutzumachen. Nun, wir dachten gerade über das Rätsel nach, wie König Jean in fünf Tagen eine Invasion zuwege bringen will, wenn er noch nicht einmal begonnen hat, seine Männer einzuschiffen. Ich glaube, Ihr sagtet etwas von den Seeschlangen.«

»O ja«, erwiderte Jim. »Ich erwähnte, daß er die Seeschlangen dazu bewegen konnte, ihm zu helfen. Sie können sich nützlich erweisen, indem sie seine Boote auf dem Meer aus schwierigen Lagen befreien oder ihnen über den Ärmelkanal helfen, falls nötig; sie sind groß und stark genug. Aber mir ist der Gedanke gekommen, daß er möglicherweise glaubte, man könnte es als den Anfang der Invasion erachten, wenn er zuerst die Schlangen nach England schickt. Habt Ihr oder Carolinus nicht etwas davon bemerkt, daß bereits einige Schlangen diesen Teil des Landes heimsuchen? Außerdem habe ich selbst gesehen, daß die Menschen wegen der drohenden Gefahr in dieser Burg Zuflucht gesucht haben.«

Chandos runzelte die Stirn.

»Nach allem, was ich von diesen Seeschlangen höre, gefällt mir der Gedanke gar nicht, daß unsere Truppen möglicherweise gegen sie kämpfen müssen«, bemerkte er. »Wir werden schon genug mit den Franzosen zu tun haben, wenn es ihnen gelingt, in England zu landen.«

»Ich glaube, genau das ist es«, sagte Jim. »Sie werden keine Schwierigkeiten bei der Landung haben, wenn niemand ihnen Widerstand entgegensetzt. Und das könnte durchaus passieren, wenn sie einen Schwarm von Seeschlangen vorausschicken, damit sie ihnen den Weg freimachen. Die Schlangen, die bisher hier ihr Unwesen getrieben haben, sind möglicherweise nur die ersten, die in England angekommen sind. Späher, die die Lage auskundschaften sollen.«

Chandos sah ihn nachdenklich an.

»Möglich«, meinte er. »Ja, Sir James, Ihr könntet

durchaus recht haben. Aber wenn das der Plan ist, müssen wir ihn im voraus kennen. Und wie sollen wir das anstellen? Ich glaube nicht, daß wir eine dieser Seeschlangen fragen und eine Antwort von ihr bekommen können?«

»Warum nicht?« donnerte die Stimme Rrrnlfs über ihnen. »Bleibt hier. Ich hole Euch eine.«

Noch während sie beide sich zu ihm umdrehten, legte er eine Hand auf einen Teil der Mauer. Ohne Vorwarnung setzte er darüber hinweg und landete auf der anderen Seite des Grabens. Sein Gewicht, das auf eher kleinen Füßen ruhte, war derart, daß seine Sandalen tief in die trockene Erde jenseits des Grabens einsanken.

Die Mauer war zu stabil gebaut, um zusammenzustürzen, wie Jim anfänglich befürchtet hatte. Aber sie erbebte, und ein Zittern lief durch den hölzernen Wehrgang unter den Füßen von Jim und Chandos, so daß sie sich beide an der Steinmauer festhalten mußten, um nicht hinabzustürzen.

Als Jim wieder bei Sinnen war, stellte er fest, daß Chandos mit ihm redete.

»... und so könntet Ihr, Sir James«, sagte der ältere Ritter gerade, »mir nun vielleicht endlich von Euren Erfahrungen und Entdeckungen berichten, seit es Euch das letzte Mal beliebte, meinen Blicken zu entschwinden – gerade als ich Euch nach Frankreich schicken wollte.«

29

ALS JIM SCHLIESSLICH Sir Chandos über ihre gesamten Abenteuer ins Bild gesetzt hatte, war die Sonne bereits hinter den Baumkronen bis dicht über den Horizont gesunken.

Erstaunlicherweise hatte Secoh auf dem Wehrgang noch immer nicht das Gleichgewicht verloren; seinen

Drachenkopf unter einen Flügel geschoben schlief er, während Jim redete.

Das war Jim erst nach einer ganzen Weile aufgefallen, und zunächst hatte es ihn verwirrt. Dann war ihm aufgegangen, daß Secoh wirklich sehr, sehr müde sein mußte; schließlich war der Drache losgeflogen, um seine jüngeren Freunde herbeizuholen, war dann mit ihnen zu dem Boot zurückgeflogen, hatte dieselbe Strecke dann abermals zurückgelegt, um die Cliffsider Drachen zu besuchen und anschließend hierherzukommen. Zwischendurch hatte er höchstwahrscheinlich nur ein einziges Mal kurz Pause gemacht, als er den Cliffsidern die Juwelen gezeigt und mit ihnen geredet hatte. Ohne ausgiebig mit ihnen zu debattieren, war es bestimmt nicht abgegangen. Die Gepflogenheiten der Drachen verboten solche Unhöflichkeit. Aber das Gespräch konnte nicht allzu lange gedauert haben.

Chandos hatte in der Zwischenzeit Jim wortlos zugehört. Sein Gesicht war so ruhig und gelassen wie gewöhnlich, bis auf einen einzigen Augenblick, als er bei Jims Beschreibung der Größe Granfers unwillkürlich die Brauen hochzog.

Jim war überrascht gewesen, daß Chandos nicht schon vorher gestutzt hatte, als er zum ersten Mal von einem Ungeheuer sprach. Aber Chandos hatte die Existenz dieses Individuums anscheinend ganz selbstverständlich hingenommen. Im 14. Jahrhundert wußte jeder, daß es im Meer Ungeheuer gab. Aber der Gedanke, daß ein solches Ungeheuer noch größer sein könnte als die Seeschlangen, von denen er gehört hatte, oder der Seeteufel, den er gesehen hatte, dieser Gedanke ging eindeutig über Chandos' Vorstellungskraft hinaus.

Nichtsdestoweniger hörte er zu, bis Jim geendet hatte.

»Und dieser Granfer«, fragte er dann, »der glaubte auch, daß – wie habt Ihr ihn noch gleich genannt –

Essessili der Anführer der Seeschlangen bei deren Angriff auf englischen Boden ist?«

»Das ist richtig«, antwortete Jim.

»Und doch«, sagte Chandos, »scheint Carolinus gleichzeitig zu bezweifeln, daß eine Seeschlange über die Magie verfügen könnte, die er hinter dem Ganzen spürt?«

»Auch das ist richtig«, erklärte Jim.

Chandos schüttelte verwundert den Kopf. Er blickte über die Zinnen hinaus in die tiefe Röte der untergehenden Sonne zwischen den Baumstämmen.

»Unser großer Freund ist noch nicht zurück«, sagte er, »weder mit noch ohne Seeschlange. Wenn die Seeschlangen so groß und so gefährlich sind, wie Ihr sagt, überrascht es mich doch ein wenig, daß er glaubt, er könne uns so einfach eine zum Verhör herbeischaffen. Aber so oder so, Sir James, gibt es irgendeinen zwingenden Grund, warum wir ihn nicht in der Behaglichkeit des Palas erwarten können? Meine Kehle kommt mir ein wenig trocken vor.«

»Nicht den geringsten Grund«, antwortete Jim.

Secoh erwachte augenblicklich, beinah als hätte er mit einem Ohr gelauscht. Der Palas bedeutete die hohe Tafel für Georgs wie die Ritter und die lange untere Tafel, an der Personen von niederem Rang sitzen konnten. Außerdem bedeutete der Palas Wein – und die Liebe eines Drachen zum Wein kam gleich nach seiner Liebe zu Gold und Juwelen.

Daher folgte er ihnen auf der Steintreppe vom Wehrgang in den Burghof, fand die Stufen aber ein wenig eng für seinen Geschmack und erhob sich schließlich in die Lüfte, um über Jims und Chandos' Köpfe hinwegzufliegen und an der großen Doppeltür des Palas zu landen, den er noch vor ihnen betrat.

Jim und Chandos legten den Weg in etwas gemächlicherem Tempo zurück, betraten die Halle und nahmen an der hohen Tafel Platz. Sie brauchten nur kurze Zeit zu warten, bis ein Diener Platten mit Brot, kaltem Fleisch und Käse vor sie hinstellte und daneben Weinkrüge und Becher.

Secoh hatte bereits höflich an der unteren Tafel Platz genommen, unmittelbar neben dem Podium, auf dem die hohe Tafel stand. Er saß nicht auf einer Bank, weil er dazu von der Natur nicht geschaffen war. Er hockte auf dem Boden.

Aber selbst in der Hocke war sein Kopf hoch genug, um beinahe auf gleicher Höhe zu sein wie die ihren. Er war überdies nahe genug, um Sir John leise Anzeichen von Verstimmung zu entlocken angesichts der Selbstverständlichkeit, mit der der Drache davon ausging, daß er an ihrem Gespräch teilnehmen würde.

Jim stellte fest, daß ihre Köpfe nur noch vier Fuß von Secoh entfernt waren, so daß er selbst ein im Flüsterton geführtes Gespräch mit anhören konnte. Chandos schien mit einigem Erstaunen zu bemerken, daß Secoh sich bereits zwei große Weinkrüge gesichert hatte – und keinen Becher. Vor ihren Augen trank er aus dem Krug, einen Liter oder so pro Schluck.

»Ich bin gerade rechtzeitig hierher zurückgekehrt«, sagte Jim, während er ihre Becher aus dem Weinkrug vor sich füllte, »um zu hören, wie Ihr Angie von der Truppenaushebung berichtet habt. Ihr sagtet, es würde eine ganze Woche dauern, um die Armee zusammenzutrommeln. Ist eine Woche wirklich erforderlich?«

»Wenn man eine Truppe in einer Woche aushebt, ist das schon ein Wunder an Geschwindigkeit«, sagte Chandos ernsthaft. »Übrigens, Sir James, dem Gesetz nach müßtet Ihr jetzt, da Ihr aus Frankreich zurück seid, Eure eigene Truppe ins Feld führen.«

Das hatte Jim ganz vergessen. Wer sein Lehen vom König empfing, trug einige Verantwortung.

»Wollt Ihr wirklich, daß ich jetzt eine Truppe aufstelle und mich dem Heer zugeselle, Sir John?« erkundigte er sich.

»Um genau zu sein«, sagte Chandos, »nein. Wegen Eurer Kenntnisse der Magie und dieser Seegeschöpfe wäret Ihr England von größerem Nutzen, wenn Ihr in meiner Nähe bliebet. Ich wollte nur erwähnen, wo Eure Pflichten liegen. Andererseits bin ich mir sicher, daß man Euch auf ein Wort von mir dieser Pflichten entbinden wird.«

»Vielen Dank, Sir John«, sagte Jim mit einiger Erleichterung. Er verspürte keinen großen Wunsch, mit der Schmuddeligkeit und dem Schmutz einer mittelalterlichen Armee am eigenen Leib Bekanntschaft zu machen. Außerdem würde er, genau wie Chandos gesagt hatte, hier von weit größerem Wert sein, wenn er sich um die anderen Dinge kümmerte, die vonnöten waren. Er hatte ein wenig Angst gehabt, daß er sich hätte weigern müssen, seinen Baronspflichten in diesem Punkt nachzukommen.

Aber nun war die Angelegenheit geregelt. Jim war erleichtert. Er wollte nicht mit den Schwierigkeiten zu tun haben, die die Aufstellung und Führung eines mittelalterlichen Aufgebots mit sich brachte.

»Die entscheidende Tatsache«, sagte Jim, »ist die, daß die Seeschlangen sich nur für die Vernichtung der englischen Drachen interessieren. Um dieser Drohung zu begegnen, werden die Drachen, so glaube ich, ausnahmsweise einmal gemeinsam kämpfen. Sie werden sich sammeln. Sie haben ihren eigenen Kodex, Sir John, der nicht dem unseren entspricht, aber trotzdem wirkungsvoll ist, wenn es sein muß. Habe ich recht, Secoh?«

»Ja, wahrhaftig, Mylord«, sagte Secoh von der unteren Tafel. »Wir würden die Seeschlangen ja selbst auslöschen, wenn wir sie im Meer aufspüren und es schaffen könnten. Die Feindschaft besteht schon seit sehr, sehr langer Zeit. Wir wären – verzeiht mir – natürlich auch froh, Mylord, Euch in unserer Mitte zu wissen, wenn wir uns dazu entschließen.«

Jim fühlte sich wieder einmal daran erinnert, daß seine Fähigkeit, sich nach Belieben in einen Drachen zu verwandeln, ebenso wie sein Lehensverhältnis zum König von England mit Verpflichtungen verbunden war. Er fühlte sich eine Spur unbehaglich.

»Das wäre ich auch, Secoh«, sagte er, »wenn ich nicht anderswo gebraucht würde. Ich darf nicht vergessen, daß ich außerdem auch ein Magier bin.«

Er hatte die Worte kaum ausgesprochen, als ihm plötzlich aufging, daß er soeben eine dritte Verpflichtung erwähnt hatte. Er war dazu verdammt, drei Rollen gleichzeitig zu spielen: Lord, Magier und Drache. Bisher hatte er sie unter einen Hut gebracht. Aber mit einem plötzlichen Schaudern wurde ihm klar, daß der Zeitpunkt unausweichlich kommen mußte, da zumindest zwei seiner Rollen miteinander in Gegensatz geraten würden, wenn nicht sogar alle drei.

Plötzlich erklang, direkt aus dem Nichts über dem Tisch vor ihnen, eine Stimme. Es war Carolinus' Stimme.

»Jim!« sagte sie. »Ich brauche Euch in der Kemenate.«

Jim schob seine Bank vom Tisch zurück und sprang sofort auf.

»Vergebt mir, Sir John«, sagte er hastig. »Entweder Dafydds oder Sir Brians Zustand muß sich verschlimmert haben. Werdet Ihr alle noch hier sein, wenn ich zurückkomme?«

»Aber ja«, sagte Chandos. »Kümmert Euch um Eure Freunde, Sir James. Es sind würdige Männer, die Eurer Fürsorge bedürfen.«

Jim drehte sich auf dem Absatz um und lief zurück durch die Küche und die Steintreppe hinauf in den oberen Stock des Bergfrieds. Erst als er lautes Keuchen hinter sich wahrnahm, ging ihm auf, daß er nicht allein war.

Als er sich kurz umdrehte, entdeckte er, daß Secoh

sich hinter ihm die Treppe hinaufquälte. Diese Treppe war sogar breit genug für Secohs Füße, aber Jim hatte, als er selbst einmal versucht hatte, in einem Drachenkörper vorwärts zu kommen, entdeckt, daß dieser Körper nicht zum Gehen geschaffen war – schon gar nicht zum Laufen, und Drachen gingen daher auch nur selten schnell. Wenn Geschwindigkeit vonnöten war, pflegten sie zu fliegen.

»Verzeiht mir, Mylord«, stieß Secoh hervor. »Da wäre noch etwas, was ich Euch mitteilen muß. Ich war ein bißchen erschöpft und habe es vergessen, als ich Euch erzählte, was mit den jungen Drachen geschah.«

»Ja, ja, aber faßt Euch kurz«, sagte Jim, auf einem Fuß stehend.

»Ja, Mylord«, erwiderte Secoh. »Als ich nämlich bei den Cliffsidedrachen war, habe ich erfahren, daß Vertreter sämtlicher Drachengemeinschaften Englands, ja sogar Schottlands, sich dort versammelt hatten, nur um mit Euch zu reden, bevor sie gemeinsam Front gegen die Seeschlangen machen wollten. Sie wollen Euch heute abend in Cliffside sehen!«

Jim drehte sich der Kopf. Zwei seiner drei Verpflichtungen würden offensichtlich in genau diesem Augenblick kollidieren. Eine Sekunde lang dachte er, daß er unmöglich als Berater der Drachen auftreten konnte, wenn er gleichzeitig Chandos beraten sollte. Dann fiel ihm wieder ein, daß er auf dem Weg zu Brian und Dafydd war und daß Carolinus ihn mit offenkundiger Dringlichkeit gerufen hatte.

»Ich bin gleich wieder da«, sagte er eilig zu Secoh. Dann drehte er sich um, nahm eine Fackel von denen, die bereits in ihren Haltern brannten, und lief die Treppe hinauf. Secoh folgte ihm nicht.

Als er in die Kemenate kam, lag nur einer der beiden Verwundeten im Bett. Es war Dafydd, der eingehüllt in Decken dalag, und das trotz der Tatsache, daß im Kamin ein loderndes Feuer brannte.

Brian saß in einem der Stühle am Tisch und trank einen Becher Wein.

»Brian!« rief Jim überglücklich. »Carolinus konnte sich also um Eure Wunden kümmern. Aber solltet Ihr schon trinken?«

Brian starrte ihn fragend an. »Warum nicht?« meinte er.

»Er ist wieder in Ordnung!« bemerkte Carolinus, der auf der anderen Seite des Raumes an Dafydds Bett stand, das eigentlich Jims und Angies Bett war, im Gegensatz zu der provisorischen Bettstelle aus übereinandergelegten Pelzen, die für Brian zurechtgemacht worden war.

»Er hat ein wenig Blut verloren, und der Wein wird helfen, es zu ersetzen. Aber kommt her zu Dafydd!«

Jim setzte sich in Bewegung. Carolinus zog die Decken ein wenig zurück. Dafydds Gesicht, sein Hals und die Hand, die Jim zu sehen bekam, schienen völlig blutlos zu sein.

»Da bin ich hilflos«, sagte Carolinus, während er Dafydd wieder zudeckte. »Er hat zuviel Blut verloren. In solchen Fällen kann ich nichts tun. Ich kann die Wunden aus einer Schlacht oder einem Unfall heilen, da dies im Grunde Schäden sind, die eigentlich gar nicht erst hätten eintreten dürfen. Aber Magie kann nichts gegen Krankheiten ausrichten und kann auch nichts zum Leben erwecken, das nicht schon vorher lebte. Und das Blut in den Adern eines Mannes oder einer Frau ist etwas Lebendiges.«

Jim griff unter die Decken, fand Dafydds Handgelenk und fühlte seinen Puls. Er war sehr schwach und schnell.

»Er braucht eine Transfusion«, sagte Jim beinahe zu sich selbst.

»O Jim«, sagte Angie, die neben Carolinus stand, »wie willst du das machen? Wir wissen ja nicht einmal seine Blutgruppe, und wir haben keine Glasröhrchen und auch keine Nadeln, um das Blut in seine Adern zu injizieren … Nichts.«

»Warte mal«, sagte Jim nachdenklich und hob eine Hand. »Vielleicht können wir das umgehen. Ich meine mich daran erinnern zu können, daß ich mal gelesen habe …«

Einen Augenblick lang stand er schweigend da und versuchte sich zu erinnern.

»Das ist es!« rief er schließlich. »Ganz am Anfang hat man Blutgruppen verglichen, indem man einen Tropfen von dem Blut einer Person auf eine Glasscheibe gab und sie durch ein Mikroskop betrachtete. Dann hat man dieses Blut mit dem eines anderen Menschen gemischt, um festzustellen, ob die roten Blutkörperchen verklumpten.«

»Und wie willst du das machen?« fragte Angie. »Wir haben keine Mikroskope.«

»Moment«, sagte Jim und hob abermals die Hand, »laß mich nachdenken. Es muß doch eine Möglichkeit geben, ohne die Dinge auszukommen, die man normalerweise dazu benutzt. Immerhin verfügen wir über Magie.«

»Nun, ich kann mir vorstellen, daß du ein oder zwei Liter Blut von einem von uns auf magischem Wege in Dafydds Adern pumpst«, sagte Angie, »aber wenn du die falsche Blutgruppe erwischst, bringst du ihn damit um!«

»Das weiß ich, das weiß ich«, sagte Jim. »Wie ich schon sagte, laß mich nachdenken. Also, zuerst zu dem Mikroskop …«

Er drehte sich zu Carolinus um.

»Ich brauche ein Mikroskop …«, begann er.

»Ein was?« fragte Carolinus.

»Hm«, meinte Jim, »ich weiß, Ihr habt keins. Ich weiß, Ihr wißt nicht mal, was eins ist. Egal. Was Ihr mir aber wahrscheinlich beschaffen könnt, ist ein Vergrößerungsglas. Habe ich recht?«

»Ein Vergrößerungsglas?« wiederholte Carolinus. Seine alten blauen Augen zeigten einen geistesabwesenden Ausdruck. »Ich glaube, so etwas gibt es. Ja. Das ist es doch, was Ihr meint, oder?«

Etwas, das starke Ähnlichkeit mit einem übergroßen Monokel hatte, war in Carolinus' rechter Hand aufgetaucht. Es war ein rundes Stück Glas, das – ausgerechnet! – in einen sorgfältig hergestellten, quadratischen Holzrahmen eingepaßt worden war. Der Rahmen war so breit, daß man ihn anfassen konnte, ohne auf der durchsichtigen Glasfläche Fingerabdrücke zurückzulassen.

Jim benutzte das Vergrößerungsglas nun, um den Stoff seines Ärmels zu untersuchen. Das Glas vergrößerte nicht besonders, seiner Schätzung nach vielleicht zwei- bis dreimal. Hinzu kam, daß alles, was man dadurch betrachtete, zu schwanken oder sich an Stellen zu krümmen schien, an denen es das in Wirklichkeit nicht tat.

»Ich brauche später noch so eins«, sagte Jim und hielt Carolinus das Vergrößerungsglas hin. »Außerdem sollten wir beide, Ihr und ich, in den Korridor hinaustreten. Wir werden uns über Magie unterhalten müssen, und ich könnte mir denken, daß irgend jemand mithören kann.«

Carolinus' weiße Augenbrauen fuhren in die Höhe. Aber er folgte Jim ohne ein Wort durch das Zimmer und hinaus in den Flur. Sobald sie die Tür hinter sich geschlossen hatten, drehte Jim sich mit dem gerahmten Glasstück in der Hand zu ihm um.

»Ich will Euch meinen Plan in so wenig Worten wie möglich schildern«, sagte Jim. »Wenn wir Dafydd retten wollen, gibt es nur eins, was wir tun können: Wir müssen seine Adern mit mehr Blut füllen. Im übrigen können wir dieses Blut nur auf magischem Wege aus den Adern von einem von uns in Dafydds Adern überführen. Könnt Ihr mir bisher folgen?«

»Ich müßte ein Idiot sein, wenn ich es nicht könnte!« rief Carolinus. »Das ist ein Stückchen Magie, das ich noch nie zuvor gemacht habe, aber ich sehe keinen Grund, warum ich es nicht tun sollte.«

Er wollte wieder in das Zimmer zurückkehren.

»Wartet!« sagte Jim. »Das ist das letzte, was wir tun werden, und das einfachste. Zuerst müssen wir sicherstellen, daß das Blut, das wir ihm geben, ihn nicht umbringen wird.«

»Ihn umbringen?« fragte Carolinus. »Blut ist Blut. Wie sollte es ihn umbringen können?«

»Genau das ist der Punkt, in dem Ihr – verzeiht mir, wenn ich das sage, Magier – irrt«, sagte Jim so taktvoll er konnte. Carolinus fuhr zu ihm herum.

»Ich? Mich irren?«

»Da, wo ich herkomme«, sagte Jim so sanft und so klar er dies vermochte, »haben wir in meiner Zeit und Welt herausgefunden, daß Menschen verschiedene Arten von Blut haben. Es gibt nur wenige verschiedene Sorten dieses Blutes, aber wenn man die falschen Sorten miteinander mischt, bringt man denjenigen, der diese Mischung erhält, unweigerlich um. Bitte, Magier, nehmt einfach mein Wort darauf.«

Carolinus funkelte ihn noch eine Sekunde lang wütend an. Dann entspannten seine Züge sich.

»Nun, nun«, sagte er mit plötzlicher Müdigkeit. »Ich werde langsam alt. Ich werde Euch zuhören, Jim. Sprecht.«

»Vielen Dank«, sagte Jim erleichtert. »Also, wir haben entdeckt, daß es vier Hauptgruppen gibt. In Wirklichkeit gibt es noch mehr, aber zwischen denen zu unterscheiden haben wir keine Möglichkeit. Andererseits ist es durchaus möglich, daß mir mit Hilfe dieses Instruments namens Mikroskop jemanden finden können, dessen Blut man gefahrlos in Dafydds Venen geben kann. Das heißt, wenn wir das Mikroskop herstellen können und ein paar Stückchen Glas, auf die wir einen Tropfen Blut von jedem in dem Zimmer dort geben werden, auch von Euch und von mir. Die verschiedenen Blutgruppen heißen A, B, AB und Null. Jemand mit AB kann jede andere Blutgruppe vertragen. Dafydd könnte AB haben. Wenn ja, haben wir Glück – aber ich wüßte von keiner Möglichkeit, wie wir uns davon überzeugen können, daß er tatsächlich diese Blutgruppe hat. Jeder, der die Blutgruppe Null hat, kann jedem anderen sein Blut spenden.«

»Ich verstehe«, sagte Carolinus. »Und um herauszufinden, wessen Blut sich gefahrlos verwenden läßt, braucht Ihr dieses – wie nanntet Ihr es doch gleich – ›Mikroskop‹. Und so etwas kann ich Euch auf keinen Fall beschaffen. Ich habe Euch gewiß erklärt – und wenn ich es nicht getan habe, hätte ich es tun sollen –, daß Magie kreativ ist. Das ist der Grund, warum Ihr so nützlich seid, trotz Eurer schändlichen Unkenntnis der gewöhnlichen Magie. Weil Ihr aus einer – ähm – anderen Welt kommt, könnt Ihr Euch Dinge vorstellen, die nicht einmal mir einfallen würden. Ich kann mir kein Mikroskop vorstellen. Also kann ich Euch keins schaffen, trotz all meiner magischen Kenntnisse.«

»Ich verstehe«, antwortete Jim. »aber wenn wir zusammenarbeiten und ich Euch erkläre, was ich brauche, Stück um Stück ...«

Carolinus' Gesicht leuchtete auf.

»Natürlich!« rief er. »Jim, mein Junge, Ihr habt da eine Idee, eine magische Idee von größter Bedeutung! Beschreibt mir einfach, was Ihr haben wollt, und ich werde es für Euch erschaffen.«

»Nun, als erstes«, sagte Jim, »brauche ich noch ein Vergrößerungsglas, genau wie dieses hier. Oh, vielen Dank. Nun müssen die Gläser aus diesen Holzrahmen herausgenommen und an verschiedenen Enden einer schwarzen Metallröhre angebracht werden. Am besten bringt ihr sie direkt an den Enden der Röhre an, damit sie dort bleiben werden. Danke.«

Jim nahm den ziemlich unhandlichen Stahlzylinder entgegen, in dem nun zwei Vergrößerungsgläser angebracht waren. Dann betrachtete er den Ärmel seines linken Unterarms durch den Zylinder.

»Ich muß eins der Gläser irgendwie andersrum haben, oder so etwas«, meinte er. »Ich kriege nur ein verschwommenes Bild. Versuchen wir mal, die untere Linse umzudrehen. Nein. Das bringt uns auch nicht weiter. Versucht es nun mit der oberen. Nein, das scheint auch nichts zu helfen ...«

Fast eine halbe Stunde arbeiteten sie im Licht einer Fackel, und am Ende dieser Zeit hatten sie tatsächlich ein Gerät hergestellt, aber eins, das vollkommen nutzlos zu sein schien.

»Ich schätze, wir müssen es aufgeben, Carolinus«, sagte Jim schließlich. »Es tut mir leid, daß ich Euch dieser Strapaze ausgesetzt habe. Ich dachte wirklich, wir würden es vielleicht schaffen. Aber wenn ich recht darüber nachdenke, glaube ich, daß diese Gläser ohnehin nicht über ausreichende Vergrößerungskraft verfügen, um sehen zu können, ob die Blutkörperchen klumpen oder nicht.«

»Alles Quatsch«, sagte Carolinus verschnupft. »Das müßte doch auch auf magischem Wege gelingen.«

30

JIMS MIENE HELLTE sich auf.

»Natürlich!« entfuhr es ihm. »Das ist nicht weiter schwierig, Carolinus. Wollt Ihr das für mich tun? Gebt mir einfach irgendein rechteckiges Stück Glas – es müßte ungefähr zwei Zoll lang sein, einen halben Zoll breit und, sagen wir, einen Achtel Zoll dick. Gebt mir sechs solcher Glasplättchen.«

»Das«, sagte Carolinus schneidend, »ist etwas, das Ihr Euch mit Hilfe Eurer Magie selbst beschaffen können solltet. Aber um Zeit zu sparen – hier habt Ihr das Gewünschte.«

Jim hielt plötzlich einen Stapel Glasplättchen, wie er sie erbeten hatte, in der Hand. Sie waren weder so durchsichtig noch so wohlgeformt wie die Objektträger, die er im Sinn gehabt hatte. Und sie waren zu dick. Aber das spielte keine Rolle. Sie hatten Oberflächen, die ihren Zweck erfüllen würden.

»Also, da Ihr nun habt, was Ihr wollt«, sagte Carolinus, »was wollt Ihr mit den Dingern anfangen, bitte schön?«

»Laßt mich einen Zauber ausprobieren«, meinte Jim. »Ich werde ihn laut aussprechen, während ich ihn auf die Innenseite meiner Stirn schreibe, und Ihr könnt mich unterbrechen, wenn ich irgend etwas falsch mache. Fertig?«

»Natürlich bin ich fertig!« blaffte Carolinus ihn an.

»Na, dann los«, sagte Jim. Er sprach die folgenden Zeilen eines Zauberspruchs, den er gleichzeitig in seinem Kopf formulierte.

BLUTGRUPPE A WIRD SICH NICHT
MIT BLUTGRUPPE B MISCHEN LASSEN,
WENN MAN SIE ZUSAMMEN
AUF DAS GLAS GIBT → JETZT

SOWOHL A ALS AUCH B WERDEN SICH
MIT NULL UND AB MISCHEN → JETZT

WENN BLUT SICH MIT DEM JEDER
ANDEREN PERSON
MISCHEN LÄSST, DANN KANN DAS BLUT
DIESER PERSON FÜR EINE TRANSFUSION BEI
DAFYDD BENUTZT WERDEN → JETZT

Jim hielt inne und sah den älteren Magier an.

»Alles in Ordnung?« fragte er.

»Es wird wohl gehen«, sagte Carolinus. »Unbeholfen, aber es wird den Zweck, den Ihr verfolgt, erfüllen. Gehen wir wieder zurück ins Zimmer.«

Sie gingen wieder hinein und traten an Dafydds Bett. Dafydd war leichenblaß und schien sich nicht gerührt zu haben. Mit plötzlichem Schrecken tastete Jim hastig nach seinem Puls und atmete erst erleichtert auf, als er ihn fühlen konnte. Dann wandte er sich wieder an Carolinus.

»Ich könnte wahrscheinlich ein Tröpfchen Blut von Dafydds Wunden bekommen«, sagte er, »aber es wäre einfacher für ihn, wenn ich das Blut auf magischem Wege erhalten könnte – und was das betrifft, nicht nur von ihm, sondern auch von uns anderen.«

»Ihr wollt natürlich, daß ich das mache«, sagte Carolinus.

»Wenn Ihr nichts dagegen hättet«, sagte Jim. »Ich weiß, es ist ...«

»Eine Zumutung!« fuhr Carolinus auf. »Und das wißt Ihr auch. Nichtsdestoweniger, um Dafydds willen werden wir es so machen. Wo wollt Ihr diesen Tropfen Blut haben?«

»An einem Ende von einem dieser Glasstückchen«, sagte Jim. Er nahm das oberste von dem Stapel und hielt es in die Höhe. »Wenn Ihr es auf das linke Ende geben könntet, werde ich mir merken, daß es Dafydds Blut ist. Er nimmt seinen linken Arm, um seinen Bogen zu beherrschen. Und wenn wir dann ein Tröpfchen Blut von einem von uns anderen nehmen, können wir es immer an das rechte Ende geben. Dann werde ich versuchen, die beiden Bluttropfen zu mischen und feststellen, ob sie sich verbinden lassen.«

Er hatte kaum ausgesprochen, als ein einziger Tropfen roten Blutes auf der linken Seite des einen Glasstückchens erschien, das er in der Hand hielt.

»Gut!« sagte Jim. Dann drehte er sich zu den anderen im Raum um. »Also, jetzt brauchen wir eine Blutprobe von ...«

»Von mir«, sagte Brian und erhob sich. »Wir haben zusammen gekämpft, und jetzt wollen wir uns teilen, was an Blut übrig ist.«

»Nein, Brian«, sagte Jim. »Ihr mögt zwar nicht so viel Blut verloren haben wie Jim, aber Ihr habt mehr verloren, als Euch guttut. Wir werden einen anderen Spender nehmen. Und nun setzt Euch bitte – wenn Ihr Euch nicht hinlegen wollt!«

Und in der Tat schwankte Brian ein wenig, der aufgestanden war, und mußte sich mit den Fingerspitzen am Tisch festhalten. Widerstrebend ließ er sich schwer auf seinen Stuhl zurückfallen.

»Versucht es mit mir«, sagte Jim.

»Nein«, rief Angie dazwischen. »Versucht es zuerst mit mir, Carolinus. Jim, ich glaube, ich erinnere mich daran, daß ich Blutgruppe Null habe. Und Gruppe Null kann jederzeit verwendet werden. Bei meiner ersten Spende beim Roten Kreuz habe ich nach meiner Blutgruppe gefragt, und sie haben sie mir gesagt. Ich bin sicher, es war Blutgruppe Null.«

»Wenn dein Blut sich mit Dafydds mischen läßt, dann wirst du ungefähr einen Liter verlieren«, sagte Jim. »Denk daran, Angie.«

»Es wird mich schon nicht umbringen!« gab Angie zurück. »Außerdem habe ich das beim Blutspenden schon viele Male gemacht.«

Am anderen Ende des Glasstückchens, das Jim in der Hand hielt, erschien ein zweiter Tropfen. Jim nahm das Messer aus seiner Gürtelscheide und versuchte, die beiden Tropfen mit der Spitze der Klinge zu vermischen. Aber die Reaktion der beiden Blutstropfen ließ sich mit der zweier Quecksilberkleckse vergleichen. Die beiden Blutflecken wollten nichts miteinander zu tun haben.

»Tut mir leid, Angie«, sagte Jim, »du mußt dich, was deine Blutgruppe betrifft, geirrt haben.«

»Ich hätte es schwören können«, sagte Angie. »Ich

bin mir sicher, sie haben mir gesagt, ich hätte Blutgruppe Null!«

»Nun, wenn du Null hättest, dann würde Dafydds Blut sich mit deinem vermischen lassen. Tut mir leid, Angie«, sagte Jim. »Carolinus, wischt diesen Tropfen von Angies Blut weg und versucht es mit einem von mir. Ich fürchte jedoch, daß ich Blutgruppe A habe. Wenn Dafydd also eine andere Gruppe hat als A, kommt mein Blut auch nicht in Frage.«

Er spürte nichts, aber ein weiterer Blutstropfen erschien auf dem Glasplättchen, wo kurz zuvor noch Angies Blut gewesen war. Abermals benutzte Jim die Spitze seines Messers, um die beiden Blutstropfen zu vermischen.

»Es funktioniert«, rief Angie. Sie lief auf Jim zu und nahm ihn in die Arme. »Jim, dein Blut läßt sich wunderbar mit Dafydds Blut vermischen!«

»Gut!« sagte Jim, der ihre Umarmung erwiderte. »Nun, Carolinus, jetzt braucht Ihr nur noch einen Liter von meinem Blut in Dafydds Adern zu überführen. Selbst ein guter Liter wäre bei Dafydds jetzigem Zustand gewiß nicht zuviel; und wenn es zuwenig sein sollte, werden wir das an seiner Farbe sehen und können ihm dann noch etwas mehr verabreichen – aber einen Augenblick noch!«

Er hatte sich plötzlich wieder an etwas erinnert.

Die Blutentnahme, die er genau wie Angie bei seinen Blutspenden in ihrer ursprünglichen Welt erlebt hatte, war ein langsamer Prozeß gewesen, bei dem das Blut ganz allmählich in die wartende Flasche floß, in der es gesammelt wurde. Die Langsamkeit dieses Prozesses mochte ihren Ursprung darin haben, daß das Blut nur so schnell floß, wie sein Herz es durch seine Adern pumpen konnte. Andererseits ….

»Ich glaube«, sagte er, »wir gehen besser auf Nummer Sicher. Vielleicht wäre ein ganzer Liter Blut auf einen Schlag zu gefährlich. Carolinus, könnt Ihr auf magischem Wege dafür sorgen, daß das Blut ungefähr mit der gleichen Geschwindigkeit bei Dafydd ankommt, wie mein Herz es durch meine Adern pumpt?«

»Natürlich!« sagte Carolinus. »So, ich habe den Prozeß in Gang gesetzt.«

»Ihr meint, Ihr habt bereits begonnen, das Blut aus mir herauszupumpen?« fragte Jim neugierig.

»Warum?« fragte Carolinus, »bittet Ihr mich ständig, etwas zu tun, nur um mich gleich danach zu fragen, ob ich es auch getan hätte? Wollt Ihr, daß ich warte? Wenn ja, hättet Ihr das sagen sollen.«

»Nein, nein – es ist nur so, daß ich gar nichts spüre.«

»Was bringt Euch auf den Gedanken, daß Ihr etwas spüren solltet?« fragte der Magier.

Natürlich gab es keinen Grund, warum er etwas Derartiges vermuten sollte. Was Jim während der Blutspenden in seiner eigenen Welt gespürt hatte, war die Nadel in seinem Arm gewesen, die zu der Röhre führte, durch die das Blut in die Sammelflasche floß.

»Ich müßte eigentlich wieder zurück nach unten«, sagte Jim beklommen. Schon seit einiger Zeit verfolgte ihn das Bild, wie Chandos ganz allein dort unten saß und niemanden zum Reden hatte als Secoh. Das wäre natürlich soweit in Ordnung, wenn Secoh nicht auf den Gedanken kam, etwas zu sagen. Aber genau das war Secoh zuzutrauen. Andererseits würde vielleicht ein Rüffel des Ritters genügen, um Secoh wieder zum Schweigen zu bringen – möglicherweise aber auch nicht. Der Ritter hatte für einen Tag genug Unhöflichkeiten über sich ergehen lassen müssen.

Jim hatte das Gefühl, es sei an der Zeit für eine Entschuldigung. »Wie weit kann ich gehen, ohne den Bluttransfer zwischen mir und Dafydd zu stören?«

»Gehen?« fragte Carolinus zurück. »Ihr könnt überall hingehen. Ihr könnt ans andere Ende der Welt gehen, wenn Ihr wollt. Es spielt keine Rolle, wo Ihr seid. Magie ist Magie.«

Er blickte zur Decke. »… und aus den Lehrlingen, die man mir heutzutage liefert, soll ich Magier machen!« seufzte er.

»Du solltest vielleicht hierbleiben«, sagte Angie ein wenig scharf zu Jim, »und sehen, ob Dafydd noch mehr Blut braucht. Das wäre durchaus möglich.«

»Ja«, sagte Jim, »aber ich werde nur nach unten gehen; und wenn Carolinus mich auf dieselbe Weise ruft, wie er das vor einiger Zeit getan hat, als ich an der hohen Tafel saß – und genau dort werde ich wieder zu finden sein –, kann ich binnen Sekunden wieder hier oben sein. Falls Sir John ein wenig verschnupft sein sollte, weil wir ihn auf diese Weise allein gelassen haben – ausgerechnet in Secohs Gesellschaft –, dann möchte ich ihn nun ein wenig beschwichtigen.«

»Secoh?« fragte Angie.

»Ja«, sagte Jim hastig, der bereits auf dem Weg zur Tür war. »Er sitzt am oberen Ende der unteren Tafel. Nah genug, um mit Sir John zu sprechen und seinerseits angesprochen zu werden. Ich glaube, eine Unterhaltung dieser beiden zählt nicht zu den allerbesten Ideen. Außerdem hat Sir John noch ein Anrecht auf ein oder zwei Entschuldigungen. Ruft mich, und ich bin sofort wieder hier oben.«

Während er die letzten Worte aussprach, zog er bereits die Tür der Kemenate hinter sich zu. Dann schickte er sich an, durch den Korridor zu laufen, aber Angies Stimme hielt ihn auf.

»Jim!« Angies Stimme war gedämpft, aber herrisch. Er hielt inne und fuhr herum. Sie stand vor der Tür des Zimmers und zog dessen Tür jetzt hinter sich zu; dann winkte sie ihn zu sich.

Er kehrte zurück.

»Ich dachte, ich erzähle es dir besser«, sagte sie mit leiser Stimme. »Ich habe Aragh Nachricht gegeben herzukommen. Er befindet sich in einem der anderen Räume hier – es gefällt ihm übrigens gar nicht, allein dort warten zu müssen, aber ich mußte ihn versteckt halten, bis ich Gelegenheit hatte, mit dir zu reden. Ich möchte, daß er sich Carolinus einmal ansieht und uns sagt, was er von seiner Veränderung hält.«

Jim nickte. »Das ist eine gute Idee«, meinte er. »Schließlich kennt er Carolinus länger als wir alle – und seine Sinne sind keine menschlichen. Vielleicht fällt ihm etwas auf, oder vielleicht versteht er die Dinge auch besser, als wir sie verstehen.«

»Ich dachte mir doch, daß du das sagen würdest«, erwiderte Angie. »Aber ich wollte, daß du Bescheid weißt. Es tut mir weh, zu sehen, wie er versucht, zu vertuschen, was ihn quält, indem er eine Schroffheit an den Tag legt, die man sonst nicht von ihm gewohnt ist. Es muß wirklich schlimm sein, was ihm da zu schaffen macht.«

»Ja, das glaube ich auch«, sagte Jim. »Nun, vielleicht kann Aragh uns etwas sagen.«

»Das hoffe ich doch«, sagte Angie. »Geh jetzt nach unten, und ich hole Aragh herbei. Wir werden einfach so tun, als wäre er gerade vorbeigekommen, um zu sehen, wie es uns geht.«

»Gut.« Jim entfernte sich durch den Korridor und die Treppe hinunter und gelangte so in den Palas, wo Sir John noch immer mit dem Drachen saß.

Zu seiner Erleichterung sah er schon von weitem, daß die beiden offensichtlich in eine sehr muntere und freundschaftliche Unterhaltung verstrickt waren. Er hätte sich wohl keine Sorgen zu machen brauchen. Sie hatten zwar miteinander geredet, aber Sir John schien das Gespräch geradezu zu genießen.

»Ah, Sir John«, sagte Jim und nahm ein wenig atemlos neben dem Ritter an der hohen Tafel Platz, »tut mir leid, daß ich Euch so lange allein lassen mußte …«

»Er war nicht allein«, fiel ihm Secoh ins Wort. »Ich war bei ihm. Wie geht es Dafydd und Brian?«

Jim erinnerte sich plötzlich daran, daß das Band, das

zwischen ihm, Brian und Dafydd existierte, auch Secoh einschloß. Plötzlich machte ihm sein Gewissen zu schaffen.

»Brian sitzt bereits auf seinem Bett und trinkt trotz all unserer Ermahnungen Wein. Carolinus hat seine Wunden geheilt, und Ihr kennt Brian ja. Jetzt meint Brian, er wäre so gut wie neu«, antwortete Jim. »Dafydd brauchte Blut, und wir konnten ihm auf magischem Wege etwas von meinem geben. Wenn er noch mehr von mir braucht, wird Carolinus mich rufen, so wie er das vorhin getan hat, als ich Euch beide hier zurücklassen mußte. Dann gehe ich wieder hinauf. Aber für den Augenblick kann ich mir ein wenig Ruhe gönnen.«

»Und einen Becher Wein trinken«, sagte Chandos, während er einen Becher füllte und ihn vor Jim hinschob. »Ich bin froh, zu hören, daß es den beiden braven Männern wieder gutgeht. Was mich betrifft, ich habe mein Gespräch mit Secoh sehr genossen. Der erste Drache, mit dem ich je gesprochen habe. Ich habe es mir zur Angewohnheit gemacht, mit jedem zu reden, wenn sich die Gelegenheit bietet, und jedesmal, wenn ich es tue, lerne ich etwas hinzu. Also, Secoh hat mir gerade erzählt, wie er und ein anderer älterer Drache bei Eurem berühmten Kampf am Verhaßten Turm diesen schurkischen Drachen Bryagh besiegt haben. Ich hatte ja keine Ahnung, daß Drachenflügel in einem Kampf derart nützlich sein können.«

»Ja, tatsächlich«, warf Secoh ein. »Ich bin kein großer Drache, aber ich kann mit einem Flügel ...«

Plötzlich streckte er einen seiner Flügel über die untere Tafel aus, so daß er bis in die Halle hineinragte. Hier innerhalb dieser Mauern schien sich der Flügel über eine bemerkenswerte Entfernung zu erstrecken.

»Mit diesem Flügel«, fuhr Secoh fort, »könnte ich fünf oder zehn von Euch Georgs umwerfen, und nur wenige von ihnen würden wieder aufstehen. Allein mit diesem Flügel könnte ich einer Kuh das Rückgrat brechen – ähm, das heißt, ich könnte einem Hirsch das Rückgrat brechen, ganz gleich, wie groß er wäre. Ich könnte einen Bär umwerfen oder ein Wildschwein durch die Luft schleudern. Die meisten Georgs haben keine Ahnung davon, aber was ein Drache auf der Jagd oder im Kampf am häufigsten benutzt, sind seine starken Flügelmuskeln. In der Tat werden bei einem Kampf zwischen zwei Drachen beide Gegner versuchen, dem anderen einen oder beide Flügel zu brechen.«

»Adler haben auch sehr kraftvolle Flügel«, warf Chandos ein.

»Unsere sind kräftiger«, sagte Secoh. »Als wir damals gegen Bryagh kämpften, war er so groß, daß er mir im Handumdrehen beide Flügel hätte brechen können, wenn ich allein gegen ihn gekämpft hätte. Aber Smrgol, der zwar alt und von dieser Krankheit, was immer das auch sein mag, verkrüppelt war, dieser Smrgol hatte genauso starke Flügelknochen wie Bryagh – obwohl der Flügel an der Seite, an der ihn die Krankheit erwischt hatte, ein wenig schwächer war. Nun, jedenfalls konnte Bryagh, weil er mit uns beiden gleichzeitig kämpfen mußte, nicht seine ganze Aufmerksamkeit darauf richten, mir die Flügel zu brechen, daher sind wir drei nur ein bißchen mit den Klauen aufeinander losgegangen und haben aufeinander eingedroschen …«

Er brach ab. Aus dem Hof drang plötzlich lautes Getöse. Es war, wie Jim sofort bemerkte, eine Mischung aus menschlichen Schreien, der donnernden Stimme Rrrnlfs und den hohen, schrillen Lauten einer Stimme, die Jim sofort an Granfers Stimme erinnerte.

»Er hat eine gefunden!« rief Secoh triumphierend, zog seinen Flügel ein und sprang vom Tisch auf. »Der Seeteufel hat eine Seeschlange!«

Eine Seeschlange. Natürlich! Im Geiste hätte Jim sich einen Tritt verpassen mögen, weil es ihm nicht sofort gelungen war, die Verbindung zwischen dem Klang von Granfers Stimme und den schrillen Tönen herzustellen, die er jetzt hörte – obwohl hören nicht ganz das richtige Wort zu sein schien, da Secohs Stimme nahezu alle Geräusche aus dem Burghof übertönte.

Secoh eilte bereits auf die Tür zu.

»Wir sollten besser ebenfalls gehen, Sir James – meint Ihr nicht auch?« sagte Chandos.

Noch bevor er ausgesprochen hatte, erhob er sich auch schon von der Tafel und ging seinerseits auf den Eingang des Palas zu. Jim folgte ihm augenblicklich.

Trotz der Eile, die sie an den Tag legten, gelang es Secoh, sich vor ihnen durch die Tür zu schieben. Sie stürmten hinter ihm her und stellten sogleich fest, daß die Arbeiter und anderen Diener, die sonst auf dem Burghof hin und her liefen, verschwunden waren. In der Mitte des Hofes stand Rrrnlf im Licht der Fackeln, die rings um die Burgmauern befestigt waren und den ganzen Hof beleuchteten. Und eben dort hatten auch die Flüchtlinge Zuflucht gesucht.

In seinen zwei großen, fünfzehn oder sechzehn Fuß voneinander entfernten Händen hielt Rrrnlf eine riesige, grüne Schlange mit vier kurzen, stummelartigen kleinen Füßen. Der Seeteufel selbst stand mit einem Fuß auf dem Schwanzende der Schlange und machte in diesem Teil ihres Körpers jedes Zucken unmöglich. Mit der rechten Hand hatte er die Schlange ungefähr in der Mitte gepackt, und mit der linken hielt er sie im Genick fest. Die Kiefer der Schlange, die sich anscheinend weit genug aufreißen ließen, um ein ganzes Pferd zu verschlingen, schnappten nach Luft, während ihre Stimme voller Zorn und Empörung über den Burghof schrillte.

31

»Ah, kleiner Ritter!« sagte Rrrnlf. »Ist der kleine Magier auch bei Euch? Vielleicht möchte er sich die Seeschlange ebenfalls ansehen. Die hier heißt übrigens Iinnenii. Sie war mir zunächst entkommen, aber ich bin ihr hinterhergerannt und habe sie hierhergebracht. Mußte sie allerdings über Eure Mauer da hinten zerren – seid still, alle beide!« Seine letzten Worte waren ein Brüllen, das sich nicht nur an die Schlange richtete, die so laut kreischte, daß man den Seeteufel nicht verstehen konnte; sie galten auch Secoh, der außerhalb der Reichweite der klaffenden Schlangenkiefer stand, seinerseits den Kopf vorreckte und seinem Erzfeind Beleidigungen entgegenschleuderte.

Secoh verstummte. Die Schlange senkte die Stimme, fuhr aber fort, sich zu beklagen. Jetzt konnte man sie auch verstehen.

»… alle Drachen und Seeteufel, und sie vom Grund der Meere oder wo immer sie sich sonst zu verstecken versuchen, auslöschen!«

Die stimmlichen Bemühungen der Schlange als ›Quietschen‹ zu bezeichnen, war wahrscheinlich nicht ganz zutreffend, dachte Jim; aber wenn es das nicht war, so handelte es sich jedenfalls um etwas sehr Ähnliches, ein schrilles Quieken.

»Ich sagte, sei still«, brüllte Rrrnlf, löste seine Hand von der Mitte des Schlangenkörpers, um sie zur Faust zu ballen und sie auf den Schlangenkopf krachen zu lassen. Jim zuckte zusammen. Eine stählerne Abrißbirne, die man aus einer Höhe von zwei Stockwerken auf eine Straßenoberfläche aus Beton krachen lassen würde, hätte so ziemlich dasselbe Geräusch verursacht. Die Schlange war plötzlich still und versuchte auch nicht mehr, mit dem Kiefer nach irgend etwas zu schnappen. Wie benommen hing sie in Rrrnlfs Griff.

»Närrische Geschöpfe«, sagte Rrrnlf mit gewohnter

Stimmlage wie nebenbei zu Jim und Chandos. »Gegen ein paar Dutzend meines Stammes hätten die allesamt keine Chance – falls es jemals gelingen sollte, zwei Dutzend meines Stammes an einem Ort zu versammeln. Aber das soll uns jetzt nicht weiter kümmern. Hier ist diese Seeschlange, die ihr befragen wolltet. Ich habe vielleicht ein klein bißchen fest zugeschlagen, aber in ein oder zwei Sekunden müßte sie eigentlich wieder reden können.«

Chandos trat vor. »Ihr erwähntet das Problem, einige Dutzend Eures Stammes an einem Ort zu versammeln. Ihr kommt also nicht gern zusammen?«

»Hm, nein«, sagte Rrrnlf. »Für gewöhnlich nicht – außer zur Paarungszeit.«

»Und wie oft ist die?« fragte Chandos.

»Mal sehen.« Rrrnlf wurde nachdenklich. »Ich bin ziemlich sicher, daß es in den letzten hundert Jahren eine gegeben haben muß. Aber vielleicht waren es auch zweihundert. Nein, ich bin mir ziemlich sicher, daß in den letzten hundert Jahren eine war.«

»Hundert Jahre zwischen Paarungszeiten?« fragte Jim. »Ist das nicht ziemlich lange?«

»Na ja, Ihr wißt ja, wie das ist«, meinte Rrrnlf. »Jemand wie ich …«

Er blickte selbstgefällig an sich hinab.

»… kann nicht, so wie sich das für einen Seeteufel gehört, selbst für sich sorgen, bis er mindestens achtzig ist. Außerdem wird er erst das, was Ihr erwachsen nennt, mit ungefähr fünfhundert«, sagte er. »Also muß seine Mutter während dieser ersten achtzig Jahre auf ihn aufpassen und ihn beschützen.«

Seine Augen nahmen einen verschwommenen Ausdruck an.

»Ich hatte eine wunderbare Mutter«, sagte er. »Ich wünschte, ich könnte sie wiedersehen – wenn ich mich nur daran erinnern könnte, wie sie aussah. Ich glaube, sie sah ein wenig so aus wie meine gestohlene Dame.«

Plötzlich begann er die bewußtlose Seeschlange grob zu schütteln.

»Wach auf, du!« knurrte er. »Du hast ein paar Fragen zu beantworten.«

Die Schlange rührte sich leicht in seinen Händen und blinzelte.

»Was ist passiert?« quiekte die Schlange.

»Ich habe dir einen Schlag verpaßt«, sagte Rrrnlf grimmig. »Und ich werde es noch mal tun, wenn du uns nicht auf der Stelle die richtigen Antworten gibst. Wo ist Essessili? Er hat meine Dame!«

»Dame?« wiederholte die Seeschlange immer noch benommen. »Was für eine Dame?«

»Meine Dame!« schrie Rrrnlf. »Erzähl mir nicht, er hätte sie nicht, denn ich weiß, daß er sie hat. Wo ist er?«

»Ich weiß es nicht!« kreischte die Schlange, als Rrrnlf ihren Körper mit einer Hand losließ und besagte Hand abermals zur Faust ballte. »Ich weiß es wirklich nicht! Er ist irgendwo draußen in den Gewässern des Ärmelkanals, oder vielleicht auch an der Küste dieses anderen Landes, das man Frankreich nennt. Er ist nicht mit uns anderen an Land gekommen. Ich weiß nicht, ob er Eure Dame hat. Ich habe ihn nie mit so etwas wie einer Dame gesehen. Wie sieht eine Dame denn aus?«

»Sie sieht wunderschön aus!« blaffte Rrrnlf ihn an. Er schien im Begriff zu sein, seine Faust abermals auf den Schlangenkopf hinunterkrachen zu lassen, erinnerte sich dann anscheinend aber daran, daß es gewisse Gründe dafür gab, die Schlange bei Bewußtsein zu halten. Er wandte sich an Jim und Chandos. »Habt Ihr beiden kleinen Ritter irgendwelche Fragen?«

»Das wißt Ihr doch, Rrrnlf«, sagte Jim tadelnd. Die ungeheure Kraft, die Rrrnlf in seinem gewaltigen Körper zu beherbergen schien, hatte ihn überrascht und nicht wenig erschreckt. Selbst angesichts der gewaltigen Größe seiner Hände schien diese Kraft ein wenig unvorstellbar. Dann fiel Jim wieder ein, daß der Seeteufel keilförmig war und über diesen großen Händen noch gewaltigere Handgelenke, Unterarme, Oberarme und Schultern sitzen mußten, allesamt mit ihrer Größe entsprechenden Muskeln ausgestattet.

Kein Wunder, daß die Mauer der Burg bebte, wenn er auf die andere Seite hinübersprang. Aber nach diesem ersten, ein wenig ängstlichen Gedanken war Jim wieder eingefallen, daß seine Magie immerhin ausgereicht hatte, um Granfer *still* werden zu lassen, als er den entsprechenden Zauber ausgesprochen hatte. Auch Rrrnlf mußte, falls notwendig, empfänglich für seine Magie und auch für diesen besonderen Befehl sein.

»Wie viele von euch sind in England ans Ufer gekommen?« fragt Chandos scharf. Dann ging er um die Schlange herum, so daß er direkt vor ihrem Kopf stand und sie einander in die Augen sahen.

Die Schlange war vermutlich mehr als dreißig Fuß lang, aber ihr Körper war einschließlich der kleinen Stummelbeine an keiner Stelle dicker als ungefähr vier Fuß. Der Hals und der Kopf waren ihre kleinsten Körperteile. Also konnte Chandos ihr Auge in Auge gegenüberstehen.

»Ich weiß es nicht«, sagte die Seeschlange. »Ich weiß überhaupt nichts. Man hat mir lediglich gesagt, daß ich hierherkommen solle, und das habe ich getan. Ich habe ein paar kleine Landgeschöpfe gefressen, aber das würde schließlich jeder tun. Ich bin bloß hierhergekommen und habe niemandem Schaden zugefügt ...«

Rrrnfl knurrte.

»Ich frage dich noch einmal«, sagte Chandos, »und das ist jetzt das letzte Mal. Wenn du dann nicht antwortest, lasse ich Rrrnlf feststellen, ob er nicht die Wahrheit aus dir herausprügeln kann. Wie viele von euch sind im Augenblick in England?«

»Ich weiß es wirklich ...«, begann die Schlange, als Rrrnlf, der seine beiden großen Hände wieder auf dem sich windenden Körper liegen hatte, sich genüßlich daranmachte, jede Hand in eine andere Richtung zu drehen. Die Schlange brach mit einem Schrei ab.

Jim zuckte innerlich zusammen. Er hatte sich damit abgefunden, daß Gewalt in dieser Welt alltäglich war. Wenn man von einem gefangenen Feind eine Information haben wollte, machte man ihm das Leben so schmerzhaft wie möglich, bis er einem entweder sagte, was man wissen wollte, oder an dem Verfahren, mit dem man ihn zum Reden bringen wollte, starb. Aber Jim hatte sich daran nie gewöhnt, und er wußte, daß es ihm auch niemals gelingen würde.

»Laßt mich es noch einmal versuchen«, sagte Jim zu Rrrnlf. Der Seeteufel lockerte seinen Griff.

»Ich weiß es nicht, ich weiß es wirklich nicht – ich kann nur raten …«, brabbelte die Seeschlange mit ihrer schrillen Stimme. »Aber ich werde raten, wenn Ihr das wollt. Ich werde raten. Es sind ungefähr fünfzig oder sechzig von uns. Das ist alles. Nur fünfzig oder sechzig.«

»Wohl eher zweihundertdreißig«, knurrte eine rauhe Stimme hinter Jim und Chandos.

Sie drehten sich schnell um, und Chandos legte instinktiv eine Hand auf das Schwert an seiner Seite, als er sich einem Wolf von der Größe eines kleinen Ponys gegenübersah. Dann erkannte er, daß es sich bei dem Wolf um Aragh handelte, der zusammen mit Angie zu ihnen getreten war, und ließ sein Schwert los.

»Gut. Laßt es, wo es ist, Herr Ritter«, sagte der Wolf, »oder es wird das letzte sein, was Ihr je berührt habt.«

Solche Worte waren eine Kampfansage für jeden Ritter von einigem Mut – und nur wenigen Rittern mangelte es an dieser Eigenschaft. Und zu denen zählte Chandos ganz sicher nicht. Jim ging schnell dazwischen, um Schwierigkeiten im Keim zu ersticken.

»Sir John«, sagte er hastig, »Ihr erinnert Euch gewiß, daß dies einer unserer Gefährten beim Verhaßten Turm war. Außerdem ist er ein guter Freund, und noch dazu jemand, der sich besser in dieser Gegend auskennt als irgend jemand sonst, einschließlich dieser Schlange, die Rrrnlf festhält.«

»Ah«, bemerkte Rrrnlf. »Ein kleiner Wolf.«

»So klein gewiß nicht, Herr Riese oder Teufel oder was auch immer Ihr seid!« blaffte Aragh ihn an. »Und Ihr seid nicht so groß, daß meine Zähne nicht Eure Fersensehnen durchbeißen und Euch hilflos auf den Boden stürzen lassen könnten.«

»Nein, nein, Rrrnlf«, rief Jim, als Rrrnlf die Schlange mit der rechten Hand losließ. »Er hat es nicht so gemeint, wie es in Euren Ohren geklungen haben mag. Laßt mich ihm die Sache erklären.«

Er wandte sich zu Aragh um.

»Aragh«, sagte er, »das ist Rrrnlf, ein Seeteufel. Ein Freund. Er denkt sich nichts dabei, wenn er Euch klein nennt. Er bezeichnet jeden, der nicht so groß ist wie er, als ›klein‹«.

»Das mag sein, wie es will«, entgegnete Aragh, der Rrrnlf direkt ansah und seine Worte auch an ihn richtete. »Aber ich bin ein englischer Wolf, Herr Seeteufel, und wer auch immer Ihr sein mögt oder wie groß Ihr auch sein mögt, für mich spielt das keine Rolle. Ihr steht auf meinem Land, und das mit meiner Duldung. Wenn James und Angie sich nicht für Euch verbürgen würden, würdet Ihr es trotz Eurer Muskeln und Eurer Größe vielleicht schwieriger finden, mit mir fertig zu werden, als Ihr das für möglich haltet!«

Rrrnlf zögerte und faßte dann wieder nach der Seeschlange.

»Ich verstehe euch Landleute nicht«, sagte er. »Habe ich etwas Falsches gesagt? Ich wollte niemanden kränken. Auf der anderen Seite bin ich, was ich bin, und habe natürlich vor nichts Angst.«

»Das mag sein, wie es wolle«, sagte Aragh in einem Tonfall, der seltsamerweise beinahe befriedigt klang.

»Ich nämlich auch nicht. Und auch sonst sollte niemand Angst haben.«

Jim war sich nicht recht sicher, aber die beiden, der Seeteufel und Aragh, schienen einander jetzt mit einer Art gegenseitiger Billigung zu betrachten. Jede gewaltlose Lösung war eine gute Lösung, sagte er sich. Er nutzte die Gelegenheit, um sich kurz mit Angie zu verständigen.

»Was hat Aragh von Carolinus gesagt?« fragte er.

»Er sagte, Carolinus röche anders«, erwiderte Angie mit genauso leiser Stimme. »Er sagte, in Carolinus' üblichen Geruch mische sich eine Art Krankengestank. Das war alles, was er mir erzählen konnte.«

»Nun, wenigstens ist er unserer Meinung«, sagte Jim. Der Gedanke erinnerte ihn an das Thema, über das sie gesprochen hatten, bevor Aragh sich zu Wort gemeldet hatte. Er drehte sich zu dem Wolf um.

»Jetzt zu einer wichtigeren Angelegenheit«, sagte er hastig, »woher kennt Ihr die Anzahl der Seeschlangen, die bereits in England ans Ufer gegangen sind, Aragh?«

»Es ist mein Land, James«, erwiderte Aragh. »Wie könnte ich da nicht Bescheid wissen? Ich hätte diese Zahl ohnehin geschätzt; aber der Zufall will, daß ich zwei von diesen langen, grünen Geschöpfen belauscht habe, und sie erwähnten diese Zahl. Die übrigen werden später kommen – etwa drei- oder viertausend.«

»Drei- oder viertausend!« rief Chandos mit einer Stimme, die ausnahmsweise einmal ein Gefühl des Erstaunens offenbarte. »Gibt es denn so viele von ihnen?«

»Es gibt noch viel, viel mehr von uns als drei- oder viertausend!« rief die Seeschlange, die Rrrnlf festhielt. »Wir werden über Eure Insel herfallen und nichts am Leben lassen!«

»Vielleicht«, sagte Aragh, »vielleicht auch nicht. Es wird welche geben, die gegen euch kämpfen.«

»Und die Drachen werden auf jeden Fall gegen euch

kämpfen«, brüllte Secoh, der bis zu diesem Augenblick gehorsam Schweigen bewahrt hatte. »Und wenn ihr auch Tausende zählt, zählen wir ebenfalls Tausende. Und ein Drache kann es mit einem von euch allemal aufnehmen.«

Die Seeschlange stieß ein schrilles, gackerndes Lachen aus.

»Ihr wollt es mit uns aufnehmen? Wahrhaftig!«

Sie lachte noch einmal.

»Ihr findet das komisch?« fragte Secoh, der seine Nase so weit vorschob, daß sie nun fast in Reichweite des Schlangenkiefers war. »Und was ist mit Gleingul, dem Drachen, der eine Seeschlange keine zwanzig Meilen von hier auf dem Grauen Sand erschlagen hat?«

Die Seeschlange starrte ihn einen Augenblick lang an.

»Kein Drache hat je allein eine Seeschlange erschlagen«, sagte sie.

»Entweder hat man es euch nie erzählt, oder Ihr wißt es und wollt es nicht zugeben!« brüllte Secoh. »Aber Gleingul hat eine von Euch erschlagen, und alle Drachen können Seeschlangen erschlagen. Ihr versteckt Euch da unten im tiefen Wasser und redet Euch ein, Drachen seien nicht besser als Ihr. Aber da irrt Ihr Euch! Da irrt Ihr Euch!«

»Secoh ...« Jim trat zu dem Drachen hin und legte ihm eine Hand auf den angespannten Hals, denn Secoh steigerte sich in die Art instinkthafter Drachenwut hinein, die Jim aus seiner eigenen Erfahrung in einem Drachenkörper kannte und die den Sumpfdrachen möglicherweise in Schwierigkeiten bringen würde.

»Secoh, um unserer aller willen, laßt die Schlange in Ruhe. Wir müssen noch einiges aus ihr herausbekommen.«

»Ja«, sagte Rrrnlf, »wann kommt Essessili hier an? Wenn er noch nicht hier ist, wird er mit all den anderen, von denen du gesprochen hast, hierherkommen.

Wann werden sie erwartet? Ich werde mir meine Dame von ihm zurückholen, und wenn ich persönlich jede Schlange an Land oder im Meer umbringen muß!«

»Ich weiß es nicht«, sagte die Schlange beinahe höhnisch.

»Ach nein?« rief Rrrnlf. Er wandte sich an Jim. »Dieses Sumpfwasser um Eure Burg herum«, sagte er zu Jim, »das ist doch hauptsächlich Süßwasser, oder?«

»Hm … ja«, sagte Jim. Er gab sich allergrößte Mühe, den Burggraben von Malencontri sauberzuhalten. Aber trotzdem war dies keineswegs die Art Gewässer, in der er selbst gern geschwommen wäre, schon gar nicht jetzt bei den vielen Flüchtlingen hier in der näheren Umgebung.

Er und Angie beherrschten diese Burg und das Gebiet ringsum, aber die Angewohnheiten ihrer Diener und der Menschen, die auf ihrem Grund und Boden lebten, ließen sich nur schwer ändern.

»Vor allem Süßwasser«, antwortete er.

»Gut!« sagte Rrrnlf. Er machte sich daran, die Schlange auf die Burgmauer zu schleppen, hinter der der Graben lag. Ein sanfter, fast voller Mond beleuchtete die Zähne im Maul der Schlange Iinnenii, als diese emporgehoben wurde, um über die Mauer geworfen zu werden. »Wir werden diesen langen, grünen Burschen hineintauchen und feststellen, wie es ihm gefällt.«

»Kein Süßwasser!« schrie die Schlange. »Nein! Nein! Nicht das. Ich weiß gar nichts; aber ich will Euch alles sagen, was ich weiß, alles, wirklich alles. Hört zu – Essessili wird mit der dritten Welle morgen kommen, wahrscheinlich in den frühen Stunden des Tages, und dann werden wir alles vor uns hertreiben. Wir werden die Drachen aufscheuchen und jeden einzelnen von ihnen umbringen. Das ist alles, was ich weiß. Ich sage Euch, das ist wirklich und wahrhaftig alles, was ich weiß! Nach uns werden die Menschen in diesen Dingern kommen, die sie Schiffe nennen, und feststellen, daß wir das Land vor ihnen leergefegt haben!«

Rrrnlf griff abermals nach der Burgmauer und machte Anstalten, sie zu überspringen, wahrscheinlich, um danach die Schlange hinüberzuziehen.

»Halt! Ich sage es Euch!« jammerte Iinnenii. »Halt. Ich werde Euch alles sagen. Essessili kommt hierher – er will sich zuerst den vornehmen, den man den Drachenritter nennt, und ich war einer von denen, die ausgeschickt wurden, diesen Ort im Auge zu behalten, bis Essessili mit unseren Hauptstreitkräften hierherkommt!«

32

EIN ADRENALINSTOSS schoß durch Jims gesamten Körper.

Natürlich mußten die Seeschlangen und ganz besonders Essessili ihn für einen Drachen halten – und wahrscheinlich für den gefährlichsten von allen, da er gleichzeitig ein Magier war. Warum Essessili es wagen wollte, sich mit einem Magier zu messen, das war immer noch eine offene Frage – aber anscheinend eine, auf die ihr Seeschlangengefangener keine Antwort wußte.

Rrrnlf stand immer noch an der Ringmauer, hielt die Schlange mit einer Hand im Nacken fest und stützte sich mit der anderen auf die Mauer, bereit, augenblicklich hinüberzuspringen.

»Soll ich die Schlange doch in Euren Burgsumpf tunken?« fragte er.

»Nein, nein …«, murmelte Jim. Dann hob er die Stimme. »Nein. Bindet sie nur irgendwo fest. Vielleicht haben wir später noch einmal Verwendung für sie. Ich muß jetzt Pläne machen. Wir alle müssen Pläne machen …«

Carolinus war neben ihm erschienen; offensichtlich

kam er auf magischem Wege direkt aus der Kemenate. Aber das war es nicht, was im Augenblick Jims Aufmerksamkeit fesselte. Aus irgendeinem seltsamen Grund hatten der Burghof und die Burg, ja sogar der Boden unter ihm plötzlich zu schaukeln und sich langsam und auf eine sehr merkwürdige Art und Weise zu drehen begonnen. Es fiel ihm schwer, das Gleichgewicht zu halten. Er taumelte.

Angie hielt ihn am linken Oberarm fest, und jemand hielt ihn am rechten Arm fest, so daß er nicht umfallen konnte.

»Du kannst dich ja kaum noch auf den Beinen halten!« rief Angie aus. »Vergiß für den Augenblick alle Pläne. Was du jetzt brauchst, ist ein Bett und ein paar Stunden Schlaf.«

»Aber die Kemenate … Dafydd …« Es fiel ihm sogar schwer zu reden.

»Dafydd und Brian haben die Kemenate mittlerweile beide verlassen«, sagte Angie. »Brian ist wieder auf den Beinen und wird gleich hier unten sein. Wir können ihn nicht aufhalten. Dafydd war vernünftig genug, sich von uns dazu überreden zu lassen, sich in einem der kleineren Räume ins Bett zu legen. Ich glaube, Brian wird in Kürze genauso zusammenklappen wie du jetzt. Dann werden wir ihn auch zu Bett bringen. Aber für den Augenblick wirst du erst einmal mit uns kommen, damit wir dich in der Kemenate zu Bett bringen.«

»Aber …«, begann Jim.

Er sollte seinen Satz nie zu Ende bringen. Eine Woge der Dunkelheit schien sich um ihn herum zu schließen, und der Boden drohte ihm entgegenzukommen. Dann umfing ihn die Dunkelheit endgültig, und das war alles, woran er sich erinnern konnte.

Einige Zeit später – es war unmöglich, festzustellen, wieviel Zeit vergangen war, seit er auf dem Burghof ohnmächtig geworden war – wachte Jim auf und fand sich in glücklicher Nacktheit eingehüllt von den Dekken und Fellen seines Ehebettes in der Kemenate wieder. Durch das Glas in den Fensterschlitzen fielen die Strahlen einer frühen Morgensonne und kitzelten ihn in den Augen. Er fühlte sich herrlich behaglich. Er gähnte, zog den Kopf aus dem Licht und kuschelte sich, bereit, sogleich wieder einzuschlafen, in sein Bett.

Vielleicht tat er es auch, denn als er das nächste Mal die Augen öffnete, stand Angie vor ihm.

»Wie fühlst du dich?« fragte Angie ängstlich.

»Behaglich. Schläfrig«, sagte er. »Das ist wirklich ein sehr gutes Bett, weißt du das?« Er streckte eine Hand nach ihr aus. »Warum kommst du nicht zu mir?«

Angie leistete jedoch Widerstand, als er versuchte, sie zu sich hinunterzuziehen.

»Was ist mit den Schlangen?« fragte sie.

»Schlangen?« wiederholte er. »Welche Schlangen? *Schlangen!*«

Plötzlich setzte er sich im Bett auf und schleuderte eine Decke nach der anderen weg.

»Wo sind meine Kleider?« rief er. »Wo ist meine Rüstung? Welchen Tag haben wir heute?«

»Du kannst deine Kleider und deine Rüstung wiederhaben, wenn ich sicher bin, daß es dir gutgeht«, sagte Angie, ohne sich von der Stelle zu rühren. »Außerdem brauchst du deine Rüstung im Augenblick sowieso nicht. Alle anderen haben sich im Palas versammelt und versuchen, irgendwelche Pläne auf die Beine zu stellen. Wenn du dich wieder besser fühlst, brauchen sie dich da unten.«

»Mir geht es gut. Ich habe es dir doch gesagt, es geht mir gut!« Jim sprang aus dem Bett und verspürte eine plötzliche Kälte, weil er nackt im Zimmer stand. »Ich gehe sofort hinunter. Wo hast du meine Kleider versteckt?«

Angie verschränkte die Arme vor der Brust und starrte ihn an.

»Auf der anderen Seite des Bettes«, sagte sie.

Jim ging hastig um das Bett herum und fand, säuberlich zurechtgelegt, alles, was er an Kleidung brauchte: frische Unterwäsche, Hemd, Hose und Rock – oder Jacke –, wie er sie gewöhnlich trug. Er zwängte sich in die einzelnen Kleidungsstücke hinein.

»Du hast gesagt, alle wären unten«, meinte er zu Angie, noch während er damit beschäftigt war, sich anzuziehen. »Wen hast du damit gemeint?«

»Carolinus, Sir John, Brian, Giles, Dafydd, Aragh, Secoh ... und, um auf deine frühere Frage zu antworten, du hast ungefähr vierunddreißig Stunden geschlafen.«

»Geschlafen?« wütete Jim, zog sich die Hose über das Hemd und mühte sich in seinen Rock. »Ist dir klar, daß ich eine Verabredung mit den Anführern aller Drachen hatte, und zwar an demselben Abend, an dem ich eingeschlafen bin – oder was auch immer ich getan habe?«

»Du bist zusammengebrochen, das ist es, was du getan hast«, erklärte Angie, ohne sich von der Stelle zu rühren. »Und was deine Verabredung mit den Drachenführern betrifft – Secoh hat ihnen die Nachricht überbracht, daß du mehrere Tage lang nicht geschlafen hättest und im Augenblick ausruhen müßtest, daß du aber zu ihnen kommen würdest, sobald du dich dazu in der Lage sähest.«

»Du hast Secoh mit so einer Nachricht wegfliegen lassen?« tobte Jim. »Sie werden ihn in Stücke gerissen haben ...«

Plötzlich hielt er inne und sah sie fragend an.

»Aber hast du nicht gesagt, er wäre unten?«

»Ja«, sagte Angie. »Carolinus hat mich mitgenommen, und wir sind zur selben Zeit wie Secoh in der Höhle der Cliffsider Drachen aufgetaucht. Sie waren tatsächlich geneigt, ein klein wenig wütend auf Secoh zu sein, aber Carolinus hat ihnen klargemacht, daß sie einfach würden abwarten müssen. Sie haben auf Carolinus gehört.«

»Was hat er getan?« fragte Jim, während er sich weiter ankleidete. »Hat er sie alle für ein oder zwei Minuten in Käfer verwandelt, bevor er anfing, ihnen die Situation zu erklären?«

»Nicht direkt«, sagte Angie. »Er hat sie lediglich überzeugt. Jedenfalls erwarten sie dich, sobald du aufgewacht bist. Aber zuerst mußt du unbedingt eigene Pläne machen. Die Drachen haben keine – außer sich den Seeschlangen entgegenzuwerfen und sich in Stücke reißen zu lassen, selbst wenn es ihnen gelingen sollte, zuvor noch einen guten Teil der Seeschlangen zu töten.«

»Stimmt«, meinte Jim. »Ich werde mir tatsächlich einen eigenen Plan zurechtlegen müssen. Auf diese Weise kann man es unmöglich mit einem solchen Feind aufnehmen. Wenn ich so darüber nachdenke – es muß wohl an dem erholsamen Schlaf liegen –, deine Worte haben mich gerade auf eine Idee gebracht.«

Das stimmte sogar. Der Schlaf hatte wie ein Stärkungsmittel gewirkt; und seine Gedanken überschlugen sich. Was ihm gerade gekommen war, war nur eine Idee. Möglich, daß nichts daraus wurde. Auf der anderen Seite war sie es vielleicht wert, genauer durchdacht zu werden.

»Diese anderen Drachenführer sind im Augenblick in der Cliffsidehöhle, nicht wahr?« fragte er Angie, während sie gemeinsam die Treppe des Turms hinuntergingen.

»Um genau zu sein, nein, sind sie nicht«, antwortete Angie. »Mach dich auf etwas gefaßt. Sie müssen rechtzeitig wieder bei ihren Gemeinschaften sein, um die Entscheidungen auszuführen, die du in allernächster Zeit wirst treffen müssen. Daher haben sie beschlossen – na ja, Secoh hat geholfen, sie dazu zu überreden –, hierherzukommen und darauf zu warten, daß du aufwachst. Auf diese Weise können sie alle, sobald irgendein Plan gefaßt wurde, sofort nach Hause fliegen.«

»Das ist ja wundervoll«, entfuhr es Jim, der sich beinahe die Hände gerieben hätte, so zufrieden war er mit der Idee, die in seinem Kopf wuchs und langsam Gestalt annahm. Er fühlte sich beinahe versucht, Angie schon in diesem Stadium in die Sache einzuweihen, nur um seine Idee an irgend jemandem zu erproben. Aber dann besann er sich eines Besseren. Es war vernünftiger, der Sache zuerst ein wenig mehr Schliff zu geben.

Sie kamen am Fuß der Treppe an und gingen in den Palas, so daß sie direkt hinter der hohen Tafel erschienen.

Sie nahmen ihre Plätze ein; die Stühle am Kopfende waren frei gelassen worden – zweifellos mit Absicht und in Erwartung ihrer Ankunft.

Jim nahm am Ende der Tafel Platz, wo er alle sehen konnte, einschließlich der Drachen, die jetzt mit Secoh an der unteren Tafel saßen. Angie setzte sich neben ihn an den Tisch. Neben ihr saßen Chandos, Carolinus, Brian, Giles und Dafydd in dieser Reihenfolge. Alle Menschen saßen hinter dem Tisch und konnten auf die Drachen unter ihnen hinabblicken.

Die Drachen ihrerseits, die nicht auf die Bänke vor der niederen Tafel angewiesen waren, hatten sich den Männern gegenüber niedergelassen. Ob auf Secohs Einladung hin oder nicht, der lange Tisch daneben stand voll von gefüllten wie leeren Weinkrügen, und die fünf Drachenbesucher schienen gründlich an dem lebhaften Gespräch teilzunehmen, das im Gange war.

Und es war in der Tat ein lebhaftes Gespräch. Nicht nur Chandos und Carolinus, von denen Jim erwartet hätte, daß sie sich in ein Gespräch mit wirklich jedem einlassen würden, auch mit den Drachen, sondern auch Dafydd und Brian und Giles waren ebenso wie die Drachen in die Unterredung verstrickt. Allerdings herrschte offensichtlich auch ein gewisses Maß an Ordnung, denn sobald einer zu sprechen begonnen hatte, verfielen die übrigen in Schweigen und hörten ihm zu.

Aber dennoch war der Austausch derart lebhaft, daß er ein oder zwei Augenblicke lang fortdauerte und die Ankunft von Jim und Angie allenthalben ignoriert wurde. Dann hörten Chandos und die anderen Ritter nach und nach auf zu reden, und die Drachen ebenfalls.

Es waren fünf Drachenvertreter anwesend, und selbst der geringste von ihnen ließ Secoh wie einen Zwerg erscheinen. Jim fragte sich einen Augenblick lang, ob er sich, bevor er hinunterkam, nicht vielleicht besser in einen Drachen verwandelt hätte.

Aber als Drache wäre es höchst unbequem gewesen, sich zu den anderen Rittern an die hohe Tafel zu zwängen. Außerdem wußten die Drachen ja alle, daß er einen Teil seiner Zeit, wenn nicht sogar die meiste Zeit, als Georg zubrachte. Er öffnete den Mund, um etwas zu sagen, aber Secoh kam ihm zuvor.

»Mylord James!« rief Secoh. »Wie wunderbar, Euch wieder wohlauf zu sehen. Darf ich Euch die Drachenvertreter von den anderen Teilen unserer Insel vorstellen?«

»Mit Vergnügen«, sagte Jim. »Es überrascht mich jedoch, zu sehen, daß sie nur zu fünft sind. Ich dachte, auf dem Gebiet von hier bis in den Norden Schottlands gäbe es noch mehr Gemeinschaften.«

»Gibt es auch«, sagte Secoh, und die anderen Drachen nickten allesamt zustimmend mit den Köpfen. »Wir hätten mehrere hundert Drachenvertreter hier zusammentrommeln können, aber wir hielten es für klüger, so wenig Drachen wie möglich herzuschicken. Daher spricht jeder der hier Versammelten für einen großen Teil der Insel. Direkt neben Euch, Mylord, sitzt Egnoth von den Drachen im Niederen Westen. Ich werde alle Orte bei den Namen nennen, die Ihr Georgs ihnen gebt; auf diese Weise wißt ihr genau, aus welcher Gegend ein jeder Drachenführer kommt.«

»Vielen Dank«, sagte Jim. Die Ritter sahen ihn überrascht an. Secoh ebenfalls.

»Was habe ich getan, Mylord?« fragte er verwirrt.

»Ihr wart hilfreich«, sagte Jim. »Sprecht weiter.«

»Nun – Egnoth, dort hinten zu meiner Rechten, spricht für die Drachen im Niederen Westen vom Fluß Mersey bis zur Mündung des Severn im Süden und sechzig oder achtzig Meilen weit landeinwärts. Neben ihm seht Ihr Marnagh von den Ostdrachen. Er spricht für alle Drachen vom Humber im Norden die Küste entlang bis zu der Landzunge jenseits der East Anglican Heights und vielleicht fünfzig bis siebzig von Euren Meilen landeinwärts bis zur Mitte der Insel.«

Jim setzte in Gedanken hastig ein Bild von England, Wales und Schottland zusammen und versuchte sich darauf zu besinnen, was er von Orten und Landschaften wußte. Schließlich sah er die Gebiete, über die Secoh redete, vor sich, auch wenn das Bild kein allzu verläßliches war.

»Zwischen und unterhalb dieser beiden Gebiete«, fuhr der Sumpfdrache fort, »liegt das Territorium des dritten Drachen, den Ihr vor Euch seht, hier direkt neben mir. Sie ist Artalleg, die für das Land zwischen den beiden anderen spricht, die ich Euch gerade vorgestellt habe. Gleich zu meiner Linken sitzt Chorak, der vierte Drache vor Euch, der für alle Drachen nördlich der Cheviot Hills spricht. Und neben ihm sitzt der fünfte Drache, den Euch vorzustellen ich die Ehre habe, und der das ganze Land im Süden bis zum Meer repräsentiert, von den Kanalgewässern bis zum Irischen Meer. Sein Name ist Lanchorech.«

Secoh verstummte. Einen Augenblick lang herrschte Schweigen, während Jim nach einer geziemenden Antwort auf diese Vorstellung suchte.

»Ich grüße Euch alle, Ihr Drachen«, sagte er schließlich. »Ihr ehrt mit Eurem Kommen das Haus, in dem ich lebe.«

Die fünf Drachen nickten abermals; seine Worte hatten ihnen anscheinend nicht schlecht geschmeichelt.

»Wie wir bereits sagten, kurz bevor Ihr kamt ...«, unterbrach Brian. Dieser hatte in seiner gewohnten Ungeduld allen Dingen gegenüber, die nicht unmittelbar mit Taten verbunden waren, während der Vorstellung mit den Fingern auf die Tischfläche getrommelt. »Wir und diese braven Drachen hier haben darüber nachgedacht ...«

»Ich habe bei meinem Eintritt gehört, worüber Ihr nachdachtet«, fiel Jim ihm ins Wort. Statt sich angesichts dieser Schroffheit beleidigt zu zeigen, schien Brian vielmehr erleichtert. »Ihr habt versucht zu entscheiden, welches der geeignetetste Ort sowohl für die Georgarmee als auch für die Drachen wäre, um zusammenzukommen und gegen die Seeschlangen zu kämpfen, die bald an Land kommen werden, wenn sie nicht bereits hier sind. Nun, ich habe über eine andere Möglichkeit nachgedacht. Eine Möglichkeit, die Seeschlangen loszuwerden, vielleicht ohne überhaupt gegen sie kämpfen zu müssen – und gleichzeitig eine Möglichkeit, auch die Franzosen ohne einen Kampf loszuwerden.«

Diesen Worten folgte ein Augenblick der Stille, die schließlich durch Chandos' ruhige Stimme unterbrochen wurde.

»Was Ihr da sagt, klingt überaus interessant, Mylord«, bemerkte er. »Bitte, verratet uns mehr.«

Es war Jim keineswegs entgangen, daß Chandos seinen feudalen Rang unterstrichen hatte, indem er ihn ›Mylord‹ nannte statt einfach ›Sir James‹ – und das, obwohl Chandos selbst nicht nur der ältere Ritter war, sondern auch einen größeren Ruf als Kämpfer für sich in Anspruch nehmen durfte. Jim beschloß, die Autorität seines Adelsranges zu nutzen, um Zeit zu schinden, während er seinen Plan weiterentwickelte.

Die Idee verfügte immer noch über eine ganze Reihe von Unstimmigkeiten, die bei den anderen Fragen aufwerfen konnten. Er wollte seinen Vorschlag erst in eine Form bringen, die sowohl für die Ritter ihren Reiz hatte, die genauso bereitwillig in eine Schlacht ziehen würden, als auch für die Drachen, die es wahrscheinlich vorzogen, nicht zu kämpfen, aber im Notfall durchaus dazu bereit waren. Glücklicherweise hatte er mit dem Hilfsangebot der französischen Drachen ein mächtiges Argument in der Hand.

Aber das wollte er sich für den richtigen Augenblick aufheben.

»Zuerst«, sagte er, »möchte ich mehr über die gegenwärtige Situation wissen. Ihr alle wißt, daß ich fast zwei Tage lang geschlafen habe, und in dieser Zeit müssen sich einige Dinge ereignet haben. Ich möchte mich entschuldigen, aber ich habe einfach versäumt, die notwendigen Vorkehrungen zu treffen, mich wekken zu lassen.«

»Er braucht sich nicht zu entschuldigen«, mischte sich Angie, die neben ihm saß, mit entschlossener Stimme ein. Sie hatte die Arme vor der Brust verschränkt und hatte so viel Ähnlichkeit mit dem Felsen von Gibraltar, wie das einer ziemlich kleinen, attraktiven, schwarzhaarigen Frau überhaupt möglich sein konnte. »Es war meine Entscheidung, ihn schlafen zu lassen. Und jetzt, da er geschlafen hat, sollte man nicht noch lange darüber reden, denn wenn ich mich nicht irre, ist die Zeit ohnehin knapp.«

Artalleg öffnete den Mund, schloß ihn aber wieder, weil der Drache zu ihrer Rechten sie in die Rippen gestoßen hatte.

»Nun, um fortzufahren ...« Jim brach plötzlich ab. »Da fällt mir ein, wo ist eigentlich Rrrnlf? Ich weiß, er konnte unmöglich in diese Halle kommen, aber ...«

»Rrrnlf«, meldete Angies klare Stimme sich abermals zu Wort, »ist anderweitig beschäftigt. Sobald er hörte, daß Essessili herkommen würde und daß er lediglich auf ihn zu warten brauchte, hat er alles andere uns überlassen. Er hat sich einfach neben seiner Seeschlange zusammengerollt, die so gefesselt ist, daß sie sich nicht von der Stelle rühren kann, und ist eingeschlafen. Abgesehen von der Tatsache, daß sie beide ziemlich viel Platz auf dem Burghof beanspruchen, könnte Rrrnlf genausogut überhaupt nicht da sein.«

»Ich verstehe«, sagte Jim und hüstelte verlegen. »Nun, dann kann mich sicher einer von euch anderen ins Bild setzen. Wie haben sich die Dinge mit den Seeschlangen weiterentwickelt? Sind inzwischen mehr von ihnen in der Nähe der Burg aufgetaucht? Haben wir irgendeine Vorstellung, ob bereits viele weitere Schlangen an Land gekommen sind ...?«

»Diese Frage kann *ich* beantworten«, sagte Secoh. »Ich bin drei Mal ausgeflogen, um einen Blick auf die Küste zu werfen, nicht weit vom Verhaßten Turm entfernt. Ich habe mich immer hoch in der Luft gehalten, damit mich niemand als Drache erkannte. Jeder, der aufblickte, konnte zwar etwas sehen, wird es aber wahrscheinlich für einen Vogel gehalten haben. Allerdings scheinen die Seeschlangen ohnehin nicht aufzublicken.«

»Habt Ihr feststellen können, ob weitere Seeschlangen an Land kommen?« fragte Jim.

»Sie kommen nicht, sie sind schon gekommen«, sagte Secoh. »Zu Tausenden. Sie sind überall längs der Küste aufgetaucht, zwischen den Sümpfen und dem Verhaßten Turm. Dann haben sich einige von ihnen in diese Richtung bewegt, aber nicht alle. Als ich das letzte Mal nachsah, schienen die meisten sich zu Gruppen zusammenzuschließen.«

Jim wandte sich an Carolinus.

»Was meint Ihr dazu?« fragte er. »Seid Ihr immer noch der Meinung, daß die Dunklen Mächte nichts mit der Sache zu tun haben?«

»Seltsamerweise«, sagte Carolinus, »scheinen die Dunklen Mächte diesmal ausnahmsweise wirklich nichts damit zu tun zu haben. Es ist lediglich ein zufälliges Zusammentreffen, daß sie gerade dort gelandet sind. Und natürlich das Werk des unbekannten, der Magie kundigen Drahtziehers. Ich habe immer noch keine Ahnung, wer er sein könnte.«

»Darüber«, entgegnete Jim, »können wir uns später noch den Kopf zerbrechen. Das wichtigste scheint zur Zeit die Frage zu sein, wie wir mit den Seeschlangen verfahren wollen.«

Er sah die fünf Drachen an.

»Wie bald könnt Ihr Eure Drachen hierherbringen?«

Lanchorech meldete sich zu Wort.

»Wir haben in der Höhle der Cliffsider darüber gesprochen«, sagte er. »Von dem Zeitpunkt, da wir hier aufbrechen, um ihnen die Nachricht zu übermitteln, daß sie hierherkommen sollen, bis zu dem Augenblick, da Ihr sie über Eurer Burg sehen werdet, werden mindestens sechs Stunden vergehen, selbst wenn alle bereit sind und nur darauf warten abzufliegen.«

»Ihr bekommt vielleicht Hilfe«, sagte Jim, »von den französischen Drachen. Wißt Ihr das?«

»*Falls* sie kommen«, bemerkte Lanchorech düster.

»Das werden sie«, sagte Jim so zuversichtlich wie nur möglich. »Vergeßt nicht, ich habe ihre Juwelen als Sicherheit. Das heißt, wenigstens hatte ich sie …«

Secoh fiel ihm unerwartet ins Wort.

»Ihr habt sie immer noch, Mylord!« sagte er. »Ich war vorsichtig genug, sie aus ihrem Versteck zu holen, als diese Drachenvertreter Cliffside verließen, um zu Eurer Burg zu fliegen. Um genau zu sein, habe ich sie hier bei mir unter dem Tisch. Immerhin wart Ihr es, dem man sie anvertraut hat!«

»In diesem Fall«, sagte Jim, »könntet Ihr sie mir einfach herüberreichen.«

Secohs Kopf tauchte für einen Augenblick unter dem

Tisch unter, dann kam er mit einem prallgefüllten Sack wieder zum Vorschein. Den Sack reichte er Jim an die hohe Tafel hinauf. Jim nahm ihn entgegen, öffnete den Lederriemen und ergoß einen Teil des Inhalts auf den Tisch vor sich. Die Wirkung auf die fünf Drachenvertreter kam wie von selbst, auch wenn sie die Edelsteine schon zuvor einmal gesehen haben mußten.

»Juwelen – solche Juwelen!« entfuhr es Egnoth. »Noch nie habe ich solche Juwelen gesehen!«

Das war der Augenblick, um sein As auszuspielen.

»Sie sind den französischen Drachen sehr kostbar«, sagte Jim. »Nun, sie haben sich nicht verpflichtet, an unserer Seite zu kämpfen. Aber sie sagten, sie würden kommen, und Ihr habt eine gewisse Vorstellung, wie viele Drachen sie zusammentrommeln können. Wenn Ihr die eine Hälfte des Himmels über den Seeschlangen füllen könnt, dann können sie die andere Hälfte füllen. Gemeinsam könntet Ihr ein Bild endloser Heerscharen bieten.«

»Wenn sie nicht kämpfen wollen, werden sie uns nicht viel nützen«, brummte Egnoth. »Was kann man auch von festländischen Drachen mehr erwarten!«

»Wenn weder Ihr noch sie kämpfen müssen«, sagte Jim, »dann wird nichts passieren. Und wie ich schon sagte, ich glaube, ich habe einen Plan, der uns allen die Notwendigkeit eines Kampfs mit den Schlangen ersparen würde. Aber zuerst …«

Er wandte sich an Chandos, der neben Angie an der hohen Tafel saß.

»Was ist mit der englischen Armee, Sir John?« fragte er. »War ihr Sammelpunkt dem Ort, an dem die Schlangen an Land kommen, nahe genug, daß sie mittlerweile schon auf Schlangen gestoßen sind?«

»Das bezweifle ich«, erwiderte Chandos. »Der Sammelplatz sollte ein ganzes Stück nördlich von hier liegen, vielleicht anderthalb Tagesmärsche, sobald die Armee aufgestellt ist. Ich fragte übrigens, kurz bevor

Ihr zu uns kamt, Carolinus gerade, ob die Soldaten möglicherweise schon von einzelnen Schlangen überrascht worden sein könnten. Er sagte, daß die Schlangen seiner Meinung nach bisher wohl kaum so weit nach Norden gekommen seien, nicht eine einzige von ihnen.«

»Sind sie auch nicht!« sagte Carolinus. »Erkundigt Euch bei Rrrnlf, wenn er aufwacht. Aber ich habe lange genug gelebt und hatte mit denen aus dem Meer oft genug zu tun, um zu wissen, daß die Seeschlangen, vor allem wenn sie allein sind, keineswegs tapfer genug sind, um sich in ein fremdes Gebiet vorzuwagen. Und genau das ist das gesamte ›hohe Land‹ für sie alle.«

»Dann meine zweite Frage, Sir John«, sagte Jim. »Glaubt Ihr, daß mittlerweile die ganze Armee beisammen ist?«

»Das sollte sie wohl sein«, erwiderte Chandos, »bis auf jene, die aus Northumberland kommen oder aus einigen der entlegeneren Teile von Wales.«

»Und Ihr glaubt, der Teil der Truppe, der sich bisher formiert hat, würde ungefähr anderthalb Tage brauchen, um hierher zu kommen?«

»Ja«, antwortete Chandos mit einem leichten Stirnrunzeln. »Warum ist es so wichtig, sie hier zu haben? Abgesehen von der Tatsache, daß diese Schlange – dieser Essess-irgendwas –, falls sie hier auftauchen wird, Eurer Meinung nach anscheinend diese anderen Schlangen bei sich haben wird? Ich bin mir nicht so sicher, daß Seine Königliche Hoheit, der Kronprinz, und die Hauptmänner der Armee so begierig darauf sein werden, ihre Soldaten hier an dieser Stelle gegen die Schlangen einzusetzen, nur um Eure Burg zu retten.«

»Nein«, stimmte Jim ihm zu, »das glaube ich auch nicht. Aber das war's auch nicht, was ich im Sinn hatte. Ich möchte vielmehr, daß sie die Burg umgehen und im Rücken der Schlangen, die in anderthalb Tagen die Burg gewiß bereits umzingelt haben werden, Stellung beziehen. Die Schlangen mögen ja sehr zahlreich sein, aber sie können sich ihrer Natur nach nicht weit über den Boden erheben, und sie verfügen über keinerlei Belagerungsmaschinen, um Mauern wie die unseren angreifen zu können. Außerdem glaube ich auch nicht, daß sie imstande sind, lediglich mit diesen kleinen Stummelbeinen so glatte Wände wie diese hier zu erklimmen. Selbst wenn uns Tausende von Schlangen umlagerten, könnten wir wohl eine ganze Weile ausharren.«

»Aber Ihr sagtet, die Armee solle die Burg umgehen, um hinter die Schlangen zu kommen. Warum?« verlangte Chandos zu wissen.

»Weil sie sich dann zwischen den Schlangen und dem Meer befänden«, antwortete Jim. »Wir müssen warten, bis Rrrnlf aufwacht, um eine endgültige Antwort auf diese Frage zu bekommen, aber ich glaube, die Seeschlangen könnten durchaus in Panik geraten, wenn sie glauben, ihr Fluchtweg zum Meer sei bedroht.«

»Und was hat das alles mit uns Drachen zu tun?« fragte Egnoth.

»Nun, überlegt doch selbst«, sagte Jim. »Die Seeschlangen kommen aufs trockene Land, das nicht ihr angestammter Lebensraum ist. Und dann entdecken sie plötzlich, daß wie aus dem Nichts eine Armee von Georgs hinter ihnen aufgetaucht ist, zwischen ihnen und ihrem Fluchtweg zum Meer. Gleichzeitig – stellt Euch dies nun von Norden vor – füllt sich der Himmel mit einer Woge von Drachen nach der anderen, und wiederum gleichzeitig füllt sich der Himmel von Süden und Osten mit Woge um Woge französischer Drachen. Bis die beiden Wogen über ihren Köpfen verschmelzen und sie sich in einer Situation wiederfinden, da ihnen eine Armee den Fluchtweg versperrt und über ihren Köpfen mehr Drachen fliegen, als ihrer Meinung nach überhaupt auf der ganzen Welt existieren.«

Als Jim mit seiner Rede zum Ende kam, schwang ein Hauch von Triumph in seinen Worten mit. Zu seiner Überraschung stieß sein Plan lediglich auf ein tiefes Schweigen bei Rittern und Drachen gleichermaßen.

33

JIM FRÖSTELTE. Er fürchtete, daß er genau wußte, was er falsch gemacht hatte. Zahllose Male hatte er sich ins Gedächtnis gerufen, daß er, wenn er es mit Bewohnern dieser Welt des vierzehnten Jahrhunderts zu tun hatte, niemals mit einer Idee einfach so herausplatzen durfte.

Diese Menschen hatten guten Grund, ein solches Verhalten zu mißbilligen. An diesem Ort und in dieser Zeit konnten falsche Entscheidungen tödlich sein. Selbst scheinbar harmlose falsche Entscheidungen konnten sich als tödlich erweisen. Wie die Aussaat der falschen Getreidesorte oder eine geringfügig zu frühe oder zu späte Aussaat. Die Entscheidung für den falschen Heimweg konnte tödlich sein, weil sie einen möglicherweise auf Räuber stoßen ließ – und Räuber dieser Welt töteten ihre Opfer gewöhnlich zuerst, weil dies die einfachste Methode war, dafür zu sorgen, daß die Opfer, während sie ausgeraubt wurden, keine Schwierigkeiten machten. Genauso konnte die Entscheidung für den falschen Heimweg dazu führen, daß irgendein großes und gefährliches Tier einen töten mochte.

Diese Welt war, kurz gesagt, voller Fallgruben. Niemand sprang einfach los, ohne sich zuerst gründlich umzuschauen. Sogar die Kinder wußten, daß etwas, das wie eine glückliche Fügung aussah, zuerst vorsichtig betrachtet und von jedem Winkel untersucht werden mußte, bevor man es als das gutheißen durfte, was es zu sein schien.

Beim Anblick der Gesichter, die ihn umgaben, zuckte

Jim kurz zusammen. Dann spürte er, wie ihn eine Woge der Erleichterung erfaßte, als er sah, daß Chandos ihn eingehend musterte. Der ältere Ritter hatte Lachfältchen um die Augen und den Anflug eines Lächelns um die Mundwinkel.

»Ein hervorragender Schlachtplan, Mylord«, sagte er. »Aber ich sehe da ein geringfügiges Problem. Wie sollen die Hauptmänner der Armee, die keine kleine Strecke von uns entfernt sind, über Land, auf dem es möglicherweise von Seeschlangen nur so wimmelt, von diesem Plan in Kenntnis gesetzt werden?«

Darüber hatte Jim buchstäblich nicht nachgedacht. Das heißt, er hatte sehr wohl darüber nachgedacht, aber vermutet, daß es eine einfache Möglichkeit geben müsse, dies zu bewerkstelligen.

»Und außerdem«, fuhr Chandos fort, »selbst wenn ihnen die Botschaft überbracht würde, könnt Ihr sicher sein, daß die Hauptmänner sich bereit fänden, mit der Armee nach Euren Vorschlägen vorzurücken?«

Das war etwas, worüber Jim überhaupt nicht nachgedacht hatte.

Er hatte vergessen, daß die mittelalterlichen Kommandanten alle über einen eigenen Kopf verfügten, und es kam selten vor, daß zwei von ihnen derselben Meinung waren. Jeder Anführer war daran gewöhnt, der einzige Anführer zu sein. Wenn nur der junge Kronprinz von England alt und erfahren genug gewesen wäre, um seine Hauptmänner an die Kandare zu nehmen, würde er einem Plan, der von Jim kam, gewiß zustimmen, dessen war Jim sich ziemlich sicher. Schließlich waren er und die anderen es gewesen, die ihn vor dem schurkischen französischen Magier Malvinne gerettet hatten. Aber der Prinz war noch nicht alt genug.

Jim beschloß, die einfachste Frage zuerst anzugehen.

»Nun«, meinte er, »um Euch zu antworten, Sir John, ich selbst verfüge nicht über die magische Fähigkeit, jemanden dorthin zu schicken, wo die Armee sich gegenwärtig befindet, aber ich hatte gehofft …« Er sah Carolinus an, der seinen Blick mit entschlossener Miene erwiderte.

»Jim«, sagte er, »Ihr müßt ein und für allemal etwas lernen. Ihr dürft auf keinen Fall verschwenderisch mit Magie umgehen. Nun, verglichen mit Euch selbst muß ich wie ein wohlhabender Adliger im Vergleich zu einem Leibeigenen erscheinen, der sich auf seinem ärmlichen Fleckchen eigenen Landes abrackert, aber …«

Er brach plötzlich ab, und Jim wurde klar, daß sein Erschrecken sich in seinen Zügen abmalen mußte.

»Macht Euch wegen der anderen keine Gedanken«, sagte Carolinus. »Sie sehen, daß unsere Lippen sich bewegen, können aber weder mich noch Euch hören, solange ich es ihnen nicht gestatte.«

»Ich … ich verstehe nicht«, sagte Jim verlegen.

»Ich meine einfach, daß Ihr von Anfang an ein Problem hattet. Und zwar von dem Zeitpunkt an, als offenbar wurde, daß Ihr ein magisches Konto bei der Revisionsabteilung habt«, fuhr Carolinus fort.

»Aber …«, begann Jim. Carolinus' Stimme brachte ihn zum Schweigen.

»Hört mir zu«, sagte der ältere Magier. »Ihr seid durch reinen Zufall an dieses Konto gekommen, weil Ihr aus einer anderen Welt stammt, nicht aus dieser, und weil Ihr Eure Gefährten zu einem Sieg über die Dunklen Mächte geführt habt. Ihr werdet Euch daran erinnern, was passiert ist, als Ihr dieses Konto unbenutzt gelassen habt: Es verwandelte Euch in einen Drachen, ob Ihr das wünschtet oder nicht. Daher seid Ihr zu mir gekommen, wurdet mein Lehrling und fingt an, ein wenig Magie zu erlernen, um das, was Ihr hattet, zu beherrschen.«

»Das stimmt«, erkannte Jim demütig an.

»Jedoch«, sagte Carolinus und hob warnend einen Finger, »sobald Ihr ein wenig Kontrolle über Euer magisches Konto hattet, habt Ihr sofort alles aufgebraucht, und ich mußte zu Eurer Rettung eilen. Das Ergebnis war, wie Ihr Euch erinnern werdet, daß ich Euch die Beförderung zum Magier dritter Klasse verschaffen konnte und obendrein eine zusätzliche Gutschrift. Ich möchte Euch jetzt daran erinnern, daß es Gründe gibt, warum man unerfahrenen Magiern niedrigen Rangs den Zugang zu einer größeren Menge Magie verwehrt. Einer dieser Gründe liegt darin, daß ein unerfahrener Magier sehr große Macht dazu mißbrauchen könnte, sehr großen Schaden anzurichten. Das habt Ihr nicht getan, aber Ihr habt sehr wohl Euren zusätzlichen Kredit erschöpft, oder jedenfalls beinahe.«

»Aber Ihr …«, begann Jim.

»Wie ich schon sagte«, unterbrach ihn Carolinus, »Ihr betrachtet mich, wie der Leibeigene den Adligen betrachtet. Ihr wißt, daß ich – verglichen mit Euch – große Mengen Magie zu meiner Verfügung habe. Aber eine Sache kann groß sein, ohne unbegrenzt zu sein. Ein Drachenhort mag legendär sein, aber er umfaßt nicht allen Reichtum der Welt. Man kann alles erschöpfen. Sprecht Euren Freund Secoh einmal darauf an, nachdem seine Sippe von den Dunklen Mächten am Verhaßten Turm ruiniert worden ist.«

Jim warf unwillkürlich einen Blick auf Secoh. Der Sumpfdrache beobachtete, wie alle übrigen auch, mit verwirrter Miene ihre Lippen, die sich stumm bewegten.

»Also«, sagte Carolinus, »mit einem Wort, ich muß, was mir noch verblieben ist, aufsparen, damit ich über angemessene Reserven für den Kampf mit diesem anderen unbekannten Magier verfüge. Ich könnte natürlich leicht Euren Boten zu der Armee transportieren, aber ich weigere mich. Ihr werdet Euch da auf eine andere Möglichkeit besinnen müssen.«

Jim saß wie betäubt da. Dann wurde ihm bewußt, daß die anderen ihn und Carolinus anstarrten und daß

Carolinus ihnen gestattet hatte, seine letzten beiden Sätze mit anzuhören.

»Wenn der Magier niemanden aussenden will«, sagte Secoh, »wie sollen wir dann einen Boten zu ihnen bekommen? Nun gut, einer von uns Drachen könnte zur Armee fliegen, da ihr Sammelplatz kein Geheimnis für uns ist. Aber würden sie ausgerechnet auf einen Drachen hören, der sie aufforderte, ihre ganze Georgarmee zu verlegen?«

»Da habt Ihr natürlich recht, Secoh«, beschwichtigte Jim den Sumpfdrachen. »Ich würde keinen von euch Drachen bitten, diese Aufgabe zu übernehmen. Wir anderen sind alle bis auf eine Ausnahme Georgs von gewissem Ruf, aber nicht einmal das würde genügen, um die Anführer der englischen Armee dazu zu bewegen, auf uns zu hören.«

Er sah Chandos an.

»Sir John«, sagte er, »nur einer von uns hat überhaupt eine Chance, die englischen Hauptmänner zu veranlassen, die Armee zu verlegen – und das seid Ihr. Aber das wißt Ihr sicher.«

»Das weiß ich in der Tat«, antwortete Chandos, »und es wird keine einfache Aufgabe sein, nicht einmal für einen Mann wie mich, der sich eines gewissen Rufes erfreut. Aber wenn ich auch im Umgang mit Waffen nicht ungeschickt bin, vermag ich doch nicht mit Sicherheit zu sagen, ob ich ohne Gefahr durch das Land zwischen dieser Burg und der Armee reisen könnte, falls ich einer der Seeschlangen begegnen sollte. Ebensowenig bin ich mir sicher, ob ich überhaupt durchkommen würde, selbst wenn Ihr mir so viele Bewaffnete wie nur möglich als Eskorte zur Verfügung stellen könntet. Andererseits wäre auch noch die Zeit zu bedenken, die eine Reise dorthin kosten würde.«

Jim sah seinen Plan ein zweites Mal empfindlich gestört.

»Das ist sehr einfach«, erklang Angies entschiedene

Stimme. »Rrrnlf wird ihn hinbringen. Rrrnlf kann ihn nicht nur gefahrlos an allen Seeschlangen vorbeibringen, die ihnen unterwegs begegnen könnten, Rrrnlf kann ihn tragen und die Entfernung auf diese Weise in kürzester Zeit zurücklegen. Außerdem würde Rrrnlfs Anwesenheit bei der Armee Sir Johns Argumenten gewiß einigen Nachdruck verleihen.«

Jim sah sie mit einer Mischung aus Ehrfurcht und Bewunderung an. Er hatte sich an ihre hervorragende Verwaltung der Burg gewöhnt, ganz zu schweigen davon, daß sie in Zeiten seiner Abwesenheit den ganzen Grundbesitz von Malencontri beaufsichtigte, aber als sie sich diesem Kriegsrat beigesellt hatte, hatte er nicht wirklich geglaubt, daß sie irgendwelche Entscheidungen herbeiführen würde. Plötzlich schämte er sich.

»Das ist eine ideale Lösung, Angie!« sagte er. »Perfekt!«

Dann fiel ihm noch etwas ein.

»Aber wird Rrrnlf da mitmachen?« fragte er. »Vergeßt nicht, er will nicht weg von hier, weil er darauf wartet, daß Essessili hier auftaucht, und er möchte sich die Gelegenheit, seine Dame zurückzubekommen, gewiß nicht entgehen lassen.«

Die Hilfe kam aus einem unerwarteten Lager.

»Das dürfte wohl nur eine Kleinigkeit sein«, sagte Carolinus und zwirbelte sich die rechte Spitze seines Schnurrbarts, »ich glaube, da kann ich helfen.«

Sie verlegten ihre Zusammenkunft in den Burghof.

Der schlafende Rrrnlf und die gut verschnürte Seeschlange neben ihm – die überraschenderweise ebenfalls eingeschlafen war – boten einen ehrfurchtgebietenden Anblick. Die beiden gewaltigen Körper vermittelten Jim und den anderen das Gefühl, tatsächlich so ›klein‹ zu sein, wie Rrrnlf sie liebevoll zu nennen pflegte.

»Wacht auf!« rief Brian und trat gegen den ihm am

nächsten liegenden Teil des gewaltigen Körpers des Seeteufels, bei dem es sich zufällig um die Wade seines Beines handelte. Anscheinend hätte er ebensogut gegen einen Berg treten können. Er trug eine dunkelblaue, slipperähnliche Fußbekleidung, die Männern von vornehmem Geblüt, wenn sie nicht in ihrer Rüstung steckten oder irgend etwas taten, wofür Stiefel notwendig waren, als Schuhwerk diente. Aber die Spitze besagten Schuhs hinterließ in dem Fleisch des Seeteufels nicht einmal eine Delle, und Rrrnlf schlief weiter.

»Ich glaube, ich kann ihn wecken«, sagte Angie. Sie zog sich eine Nadel aus dem Haar, so daß es ihr locker über die Schultern fiel, dann trat sie vor Rrrnlfs Füße hin, beugte sich vor und rammte die Nadel in die Spitze der großen Zehe, die aus Rrrnlfs Sandalen hervorlugte.

»Ba! Was?« brüllte Rrrnlf, der augenblicklich erwachte, aufsprang und eine Verteidigungshaltung einnahm, in der er seine großen Hände zum Angriff erhob.

Einen Augenblick herrschte verwirrtes Schweigen. Rrrnlf war gerade erwacht und wußte nicht warum. Die Menschen zu seinen Füßen kämpften um ihr Gleichgewicht, nachdem der Boden nach Rrrnlfs plötzlichem Aufsprung erzittert war. Angie war die erste, die sich erholte.

»Ich habe Euch geweckt«, sagte sie zu Rrrnlf. »Ich mußte deshalb eine Nadel in Eure große Zehe pieksen. Es tut doch nicht weh?«

»Ich glaube nicht«, entgegnete Rrrnlf benommen. Dann griff er hinunter, um seine rechte große Zehe abzutasten. »Hm … vielleicht doch.«

Er richtete sich auf und blickte auf sie alle hinunter.

»Warum?« fragte er.

»Weil wir Euch brauchen«, sagte Angie. »Jim, erklär du es ihm.«

»Spart Euch die Mühe«, meldete Carolinus sich entschieden zu Wort. »Ich kümmere mich darum. Rrrnlf, Ihr sollt Sir John Chandos dorthin tragen, wo die Armee sich versammelt hat. Ihr sollt dafür sorgen, daß ihm unterwegs niemand Schaden zufügen kann, schon gar nicht die Seeschlangen.«

»Ha!« sagte Rrrnlf. »Als hätten sie da auch nur die geringste Chance, wenn ich ihn trage. Aber einen Augenblick mal, kleiner Magier. Ich kann Euren Sir John nirgendwo hintragen. Essessili kommt hierher. Ich muß auf ihn warten.«

»Nichtsdestoweniger«, entgegnete Carolinus, »ist es notwendig, daß Ihr Sir John zur Armee bringt. Wenn Essessili in Eurer Abwesenheit herkommen sollte, werden wir dafür sorgen, daß er bleibt, bis Ihr wieder da seid. Ich glaube kaum, daß Ihr länger als einen Tag für den Hin und Rückweg brauchen solltet.«

»Wohl kaum«, sagte Rrrnlf. »Trotzdem, kleiner Magier – es tut mir leid, aber ich werde nichts Derartiges tun. Ich werde kein Risiko eingehen, meine Dame möglicherweise doch noch zu verpassen, nur weil Ihr mich bittet, irgend jemanden irgendwohin zu tragen, und ich auf diese Weise fort wäre, wenn die Seeschlange mit meiner Dame hierherkommt.«

»Rrrnlf!« sagte Carolinus – und wenn er seine Statur auch nicht plötzlich auf Rrrnlfs Größe anwachsen ließ, so hallte seine Stimme mit einem Mal ebenso klar und durchdringend durch die Luft wie die des Seeteufels. »Ich werde mich nicht wiederholen. Ich bitte Euch nicht um etwas, ich *befehle* Euch, Sir John zur Armee zu bringen. Ich befehle es Euch kraft meines Rangs als Meistermagier.«

»Ich habe bereits nein gesagt ...«

Rrrnlf verschwand und verstummte mitten im Satz. Alle starrten sie die leere Stelle an, an der der Seeteufel noch vor einer Sekunde gestanden hatte.

»Wo ist er hin?« fragte Brian und drehte sich um. »Ich kann ihn nicht sehen ...«

»Keine Bewegung!« fuhr Carolinus auf. »Daß mir ja keiner von euch seine Füße bewegt.«

Er zeigte auf den Boden vor seinen eigenen Zehen.

Sie alle folgten seinem Zeigefinger, auch Brian, der zu diesem Zwecke den Kopf über seine Schulter recken mußte. Was sie an der von Carolinus bezeichneten Stelle sahen, war ein großer schwarzer Käfer – groß, aber doch nicht übermäßig groß. Er stand aufrecht auf seinen beiden Hinterbeinen, und seine mittleren beiden Beine hingen schlaff an seinem Körper herab, aber seine beiden oberen Gliedmaßen reckten sich empor, als wären sie machtvolle Maschinen aus Knochen und Muskeln mit Händen, größer als Scheunentore.

»Wagt es nicht, in diesem Ton mit mir zu sprechen, mein Herr!« sagte Carolinus an den Käfer gewandt. »Denkt an Eure guten Manieren! Ihr seid ein Käfer, und Ihr werdet ein Käfer bleiben, bis ich Euch wieder Eure ursprüngliche Gestalt zurückgebe. Habt Ihr mich verstanden?«

Es entstand eine kleine Pause.

»Nein, ich werde keine Gnade walten lassen!« sagte Carolinus. »Ein Käfer seid Ihr, und ein Käfer bleibt Ihr, bis Ihr Euch bereit erklärt, Sir John zur Armee zu bringen!«

In der nächsten Sekunde stand Rrrnlf wieder mit seinen ganzen gut dreißig Fuß Größe vor ihnen und blickte gequält auf Carolinus hinab.

»Kleiner Magier!« sagte er gepeinigt. »Durch Euch werde ich meine Dame verlieren – das steht absolut fest. Ich spüre es.«

»Papperlapapp!« sagte Carolinus. »Ich gebe Euch mein Wort, das Wort eines Magiers, daß Ihr Eure Dame von Essessili zurückbekommen werdet, sobald er mit ihr erscheint. Und nun wollen wir darüber nachdenken, wie Ihr Sir John am besten tragen könnt.«

Das Gespräch ging eine Weile hin und her, und es bedurfte einiger Überredungskünste von Jims Seite sowie einiger Anstrengungen der Burgzimmerleute und des Schmiedes. Brian und Chandos nutzten die Zeit, um in die Burg zu gehen, wo Brian dem älteren Ritter half, Waffen und Rüstung anzulegen. Zu guter Letzt war dann endlich ein Aufbau hergestellt, der auf Rrrnlfs rechte Schulter paßte und dort nicht nur gewissenhaft befestigt wurde, sondern auch gepolstert, so daß Chandos vor den Erschütterungen des Marsches einigermaßen sicher sein würde. Daran wurde schließlich Sir Johns Sattel befestigt.

Rrrnlf legte sich auf den Boden, damit man den Aufbau an ihm anbringen konnte. Dann erhob er sich wieder auf die Füße, sprang über die Burgmauer und legte sich jenseits des Grabens vor der Burg abermals nieder.

Chandos tauchte reisefertig wieder auf, sagte den anderen höflich Lebewohl und schlenderte durch die mittlerweile geöffneten Haupttore zu dem Seeteufel hinüber. Er kletterte gefaßt auf den Sattel, als stünde ihm lediglich ein Galopp auf einem vertrauten Pferd bevor. Rrrnlf erhob sich abermals auf die Füße und schritt in nordöstlicher Richtung davon, bis er zwischen den Bäumen verschwand.

»Nun, Mylord«, sagte Brian, »vielleicht wäre es das beste, Ihr würdet den Befehl geben, das große Tor in der Ringmauer wieder schließen zu lassen. Die Zugbrücke müßte wieder hochgezogen und das Fallgitter hinuntergelassen werden. Dann können wir übrigen uns zur weiteren Besprechung in den Palas und zu den Weinbechern begeben und darüber nachdenken, welche Verteidigungsmaßnahmen wir ergreifen können, falls die Seeschlangen uns hier angreifen.«

»Wenn Mylord nichts dagegen hätte«, sagte Dafydd – und die Tatsache, daß er diese Anrede für Jim benutzte, gab überdeutlich Aufschluß darüber, daß er seinen Plan durchführen würde, ganz gleich, was Jim dazu zu sagen hatte – »ich glaube, ich bleibe auf der Mauer, falls sich zufällig eine Schlange zeigen sollte. Ich habe gute Lust, einige Pfeile auszuprobieren, falls ein solches Geschöpf auftaucht. Ich möchte feststellen, ob ich nicht herausfinden kann, welche verletzlicheren Teile sich mit einem Pfeil erreichen lassen. Da wären natürlich die Augen, und ich vermute, daß ein Kriegspfeil, tief in die Kehle gebohrt, dieselbe Wirkung erzielen müßte. Aber vielleicht gibt es noch andere Möglichkeiten.«

»Gut«, sagte Jim. »Brian, ich fürchte, Ihr und Carolinus müßt diesen Wein allein trinken. Ich glaube, ich würde gerne wieder in die Kemenate hinaufgehen, meine Kleidung ablegen und mich in einen Drachen verwandeln. Dann werde ich mich vom Turmdach in die Luft erheben und nach Osten sowie nach Süden fliegen, um einen Blick auf die Seeschlangen zu werfen, von denen Secoh berichtet hat. Vielleicht möchte Secoh mich begleiten?«

»O ja!« rief Secoh. »Ich meine, natürlich, Mylord.«

»Was Euch andere Drachen betrifft«, sagte Jim an die Drachen gewandt, »Ihr werdet gewiß Euren Leuten daheim Bericht von meinen Plänen erstatten wollen.«

»So ist es in der Tat«, sagte Egnoth. »Und zwar so schnell wie möglich.«

Vor den Augen der Menschen hoben die Drachen mit einem gewaltigen Schlagen zahlreicher Flügel vom Burghof ab und verschwanden in verschiedene Himmelsrichtungen.

Jim griff nach dem Sack mit Juwelen und ging hinauf in die Kemenate, um Vorkehrungen für seinen Flug an die Meeresküste und zu den Seeschlangen zu treffen.

34

AUS EINER VIEL niedrigeren Höhe, als ihm früher sicher erschienen wäre, beobachtete Jim die an der Invasion beteiligten Seeschlangen.

Secoh hatte recht gehabt; sie blickten tatsächlich nicht auf. Dies war ihnen augenscheinlich auch nicht so ohne weiteres möglich, ohne sich auf die Seite zu rollen, so daß sie ihre Köpfe nach links oder rechts wenden konnten, statt sie auf ihren dicken Hälsen – die weniger dick waren als ihre Leiber, aber doch nicht viel weniger – zu erheben.

Jim befand sich immer noch auf einer Höhe von über tausend Fuß; trotzdem würde jeder, der von unten aufblickte, deutlich sehen können, daß er ein Drache war, kein Vogel. Aber niemand blickte auf.

Er hingegen blickte aufmerksam hinunter.

Es konnte kein Zweifel bestehen, daß die Schlangen bereits in gewaltiger Anzahl an Land waren und immer noch welche ankamen. Unter ihm bedeckten sie auf einer Länge von zwei Meilen zu seiner Rechten und Linken das Ufer und brachten es insgesamt auf eine Front von vier Meilen. Vom Ufer aus erstreckten sie sich immer noch auf vielleicht eine halbe Meile dicht an dicht gedrängt landeinwärts.

Ihm fiel auf, daß sie Bäche und Flüsse sorgsam mieden. Der Boden war hier steinig und stieg vom Meer aus ziemlich steil an, aber nicht steil genug, um den Schlangen das Klettern merklich zu erschweren.

Aus der Luft sahen ihre grünen Körper klein und beinahe harmlos aus. Er hatte Mühe, sich ins Gedächtnis zu rufen, daß eine jede von ihnen länger war als Rrrnlf groß, wenn man sie von der Nasenspitze bis zum Schwanz maß. Sie hatten natürlich nicht den gewaltigen Oberkörper und die Kraft des Seeteufels. Aber verglichen mit einem menschlichen Wesen war eine jede einzelne von ihnen eine unaufhaltsame Maschine aus Fleisch und Blut.

Einen Augenblick lang fühlte Jim sich ein wenig unbehaglich bei dem Gedanken an die Botschaft, die er durch Chandos hatte überbringen lassen, daß nämlich das englische Heer warten solle, bis die Schlangen landeinwärts gezogen waren, um dann hinter ihnen Aufstellung zu nehmen. Es war schwer vorstellbar, wie Menschen es überhaupt mit solchen Geschöpfen aufnehmen sollten.

Ihr dicht gedrängter Zug erinnerte Jim an die Invasion grüner Raupen, die eines strahlenden Herbsttages das College von Riveroak heimgesucht hatte, wo er und Angie in ihrer ursprünglichen Welt unterrichtet hatten. Die Raupen schienen damals genauso unzählbar zu sein wie jetzt die Seeschlangen.

Aber sein erster Eindruck, daß die Schlangen sich genauso planlos bewegten, wie die Raupen es getan hatten, dieser Eindruck trog. Jetzt, da er sie näher betrachtete, konnte er sehen, daß sie sich zu großen Gruppen zusammengeschlossen hatten. Nach und nach begann er, diese Gruppen als Bataillone zu betrachten, weil jede eine annähernd rechteckige Formation von ungefähr fünfzehnhundert Seeschlangen bildete, die sich als Einheit fortbewegte.

Er bemerkte auch, daß jede dieser Einheiten, sobald sie sich formiert hatte, landeinwärts zog. In der Zwischenzeit verringerte sich die Anzahl der Neuankömmlinge aus dem Meer immer weiter.

Dennoch sah es, grob geschätzt, so aus, als wären mindestens zehntausend Schlangen an Land gekommen. Einen Augenblick lang verspürte Jim ein dumpfes Gefühl der Verzweiflung. Diese Bataillone da unten verfügten über genug Kampfkraft, um sowohl die englische Armee als auch sämtliche Drachen Englands zu überwältigen, falls diese es überhaupt wagten, sich in einen Kampf mit den Schlangen einzulassen. Irgendwie mußte er dafür sorgen, daß sein Plan, einen tatsächlichen Zusammenstoß zu vermeiden, auch wirklich funktionierte. Schon die Anzahl der Schlangen ließ keinen Zweifel daran, daß sie die Drachen würden vernichten können. Die Gedanken überschlugen sich in seinem Kopf, aber bisher hielten die Einzelheiten dieser

Idee einer genaueren Überprüfung einfach nicht stand. Bisher gab es nichts als Hoffnungen.

Gerade in diesem Augenblick war es, daß ihm ein anderer kleiner Punkt auffiel, der möglicherweise ganze tausend Fuß über Secoh und ihm kreiste. Er heftete seinen teleskopischen Drachenblick auf den Punkt und fand seinen unmittelbaren Verdacht bestätigt. Es war ein anderer Drache.

»Secoh!« rief er dem Sumpfdrachen zu, der nicht weit von ihm entfernt in der Luft schwebte. »Wir werden mit diesem Drachen da oben reden.«

Er hatte kaum ausgesprochen, da begann er, ohne sich noch einmal nach Secoh umzusehen, auf den Punkt über ihm zuzusteuern. Er hatte den Eindruck, daß er sehr rasch aufstieg, bemerkte dann jedoch, daß der Punkt gleichzeitig zu ihm hinunterkam. Einen Augenblick später schwebten er und der andere Drache Flügel an Flügel nebeneinander, und wenige Sekunden darauf erschien Secoh an der anderen Seite des unbekannten Drachen.

»Mylord! Mylord!« rief Secoh. »Erkennt Ihr Iren? Ihr erinnert Euch sicher, daß er einer der drei Repräsentanten der französischen Drachen war, mit denen Ihr in dem Wirtshaus in Brest gesprochen habt.«

»Oh? Oh!« sagte Jim, denn Tatsache war, daß er den französischen Drachen ohne Secohs Hilfe wohl nicht erkannt hätte. Jim hatte das Stadium erreicht, da es ihm möglich war, die meisten der Cliffsidedrachen zu unterscheiden, aber wenn es darum ging, Drachen zu identifizieren, die er weniger gut kannte, dann versagte er recht häufig.

»Iren!« rief er nun. »Ich hätte nicht erwartet, Euch hier zu sehen.«

»Und warum nicht?« fragte Iren aufgebracht. »Wir sind französische Drachen, und Ihr habt sowohl unser Wort als auch unsere Juwelen. Der eine oder andere von uns hält diese Geschöpfe da unten ständig im

Auge, seit sie aus dem Meer kommen. Sie sind jetzt alle an Land – alle, die zählen –, jetzt, da ihr Anführer hier ist.«

»Ihr Anführer? Ihr meint Essessili?«

»Wie auch immer er genannt wird«, sagte Iren, als würde schon allein die Erwähnung der Seeschlange ihm bitter aufstoßen. »Er ist vor kurzer Zeit hier angekommen, und vom Augenblick seiner Ankunft an begannen sie sich zu Gruppen zu formieren und landeinwärts zu ziehen, Richtung Norden.«

»Habt Ihr gesehen …?« Jim brach ab, weil er nicht recht wußte, wie er Rrrnlfs Dame beschreiben und gleichzeitig ihre Bedeutung geheimhalten konnte. »Habt Ihr gesehen, ob Essessili irgend etwas bei sich hatte, sagen wir etwas wie den Galionskopf eines Schiffes?«

»Er hatte nichts bei sich«, antwortete Iren. »Was spielt es für eine Rolle, ob er etwas bei sich hatte?«

»Ach, wahrscheinlich gar keine«, entgegnete Jim eilig. »Es war nur so ein Gedanke von mir. Da Ihr hier Wache gehalten habt, hattet Ihr wahrscheinlich auch Brest im Auge oder von wo auch immer die französischen Georgs Segel Richtung England setzen wollen.«

Iren nickte.

»Wißt Ihr, ob Eure Georgs bald aufbrechen werden?« fragte Jim.

»Sie sind bereits aufgebrochen«, antwortete Iren.

Die drei Drachen schwebten nun alle zusammen in großen, trägen Kreisen über dem Ufer und den Seeschlangen. Die Friedlichkeit ihres mühelosen Flugs durch die Luft stand in scharfem Gegensatz zu dem Aufruhr, der in Jim tobte.

»Unsere Georgs«, fuhr Iren fort, »haben noch mehr von diesen unaussprechlichen Geschöpfen da unten bei sich; für den Fall, daß einige ihrer Boote Hilfe benötigen. Daher müßten diese Boote in den nächsten zwei Tagen diesen Teil der Küste erreichen – denn genau hier liegt, wenn ich recht verstanden habe, ihr Ziel.«

»Das wäre also ungefähr der Zeitpunkt, zu dem Essessili und die Schlangen in seinem Gefolge Malencontri erreichen würden«, sagte Jim grimmig. »Secoh, können unsere Drachen sich bis zu diesem Zeitpunkt ebenfalls versammeln?«

»Das können sie gewiß«, sagte Secoh.

»Auch unsere französischen Drachen«, warf Iren ein, »stehen ganz in der Nähe bereit, an einem Ort, an dem die Schlangen sie nicht sehen. Sie können in einer guten Stunde bei Eurer Burg sein.«

»Gut«, sagte Jim, der hoffte, daß es so weit nicht kommen mußte.

»Ich wollte selbst nach Brest fliegen, um mir die französischen Schiffe anzusehen, aber das ist jetzt nicht mehr notwendig«, fügte er hinzu. »Ich glaube, statt dessen werden Secoh und ich einen Ausflug nach Nordosten machen, dorthin, wo sich die Armee unserer englischen Georgs versammelt hat. Auch sie werden sich, so hoffe ich, in Kürze in dieser Richtung auf den Weg machen.«

»Gut!« sagte Iren. »Ich komme mit. Je mehr wir über die Angelegenheiten hier wissen, um so besser. Laßt mich nur der nächsten Wache ein Signal senden.«

Augenblicklich fing Iren an, höher zu steigen, und ließ die beiden anderen Drachen unter sich. Nachdem er einige hundert Fuß zurückgelegt hatte, drehte er sich um, schoß im Sturzflug die Hälfte der Strecke wieder zu ihnen hinunter, bremste plötzlich mitten in der Luft, vollführte einen kleinen engen Kreis, schoß dann abermals hinab und fing sich direkt neben ihnen wieder auf.

»Was war das?« fragte Jim. »War dies Euer Signal, das Ihr der nächsten Wache schicken wolltet?«

»Habt Ihr so wenig Vertrauen in uns, daß Ihr das nicht erraten könnt?« fragte Iren. »Ich habe es Euch doch gesagt. Wir halten nun schon seit einigen Tagen an der Südküste Eurer Insel Wache.«

»Es ist ein langer Flug von Brest hierher«, sagte Jim. »Nicht, daß Ihr dazu nicht in der Lage wäret …«

»Ihr unterschätzt uns«, sagte Iren. »Ich bin nur einer von fünf Drachen, die ständig unterwegs sind. Der nächste in der Luft, der südlich von uns weiter draußen über dem Meer kreist, kann mich sehen, und er wird mein Signal bemerkt haben. Ich habe ihm gesagt, daß alle Wachen sich eine Position weiterbewegen sollen. Kurz, diese Wache, die die Nachricht bekommen hat, wird das Signal an die nächste in der Reihe weitergeben und dann meine Position hier einnehmen. Auf diese Weise kann er mich ersetzen und sich sogar bereithalten, wenn nötig dem Zug der Seeschlangen landeinwärts zu folgen.«

»Aber trotzdem …«, sagte Jim zweifelnd. Iren unterbrach ihn.

»Ihr habt mich nicht ausreden lassen«, bemerkte er. »Ich sagte, es gäbe fünf Wachen. Wenn die, die am weitesten von uns entfernt ist, ihre Position dort, wo unsere Drachen sich gesammelt haben, verläßt, erhebt sich ein neuer in die Lüfte, um an ihre Stelle zu treten. Auf diese Weise halten immer fünf von uns Wache. Jede Wache dauert zwei Stunden, es sei denn, ein Drache hätte das Gefühl, seinen Posten aus irgendeinem Grund vorzeitig verlassen zu müssen. Dann rücken alle übrigen eine Position weiter. Habt Ihr das Prinzip verstanden?«

»Ja«, antwortete Jim, »es ist ein sehr gutes Arrangement.«

»Jeder Drache in der Reihe sieht den anderen«, fuhr Iren fort, »und auf diese Weise können Nachrichten wie die, die ich gerade ausgesandt habe, weitergegeben werden. Direkt vor Eurer Ankunft hatte ich ein Signal geschickt, daß die Seeschlangen beginnen, sich von der Küste aus landeinwärts zu bewegen. Jetzt bin ich frei, mit Euch zur Armee der englischen Georgs zu fliegen.«

»Der Flug wird uns ein ganzes Stück weit nach Norden bringen«, meinte Jim. »Für mich und Secoh ist das natürlich kein Problem, da wir ohnehin nicht weit von zu Hause entfernt sind, aber Euer Rückflug nach Frankreich wird auf diese Weise sehr lang werden.«

»Ihr habt unser Wort, und Ihr habt unsere Juwelen«, sagte Iren. »Haltet Ihr so wenig von den französischen Drachen, daß Ihr glaubt, wir würden in diesem Falle nicht die äußersten Anstrengungen auf uns nehmen? Nun gut, es mag ein langer Flug sein. Aber wie Ihr selbst wißt, sind wir Drachen in der Lage, uns tagelang in der Luft zu halten und große Entfernungen zurückzulegen, obwohl es nicht leicht sein mag.«

Jim verspürte eine kleine unerwartete Woge von Stolz und Wärme, weil Iren ihn in die Gemeinschaft der Drachen eingeschlossen hatte. Es glich ungefähr dem Gefühl, das sich seiner bemächtigt hatte, als Smrgol, der Großonkel von Gorbash, in dessen Körper Jim in diese Welt gelangt war, sich vor dem Kampf mit dem Oger beim Verhaßten Turm die Zeit genommen hatte, ihn zu beraten.

Einen Moment lang stand ihm die Erinnerung wieder klar und deutlich vor Augen. Es waren nur Sekunden gewesen, bevor der alte Drache den Kampf gegen den jungen und kräftigen Bryagh aufnahm; und es war dies zu einer Zeit gewesen, da Smrgol durch einen Schlaganfall halb gelähmt war. Dennoch hatte Smrgol sich die Zeit genommen, Jim zu ermutigen und ihm Ratschläge für seinen Kampf mit dem Oger zu geben, da Smrgol selbst einmal gegen einen Oger gekämpft hatte.

Das warme Gefühl breitete sich in seinem ganzen Körper aus. Es war seltsam, dieses Bedürfnis, sich zwei völlig verschiedenen Spezies verwandt zu fühlen. Es war verwirrend, aber es konnte kein Zweifel bestehen, daß er tief innerlich den Wunsch hegte, beiden anzugehören.

»Nun«, sagte er, um auf andere Gedanken zu kommen, »dann also los.«

Er flog auf nördlichem Kurs voran und machte sich dabei einen Aufwind nach dem anderen zunutze; die Seeschlangen unter ihnen zogen in eine andere Richtung – es konnte kein Zweifel bestehen, daß die langen, gewaltigen Geschöpfe auf dem Weg nach Malencontri waren. Diese Erkenntnis machte ihn nicht gerade glücklich.

Er besann sich wieder auf die nächstliegenden Probleme.

Irens Bericht über die französischen Drachen hatte ihn sowohl beeindruckt wie auch gerührt. Er hatte sie unterschätzt. Möglich, daß er sich zu sehr von der Tatsache hatte beeinflussen lassen, daß die englischen Drachen ebenso wie die englischen Georgs – er korrigierte sich in Gedanken: das englische Volk – alle anderen als unterlegen erachteten. Er war in die Falle getappt anzunehmen, daß sie recht hatten und die französischen Drachen ängstlicher waren und nicht im selben Maße bereit, ihren Verpflichtungen nachzukommen. Das traf eindeutig nicht zu. Aber andererseits hielten die französischen Drachen auch nicht besonders viel von den englischen.

Was das betraf, überlegte Jim weiter, fand er diese Welt um ihn herum ständig gleichermaßen faszinierend wie erschreckend – diese Welt mit ihren Menschen und Tieren, ihrem Schmutz, ihrem Müll, ihren Launen und Sitten.

Möglich, daß es genau das war, was Angie und ihn nach dem Sieg am Verhaßten Turm zu dem Entschluß gebracht hatte, überhaupt hierzubleiben. Selbst um den Preis, daß sie damals ihre einzige Gelegenheit auf eine Rückkehr in die Welt, die sie kannten, hatten verstreichen lassen.

Die drei Drachen brauchten einige Stunden, in denen sie abwechselnd flogen oder auf den Luftströmungen dahinglitten, um die englische Armee zu erreichen. Glücklicherweise konnte Secoh mit seiner Drachenorientierung sie direkt an ihr Ziel führen, auch wenn sie einen Weg nahmen, den der Sumpfdrache noch nie zuvor benutzt hatte.

Mittlerweile war es Nachmittag geworden. Das Wetter war in ganz Südengland offensichtlich immer noch schön bis auf wenige zerstreute Wolken am Himmel. Auf diese Weise konnten sie deutlich sehen, was unter ihnen vorging.

Menschen blickten im Gegensatz zu Drachen des öfteren auf. Aber offensichtlich rechnete niemand in der englischen Armee mit Drachen, und hoffentlich würden die Männer dort unten, falls sie doch aufblickten, zu dem Schluß kommen, daß es Vögel waren, die am Himmel ihre Kreise zogen. Was Jim, als sie endlich auf diese Armee hinabblickten, sah, war ein Kriegsheer von beträchtlicher Größe. Er schätzte, so gut er dies vermochte, daß da unten ungefähr so viele Menschen wie Seeschlangen waren – vielleicht sogar noch mehr.

Im Gegensatz zu den Schlangen waren die Menschen jedoch augenscheinlich in Gruppen aufgeteilt, je nach der Rolle, die sie in der Schlacht übernehmen sollten. Die Ritter bewohnten Zelte, die sich um ein größeres Zelt scharten, in dem der Prinz untergebracht sein mußte. Davon abgesehen gab es noch die gröberen Unterkünfte der schwerbewaffneten Fußsoldaten und die kärglichen der leichter bewaffneten – und den beinahe ungeschützten Bereich jener Soldaten, die nur mit dem Anschein einer Rüstung sowie gelegentlich einer Sichel oder anderen selbstgemachten Waffen ausgestattet von den Bauernhöfen gekommen waren.

Als letztes kamen, ein wenig abseits von den anderen, die Unterkünfte der Langbogen- und der Armbrustschützen.

Und nirgendwo zwischen all diesen Unterkünften war eine Spur von Chandos oder von Rrrnlf zu entdecken. Allerdings war Rrrnlf wahrscheinlich bereits wieder auf dem Rückweg nach Malencontri. Der Seeteufel machte bereits die Hälfte der Strecke zurückgelegt haben, wenn man seine Besorgnis wegen seiner Dame in Rechnung stellte, die Essessili, wie Jim zu seinem Unglück gerade bemerkt hatte, überhaupt nicht bei sich trug. Ein weiterer Quell für mögliche Schwierigkeiten bei der Burg.

»Was tun die Georgs hier?« fragte Iren plötzlich. »Sollten sie nicht ans Meeresufer ziehen, um gegen unsere Georgs zu kämpfen, sobald diese landen?«

»Wenn mich nicht alles täuscht«, antwortete Jim, »müßten sie bald aufbrechen. Aber ich möchte nicht, daß sie zur Meeresküste ziehen, sondern am einen Ort zwischen den Seeschlangen und dem Meer. Auf diese Weise wird es so aussehen, als versperrten sie den Schlangen den Fluchtweg.«

»Fluchtweg?« hakte Iren mit scharfem Tonfall nach. »Was bringt Euch auf den Gedanken, daß die Seekriecher fliehen wollen? Das letzte, was wir von ihnen zu sehen bekommen haben, sah ganz gewiß nicht nach Flucht aus.«

»Das stimmt«, sagte Jim. »Aber ich hoffe, daß sich an ihrer Einstellung noch etwas ändern wird.«

Iren sah ihn merkwürdig an.

»Magie, wißt Ihr«, sagte Jim lahm und ergriff Zuflucht zu seiner zweckdienlichsten Ausrede. Aber Iren schien im Gegensatz zu vielen anderen Drachen – und den meisten Menschen – nicht weiter beeindruckt zu sein.

Während des ganzen Fluges vom Meer hierher hatte Jim überlegt, ob er Iren und die anderen französischen Drachen ins Vertrauen ziehen sollte. Jetzt entschied er sich, dies zu tun.

»Im Augenblick beraten die wichtigsten Georgs in

unserer Armee«, erklärte er Iren, »was sie tun sollen. Aber wir haben einen sehr wichtigen Georg, der für uns eintreten wird. Sein Name ist Sir John Chandos. Wenn er Erfolg hat, wird er die Armee zu dem Ort schaffen, von dem ich Euch gerade berichtet habe.«

»Aber Ihr habt mir nicht erzählt, warum die Georgs das tun sollten«, sagte Iren.

»Meine Hoffnung«, erklärte Jim, »gründet sich darauf, daß die Schlangen den Mauern von Burg Malencontri nichts anhaben können. Wenn ihnen das tatsächlich nicht gelingt, müssen sie langsam an ihrer Fähigkeit, mich zu besiegen, zweifeln; offensichtlich halten sie mich für den Anführer aller englischen Drachen.«

»Nun, das seid Ihr doch auch!« warf Secoh unerwartet ein.

»Vielen Dank, Secoh«, sagte Jim und streifte den Sumpfdrachen mit einem Blick voller Zuneigung, »aber ich glaube, Sie halten mich für tüchtiger und mächtiger, als ich bin. Jedenfalls ...«

Er wandte sich wieder an Iren, der neben Secoh in der Luft kreiste.

»Jedenfalls«, fuhr Jim fort, »wenn die Schlangen erst einmal bezweifeln, daß sie mich zu fassen bekommen werden, wollen wir diesem Zweifel zusätzliche Nahrung geben. Sobald die meisten Seeschlangen vor Malencontri liegen, rufen wir die englischen Drachen herbei, die ungefähr halb so hoch wie wir jetzt über ihnen kreisen werden, so daß es so aussieht, als füllten sie den nördlichen Teil des Himmels. Glücklicherweise können die Schlangen nicht weit über die Baumgipfel hinaus sehen, weil sie sich aufgrund ihres Körperbaus so nah am Boden befinden. Wenn dann Ihr und Eure französischen Mitdrachen, die Ihr außerhalb der Sichtweite der Schlangen gewartet habt, auf mein Signal herbeikommt, um die südliche Hälfte des Himmels auszufüllen, dann werden die Seeschlangen den ganzen Himmel über sich von Drachen ausgefüllt sehen und dazu einer Burg gegenüberstehen, die sie nicht einnehmen können.«

Er hielt inne, aber Iren schwieg. Wahrscheinlich dachte der französische Drache darüber nach.

»Meine Hoffnung«, sagte Jim, »ist ferner, die Seeschlangen zu vertreiben, ohne gegen sie kämpfen zu müssen. Unser Vorteil besteht dann mit Hilfe von euch französischen Drachen darin, daß wir ihnen scheinbar zahlenmäßig überlegen sein werden. Außerdem wissen die meisten von ihnen, ob sie es zugeben oder nicht, daß einstmals eine Seeschlange im Zweikampf von einem Drachen namens Gleingul besiegt wurde. Das ist jetzt ungefähr hundert Jahre her und hat sich an einem Ort namens Grauer Sand zugetragen. Daher müssen zumindest die meisten von ihnen wissen, daß die Gefahr besteht, daß die Drachen sie im Zweikampf vernichten können. Nun habe ich Euch französische Drachen zwar um nicht mehr gebeten, als aufzutauchen und uns dabei zu helfen, die Schlangen zu erschrecken, aber …«

»Wenn Drachen gegen Schlangen kämpfen und französische Drachen da sind, wo die Kämpfe stattfinden«, erwiderte Iren, »dann werden die französischen Drachen ebenfalls kämpfen!«

Die unerwartete Wildheit in Irens Stimme entfachte einen jähen Funken der Zuversicht in Jim. Zum ersten Mal erschien ihm der Kampf zwischen den Drachen und den Schlangen – genau wie sein Kampf mit dem Oger, als er damals in diese Welt kam – als eine tatsächliche Möglichkeit. Mit dieser Erkenntnis ging das Begreifen einher, daß er selbst, falls es zum Kampf der Drachen gegen die Seeschlangen kam, ebenfalls gegen eine Schlange kämpfen würde.

Er spürte, wie sich eine kalte Wildheit in ihm aufbaute. Er hatte wieder einmal vergessen, daß er, wenn er sich auf magische Weise eines Drachenkörpers bemächtigte, unausweichlich auch eine volle Dosis

Dracheninstinkte mitbekam. Und einer dieser Instinkte war die Drachenwut, vor der der inzwischen verstorbene Smrgol ihn vor seinem Kampf gegen den Oger gewarnt hatte – Smrgol hatte ihn ermahnt, sich von dieser Wut nicht den Verstand trüben zu lassen, sondern einen überlegten Kampf auszufechten.

Smrgol hatte Jim daran erinnert, daß er schneller war als ein Oger. Zehn zu eins, dachte Jim jetzt, daß er auch schneller war als eine Seeschlange – vor allem an Land, wo die ungewohnte Wirkung der Schwerkraft die Meeresgeschöpfe verlangsamte.

Außerdem war ein Drache daran gewöhnt, an Land zu kämpfen, und die Seeschlangen nicht. Nun gut, gewisse Dinge würden unverändert bleiben, aber viele ihrer Reflexe gründeten gewiß auf der verminderten Wirkung der Schwerkraft, an die sie unter den Wellen gewohnt waren …

Plötzlich ging ihm auf, daß Iren nicht mehr neben ihm und Secoh herflog. Der französische Drache hatte offensichtlich kehrtgemacht, um seinen langen Rückflug nach Frankreich anzutreten.

»Wißt Ihr, Secoh«, sagte Jim, dessen Drachenstimme mühelos über die vierzig Fuß Luft trug, die ihn von Secoh trennten, »wir sollten unsere eigenen Drachen hier oben haben, die die Fortschritte der Schlangen und die Bewegungen der Georgarmee im Auge behalten. Aber wenn ich darüber nachdenke, würdet Ihr in der gegenwärtigen Situation wohl kaum einen der Cliffsider dazu bewegen können …«

»Die jungen Drachen werden die Gelegenheit ohne weiteres beim Schopf fassen!« rief Secoh. »Ich werde ihnen sagen, daß sie sich abwechseln sollen und einander immer wieder ablösen müssen, so wie die französischen Drachen es machen.«

»Aber ich dachte …«

»Oh, sie werden gewiß mitmachen!« rief Secoh. »Sie schämen sich nämlich sehr, nachdem sie es neulich einfach mit der Angst bekamen und davonflogen, so daß der Drachenritter es allein mit diesen Seeschlangen aufnehmen mußte. Sie werden alles tun, um diese Scharte wieder auszuwetzen. Ich werde wahrscheinlich mehr Freiwillige haben, als wir gebrauchen können.«

»Hm«, sagte Jim mit einer Spur Verlegenheit. »Dann würden wir vielleicht genug zusammenbekommen, um einige als Verbindungsleute zwischen uns und den übrigen englischen Drachen zu benutzen, während diese sich sammeln und Malencontri nähern.«

»Verbindungsleute?« fragte Secoh.

»Kuriere, die Botschaften überbringen«, erklärte Jim.

»Oh«, sagte Secoh. »Ja, ich glaube, Sie würden sehr gute Verbindungs… ähm … leute abgeben. Und wir werden jede Menge Freiwillige haben. Ihr könnt die Sache getrost mir überlassen.«

»Also gut«, sagte Jim. Er war leicht erschrocken, weil Secoh sich so mir nichts dir nichts von ihm abwandte und einer neuen Thermik entgegenschwebte. »Wo wollt Ihr hin?«

»Nach Cliffside!« rief Secoh zurück. »Wir sind jetzt ohnehin bald dort.«

»Ach ja?« fragte Jim. Die Zeit, seit sie der englischen Armee den Rücken gekehrt hatten, war schneller vergangen als erwartet. Offensichtlich war er mit seinen Gedanken zu lange anderswo gewesen. »Wartet einen Augenblick …«

Jetzt mußte er wirklich schreien, um sich verständlich zu machen. Secoh war schon ein ganzes Stück weiter weg. Aber Jims Stimme war der Aufgabe gewachsen.

»Ist das die Richtung zurück nach Malencontri?« brüllte Jim. Seine Drachensinne sagten ihm, daß dem so war, aber er wollte sichergehen.

»Fliegt einfach weiter geradeaus!« wehte Secohs Stimme zu ihm herüber.

»Na gut«, sagte Jim bei sich, konnte sich aber des Anflugs einer bösen Vorahnung nicht erwehren.

Er blickte auf die Landschaft unter sich herab und suchte nach etwas, an dem er sich orientieren konnte, und sah einen dunklen Wald von derselben Farbe, wie ihn der Wald um Malencontri hatte. Auf diesen Wald hielt er zu.

Er flog drei Meilen weiter und ließ sich ein wenig tiefer sinken. Schließlich war er angenehm überrascht, als er zuerst eine Lichtung zwischen den Baumwipfeln ausmachen konnte und dann tatsächlich eine Lichtung sah, auf der die Burg selbst stand. Er ließ sich quer auf den Burghof fallen, direkt neben Rrrnlf, der mit aufgestützten Ellbogen dasaß und ein verzweifeltes Gesicht machte.

»Keine Sorge, Rrrnlf«, sagte er zu dem Seeteufel. »Wir werden Eure Dame schon zurückbekommen – ach übrigens, ich bin Sir James Eckert, derzeit jedoch in meinem Drachenkörper.«

»Ah, ein kleiner Drache seid ihr, ja?« Rrrnlf nickte traurig. »Das ist der Lauf der Dinge. In diesem Augenblick ein kleiner Ritter. Dann ein kleiner Magier. Dann ein kleiner Drache. Warum nicht? Es ist sowieso alles eins.«

»Nur Mut!« meinte Jim. »Carolinus hat Euch versprochen, daß Ihr Eure Dame zurückbekommen würdet, und er ist ein Magier, der sein Wort hält.«

»Das behaupten alle«, sagte Rrrnlf immer noch traurig.

Jim gab seinen Versuch auf, den Seeteufel aufzuheitern. Mit einem Geflatter, das einen Staubwirbel auf dem Hof auslöste, begab er sich halb springend, halb fliegend auf das Dach des Bergfrieds. Dort legte er die Flügel an und wollte sich gerade die Treppe hinunter in die Kemenate begeben, als ein donnerndes Geräusch die Luft über dem Burghof erschütterte.

Einen Augenblick lang erstarrte er, dann ging ihm auf, daß es lediglich Rrrnlf war, der in der Staubwolke geniest hatte. Jim ging die Treppe hinunter, trat in die Kemenate und schloß dankbar die Tür hinter sich.

Plötzlich wurde ihm klar, daß er selbst nach all der Fliegerei, die er hinter sich gebracht hatte, ein wenig Schlaf gebrauchen konnte – trotz seiner langen Ruhepause, bevor er Malencontri verlassen hatte. Vielleicht würde sein Unterbewußtsein im Schlaf ein paar bessere Ideen zustande bringen. Wenn die Schlangen in nur zwei Tagen zu Tausenden vor den Mauern Malencontris lagen, mußte er sich etwas einfallen lassen, wie er sie davon abhalten konnte, über die Mauern in die Burg zu kommen.

Es war schwer vorstellbar, daß sie mit ihren kurzen Beinen die Burgmauer erklimmen konnten, aber vielleicht hatten sie Möglichkeiten, von denen er nichts wußte. Er mußte die Frage im Hinterkopf behalten, während er schlief. Mit ein wenig Glück würde er beim Aufwachen die Antwort kennen.

Er verwandelte sich wieder in einen Menschen, ließ sich nackt auf sein Bett fallen und zog einen dicken Stapel Decken und Felle über sich. Tief innerlich verspürte er den kalten Hauch böser Vorahnungen. Aber egal, mahnte er sich streng, während er langsam einschlief; oft kamen einem im Schlaf die besten Einfälle.

Aber als der neue Tag herandämmerte, waren ihm keine Ideen gekommen.

Auch die Dämmerung des zweiten Tages brachte ihm keine Ideen. Aber sie brachte die Schlangen.

35

ANGIE ÜBERBRACHTE ihm die Nachricht, daß ihre Angreifer sich vollzählig versammelt hatten. Sie weckte ihn und sagte, die Burg sei umstellt.

»Mein Gott!« Jim rollte sich aus dem Bett und streifte seine Kleider über. »Während der vergangenen zwei

Tage waren ständig einzelne Schlangen zwischen uns und den Bäumen. Wann sind sie denn in größeren Scharen aufgetaucht?«

»Offensichtlich während der Nacht«, antwortete Angie. »Unsere Freunde befinden sich bereits auf dieser neuen Beobachtungsplattform. Du weißt schon – die, die wir diesseits der Burgmauer haben bauen lassen, indem wir den Gußerker nach hinten verlängert haben. Du solltest am besten auch gleich hinaufgehen.«

»Worauf du dich verlassen kannst!« sagte Jim.

»Weißt du, Jim«, sagte Angie, als er sich hastig ankleidete, »ich mache mir wirklich Sorgen wegen Carolinus. Er ist überhaupt nicht mehr er selbst. Er weigert sich zu helfen, und es scheint fast, als wünschte er, daß die Seeschlangen uns alle töten. Als könnte er es kaum erwarten, selbst von ihnen getötet zu werden. Es ist beinahe so, als freue er sich darauf, endlich alles hinter sich zu haben.«

»Würdest du mir bitte bei meiner Rüstung helfen?« unterbrach Jim sie. »Alle anderen sind doch sicher auch in Rüstung, oder?«

»Die Ritter ja.«

»Nun, dann geh mir doch bitte kurz zur Hand, ja?« sagte Jim. »Vielen Dank. Angie, die Sache mit Carolinus tut mir leid. Ich werde sehen, was sich machen läßt, sobald sich eine Gelegenheit bietet, herauszufinden, was ihn bedrückt. Aber im Augenblick haben wir dafür keine Zeit. Dies ist eine Frage von Leben oder Tod ... Und jetzt die Beinschienen, wenn es dir nichts ausmacht. Binde die Lederriemen fest über die Wölbung meiner Wadenmuskeln. Sonst brauche ich nur ein paar Schritte zu gehen, und sie lockern sich und wandern um meine Waden. Ich brauche sie aber, um meine Schienbeine zu schützen ... ja, so ist es richtig ...«

Schweigend mühten sie sich ab. Nachdem er gerüstet war, ging Jim zusammen mit Angie die Treppe des Bergfrieds hinunter, durch den Palas und hinaus auf den Hof. Er war fast nicht wiederzuerkennen. Fast jeder Quadratmeter war besetzt von Menschen oder Haustieren, denn alle Bewohner der Ländereien von Malencontri und alle, die zufällig in der Nähe waren, hatten auf der Burg Zuflucht gesucht.

Längs der Mauern waren provisorische, zeltähnliche Unterkünfte aufgebaut worden, um jenen, die das Material dazu hatten und es sich leisten konnten, ein wenig Ungestörtheit zu verschaffen. Ferner hatte man an einer Ecke des Burghofes notdürftige Latrinen gegraben; inzwischen roch der Graben schlimmer denn je nach menschlichem Unrat und dem Müll, der durch verschiedene Rinnen und über die Burgmauer hineingekippt wurde.

Angie hatte schon vor langer Zeit Müllgruben außerhalb der Burgmauern anlegen lassen und den Graben auf diese Weise beinahe sauber bekommen. Jetzt roch er wieder so wie die Gräben der meisten Burgen. Jim war ein wenig überrascht gewesen, wie schnell er gelernt hatte, den Gestank zu ignorieren. Man lebte mit ihm, und damit war die Sache erledigt.

Dicht gefolgt von Angie lief er nun die Stufen zum Wehrgang hinauf, der um die Burgmauern führte. Als er über die Mauern hinweg das offene Land überblickte, das die Burg umgab, sah er einen einzigen Teppich aus langen, grünen Leibern. Es war ein wunderschöner Morgen. Jim rannte beinahe über den Wehrgang zu der vergrößerten Plattform oberhalb des Tores, wo nicht nur Giles, Brian und Dafydd auf ihn warteten, sondern auch Carolinus, Secoh und – zu seiner Überraschung – John Chandos.

»Wann seid Ihr wieder zurückgekehrt, Sir John?« keuchte Jim, als er endlich auf der Plattform ankam. Der ältere Ritter lächelte ihn auf seine gewohnt ruhige Art an.

»Acht von Euren Drachen haben mich von dem Ort, an dem die Armee lagerte, hierhergeflogen«, sagte er.

»Beim Abheben vom Boden und der Rückkehr auf die Erde wurde ich ein wenig durchgerüttelt, aber ansonsten war der Flug recht angenehm. Mylady hatte einen langen Netzbeutel angefertigt und den Drachen mitgegeben, in dem ich liegen konnte. Außerdem hatte sie die Freundlichkeit, ihn mit weichen Stoffen auszupolstern und mit acht Leinen zu versehen, deren jede an einem der acht Drachen angeschirrt war …«

Chandos machte eine unwillkürlich erscheinende Geste mit der rechten Hand zur Oberlippe, bevor er innehielt. Es war genau die Art Bewegung, mit der Giles das Ende einer seiner herrlich langen, blonden Schnurrbartspitzen zufrieden gezwirbelt hätte.

»… Wenn irgendein anderer Engländer«, fuhr Chandos fort, »mit Eurer Ausnahme, vermute ich, Herr Drache, je durch die Luft geflogen ist, so habe ich jedenfalls keine Kenntnis davon. Ich werde mich noch lange an die Gesichter der Umstehenden erinnern, als die acht Drachen landeten, um mich davonzutragen!«

Als Chandos von Jim sprach, schwang in seiner Stimme ein Hauch von Herablassung mit, der Jim Unbehagen bereitete. Dies war die andere Seite der Münze, sagte er sich, die andere Seite des Stolzes, den er empfunden hatte, als Iren ihn in die Familie der Drachen einschloß.

Für Chandos, ja sogar für Brian und Giles würde er nie wirklich ein Engländer sein, nie ganz und gar einer der ihren. Nicht daß sie ihn jemals daran erinnert hätten, und als seine Freunde würden sie ihre Schwerter ziehen, wenn auch nur jemand andeutete, daß er weniger englisch wäre als andere auf der Insel. Aber tief in ihren Herzen wußten sie, daß er es tatsächlich nicht war und niemals sein konnte. Sie wußten es, und er wußte es. Genauso, wie er wußte, daß er in Wirklichkeit kein Drache war und niemals einer werden konnte.

Er schüttelte die Gefühlsaufwallung ab und sah Chandos erleichtert an.

»Aber warum seid Ihr zurückgekommen?« fragte er.

»Der Prinz hat seine Hauptmänner«, sagte Chandos. »Ich habe sie dazu bewegen können, sich mit Eurem Plan einverstanden zu erklären. Dann hatte ich das Gefühl, daß ich hier von größerem Nutzen sein könnte als anderswo.«

»Nun, ich bin sehr glücklich, Euch hier zu sehen«, sagte Jim. »Und da Ihr nun schon einmal hier seid, werdet Ihr mir gewiß die große Freundlichkeit erweisen, das Kommando zu übernehmen.«

»Nun, Sir James«, sagte Chandos nachdenklich, »Ihr erweist mir eine große Ehre. Gleichwohl halte ich es für das beste, wenn Ihr Eure Männer führt. Ich habe festgestellt, daß Lady Angela sich auf die Kunst der Verteidigung gegen eine Belagerung mindestens ebensogut versteht wie ich, oder, um genau zu sein, zweifellos sogar noch viel besser. Sie hat offensichtlich bei einer ihrer Nachbarinnen ihr Handwerk erlernt. Mylady Geronde Isabel de Chaney.«

Er sah Brian an.

»In deren … ähm … Gunst unser Sir Brian hier steht.«

»Die Lady und ich sind einander anverlobt, Sir John«, sagte Brian mit einiger Betonung auf dem Wort ›verlobt‹.

»Oh? Das war mir nicht bekannt«, sagte Chandos. »Meine Entschuldigungen und Glückwünsche, Sir Brian.«

»Ich fühle mich geehrt, Sir John«, entgegnete Brian. Sie verbeugten sich nicht direkt voreinander, aber irgendwie erinnerten sie Jim an Son Won Phon und Carolinus, nachdem Carolinus ihr Duell in dem Amphitheater gewonnen hatte.

»Nun jedenfalls ist Lady Angela viel besser für den Oberbefehl bei der Abwehr einer Belagerung geeignet als ich«, fuhr Chandos fort, »da ich mehr Erfahrung im Angriff auf Burgen habe als in ihrer Verteidigung. Darüber hinaus ist es Eure Burg, und Ihr verfügt über Fähigkeiten, mit denen ich mich nicht im Traum messen wollte. Daher seid Ihr genau der richtige Mann, das Kommando zu führen.«

»Nun, ich ...« Jim drehte sich beinahe verzweifelt zu Carolinus um. »Carolinus ...«

»Seht nicht mich an!« fuhr Carolinus auf. »Ich bin Magier, kein Ritter, und ich habe mein Lebtag keine Burg besessen. Außerdem verfügt Ihr, wie John sagt, über etwas, das ich besondere ... Fähigkeiten nennen würde, um mit dieser Bedrohung fertig zu werden.«

»Ich bin froh, daß Ihr so denkt«, erwiderte Jim unglücklich. Dann wandte er sich zu Angie um. »Wie steht es mit Vorräten und Lagerbeständen und dergleichen mehr?«

»Wir haben genug, um mehrere Monate aushalten zu können«, erwiderte Angie munter. »Möglicherweise sogar genug, um alle durchzufüttern, die sich in unseren Mauern befinden, einschließlich derer, die erst in den letzten Tagen zu uns gestoßen sind. Ich kann mir nicht vorstellen, daß die Seeschlangen ihre Belagerung durchhalten, bis es kalt wird, wenn sie nicht an uns herankommen können.«

»Das kann ich mir auch nicht vorstellen«, pflichtete Jim ihr bei. Aber er sah sie dennoch mit einiger Verwunderung an. »Wie kommt es, daß wir zufällig über solche Lebensmittelvorräte verfügen?«

»Nicht *wir*«, sagte Angie. »*Ich* habe dafür gesorgt, und zwar während der Zeiten, zu denen du zu dem einen oder anderen Abenteuer unterwegs warst. Ich habe unsere gesamte Ernte eingelagert und zusätzliches Korn und Wurzelgemüse gekauft, um unsere Vorräte noch zu vermehren. Vor allem ging es mir darum, durch den Winter zu kommen, ohne daß unsere Leute hungern. Außerdem wollte ich nach allem, was Geronde mir erzählt hat, gut gerüstet sein für den Fall, daß etwas wie dies hier uns widerfahren sollte.«

»Du hast zusätzliche Vorräte eingekauft?« fragte Jim. »Wie steht es dann um unsere …« – er suchte in Gedanken nach Worten, die ihr verständlich sein würden, ohne sie an die Menschen des vierzehnten Jahrhunderts zu verraten – »… finanziellen Reserven?«

»Genaugenommen«, sagte Angie fröhlich, »haben wir gar keine.«

»Wir haben keine!«

»Nein«, sagte Angie mit Bedacht, »aber wir haben alles, was notwendig ist, um unsere Leute zu ernähren, ihnen ein Dach über dem Kopf zu geben und sie bis zum nächsten Frühling warm zu halten. Es gibt noch andere Währungen als Geld. Du hast die Mittel, um eine große Anzahl von Mitmenschen am Leben zu erhalten, bis der Frühling eine neue Ernte bringt. Du bist reich, mein lieber Lord.«

»Ich verstehe«, sagte Jim demütig. »Nun, es ist alles wunderbar geregelt, Angie. Du erstaunst mich immer wieder.«

»Irgend jemand muß es ja tun!« sagte Angie, aber die Schärfe ihrer Stimme nahm zum Ende hin ab, und als Jim ihr nachsah, konnte er an vertrauten kleinen Zeichen erkennen, daß sie in Wirklichkeit gar nicht so böse auf ihn war, wie ihre Worte angedeutet hatten.

Er drehte sich wieder zur Burgmauer um und blickte über sie hinweg.

»Nun, es ist eine große Erleichterung zu wissen, daß wir so gut ausgestattet sind«, sagte er. »Obwohl ich nicht weiß, welche Art von Waffen wir gegen Angreifer dieser Art einsetzen können.«

»Mit ein wenig Glück«, sagte Dafydd unerwartet, »würde ein Pfeil mit Breitkopfspitze eine Schlange töten, wenn er nur im richtigen Winkel in ihren geöffneten Schlund geschossen werden kann, um ihr Gehirn, soweit sie eins besitzt, zu treffen. Ich hatte auf diese Weise schon einige kleine Erfolge. Aber man ist stark vom Zufall abhängig, vor allem, wenn man von oben schießt. Die Schlangen müssen zuerst einmal hinaufblicken, sonst verfehlt der Pfeil sein Ziel. Ich bezweifle, daß viele unserer Bogenschützen oder Armbrustschützen auf diese Weise großen Schaden anrichten können. Abgesehen davon …«

Er brach ab und blickte an Jim vorbei auf das Vorfeld der Burg. Jim folgte der Bewegung seiner Augen. Eine eher klein wirkende, graue, vierbeinige Gestalt zwängte sich durch die großen, grünen Leiber und sprang manchmal auf sie, um über den Rücken der Schlangen zu laufen und dann auf eine andere zu springen. Gewaltige Kiefer schnappten boshaft nach ihr, kamen aber immer einige Sekunden zu spät. Als die Gestalt sich der Burg näherte, war deutlich zu sehen, daß es der Wolf Aragh war.

Als er näher an die Burg herankam, sprang Aragh von einem Rücken auf den anderen, ohne zwischendurch noch einmal den Boden zu berühren. Am Ende rannte er über den Rücken einer Schlange direkt zum Rand des Grabens gegenüber der hochgezogenen Zugbrücke. Dann sprang er von der Spitze des geöffneten Oberkiefers der Schlange in den Graben.

Er durchschwamm den Graben am Fuß der Ringmauer und rief zu Jim und den übrigen hinauf. Seine Stimme war nicht dazu gemacht, Worte zu rufen, und genaugenommen heulte er seine Bitte zu ihnen empor.

»Ein Seil!«

Jim sah sich hastig um und war erstaunt und glücklich gleichermaßen, nicht mehr als zwei Schritte von sich entfernt ein zusammengerolltes Seil vorzufinden. Er ging darauf zu, aber Dafydd hatte es bereits zur Hand genommen und ließ es so schnell er konnte zu Aragh hinunter.

Aragh packte das Ende des Seils mit den Kiefern, und Dafydd begann ihn hinaufzuziehen. Jim und Brian griffen ebenfalls hastig nach dem Seil und widmeten der Aufgabe ihre ganze Kraft. Aragh kam schnell höher, und einen Augenblick später wurde er über die Zwischenmauer gezogen; er ließ das Seil fallen und sprang hinunter. Durchnäßt und äußerst übelriechend stand er schließlich vor ihnen.

»Aragh!« Angie umarmte ihn ungeachtet seiner Feuchtigkeit und seines Duftes. Er leckte ihr kurz das Gesicht und wedelte mit dem Schwanz.

»Aragh!« rief nun auch Jim. »Ich hätte nicht gedacht ... ich meine, es ist mir gar nicht in den Sinn gekommen ...«

»Was Ihr meint, ist«, knurrte Aragh, »daß Ihr keine Zeit gehabt hättet, Euch Gedanken über den Wolf zu machen.«

Jim fühlte sich beschämt.

»Ja«, sagte er.

»Nun, warum solltet Ihr auch?« fragte Aragh. »Aragh paßt auf sich selbst auf. Und dann, wenn er Zeit hat, paßt er auch auf seine Freunde auf. Im Augenblick habt ihr alle Hände voll zu tun, auf euch selbst aufzupassen ...«

Er leckte Angie abermals das Gesicht.

»Aber es ist immer wieder schön, von Eurem Weibchen so herzlich empfangen zu werden.«

Angie umarmte ihn noch einmal und ließ ihn dann los.

»Ich verzeihe Euch dieses «Weibchen»!« sagte sie zu ihm. »Die Hauptsache ist, daß Ihr jetzt hier und in Sicherheit seid.«

»Bin ich in Sicherheit?« fragte Aragh.

Er schaute kurz in die Runde und ließ seinen Blick schließlich auf Jim ruhen.

»Ich weiß nicht, ob irgendeiner von uns in Sicherheit ist«, sagte Jim. »Aber wie ist es da draußen?«

»Ich bin geblieben, solange ich konnte«, erwiderte Aragh. Dann schüttelte er sich und schnaubte und grinste die übrigen boshaft an. Einen Augenblick später wandte er sich ab und ging ein halbes Dutzend Fuß weit die Laufplanke entlang, bevor er sich abermals schüttelte. Stinkende Feuchtigkeit sprühte in alle Richtungen. Dann kam er zu ihnen zurückstolziert.

»Wie es steht?« wiederholte er. »Ich kann Euch sagen, wie es steht! Diese Eindringlinge haben alles ausgelöscht, was atmete, vom Meer bis hierhin und auch nach Osten und nach Westen, alles Freßbare ist gefressen worden – soweit ich die Gegend erkundet habe. Diese grünen Ungeheuer fressen einfach alles. Ich habe eins von ihnen einen Baum umstürzen sehen, um an ein Eichhörnchennest heranzukommen und die Eichhörnchen darin zu fressen. Ein anderes habe ich Erde fressen sehen, bis mir klar wurde, daß es auf einen Maulwurf aus war, der sich dort unter der Erde aufhielt – und das Ungeheuer hat ihn tatsächlich bekommen.«

»Aber was ist mit Euch?« fragte Angie. »Wie habt Ihr überlebt?«

»Ich?« sagte Aragh. »Durch Schnelligkeit. Es waren zu viele, um sich vor ihnen zu verstecken – selbst für mich. Und ich kann sie nicht schnell töten. Ihre lebenswichtigen Teile liegen zu tief verborgen in diesen dicken Leibern, als daß meine Zähne sie erreichen könnten. Die einzige Art und Weise, wie ich eines dieser Ungeheuer erlegen kann, besteht darin, es verbluten zu lassen. Und das kann ich am besten in den schmalen Korridoren und Zimmern Eurer selbstgemachten Höhle, die Ihr eine Burg nennt. Sie werden mich töten, aber ich werde einige von ihnen mitnehmen, auch wenn sie erst sterben, nachdem ich bereits tot bin.«

»Habt Ihr irgendeine Schlange gesehen, die ihr Anführer sein könnte?« erkundigte Jim sich ängstlich.

»Anführer?« Aragh beschnupperte interessiert seine rechte Flanke. »… Alle möglichen interessanten Dinge in diesem Wasserlauf, den Ihr da unten habt …«

»Das wissen wir«, blaffte Carolinus ihn an.

»Nein«, sagte Aragh, »ich habe keinen Anführer gesehen.«

»Wenn sie alle hier sind, um mich anzugreifen«, sagte Jim, »muß Essessili auch irgendwo da unten sein …«

Rrrnlfs Kopf schnellte in die Höhe.

»Essessili?« fragte er. »Wo?«

Er war auf den Beinen, bevor einer von ihnen etwas erwidern konnte.

»Still!« rief Jim und zeigte mit dem Finger auf ihn.

Aber Rrrnlf hatte bereits die Hand auf der Burgmauer liegen und schickte sich an, mit einem gewaltigen Satz darüber hinweg zu springen.

»Carolinus!« rief Jim.

Aber Carolinus hatte bereits seinen Finger ausgestreckt, und seine Stimme war ein Echo des einen Wortes, das Jim zuvor ausgesprochen hatte.

»*Still!*« rief er.

Rrrnlf erstarrte mitten in der Bewegung; sein Körper war der Burgmauer zugewandt, sein Kopf blickte über das weite Gebiet mit den grünen Leibern hinweg, und seine Hand lag auf der Burgmauer.

»Rrrnlf, wartet!« rief Jim. Rrrnlf rührte sich nicht, und Jim drehte sich zu Carolinus um.

»Erlaubt ihm wenigstens, den Kopf zu bewegen und zu sprechen.«

Carolinus schnippte kurz mit den Fingern. Rrrnlf drehte seinen Kopf auf einem ansonsten reglosen Körper, um Jim und die anderen mit einem finsteren Blick zu bedenken.

»Essessili ist da draußen!« fauchte er. »Wozu haltet Ihr mich hier fest?«

»Seid Ihr sicher, daß er da draußen ist?« fragte Jim. »Könnt Ihr ihn unter all diesen anderen erkennen?«

Rrrnlf wandte den Kopf, um abermals über die Burgmauer zu schauen. Sein Anblick ließ die schrillen Stimmen der Schlangen noch anschwellen. Der Seeteufel sah lange und genau hin und stieß dann einen triumphierenden Schrei aus.

»Da ist er!« sagte er. »Und ...«

Er brach ab, sein Kopf war plötzlich genauso reglos wie sein Körper. Dann warf er ihn zurück und verfiel in eine Art ohrenbetäubenden Heulens des Schmerzes und der Verzweiflung.

»ER HAT SIE NICHT!« brüllte er wie ein gewaltiger Löwe, der furchtbare Qualen litt.

So machtvoll und unerwartet war dieser ungeheuerliche, qualvolle Aufschrei, daß plötzlich überall Stille herrschte; Stille in der Burg und Stille unter all den Schlangen draußen. So still war es, daß man den Wind hören konnte, der die Zweige der Bäume jenseits der freien Fläche leise hin und her bewegte.

Rrrnlf ließ den Kopf sinken. Dann hob er ihn plötzlich wieder und sah Jim an.

»Er hat sie irgendwo versteckt. Laßt mich gehen! Laßt mich gehen, damit ich ihn dazu zwingen kann, mir zu verraten, wo er sie versteckt hat!«

»*Still!*« blaffte Carolinus ihn abermals an, und Rrrnlf verharrte reglos. Sein Mund öffnete sich, als spreche er immer noch. »Er hat sie nie gehabt«, sagte Carolinus. »Wenn er sie gehabt hätte, wüßte ich es, aber ich kann keine Spur von ihr bei ihm wahrnehmen. Er hat Eure Dame niemals angerührt!«

»Laßt ihn sprechen, Carolinus!« bat Angie.

Carolinus drehte abermals die Finger, und wieder wandte Rrrnlfs Gesicht sich den Menschen auf der Plattform zu, und sein Blick suchte den von Carolinus.

»Ich glaube es nicht! Er muß sie haben!« sagte er gebrochen. »Wie könnt Ihr Euch so sicher sein?«

»Ich fühle es!« entgegnete Carolinus. »Und wenn ich es fühle, Seeteufel, solltet Ihr besser auf mich hören!«

»Rrrnlf«, sagte Jim beschwichtigend, »wenn wir Euch von dem Befehl erlösen, der Euch im Augenblick festhält, werdet Ihr Euch dann wieder hinsetzen? Ihr seht, was dort draußen los ist. Selbst wenn er Eure Dame bei sich hätte, wäre es sehr unwahrscheinlich, daß Ihr Essessili überhaupt erreichen würdet. Nicht einmal Ihr könnt es mit Tausenden von diesen Seeschlangen gleichzeitig aufnehmen. Bleibt bei uns, dann werdet Ihr Eure Dame vielleicht zurückbekommen. Wenn Ihr Euch jetzt auf Essessili stürzt, werdet Ihr in Stücke gerissen und verliert jede Chance, Eure Dame jemals wiederzusehen.«

Er wartete einen Augenblick, bis Rrrnlf die Tragweite seiner Worte begriffen hatte und langsam nickte.

»Na gut… für eine Weile«, sagte der Riese. »Ich werde warten. Aber wenn ich sie nicht bald zurückbekomme, mache ich alles nieder, was mir im Weg steht, bis ich selbst tot bin.«

Jim sah Carolinus an; dieser nickte, drehte die Finger, und Rrrnlfs Körper bewegte sich als Ganzes. Langsam setze er sich wieder, senkte den Kopf und starrte zwischen seinen Knien zu Boden. Es war beinahe so, als hätte er sich überhaupt nie von der Stelle gerührt.

»Hier wären viele Fragen zu beantworten«, sagte Jim, der immer noch versuchte, den Riesen zu trösten. »Aber ich glaube, wir werden am Ende alle Antworten finden, und eine davon wird Euch Eure Dame zurückgeben…«

»Aber nicht jetzt«, unterbrach Dafydds Stimme ihn. »Im Augenblick sieht es so aus, als hätten diese Schlangen da unten sich endgültig auf eine Art und Weise geeinigt, wie sie uns angreifen wollen. Der Graben hat sie zurückgehalten, weil er voller Süßwasser ist. Aber jetzt haben sie sich in Bewegung gesetzt, und einige von ihnen sind im Wald verschwunden. Aber das heißt wohl nicht, daß sie ihren Versuch, an uns heranzukommen, aufgegeben hätten. Seht!«

Jim folgte seinem Blick; Dafydd hatte recht.

»Ich frage mich, was das Süßwasser an sich hat…« Er brach ab und wandte sich zu Angie um. »Angie, du hattest vor unserer Hochzeit ein Salzwasseraquarium in deiner Wohnung. Weißt du, warum Meerestiere kein Süßwasser mögen?«

»Es geht nicht darum, ob sie es mögen oder nicht«, entgegnete Angie. »Es ist eine physiologische Reaktion, die sehr unbehaglich für sie sein kann. Um genau zu sein, bringt es sie möglicherweise um. Ihre Körperzellen sind im Gegensatz zu unseren voller Salz und verfügen nicht über die Fähigkeit, Süßwasser, das in ihre Zellen flutet, abzustoßen, wie unsere Zellen das können. Das Ergebnis ist, daß die Zellen sich mit Süßwasser füllen, bis sie irgendwann bersten. Wenn du ursprünglich im Meer gelebt hast, wäre es ein ziemlich furchtbares Ende für dich, wenn man dich in Süßwasser setzte, und selbst eine kurze Berührung damit, wie zum Beispiel in unserem Graben oder in einem Bach, wäre höchst unangenehm.«

»Hm ...« Jim erinnerte sich daran, wie die Schlangen ans Ufer gekommen waren und die Süßwasserbäche gemieden hatten, die entlang der Küste dem Meer entgegenströmten. »Nun, also hat der Graben sie bisher in Schach gehalten. Aber hat irgendeiner hier vielleicht eine Ahnung, weshalb sie in den Wald gegangen sind?«

»Wenn sie Männer und Soldaten wären – wie wir«, sagte Chandos, »wären sie losgezogen, um eine Brücke zu bauen oder wahrscheinlicher noch Faschinen, um den Graben auszufüllen.«

Faschinen waren, wie Jim wußte, zusammengebündelte Stöcke, die man benutzte, um einen Graben zu füllen, der einer angreifenden Armee im Weg stand.

»Wahrhaftig!« rief Brian. »Genau das würden wir tun. Aber das da unten sind nur Seeschlangen, und würden solche Geschöpfe an Faschinen denken? Gewiß nicht.«

»An Brücken würden sie wohl nicht denken«, meinte Jim. »Aber an Faschinen – das könnte ihnen durchaus einfallen. Jedenfalls könnten sie durchaus auf den Gedanken kommen, den Graben mit irgend etwas zu füllen, so daß sie bis ans Tor vorstoßen können. Sie müssen wissen, daß das Tor selbst mit heruntergelassenem Fallgitter und hochgezogener Zugbrücke der schwächste Teil unserer Verteidigung ist.«

»Seht! Da kommt eine«, warf Dafydd ein, »die etwas Großes hinter sich herschleppt. Ich kann aber noch nicht erkennen, worum es sich handelt.«

Jim wünschte sich abermals, über seine Drachensicht verfügen zu können. Er fuhr zu dem Sumpfdrachen herum.

»Secoh«, sagte er. »Was seht Ihr? Was schleppt diese Seeschlange hinter sich her?«

»Wahrhaftig! Es sieht aus, als wäre es ein ganzer Baum, Mylord«, antwortete Secoh. »Sie hat ihn an den Wurzeln gepackt, und der Stamm und die Zweige schleifen hinterher. Und da kommt noch eine Schlange mit noch einem Baum. Die Bäume sind nicht sehr groß.«

»Aber wahrscheinlich groß genug«, sagte Jim grimmig, »wenn sie nur genug davon herbeischleppen. Mal sehen, ob sie tatsächlich versuchen, den Graben vor dem Tor auszufüllen.«

Unten in dem offenen Gelände vor der Burg gaben die anderen Schlangen für ihre Gefährten, die mit den Bäumen aus dem Wald kamen, den Weg frei. Und wirklich strebten diese direkt dem Graben vor den Burgtoren entgegen.

Dafydd schoß mehrere Pfeile auf die erste Schlange ab, die sich dem Graben näherte. Aber der tödliche Schuß durch den Rachen ins Gehirn gelang ihm nicht, obwohl er ein hervorragender Bogenschütze war.

Die Augen der Schlangen wurden von Auswüchsen ihres knochigen Schädels geschützt, die einen Pfeil offensichtlich ablenken konnten. Ein Pfeil blieb im Schädel einer Schlange stecken, aber die Schlange mißachtete ihn. Sie erreichte den Rand des Grabens und schob den Baum mit Hilfe anderer Schlangen mit der Krone zuerst in den Graben.

Dicht hinter ihr kam die zweite Schlange und dahinter eine lange Reihe weiterer Schlangen, die Bäume herbeischleppten.

Der Graben war an keiner Stelle tiefer als acht Fuß. Es lag auf der Hand, daß sie nicht lange brauchen würden, um den Graben vor den Toren auszufüllen. Dann würden sie die Unterkante des Fallgitters erreichen, aber noch nicht in das Gebäude eindringen können, bevor sie nicht an den oberen Teil des Gitters gelangt waren und mit ihrer gewaltigen Kraft die Ketten gesprengt hatten, die es festhielten, um sich dann durch das Fallgitter zum Tor selbst vorzukämpfen.

36

JIM BEUGTE SICH direkt oberhalb des Gewölbes, das die beiden großen Flügel des Haupttors mit Fallgitter und Zugbrücke aufnahm, über die Ringmauer. Er hatte ein kaltes, flatterndes Gefühl in der Magengegend.

»Es muß eine Antwort darauf geben«, sagte er. »Ich meine, mich daran zu erinnern …«

»Es gibt auch eine«, sagte Chandos, »aber ich bin sicher, daß Eure Gemahlin Euch das ebensogut sagen kann wie ich.«

»Aber gewiß!« rief Angie energisch. »Sollen sie den Graben ausfüllen, bis sie die Zugbrücke erreichen, aber noch nicht deren oberen Teil, so daß sie sie noch nicht mit ihrem Gewicht aus den Ketten lösen oder die Ketten zerreißen können. Sie werden das Holz im Graben gewiß hoch aufstapeln wollen, damit sie sich auf keinen Fall die Füße naß machen. Außerdem werden sie sich nicht sicher fühlen, bis sie genug Holz aufgestapelt und in den Schlamm gedrückt haben, so daß ihre Behelfsbrücke sich nicht mehr bewegt.«

»Und was dann?« fragte Jim.

»Dann benutzen wir das hier«, sagte Angie und schlug auf den tiefen, auf einem Drehzapfen montierten Eisentopf neben ihnen, der offensichtlich mindestens eine Tonne Flüssigkeit zu fassen vermochte. Der Topf hing an zwei Gelenken hoch auf einem Gestell; auf diese Weise ließ er sich leicht schräg neigen, so daß man ihn nach unten ausgießen konnte. »Ich habe mein ranziges Öl für einen Notfall wie diesen aufgehoben. Wir werden es sofort in den Topf geben und so schnell wie möglich erhitzen.«

Sie zeigte auf die Feuergrube unter dem Topf, die eigens zu diesem Zwecke dort gegraben worden war. »Wenn sie ihr Holz so hoch aufgestapelt haben, daß sie gefahrlos zu uns hinüberkommen können, gießen wir das Öl auf sie hinunter. Und dann werfen wir brennende Fackeln hinterher.«

»Und wenn das Öl nicht Feuer fängt?« fragte Jim beklommen.

»Wenn es heiß genug ist«, sagte Chandos, »wird es Feuer fangen – und zwar sehr plötzlich. Selbst wenn es nicht so heiß ist, fängt es wahrscheinlich Feuer; und die Bäume, die dann ebenfalls in Brand geraten, werden das ihre tun. Allerdings wird das von den Bäumen genährte Feuer nicht so schnell auflodern.«

»Und am Ende müßten einige von diesen Schlangen hübsch angesengt sein«, sagte Angie mit einer blutrünstigen Wonne, deren Jim sie niemals für fähig gehalten hätte. »Aber in der Hauptsache haben wir ihren Damm zerstört.«

»Hervorragend!« rief Jim. Das kalte Gefühl in der Magengrube war ein klein wenig zurückgegangen. Dann aber kam ihm ein besorgniserregender Gedanke. »Aber wieviel Öl hast du? Wenn sie den Graben füllen und es noch einmal versuchen und noch einmal …«

»Sie werden es nicht zweimal versuchen«, sagte Carolinus. »Zumindest ist es höchst unwahrscheinlich, daß sie es noch mal versuchen werden. Woher sollen sie wissen, daß Ihr nicht über einen ganzen Ozean von Öl verfügt und es bis in alle Ewigkeit auf sie herunterregnen lassen und in Brand stecken könnt?«

»Ich hoffe, Ihr habt recht«, sagte Jim.

Dann fuhr er herum und wandte sich mit lauter Stimme an die Menge im Burghof unter ihnen.

»Ho! Ein Bewaffneter und ein Diener zu mir herauf. Sofort!«

Es dauerte nur wenige Sekunden, bis ein atemloser Bewaffneter die oberste Treppenstufe erreicht hatte und vor ihnen stand. Jim wollte gerade das Wort ergreifen, aber Angie kam ihm zuvor.

»Holt genug Männer herbei«, befahl sie ihm, »geht zur Burgköchin und laßt Euch von ihr das Faß mit dem ranzigen Öl zeigen, das wir aufgehoben haben. Nehmt so viele Männer wie Ihr benötigt, um das Faß hier heraufzubringen. Dann gießt seinen Inhalt in diesen Topf neben mir. Habt Ihr verstanden?«

Der Bewaffnete, der immer noch zu atemlos war, um etwas zu sagen, nickte nur. Dann drehte er sich um, lief die Treppe wieder hinunter und verlor sich in der Menge.

Zehn Minuten später hatten vier Männer ein Seil um das Faß gelegt und rollten es die Steinstufen hinauf zu dem Wehrgang. Ein weiteres halbes Dutzend Männer half von unten nach. Die untere Gruppe bedachte das Seil mit furchtsamen Blicken für den Fall, daß es riß und das Faß auf seinem Weg hinunter über sie hinwegrollen könnte. Aber das tat es nicht. Weitere fünfzehn Minuten später war der Topf gefüllt, und unter ihm brannte ein fröhliches Feuer.

Zu diesem Zeitpunkt hatten die Schlangen bereits eine größere Anzahl von Bäumen in den Graben geschafft. Zuerst schwammen die Bäume, aber die nächsten, die darübergelegt wurden, zwangen die ersten hinunter, bis sie sich schließlich hoch über die Wasseroberfläche türmten. Das Wasser, das zuvor den Raum ausgefüllt hatte, in dem jetzt die Bäume lagen, wurde zu beiden Seiten in den Graben weggedrängt, und einige der Schlangen erprobten zaghaft die Haltbarkeit des Überwegs.

Ihr gewaltiges Gewicht drückte die Bäume noch tiefer in den weichen Schlick auf dem Boden des Grabens, bis die Bäume schließlich eine feste Masse ergaben und die Schlangen auf diese Weise einen gut begehbaren Knüppeldamm erhielten, der immer noch mehrere Fuß über den Graben hinausragte. Der Überweg war nun so breit, daß drei oder vier von den Seegeschöpfen gleichzeitig hinübergehen konnten, ohne daß ihnen von dem salzlosen Wasser noch irgendeine Gefahr drohte.

Über ihnen fieberte Jim den kommenden Ereignissen ungeduldig entgegen. Das Feuer brannte fröhlich vor sich hin, aber das Öl war in einem kühlen Raum im Burginnern gelagert worden, und seine Temperatur war noch immer keineswegs unerträglich, wenn er zur Probe einen Finger hineinhielt.

Die Unterseite des Topfes über dem Feuer war mittlerweile jedoch glühend heiß geworden.

Jim überließ den Topf dem Feuer und blickte abermals über den Rand der Ringmauer. Vor der Zugbrücke befanden sich drei Schlangen, und Jim sah nun, wie eine von ihnen versuchte, sich gegen die Zugbrücke gestemmt aufzurichten.

Aber die Schlange brachte ihren Leib kaum empor. Die Spitzen ihrer großen Kiefer blieben immer noch acht bis zehn Fuß unter der Oberkante der Zugbrücke. Schließlich ließ sie sich wieder auf alle viere nieder und zog sich mit ihren beiden Gefährten zurück, damit die Schlangen, die noch weitere Bäume herbeischleppten, mit diesen den Damm erhöhen konnten.

Kurze Zeit später war das Öl im Topf so warm, daß Jim es nicht mehr riskieren wollte, seinen Finger hineinzutunken.

»Heiß genug, Sir John?« fragte er an Chandos gewandt.

Chandos hielt ebenfalls eine Hand über das Öl, wobei er sich so weit wie möglich von dem Topf fernhielt, weil sowohl das Feuer in der Grube als auch der Topf selbst wilde Hitze verströmten.

»Ich denke schon«, sagte Chandos. »Aber so oder so, es wäre auf jeden Fall unklug, noch sehr lange zu warten. Der Überweg wird immer höher. Außerdem könnten die Schlangen jetzt jeden Augenblick auf den Gedanken kommen, daß sie nur übereinander zu kriechen brauchen, um an die Oberkante der Zugbrücke heranzukommen. Wenn eine von ihnen den Rand der Zugbrücke mit den Kiefern zu fassen bekommt und sich mit ihrem ganzen Gewicht daranhängt, werden Eure Ketten bersten.«

»Aber wir wollen auf keinen Fall das Risiko eingehen, daß die Bäume nicht ebenfalls Feuer fangen«, wandte Jim ängstlich ein.

»Das befürchte ich nicht«, sagte Chandos. »Ich habe schon kälteres Öl Feuer fangen sehen, wenn die Fakkeln nur gut brannten, dich mit Pech eingestrichen und stramm gebunden waren. Die kleineren Zweige werden schnell Feuer fangen.«

Jim sah Angie an; sie nickte. Dann wandte er sich wieder an die Diener, die das Feuer schürten. Sechs von ihnen standen bereits auf der Plattform, und wenn nötig war noch Platz für einige weitere Männer.

»Na gut«, sagte Jim. »Kippt das Öl auf sie hinunter!«

Die Männer sahen ihn an und zögerten. Ein oder zwei bewegten sich zaghaft auf dem erhitzten Topf zu, aber die meisten standen einfach nur reglos da.

»Ihr Idioten!« fauchte Jim. »Benutzt Stangen! Was meint Ihr, wozu diese Ösen da sind?«

Die Ösen, auf die er sich bezog, waren je zwei Flanschen zu beiden Seiten des oberen Topfrandes mit je etwa vier Zoll großen Löchern darin. Jim verlor bei der

Dienerschaft so gut wie nie die Beherrschung. Daß er es nun als Ergebnis seiner aufgestauten Anspannung doch tat, ließ die Männer furchtsam zu ihm aufblicken, bevor sie hastig die Treppe hinunterliefen. Er mochte ja vergessen, daß er dem Gesetz nach das Recht hatte, sie zu hängen oder Schlimmeres mit ihnen zu tun, einfach weil ihn die Laune dazu ankam – aber sie vergaßen es nie.

Wenige Sekunden später waren sie wieder da, diesmal mit zwei Stangen, wie sie die Bauern als Waffe benutzten.

Die Sache verzögerte sich noch weiter, während Jim vor sich hin wütete und die Enden der Stangen zugespitzt werden mußten, damit sie in die Löcher paßten. Jim schien es, als bräuchten die Männer mit ihren Messern eine halbe Stunde für diese Arbeit. Aller Wahrscheinlichkeit nach waren es keine fünf Minuten.

In der Zwischenzeit hatte er noch einmal einen Blick über die Ringmauer geworfen. Die Kiefer der Schlange, die gegenwärtig versuchte, den oberen Rand der hochgezogenen Zugbrücke zu erreichen, waren jetzt nur noch vier Fuß davon entfernt.

»Fertig!« jubilierte Angie hinter ihm. Jim fuhr gerade rechtzeitig herum, um zu sehen, wie die Stäbe eingehängt wurden und die Männer ihr ganzes Gewicht dagegenstemmten.

Einen Augenblick lang sah es so aus, als würde der Topf sich nicht schräg legen. Er war vermutlich schon seit einigen Jahren nicht mehr bewegt worden und in Wind und Regen festgerostet. Dann knirschte der obere Rand. Schließlich neigte er sich ein wenig vor, dann noch ein wenig – und dann, mit einer jähen Bewegung, bei der die beiden ersten Männer an den Stangen um ein Haar in die immer noch lodernde Feuergrube gefallen wären, neigte er sich vollends vornüber. Das erhitzte Öl ergoß sich auf den Damm und die Schlangen, die sich darauf befanden.

Brian stieß einen Freudenschrei aus.

»Das wird ihnen nicht besonders gefallen!« rief er. »Sie haben sich allesamt ineinander verknotet und versuchen jetzt, sich schnell umzudrehen und von dem Damm wegzukommen, ohne in den Graben zu fallen!«

»Die Fackeln!« rief Jim. »Männer, habt ihr sie noch nicht angezündet? Dann tut das sofort!«

»Ja, entzündet die Fackeln«, sagte Chandos ungerührt. »Aber werft sie erst hinunter, wenn all die Schlangen, die sich jetzt zurückziehen, entweder durch andere ersetzt worden sind oder selbst wieder auf den Damm kommen. Sie werden bald herausfinden, daß das Öl allein zwar unangenehm für sie ist, ihnen aber nicht wirklich Schaden zufügt. Unser Ziel muß darin bestehen, ihnen eine Lektion zu erteilen; und das wird uns am besten gelingen, wenn wir den Damm und mehrere Schlangen gleichzeitig in Brand setzen.«

»Das Öl könnte sich aber restlos verlaufen haben, bis sie zurückkommen«, sagte Jim zweifelnd.

»Keine Bange«, erwiderte Chandos. »Es wird noch genug Öl auf dem trockenen Holz übrig sein, um die Flammen augenblicklich auflodern zu lassen, und das wird genügen, um alles andere in Brand zu setzen. Wartet es ab.«

Sie warteten ab. Und genau wie Chandos es vorhergesehen hatte, wagten sich die Schlangen nach ungefähr einer Viertelstunde wieder auf den Damm, der ihnen zwar ein wenig schlüpfrig erschien, sich ansonsten aber nicht verändert hatte.

Zuerst zaghaft und dann immer eiliger bewegten sie sich über den Damm, während andere Schlangen nachdrängten, bis sich sechs von den Geschöpfen auf dem Damm befanden – im Grunde also schon zu viele. Jim und alle anderen, die nun mit ihm über die Mauer blickten, sahen, wie eine der Schlangen versuchte, auf diejenige zu klettern, die sich bis dicht an die Zugbrücke geschoben hatte.

Auf dem Rücken der anderen Schlange hatte sie gut vier Fuß an Höhe gewonnen. Aber in diesem Augenblick bot sie, als sie das Maul öffnete, ein leichtes Ziel für Dafydds Bogen. Man hörte das Sirren einer Bogensehne und sah eine Sekunde später einen Pfeil zwischen den Kiefern der Schlange verschwinden; und diesmal erreichte der Pfeil die tödliche Stelle, auf die der Bogenschütze gezielt hatte.

Jim hatte erwartet, daß die Schlange vor ihrem Tod noch etwas herumzappeln würde. Statt dessen fiel sie einfach wie ein gefällter Baum, schlug mit einem dumpfen Aufprall auf die anderen Schlangen auf und blieb reglos liegen.

Bei den anderen war ein gewißes Maß an Befremdung festzustellen. Sie schoben den toten Körper in den Graben, wo er im Wasser trieb.

Weitere Schlangen drängten über die Rücken derer, die sich bereits auf dem Damm befanden, vorwärts und versuchten nun ihrerseits, die Oberkante der Zugbrücke zu erreichen, wobei sie wohlweislich die Kiefer geschlossen hielten.

Dafydd rammte ihnen mehrere Pfeile ins Fleisch, aber er hätte ebensogut mit Dartpfeilen auf eine Holzscheibe werfen können.

»Also gut!« rief Jim, der sah, daß die Fackeln mittlerweile lichterloh brannten. »Werft die Fackeln hinunter!«

Die Männer, die die Fackeln hielten, schleuderten sie über die Ringmauer. Jim blieb, wo er war – in angemessener Entfernung von dem heißen Topf. Zusammen mit Brian, Giles, Dafydd, Sir John und Angie blickte er über die Mauer, um die Ereignisse zu verfolgen.

Jim hatte sich bei der Schlange geirrt, die Dafydds Pfeil zum Opfer gefallen war. Nun stellte er fest, daß ihn auch seine Erwartungen trogen, was den Ausgang dieser Aktion betraf. Er hatte erwartet, daß das

Feuer langsam um sich greifen würde, so daß die Schlangen auf dem Damm sich hätten zurückziehen können.

Aber nichts dergleichen geschah. Statt dessen gab es eine plötzliche Explosion von Flammen und Rauch, als zuerst flüchtige Gase, die dem heißen Öl entwichen waren, Feuer fingen; und eine Sekunde später hatte Jim, wie alle anderen auch, der Mauer den Rücken zugekehrt – da nicht nur der Damm, sondern auch die Schlangen darauf plötzlich von den Flammen eingeschlossen waren.

Jenseits der Mauer wurden schrille Schreie laut. Jim und Angie gaben sich alle Mühe, nicht auf die grauenvollen Töne zu achten. Jim spürte, daß Angies Hand sich in die seine stahl. Er hielt sie fest und drückte sie. Alle anderen auf dem Wehrgang und der Plattform waren überglücklich zu einem Teil der Mauer gelaufen, den die Hitze des Feuers nicht in solchem Maße erreichte, und beugten sich begierig vor, um sich das Spektakel anzusehen.

»Bei den sieben Heiligen!« erscholl Chandos' Stimme. »Habt Ihr die da gesehen? Sie rollt sich im Schmutz jenseits des Grabens von einer Seite auf die andere, als wolle sie ihr Feuer löschen. Sie sieht aus wie ein im Kamin lebendig gewordener Feuerscheit!«

Die anderen fielen fröhlich mit ihren Kommentaren ein.

»Mir ist schlecht«, sagte Angie mit leiser Stimme zu Jim. Sie hatte seine Hand losgelassen, sich die Zeigefinger in die Ohren gestopft und die Augen geschlossen. »Jim, bring mich weg von hier.«

Jim nahm sie am Ellbogen, und sie hatten schon die Hälfte der Treppe zurückgelegt, als Angie plötzlich stehenblieb, die Finger aus den Ohren nahm und die Augen öffnete.

»Was tue ich hier eigentlich?« sagte sie. »Ist das die Art, wie eine Burgherrin im 14. Jahrhundert sich benehmen würde, weil sie Angreifer ihrer Burg mit Feuer überzogen hat? Laß mich los, Jim.«

Jim ließ sie los. Angie drehte sich um und ging die Treppe wieder hinauf. Er folgte ihr. Um die Wahrheit zu sagen, war er dankbar für einen Vorwand gewesen, um dem Geschehen den Rücken zukehren zu können. Aber jetzt, da Angie zurückkehrte, verspürte er eine ähnliche Verpflichtung wie sie.

Wenn sie das Gefühl hatte, sich ansehen zu müssen, was den Schlangen, die Feuer gefangen hatten, widerfuhr, konnte er, ein Ritter, kaum nachstehen. Wahrscheinlich hatte er sich selbst mit Angie als Vorwand in den Augen seiner Freunde und Gefährten schon erniedrigt, als er der Mauer den Rücken zuwandte. Jim und Angie gingen beide wieder hinauf, gesellten sich zu den anderen und blickten über die Mauer nach unten.

Was von zweien der Schlangen übriggeblieben war, befand sich immer noch auf dem Damm. Drei weitere Schlangen lagen schwarz und reglos jenseits des Grabens. Die übrigen Schlangen auf der anderen Grabenseite waren vor der schrecklichen Hitze zurückgeschreckt, genauso wie die Menschen und Secoh oben auf der Mauer, die nach links und rechts zur Seite getreten waren. Sie alle sahen zu, wie das Feuer herunterbrannte. Dann folgte ein donnernder Krach, als die halbverbrannte Zugbrücke auf die toten Schlangen herabstürzte.

»Wenn man Feuer benutzt, ist der Verlust einer Zugbrücke nichts Ungewöhnliches«, bemerkte Chandos so philosophisch, daß Jim den älteren Ritter mit einem wütenden Blick bedachte – einem Blick, den Chandos glücklicherweise nicht bemerkte.

»Ja«, sagte Brian mit ebenso philosophischer Gelassenheit zu Jim. »Ihr habt immer noch das Fallgitter, und die Tore sind nur ein klein wenig angesengt.«

Er hob fragend die Augenbrauen.

»Ach, übrigens«, fuhr Brian fort, »jetzt wäre gewiß der richtige Zeitpunkt für einen Ausfall, nicht wahr?«

»Für einen Ausfall gegen mehrere tausend Seeschlangen?« fragte Jim. Er wußte, wie sehr Brian den Kampf liebte, aber dieser Vorschlag war denn doch zu lächerlich.

»Nun, das hier ist kein gewöhnlicher Feind«, meinte Chandos wohlüberlegt. »Ich glaube, es wäre weiser, keinen Ausfall zu unternehmen, edle Herren.«

»Hm, war ja nur so ein Gedanke«, meinte Brian. »Ich dachte, ein schneller Ausfall, um ein paar Kehlen aufzuschlitzen, dann gleich wieder zurück durch die Tore und sie hinter uns zuwerfen. Aber ganz wie Ihr meint, Sir John, und natürlich Ihr, Mylord.«

»Ja«, erwiderte Jim.

Unter ihnen waren die Flammen mittlerweile nur noch ein Flackern über der schwarzen Masse, über der sich einige Zoll tief das Wasser des Grabens wieder schloß. Allerdings war unter Wasser noch alles Holz übriggeblieben, das immer noch einen Übergang zum Burgtor ermöglichte.

»Die einzige Frage ist nur«, meinte Jim, »was sie jetzt noch versuchen können.«

»Es ist sehr wichtig, daß das Fallgitter das Feuer überstanden hat. Diese Eisenriegel müssen wohl ziemlich heiß geworden sein«, sagte Angie.

Jim trat näher an die Mauer heran bis an eine Stelle, von der aus er direkt hinunterblicken konnte. Selbst jetzt noch verspürte Jim, als er sich über die Mauer beugte, eine wilde Hitze, die von unten gegen sein Gesicht schlug.

»Ich frage mich«, sagte er zu sich selbst wie auch laut zu den anderen, »ob sie versuchen werden, diesen Damm noch einmal aufzubauen.«

Er stand über dem Torweg, und die anderen waren nun neben ihn getreten, um kurz einen Blick über die Mauer zu werfen; dann wichen auch sie vor der Hitze zurück, die nach wie vor aufstieg. Plötzlich gewahrte er, daß etwas sehr Großes über ihm aufragte. Als er aufblickte, sah er, daß Rrrnlf sich erhoben hatte und neben ihnen stand. Der Seeteufel war wahrscheinlich schon seit einer ganzen Weile dort und hatte die brennenden Schlangen mit demselben Interesse beobachtet wie die mittelalterlichen Menschen neben ihm.

Die plötzlich erwachte Anteilnahme des Riesen an der Belagerung ermutigte Jim ein wenig.

»Was meint Ihr, Rrrnlf?« fragte er und blickte zu dem Seeteufel hinauf. »Werden sie versuchen, den Damm noch einmal aufzubauen?«

»Vielleicht … vielleicht auch nicht«, antwortete Rrrnlf. »Woher sollen sie wissen, daß Ihr nicht genauso viele Bäume verbrennen könnt, wie sie ins Wasser legen, um sich einen Weg zu Eurem Tor zu bauen? Aber ich sage Euch, kleiner Magier, kleiner Ritter – oder was auch immer Ihr im Augenblick sein mögt –, ich weiß genauso wenig wie Ihr, was sie als nächstes unternehmen werden.«

»Dieses Land ist nicht besonders steinig«, warf Brian ein, »aber hier und dort findet man trotzdem Felsbrocken, selbst wenn sie halb vergraben in der Erde liegen. Ich glaube, sie hätten wenig Mühe, einen solchen Felsbrocken zu befreien. Sie könnten versuchen, den Damm noch einmal aufzubauen, diesmal mit Steinen, die nicht Feuer fangen.«

»Öl würde sie überziehen und brennen; und es würde das Wasser darunter überziehen und brennen«, meinte Chandos.

»Trotzdem, ich denke, daß wir vielleicht eine Chance hätten, sie zu entmutigen«, sagte Brian. »Wenn die ersten mit Steinen auftauchen – und es dürfte ihnen nicht leichtfallen, sie auf ihren Köpfen oder ihrem Rücken oder wie auch immer zu transportieren –, dann könnten wir diesen Ausfall machen, den ich vorhin vorgeschlagen habe, und feststellen, ob wir nicht ein paar von ihnen töten und den Rest auf diese Weise entmutigen könnten. Meint Ihr nicht auch?«

»Die Frage ist müßig«, meldete Angie sich energisch zu Wort. »Zunächst einmal haben wir nicht mehr genug Öl, um noch einmal welches hinunterzugießen. Wir haben bei diesem ersten Guß fast alles aufgebraucht.«

Jim schien, es sei nun der Zeitpunkt gekommen, ihre letzte Karte auszuspielen. Wenn die Schlangen auf die Idee gekommen waren, einen Damm aus Bäumen zu bauen, würden sie gewiß auch auf die Idee kommen, ihn mit anderen Materialien wieder aufzurichten, die nicht brennbar waren.

Er drehte sich zu Secoh um.

»Secoh«, sagte er.

»Jawohl, Mylord?«

»Holt einen Eurer Boten hierher, und zwar sofort. Ich möchte, daß die englischen Drachen so schnell wie möglich die Nordhälfte des Himmels besetzen. Und Ihr solltet noch einen weiteren Boten abstellen, der aufbrechen kann, sobald ich den französischen Drachen ebenfalls das Signal geben möchte.«

»Sie ziehen sich zurück«, sagte Brian, der nach wie vor die Schlangen im Auge behielt. »Aber warum wohl?«

Keiner der anderen konnte ihm darauf irgendeine Antwort geben. Sie alle standen einfach nur da und sahen zu, wie die Schlangen sich zum Waldrand zurückzogen, wo sie sich dicht an dicht zusammendrängten. Dann bildeten die Schlangen in ihrer Mitte plötzlich eine freie Stelle für einen einzigen Schlangenmann, der von drei anderen Schlangen auf dem Rücken getragen wurde, so daß er alle anderen überragte und alle ihn deutlich sehen konnten.

Er sprach zu ihnen. An der Ringmauer konnte man seine Stimme hören, aber er war so weit entfernt und sprach in so schrillem Ton, daß seine Worte unmöglich zu verstehen waren.

»Das ist Essessili!« knurrte Rrrnlf und zeigte in die Richtung, wo die Schlange sich über die anderen erhob.

»Ihr meint den, der jetzt redet?« fragte Jim.

»Ja«, sagte Rrrnlf. »Er hält eine Ansprache an sämtliche Schlangen.«

»Was sagt er?«

Rrrnlf schüttelte den Kopf. »Ich verstehe ihn nicht.«

»Er sagt«, meldete sich Secoh, »daß sie die Burg gemeinsam und ungeachtet irgendwelcher Verluste angreifen müßten.«

Er brach ab und begann – offensichtlich Wort für Wort – zu wiederholen, was Essessili gerade sagte.

»›*Es wird euch vielleicht widerstreben, einen Schlangenbruder vor euch her in das Süßwasser dieses Grabens zu treiben*‹«, übermittelte Secoh Essessilis Worte, »›*aber wenn es zum Besten aller ist, müßt ihr im Gedächtnis behalten, daß einige geopfert und hineingeschoben werden müssen.*‹«

»Das ist Essessili!« murmelte Rrrnlf. »Keine der Schlangen möchte hineingeschoben werden, aber keine würde zögern, eine andere hineinzuschieben. Eine kluge Art, sich auszudrücken und absolut typisch für ihn!«

Nach einer kurzen Pause fügte er noch ein paar Worte hinzu.

»Trotzdem nimmt es mich wunder«, fuhr der Seeteufel fort. »Für gewöhnlich lassen die Schlangen sich von einer anderen Schlange nichts sagen. Im Gegenteil, sie würden alles verneinen und bestreiten, was eine andere Schlange sagt. Es ist ein Wunder, daß sie auf ihn hören.«

»Kein Wunder«, brummte Carolinus. »Magie. Welche Magie auch hinter alledem stehen mag, im Augenblick hilft sie Eurem Essessili jedenfalls gewaltig.«

»Meinem Essessili, ja«, sagte Rrrnlf und bog seine gewaltigen Finger. »Mein Essessili. Ich werde ihn mit diesen Händen zu fassen kriegen.«

Jim hörte zu, was Secoh von Essessilis aufwieglerischer Rede übermittelte, und blickte ängstlich himmelwärts. Er machte sich Sorgen, daß noch immer kein Bote aufgetaucht war, den er aussenden konnte, um die englischen Drachen zu bitten, am Himmel ihre Position einzunehmen. Er wandte sich an Secoh.

»Wo ist der Bote, den wir zu den englischen Drachen schicken wollten?« verlangte er zu wissen. »Er müßte doch längst hier sein!«

»Oh, ich brauchte niemanden herbeizurufen, um diese Botschaft zu überbringen«, sagte Secoh. »Ich hatte einen Boten am Himmel postiert, der lediglich darauf wartete, daß ich die Flügel ausbreiten würde.«

Er breitete die Flügel aus, ohne sich in die Luft zu erheben, und legte sie dann wieder zusammen.

»Sobald er das Zeichen sah, ist er mit der zuvor vereinbarten Botschaft losgeflogen, Mylord.« Secoh sah Jim beschwichtigend an. »Das war doch richtig so, oder?«

»Das war hervorragend«, sagte Jim.

Nichtsdestoweniger suchte er weiterhin den Himmel ab. Er hatte Angst, daß Essessili nun nicht mehr lange reden würde, und all diese englischen Drachen würden eine ganze Weile brauchen, um am Himmel über ihnen zu erscheinen.

37

Es dauerte ungefähr fünfzehn Minuten, während Essessili seine Ansprache an seine Mitschlangen fortsetzte und Jim voller Ungeduld wartete, dann tauchten in einiger Höhe über ihren Köpfen die ersten ausgewachsenen Drachen auf und schwebten in engen Kreisen am Himmel. Schon bald kamen andere nach, einige davon in anderen Höhen, da der Luftraum um die ersten Ankömmlinge allmählich eng wurde. Aber nach und nach füllte sich der nördliche Himmel, und während Essessili weitersprach, vermehrten sich die Drachen, bis ihre Anzahl in der Tat beträchtlich war.

Jim entspannte sich, aber nur ein klein wenig. Das Erscheinen der ersten Drachen hatte in ihm bereits die wachsende Gewißheit geweckt, daß annähernd alle britischen Drachen herbeikommen würden – etwas, das er bis dahin auf keinen Fall für selbstverständlich genommen hatte.

In der Zwischenzeit war selbst die vergrößerte Plattform um den heißen Öltopf herum eindeutig übervölkert. Und das, obwohl die meisten Diener sich wohlweislich zurückgezogen hatten, entweder die Treppe hinunter oder den Wehrgang entlang. Sie wagten es auch kaum, den Blick von den beiden jungen Drachen abzuwenden, die nun neben Secoh auf der Plattform standen und die Hauptursache für die dort herrschende drangvolle Enge waren.

Secoh hatte augenscheinlich beschlossen, daß er einen zusätzlichen Boten für unerwartete Befehle benötigte, und bei näherem Nachdenken war Jim dankbar für die Umsicht des Sumpfdrachen. Schließlich konnte alles mögliche passieren. Er hätte selbst an diesen zusätzlichen Boten denken sollen.

In der Zwischenzeit sahen die beiden jungen Drachen Jim und den anderen mit weit aufgerissenen Augen bewundernd zu. Noch nie in ihrem Leben waren sie irgendwelchen Georgs so nahe gekommen. Diese Erfahrung allein würde ihnen genügen, um den anderen Drachen, sobald sie wieder daheim in Cliffside waren, alle möglichen Geschichten zu erzählen. Ein Drache hatte heutzutage kaum noch etwas mit den Georgs zu tun. Früher einmal, in längst vergangenen Zeiten, hatten die Drachen natürlich den Menschen aufgelauert wie allen eßbaren Tieren auch.

Aber dann hatte sich nach und nach herausgestellt, daß Georgs eine gefährliche Beute waren, wenn man ihnen nachstellte. Und als sich dann schließlich einige

Georgs angewöhnten, sich vollständig in Rüstungen zu hüllen, wurde offenbar, daß selbst der größte und wagemutigste Drache sein Leben aufs Spiel setzte, wenn er einen Georg angriff.

Also hatten die Drachen sich angewöhnt, die Georgs ganz in Ruhe zu lassen und sich nach Möglichkeit von ihnen fernzuhalten.

Folglich war die Anwesenheit der jungen Drachen hier auf Jims Burg für sie genauso aufregend, wie sie für Jim beruhigend war. Genauso beruhigend wie die wachsende Anzahl britischer Drachen, die den nördlichen Himmel füllten. Jim hatte befürchtet, Essessili würde seine Rede beenden, bevor alle Drachen versammelt waren. Aber der Anführer der Schlangen sprach weiter; vielleicht gefiel ihm der Klang seiner eigenen Stimme. Die übrigen Schlangen schienen es zufrieden zu sein, ihm zuzuhören, und nahmen die Versammlung der Drachen über ihren Köpfen überhaupt nicht wahr.

Als bereits beträchtliche Zeit verstrichen war und die englischen Drachen die Burg und den nördlichen Teil des gerodeten Geländes vor der Burg verdunkelten, kam Jim zu dem Schluß, daß es keinen Sinn hatte, weitere Risiken einzugehen. Er drehte sich zu Secoh um.

»Secoh«, sagte er, »was hat Essessili jetzt gesagt? Ich meine, während der letzten sechs oder sieben Minuten.«

»Er sagt wieder und wieder dasselbe«, antwortete Secoh. »Er sagt, daß sie alle sich gegen die Burgmauer werfen müßten, bis irgendein Teil davon nachgebe und sie hineinkommen könnten. Er sagt es jedesmal mit verschiedenen Worten, aber es ist trotzdem dasselbe, wieder und wieder. Das ist alles, Mylord.«

»Ich glaube, wir rufen jetzt besser die französischen Drachen. Er könnte nun jederzeit aufhören zu reden«, sagte Jim, »und dann haben wir nur noch soviel Zeit, wie die Schlangen brauchen, um über die freie Fläche auf uns zuzustürmen. Oh …«

Er hatte noch nicht ganz ausgesprochen, als Essessili plötzlich verstummte.

»Ruft die französischen Drachen, schnell!« rief Jim Secoh zu. Aber in dem Augenblick begann Essessili bereits wieder zu sprechen.

»Das habe ich schon getan, Mylord«, sagte Secoh, und tatsächlich saß nur noch einer der jungen Drachenboten auf der Plattform.

»Vielleicht habe ich doch zu lange gewartet«, sagte Jim mit zusammengebissenen Zähnen. »Wenn Essessili aufhört und sie angreifen, können wir nur wenig tun, um sie aufzuhalten, bis die französischen Drachen ankommen.«

Er wandte sich an Dafydd.

»Dafydd!« rief er. »Habt Ihr den anderen Bogenschützen gesagt, daß sie in die Rachen der Schlangen schießen sollen?«

»Das habe ich«, beruhigte Dafydd ihn.

Dann deutete er mit einer Hand nach links und rechts, und Jim sah, daß in der Tat alle Bogen- und Armbrustschützen der Burg jetzt auf dem Wehrgang rings um die Mauer Stellung bezogen hatten. Wohin er auch blickte, sie hielten sich bereit. Dafydd stand nur zwanzig Fuß von ihm entfernt und hielt ein Kuhhorn in der Hand.

»Ich werde mit einem Hornstoß das Signal geben, wenn sie schießen sollen.« Dafydd hob die Stimme, um mit Jim zu sprechen. »Aber ich glaube kaum, daß das notwendig sein wird. Wenn die Schlangen näher kommen, merken die Männer gewiß selbst, wann sie schießen müssen. Könnt Ihr mir noch einige Speerwerfer heraufrufen, die die leeren Stellen an der Mauer zwischen den Bogenschützen ausfüllen? Vielleicht kann ein Speer, den man einer Schlange in die Kehle rammt, sie ebenfalls töten.«

»Natürlich!« sagte Jim. »Daran hätte ich ebenfalls denken sollen.«

»Ebenfalls?« Dafydd hob die Augenbrauen.

Aber Jim ignorierte die Frage. Er hob die Stimme.

»Theoluf!« rief er in den Burghof hinunter. »Jemand soll meinen Knappen herbeiholen!«

»Ich bin hier, Mylord«, antwortete Theolufs Stimme.

Theoluf hatte sich offensichtlich am Fuß der Treppe bereitgehalten. Er war beinahe in voller Rüstung wie die Ritter. Er hätte in dieser Hinsicht eigentlich genauso gut ausgerüstet sein müssen, nur daß es Zeit kostete, eine Rüstung von den verschiedenen Leuten zu beschaffen, die sie herstellten oder verkauften; und es kostete auch Zeit, das Geld für eine solche Rüstung zusammenzubekommen.

Jim hatte ihm das zweitstärkste Pferd seines Stalls gegeben und ihm eine gewisse Menge Bargeld vorgestreckt, aber eigentlich erwartete man von einem Knappen, daß er sich selbst mit Rüstung und Pferd versorgte. Die meisten Knappen hatten Verwandte oder einflußreiche Freunde, die ihnen halfen, das Geld aufzubringen. Aber daß ein ehemaliger Erster Bewaffneter solches Glück hatte, war unwahrscheinlich.

Er war ein Mann von Mitte Dreißig, von durchschnittlicher Größe, eher drahtig als stämmig, mit kurzem schwarzen Haar, dunklen Augen und einem Heer von Pockennarben im Gesicht. Jetzt lief er leichtfüßig die Steintreppe zum Wehrgang hinauf, überquerte die Plattform und begann ohne jede augenfällige Atemlosigkeit gleich nach seiner Ankunft zu sprechen.

»Was wünscht Ihr, Mylord?«

»Habt Ihr gehört, was Dafydd soeben gesagt hat?« fragte Jim.

»Jawohl, Mylord.«

»Nun, laßt die Bewaffneten mit den längsten Speeren antreten, die sie finden können. Sie sollen sich von Dafydd erklären lassen, wie sie diese benutzen sollen. Ihr kümmert Euch um alles. Habt Ihr mich verstanden?«

»Jawohl, Mylord.«

Theoluf drehte sich um und lief über die Laufplanke auf Dafydd zu und unterhielt sich kurz mit ihm; dann eilten die beiden Männer in den Burghof hinunter.

Jim richtete seine Aufmerksamkeit wieder gen Himmel.

Und tatsächlich, mittlerweile mußten alle oder jedenfalls beinahe alle englischen Drachen dort oben versammelt sein, auch wenn sie in engen Kreisen und auf verschiedenen Höhen schwebten, denn der Luftraum in einer bestimmten Höhe war schnell überfüllt, wenn die Drachen sich in der Nähe der Burg halten wollten.

Jim blickte zum südlichen Horizont hinüber und sah ein paar Gestalten, die wohl französische Drachen sein mußten, Botschafter oder mögliche Verbündete. Sie tauchten gerade über den Bäumen auf – aber es waren nur wenige.

»Sie werden niemals rechtzeitig hier sein!« sagte er sich mit einem flauen Gefühl.

Überraschenderweise sprach Essessili jedoch weiter, und langsam aber unleugbar erschienen am südlichen Teil des Himmels mehr und mehr Drachen. Ihr Erscheinen gestaltete sich geordneter als das der englischen Drachen; möglicherweise hatten sie sich schon in Flugformation bereitgehalten, gerade eben außer Sichtweite hinter den Baumgipfeln am Horizont.

Plötzlich bemerkte Jim, daß Essessili verstummt war. Hastig blickte er zu den Schlangen hinüber und sah sie auf die Burg zuschwärmen. Das Donnern ihrer schweren Leiber war zuerst noch unhörbar, wurde aber immer lauter.

»Ah!« sagte Brian, der neben ihm stand, mit glücklicher Miene. »Da kommen sie!«

Aber überraschenderweise wurden die ersten Reihen der anstürmenden Schlangen plötzlich langsamer.

Dann dauerte es nicht mehr lange, und der Ansturm war beinahe zum Stillstand gekommen.

Aber in Wirklichkeit waren sie nicht stehengeblieben, es war nur der Druck der Schlangen in den hinteren Reihen, der noch eine Vorwärtsbewegung verursachte. Vorne sah man einen Wulst von Schlangen zu dritt oder viert übereinander, die verzweifelt versuchten, über die Rücken der nachdrängenden Schlangen wieder nach hinten zu kriechen. Aber die anderen wußten diesen Versuch zu vereiteln, und die Schlangen weiter vorn wurden, ob sie es wollten oder nicht, weitergeschoben.

»Was geht da vor?« fragte Jim laut und ohne nachzudenken.

»Was erwartet Ihr?« brummte Rrrnlf hoch über seinem Kopf. »Ich habe Euch doch gesagt, daß es ein kluger Schachzug von Essessili war, den Schlangen zu sagen, sie sollten andere Schlangen ins Süßwasser schieben. Diejenigen, die weiter vorn sind, wollen nicht hineingeschoben werden, und die weiter hinten wollen die vorne nicht entkommen lassen.«

Jim seufzte vor Erleichterung. Es war lächerlich, aber die Verzögerung war ihm hochwillkommen. Wieder blickte er zum südlichen Himmel auf und sah, daß der Luftraum dort sich nun sehr hübsch mit Drachen füllte. Plötzlich stellte er fest, daß er keiner der beiden Seiten erklärt hatte, wie nah sie einander in der Luft kommen sollten. Er war einfach davon ausgegangen, daß sie nah genug kommen würden, um wie eine einzige dichte Gruppe zu wirken.

Im Geiste drückte er jetzt die Daumen und betete, daß die Drachen trotz einer gewissen uralten Feindseligkeit, die zwischen den beiden Ländern herrschte, einander doch nah genug kommen würden, um wie eine einzige Streitmacht zu erscheinen.

Wieder warf er einen Blick auf das Vorfeld. Es konnte kein Zweifel daran bestehen, daß die Schlangen näher kamen. Aber nach wie vor nicht schneller als mit der Geschwindigkeit eines Bulldozers, der volle Last vor sich herschob.

Jetzt versuchten bereits die ersten fünf oder sechs Reihen der Schlangen, wieder nach hinten zu kommen, während alle übrigen versuchten, sie vorwärts zu schieben.

Nach und nach bildete sich über den kämpfenden Schlangen ein Schatten von etwa derselben Größe wie desjenigen über der Burg; die französischen Drachen verschlangen nun das Sonnenlicht über den Schlangen.

Das Ergebnis waren höchst seltsame Lichtverhältnisse. Die französischen Drachen verdunkelten mit ihren Körpern die Sommersonne, und das daraus resultierende Zwielicht ähnelte einer Sonnenfinsternis. In dem Burghof hinter Jim wurde besorgtes Gemurmel laut. Die Schlangen schienen nichts zu bemerken.

»Den Leuten gefällt das nicht«, sagte Angie neben ihm.

»Ich weiß«, fuhr Jim sie an, »aber nichts, was ich ihnen sagen könnte, würde jetzt helfen.«

Er warf noch einmal einen Blick über die Mauer. Die Schlangen kamen immer näher. Sie waren jetzt nur noch etwa dreißig Meter vom Rand des Grabens entfernt.

»Was ist nur los mit ihnen?« fragte er gereizt. »Diese Schlangen kümmern sich überhaupt nicht um all die Drachen da oben!«

»Mylord«, warf Secoh beinahe furchtsam ein, »habt ihr vergessen? Sie blicken nicht nach oben.«

Jim kam sich plötzlich wie ein Idiot vor. Natürlich! Es war für die Schlangen körperlich keine leichte Übung, ihre Köpfe zu heben, und im Meer taten sie das für gewöhnlich auch nicht.

Plötzlich hatte er eine Eingebung; er wandte sich an Secoh.

»Schickt Eure Boten hinauf«, sagte er, »sowohl zu

unseren eigenen Drachen wie zu den französischen. Sag ihnen, sie sollen brüllen!«

»›*Brüllen*‹, Mylord?« Secoh sah ihn blinzelnd an.

»Schreien! Donnern! Alles zusammen. Ganz egal, wie Ihr es bezeichnen wollt! Ich möchte, daß sie ihre Stimmen benutzen und viel Krach machen. Könnt Ihr ihnen das sagen?«

Ein Licht des Begreifens schimmerte in Secohs Augen auf. Ein Licht der Schadenfreude.

»Jawohl, Mylord!«

Er fuhr herum, um sich an den jungen Drachen neben ihm zu wenden.

»Du hast Sir Drache gehört! Du sagst unseren Drachen Bescheid, und ich benachrichtige die französischen Drachen. Schnell!«

Beide Drachen hoben sich mit lautem Flügelklatschen in die Lüfte und flogen den beiden Drachengruppen am Himmel entgegen.

Aber gleichzeitig hörte Jim die schrillen Schreie der ersten Schlangen ganz vorn – derer, die mit Gewalt in das Süßwasser des Grabens getrieben wurden.

Binnen weniger Minuten hatten all diejenigen, die auf dem Wehrgang standen, keine Zeit mehr, an irgend etwas anderes zu denken als ans Kämpfen, weil der Graben sich schnell mit den Leibern der unglücklichen Schlangen der ersten Reihen füllte und die nachdrängenden sich über sie schoben, bis die obersten Schlangen hoch genug waren, um ihre klaffenden, vielfach bezahnten Mäuler über den Rand der Burgmauer zu schieben – wo sie von den Speeren und Pfeilen der dort Postierten empfangen wurden. Gleichzeitig ertönte überflüssigerweise Dafydds Horn, das sich klar und deutlich über den Aufruhr erhob.

Dann wurde alles andere übertönt, als die Drachen über der Burg – englische wie französische – zu brüllen begannen.

38

Es schwoll von einigen wenigen Stimmen zu einem Donnern an, das die Luft und die Erde darunter erbeben ließ. Drachen hatten machtvolle Stimmen, und diese übertönten nun das Schreien der Schlangen und alle anderen Geräusche.

Zum ersten Mal spürten die Drachen, solchermaßen zu einem gewaltigen Chor geeint, ihre gemeinsame Kraft. Jim sah, wie ihre dunkle Schar sich einer todverheißenden Decke gleich über die grünen Leiber unten am Boden senkte; und Jim konnte spüren, wie sich Kampfeswut in ihnen sammelte wie ein körperlich spürbares Anschwellen des Luftdrucks.

O nein, dachte Jim. Noch nicht, betete er, nicht jetzt. Laß sie noch nicht angreifen!

Einen Augenblick lang verharrten Menschen wie Schlangen gleichermaßen in ihrer Reglosigkeit und starrten gen Himmel. Zum ersten Mal drang das unheimliche Zwielicht in das Bewußtsein der Schlangen und mit ihm die Tatsache, daß der Himmel von einem Horizont zum anderen von ihren uralten Feinden ausgefüllt wurde. Einen Augenblick lang rührte sich niemand, weder Mensch noch Schlange.

Dann drehte sich die erste Schlange um, dann die nächste – und einen Augenblick später ließen alle Angriff Angriff sein und folgten den ersten. Hals über Kopf trachteten sie danach, von der Burg wegzukommen. Binnen Sekunden rannte der ganze grüne Schwarm, so schnell es die kurzen Beine zuließen, auf die ferne Baumlinie und den Wald dahinter zu.

Als erstes verschwanden diejenigen, die in der hintersten Linie gewesen waren, aber nun den Zug anführten, zwischen den Bäumen. Die übrigen eilten hinter ihnen her, während die Drachenstimmen eine nach der anderen leiser wurden; der machtvolle Chor wurde schwächer und erstarb schließlich.

Gleichzeitig wurden auch jene in der Burg wieder still, die ebenfalls laut gerufen hatten, ohne es recht zu bemerken.

Stille senkte sich herab.

Aber das schaurige Halblicht hielt an.

Es beleuchtete ein einziges grünes Individuum, das die anderen auf dem halben Weg zwischen Burg und Wald zurückgelassen hatten. Der Schlangenmann hatte den vorderen Teil seines Körpers aufgestellt, die Vorderbeine vom Boden gehoben und das Maul in Richtung derer, die nun auf ihn zugestürmt kamen, geöffnet.

Als die Stille sich senkte, konnte man endlich sein Schreien bis zur Burgmauer hinauf hören. Er war jetzt so nah, daß sie ihn eigentlich hätten verstehen müssen, aber Jim stellte fest, daß er dazu nicht in der Lage war, teilweise wegen der schrillen Klänge dieser Stimme, aber auch wegen der Worte, die er seines Wissens nach noch nie zuvor gehört hatte.

Er wandte sich zu Secoh um und wollte ihn bitten, ihm zu erklären, was der Schlangenmann sagte, aber dann fiel ihm wieder ein, daß er mit dem jüngeren Drachen davongeflogen war.

»Ha!« dröhnte unerwartet Rrrnlfs Stimme an Jims Ohr. »Es ist Essessili. Jetzt sagt er, was er von ihnen hält!«

»Ich verstehe ihn nicht«, erwiderte Jim.

»Er benutzt ziemlich viele Tiefseeausdrücke«, erklärte Rrrnlf grimmig. »Aber ich gebe ihm in jedem einzelnen Punkt recht. Wenn ich ihn jetzt in meinen Händen hätte, würde ich ihn gerade lange genug leben lassen, daß er sie weiter beschimpfen könnte, bis ihm nichts mehr einfällt!«

»Ja, aber was sagt er denn nun?« fragte Jim den Seeteufel.

»Was er sagt?« wiederholte Rrrnlf und sah ihn mit einiger Überraschung an. »Er versucht einfach, sie so zu beschämen, daß sie zurückkommen und weiterkämpfen. Das wird natürlich nicht funktionieren.«

Rrrnlf sollte es wissen. Aber gleichzeitig erkannte Jim, daß Essessili schließlich doch eine gewisse Wirkung erzielte. Zumindest hatten die Schlangen in ihrer wahnsinnigen Flucht Richtung Wald innegehalten und kamen nun wieder hervor, um einen Kreis um ihn zu bilden. Kurze Zeit später stand er wieder auf dem Rücken dreier anderer Schlangen und hielt eine Ansprache an sie.

Plötzlich begann Rrrnlf zu lachen. Jim starrte ihn an.

»Jetzt«, sagte Rrrnlf, »fragt er sie, ob sie Schlangen wären oder *Seesterne*.«

»Seesterne?« wiederholte Jim verwundert.

»Natürlich!« antwortete Rrrnlf. »Wie würde es Euch gefallen, ein *Seestern* genannt zu werden?«

»Hm ...« Jim fehlten die Worte; er wußte nicht recht, wie er erklären sollte, daß die Bezeichnung Seesterne für ihn keine besonders schwere Beleidigung wäre.

»Natürlich«, fuhr Rrrnlf fort, »wird es nichts nutzen. Man kann die Schlangen nicht so sehr beschämen, daß sie deswegen irgend etwas tun würden, was sie nicht wollen. Die haben doch alle kein Schamgefühl, alle wie sie da sind.«

»Kein Schamgefühl?« fragte Brian ungläubig, nachdem er endlich von seinem eigenen Gebrüll abgelassen hatte. Er hatte die ganze Zeit geschrien: *»Ein Ausfall! Ein Ausfall!«*, und zwar so laut er nur konnte. »Gar keins?«

»Natürlich nicht«, sagte Rrrnlf. »Das einzige, wofür sie sich interessieren, sind die Dinge, die sich während ihrer Lebensspanne ereignen und die Frage, wie sie das Beste daraus machen können, solange sie leben. Es gibt nichts, wofür sie sterben würden.«

Brian wirkte schockiert. Dann nahm sein Gesicht einen grimmigen Ausdruck an. Er wandte sich an seine Mitritter, einschließlich Jim.

»Dann laßt uns Gott danken, edle Herren«, sagte er, »daß wir Ihn haben, England und unsere Waffen, alles Dinge, für die jeder von uns eher sterben würde, als zu dulden, daß sie die geringste Schmach träfe!« Jim fühlte sich seltsam berührt. An Brian zweifelte er keinen Augenblick lang. Mit ›Waffen‹ meinte Brian natürlich das Wappen, das ein jeder von ihnen besaß und das für ihre persönliche wie auch ihre Familienehre stand und für alles andere, was nach Brians und der anderen Meinung einen Ritter und Edelmann ausmachte.

Jim konnte ihm nicht ehrlichen Herzens beipflichten und behaupten, daß auch er für diese Dinge sterben würde. Er fragte sich vielmehr, wofür er zu sterben bereit wäre. Er war kein richtiger Engländer und nicht einmal ein richtiger Ritter.

Aber instinktiv hatte er das Gefühl, daß ein Teil seiner selbst zu sterben bereit wäre für – irgend etwas. Angie natürlich. Aber was noch? Nichts bot sich an, aber dennoch verspürte er ein hartnäckiges Gefühl von so etwas wie Glauben in sich.

Aber Glaube woran?

Der Gedanke ließ ihn nicht los. Er wußte, daß er ein Idealist war, ein Optimist, soweit es die menschliche Rasse betraf. Er glaubte an ihre Zukunft – weit über das 20. Jahrhundert hinaus, aus dem er gekommen war. Vielleicht – er schreckte vor dem Gedanken ein wenig zurück – aber vielleicht war es das. Jedenfalls war es das einzige, was ihm einfallen wollte, ein Glaube an die Menschheit als Ganzes, so lächerlich sich das auch anhörte.

Ein plötzlicher dumpfer Aufprall auf der Plattform riß ihn aus seinen Gedanken. Secoh war wieder da. In den Klauen einer Vorderpfote hielt er einen prallvollen Sack, der nur die Juwelen der französischen Drachen enthalten konnte.

»Mylord«, sagte er, »ich war kurz in Eurer Kemenate,

um das hier zu holen. Vielleicht werden wir es brauchen.«

Jim vergaß alles, womit er sich einen Augenblick zuvor in Gedanken beschäftigt hatte. Er fuhr zu dem Sumpfdrachen herum.

»Da seid Ihr ja!« sagte er. »Secoh, signalisiert den anderen Boten. Oh – und gut, daß Ihr an die Juwelen gedacht habt. Verwahrt Ihr sie. Von jetzt an möchte ich, daß Ihr mir nicht mehr von der Seite weicht.«

»Gewiß, Mylord«, entgegnete Secoh.

Jim wandte sich an Rrrnlf. »Was sagt Essessili jetzt?«

»Er …« Rrrnlf brach in schallendes Gelächter aus. »Er sagt ihnen wieder und wieder, was sie bereits zu wissen glauben; daß sie nämlich im Zweikampf jedem Drachen gewachsen wären. Er erbietet sich, Euch zu einem Duell herauszufordern, um zu beweisen, daß er recht hat. Er sagt, wenn er es tun könne, dann sollten sie ebenfalls an ihre überlegene Kraft glauben. Und daß genauso viele Schlangen hier versammelt wären wie Drachen.«

Eine Woge des Unbehagens überkam Jim. Er fuhr zu Carolinus herum.

»Carolinus«, sagte er. »Ihr müßt doch irgend etwas tun können!«

Carolinus, der über die Köpfe der Schlangen hinweg in die Ferne geblickt hatte, als könne er durch die Bäume zur anderen Seite der Welt hinschauen, wandte sich Jim mit einem Gesicht zu, das diesen erschreckte. Carolinus' Haut schien straff über seine alten Knochen gespannt zu sein. Er sah unaussprechlich erschöpft aus und älter, als Jim ihn je erlebt hatte. Wie jemand, der an die Grenzen seiner Kräfte getrieben worden war.

»Nein! Was könnte ich tun?« sagte er erloschen. »Und was geht das überhaupt Euch an? Wagt Ihr es, Euren Meister zu tadeln, Bursche?«

Dann wandte er Jim abrupt wieder den Rücken zu

und blickte abermals zu den Bäumen und über sie hinaus.

Jim stand zunächst sprachlos da. Dann spürte er eine Berührung an seinem Ellbogen, drehte sich um und sah Angie vor sich.

Angie legte einen Finger an die Lippen und führte ihn einige Schritte von Carolinus weg.

»So hat er sich in letzter Zeit mehrmals benommen!« flüsterte sie Jim ins Ohr. »Ich glaube, das beste wäre es, ihn in Ruhe zu lassen. Vielleicht überwindet er die Sache allein.«

»Aber wir brauchen ihn«, erwiderte Jim wütend zurück.

»Nun, in dem Zustand, in dem er sich jetzt befindet, kann er uns nichts nützen«, flüsterte Angie.

Jim wandte sich wieder an Rrrnlf.

»Hat Essessili sich bereits zu dieser Herausforderung verpflichtet?« fragte Jim.

Rrrnlf nickte.

In Jim tobte ein Aufruhr verschiedener Gefühle. Wenn eine solche Herausforderung tatsächlich ausgesprochen worden war, konnte er ihr unmöglich ausweichen – nicht in dieser Situation und schon gar nicht in Anwesenheit von Brian, Giles und Chandos.

Aber vielleicht war es tatsächlich der einzige Ausweg. Die Drachen – zumindest die französischen – hatten nicht ausdrücklich versprochen zu kämpfen, und trotz ihres Gebrülls im Augenblick bestand durchaus die Möglichkeit, daß sie es auch nicht tun würden.

Man konnte sich nicht einmal darauf verlassen, daß die englischen Drachen kämpfen würden, obwohl Jim mittlerweile glaubte, daß sie es wahrscheinlich tun würden. Nur – allein waren sie den Schlangen gegenüber hoffnungslos in der Minderzahl …

Aber wenn er gegen Essessili kämpfen mußte – natürlich in seinem Drachenkörper –, wie durfte er da hoffen zu gewinnen? Als er in der Schlacht am Verhaßten Turm gegen den Oger gekämpft hatte, hatte Smrgol ihn beraten und ihm damit einen unschätzbaren Dienst erwiesen. Aber der einzige Drache, von dem man wußte, daß er allein eine Seeschlange getötet hatte, war seit über hundert Jahren tot.

»Secoh!« sagte er an den Sumpfdrachen gewandt. »Habt Ihr mitbekommen, was Rrrnlf mir gerade erzählt hat? Essessili möchte gegen mich kämpfen, um zu beweisen, daß eine Seeschlange tatsächlich keine Angst vor Drachen haben muß.«

»Ich habe es gehört, Mylord.« Secohs Augen leuchteten. »Und das vor sämtlichen Drachen Englands und Frankreichs. Was für eine wunderbare Gelegenheit!«

Nun, damit war die Sache wohl erledigt. Secoh hielt Jims Sieg für eine abgemachte Sache, und daher würden sämtliche anderen Drachen das ebenfalls tun. Er selbst war weniger zuversichtlich. Aber wenn er die Herausforderung nicht annahm, würden die Drachen sich voller Abscheu von ihm abwenden und die Schlangen die Burg einnehmen. Er würde sterben – und vor allem, Angie würde sterben.

Dieser letzte Gedanke war unerträglich. Irgendwie mußte er nicht nur gegen die Seeschlange kämpfen, sondern auch siegen.

Wieder wandte er sich an Rrrnlf.

»Nun«, sagte er, »wenn er mich tatsächlich herausfordert …«

»Da gibt es kein ›wenn‹. Da kommt er schon, kleiner Drachenritter!«

Rrrnlf kicherte. Der Gedanke an Jim als kleinen Drachenritter schien ihn ungeheuer zu amüsieren. »Seht!«

Eine lange grüne Gestalt näherte sich dem Graben. Jim konnte Essessili immer noch nicht von den anderen unterscheiden. Aber Rrrnlfs Worten zufolge mußte er es sein.

Jetzt war Essessili kaum mehr als zwanzig Meter vom Graben entfernt; die anderen Schlangen schoben sich in einem Halbkreis hinter ihm her. Jim vermutete, daß sie dies hauptsächlich taten, um das Gespräch zwischen ihm und Essessili mit anhören zu können, und weniger, um ihrem Anführer den Rücken zu stärken.

Essessili blieb stehen. Seine schrille Stimme erhob sich bis zur Burg hinauf.

»Drachenritter! Drachenritter!« rief er. »Zeigt Euch auf Eurer Mauer! Ich fordere Euch heraus – zeigt Euch!«

Die Würfel waren gefallen. Jim trat vor und stand an der Mauer, so daß sein Oberkörper darüber hinausragte. Dann kam ihm eine Idee.

»Rrrnlf«, sagte er, »warum kommt Ihr nicht mit mir? Ich werde mit meiner gewöhnlichen Stimme zu ihm sprechen. Aber dann werdet Ihr wiederholen, was ich gesagt habe, damit sie alle es hören können. Wollt Ihr das für mich tun?«

Immer noch kichernd trat Rrrnlf vor.

»Das will ich«, sagte er leise zu Jim. »Sprecht nur. Ich werde es wiederholen.«

»Essessili«, begann Jim, der mit Bedacht in seiner normalen Stimmlage sprach, da er wußte, daß weder Essessili noch die meisten anderen ihn hören konnten. Er hielt inne.

Rrrnlf donnerte dasselbe Worte beinahe in sein Ohr.

»Ihr seht mich«, fuhr Jim fort. »Und ich nehme Eure Herausforderung an. Wie Ihr seht, bin ich in meiner Menschengestalt. Es wird einige Minuten dauern, bis ich meinen menschlichen Körper abgestreift und Drachengestalt angenommen habe. Bleibt, wo Ihr seid. Ich komme hinunter, um Euch gegenüberzutreten. Aber zuerst laßt uns die Bedingungen für das Duell festlegen.«

»Was für Bedingungen?« schrillte Essessili. »Ich bin hier, um gegen Euch zu kämpfen und zu beweisen, daß kein Drache gegen eine Seeschlange gewinnen kann, wenn er allein ist. Das ist alles.«

»Nicht ganz«, sagte Jim und wartete darauf, daß Rrrnlf seine Worte wiederholte, was der Seeteufel mit einer Stimme tat, die bis in den Wald zu hören sein mußte. »Die Bedingungen, die ich im Sinn habe, sind folgende: Wenn Ihr gewinnt, dürft Ihr diese Burg nach Gutdünken angreifen. Wenn ich gewinne, werden Eure Schlangen den hoffnungslosen Versuch, gegen die Drachen zu kämpfen, aufgeben, und Ihr alle werdet an Euren angestammten Ort zurückkehren – also ins Meer, Meeresgeschöpfe, die Ihr seid.«

»Oh, wir wissen über Euch Bescheid«, schrillte Essessili, sobald Rrrnlf seine Arbeit getan und Jims Worte übermittelt hatte. »Ihr seid ein Zweibeiner, ein Mann der Magie und ein Drache. Nichts von alledem kann mich, Essessili, erschrecken. Wenn ich verliere, werden die Schlangen sich zurückziehen. Ihr habt mein Wort – das Wort einer Seeschlange – darauf. Ich fürchte Euch nicht. Aber um all derer willen, die mit mir gekommen sind, will ich beweisen, daß die Drachen schwach sind. Und ich werde es beweisen, indem ich Euch in einem Kampf besiege, in dem Ihr mit nichts als Eurem Drachenkörper und Euren Drachenfähigkeiten antretet. Seid Ihr willens, das zu tun? Also keine Magie!«

»Ich bin willens«, erwiderte Jim, und Rrrnlf wiederholte seine Worte.

»Also gut!« schrillte Essessili. »Dann gibt es keinen Grund für weitere Verzögerungen. Ich werde ungeduldig hier auf Euch warten. Oh, und laßt uns nicht noch mehr von diesem Seeteufel neben Euch hören. Von jetzt an sprecht mit Eurer eigenen Stimme, wenn Ihr überhaupt sprecht!«

»Wie wäre es denn mit einem Kampf Mann gegen Mann mit *mir*«, brüllte Rrrnlf, »wenn dir der Klang meiner Stimme nicht gefällt!«

Essessili wandte den Kopf ab, als hätte er nichts gehört.

»Still!« sagte Jim und zeigte mit dem Finger auf Rrrnlf, der auf der Stelle erstarrte.

»Nun hört mir zu, Rrrnlf«, sagte Jim mit einer leisen Stimme, von der er jedoch genau wußte, daß Rrrnlf sie würde hören können, »Ihr sollt meine Worte wiederholen, mehr nicht. Brecht nicht ausgerechnet jetzt Eure eigenen Streitigkeiten vom Zaun. Also, wenn wir in dieser Hinsicht übereinstimmen, werde ich Euren Kopf jetzt freigeben, damit Ihr nicken könnt. Nicht Eure Stimme, sondern nur Euren Kopf. Also schön – Kopf frei!«

Er gab Rrrnlfs Kopf frei. Rrrnlf nickte nachdrücklich.

»Dann erkläre Essessili«, sagte Jim mit seiner normalen Stimme, »daß er lediglich dort zu bleiben braucht, wo er ist; außerdem soll er den anderen Seeschlangen den Befehl geben, sich zurückzuziehen, damit wir Platz für unseren Kampf haben. Im Augenblick sind sie für meinen Geschmack viel zu nah. Sag ihm, wenn die anderen Schlangen sich nicht zurückziehen, werde ich nicht gegen ihn antreten.«

Rrrnlf war immer noch damit beschäftigt, Jims Worte zu übermitteln, als dieser sich bereits abwandte. Essessili willigte widerstrebend ein. Die anderen Schlangen zogen sich ungefähr dreißig Meter weit zurück.

Jim hatte einen Kombinationszauber ausgearbeitet – er lernte es, immer komplexere Zauber zu wirken –, der den Befehl, mit dem er sich in einen Drachen verwandelte, mit dem verband, der ihn auf magische Weise all seiner Kleider, seiner Rüstung und seiner Waffen entledigte und diese Dinge dann hübsch ordentlich aufstapelte, so daß er sie hinterher sofort wieder bei der Hand hatte.

Er benutzte diesen Zauber jetzt, und einen Augenblick später steckte er in seiner Drachenhaut. Secoh, der vorher so groß neben ihm gewirkt hatte, sah jetzt klein und unbedeutend aus.

Aber ungeachtet dieser Bedeutungslosigkeit brauchte er Secoh.

»Secoh«, sagte er mit leiser Stimme. »Ich brauche Eure Hilfe.«

»Jawohl, Mylord – und Drachenritter«, stammelte Secoh.

»Ihr erinnert Euch an den Kampf am Verhaßten Turm?«

»O ja, Mylord.«

»Erinnert Ihr Euch daran, daß Smrgol mir einen Rat gegeben hat, wie man am besten gegen einen Oger kämpft?«

»Ich erinnere mich ...« Secoh zögerte. »Da war etwas, das Smrgol Euch sagte, weil er selbst einmal gegen einen Oger gekämpft hatte. Etwas über deren Arme, deren Ellbogen – glaube ich.«

»Das stimmt«, sagte Jim. »Also, die einzige Person, die mir erzählen könnte, wie man gegen eine Seeschlange kämpfen muß, wäre Gleingul, Smrgols Urahn, der an einem Ort namens Grauer Sand ganz allein eine Schlange erschlagen hat. Jetzt erzählt mir nicht, daß es keine Geschichte über diesen Kampf gibt, die in Drachenkreisen wieder und wieder erzählt wird. Und erzählt mir nicht, Ihr könntet Sie nicht auswendig.«

»O doch, Mylord Drachenritter«, sagte Secoh eifrig. »Es gibt eine solche Geschichte – und was für eine Geschichte das ist!«

»Gut«, sagte Jim. »Und nun schnell – was wißt Ihr noch von dieser Geschichte, das mir bei meinem Kampf gegen Essessili von Nutzen sein könnte?«

Secoh setzte sich auf die Plattform, und ein geistesabwesender, beinahe träumerischer Ausdruck trat in seine Augen.

»Inzwischen hat sich mehr als hundert Mal die Sonne gewendet«, begann er. »Es war zu der Zeit, da Agtval bereits ein sehr alter Drache war. Damals verließ er nicht mehr seine Höhle, um die gewaltigen Dinge zu tun, die er früher getan hatte ...«

»Nein!« rief Jim. Secoh verstummte augenblicklich.

»Ich möchte nicht die ganze Geschichte hören«, sagte Jim. Er wußte nur allzu gut, daß die Drachen dazu neigten, eine Geschichte tief in der Vergangenheit zu beginnen und alles, was des Erzählens wert war, so lange wie nur möglich hinzuziehen. »Ich möchte, daß Ihr nachdenkt. Ich möchte, daß Ihr mir erzählt, was Ihr noch von dieser Geschichte wißt und was mir bei meinem Kampf gegen Essessili helfen könnte. In Kürze, wie hat Gleingul es gemacht? Wie hat er die Schlange angegriffen? Was hat er der Seeschlange angetan, daß er in der Lage war, den Kampf für sich zu entscheiden? Wie hat er die Schlange zu guter Letzt getötet?«

Secoh machte ein enttäuschtes Gesicht, schluckte jedoch und dachte einen langen Augenblick angestrengt nach.

»Nun, Mylord«, meinte er schließlich langsam, »da war diese Sache mit den Flügeln, die Gleingul erwähnt hat. Man solle seine Flügel benutzen. Er sagte, das sei sehr wichtig. Die Flügel würden die Sache entscheiden. Oh, ich meinte nicht, zum Fliegen benutzen, Mylord ...«

»Was meintet Ihr denn dann?« drang Jim in ihn.

»Ich meine, zum *Schlagen* benutzen, Mylord! Ihr wißt natürlich«, fuhr Secoh fort, »über unsere Flügel Bescheid, wie stark sie sind. Wie könnten wir uns sonst so schnell in die Lüfte erheben? Alles, was fliegt, hat starke Flügel. Es heißt, eine Gans könne einen Georg umwerfen, einen ausgewachsenen Georg, wenn die Gans den Georg nur richtig mit ihren Flügeln trifft. Ihr könnt Euch sicher vorstellen, wozu wir imstande sind. Benutzt Eure Flügel, das hat Gleingul uns geraten, falls wir jemals gegen Schlangen kämpfen sollten.«

»Ich verstehe«, sagte Jim.

Und er verstand wirklich. Bei seinem allerersten Flugversuch als Drache hatte er die Augen geschlossen und wild mit den Flügeln geschlagen, aus Angst, von den Felsen zu stürzen, von denen aus er sich emporgeschwungen hatte. Als er die Augen wieder öffnete, war er bereits hoch oben gewesen, viel höher, als er erwartet hatte.

Es war seine erste Erfahrung mit der gewaltigen Muskelkraft gewesen, die die großen, langen Drachenflügel bewegte. Diese Flügel mochten nicht schön sein – in der Tat hatten sie große Ähnlichkeit mit Fledermausflügeln –, aber er wußte um ihre Kraft.

Jetzt, da er sich die Mühe machte, darüber nachzudenken, konnte er die schweren Muskelbänder spüren, die quer über sein Brustbein liefen. Ja, die Flügel ließen sich mit schweren Keulen vergleichen – selbst wenn ihr Ziel eine Seeschlange war.

»Gut«, sagte er eilig. »Was könnt Ihr mir sonst noch erzählen? Denkt nach!«

Secoh blinzelte angestrengt die Plattform zwischen seinen Füßen an. Rein äußerlich betrachtet hatte man den Eindruck, daß er so angestrengt nachdachte, wie ihm das nur möglich war. Aber einige Sekunden später schüttelte er den Kopf.

»Das ist alles, woran ich mich erinnern kann, Mylord«, sagte er.

»Vielen Dank«, sagte Jim. Ein sarkastischer Tonfall hatte sich in seine Stimme eingeschlichen. Er beeilte sich, diese Unhöflichkeit wiedergutzumachen. »Verzeiht mir, Secoh. Ihr wart eine große Hilfe.«

»Euch verzeihen, Mylord?« fragte Secoh mit hochgezogenen Augenbrauen. »Wofür?«

»Ach, egal«, sagte Jim. »Ich bin Euch sehr dankbar, daß Ihr mir geholfen habt.«

»Ach, das!« meinte Secoh. »Das hätte Euch jeder Drache sagen können, Mylord. Ich wünschte, ich könnte mehr für Euch tun.«

»Nein«, beschwichtigte ihn Jim. »Jetzt liegt es an mir.«

Er hielt nach Angie Ausschau und fand sie, als er sich umdrehte, direkt an seiner Seite. Da er völlig vergessen hatte, daß er in seinem Drachenkörper steckte, beugte er sich vor, um sie zu küssen, aber dann fiel es ihm wieder ein, und statt dessen streckte er seine lange Zunge ein kleines Stück heraus und berührte ganz sachte ihre Wange.

»Ich liebe dich, Angie«, sagte er mit sehr leiser Stimme.

Sie trat vor und schlang die Arme um seinen Drachenhals und begrub das Gesicht an seinen rauhen Schuppen.

»Du weißt, daß ich dich liebe, Jim«, sagte sie.

Angie trat zurück.

»Du wirst ihn schon erledigen, Jim«, sagte sie mit kräftiger Stimme. »Ich weiß es!«

»Danke, Angie«, sagte er.

Dann wandte er sich widerstrebend von ihr ab, breitete die Flügel aus und erhob sich über den Rand der Mauer in die Luft, bevor er zu Essessili hinunterschwebte, der bereits auf ihn wartete.

Im allerletzten Augenblick änderte er seine Meinung. Eine jähe Erleuchtung hatte ihn getroffen. Es gab keinen Grund, warum er sich nicht eine Scheibe von der Methode der Wanderfalken, die er gesehen hatte, abschneiden sollte. Er würde auf eine große Höhe gehen und dann mit voller Geschwindigkeit auf Essessili herabstoßen.

Unter ihm brachen die Seeschlangen in schrille Schreie der Verdammnis aus, als sie seinen vermeintlichen Fluchtversuch bemerkten. Über ihm verfielen die wartenden Drachen zweier Nationen in unheilverkündendes Schweigen. Er wußte, was sie denken mußten. Nachdem er die Herausforderung angenommen hatte, bekam er es plötzlich mit der Angst – und flog vor dem Kampf davon.

»Mylord!«

Jim verharrte für einen Augenblick in seinem Steigflug und sah Secoh, der sich abmühte, ihn in luftiger

Höhe zu erreichen. Er behielt seine Position bei und flog einen engen Kreis, bis Secoh endlich zu ihm stieß.

»Mir ist noch etwas eingefallen, Mylord!« keuchte Secoh, während er neben Jim zu kreisen begann. »In der Geschichte heißt es eindeutig, daß Gleingul die Schlange tötete, indem er seine Klauen tief in den Halsansatz der Schlange trieb. Aber er hat es von hinten getan. Gleingul hat sich im Nacken der Schlange festgeklammert, ihn umfaßt und ihr seine Klauen in die Kehle gerammt.«

»Ihre Kehle?« fragte Jim.

Er erinnerte sich an Dafydds Erfolge, wenn dieser seine Pfeile in die geöffneten Mäuler der Schlangen schoß. Es stand außer Frage, daß er das Gehirn der Schlange erreichte, oder jedenfalls irgendein lebenswichtiges Nervenzentrum. Es hörte sich an, als hätte Gleingul die Schlange getötet, indem er sie an genau dieser Stelle mit seinen Klauen getroffen hatte.

»Vielen Dank, Secoh!« rief er. »Vielleicht ist das genau das, was ich noch wissen mußte. Und jetzt haltet Euch von mir fern. Ich möchte noch ein wenig höher steigen und dann hinunterschießen – ich meine, herabstoßen. Ihr könnt den Drachen dort oben erzählen, was das ganze Manöver soll. Wollt Ihr das tun?«

»O ja, Mylord …« Secohs Antwort drang nur noch undeutlich an Jims Ohren, da dieser bereits höhergestiegen war; die Drachen über ihm bewegten sich verdrossen zur Seite, als er in ihre Höhe kam.

Als Jim glaubte, weit genug aufgestiegen zu sein, drehte er sich um und benutzte seine teleskopische Drachensicht; weit unten am Boden suchte er nach Essessili. Dann neigte er sich abwärts, schlug kräftig mit den Flügel und schoß hinab.

Es war seltsam. Er konnte den Luftdruck an seinem Körper spüren, während er das Tempo beschleunigte. Gleichzeitig schien er im leeren Raum zu hängen, und der Boden unter ihm schien zu wachsen.

Dann kam der allerletzte Augenblick, indem der Boden ihm plötzlich entgegenschoß, so plötzlich, daß er kaum Zeit hatte, die Krallen zu krümmen, seinen Sinkflug abzufangen und den wuchtigen Aufprall seiner Fäuste auf Essessilis Scheitel und Schläfen zu spüren – bevor er abermals aufstieg, um an Höhe zu gewinnen.

Ungefähr hundert Fuß über dem Boden hielt er inne, drehte sich um und blickte hinunter. Essessili war, wie er nun sah, zur Seite geworfen worden und wälzte sich im Schlamm. Aber anscheinend hatte der Anführer der Schlangen keinen ernsthaften Schaden davongetragen. Essessili hörte auf, sich herumzuwälzen, erhob sich mit nur geringen Anzeichen von Benommenheit auf die Füße und wandte sich um, um nach Jim zu suchen.

Gar nicht so schwierig, dachte Jim mit jäh erwachtem Optimismus. Zum ersten Mal hatte er die leise Hoffnung, daß er diesen einseitigen Kampf doch gewinnen konnte.

Aber noch während dieser Gedanke ihm durch den Kopf ging, machte er sich wieder daran, eifrig höher zu steigen. In seinem Kopf hatte sich die Idee festgesetzt, daß Essessili nach genug Schlägen von dieser Art so schwindlig sein würde, daß er eine leichte Beute sein mußte. Schließlich erreichte er eine ausreichende Höhe, drehte sich um und schoß hinunter.

Sirrend stieß er hinab und dachte immer noch, daß dies eine hervorragende Art zu kämpfen war, als ihm plötzlich dämmerte, daß Essessili sich nicht mehr an derselben Stelle befand wie zuvor.

Jetzt sah Jim, daß sein Gegner sich nach Schlangenart zusammengerollt hatte. Da er im Verhältnis zu seinem Umfang kürzer war als jede andere Schlange, hatte er sich nicht so anmutig zusammenrollen können, wie eine Klapperschlange oder eine Kobra dies vermocht hätte. Aber dennoch, den größten Teil seines Körpers hatte er nun unter sich geschoben. Darüber waren seine riesigen, bezahnten, weit aufklaffenden Kiefer, die seinen Körper bewachten und gleichzeitig Jims Angriff erwarteten.

Und genau auf diese Kiefer schoß Jim nun herab.

39

JIM WICH, VON EINER JÄHEN, eisigen Furcht gepackt, im allerletzten Augenblick aus. Er glitt an den wartenden Kiefern vorbei, und bei der Wendung traf sein rechter Flügel direkt unter dem Kopf Essessilis Hals, aus schierer Unbeholfenheit, sonst nichts.

Hastig erhob sich Jim abermals in die Luft. Als er hoch genug war, um sich sicher zu fühlen, blickte er wieder hinunter und sah zu seiner Überraschung, daß Essessili sich den Hals an der Erde rieb, als wolle er die Nachwirkungen von Jims Schlag lindern. Secohs Worte fielen ihm wieder ein, Gleinguls Geschichte von seinem Kampf mit der Seeschlange auf dem Grauen Sand und sein Rat, die Macht der Drachenflügel zu benutzen. Bei einem geringeren Geschöpf als Essessili hätte der Schlag genügt, um ihm den Hals zu brechen, wenn nicht sogar, um ihn vom Rumpf zu reißen.

Für einen Augenblick fiel die Angst von ihm ab. Dann kehrte sie zurück. Er hatte unglaubliches Glück gehabt, bei diesem letzten Sturzflug nicht direkt in Essessilis weit geöffnetem Rachen gelandet zu sein.

Er war diesmal nicht so schnell aufgestiegen, und er kreiste noch einen Moment, während er hastig überlegte, welche Vorteile er hatte und welches Essessilis Vorteile waren. Essessili war größer und kräftiger und hatte einen gefährlicheren Kiefer mit den bedrohlicheren Zähnen.

Außerdem war er, zumindest teilweise, in der Lage, sich wie eine Schlange zu bewegen, auch wenn er nicht so beweglich war wie eine gewöhnliche Schlange. Aber trotzdem verfügte er über diese Fähigkeit – und seine Zähne.

Jim dagegen war leichter. Seine eigenen mächtigen Kiefer und Zähne waren Essessili zwar unterlegen, andererseits hatte er seine Klauen, und diese hatte er bei dem ersten Sinkflug als Fäuste gut zu verwenden gewußt.

Er war vermutlich schneller als Essessili; und er konnte fliegen, was ihm mehr Bewegungsfreiheit gab als dem anderen.

Offensichtlich hatte er ihm etwas voraus, weil er hin und her fliegen und versuchen konnte, dabei mit seinen Flügeln soviel Schaden anzurichten, wie nur möglich. Der einzige Haken an der Sache war der, daß er viel härter zuschlagen konnte, wenn er fest auf dem Boden stand. Aber dort wäre Essessili in der Lage, ihn mit seinem Körper zu umwinden.

Also mußte er versuchen, sich in der Luft zu halten, während er auf die Schlange eindrosch. Vielleicht konnte er Essessili in einen Zustand versetzen, in dem er weniger gefährlich war. Jim beschloß, es zu versuchen.

Er schoß hinab, schwenkte zur Seite weg, unmittelbar bevor er Essessili erreichte, und versuchte hinter den Kopf der Schlange zu kommen. Aber Essessili begegnete ihm Auge in Auge, ganz gleich, wie schnell er auswich oder sich duckte.

Jim verfiel abermals darauf, im Sturzflug auf seinen Gegner herabzustoßen und ihm jedesmal einen, aber wirklich nur einen Schlag zu versetzen, bevor er wieder in die Höhe ging und dabei entweder mit dem rechten oder mit dem linken Flügel kräftig nach Essessilis Hals schlug.

Es schien zu funktionieren. Gelegentlich taumelte Essessili gerade rechtzeitig zur Seite, so daß der Hieb ihn kaum streifte. Aber für gewöhnlich schlug Jim fest zu.

Irgendwann jedoch dämmerte es Jim, daß Essessili

seine Schläge allzu gut verkraftete. In der Zwischenzeit wurde Jim selbst langsam flügellahm und atemlos.

Wie er schon fast bei seinem ersten Aufenthalt in einem Drachenkörper herausgefunden hatte, war ein Drache weniger zum Fliegen als zum Gleiten gebaut. Er konnte über eine kurze Zeitspanne eine bemerkenswerte Entfernung zurücklegen – ähnlich wie ein Löwe beim Angriff. Aber er konnte diese Anstrengung nicht endlos fortsetzen. Normalerweise flog ein Drache nur für einige Minuten mit aktivem Flügelschlag und ging dann in einen Gleitflug mit ausgestreckten Flügeln über, bis es notwendig wurde, eine neuerliche Anstrengung zu unternehmen. Hier in diesem besonderen Kampf hatte er fast ständig seine Flugmuskeln beansprucht, und langsam machte sich das bemerkbar.

In seiner Verzweiflung landete er vor Essessili, allerdings weit genug entfernt, um sich nicht in direkter Reichweite der Schlange zu befinden. Dann begann er, seine Flügel in vollem Maß gegen Essessilis Hals einzusetzen.

Kurz sah er einen Ausdruck der Überraschung in den Augen der Schlange, die sich plötzlich als ein unbewegtes Ziel auf dem Boden wiederfand.

Wenn dieser Blick jedoch wirklich dagewesen war, wurde er von Jims erstem Flügelschlag gegen Essessilis Hals weggewischt. Der Kopf des Schlangenmannes wurde beinahe zu Boden gedrückt, und er hatte sich kaum erholt, als Jims linker Flügel ihn von der anderen Seite erwischte.

Jim drosch mit seinen Flügeln auf den anderen ein, als wäre er ein Boxer, der den Gegner in der Ringecke an den Seilen hatte.

Dann wurde Jim selbst plötzlich gut zwanzig Meter zurückgeschleudert. Selbst seine kräftige, mit Muskeln bewehrte Drachenbrust fühlte sich an wie zerschmettert. Sein Instinkt – und nur sein Instinkt – rettete ihn. Ohne über den Schlag nachzudenken, erhob er sich in die Luft, um Zeit zu gewinnen und ein wenig zu Atem zu kommen.

Er stieg hoch genug, um einen Aufwind zu erwischen, in dem er kreisen und sich erholen konnte.

Essessili hatte sich plötzlich wieder entrollt. Der Schlangenmann hatte ihn nach Schlangenart geschlagen. Seine Kiefer hatten Jims langen Drachenhals verfehlt, aber die Wucht und das Gewicht des Kopfschlags gegen Jims Brust hätten den Kampf um ein Haar entschieden. Essessili hatte aus seiner zusammengerollten Position seine ganze Kraft ins Spiel gebracht.

Jim kreiste weiter im Aufwind, blickte hinunter und sah, daß die Schlange offensichtlich unverletzt war und auf ihn wartete.

Das konnte nicht mehr lange so weitergehen. Einmal mehr stieg er höher und schoß hinab. Einmal mehr rollte Essessili sich zusammen und öffnete über seinem zusammengerollten Körper seine gewaltigen Kiefer zum Schutz seiner selbst wie auch als Bedrohung für Jim.

Jim kam sirrend hinunter. Aber während Essessili erwartete, daß Jim direkt auf seine Kiefer zukommen und wie zuvor zur Seite ausweichen würde, wich dieser eine Spur von seinem Kurs ab, so daß er gute vierzig Meter von der Schlange entfernt knapp über dem Boden seinen Sturzflug abfangen konnte und flach auf die zusammengerollte Schlange zuschoß.

Es funktionierte. Er war mit voller Absicht ein kleines Stück seitlich von Essessili heruntergekommen, aber noch innerhalb von dessen Blickfeld. Nun schoß er vorwärts, aber unmittelbar bevor er die Schlange erreichte, wich er ihrem erhobenen Kopf aus, so daß er eine Sekunde lang hinter seinem Gegner war. In dieser Sekunde schlug er seine rechte Klaue in die Seite von Essessilis Hals, ließ sich von seinem eigenen Schwung herumtragen, so daß er die Klauen an seiner linken Faust in die andere Seite des Halses schlagen konnte und sich endlich hinter dem Kopf und dem Maul der Schlange befand, wo Essessilis Kiefer ihn nicht mehr erreichen konnten.

Essessili unternahm einen Versuch, den Kopf so weit zurückzuneigen, daß er sich mit seinen Kiefern gegen Jim wehren konnte, aber Jim schlug mit den Flügeln und hielt seinen Körper um Armeslänge von der Schlange entfernt. Im Grunde hielt er damit auch Essessilis Kopf hoch – so daß Essessili, als er einen Augenblick später versuchte, den Kopf zu senken, um seinen ganzen Körper herumzurollen und sich auf Jim zu wälzen, genau dies nicht zu tun vermochte.

Die Kraft von Jims Flügeln reichte nicht, um einen ausgewachsenen Menschen hochzuheben. Ganz gewiß reichte sie nicht annähernd, um auch nur einen Teil der Seeschlange anzuheben, aber sie genügte, um den Kopf, die Kiefer und den ein klein wenig schmaleren Hals dahinter vom Boden fernzuhalten. Es war so, wie er gehofft und mehr oder weniger erwartet hatte. Die Schlange mußte den Kopf senken, um sich herumwälzen zu können. Das war Jim aufgefallen, als er die anderen Seeschlangen dabei beobachtet hatte, wie sie alle ihre Köpfe senkten und sich auf die Seite rollten, wenn sie zu den Drachen am Himmel hatten aufblicken müssen.

Der Kampf entwickelte sich zu einer Willensprobe, in der die Kräfteverteilung auf beiden Seiten annähernd gleich war: Jims Drachenkraft gegen die Kraft von Essessilis Hals. Der Hals war tatsächlich dünner als der übrige Leib, aber doch nicht so dünn, daß Jims sechs Zoll lange Klauen und die zehn Zoll langen knochigen Finger, zu denen sie gehörten, sich tief genug in das Fleisch hätten hineinbohren können, um eine lebenswichtige Stelle zu erreichen. Offensichtlich, dachte Jim, war er immer noch zu weit hinten am Hals.

Einer jähen Eingebung folgend benutzte er seine Flügel, um Essessilis Augen zu bedecken, so daß die Schlange kurzzeitig blind war, und in diesem Moment, in dem Essessili aufhörte zu kämpfen, um herauszufinden, was eigentlich los war, bewegte Jim sich eine Handbreit weiter vor und wollte gerade das nächste Stück in Angriff nehmen, als Essessili seine Absicht erkannte und sich heftig schüttelte.

Jim klammerte sich verzweifelt an den Schlangenmann, um nicht den Halt zu verlieren. Essessili schüttelte sich noch eine ganze Weile, konnte aber offensichtlich nicht unbegrenzt damit fortfahren. Das Schütteln verlangsamte sich, und Jim ergriff während einer kurzen Pause die Gelegenheit, auch seine linken Klauen weiter nach vorn zu bewegen. Jetzt befanden sich seine beiden Klauen Seite an Seite weit vorne an Essessilis Kehle. Er legte seine ganze Kraft in seine Finger und versuchte, seine Krallen so weit in das Fleisch der Schlange zu treiben wie nur möglich.

Essessili wurde rasend. Er versuchte nicht länger, sich auf Jim zu wälzen, sondern zuckte und wand sich nur noch, als wolle er Jim um jeden Preis abschütteln. Jim spürte, daß sein Griff schwächer wurde, obwohl er sich nach Kräften bemühte. Er schloß die Augen und konzentrierte sich. *Für Angie,* dachte er; Jim gab sein Allerletztes für einen neuerlichen Stoß, um seine Klauen wenigstens noch ein klein wenig tiefer in Essessilis Fleisch zu bohren.

Essessilis Kopf krachte plötzlich auf die Erde, und sein Körper lag reglos da.

Einen Augenblick lang blieb Jim, wo er war, seine Krallen immer noch in die Kehle der Seeschlange gebohrt, benommen von dem, was er durchgemacht hatte und dem plötzlichen Ende des Kampfes. Dann kam er soweit wieder zu sich, daß er seine Klauen befreite. Schließlich stieg er von dem Körper der Schlange herunter und sah sich um.

Er blickte hinter sich – und sah die gewaltige grüne Woge von Seeschlangen so schnell wie nur möglich auf sich und die Burg zukommen.

Soviel also zum Ehrenwort einer Seeschlange – er konnte Rrrnlfs Stimme, die gerade in diesem Augenblick diese Worte sprach, in seinem Kopf hören. Er war vollkommen ausgelaugt, brachte aber noch genug Kraft auf, um sich in die Luft zu erheben, zumindest soweit, daß er außerhalb der Reichweite der näher kommenden Schlangen sein würde. Dann machte er kehrt, flog langsam und unter Qualen auf die Mauer zu und klammerte sich an ihren oberen Rand wie ein Schwimmer, der ein großes Gewässer durchquert hat und nun den äußersten Vorsprung der ersten Landspitze erreicht.

40

EINEN AUGENBLICK HING er in der Luft, dann hoben ihn zwei gewaltige Hände – Rrrnlfs Hände, die ihn ganz sachte festhielten, um ihm nicht weh zu tun – über die Mauer und in Sicherheit und stellten ihn auf der Plattform ab.

Jim, der seine Umgebung nur verschwommen wahrnahm, brach auf der Plattform zusammen. Vor seinen Augen drehte sich alles. Drachen hatten nicht ohnmächtig zu werden.

Er wurde ohnmächtig.

Er schien jedoch nur für wenige Sekunden weg gewesen zu sein. Als er langsam wieder das Bewußtsein erlangte, nahm er als erstes das Stimmengewirr um sich herum wahr, das von einer ganz bestimmten weiblichen Stimme durchdrungen wurde. Angie redete verzweifelt auf ihn ein.

»Jim!« rief sie. »Ist alles in Ordnung mit dir?«

»Alles bestens«, murmelte er – obwohl er sich nicht sicher war, ob er es laut genug gemurmelt hatte, um sich verständlich zu machen. »Bin nur erschöpft, das ist alles.«

Es gelang ihm, ein wenig lauter zu sprechen.

»Gebt mir nur … einen Augenblick … um wieder zu Atem zu kommen.«

Und in der Tat wurde sein Kopf langsam klarer; er war tatsächlich nur erschöpft und zudem verfügte er als Drache über eine unglaubliche Regenerationsfähigkeit.

Das Beste, was er tun konnte, um die anderen zu beruhigen, überlegte er, war seine Rückverwandlung in einen Ritter. Sein immer noch umnebeltes Gehirn hatte ein wenig Mühe, die richtigen Zaubersprüche zusammenzusetzen, um ihn nicht nur in einen Menschen zurückzuverwandeln, sondern ihn auch gleichzeitig wieder in seine Kleidung und seine Rüstung zu stecken. Dann schrieb er sich die Formeln auf die Innenseite seiner Stirn.

Eine Sekunde später stand er aufrecht auf der Plattform. Er taumelte ein wenig, aber er stand nun wieder aufrecht, war ein Mensch und voll bekleidet. Lächelnd blickte er auf Angie hinab, die vor ihm stand und ihn mit tiefer Besorgnis ansah.

»Siehst du, Angie«, sagte er, »könnte mir gar nicht besser gehen.«

»Könnte es doch!« fuhr Angie ihn an. »Jedenfalls bist du weiß wie ein Laken!«

Sie war selbst sehr bleich, bemerkte Jim, aber er war mittlerweile wieder soweit Herr seiner Kräfte, daß es ihm nicht geraten schien, diesen Umstand ausgerechnet in diesem Augenblick zu erwähnen.

»Nun, ich werde meine Farbe schnell zurückgewinnen, wart's nur ab«, sagte er. »Wenn du genau hinsiehst, wirst du es gleich miterleben können.«

Angie lachte.

»Dafür haben wir jetzt keine Zeit«, sagte sie. »Während du bewußtlos warst, ist einer der jungen Drachen mit einem Bericht zurückgekehrt.«

Sie wandte sich halb von ihm ab.

Jim drehte sich um und sah in dieselbe Richtung.

Secoh hatte einen der jungen Drachen bei sich, der kaum größer war als er selbst. Als Jims Blick auf die beiden Drachen fiel, schlurften sie auf ihn zu, und die Ritter machten ihnen überraschenderweise den Weg frei.

»Mylord!« sagte Secoh. »Hört Euch das an! Erzähl es ihm, Gnarjo.«

Gnarjo nickte mehrmals, bevor er zu sprechen begann – bei einem Drachen ein sicheres Zeichen von Verlegenheit.

»Mylord«, sagte er mit einer Baßstimme, die gleichzeitig beinahe wie ein Quieken klang. »Ich kreiste gerade über der Küste und habe das Meer beobachtet für den Fall, daß weitere Schlangen ankommen sollten.«

»Und?« fragte Jim. »Habt Ihr noch weitere Schlangen gesehen?«

»O nein, Mylord«, antwortete Gnarjo. »Aber da draußen ist etwas Großes. Etwas furchtbar Großes, und es kommt aus dem Ozean.«

»Wie groß ist es?« fragte Jim.

»Es ist groß ... es ist so groß ...« Gnarjo fehlten die Worte. »Es ist zwei- oder dreimal so groß wie diese Mauer hinter mir!«

»So groß?« fragte Jim. »Wie sieht es aus?«

»Hm, es war groß und irgendwie ... ich weiß nicht ...«, stammelte Gnarjo, »irgendwie grau? Nein, irgendwie graublau? Aber es hatte auch irgendwie ein weißes Blitzen an sich – im Wasser, das es umgab, meine ich. O Mylord, ich habe es mir, ehrlich gesagt, nicht genau angesehen, nachdem ich sah, wie groß es war. Ich bin gleich wieder zurückgekommen, um es Euch zu sagen!«

Gnarjo ließ kläglich den Kopf hängen.

»Das ist schon in Ordnung«, beschwichtigte Jim ihn. »Du hast genau richtig gehandelt.«

»Wirklich?« fragte Gnarjo, dessen Kopf plötzlich in die Höhe schnellte. Seine Augen leuchteten.

Jim sah die ernsten Mienen von Angie, Brian, Giles, Dafydd und Chandos.

»Ich wüßte gern, was dieses weiße Blitzen war, das das Geschöpf umgab«, sagte er mehr zu sich selbst als zu den anderen. »Es hörte sich zuerst nach einem sehr großen Geschöpf an. Aber vielleicht bedeutet dieses weiße Blitzen, daß es noch andere bei sich hatte, oder irgend etwas ...«

»Der kleine Drache«, brummte Rrrnlf über seinem Kopf, »hatte vielleicht zu große Angst, um das, was er sah, näher zu betrachten.«

Gnarjo blickte empört, aber weder Jim noch irgend jemand sonst kümmerten sich darum.

»Ich sollte es mir selbst ansehen«, meinte Jim.

Er brach ab, weil er sich der plötzlichen Stille längs der Mauer bewußt wurde. Überrascht ging es ihm durch den Kopf, daß die Schlangen, die ihn verfolgt hatten, mittlerweile längst die Mauer hätten erreichen und angreifen müssen. Er machte einen Schritt nach vorn und blickte auf das Vorfeld.

Nach wie vor verdüsterten die Drachen den Himmel über ihnen. Aber die Schlangen waren wie vor einer magischen Grenze stehengeblieben, einer unsichtbaren Barriere, die quer über die freie Fläche verlief, und zwar genau an der Stelle, wo der leblose Körper Essessilis lag. Als Jim die Schlangen näher betrachtete, sah er, daß die meisten die Köpfe auf den Boden gelegt und sich zu einer Seite geneigt hatten, damit sie hinaufschauen und die Drachen beobachten konnten; und gleichzeitig dämmerte Jim die Erkenntnis.

Da der Drachenritter Essessili getötet hatte, gab es vielleicht keinen Grund, warum nicht jeder einzelne der Drachen da oben auch einen von ihnen töten konnte. Für den Augenblick hatten sie ein Patt erreicht.

Aber nicht lange, wenn dieser neue Eindringling vom Meer eine zusätzliche Bedrohung war, der die Waagschale in die eine oder andere Richtung zu senken vermochte. Jim überlegte noch einmal, ob er sich wieder in einen Drachen verwandeln und selbst zum Meer fliegen sollte, um zu sehen, was da auf sie zukam; dann aber kam er zu dem Schluß, daß sie dafür keine Zeit mehr hatten. Die Schlangen würden sich vielleicht doch noch zu einem Angriff durchringen, oder die Drachen konnten sich entschließen, die Schlangen anzugreifen …

Alles war möglich.

Verzweifelt wandte er sich an Carolinus, der mit dem Rücken zu ihm stand. Er ging um den älteren Magier herum, trat vor ihn hin und war entsetzt von dem, was er sah. In der kurzen Zeit, seit er ihn das letzte Mal von nahem gesehen hatte, war Carolinus' Gesicht noch weiter eingefallen und noch unnatürlicher geworden. Sein Körper, den er immer stockgerade gehalten hatte, war jetzt gebeugt, die Schultern rund. Er hatte immer alt ausgesehen, aber jetzt sah er zum ersten Mal alt und zerbrechlich aus. Carolinus begegnete seinem Blick mit gleichgültigen Augen.

»Carolinus!« rief Jim. »Soviel zumindest könnt Ihr für uns tun! Laßt mich einen Blick auf das werfen, was da vom Meer auf uns zukommt. Das wenigstens könnt Ihr tun!«

»Laßt mich in Ruhe«, sagte Carolinus mit einer Stimme, die aus großer Ferne zu kommen schien. »Meine Zeit ist vorbei, hört Ihr. Ihr müßt ohne mich zurechtkommen.«

»Carolinus …«

Jim hielt inne. Es würde nichts nutzen, Carolinus anzuschreien. Was auch immer ihn zerstörte, es war nichts, was sich mit Schreien vertreiben ließ.

Aber es war absolut notwendig, daß er aus den Tiefen der Niedergeschlagenheit wieder auftauchte, die ihn jetzt in ihren Fängen hielt und das nun schon seit einigen Tagen, zumindest seit seiner Erkrankung und seiner Rettung von den beiden Heilerinnen. Jim versuchte, sich auf etwas zu besinnen, das den älteren Mann aufrütteln konnte. Worte gingen ihm durch den Sinn. Vielleicht waren es nicht die richtigen Worte, aber es waren die einzigen, in die Jim in diesem Augenblick noch Hoffnung setzte.

»Carolinus!« sagte er wild. »Das zumindest könnt Ihr tun. Ich kann es nicht, aber Ihr könnt es leicht! Gebt uns ein Bild von diesem neuen Eindringling!«

Für einen flüchtigen Augenblick wurden Carolinus' Augen klar, und die Stumpfheit verschwand.

»Nun«, murmelte er, »es ändert jetzt auch nichts mehr. Aber das kann ich Euch in der Tat geben. Und ich wünsche Euch viel Spaß damit!«

Er drehte sich um, blickte über die Mauer hinaus, streckte Arm und Zeigefinger aus und zeichnete einen Kreis von vielleicht drei Fuß im Durchmesser in die Luft.

Plötzlich sahen Jim und die anderen, als sie in diesen Kreis blickten, nicht mehr das Land, nicht mehr die Schlangen, die Bäume und die Drachen dahinter, sondern statt dessen etwas wie einen riesigen, lebenden Turm aus hellgrauem Fleisch mit zwei gewaltigen Augen. Das Geschöpf krachte durch einen Gürtel von Wäldern, lief mühelos und mit der Geschwindigkeit eines Expresszugs über eine freie Fläche und barst dann in den nächsten Wald.

»Granfer!« sagte Rrrnlf mit weit aufgerissenen Augen.

»Ja«, sagte Jim. »Und er kommt auf uns zu.«

Eine Sekunde lang standen sie alle nur da und sahen wortlos Granfer an, der sich durch eine Baumgruppe pflügte; die Bäume knickten unter ihm nieder wie Spargelstangen. Er hielt seinen dreistöckigen Körper aufrecht und lief behende auf mehreren Fangarmen.

»Wie kann er sich so schnell bewegen? Wie kann er sich überhaupt bewegen«, fragte Angie mit gedämpfter Stimme, »wo er so groß ist und so schwer? Diese Fangarme können doch unmöglich dieses Gewicht halten, oder?«

»Das tun sie auch nicht«, warf Carolinus mit kraftloser Stimme ein. »Es ist Magie. Er bewegt sich auf dieselbe Weise fort, wie er sich unter Wasser fortbewegen würde. Seht, was er bei sich trägt.«

Keiner von ihnen hatte bisher genau hingeschaut, aber jetzt hob Granfer einen Fangarm, der zuvor von seiner Körperfülle halb verborgen gewesen war; und nun wurde in der magischen Linse auch sichtbar, was Granfer mit diesem Fangarm festhielt.

»Meine Dame!« heulte Rrrnlf. Er hatte eine Hand auf der Mauer liegen und wollte gerade darüberspringen, als Jim mit einem Finger auf ihn zeigte und ein einziges Wort hervorstieß.

»Still!«

Rrrnlf erstarrte.

»Es tut mir leid, daß ich Euch aufhalten muß, Rrrnlf«, fuhr Jim in sanfterem Tonfall fort. »Aber denkt doch erst einmal nach. Vielleicht könnt Ihr ohne jede Mühe Seeschlangen in Stücke reißen. Aber denkt nach; Ihr wißt selbst, daß Ihr es mit Granfer nicht aufnehmen könntet. Wenn Ihr Eure Dame zurückhaben wollt, bleibt hier. Laßt uns alle zusammen gegen ihn kämpfen. Auf diese Weise haben wir eine Chance. Ich werde Euch jetzt wieder freigeben. Denkt darüber nach.«

Carolinus stieß ein unfreundliches, knirschendes Lachen aus, einen Laut, den Jim noch nie von ihm gehört hatte, und mehr noch, einen Laut, von dem er nie erwartet hätte, daß der alte Magier ihn von sich geben würde. Für den Augenblick ignorierte Jim ihn jedoch. Er drehte sich zu Brian um, der diese Gegend besser kannte als alle anderen. »Wo ist Granfer im Augenblick?« fragte er. »Und könnt Ihr schätzen, wie schnell er auf uns zukommt und wann er hier sein müßte?«

Brian blickte konzentriert auf das magische Bild.

»Er bewegt sich viel, viel schneller, als das schnellste

Pferd galoppieren könnte«, antwortete Brian langsam. »Wahrhaftig, ich glaube, er bewegt sich so schnell, wie einige Vögel fliegen. Carolinus muß recht gehabt haben, als er sagte, dies sei Magie; denn gewiß vermag kein Geschöpf auf Erden sich mit einer solchen Geschwindigkeit fortzubewegen.«

»Noch etwas, Brian«, sagte Jim, »was glaubt Ihr, wie bald er hier sein könnte? Wo ist er jetzt?«

»Er kommt von dem Strand, an dem die Schlangen gelandet sind«, antwortete Brian, der immer noch in das teleskopische Fenster blickte. »Dieser Weg ist länger als der übers Moor, aber bei der Geschwindigkeit, die er vorlegt, würde ich sagen, daß er in weniger als einer Viertelstunde hier sein müßte. Nein, früher. Ich schätze, er wird ungefähr so lange brauchen, wie ein Mann braucht, um zehn bis fünfzehn Vaterunser zu beten. Dann wird er bei uns sein.«

Brian warf einen sehnsüchtigen Blick auf Carolinus' abgewandten Rücken; Jim wußte, daß der Ritter darauf brannte, dem Magier Fragen zu stellen, es aber nicht wagte, nachdem der alte Mann Jim zuvor solchermaßen in seine Schranken gewiesen hatte.

»Nicht einmal unter dem Meer«, sagte Giles mit ehrfürchtigem Tonfall, »hätte ich das Ungeheuer für so groß gehalten. Wahrhaftig, es überragt die Bäume. Es wird durch diese Mauer und den Rest Eurer Burg gehen wie ein Messer durch eine Pastete, und zwar allein mit Hilfe seines Gewichts.«

Giles' blasses, aber entschlossenes Gesicht mit dem blonden Schnurrbart zeigte einen besorgten Ausdruck.

»Wie sollen wir gegen ihn kämpfen, was meint Ihr?« fragte Giles Jim. »Wenn er allein wäre, könnten ihn vielleicht all diese Drachen am Himmel niederreißen, meint ihr nicht auch? Würden sie kommen, wenn Ihr nach ihnen rufen würdet? Natürlich, wenn Granfer und die Schlangen gemeinsam gegen uns antreten ...«

»Sie sind im Augenblick ziemlich verwirrt«, warf

Chandos gereizt ein. »Aber sie werden sehr bald den Lärm der berstenden Bäume hören, wenn er näher kommt. Dann werden sie wissen, daß er ihnen zu Hilfe eilt.«

Jim blickte über die Mauer hinab. Die Schlangen waren in aufgeregte Bewegung geraten, sprachen miteinander und hielten gelegentlich inne, um einen Blick auf die Drachen am Himmel zu werfen. Sie schienen unentschlossen zu sein, ob sie bleiben sollten, wo sie waren, die Burg angreifen oder sich zurückziehen sollten. Ihre schrillen Stimmen, die im Gespräch miteinander leiser klangen, brachten ein Geräusch hervor, das eine gewisse Ähnlichkeit mit dem Rufen einer Schar von Grillen hatte.

»Könnt Ihr nicht mit Magie gegen ihn kämpfen?« fragte Chandos Jim.

Jim schüttelte den Kopf.

»Und Carolinus …?«

Chandos blickte von Jim zu dem Magier. Carolinus fuhr bei seinen Worten herum, als hätte man ihn mit einer Nadel gestochen.

»Und ich?« fauchte er Chandos an. »Meint Ihr, ich könnte etwas tun? Ihr seid alle Narren. Dieses Ungeheuer da draußen, das ist es, was wir von Anfang an gesucht haben. Der, der hinter allem steckt.«

»Der Magier, den wir nicht finden konnten?« fragte Jim.

»Ja, Ihr Narr!« sagte Carolinus. »Zweifacher Narr, weil Ihr von einem Ort und aus einer Zeit kommt, wo Ihr mehr wissen müßtet und nicht weniger als wir übrigen. Ihr hattet keinen Verdacht? Habt Ihr Euch nie gefragt, warum ich, Carolinus, einer der größten Magier der Welt, von irgendeiner einfachen Krankheit niedergeworfen wurde und kurz darauf in die Hände zweier gemeingefährlicher Hebammen fiel, die mir gegen meinen Willen giftige Tränke einflößten und die mich tatsächlich vergiftet hätten … nur daß er …«

Er zeigte auf das magische Auge, in dem man den näherkommenden Granfer sehen konnte.

»... nur daß er zu klug dafür war. Die Revisionsabteilung hätte einen Mord an einem Magier der Kategorie Eins Plus sofort bemerkt!«

Er fuhr fort, beinahe verrückt vor Wut.

»Wie sonst wäre ich wohl in einen so hilflosen, jämmerlichen Zustand gekommen, wenn nicht durch Magie, und zwar eine Magie, gegen die ich mich nicht wehren konnte? Seid Ihr nicht argwöhnisch geworden, als ich Euch erzählte, daß nicht einmal die Revisionsabteilung wußte, wer hinter Ecotti und den Seeschlangen stand – obwohl wir ihn spüren konnten?«

»Hm ...«, begann Jim. Aber er wußte wirklich nicht, wie er sich hätte verteidigen sollen, und seine Stimme geriet ins Stocken.

»Nein, seid Ihr nicht. Trotz allem, was Ihr wußtet, habt Ihr nichts getan; Ihr seid ein Narr. Ich wußte von Anfang an, welche Gefahr uns erwarten mußte. Aber auch ich war ein Narr.«

Er hielt inne, und seine Stimme nahm einen noch verbitterteren Klang an. »Ich dachte, die Arbeit dieses Magiers erfolge ausschließlich zugunsten des französischen Königs, der versucht, England anzugreifen. Was für ein erbärmlicher Idiot ich doch war! Was für ein greinender Säugling! Dieser Krake, den Ihr da in meinem Kreis seht, interessiert sich weder für Frankreich noch für England, weder für Drachen noch für Schlangen oder für sonst irgend etwas. Er will die Welt beherrschen, und zu diesem Zweck muß er zuerst alle Magier beherrschen. Das war sein Ziel – und er hat mich als die erste Etappe seines Feldzuges auserkoren! Jetzt kommt er her, um diesen Feldzug mit seinem ersten Sieg abzuschließen.«

»Aber es gab keine wirklichen Anzeichen ...«, protestierte Jim und wurde von Carolinus zum Schweigen gebracht.

»Keine wirklichen Anzeichen, sagt Ihr?« fauchte Carolinus. »Ihr seid zurückgekehrt, um mir von einem Kraken zu erzählen, der ein Buch las. Habt Ihr denn nie darüber nachgedacht – habt Ihr nicht ein einziges Mal wirklich nachgedacht? Sagt mir, wie kann man unter Wasser ein Buch lesen?«

»Aber …«, begann Jim, und dann traf es ihn wie ein Hieb von Rrrnlfs Faust, worauf Carolinus hinaus wollte.

»Ihr meint – die Tinte!« sagte er zu Carolinus.

»Natürlich die Tinte, Ihr Narr!« sagte Carolinus bitter. »In jedem Buch, das sich für eine gewisse Zeit im Meerwasser befände – geschrieben mit jeder Tinte, zu deren Herstellung irgendein Volk auf Erden fähig ist –, würde diese Tinte verwischen, zerlaufen und binnen bestenfalls einiger Minuten unleserlich sein. Selbst das Papier der Seiten würde sich in Brei verwandeln, zusammenkleben und sich Brocken um Brocken von dem Buch lösen! Also – was für eine Art Buch konnte dieser Granfer gelesen haben?«

»Es war also gar kein Buch!« stieß Brian hervor, der Jim zu Hilfe kommen wollte.

»Nein, es war ein Buch – ein ganz bestimmtes«, sagte Jim, denn Carolinus' Blick ruhte immer noch unerbittlich auf ihm. »Die *Enzyklopädie Nekromantie*, ein Buch der Magie, ist ein magisches Buch. Ein magisches Buch könnte sich gegen Meerwasser schützen wie gegen alles andere auch. Aber wie könnte es in die Hände von jemandem wie Granfer gelangt sein?«

»Wer weiß?« sagte Carolinus und warf die Arme hoch. »Vielleicht ist ein Magier, der mit einem Schiff über das tiefe Meer fuhr, gestorben; und die abergläubischen Tölpel warfen das Buch und den Magier und alles, was mit ihm zusammenhing, über Bord – aus Angst, daß irgendein unirdisches Mißgeschick sie befallen könnte, jetzt, da er tot war. Was zählt das schon? Der Punkt ist, daß Granfer wahrscheinlich Tausende von Jahren alt ist. Er hatte all diese Jahre Zeit, um in den Besitz dieses Buches zu gelangen. Er hatte wahrscheinlich Hunderte von Jahren, um zu lernen, wie er es zu lesen hatte und um dann zu studieren, was das Buch ihm sagte. Zeit, das Wissen darin zu beherrschen und seinen Traum, die Welt zu besitzen, zu träumen.«

»Aber Ihr beherrscht dieses Wissen ebenfalls«, sagte Jim. »Das ist der Grund, warum keiner von uns begreifen kann, warum Ihr …«

»Er hat sich die Magie *selbst* beigebracht!« rief Carolinus. »Begreift Ihr nicht? Er hat sich die Magie beigebracht, so wie er sie fand. Es ist seine eigene Magie, anders als jede andere Magie, die heute auf der Welt existiert!«

»Inwiefern ist sie anders?« fragte Jim.

»Es ist die primitivste Form der Magie«, antwortete Carolinus. »Eine Form, die wir übrigen lange vergessen haben. Es ist die Magie von Männern, die versuchten, das Wetter unter ihre Herrschaft zu bringen, und die Tiere zu bezwingen, die ihnen auflauerten, und andere Dinge, die über ihre eigene Körperkraft hinausgingen. Was glaubt Ihr, warum er dieses Ding da, das einst die Galionsfigur eines Schiffes war und das Rrrnlf seine Dame nennt, gestohlen und mit hierhergebracht hat?«

»Ich verstehe es immer noch nicht«, gab Jim zu.

»Totemmagie!« Carolinus' Stimme schwoll an und brach. Er sank in sich zusammen. Als er wieder zu sprechen begann, klang er sehr müde. »Verzeiht mir, Jim. Ich hätte Euch nicht einen Narren schimpfen dürfen. Auch ich habe diese Vorzeichen gesehen und habe sie nicht zusammengefügt. Ihr mochtet es nicht bemerkt haben, aber ich hätte es bemerken müssen. Ich habe es nicht getan – bis es zu spät war. Seine Magie macht sich ein Totem zunutze.«

»Warum sagt Ihr, es sei zu spät?« fragte Jim.

»Pst …«, unterbrach sie Chandos plötzlich.

Sie sahen ihn an, und er hob eine Hand und lauschte.

Draußen auf dem Feld waren die Schlangen still geworden.

Weit entfernt hörte man ein Geräusch wie brechende Äste – in weiter, weiter Ferne. Es war ein stetiges Knistern von Zweigen, auf die jemand mit schweren Schritten trat.

»Er kommt!« sagte Carolinus mit müder Stimme. »Und weder Ihr, Jim, noch ich können ihn aufhalten. Er benutzt eine Magie, die Rrrnlfs Dame als Totem verwendet. Wir haben keine Totems, mit denen wir gegen ihn kämpfen könnten. Und nicht einmal mir wäre es möglich, binnen Sekunden ein Meister der Totemmagie zu werden.«

Seine Stimme war nur noch ein Flüstern.

»Früher einmal, vielleicht«, murmelte er. »Aber ich bin alt, sehr alt. Das erkenne ich jetzt.«

Er hörte auf zu sprechen. Sie standen schweigend da. Das Geräusch der Bäume, die Granfer im Näherkommen zerbrach, klang laut in dieser Stille. Granfer selbst war, betrachtet durch den teleskopischen Kreis, riesiger denn je. Nun glaubte Jim auch die fallenden Baumgipfel zu erkennen, Bäume aus den Wäldern, die ihm als Herrn von Malencontri gehörten.

Mit einem Mal rebellierte seine ganze Seele dagegen, einfach kampflos aufzugeben. Carolinus war wieder in sich zusammengefallen und blickte stumpf ins Leere.

»Ihr habt mir erzählt«, rief Jim an den alten Magier gewandt, »daß ein Meister der Magie, wie Ihr es seid, einen anderen Magier nur für kurze Zeit zu beobachten braucht, um all seine Geheimnisse zu kennen, um sie kopieren und übertreffen zu können. Ihr habt mir das nach Eurem Duell gegen Son Won Phon erzählt. Habt Ihr Eure eigenen Worte vergessen?«

Carolinus antwortete nicht. Er schien ihn kaum gehört zu haben.

»Alles, was Ihr braucht, ist ein Totem!« Jim ging auf ihn zu und versuchte verzweifelt, ihn aus seiner Resignation aufzurütteln. »Ein Totem! Und dann müßt Ihr dieses Gefühl des Geschlagenseins, das sich Eurer bemächtigt hat, abschütteln! Ich kann Euch ein Totem beschaffen. Um genau zu sein, Ihr habt bereits eins! Was ist mit diesem Kessel, der zu mir gekommen ist, um Euch zu retten?«

Carolinus reagierte immer noch nicht.

»Dieser Kessel kennt Euch seit Jahren, vielleicht seit Jahrhunderten!« sagte Jim aufgeregt. Dann suchte er sich in Gedanken hastig einen Zauberspruch zusammen, schrieb ihn sich auf die Innenseite seiner Stirn, und einen Augenblick später baumelte Carolinus' Kessel, wie gewöhnlich kurz vorm Siedepunkt, vor seiner rechten Faust.

»Da habt Ihr ... autsch!« Jim schrie unwillkürlich auf. Der Kessel, der leicht hin und her schwang, hatte mit seiner heißen Metalloberfläche Jims Knöchel gestreift.

»Ihr versteht nicht«, sagte Carolinus mit toter Stimme. »Das, was Granfer bei sich trägt, war die Galionsfigur eines Schiffes. Aegir, der Gott des Nordmeeres, und Ran, die Riesin, hatten neun Töchter, die die Wellen waren. Die letzte und größte dieser Wellen war die neunte mit Namen Jarnsaxa – ›das Eisenschwert‹. Selbst wenn die heidnischen Zeiten inzwischen Vergangenheit sein dürften, ist diese Galionsfigur doch von Heiden geschnitzt worden ...«

»Heiden!« sagte Brian plötzlich, legte eine Hand auf seinen Schwertgriff und starrte Rrrnlf grimmig an, als überlege er, ob er ihn herausfordern solle.

Carolinus wütete weiter, als hätte er nichts gehört.

»... für sie war es Jarnsaxa, war lebendig, um die Wellen für sie zu durchpflügen; denn Jarnsaxa ist die neunte Welle, die nach der Legende am weitesten auf den Strand vordringt. Als Rrrnlf das gesunkene Schiff mit dieser Galionsfigur fand, nahm er sie ab, ersetzte ihre fehlende Farbe, befreite sie von Seepocken und allen anderen Schäden, die das Meer angerichtet hatte.

Er richtete sie wieder her, daß sie so gut wie neu war. Dann ging er noch weiter, überhäufte sie mit Juwelen und anderen Geschenken …«

»Ich habe sie geliebt, begreift Ihr das nicht!« brach es unerwartet aus Rrrnlf hervor. Seine Stimme übertönte für einen Augenblick alle anderen Geräusche einschließlich der des näherkommenden Granfers. »Wie waren ein Liebespaar! Aber als die Götter gingen, nahm Aegir seine neunte Tochter mit sich. Ich habe sie nie wiedergesehen.«

»Also hat Rrrnlf …« Carolinus sprach mit derselben toten Stimme weiter wie zuvor. Jim sah zu seiner Überraschung, daß große Tränen über Rrrnlfs Wangen rollten. »Rrrnlf hat also die Liebe, die er seiner Geliebten nicht mehr schenken konnte, dieser Galionsfigur, ihrem Abbild, geschenkt, dem einzigen, was ihm von ihr geblieben war. Indem er das tat, hat er dieser Galionsfigur Leben eingehaucht. Wo immer Liebe ist, wird Leben gegeben. Geliebte Gegenstände werden bis zu einem gewissen Grad lebendig. Als Essessili oder irgendeine andere Seeschlange auf Granfers Befehl Rrrnlf diese Galionsfigur stahl und zu dem Kraken brachte, war er in der Lage, dieses Leben darin zu benutzen, um seine eigene Magie in einen Zustand zu versetzen, in dem sie lebendig und tatkräftig war. Gemeinsam verfügen sie über eine unbekannte und unbesiegbare Magie.«

»Nein!« rief Jim. »Ihr habt diesen Kessel lebendig gemacht, und zwar auf die gleiche Art und Weise. Er ist zu mir gekommen, um Euch zu retten. Er ist lebendig! Ihr könnt ihn auf genau dieselbe Weise benutzen. Alles, was Ihr dazu tun müßt, ist, zu übernehmen, was Ihr über Granfers Magie wißt.«

Aber Carolinus blieb teilnahmslos. In Jim schien etwas zu explodieren.

»Dann werde ich es tun!« rief er. In diesem Augenblick brach Granfer durch die letzten Bäume am Rand der Lichtung und warf sich mitten unter die Schlangen.

Er verharrte. Er hatte bei seinem Auftritt mehrere Schlangen unter sich zerquetscht, aber die übrigen kümmerten sich nicht darum. Sie scharten sich um ihn wie Hunde um ihren Herren.

Jim umfaßte den Griff des Kessels mit beiden Händen und hielt ihn vor sich in die Höhe, zwischen sich und Granfer. In Gedanken war er ganz damit beschäftigt, Zaubersprüche zusammenzufügen.

Er sprach die Zeilen laut aus, um ihnen mehr Nachdruck zu verleihen.

»Simon sagt …«, rief er verzweifelt, *»Simon sagt: Granfer still!«*

Aber Granfer sprach eifrig auf die Schlangen ein. Jims Magie ließ ihn nicht einmal für einen Augenblick verharren. Plötzlich ging Jim auf, daß seine Magie bei dem anderen nie funktioniert hatte. Auf dem Meeresgrund hatte Granfer nur so getan, als sei er *still* geworden, um seine eigene Magie vor Jim zu verbergen.

Jetzt wedelten seine Fangarme weiterhin durch die Luft – alle bis auf einen, mit dem er den geschnitzten Kopf von Jarnsaxa umfaßt hielt. Er erzählte den Schlangen, was für Dummköpfe sie doch waren, sich vor den Drachen über ihnen zu fürchten, vor allem jetzt, da er hier war. Er erzählte ihnen, daß er sie durch die Mauern und in die Burg führen würde, so daß sie alles darin töten und fressen konnten, was darin zu finden war.

Es hatte keinen Sinn. Jim ließ den Kessel sinken. Nur Carolinus konnte es tun. Die Verzweiflung trieb ihn über die gewohnten Grenzen hinaus. Er mußte den alten Mann aufrütteln, selbst wenn er ihn sich für alle Zeit zum Feind machte. Er drehte sich zu dem Magier um.

»Zur Hölle mit Euch, Carolinus!« zischte er. »Ihr wagt es, Euch wie ein Wurm zusammenzukrümmen, und nennt Euch immer noch einen Engländer und einen Magier?«

Einen Augenblick lang schien es, als hätten nicht einmal diese Worte die dunkle Wolke durchdrungen, die sich über Carolinus gesenkt hatte.

Aber dann straffte er ruckartig die Schultern. Nachdem er wieder sein einstiges aufrechtes Selbst war, fuhr er mit von Zorn entstelltem Gesicht zu Jim herum.

41

»GEBT MIR DAS HER!«

Carolinus streckte mit flammenden Augen die Hand aus und entriß Jim seinen Kessel.

»Carolinus!« rief Angie.

Denn Carolinus hatte den Kessel nicht am Griff genommen, wie Jim ihn festgehalten hatte, sondern beide Hände fest um die Seiten und den Boden des Kessels gelegt. Er preßte seine Finger und die Handflächen fest auf das Metall, das von der beinahe kochenden Flüssigkeit darin glühend heiß war.

Ungeachtet Angies Aufschrei wandte Carolinus sich den Schlangen und Granfer zu. Er hielt den Kessel auf Brusthöhe vor sich, aber seine Augen waren auf Granfer geheftet.

Er selbst stand jetzt so steif da wie eine aus Metall gegossene Figur. So steif, so angespannt, daß man förmlich darauf wartete, daß seine Muskeln vor Anspannung zittern würden; auf seinem Gesicht leuchteten plötzlich feine Schweißperlen auf, während er einfach nur dastand, den Kessel umfangen hielt und Granfer anstarrte.

Ein alter Mann gerät nicht leicht ins Schwitzen. Jene, die um ihn herumstanden, spürten die gewaltige Anstrengung – keine körperliche oder geistige, sondern eine magische Anstrengung –, die Carolinus unternahm.

Seine Augen schienen jede Bewegung Granfers zu verschlingen, und seine Hände lagen unverrückbar fest wie ein Felsen um den Kessel, obwohl die Haut seiner Handflächen und Finger, wo sie den Kessel berührten, bereits Blasen warf.

Die übrigen standen reglos und schweigend da. Jim spürte, daß Angie versuchte, etwas zu sagen oder zu tun, aber seine Hand lag bereits auf ihrem Arm, eine unbewußte Geste seinerseits, um sie zum Schweigen zu bringen, als sie Carolinus' Namen gerufen hatte.

»Wir können nichts tun«, flüsterte er ihr zu.

Sie standen da und sahen zu.

Plötzlich und unerwartet stiegen dünne Dampfschwaden von der Tülle des Kessels auf. Und eine dünne, heisere Stimme, die sie schon zuvor einmal von dem Kessel gehört hatten, als er auf den Tisch in ihrem Palas stand und um Hilfe für Carolinus bat, begann zu singen. Aber diesmal war es ein anderer Gesang.

»Caro-li-nus, Caro-li-nus ...«, sang der Kessel leise.

Die Melodie war so einfach wie ein Schlaflied und wurde stets wiederholt. Der Kessel sang nichts als Carolinus' Namen. Aber wie bei einem Schlaflied wurde der Gesang nicht ermüdend. Carolinus' Name, begriff Jim plötzlich, war das einzige Wort, das der Kessel aus eigener Kraft hervorzubringen vermochte.

Aber jetzt machte er daraus einen kleinen Gesang von Liebe und Trost; und seltsamerweise schien Carolinus Kraft daraus zu schöpfen. Er entspannte sich und schien gleichzeitig zu wachsen. Er schien nicht nur größer, sondern auch breiter und kräftiger zu werden. Einmal mehr zeigte er sich so, wie sie ihn die ganze Zeit über gekannt hatten – als Beherrscher jeder Situation, in der er sich wiederfand, einschließlich dieser hier.

Draußen auf dem freien Feld brach Granfers Stimme plötzlich ab und schwoll zu einem schrillen Schrei an, und die vereinten Stimmen der Schlangen schrien mit ihm.

Als Jim und die anderen über die Mauer blickten, sahen sie Granfer langsam in die Luft steigen. Aus irgendeinem Grund erinnerte dieses Bild Jim an die Fernsehaufnahmen, die er als Junge von dem Start der ersten bemannten Rakete gesehen hatte, die von Cape Kennedy zum Mond geflogen war. Wie diese Rakete hob Granfer von der Erde ab, langsam zuerst, dann immer schneller, je höher er kam.

Er stieg auf, bis er um ein mehrfaches seiner eigenen Turmeshöhe über den Schlangen schwebte. Dann verharrte er. Schließlich begann er sich langsam zu drehen – wie der Sekundenzeiger einer Uhr – bis er mit dem Kopf nach unten stand.

Kopfüber schwebte er auf die Burg zu, über die Köpfe der Schlangen am Boden hinweg, über den toten Essessili, über das freie Feld zwischen all ihren grünen Leibern und dem Graben mit der Burgmauer dahinter, bis er riesig, aber hilflos und unter schrillem Geschrei nur noch zwanzig Meter vor dem oberen Rand der Mauer hing.

»Sei still!« Carolinus' Stimme klang wie ein Peitschenknall, und sie besaß dieselbe Schärfe, die sie bis vor kurzem immer besessen hatte.

Augenblicklich verlor Granfer seine Stimme.

Carolinus sprach ihn abermals an.

»Du weißt, was ich will.« Seine Stimme klang beißend und endgültig.

Während seine anderen Fangarme wild umherwehten, als suchten sie nach etwas, woran sie sich festhalten konnten, legte er mit zittrigen Bewegungen den geschnitzten Kopf von Rrrnlfs Dame, an dem noch immer die Juwelen und Goldkettchen hingen, die Rrrnlf daran befestigt hatte, in einen längeren Fangarm. Granfer reichte sie schließlich über die Mauer und legte die Galionsfigur in Rrrnlfs wartende Hände.

Der Seeteufel preßte sich die Galionsfigur fest an die Brust. Zärtlich wiegte er sie in den Armen und senkte den Kopf, um seine Wange über das geschnitzte, goldene Haar zu streichen.

»Ich warte!« erklang Carolinus' Stimme wie ein weiterer Peitschenknall.

Aus irgendeiner verborgenen Falte förderte Granfer ein schweres, schwarzes Buch mit goldenen Lettern auf dem Deckel zutage. Auch dies reichte er über die Mauer, indem er es von einem Tentakel zum anderen weitergab, bis er es vor Carolinus ablegte.

»Und nun, mein Herr!« sagte Carolinus. »Ich könnte mich rächen für das, was Ihr versucht habt, mir anzutun, und für das, was diese Schlangen unter Eurem Befehl getan haben. Aber ich werde nicht ändern, was war, indem ich ändere, was noch sein könnte. Es war der Lauf der Geschichte, der es Euch ermöglicht hat, überhaupt so weit zu kommen. Ich werde nicht mit der Geschichte herumspielen. Also werde ich Euch jetzt zurückschicken und Euch wieder an Euren Platz verweisen. Aber nicht mit Hilfe Eurer Magie – die eine unterlegene Magie ist –, sondern mit meiner Magie, denn Ihr habt keine Kraft mehr, die es mit unserer messen könnte. Vergeßt das nicht, ganz gleich, wie viele Jahrhunderte Ihr noch zu leben habt. Ihr besitzt keine Magie mehr!«

»Ich besitze keine Magie mehr…«, wiederholte Granfers schrille Stimme traurig und beinahe unhörbar.

»Jetzt geht und nehmt Eure Schlangen mit, alle wie sie da sind. Hinweg mit Euch!«

Plötzlich war Granfer verschwunden. Der graugrüne, aufgewühlte Boden, der Graben, alles war leer, bis zum Waldrand; sogar die Leichen waren fort. Nur die Schneise, die Granfer auf seinem Weg durch die Bäume geschlagen hatte, war übriggeblieben.

Lange Zeit herrschte tiefe Stille, während all jene auf der Mauer und der Plattform den leeren Raum vor sich anstarrten.

Diese Stille dehnte sich aus, bis einer nach dem anderen aufblickte, denn die Dunkelheit, die sich mit dem Kommen der Drachen über sie gelegt hatte, begann sich zu lichten. Sie blickten auf und sahen, daß die Masse über ihnen schwebender Leiber langsam dünner wurde.

Die französischen Drachen zogen sich Richtung Süden zurück, und die englischen Drachen drehten bei, um in ihre Heimat im Westen, Osten und Norden der Insel zurückzufliegen.

Jim, der wie die übrigen aufgeschaut hatte, senkte den Blick zur selben Sekunde wie Angie wieder. Sie lächelten einander an. Jim wurde bewußt, daß Carolinus ihm den Kessel hinhielt.

»Befreit mich davon«, sagte Carolinus.

Jim faßte den Kessel am Griff. Das Metall war jetzt kalt, als er es berührte, und die kleine, singende Stimme verstummt. Aber der Leib des Kessels selbst schien an Carolinus' Händen festzukleben. Jim zog, und der Kessel löste sich.

»Carolinus!« schrie Angie. Hände und Finger des Magiers waren nur noch rohes Fleisch, die Haut an den Unterseiten vollkommen abgelöst, wo die Blasen und Brandwunden sichtbar wurden.

»Ich sollte warten, bis diese Wunden auf natürlichem Wege heilen, damit ich diese Geschichte niemals vergesse«, sagte Carolinus rauh, als er auf seine Hände hinabblickte. »Aber ich brauche sie vielleicht noch.«

Plötzlich waren die Hände so heil und unversehrt wie eh und je. Carolinus blickte auf und sah Jim in die Augen.

»Und Euch, Jim«, sagte er, »muß ich aufrichtig um Vergebung bitten. Dies war meine Schuld, denn ich hatte etwas vergessen. Merkwürdig, daß wir so oft vergessen, worauf wir uns am besten verstehen.«

Er streckte die Hand aus, nahm den Kessel wieder an sich und hielt ihn am Griff fest, um mit seiner freien

Hand die mittlerweile wieder heiße Wölbung des Metalls zu liebkosen. Aber diesmal litt die Hand, mit der er den Kessel berührte, keinen Schaden. Jim sah ihn fassungslos an.

»Carolinus«, sagte er, »wenn Ihr den Kessel halten könnt, ohne Euch zu verbrennen, warum habt Ihr dann solchen Schmerz auf Euch genommen?«

»Es gibt eine Zeit für eine bestimmte Art von Schmerz«, erklärte Carolinus, während er den Kessel mit einem liebevollen Blick streifte. »Eine Zeit für guten Schmerz. Guter Schmerz bringt Konzentration, schlechter Schmerz verwirrt und zerstört.«

Abermals trat ein Dampfwölkchen aus der Tülle des Kessels. Die kleine Stimme begann von neuem zu singen.

»Caro-li-nus, Caro-li-nus.« Dann verfiel sie in Schweigen, obwohl weiterhin Dampf aufstieg.

»Ich hatte vergessen«, sagte Carolinus, ohne den Kessel aus den Augen zu lassen, »daß Liebe die einzige Kraft ist, die etwas zu erschaffen vermag.« Er schüttelte den Kopf. »Das ist der Grund, warum Granfers Magie so primitiv war. Das ist der Grund, warum ich, hätte ich es nur früher mit all der mir zu Gebote stehenden Macht versucht, ihn hätte überwinden können. Aber ich habe mich aufgrund meiner Krankheit und meiner Schwäche in Verzweiflung sinken lassen, und ich habe mich gehenlassen, statt gegen die Verzweiflung anzukämpfen. Mein Kessel hat mir gehorcht, weil er Leben von mir empfangen hatte, so wie Rrrnlfs Dame Leben von Rrrnlf. Aber Granfer hatte keine Liebe in sich, so daß er seinem Totem kein eigenes Leben einhauchen konnte. Angst und Ehrfurcht sind nicht genug, wie unser Volk schon vor langer Zeit gelernt hat. Also mußte am Ende die schwächere Magie vor mir in die Knie gehen, und das mit Hilfe dieses kleinen Kessels.«

Er sah Jim und Angie an und lächelte ebenfalls. Es

war selten, daß er das tat. Aber wenn er einmal lächelte, war es eine denkwürdige Sache, weil sein Lächeln eine Wärme versprühte wie ein prasselnder Kamin.

»So haben wir also gesiegt«, sagte er. »Und Sir John.« Er drehte sich zu Chandos um. »Ich glaube nicht, daß der König von Frankreich und seine Armee ohne die Hilfe der Schlangen noch versuchen werden, in England zu landen.«

»Da habt Ihr recht«, sagte Chandos. Auch er lächelte, aber sein Lächeln war ein wenig traurig.

»Hoho«, fügte er hinzu, »da werde ich einiges zu erklären haben, nachdem ich die anderen Hauptmänner dazu überredet habe, die Armee nach Süden zu schicken, um so den Schlangen den Weg zum Meer abzuschneiden und ihnen das Gefühl zu geben, daß ihnen allen der sichere Tod bevorstehe. Armeen sehen es gar nicht gern, wenn man sie an der Nase herumführt.«

»Aber Mylord ... ich meine, Sir Chandos, mein Herr«, stammelte Secoh. »Wir haben vor einiger Zeit gehört ... aber es passierte so viel anderes, daß ich keine Gelegenheit hatte, es Euch zu berichten. Sie sind nicht losmarschiert.«

»Sie sind nicht losmarschiert?« Chandos starrte ihn an. »Die Armee ist nicht ausgerückt? Aber alle Hauptmänner im Rat ...«

Er brach ab. Plötzlich stieß er ein gewaltiges, brüllendes Gelächter aus.

»So ist es immer mit unseren Hauptmännern!« sagte er. »Am Ende treffen sie ihre eigenen Entscheidungen und ändern ihre Meinungen, und keine Vereinbarung hat Gültigkeit. Man kann sie zu keiner einzigen vernünftigen Tat bringen, es sei denn, eine starke Hand beherrschte sie. Nun, das ist eben ihre Art, und diesmal ist es zu meinem Vorteil.«

Sein Lachen war so ansteckend, daß die anderen einfielen, und selbst jene, die etwas abseits standen und nichts verstanden hatten, lachten ebenfalls. Es war ein Lachen purer Erleichterung nach langer Anspannung.

Da fiel Jim plötzlich etwas ein. Er fuhr zu Secoh herum.

»Secoh!« sagte er. »Ihr müßt den französischen Drachen ihre Juwelen zurückgeben!«

Secoh erhob sich in die Luft. Das Gelächter um Jim herum legte sich langsam.

»EH – HEM!«

Es war Brian, der sich lauter räusperte, als Jim jemals geglaubt hätte, daß ein Mensch sich räuspern könne. Er sah seinen engsten Freund erschrocken an. Brian, der nach wie vor sein Schwert in der Hand hielt, sah Jim mit einem beinahe zornigem Blick an, der Jim für einen Moment verwirrte, bevor ihm etwas dämmerte.

Natürlich! Nach jedem Sieg mußte es eine Feier geben. Und vor allem ein Festmahl. Brian wünschte sich, stets selbst einmal ein solches Festmahl geben zu können, nur daß seine Armut ihn davon abhielt. Aber in diesem Falle befanden sie sich auf Jims Burg, und Brian stand Todesqualen aus, daß Jim, der die Mittel zu einem solchen Fest hatte, Schande über sich bringen könne, indem er etwas Derartiges vergaß, eine schlimme Schande, vor allem in Anwesenheit von Chandos.

»Nun denn!« rief Jim. »Wir müssen diesen denkwürdigen Tag mit einem ordentlichen Fest abschließen!«

Brian schien vor Erleichterung beinahe in sich zusammenzusinken.

Jim drehte sich zu Angie um. »Mylady! Können wir den Palas herrichten lassen? Essen und Trinken muß bereitgestellt werden, zuerst für diese edlen Ritter um uns herum, dann für die geringeren unserer Leute, und zu guter Letzt noch etwas Essen und Trinken für jene bescheideneren Geschöpfe, die auf der Suche nach Schutz in unseren Burghof gekommen sind.«

»Aber gewiß doch, Mylord!« jubilierte Angie, die Brian wahrscheinlich viel schneller verstanden hatte als Jim. »Alles wird im Handumdrehen bereit sein!«

Sie raffte ihre langen Röcke und lief von der Plattform die Steinstufen hinunter in den Burghof, wo sie einen Diener zu sich rief, der ihre verschiedenen Befehle weitergeben sollte.

Jim sah ihr liebevoll nach, dann wandte er sich wieder an Carolinus.

»Carolinus«, sagte er, »Ihr werdet doch mit uns feiern oder?«

»Ich glaube«, sagte Carolinus und berührte sachte eine seiner weißen Schnurrbartspitzen, »ich glaube, ja. Aber zuerst möchte ich, wenn Ihr nichts dagegen habt, eine Weile für mich allein sein, um meine Gedanken zu sammeln. Habe ich immer noch den Raum, in dem Ihr mich gepflegt habt?«

»Natürlich!« sagte Jim. »Das Zimmer ist Euer. Es wird immer für Euch bereit sein. Geht nur zurück in den Bergfried und ruft die Diener, falls Ihr etwas braucht.«

»Genau das werde ich tun«, versicherte Carolinus ihm.

Mit dem Kessel in der Hand wandte er sich zum Gehen. Als er sich von Jim entfernte, wurde eine kleine Dampfwolke an seiner rechten Seite sichtbar. Ganz schwach hörte Jim eine leise, heisere Stimme singen, die immer leiser wurde, je weiter Carolinus sich von ihm entfernte. Aber ihr Gesang war warm und triumphierend.

»Caro-li-nus! Caro-li-nus …«